JOHANNA LINDSEY

Geheimnis des Verlangens

Was der Nachtwind verspricht

Zwei Romane
in einem Band

Weltbild

Die amerikanische Originalausgabe von *Geheimnis des Verlangens* erschien unter dem Titel *Once a princess.*

Die amerikanische Originalausgabe von *Was der Nachtwind verspricht* erschien unter dem Titel *You belong to me.*

Besuchen Sie uns im Internet:
www.weltbild.de

Genehmigte Lizenzausgabe für Verlagsgruppe Weltbild GmbH,
Steinerne Furt, 86167 Augsburg

Übersetzung: Michaela Link

Übersetzung: Stefanie Reiter
Umschlaggestaltung: Studio Höpfner-Thoma, München
Umschlagmotiv: © Pino Daeni,
Agentur Thomas Schlück, Garbsen
Gesamtherstellung: Oldenbourg Taschenbuch GmbH,
Hürderstraße 4, 85551 Kirchheim
ISBN 3-8289-7931-9

2008 2007 2006 2005
Die letzte Jahreszahl gibt die aktuelle Lizenzausgabe an.

JOHANNA LINDSEY

Geheimnis des Verlangens

Roman

Aus dem Amerikanischen
von Michaela Link

Weltbild

Für Vinny und Martha

Kapitel 1

Cardinia, 1835

Der Kronprinz von Cardinia zögerte einen Augenblick, bevor er das königliche Schlafgemach betrat. Maximilian Daneff würde allein dort auf ihn warten, wie ein unheilvolles Echo aus seiner Jugend. Hier war er früher für seine Missetaten zur Rechenschaft gezogen und bestraft worden war — meistens zu Recht, manchmal auch zu Unrecht. Die Diener hatte sein Vater vorher weggeschickt, und einzig Graf Daneff durfte bleiben — als Puffer zwischen zwei hitzigen Gemütern. Daneff war mittlerweile Premierminister, aber schon bevor er in dieses hohe Amt aufgestiegen war, hatte er sich als Freund und Ratgeber des Königs verdient gemacht.

Als der Prinz eintrat, ergriff Maximilian ohne zu zögern das Wort: »Ich weiß Euer Fingerspitzengefühl in dieser Situation wirklich sehr zu schätzen, Majestät«, sagte er mit dem weichen, fremdländischen Akzent, den er von seiner rumänischen Mutter geerbt hatte. »Ich hatte schon befürchtet, daß wir jedes Zigeunerlager in der Umgebung nach Euch absuchen müssen.«

Er war unzufrieden mit dem Prinzen, und er gab sich keine Mühe, diese Tatsache vor ihm zu verbergen; das hatte er nie getan. Dem alten König gefiel es nicht, wie der Prinz seine Zeit verbrachte, und Maximilian Daneff gefiel es noch viel weniger. Aber der unverhohlene Tadel in seinen Worten verfehlte heute seine gewohnte Wirkung; der Prinz wurde weder ärgerlich, noch schoß ihm das Blut in die Wangen. Es war die Anrede — *Majestät* und nicht *Hoheit* —, die den Prinzen erstarren ließ. Alle Farbe wich aus seinem Gesicht.

»Mein Gott, er ist tot?«

»Nein — *nein!*« Daneff schrie diese Worte fast, so entsetzt war er darüber, diesen Eindruck vermittelt zu haben. »Aber ...« Er hielt plötzlich inne, denn ihm wurde bewußt, daß der Kronprinz völlig ahnungslos war. Niemand hatte ihn gewarnt, daß so etwas passieren konnte. »Sandor hat abgedankt. Ganz offiziell, mit dem türkischen Großwesir als seinem Zeugen.«

»Und wie kommt es, daß ich zu diesem großen Ereignis nicht eingeladen war?« Wütend kehrte die Farbe in sein Gesicht zurück.

»Es bestand der Verdacht, daß Ihr vielleicht protestieren würdet ...«

»Was ich wahrhaftig auch getan hätte! Warum, Max? Es geht ihm doch wieder besser, behaupten seine Ärzte. War das eine Lüge? Wollte man mich schonen?«

»Es *geht* ihm besser, aber ... das wird nicht so bleiben, wenn er wieder seine alten Pflichten übernimmt. Und Ihr wißt, Majestät, daß Sandors Zeit abläuft. Man hat es Euch gesagt. Euer Vater ist fünfundsechzig, und diese letzte Krankheit hat sein Herz angegriffen. Ein paar Monate noch, mehr dürfen wir nicht hoffen.«

Der Prinz schloß für einen Moment die Augen; sonst verriet er mit keiner Regung, wie schwer ihn diese Worte trafen. Natürlich hatten sie es ihm gesagt, aber er hatte alle Warnungen in den Wind geschlagen und sich etwas vorgemacht, wie wohl jedes Kind, das nach der Mutter nun auch noch den Vater verlieren sollte. Die Ärzte hatten ihm seine Hoffnung gelassen, aber es war eine trügerische Hoffnung gewesen. Das begriff er jetzt.

»Ist das der Grund, warum ich herzitiert wurde?« fragte er verbittert. »Um zu erfahren, daß ich gekrönt werden soll, noch bevor der alte König unter der Erde liegt?«

»Ich weiß, daß Ihr diese Entscheidung nicht billigt, aber Ihr habt keine Wahl. Es ist der Wunsch Eures Vaters.«

»Ihr hättet doch die Regierungsgeschäfte übernehmen können! So wie früher, wenn er außer Landes war. Er hätte nicht auf die Krone verzichten müssen! Nicht bevor der Tod selbst sie ihm nahm!«

Maximilian lächelte traurig. »Glaubt Ihr denn wirklich,

man könnte Sandor von den aufreibenden Pflichten seines Amtes fernhalten, während er in Cardinia weilt und über alles informiert ist? Um ihm die Ruhe zu verschaffen, die lebenswichtig für ihn ist, gab es nur eine Möglichkeit. Er *mußte* von seinem Amt zurücktreten. Das wußte er selbst, und er hat die Konsequenz gezogen. Übrigens ist das nur einer der Gründe, warum er Euch hat rufen lassen — und nicht einmal der wichtigste.«

»Was könnte wohl noch wichtiger sein?«

»Das wird Sandor Euch selbst sagen. Geht jetzt zu ihm, er erwartet Euch. Und macht ihm keine Vorwürfe wegen etwas, das bereits geschehen ist und nicht mehr rückgängig gemacht werden kann. Er hat aus freien Stücken abgedankt, und er ist sogar glücklich darüber, denn Ihr seid sein ganzer Stolz, seid es immer gewesen. Was die anderen Dinge betrifft, zügelt bitte Euer Temperament. Wenn Ihr Streit sucht, kommt zu mir; ich bin darauf vorbereitet, Majestät.«

Maximilian sprach den Prinzen diesmal mit besonderer Absicht mit seinem neuen Titel an: Er würde ihn auch in Zukunft nicht anders behandeln als früher, nur weil er jetzt König war. Ob Hoheit oder Majestät — er würde dem königlichen Zorn auch weiterhin liebevoll und gelassen entgegentreten.

Während der Prinz das Schlafzimmer seines Vaters betrat, quälte ihn eine Vorahnung dessen, was ihn dort so erzürnen würde. Aber Max mußte doch wissen, daß er mittlerweile nur noch selten die Beherrschung verlor. Gut, er war immer noch ein wenig streitlustig und pflegte kaum Rücksicht auf den Rang seiner Gegner zu nehmen — aber er war jetzt ein erwachsener Mann und stolz darauf, eine gewisse Selbstbeherrschung erlangt zu haben.

Der einstmalige König von Cardinia lag, von etlichen Kissen gestützt, in seinem Bett, einem riesigen Ungetüm auf einem Podest, das man nur über eine Treppe erreichen konnte. Wenn man auf dem Podest angelangt war, mußte man noch weitere Stufen erklimmen, um zu der mit Samt und Seide ausgeschlagenen Lagerstatt des Königs zu gelangen. Am Kopfende aus massivem Gold prangte der königliche Helmschmuck. Auch der übrige Teil des Zimmers war mit verschwenderischem Prunk ausgestattet: Auf dem marmornen Fußboden spiegelte sich warm das Kerzenlicht, die Wände waren mit feinsten Seidenstoffen drapiert und mit den Kunstwerken der größten Maler Europas geschmückt. Einige der Gemälde reichten von der Decke bis zum Fußboden, und alle waren in Rahmen aus purem Gold gefaßt. Aber das königliche Schlafgemach unterschied sich damit in nichts von den übrigen Zimmern des Palastes. Überall herrschte ein solcher Überfluß an Gold und Silber, daß kein Besucher an dem ungeheuren Reichtum des kleinen Königreiches zweifeln konnte. Seine Nachbarn mochten zwar über mehr Land verfügen, aber die unzähligen Goldminen, die auf cardinischem Grund lagen, machten es zu einem der reichsten Länder Osteuropas.

»Er schaut ja jetzt schon so finster drein«, murmelte Sandor, als sein Sohn näher kam. »Meine letzte Mätresse hat mir gestanden, daß du sie mit diesem Blick zu Tode erschreckt hast.«

»Das überrascht mich gar nicht. Im allgemeinen reicht ja schon mein bloßer Anblick, und die Kinder laufen schreiend zu ihren Müttern.«

Sandor war betroffen, als er diese Worte hörte. Es herrschte ein unausgesprochenes Einverständnis zwischen ihnen, dieses Thema niemals zu berühren. Hastig ergriff er das Wort. »Wenn Max seine Befugnisse überschritten hat, lasse ich ihm die Zunge abschneiden«, versprach er.

»Er hat mir lediglich mitgeteilt, daß ich jetzt König von Cardinia bin.«

»Ah!« Sandor überhörte absichtlich den scharfen Unterton in der Stimme seines Sohnes und ließ sich entspannt in seine Kissen sinken.

»Komm her«, sagte er und klopfte auf das Polster. »Setz dich zu mir, wie du es früher immer getan hast.«

Der Prinz sprang, ohne zu zögern, die letzten Stufen hoch und streckte sich am Fußende des Bettes aus. Er stützte sich auf die Ellbogen und sah seinen Vater an — mit der ganzen Geduld, für die er langsam berühmt wurde. In diesem Augenblick wurde Sandor klar, daß es nicht zu einem Streit um seine Abdankung kommen würde, wie unerträglich sein Sohn diesen Entschluß auch finden mochte. Erleichtert atmete er auf. Das war seiner Ansicht nach die einzige Meinungsverschiedenheit, die er zu befürchten hatte. Der Rest gehörte bereits der Vergangenheit an und bedurfte nur noch der Erinnerung.

»Ja, du bist jetzt König und wirst noch in dieser Woche gekrönt, bevor der Großwesir abreist.«

»Was, keine in Gold gravierten Einladungskarten an die gekrönten Häupter Europas?«

Sandor grinste über die sarkastische Bemerkung seines Sohnes. »Wir haben zur Zeit Gäste hier, die acht Monarchien repräsentieren. Drei Prinzen, eine Erzherzogin, verschiedene Grafen – und nicht zu vergessen unseren türkischen Freund. Außerdem logiert auch noch dieser englische Earl bei uns, der Abdul Mustafa bis über unsere Grenzen hinweg verfolgt hat. Diese Leute werden als Zeugen der Zeremonie genügen. Niemand wird später auch nur den geringsten Zweifel daran haben, daß du mein rechtmäßiger Erbe bist und obendrein der König meiner Wahl. Die Liebe deines Volkes ist dir bereits sicher – das einzige, was dir noch fehlt, ist eine Königin an deiner Seite.«

Der Prinz erstarrte. Tief innerlich hatte er bereits gewußt, was er zu hören befürchtete – und er hatte sich nicht geirrt.

»Du bist seit Mutters Tod auch ohne Königin zurechtgekommen – immerhin fünfzehn Jahre lang.«

Diese Worte verrieten Sandor, wie erregt der Prinz sein mußte. Er hätte eher einen Wutanfall oder lautes Gebrüll erwartet als das. Der Einwand seines Sohnes war zu absurd, um auch nur eine Antwort zu verdienen, geschweige denn ein Einlenken. Da der Prinz jedoch bereit war, seinen Zorn zu bezähmen, antwortete ihm Sandor trotzdem.

»Ich hatte meinen Kronprinzen, wozu hätte ich also wieder heiraten sollen? Politische Gründe hätten mich vielleicht dazu zwingen können, aber die hat es nie gegeben. Deine Situation ist ganz anders.«

»Dann laß mich wenigstens wählen!«

Die Worte waren nur geflüstert, und das in einem Ton, der einer Bitte so nahe kam, wie es dem Prinzen überhaupt möglich war. Sandor hatte diese Worte schon einmal gehört, damals, als sein Sohn gerade von seiner Europatour zurückgekehrt war, und zwar mit der festen Überzeugung, dort genau die Frau gefunden zu haben, mit der er sich vermählen wollte. Als sein Wunsch damals auf Ablehnung stieß, war sein Protest keinesfalls so friedfertig gewesen. Diesmal, glaubte Sandor, hätte er nicht die Kraft, sich so vehementen Einwänden zu widersetzen.

Um seinem Sohn zuvorzukommen, sagte er: »Es ist mein letzter Wunsch — der Wunsch eines Sterbenden, wenn du so willst —, daß du das Eheversprechen einlöst, das ich am Tag von Tatiana Janaceks Geburt in deinem Namen gegeben habe. Ihr Vater war damals unser König, und es war sein Wunsch und Wille, daß du als Tatianas Prinzgemahl eines Tages das Land regierst. Er hätte unter allen Königshäusern Europas wählen können, aber er hat meinen Sohn gewählt. Es war eine überwältigende Auszeichnung ...«

»Diese Auszeichnung wäre null und nichtig gewesen, hätte er später noch einen Sohn bekommen.«

»Nachdem die Stamboloffs geschworen hatten, das ganze Geschlecht der Janaceks auszurotten? Und innerhalb weniger Monate hatten sie es ja auch geschafft. Alle waren tot — bis auf das kleine Mädchen, das ich insgeheim außer Landes geschafft hatte. Was mich an dieser ganzen Geschichte immer erstaunt hat, ist die Tatsache, daß niemals darüber getuschelt worden ist, wieviel mehr ich bei dieser Fehde zu gewinnen hatte als die Stamboloffs selbst. Als alle Janaceks tot waren, fiel der Thron an mich.«

»Ihre Fehde war doch bereits zur Legende geworden. Du hattest nichts damit zu tun.«

»Wie dem auch sei, der letzte Stamboloff ist gefunden und beseitigt worden. Nach all der Zeit kann die Prinzessin endlich unbesorgt nach Hause zurückkehren, um den ihr rechtmäßig zustehenden Platz auf dem Thron einzunehmen.«

»Sie hat das Recht auf diesen Thron verloren, Vater. Keiner wollte ein Baby zur Königin — und schon gar nicht eins, dessen Überlebenschancen gleich Null waren. Ein Attentäter hätte jederzeit leichtes Spiel mit ihr gehabt. Also hat man dich zum König gekrönt, obwohl sie noch am Leben war. Selbst wenn sie jetzt zurückkäme, hätte sie keinerlei Recht mehr auf die Krone.«

»Außer durch dich«, erinnerte ihn Sandor sanft. »Die Umstände haben dich zum König statt zum Prinzgemahl gemacht. Du brauchst nicht, wie vorgesehen, durch sie zu regieren. Aber sie ist ein Abkömmling der wahren königlichen Linie, und eure Kinder können davon nur profitieren.«

»Unsere Familie ist genauso königlich ...«

»Sicher, aber trotzdem stammen wir von dieser Linie nur indirekt ab. Mein Gott, elf Janaceks mußten sterben, bevor die Thronfolge an mich kam. Elf! Die Krone hätte niemals mir gehören dürfen, und ich habe sie auch wahrhaftig nicht begehrt, verflucht wie sie war. Aber sie ist eben doch an mich gefallen, so wie sie jetzt an dich fällt. Und du, mein Junge, stehst am Ende der königlichen Linie — du und diese letzte überlebende Janacek. Es ist unwichtig, welche törichten Gründe dich gegen diese Heirat einnehmen — du wirst sie ignorieren und mir meinen letzten Wunsch erfüllen. Und du wirst nach Amerika fahren, wo sie von Baronin Tomilova erzogen wurde. Du wirst Tatiana nach Hause bringen und sie heiraten, mit allem Pomp und in aller Feierlichkeit, die sich für eine königliche Hochzeit gehören. Und so Gott will, werde ich lange genug leben, um dabeizusein.«

Ohne diese letzten Worte hätte der Prinz vielleicht doch noch irgendwelche Einwände erhoben. Vielleicht hätte er dem Vater sogar die Gründe genannt, warum er die Janacek-Prinzessin nicht haben wollte — obwohl das sehr unwahrscheinlich war, denn diese Gründe schlummerten in der hintersten Ecke seiner Seele. Aber diese Worte, die hoffnungsvollen Worte eines sterbenden Mannes ...

»So sei es.«

Maximilian Daneff jedoch wurde nicht mit derselben Ergebung behandelt, ganz und gar nicht. Aber der Wutanfall, der vor Sandors Gemach über ihn hereinbrach, konnte den Premierminister nicht im geringsten einschüchtern — wenn er auch einen halben Kopf kleiner war als der Prinz und ein wenig zerbrechlich wirkte neben der kampferprobten Gestalt des jüngeren Mannes.

»Wer erinnert sich heute überhaupt noch an dieses Weibsbild von Prinzessin?« brauste der Prinz auf, sobald er die Tür hinter sich geschlossen hatte.

Maximilian drängte ihn behutsam aus dem königlichen Boudoir, wo Sandor sie vielleicht hören konnte, bevor er antwortete: »Zweifellos jeder, der bei Eurem Verlöbnis zugegen war, das Euch übrigens nicht nur vor unserem Gesetz bindet, sondern auch vor Eurer Ehre.«

»Du Bastard!«

»Ich hoffe, Ihr habt Eurem Vater gegenüber etwas mehr Selbstbeherrschung gezeigt.«

»Halt bloß deine verdammte Klappe, Max!«

Der Prinz hatte diese Worte ohne Rücksicht auf die Wachen und Diener geschrien, die zwar vorübergehend aus den königlichen Gemächern verbannt worden waren, jetzt aber alles mit anhören konnten. Wenn Max nicht so dickhäutig gewesen wäre, hätte ihn diese Behandlung schwer gekränkt — vor all den Männern, die niedereren Ranges waren als er und nun mit weit aufgerissenen Augen hinter dem Prinzen herstarrten. Aber der tägliche Umgang mit Monarchen hatte ihn gelehrt, sowohl Stolz als auch Temperament zu beherrschen.

»Ich glaube, Ihr habt nie erwähnt, warum Ihr Euch so gegen diese Heirat sträubt«, rief Max hinter ihm her. Es fiel ihm nicht leicht, mit dem davonstolzierenden Prinzen Schritt zu halten. »Wenn Ihr es mir sagen würdet, vielleicht ...«

»Was würde das jetzt noch für einen Unterschied machen? Er hat seine letzte Bitte geäußert. Es war kein Befehl, sondern der Wunsch eines Sterbenden. Versteht Ihr denn nicht, was das bedeutet?«

»Aber natürlich. Einen Befehl hättet Ihr ignorieren können, nicht aber diesen Wunsch, den Ihr nun mit Leib und Seele zu erfüllen versuchen werdet.«

Der Prinz wirbelte herum, und seine Augen sprühten Funken. »Haben Sie gewußt, daß er mich mit dieser gemeinen List einfangen wollte?«

Er war zu empört, um auf Antwort zu warten. Maximilian mußte sich wieder sehr beeilen, um wenigstens in Rufweite zu bleiben.

»Nein«, sagte er laut. »Aber es war ein genialer Einfall von Sandor, da er einfach nicht mehr die Kraft hat, Euch wie früher zu etwas zu zwingen.«

»Verschwinde, Max, bevor ich vergesse, daß du wie ein zweiter Vater für mich warst.«

Max blieb auf der Stelle stehen, nicht wegen dieser vermutlich ernstgemeinten Warnung, sondern weil er außer Atem war — und weil der neue König in seinem Zorn an dem Korridor vorbeigelaufen war, der zu seinen im Ostflügel des Palastes gelegenen Räumen führte. Der Gang, den er nun entlanglief, war eine Sackgasse, aber es dauerte eine ganze Weile, bevor der Prinz das bemerkte und zurückkam. Max hatte inzwischen genug Zeit gewonnen, um darüber nachzudenken, wie er den jungen Mann dazu bringen könnte, sich in das Unvermeidliche zu schicken — und zwar mit etwas mehr prinzlicher Würde, als er bisher gezeigt hatte.

Bevor ihn der Prinz wieder mit seinem finsteren Blick erreichen konnte, sagte er daher: »Vielleicht beunruhigt es Euch, daß die Prinzessin in einem Land erzogen wurde, das so verschieden von dem unseren ist, und daß sie deshalb vielleicht ganz andere Vorstellungen vom Leben haben könnte als wir hier. Aber das ist undenkbar — nicht in der Obhut einer Frau wie der Baronin Tomilova, die damals die beste Freundin ihrer Mutter war. Das Kind ist ganz gewiß mit größter Sorgfalt auf seine Bestimmung vorbereitet worden. Die Baronin wird sie gelehrt haben, sowohl ihr Geburtsland als auch den ihr versprochenen Mann zu lieben. Es ist damals übrigens ein wahres Vermögen für ihren Unterhalt bereitgestellt worden, und man kann davon ausgehen, daß sie mit allem Luxus aufgewachsen ist, den eine Prinzessin erwarten darf …«

»Und verwöhnt von den Haarspitzen bis zu den Zehennägeln, daran habe ich keinen Zweifel.«

»Wahrscheinlich.« Max grinste. »Aber ihr Aussehen wird Euch gewiß reichlich entschädigen. Ihr könnt Euch wahrscheinlich nicht mehr an ihre Eltern erinnern, da Ihr damals noch nicht im Palast gelebt habt. Die beiden waren ein ungeheuer schönes Paar. Die Königin war eine berühmte österreichische Schönheit, die ihren Gemahl unter allen Prinzen auf dem Kontinent wählen konnte — aber sie hat sich für Janacek entschieden, unseren König. Eine Tochter, die aus dieser Verbindung hervorgegangen ist, muß einfach von exquisiter Schönheit sein.«

Diese erfreuliche Mitteilung hatte jedoch keinesfalls die gewünschte Wirkung auf den Prinzen. Im Gegenteil, sie schien ihn nur noch mehr zu erzürnen, falls das überhaupt möglich war. Mit einem wütenden Knurren stürmte er an Max vorbei.

»Ich schere mich einen Dreck um ihre Schönheit. Ich werde ihr Gesicht hassen — genau wie ich sie selbst hassen werde, jedesmal, wenn sie sich mir voller Ekel zuwendet.«

Maximilians Augen weiteten sich vor Schmerz, als er endlich begriff. Gütiger Gott, daran hatte er nicht gedacht.

Alicia sank überrascht in ihre Badewanne zurück, als der Prinz die Tür zu seinem Zimmer aufriß. Sie brauchte nur einen Blick auf ihn zu werfen, um den Grund für diesen unbeherrschten Auftritt zu erraten. Sie seufzte innerlich und entließ ihre beide Dienerinnen, die nur allzu glücklich darüber waren. Sie konnte ihnen nicht einmal einen Vorwurf daraus machen. Als sie selbst diesen Mann zum erstenmal in Wut gesehen hatte, war sie vor Schreck erstarrt. Es waren diese Augen, dieses feurige Glitzern! Ein gottesfürchtiger Mensch konnte bei diesem Anblick kaum den Wunsch unterdrücken, sich auf der Stelle zu bekreuzigen. Es seien Teufelsaugen, hatte sie mehr als einmal munkeln hören. Aber mehr als seine Augen fürchteten die Menschen die Macht seines Ranges. Denn wenn er jemanden töten würde — gleichgültig ob durch einen Unfall oder mit voller Absicht —, konnte ihm nicht viel geschehen. Jeder wußte das, auch er selbst.

Bei jenem ersten Wutanfall, den sie miterlebt hatte, war er auf seinen Freund Lazar Dimitrieff wütend gewesen, aus irgendeinem dummen Grund, an den sie sich längst nicht mehr erinnern konnte. Doch damals hatte sie nichts davon gewußt. Damals hatte sie gedacht, sie selbst sei der Grund für seine wilden Blicke. Das war vor ungefähr einem Jahr gewesen, kurz nachdem sie seine Mätresse geworden war, und sie hatte ihn zu dieser Zeit noch nicht so gut gekannt wie jetzt.

Sie hatte geglaubt, er würde sie umbringen, so wie er sich auf sie gestürzt hatte. Ohne sie auch nur richtig anzusehen, hatte er sie ins Nebenzimmer geschleppt und aufs Bett geworfen. In Wirklichkeit war das ganze ein Versuch gewesen, seiner leidenschaftlichen Erregung Herr zu werden — und dabei hatte er eben zu dem Mittel gegriffen, das ihre Beziehung ihm gestattete.

Es war keine erfreuliche Erfahrung gewesen, natürlich nicht, denn ihre Angst hatte sie steif und teilnahmslos gemacht. Aber sie war erfahren genug, um mit dem Schock fertig zu werden. Der einzige Grund, warum sie anschließend geweint hatte, war Erleichterung gewesen, Erleichterung darüber, daß er ihr nichts Schlimmeres angetan hatte. Aber das konnte er natürlich nicht wissen. Er dachte wirklich, er hätte ihr weh getan, und sie ließ ihn in diesem Glauben, denn seine Reue war Gold wert. Und wie sie erwartet hatte, überschüttete er sie kurz darauf mit den herrlichsten Geschenken, um sie für ihre Schmerzen zu entschädigen.

Nein, sie hatte keine Angst mehr vor ihm, selbst wenn er so aussah wie jetzt, als wolle er den erstbesten erwürgen, der ihm unter die Augen kam. Sie erhob sich sogar aus ihrem Bad: Sollte er sie ruhig von oben bis unten betrachten! Auf diese Weise schürte sie noch den leidenschaftlichen

Aufruhr, der ohnedies Besitz von ihm ergriffen hatte, und verwandelte seinen Zorn in ein Gefühl, das ihr besser vertraut war. Und ihre List zahlte sich aus. Er kam zu ihr, riß sie wortlos in seine Arme und trug sie — nackt und tropfnaß wie sie war — nach nebenan.

Alicia lachte hinter seinem Rücken. Sie war nicht dumm. Sie dachte an das prachtvolle Halsband aus Saphiren. Seit Monaten hatte sie ihm schon damit in den Ohren gelegen — jetzt würde sie es endlich bekommen. Sie mußte sich nur ein paar Tränen abringen, wenn er mit ihr fertig war. Und das sollte einer Frau wie ihr nicht schwerfallen.

Kapitel 2

Natchez, Mississippi

Tanya, du faules Luder, wo bleibt mein Frühstück?«

Das Mädchen, das mit einem schweren Tablett beladen durch den schmalen Korridor kam, zuckte bei dem Gebrüll zusammen und hielt erschrocken inne. Wilbert Dobbs hatte eine Stimme, die einem durch Mark und Bein fahren konnte — und das war auch der Nachbarschaft, die ihn regelmäßig durch das offene Fenster brüllen hörte, nicht verborgen geblieben. Viele Nachbarn kicherten gehässig, wenn sie Tanya auf der Straße begegneten, oder sie äfften Dobbs' Stimme nach, was noch schlimmer war. Aber schließlich gehörten ihre Nachbarn auch nicht zu den Menschen, von denen sie Verständnis oder Mitleid erwarten durfte, nur weil sie Tag für Tag beschimpft wurde. Und nach so vielen Jahren der Kränkung ließ die Beschämung langsam nach, man wurde fast immun dagegen.

Außerdem war es längst nicht mehr so schlimm wie früher, nicht, seit Dobbs durch seine Krankheit auf sie angewiesen war. Bei diesem Gedanken mußte Tanya plötzlich lächeln, und ihr Gesicht hellte sich auf. Ein seltenes Funkeln trat in ihre blaßgrünen Augen. Böse Worte — das war alles, was sie von Dobbs noch zu befürchten hatte, jetzt, da er bettlägerig war und sie nicht mehr schlagen konnte. Dafür hatte sie gleich am ersten Tag gesorgt, als er sein Bett nicht mehr verlassen konnte: Sie hatte seinen Stock verbrannt, seinen ständigen Begleiter seit so vielen Jahren, daß sie sich nicht einmal mehr daran erinnern konnte, wie viele es inzwischen waren.

Als ihr dieser Stock wieder einfiel, zuckte sie erneut zusammen. Ihre Situation war jetzt zwar besser, als sie es sich je in ihren kühnsten Träumen ausgemalt hatte, aber fast zwanzig Jahre Elend ließen sich nicht so einfach abschütteln.

Sie brachte schließlich das Tablett zu ihm herein und ließ es klirrend auf den Tisch neben seinem Bett fallen, ohne sich darum zu kümmern, daß sie dabei einen ziemlichen Lärm machte.

»Weshalb, zum Teufel, brauchst du heute morgen so lange, Missy?«

»Der Bierkutscher war früher dran als sonst.«

Er grunzte nur, was bedeutete, daß er die Entschuldigung akzeptierte. Die Wahrheit sah allerdings ganz anders aus. Tanya hatte sich einfach zur Abwechslung einmal zuerst selbst ihr eigenes Frühstück gegönnt, bevor sie ihm seins heraufbrachte.

»Was hatten wir gestern in der Kasse?«

»Ich hab's noch nicht nachgezählt.«

»Ich will eine Abrechnung haben …«

»Wenn ich die Unordnung von gestern abend beseitigt habe.«

Er lief rot an, als er ihre Antwort hörte, und sie errötete selbst ein wenig über ihre Kühnheit. Noch vor sechs Monaten hätte sie es niemals gewagt, so mit Dobbs zu sprechen, und das wußten sie beide. Sie hätte auf der Stelle jede andere Hausarbeit im Stich gelassen, um seinem Wunsch nachzukommen, und ganz gewiß wäre sie ihm damals nicht mitten im Satz ins Wort gefallen.

»Es tut mir leid«, sagte sie aus alter Gewohnheit. »Aber ich muß jetzt außer meiner eigenen Arbeit auch noch deine tun, und der Tag scheint nie genug Stunden zu haben, um alles zu erledigen. Wir müssen wirklich noch jemanden einstellen ...«

»Na, na, du kommst doch prima allein zurecht. Und wir müssen immerhin schon drei Leute bezahlen. Noch mehr würde mich zuviel von meinem Gewinn kosten.«

Sie hätte gern mit ihm darüber diskutiert, aber sie wußte aus Erfahrung, daß es nichts nützen würde. Die *Haremstaverne* brachte immer gutes Geld ein, aber Tanya durfte niemals etwas davon ausgeben, nicht für sich selbst, und auch nicht für die Taverne, die ihrer beider Lebensunterhalt war. Wofür, zum Teufel, sparte er sein Geld eigentlich? Er war keinen Tag jünger als sechzig und würde bald sterben — ein Umstand, der weder bei ihr noch bei anderen, die ihn kannten, besondere Trauer auslöste.

Die ersten zehn Jahre ihres Lebens hatte Tanya Dobbs und dessen Frau für ihre Eltern gehalten, und als sie später herausfand, daß es sich anders verhielt, empfand sie nur Freude darüber, keinen Schmerz. Aber wer ihre wirklichen Eltern waren, wußte sie nicht. Das einzige, was Iris Dobbs ihr hatte erzählen können, war eine traurige kleine Geschichte, die nun fast zwanzig Jahre zurücklag: Sie hätte Tanya als Säugling von einer Frau bekommen, die in einem Augenblick behauptete, ihre Mutter zu sein, nur um im nächsten darauf zu beharren, daß sie mit dem Kind nicht einmal verwandt sei. Aber das Fieber hatte die arme Frau wohl um den Verstand gebracht.

Iris war dann vor acht Jahren gestorben. Sie war Tanyas einziger Schutz gegen Dobbs gewesen und hatte viele der Schläge eingesteckt, die eigentlich Tanya zugedacht waren. Tatsächlich war es dann auch einer dieser Schläge gewesen, der sie getötet hatte. Dobbs aber war noch einmal davongekommen. Sie war seine Frau, also begnügten sich die Leute mit dem, was er ihnen erzählte, und glaubten seine Geschichte, ihr Tod sei ein Unfall gewesen.

Was ein Mann seiner Frau ungestraft antun durfte — daran mochte Tanya nicht einmal denken. Und nicht zum erstenmal hatte sie sich damals geschworen, daß kein

Mann sie jemals zu seiner Sklavin machen würde. Sie wußte genau, wie sie dies verhindern konnte: Sie würde einfach niemals heiraten. Eines hatte sie nämlich aus dem Zusammenleben mit Dobbs gelernt: Die wenigen Rechte, die sie besaß, waren unendlich kostbar, und um nichts in der Welt würde sie diese Rechte jemals preisgeben. Sie wünschte nur, sie hätte schon früher davon gewußt, hätte gewußt, daß sie gehen konnte, wann immer es ihr beliebte, ohne fürchten zu müssen, daß man sie wie einen entlaufenen Sklaven früher oder später wieder einfinge. Erst eines der Barmädchen mußte sie darauf stoßen, nachdem es einmal beobachtet hatte, wie Dobbs mit seinem Stock auf sie losgegangen war. Das Mädchen hatte Tanya später gefragt, warum sie eigentlich bei ihm bliebe.

Und wirklich hatte Tanya anschließend damit gedroht, ihn zu verlassen. Sie mußte damals volle achtzehn Jahre alt gewesen sein, oder wenigstens beinahe so alt, und sie hätte ohne weiteres in einer anderen Taverne Arbeit finden können, da sie alles wußte, was man über diese Arbeit nur wissen konnte. Damals hatte Dobbs sie auch zum erstenmal mit der *Haremstaverne* geködert. Aber das vage Versprechen, ihr die Taverne zu vermachen, war alles gewesen, was sie hatte — bis er krank wurde. Diese Gelegenheit hatte sie ergriffen und ihn dazu gebracht, ihr sein Versprechen schriftlich zu geben. Seitdem verbarg sie jenes kostbare Stück Papier unter einer losen Diele in ihrem Zimmer.

Jetzt konnte sie in der Taverne schalten und walten, wie sie wollte. Die Schenke mochte alle ihre Kräfte verzehren und ihr pausenlos Kopfschmerzen bereiten, aber sie verkörperte Unabhängigkeit, Frieden und uneingeschränkte Macht — oder würde es jedenfalls bald tun. All das hatte sie früher nicht besessen, und jetzt sehnte sie sich leidenschaftlich danach. Um es bald endgültig auskosten zu können, mußte sie lediglich Dobbs versorgen — für die kurze Zeit, die ihm noch blieb —, und das hatte sie schließlich ihr ganzes Leben lang getan.

Tanya machte sich so bald wie möglich wieder an die Arbeit, denn sie hatte nicht übertrieben. Der Tag war nie lang genug, um alles zu schaffen, was von ihr verlangt wurde. Wenn es ans Putzen ging, waren ihre drei Helfer absolut keine Hilfe. Dobbs wollte ihnen keine Überstunden bezahlen, da er Tanya ja umsonst hatte. Daher gingen die anderen nach Hause, sobald die Taverne schloß, selbst wenn es in der Schankstube aussah wie nach einem Hurrikan.

Meistens herrschte eine widerliche Unordnung, die Krüge standen noch auf den Tischen inmitten von Pfützen von verschüttetem Bier, Stühle waren umgekippt, manche sogar zerbrochen, und auf dem Holzfußboden mischten sich Speichel und Zigarrenstumpen. Tanya kümmerte sich normalerweise um all diese Dinge, bevor sie zu Bett ging, aber am letzten Abend hatte es einen Kampf um Aggie, das derzeitige Barmädchen, gegeben. Der Sohn eines hiesigen Plantagenbesitzers und ein Seemann von der *Lorelei,* die erst am Morgen zuvor im Hafen festgemacht hatte, waren ihretwegen aneinandergeraten. Normalerweise regelte Dobbs solche Streitigkeiten — mit einer Keule in der einen und einer Pistole in der anderen Hand. Jetzt war Tanya auf Jeremiah angewiesen, der hinter der Theke stand. Aber obwohl Jeremiah die notwendige Größe hatte, um zwei betrunkene Gäste einzuschüchtern, fehlte ihm leider der Mumm dazu.

Es war nicht das erste Mal, daß Tanya zwei Streithähne auseinanderbringen mußte, seit sie die Taverne führte. Es war auch nichts besonderes, daß sie sich ein paar blaue Flecken holte, bevor die Raufbolde begriffen, daß sie sich in ihren Kampf eingemischt hatte, aber letzte Nacht war das etwas anderes gewesen, denn sie hatte sich vor lauter Müdigkeit hundeelend gefühlt. Deshalb hatte sie auch so lange gezögert, überhaupt einzuschreiten.

Für gewöhnlich zog sie keinerlei Aufmerksamkeit auf sich, denn sie hatte bereits in jungen Jahren gelernt, ihre ebenmäßigen, zarten Gesichtszüge hinter Härte und Eintönigkeit zu verbergen. Und da die tatsächliche Erschöpfung nicht ganz ausreichte, um ihr Gesicht hager und ausgezehrt erscheinen zu lassen, half sie mit etwas Theaterschminke nach.

Sie war aus der Taverne nicht mehr wegzudenken — manchmal bediente sie, während April tanzte, weil Aggie es allein nicht schaffte, und manchmal half sie hinter dem Tresen aus, wenn Jeremiah mal wieder nicht zur Arbeit erschienen war. Sie war allgegenwärtig, bereit, überall einzuspringen, wo gerade Not am Mann war — selbst wenn es darum ging, eine Rauferei zu schlichten. Sie, ein Mädchen von nicht einmal fünfeinhalb Fuß, mit streng zurückgekämmtem und im Nacken zusammengebundenem Haar, bekleidet mit einem derben schwarzen Rock, der schmucklos und glatt an ihr herunterhing, und einem von Dobbs' altersgrauen Hemden, das ihr bis zu den Knien reichte. Seit Dobbs krank zu Bett lag, trug sie über dem Hemd einen Gürtel mit einem gefährlich wirkenden Messer um die Hüften. Seine Klinge war um einiges länger als die der anderen Waffe, die sie in ihrem rechten Stiefel trug, solange sie sich erinnern konnte.

Beide Messer hatte sie in der vergangenen Nacht ins Spiel gebracht, und die kreisenden Klingen hatten die beiden Widersacher erfolgreich voneinander getrennt. Anschließend mußte sie kein einziges Wort mehr verlieren. Der Sohn des Plantagenbesitzers war ein Stammgast und wußte nur allzugut, daß sie nur nach ihren Waffen griff, wenn sie auch bereit war, sie zu gebrauchen. Er entschuldigte sich für den Zwischenfall und setzte sich wieder. Der Seemann, der an diesem Abend zum erstenmal die *Haremstaverne* besuchte, war zu überrascht, um noch mehr Scherereien zu machen. Jeremiah, der zwar ein wenig spät auf dem Schauplatz erschienen, aber dennoch sehr nützlich war, eskortierte ihn zur Tür.

Aber trotz der scheinbaren Mühelosigkeit, mit der sie der Rauferei ein Ende gemacht hatte, blieben ihre Nerven für den Rest des Abends aufs äußerste gespannt. Deshalb war sie sofort zu Bett gegangen, nachdem sie hinter dem letzten Gast die Tür geschlossen hatte.

Sie konnte mit Gewalt viel besser fertig werden, wenn sie selbst das Opfer war und nicht diejenige, die anderen etwas antat, denn die Rolle des Opfers war ihr ein Leben lang vertraut gewesen. Es widerstrebte ihr, selbst handgreiflich zu werden; trotzdem zögerte sie nicht, zu diesem Mittel zu greifen, wenn es nötig war, und in der Vergangenheit war es eben manchmal nötig gewesen, ganz besonders im letzten halben Jahr, seit Dobbs das Bett hüten mußte.

Trotz all ihrer Bemühungen, den Kunden des *Harem* möglichst unattraktiv zu erscheinen, kam es ab und zu vor, daß ein Gast so betrunken war, daß er nicht mehr richtig sehen konnte. Schon der Anblick ihres Rockes genügte in solchen Fällen, um den Mann auf die Idee zu bringen, in ihr eine willige Bettgenossin gefunden zu haben. Sie versuchten dann unweigerlich, Tanya zu betatschen oder zu zwicken, wurden aber schnell eines besseren belehrt. Mit einem scharfen Wort oder einer wohlplazierten Ohrfeige setzte Tanya ihren Annäherungsversuchen ein rasches Ende. War ein Mann erst einmal so betrunken, daß er sie nur noch verschwommen sehen konnte, dann war er auch betrunken genug, daß sie mit ihm fertig werden konnte. Viel ernster war es, wenn die Männer nicht ganz so betrunken waren und versuchten, sie außerhalb des Schankraums zu erwischen. Manchmal lauerten sie ihr in der Vorratskammer oder in der Küche auf, oder sie versuchten, sie draußen abzufangen, wenn sie zu den Ställen hinterm Haus gehen mußte; einmal war ihr sogar jemand bis in ihr Zimmer nachgeschlichen. Aber all diese Männer kannten Tanya auch schon lange genug, um sich nicht von ihrer zur Schau gestellten Häßlichkeit hinters Licht führen zu lassen. Und seit Dobbs' Krankheit glaubten sie nun, leichtes Spiel mit ihr zu haben.

Wenigstens in einer Hinsicht hatte sie von Dobbs profitiert, solange er gesund und kräftig gewesen war: Er war ein gewaltiges Hindernis für jeden gewesen, der Hand an sie legen wollte. Einmal hätte er fast einen seiner Freunde zu Tode geprügelt, weil dieser versucht hatte, sie zu küssen. Solche Nachrichten verbreiteten sich wie ein Lauffeuer. Allerdings hatte er weder damals noch bei anderen Gelegenheiten an Tanyas Tugend gedacht. Lediglich sein brennender Haß auf alles, was nach Hurerei aussah, bewirkte, daß er nichts dergleichen unter seinem Dach duldete. Wenn Aggie oder April ihre Gäste auf diese Art und Weise bedienen wollten, wozu sie beide gern bereit waren, mußten sie private Verabredungen treffen. Seit er krank war, konnten sie sich zu diesem Zweck jedoch zu den Ställen davonstehlen, sobald das Geschäft ein wenig abflaute.

Dobbs' Verhalten in diesen Dingen war natürlich nicht normal, aber seit Iris Tanya einmal den Grund für sein seltsames Benehmen verraten hatte, fand sie es immerhin recht amüsant. Dobbs konnte es also nicht mehr tun — das war die Erklärung für sein unverständliches Verhalten. Und wie typisch für ihn, daß er anderen nichts gönnte, wozu er selbst nicht mehr in der Lage war.

Mit einem kleinen Seufzer sah Tanya sich im Schankraum um, bevor sie sich an die Arbeit machte. Sie mußte sich auch noch um die Bierlieferung kümmern, mußte Mittag- und Abendessen zubereiten und neue Kerzen bestellen. Wegen der Kerzen würde sie drei Blocks weit laufen müssen, vorbei an Spielhöllen, an Bordellen und an Tavernen, die noch schäbiger waren als ihre eigene und zudem sogar tagsüber Gäste einließen. Die *Haremstaverne* lag in einem der übelsten Viertel von Natchez. Kurz bevor es an der Zeit war, die Türen zu öffnen, schneite dann auch noch Aprils kleiner Bruder herein, um ihr zu eröffnen, daß die Hauptattraktion des *Harem* sich den Fuß verstaucht hatte. Sie würde weder heute noch überhaupt in absehbarer Zeit auftreten können. Genau das hatte Tanya noch gefehlt — ein paar Minuten, bevor die ersten Gäste kamen. Augenblicklich stellten sich wieder ihre Kopfschmerzen ein.

Kapitel 3

»Was zur Hölle tun wir hier eigentlich, Stefan?« beklagte sich Lazar, während er widerwillig einen rotbärtigen Mann in ausgefransten Lederhosen betrachtete. Der Kerl hämmerte mit einem leeren Bierkrug auf den Tisch und brüllte laut, daß er endlich die Tänzerin sehen wolle. »Wir hätten auch im Hotel auf Serge warten können, da hatten wir's wenigstens halbwegs bequem.«

»Du treibst dich doch nicht zum erstenmal in irgendwelchen heruntergekommenen Gegenden herum ...«

»Aber ich halte mich für gewöhnlich nicht an solchen Orten auf, wo jeder verdammte Kerl bis an die Zähne bewaffnet ist.«

Stefan lachte in sich hinein. »Du übertreibst mal wieder, mein Freund. Und selbst wenn es so wäre — ich bin genauso nervös wie Vasili und für jede Abwechslung dankbar, um was es sich auch handelt.«

»O Gott«, stöhnte Lazar und ließ sich geräuschvoll auf einen Stuhl fallen. »Wenn ihr beide Streit sucht, werden wir sicher auch welchen bekommen.«

»Wer hat denn hier was von Streit gesagt?«

»Eine kleine Abwechslung bedeutet für euch zwei doch nichts geringeres als eine ausgiebige Schlägerei. Und mir ist nur allzu klar, wie gereizt du im Augenblick bist — wir anderen übrigens auch, nach dieser letzten Hiobsbotschaft. Aber du entwickelst dich in dieser Stimmung — verzeih mir, wenn ich das sage — zu einem ausgemachten Bastard.«

Stefan schnaufte verächtlich, war aber nicht ernstlich beleidigt. Seine alten Freunde durften ihm ab und zu ruhig ihre Meinung sagen.

»Ich verspreche dir, daß ich nichts anfange, womit ich dann nicht selber fertig werde.«

»Diese Art von Versprechungen kannst du dir schenken.«

»Nun hör endlich auf, dir Sorgen zu machen, Lazar. Wir sind nur hergekommen, um Vasili Gesellschaft zu leisten und um einander nicht an die Gurgel zu gehen bei dieser elenden Warterei.«

»Und welche Entschuldigung hat dann Vasili?« fragte Lazar mit einem beunruhigten Blick auf den jungen Mann, der betont lässig durch den Schankraum streifte und sich mit den Gästen unterhielt, als sei er selbst Stammgast in diesem Lokal.

»Ihn hat der Name dieser Taverne schon fasziniert, als wir ihn an Bord der *Lorelei* das erste Mal gehört haben. Und natürlich die Beschreibung der Hauptattraktion hier. Außerdem hat er solches Heimweh, daß er schon für die lächerlichste Vorstellung dankbar sein wird — Hauptsache, er sieht endlich mal wieder einen Bauchnabel kreisen.«

»Diese verdammte Konkubine, die Abdul ihm geschenkt hat, bewegt sich beim Tanzen wie ein Engel, nicht wahr?« unterbrach Lazar kichernd seine düsteren Betrachtungen. »Und sie bewegt sich im Bett noch gekonnter.«

»Du hast sie ausprobiert?«

»Vasili ist immer sehr großzügig ... Soll das etwa heißen, du hast sie nicht im Bett gehabt?«

»Sklaven sind für meinen Geschmack zu unterwürfig, auch wenn man ihnen ihre Freiheit wiedergegeben hat.«

Lazar grinste bei diesen Worten. Unterwürfigkeit konnte bisweilen ganz reizvoll sein, besonders wenn man wie er eine Xanthippe zur Geliebten hatte. Diese Frau hatte er gern zu Hause gelassen, als sie nach Amerika aufgebrochen waren. Allerdings hatte damals niemand damit gerechnet, daß sich diese Reise dermaßen in die Länge ziehen würde.

Ihre Aufgabe hatte so einfach ausgesehen; sie mußten lediglich mit einer Madame Rousseau in New Orleans Kontakt aufnehmen. Sandor hatte ihren Namen vor vielen Jahren in Erfahrung gebracht, während er die Vorbereitungen zur Flucht der kleinen Prinzessin traf. Diese Frau hätte sie auf direktem Wege zu Baronin Tomilova und ihrem königlichen Schützling führen sollen. Höchstens eine Woche hatten sie eingeplant, um die Prinzessin aufzulesen, und dann wären sie auch schon wieder auf dem Heimweg gewesen. So einfach ... Aber leider war Madame Rousseau vor drei

Jahren gestorben und ihr Mann inzwischen nach Charleston gezogen.

Eine ganze Woche hatten sie in New Orleans mit ihren Nachforschungen über die Baronin verschwendet, aber es schien fast so, als sei sie niemals dort gewesen, da sich niemand an sie erinnerte. Also waren sie nach Charleston gesegelt, um mit dem Ehemann der Dame zu sprechen. Und das war eine weitere Zeitverschwendung gewesen, denn der Mann von Madame Rousseau war nach dem Tod seiner Frau dem Alkohol verfallen. Er konnte sich kaum noch an seine eigene Frau erinnern, geschweige denn an eine Frau, der er vielleicht — oder vielleicht auch nicht — vor zwanzig Jahren einmal begegnet war. Das einzige, was sie nach allerlei Einschüchterungsversuchen aus ihm herausholen konnten, war ein verdrossener Hinweis auf die Schwester seiner verstorbenen Frau. Er glaubte, sich noch einigermaßen daran erinnern zu können, daß diese Schwester zur fraglichen Zeit bei ihnen gelebt hatte — obwohl er sich nicht einmal da ganz sicher zu sein schien. Die einzige Schwierigkeit bei der Sache bestand darin, daß diese Schwester vor zehn Jahren geheiratet hatte und nach Natchez in Mississippi gezogen war.

Sollten sie also nur auf die vage Möglichkeit hin, Rousseaus zweifelhafte Erinnerung könne der Wahrheit entsprechen, wieder nach New Orleans zurücksegeln, um von da aus über den Mississippi hinauf zu der alten Stadt Natchez zu reisen? Aber was hätten sie sonst tun können? Tatiana Janacek hatte all die Jahre darauf gewartet, daß man sie endlich nach Hause holte, um in Cardinia den ihr angestammten Platz einnehmen zu können. Sie mußten sie einfach finden, ganz egal, wie lange es dauerte.

Dennoch befürchteten sie zu diesem Zeitpunkt bereits, daß ihre Mission vielleicht fehlschlüge; jeder einzelne von ihnen war sich dessen bewußt. Aber solange nicht der neue König von Cardinia die Geduld verlor und die Sache aufgab, solange würde auch kein anderer das tun.

Aber das war vor ihrem Besuch bei Madame Rousseaus Schwester gewesen. Was sie heute morgen auf dieser Plantage im Süden der Stadt gehört hatten, war die schlimmste Ernüchterung ihrer ganzen Reise gewesen, denn die Geschichte dieser Frau war einfach unglaublich.

Jetzt war Lazar endgültig dafür, das Land auf der Stelle zu verlassen und zu Hause einfach von der Tragödie zu berichten, die über das Janacek-Kind hereingebrochen war. Serge dagegen plädierte dafür, einfach irgendein Mädchen auszusuchen, das Tatianas Platz einnehmen könnte, eine Frau, die mehr nach dem Geschmack des Königs war, als es die Prinzessin wohl gewesen wäre. Aber der Haken bei der Sache bestand darin, daß die richtige Prinzessin ein bestimmtes Mal haben mußte, und an diesem Zeichen konnte man sie erkennen. Sandor hatte dem Säugling dieses Erkennungszeichen selbst beigebracht.

Die beiden Vettern, Stefan und Vasili, waren nach wie vor wild entschlossen, jeder Spur, wie kalt sie auch sein mochte, nachzugehen. Sie wollten so lange weitersuchen, bis es beim besten Willen keinen Ort mehr gab, wo sie noch hätten suchen können. Es war gar nicht auszudenken, wie viele Monate sie diese Verbohrtheit noch kosten würde. Und der einzige Anhaltspunkt, den sie jetzt noch hatten, war der Name der letzten Person, die die Baronin wahrscheinlich lebend gesehen hatte.

Es war ein Schock für sie alle gewesen, als sie hören mußten, daß die Tomilova kurz nach ihrer Ankunft in Amerika gestorben war. Sie hatte den Befehl gehabt, nur im äußersten Notfall mit Sandor Kontakt aufzunehmen. Ansonsten durfte keine Verbindung zwischen ihnen bestehen, die die Stamboloffs hätten entdecken können; es durfte einfach nicht die geringste Spur geben, die diese Leute zu der Prinzessin hätte führen können. Aber wäre nicht der unmittelbar bevorstehende Tod der Baronin ein solcher Notfall gewesen? Wer hätte auch gedacht, daß sie sterben würde — und schlimmer noch, daß sie sterben könnte, noch bevor das Kind alt genug war, um für sich selbst sorgen zu können, oder wenigstens alt genug, um zu wissen, an wen es sich in diesem Falle wenden mußte.

Wenn man Rousseaus Schwester Glauben schenken

durfte, hatte sich folgendes ereignet: Die Baronin war mit dem Kind, das man für ihr eigenes hielt, nur zwei Tage bei Madame Rousseau geblieben. Sie fühlte sich nicht wohl, da sie noch nicht ganz von einem Fieber genesen war, das sie sich während ihrer Reise nach Amerika zugezogen haben mußte. Dieses Fieber war auch wahrscheinlich der Grund für ihre seltsamen Wahnvorstellungen; manchmal glaubte sie, sie werde verfolgt, dann wieder, sie befinde sich in einem prächtigen Schloß. Sie fantasierte auch von einem Vermögen an Juwelen, das man ihr angeblich gleich in der ersten Nacht nach ihrer Ankunft in der Stadt geraubt hätte. Als sie jedoch von dem Gelben Fieber hörte, das vermutlich in New Orleans grassierte und wahllos mordete, wurde sie fast hysterisch. Sie bestand darauf, noch am selben Tag abzureisen.

»Sie wollte auf nichts hören, was meine Schwester ihr entgegenhielt«, hatte ihnen ihre Unglücksbotin erzählt. »Die Dame traf ihre Vorbereitungen, um die Stadt zu verlassen. Aber als sie uns sagte, mit wem sie gehen wollte und wohin, haben wir erst recht versucht, sie davon abzuhalten. Die Frau, der sie sich anschließen wollte, war in einen üblen Skandal verwickelt, weil sie einen Kerl aus der Gosse geheiratet hatte. Aber die Baronin schlug alle Warnungen in den Wind, selbst als wir ihr sagten, daß die Gegend, durch die sie reisen wollte, die verrufenste im ganzen Land sei. Wir hatten den Verdacht, das Fieber sei wieder zurückgekehrt, denn sie war plötzlich so seltsam und unberechenbar. Wir haben ihr sogar angeboten, das Kind bei uns zu behalten — zu seiner eigenen Sicherheit —, aber auch davon wollte sie nichts hören. Ich war deshalb gar nicht überrascht, als man uns binnen einer Woche ihre Leiche ins Haus brachte, damit sie ein ordentliches Begräbnis bekam. Die Visitenkarte meiner Schwester war das einzige, was man in ihrer Handtasche gefunden hatte. Sie selbst hatte am Straßenrand gelegen, teilweise mit Steinen und Erde bedeckt. Es hatte den Anschein, als hätte dieses Frauenzimmer, Dobbs war ihr Name, wenigstens den Versuch gemacht, sie zu beerdigen.«

Also gab es einen neuen Namen, dem sie nachspüren mußten, und diesmal hatten sie sogar noch Glück im Unglück — wenn man davon überhaupt noch sprechen konnte —, denn das Reiseziel dieser Frau namens Dobbs war zufällig genau die Stadt gewesen, in der sie sich jetzt befanden: Natchez in Mississippi.

Aber ob sie nach zwanzig Jahren immer noch hier war? Die Schwester von Madame Rousseau hatte jedenfalls nie wieder von ihr gehört, und sie hatte immerhin die letzten zehn Jahre ihres Lebens hier zugebracht. Und selbst wenn diese Frau noch hier war, wer sagte ihnen, daß sie etwas über den Verbleib des Kindes wußte?

Serge hatte sich gleich nach ihrer Ankunft auf den Weg zu den städtischen Behörden gemacht, in der Hoffnung, dort die eine oder andere Antwort auf ihre Fragen zu erhalten. Wenn er dort keinen Erfolg hatte, würden sie morgen die ganze Stadt abklappern, um etwas herauszufinden, und ihre Erfahrungen in New Orleans hatten sie gelehrt, was für eine langwierige Angelegenheit das werden konnte. Es gab unendlich viel, was sich in den letzten zwanzig Jahren ereignet haben könnte, aber am wahrscheinlichsten erschien es ihnen mittlerweile, daß sie die Prinzessin niemals finden würden — falls sie überhaupt noch am Leben war. Und wie sehr es der König auch verabscheut hatte, in dieses Land zu reisen, um sie zu holen — der Gedanke, mit leeren Händen nach Hause zurückzukehren, war ihm erst recht unerträglich.

»Ich habe festgestellt, daß man von dem Tisch da vorn die beste Sicht hat«, berichtete Vasili, sobald er wieder bei ihnen war. »Sollen wir die Leute, die da sitzen, bestechen ... oder wollen wir den Tisch einfach beschlagnahmen? Schließlich hat der Adel gewisse Privilegien. Das müssen sogar diese Bauern hier einsehen.«

»Hatten wir nicht ausgemacht, daß wir inkognito reisen?« erwiderte Stefan trocken.

»Ja, das hatten wir.« Vasili seufzte. »Dann denke ich, daß wir uns den Tisch wohl einfach so nehmen müssen. Stärke hat schließlich auch ihre Privilegien.«

»Den Teufel wirst du tun!« zischte Lazar, der bei Vasilis Worten aufgesprungen war. »Von meinem Stuhl aus kann man diese verdammte Bühne hervorragend sehen. Hier, setz dich.«

»Wenn du darauf bestehst, mein Freund.«

Stefan grinste verstohlen; Vasili hatte das Ganze wirklich geschickt eingefädelt. Lazar biß lediglich die Zähne zusammen, so erleichtert war er, daß er nicht sein Schwert zücken mußte, um sie zu verteidigen — noch nicht. Sie alle legten eine beträchtliche Arroganz an den Tag, aber Vasili benutzte diese Arroganz manchmal wie eine Waffe, mit großer Überlegung und Geschicklichkeit — und mit einem nicht unbeträchtlichen Vergnügen. Lazar wußte das natürlich auch, denn sie alle waren seit ihrer Kindheit zusammen, hatten bei Hof unter denselben Lehrern zu leiden gehabt, hatten dieselbe Ausbildung bekommen, sich dieselben Feinde gemacht ... Sie waren einander sehr ähnlich, ihre Gedanken bewegten sich in beinahe gleichen Bahnen, und sie waren die besten Freunde. Lazar hatte nur immer Schwierigkeiten damit, sich auf mehr als eine Sache gleichzeitig zu konzentrieren, und im Augenblick beanspruchte ihn der Gedanke, daß sowohl Stefan als auch Vasili unweigerlich Streit suchen würden, um ihrer letzten Enttäuschung Herr zu werden. Was ihn selbst betraf — er war vollauf damit beschäftigt, sich über diesen Umstand zu sorgen.

Lazar hatte nicht begriffen, daß Vasili längst ein anderes Ventil gefunden hatte, um sich Luft zu machen: die bevorstehende Show. Sein Verlangen nach dem besseren Sitzplatz seines Freundes war durchaus echt gewesen. Die erwartungsvolle Ungeduld der Menge hatte ihn mitgerissen.

Die Vorstellung hätte bereits in vollem Gange sein müssen, und immer mehr Gäste beschwerten sich lauthals über die Verspätung und hämmerten auf die Tische. Aber vielleicht würde sich die Warterei ja lohnen. Vielleicht war diese Haremstänzerin wirklich so gut, wie er gehört hatte. Aber wem wollte er etwas vormachen? Es konnte sich eigentlich nur um eine blutige Anfängerin handeln, eine Dilettantin, die ihre eigene Vorstellung von dem hatte, was sie für den berühmten Haremstanz hielt. Diese Amerikaner würden den Unterschied nicht einmal bemerken, und Vasili war leicht zufriedenzustellen — was auch ein Glück war, denn Stefan hatte die Befürchtung, daß es sie höllisch teuer zu stehen kommen würde, falls sich Vasilis augenblickliche Begeisterung in Enttäuschung verwandeln sollte.

Jetzt beugte Vasili sich vor und flüsterte Stefan etwas zu. »Man hat mir anvertraut, daß diese Tänzerin für ein paar Münzen zu haben ist. Selbst wenn sie nur ein Zehntel von dem bringt, was meine Fatima kann, werde ich sie nachher um eine kleine Privatvorstellung ersuchen ...«

Als Lazar das hörte, runzelte er die Stirn. »Du riskierst zuviel mit deinen Dirnen, Vasili. Drei in New Orleans, eine auf dem Dampfer und jetzt diese Bauchtänzerin. Du wirst dir noch ein Andenken aus diesem Land mit nach Hause nehmen, das dir deinen Du-weißt-schon-Was übel zurichtet.«

»Er meckert schon, seit wir durch diese Tür gekommen sind.« Stefan unterbrach Lazar, bevor Vasilis wechselhafte Laune eine Wendung zum Schlechteren nehmen konnte. Diese beiden waren geradezu berüchtigt dafür, daß sie einander mit Mordlust in den Augen an den Kragen gingen. Ehe sie sich versahen, war dann der schönste Streit im Gange, nur um über kurz oder lang in tosendem Gelächter wieder zu verebben. »Vasili kann es einfach nicht glauben, daß wir nur hergekommen sein sollen, um diese Pferdepisse runterzuspülen, die man hier als Bier verkauft. Oder um einer größenwahnsinnigen Ausländerin dabei zuzusehen, wie sie sich auf dieser Bühne da lächerlich macht.«

»Wenn du es so ausdrückst, kommen mir selbst langsam Zweifel«, sagte Vasili, und seine hellbraunen Augen lachten, als er sich zu Lazar umdrehte. »Jetzt siehst du, wohin du uns mit deiner Meckerei gebracht hast. Du weißt doch, wie abscheulich Stefan werden kann, wenn er Wut auf uns hat.«

»Mein Gott, Vasili«, stöhnte Lazar mit übertriebenem Entsetzen und ließ sich auf seinen neuen Stuhl fallen.

»Warum forderst du ihn nicht gleich auf, uns in Stücke zu reißen?«

Vasili wandte sich wieder an Stefan — mit vor Unschuld weit aufgerissenen Augen. »Hab' ich dich etwa verärgert, mein Freund?«

»Du hast dein möglichstes getan«, antwortete Stefan unergründlich. »Aber ich kümmere mich für gewöhnlich nicht um das Geschrei junger Esel.«

Vasili zuckte zusammen. »Ich weiß, worauf du hinaus willst. Du hast mich durchschaut.«

»Wenn ihr beide nicht endlich die Klappe haltet, verpaßt ihr noch die ganze Show.«

Vasili warf einen Blick auf die Bühne und beugte sich vor; die kleinen Sticheleien waren augenblicklich vergessen. Gleichzeitig brach die johlende Menge in wilden Beifall aus, und Lazar sah auf, zuerst wachsam, dann wie vom Donner gerührt. Auch er starrte jetzt fasziniert auf die Bühne. Stefan dagegen runzelte widerwillig die Stirn, als der Tanz begann. Was immer er auch erwartet hatte — das nicht. Nicht im Traum hätte er daran gedacht, daß er dieses Barmädchen für sich selbst wollen würde.

Kapitel 4

Sie war feingliedrig und von exquisiter Zartheit, dieser Engel von Babylon. Stefan, und mit ihm jeder andere Mann im Raum, war atemlos verzaubert, unfähig, seine Augen von ihr abzuwenden. Dies war ein Tanz, der nur das eine Ziel kannte, die Sinne zu entflammen, und doch lag in den Bewegungen des Mädchens bei aller Sinnlichkeit auch eine Grazie, die ihm eine Art von Unschuld verlieh. Vielleicht geschah dies zu ihrem eigenen Schutz, wenn man bedachte, wie vielen Männern sie diese Vorstellung bot. Für Stefan jedoch war es bereits zu spät. Sie war eine Frau, die einen Mann in den Wahnsinn treiben konnte, weil sie in ihm die widersprüchlichsten Empfindungen auslöste — leidenschaftliches Verlangen auf der einen Seite und den unbezähmbaren Wunsch, sie zu beschützen, auf der anderen. Aber im Augenblick empfand er nur Verlangen.

Er hatte sich gefragt, was für eine Art Kostüm sie wohl tragen würde, und war zu dem Schluß gekommen, daß sie sich gewiß nicht mit der freizügigen Durchsichtigkeit echter Haremstänzerinnen kleiden würde. Diese Frauen waren schließlich Konkubinen oder Sklavinnen, und sie tanzten, um ihrem Herren zu gefallen, um unter so vielen anderen Sklavinnen seine Aufmerksamkeit zu erlangen. Aber dies war Amerika, wo die Frauen sorgfältig darauf achteten, ihre Gliedmaßen zu bedecken — wenigstens galt das für die anständigen Frauen. Hier jedoch handelte es sich um eine Hure, die sich einem ausschließlich männlichen Publikum präsentierte, also war es ihr sicher gestattet, wenigstens ihre Arme zu entblößen und einen Teil ihrer Beine. Und — weil das der Tanz so verlangte, ein gutes Stück von ihrem Bauch. Aber da hatte er sich geirrt.

Direkt unter ihrem Nabel wurde bereits der Stoff ihrer Haremshose sichtbar, die sich zwar eng um ihre Hüften und ihren Unterleib schmiegte, dann aber bauschig und locker an ihren Beinen herabfiel. Sie reichte ihr bis zu den Fesseln, wo der Stoff von einem schmalen Band zusammengehalten wurde und ihre Knöchel fest umschloß. Der lavendelfarbene Stoff war keineswegs durchsichtig, aber doch so hauchdünn, daß er bei bestimmten Bewegungen, dicht an ihren Körper gelegt, ihre zarten Formen nachzeichnete. Das Oberteil, aus demselben dünnen Material wie die Hose, war kurz — aber lange nicht so kurz, wie es das Publikum gern gesehen hätte; es hing bis auf den Bund ihrer Hose herab. Die Ärmel waren lang und füllig und wurden an ihren Handgelenken zusammengehalten. Das Oberteil selbst spannte sich eng um ihre festen Brüste, fiel dann jedoch lose herab, so daß es den Bewegungen ihres Körpers folgen konnte. Das ganze Kostüm war mit kleinen silbernen Ziermünzen übersät, die im Kerzenlicht aufblitzten. An ihren Hüften, ihren Armen und Fesseln klirrte eine beträchtliche Schar von Armreifen im Rhythmus ihrer Bewegungen und bewies, daß diese Frau ihren Tanz durch und durch beherrschte. Aber das war schon von dem Augenblick an klar gewesen, in dem sie auf die Bühne geglitten war.

Ein langer Schleier, ebenfalls aus demselben lavendelfarbenen Material, bedeckte ihr Haar bis zur Taille. Aber ihr Haar war ein wenig länger als der Schleier, und sie trug es offen, so daß lange Locken, schwarz wie Ebenholz, über ihre schmalen Schultern fielen und wieder zurückgeworfen wurden im Auf und Nieder des Tanzes. Ein kürzerer Schleier verbarg ihre Gesichtszüge, bis auf die Augen, die auf den ersten Blick orientalisch anmuteten. Stefan, der sie so eingehend betrachtete, begriff jedoch bald, daß sie diesen Effekt mit einem Kohlestift erzielt hatte. Auch die Tatsache, daß sie ihren Blick stets gesenkt hielt, als wolle sie es vermeiden, den Männern im Raum ins Gesicht zu sehen, trug zu diesem Eindruck bei. Ihre bloßen Füße waren der einzige Teil ihres Körpers, der nackt war — abgesehen von den ein oder zwei Zoll Haut um ihren Bauchnabel herum. Doch auch dieser Anblick war den Männern nur selten vergönnt, nur dann, wenn sie bei den langsamen, wellenförmigen Bewegungen ihres Unterleibes sich für einen winzigen Augenblick aufrichtete.

Hoffentlich würde Vasili dieser kurze, erregende Blick auf einen entblößten Bauchnabel genügen, denn mehr würde er, wenn es nach Stefan ging, nicht zu sehen bekommen. Jedenfalls nicht in dieser Nacht. Die Frage war nur, wie er das verhindern sollte, nachdem Vasili seine Absicht bereits angekündigt hatte. Ein offenes Wort schien der einfachste Weg zu sein, und das versuchte er auch, sobald das Mädchen seinen Tanz beendete und durch eine schwarze Tür von der Bühne verschwand.

»Du hast in letzter Zeit so viele vernascht, Vasili, die da wirst du mir überlassen.«

»So, werde ich das?« Der Mann mit dem goldenen Haar fuhr überrascht herum. »Hast du das gehört, Lazar? Er will mir das Weib unter den Händen wegstehlen!«

»Noch liegt sie nicht unter deinen Händen, und außerdem hat er recht«, sagte Lazar, der mit Stefan völlig übereinstimmte. »Du hast dich in den vergangenen Wochen wirklich mehr als reichlich bedient, mein Freund. Dir ist doch jede Frau recht; unser Stefan hier ist da viel wählerischer.«

»Ich bin gern bereit zu teilen.«

»Aber ich nicht«, sagte Stefan mit gefährlicher Sanftheit.

»So ist das also, ja?« fragte Vasili, halb entrüstet halb belustigt. »Warum hast du das nicht gleich gesagt? Du kannst sie haben — falls sie dich will.«

Vasili hatte sich nichts Böses bei seinen Worten gedacht, aber als er hörte, wie Lazar entsetzt nach Luft schnappte, begriff er, wie grausam sein Spott gewesen war. Ungewollt, aber auch unmißverständlich. Er wurde leichenblaß. Er selbst war ein stattlicher, gutaussehender Mann und stellte seine Freunde in dieser Hinsicht unzweifelhaft in den Schatten. Die Frauen beteten ihn an, und früher hatte Vasili seinen Freunden diese Tatsache oft neckend unter die Nase gerieben. Aber das war, bevor Stefan bei dem Versuch, seinen einzigen Bruder vor einem Rudel hungriger Wölfe zu retten, entstellt wurde.

»Ich wollte nicht ...« Vasili war so entsetzt über sich selbst, daß er den Satz nicht zu Ende bringen konnte. Heftig schob er seinen Stuhl zurück und ging, ohne sich noch einmal umzusehen, mit langen Schritten aus dem Raum.

»Er hat es nicht so gemeint. Es sollte nur ein Witz sein«, sagte Lazar zögernd in die Stille hinein, die plötzlich ihren Tisch zu umgeben schien. »Genau so etwas hätte er vor zehn Jahren gesagt.«

»Hältst du mich für so dumm, daß ich das nicht weiß?«

»Heiliger Jesus, Stefan«, beklagte sich Lazar. »Wenn du doch nur nicht so schrecklich empfindlich wärest, was das betrifft ...«

»Lauf hinter ihm her, bevor er sich die Kehle durchschneidet, weil er denkt, er hätte mich verletzt. Mach ihm klar, daß meine Haut viel dicker ist, als ihr beide zu glauben scheint.«

Aber das war eine Lüge. Vasilis Erinnerung, daß Frauen

— und ganz besonders schöne Frauen — Stefan möglichst aus dem Wege gingen, hatte eine alte Wunde aufgerissen. Wie die meisten Männer, die es sich leisten konnten, nahm auch Stefan eine Frau, wenn ihm der Sinn danach stand. Aber das waren immer nur Huren gewesen, Frauen, die kaum eine Wahl mehr hatten, wenn sie erst einmal einen Blick auf sein Gold geworfen hatten. Aber ihren Widerwillen spürte er trotzdem, und so kam es, daß er nur selten seinem Verlangen nachgab.

Er fragte sich, warum er das vergessen hatte, als die kleine Hure zu tanzen begann. War es vielleicht nur ihr Tanz gewesen, der ihn so sehr entflammt hatte, daß er sie unbedingt besitzen wollte? Oder lag es daran, daß er so lange keine Frau neben sich gespürt hatte? Diese Frau hatte jedenfalls tief in seinem Innern etwas aufgewühlt, obwohl er den Tanz selbst ironischerweise gar nicht für so erotisch gehalten hatte. Aber all das spielte jetzt keine Rolle mehr, denn sein Verlangen war erloschen.

Andererseits wollte er auch noch nicht ins Hotel zurückkehren, wo Vasili und Lazar auf ihn warten würden. Die beiden sollten nicht merken, daß er seine Meinung geändert und auf das Mädchen verzichtet hatte.

Also saß er noch immer dort, trank sein Bier aus und beobachtete brütend die anderen Männer im Raum, als das neue Barmädchen hereinkam. Er wußte selbst nicht, warum sie ihm auffiel. Sie war ganz gewiß keinen zweiten Blick wert, mit ihrem hageren, geradezu verhärmten Gesicht, ihrem streng zurückgekämmten Haar und ihrem unweiblichen Auftreten. Aber seine Augen folgten ihr, als sie ein Tablett aufhob und einen Tisch abräumte, der gerade eben frei geworden war. Ihr Gang war anmutig, ihre Bewegungen lebhaft — zu lebhaft für eine Frau, die so müde aussah.

Auch Tanya fiel er sofort auf, und sie verspürte das heftige Verlangen, sich zu bekreuzigen. Falls der Teufel jemals Menschengestalt annehmen sollte, würde er Augen haben wie dieser Mann. Augen, in denen gelbes Höllenfeuer glühte.

Fantastisch! Sie mußte erschöpfter sein, als sie gedacht

hatte, trotz der Erregung, die sie erst wenige Augenblicke zuvor noch verspürt hatte. Es war so lange her, daß sie das letzte Mal hatte tanzen müssen — sechs Jahre, um genau zu sein. Sie hatte schon befürchtet, sie könnte alles wieder vergessen haben, aber das war nicht der Fall. Natürlich nicht. Schließlich hatte sie fast ein halbes Jahr lang jeden Abend in der Taverne getanzt. Dobbs hatte damals darauf bestanden, nachdem Lelia eines Tages mit einem Glücksspieler auf und davon gegangen war.

Lelia war die erste Tänzerin in der Taverne gewesen, und sie hatte Tanya auch zu tanzen gelehrt. Irgendwann war sie mit einer Schauspielertruppe durch die Stadt gekommen und hatte sich dann zum Bleiben entschlossen, weil sie sich mit einem der anderen Schausteller zerstritten hatte. Das war ein Glückstag für Dobbs gewesen, denn Lelia und ihr fremdländischer Tanz machten aus der Taverne, was sie heute war. Das Lokal, das früher so gut wie nichts abgeworfen hatte, brachte mittlerweile einen recht ordentlichen Gewinn ein. Endlich hatte Dobbs eine Attraktion gefunden, die es mit den Bordellen und Spielhöllen in der Umgebung aufnehmen konnte. Er gab der Taverne sogar einen neuen Namen, der besser zu dem Tanz paßte. Und wie er sich aufgeführt hatte, als Lelia ihm davongelaufen war!

Aber zu dieser Zeit hatte Tanya bereits genug gelernt, um den Tanz zu beherrschen, oder jedenfalls ihre eigene, besondere Version davon. Für Dobbs war das gut genug, denn sie war alles, was er hatte, um seine Kunden bei der Stange zu halten. Sie war sehr jung damals, aber ihr Körper war fast so weit entwickelt wie jetzt. Außerdem hatte Lelia ihr beigebracht, wie sie die Cremes und Puder der Schauspielzunft einsetzen mußte, um ihr Aussehen drastisch zu verändern. Das war wichtig, weil Dobbs auf keinen Fall wollte, daß irgend jemand dahinterkam, daß sie es war, die da auf der Bühne stand. Und Tanya stimmte in diesem Fall ausnahmsweise mit ihm überein. Als ein paar von den Stammkunden es schließlich doch bemerkten, verschaffte ihr Dobbs ein junges Mädchen, dem sie den Tanz beibringen konnte.

Mit großer Erleichterung hatte sie die allabendliche Darbietung an eine andere weitergegeben; so sehr sie das Tanzen selbst liebte, so sehr haßte sie die Art, wie die Männer im Publikum sie anstarrten. Und ihre grausamen Bemerkungen, während sie auf der Bühne stand, waren sogar noch schlimmer. Aber bevor Aprils Verletzung nicht verheilt war, würde sie wieder tanzen müssen — oder zusehen, wie ihre Nachbarn das Geschäft machten. Das aber kam für sie nicht in Frage. Bald würde die Taverne ihr gehören, und sie war fest entschlossen, ihr Eigentum zu beschützen. Aber sie schwor sich an diesem Tag, daß sie nie wieder in eine solche Lage kommen würde, wenn das *Harem* erst ihr gehörte. Sie würde zusätzliche Tänzerinnen ausbilden und sich selbst nicht mehr der Gefahr einer Entdeckung aussetzen.

Sie erschauderte, denn sie wußte verdammt gut, daß diese glühenden gelben Augen sie immer noch beobachteten. Und obwohl all ihre Instinkte sie zu warnen schienen: *Sieh ihn nicht an,* tat sie es doch — und wurde auch prompt mit einer gebieterischen Geste an seinen Tisch gewunken.

Sei nicht so ein Hasenfuß, Missy. Er ist nicht der Teufel. Nein, das ist er nicht. Aber noch nie in ihrem Leben war sie so langsam gegangen wie jetzt, auf dem Weg zu diesem sonnengebräunten, reich gekleideten Gentleman. Und dann wäre sie beinahe in albernes Gekicher ausgebrochen. Als sie sich ihm bis auf zwei Schritte genähert hatte, erkannte sie ihre Torheit. Es war nur das Kerzenlicht, das sich in seinen Augen widerspiegelte, so daß sie von innen heraus zu glühen schienen. Sie waren auch keineswegs gelb, sondern von einem leichten, hellen Braun, wie goldener Sherry. Und sie waren schön, wirklich schön, in diesem dunklen, bronzefarbenen Gesicht.

Als sie an seinen Tisch trat, lächelte sie — so groß war ihre Erleichterung. Aber das war ihr im Schankraum noch nie zuvor passiert, denn gute Laune paßte einfach nicht zu der verhärmten Erscheinung, um die sie sich so sehr bemühte. Hier war sie immer nur die gute alte Tanya, von der man annahm, sie sei Dobbs' Tochter, ein unattraktives

Weib, das keiner haben wollte. Aber wie dem auch sei, dieser Mann war ein Fremder, und sehr wahrscheinlich stammte er von dem Flußdampfer, der am nächsten Morgen seine Reise fortsetzen würde. Also brauchte sie sich keine Gedanken zu machen über diesen einen kleinen Ausrutscher.

»Was kann ich für Euch tun, mein Herr?«

Das Lächeln verwirrte Stefan. Nicht, weil es so wenig zu diesem von harter Arbeit gezeichneten Gesicht passen wollte, sondern weil die Frauen ihm nur selten zulächelten, und schon gar nicht am Anfang. Für gewöhnlich waren sie eher von Verlegenheit überwältigt, wenn er sie dabei ertappte, wie sie mit einer Mischung aus Faszination und Entsetzen seine Narben anstarrten. Sie waren immer das erste, was die Menschen sahen, Männer wie Frauen, wenn er ihnen gegenüberstand. Aber diesem Barmädchen waren sie nicht einmal aufgefallen, oder, wenn doch … Vielleicht fand sie ihn nicht ganz so abstoßend, aus dem einfachen Grunde, daß sie selbst ausgesprochen unansehnlich war.

Trotzdem genoß er ihre Reaktion auf ihn, besonders nach den düsteren Gedanken, denen er noch kurz zuvor nachgehangen hatte. Aber diese Freude machte ihn keineswegs blind für die Tatsache, daß irgend etwas mit dem Mädchen nicht stimmte. Etwas, das ihm keine Ruhe lassen wollte.

Sie hatte die Augen eines lachenden Kindes, voll von überschäumendem Humor. Sie paßten ganz gewiß nicht zu ihr, genausowenig wie die ebenmäßigen weißen Zähne, die sie bei ihrem Lächeln entblößt hatte. Aber er hatte selbst ungewöhnliche Augen und auffallend schöne Zähne, und daher war es ausgeschlossen, daß sie es waren, was ihn an diesem Mädchen störte. Ihr graues Hemd und das Wams, das sie trug, schienen für einen Mann gemacht zu sein und wirkten unförmig und häßlich an ihr. Ihr schwarzer Rock war ein schmuckloses, bäuerliches Gewand. Und dann trug sie auch noch ein Messer an der Hüfte! Wofür, zum Teufel, sollte *sie* das brauchen? Ihre schmalen Hände waren rot und schwielig auf der einen Seite und wie Pfirsich und Rahm auf der anderen. Ein scharfer Kontrast zu der fahlen

Blässe ihres Gesichtes, auf dem sich dunkle Flecken der Erschöpfung abzeichneten. Ein weiterer Widerspruch, wenn man an ihren kraftvollen Gang dachte, der ihm als erstes an ihr aufgefallen war.

Einer plötzlichen Eingebung folgend äußerte er eine wilde Vermutung: »Diese schwarze Augenfarbe läßt sich teuflisch schlecht abwischen, nicht wahr?«

Als sie nach Luft schnappte, brach er in Gelächter aus, das sich nur noch steigerte, als sie eilig versuchte, ihren Fehler zu korrigieren und sich heftig über die Augen wischte. Jetzt ergab es endlich einen Sinn, alles, was ihm vorher so seltsam erschienen war. Auf der Bühne verschleierte sie ihr Gesicht, und das war auch kein Wunder, denn bis auf diese blaßgrünen Augen und ihre perfekten weißen Zähne war sie fast überwältigend häßlich. Hier im Schankraum verschleierte sie ihren Leib, was ebenfalls kein Wunder war, denn das Haremskostüm hatte trotz seines bauschigen Falls einen außergewöhnlich begehrenswerten Körper erkennen lassen. Das Mädchen spielte hier offensichtlich zwei Rollen gleichzeitig – Tänzerin und Hure auf der einen Seite und Barmädchen, das in Ruhe seine Arbeit wollte, auf der anderen.

»Das ist überhaupt nicht komisch, Mister!« fuhr sie ihn verärgert an. Jetzt, nachdem sie diese Flecken beseitigt glaubte, war sie nur noch wütend auf ihn.

Stefan, der immer noch vergnügt in sich hineinlachte, fragte: »Soll ich vielleicht helfen?«

»Ihr meint, es ist immer noch …? Nein, danke«, knurrte sie ungnädig. Dann griff sie nach dem Saum ihres Hemdes, um ihr Glück noch einmal zu versuchen. Sie ahnte nicht, daß sie dem Mann, während sie ihr Hemd hob und der Gürtel verrutschte, einen Blick auf die zarte, nackte Haut ihres Bauches gestattete.

Stefans Belustigung verflog augenblicklich. Das Mädchen hatte neues, heißes Verlangen in ihm entfesselt.

Als ihre Kleider wieder an ihrem richtigen Platz saßen, konnte man tatsächlich schwache schwarze Flecken auf dem Stoff erkennen, obwohl Stefan in Wirklichkeit an ihren

Augen gar keine Spuren von Kohlestift entdeckt hatte. Jetzt allerdings waren sie tatsächlich ein wenig verschmiert, und selbst die dunklen Schatten unter ihren Augen schienen ein wenig heller geworden zu sein, so fest hatte sie sich über das Gesicht gerieben — ein Umstand, der ihm jetzt Gewissensbisse eintrug und den Preis, den er für sie zu zahlen bereit war, drastisch in die Höhe trieb.

»Wenn Ihr jetzt damit fertig seid, mir meine verschiedenen Fehler vorzuhalten, könntet Ihr mir vielleicht sagen, was Ihr wollt. Ich habe noch andere Kunden ...«

»Dich!«

»Wie bitte?«

»Ich will dich.«

Also hatte sie beim ersten Mal doch richtig gehört. Aber er mußte sich einen Spaß mit ihr erlauben, denn sie wußte, wie sie aussah. Sie hatte sieben Jahre gebraucht, bis sie diese Maskerade perfekt beherrschte, und jetzt kostete es sie nur noch wenige Minuten, um den gewünschten Effekt zu erzielen. Ihre Erscheinung sollte die Männer abstoßen, statt sie anzuziehen. Und dieser Mann sah auf eine rauhe, dunkle Art ungeheuer gut aus. Nach dem Schnitt seines Marinemantels zu urteilen, der sich so vollkommen über seine breiten Schultern legte, war er außerdem noch wohlhabend. Aber hinter eben dieser Kombination von Geld und gutem Aussehen verbarg sich für gewöhnlich genau der Typ Mann, für den sie prinzipiell unsichtbar war.

Auf den ersten Blick hatte sie ihn für einen Spanier oder Mexikaner gehalten, weil er so dunkel und fremdländisch aussah. Aber einen spanischen Akzent hätte sie erkannt, und was sie aus seinem sehr korrekten Englisch heraushörte, war eindeutig etwas anderes. Vielleicht kam er ja aus dem Norden. Aus dem Teil des Landes hatten sie nur selten Gäste in ihrer Taverne, denn die Männer von dort waren viel zu verwöhnt, um Gefallen an der rauhen Gesellschaft zu finden, die man im *Harem* antraf. Dieser Besucher hier hatte hagere Gesichtszüge wie ein Falke, seine Augenbrauen waren von flammendem Schwarz und seine Lippen schmal und gerade. Sein starkes, männliches Kinn war rasiert und glatt — bis auf die Narben. Sie übersäten den oberen Teil seiner linken Wange, jedes dieser von oben nach unten gezogenen Male einen halben Zoll lang. Dieselben Striemen zeigten sich auf seinem Unterkiefer, als hätte irgendein Tier seine Zähne in das Gesicht des Mannes geschlagen, ein Tier, das noch gerade rechtzeitig davon abgehalten werden konnte, diese Hälfte seines Gesichtes zu zerfleischen.

Seine Narben erweckten in ihr ein Gefühl der Verbundenheit. Sie hatten ihm Schmerzen bereitet, und Schmerz war etwas, das sie selbst nur allzu gut kannte. Aber sie würde sich von ihrem Mitgefühl nicht dazu hinreißen lassen, ihm zu gestatten, sich auf ihre Kosten zu amüsieren.

Die kühne Feststellung dieses Mannes, daß er sie wolle, verdiente nicht einmal eine Antwort. So sagte sie nur: »Ich denke, Aggie sollte diese Bestellung aufnehmen. Ich werde sie zu Euch schicken.«

Sie drehte sich um und machte einen Schritt von ihm weg, nur um im selben Augenblick zu spüren, wie etwas ihren Gürtel festhielt und sie zurückriß — seine Hand. Sie stolperte über seine Beine und landete mit Schwung direkt auf seinem Schoß. Im ersten Augenblick war sie zu keiner Reaktion fähig, so sehr hatte er sie mit diesem Verhalten verblüfft.

Schließlich warf sie ihm einen erbitterten Blick zu und sagte mit einem warnenden Unterton: »Ihr stellt Euer Glück auf eine harte Probe, Mister.«

»Scht«, erwiderte er grinsend. »Du hast keinen Grund, dich zu beschweren.« Mit diesen Worten warf er ihr fünf Goldmünzen in den Schoß — eine jede im Wert von zwanzig Dollar!

Tanya, die nie zuvor soviel Geld auf einmal gesehen hatte, starrte die Münzen nur ungläubig an. Sie wußte genau, daß April und Aggie ihre Gunst für ein oder zwei Dollar verkauften, und das war immer noch eine ganze Menge mehr, als Dobbs ihnen für einen ganzen Abend harter Arbeit bezahlte. Wenn sie daran dachte, was sie mit diesem Geld alles anfangen könnte! Sie könnte noch jemanden einstellen, sie könnte sich neue Kleider kaufen, etwas, das sie nie zuvor hatte tun können … Also machte er gar keine Witze?

Gott steh ihr bei! Nie im Leben war sie so sehr in Versuchung geführt worden! Der Drang, diese Münzen zu berühren, war ungeheuer … Er war wirklich ein Teufel, daß er sie dazu brachte, sein Angebot überhaupt in Erwägung zu ziehen. Aber was würde eigentlich passieren? Sie würde ihm lediglich eine Jungfräulichkeit opfern, die sie ohnehin für niemanden aufsparte, da sie nicht vorhatte, sich jemals zu verheiraten. Und was konnte schon so Schlimmes daran sein? Er verströmte einen herrlichen, männlichen Geruch. Sie hatte schon vorher bemerkt, daß er sauber war. Seine Kleidung war in tadellosem Zustand, und sie hatte nicht das geringste an seinem Aussehen auszusetzen. Vielleicht würde es ihr ja sogar gefallen … O Gott, was ging da in ihr vor?

»Ihr *müßt* der Teufel sein«, sagte sie voller Verwunderung, mehr zu sich selbst als zu ihm.

Er hatte keine Ahnung, was sie zu dieser Feststellung veranlaßt hatte, aber er erwiderte: »Da bist du nicht die einzige, die das glaubt.«

Ihre grünen Augen verengten sich. »Ihr solltet wenigstens versuchen, es zu leugnen!«

Er lachte. »Warum sollte ich?«

»Weil … weil … Ach, es ist ja auch egal!« Sie versuchte aufzustehen, aber seine um ihre Taille geschlungenen Arme ließen das nicht zu. Ihre Augen wurden noch schmaler. Er grinste immer noch.

»Also wirklich, Mister, Ihr habt Euch die Falsche ausgesucht …«

Eine fremde, leidenschaftliche Stimme machte ihr das Weitersprechen unmöglich. »Stefan, ich habe keine Lust, mir wegen eines einzigen dummen Ausrutschers Gewissensbisse zu machen …«

»Nicht *jetzt,* Vasili«, knurrte Stefan ungeduldig. »Gebrauch deine Augen und nimm gefälligst zur Kenntnis, daß ich beschäftigt bin.«

Tanya drehte sich um und erlebte eine weitere Überraschung an diesem Abend. Vor ihr stand ein Wesen, das man nur als einen goldenen Adonis bezeichnen konnte: blondes Haar in weichen Locken, goldschimmernde Haut und braune Augen von derselben hellen Farbe wie die des Mannes, der sie gefangenhielt. Aber dieser neue Gast, Vasili, hielt sie mindestens ebenso gefangen — wie durch einen Zauberbann, denn er mußte das schönste Geschöpf sein, das Gott je geschaffen hatte, wenigstens jedoch das schönste, das sie jemals zu Gesicht bekommen hatte.

Auch er starrte Tanya an, als könne er seinen Augen nicht trauen, aber dann stöhnte er nur und wandte sich an seinen Freund: »Du hast also aufgegeben, ohne es auch nur zu versuchen, was? Aber du brauchst dich doch nicht mit *so etwas* zu begnügen«, sagte er angewidert und deutete mit dem Kopf in Tanyas Richtung. »Ich werde dir diese Tänzerin eigenhändig herbeischaffen.«

Tanya brauchte einen Augenblick, um zu begreifen, daß sie soeben aufs Übelste beleidigt worden war. Man konnte sie wirklich nicht für hübsch halten, aber so viel Anstand war doch wohl von jedem Mann zu erwarten, daß er über diese Tatsache schwieg. Daß dieser hier ihr das Gefühl gab, nicht einmal gut genug zu sein, um den Boden zu wischen, über den er schritt — das tat weh. Mehr, als sie es jemals für möglich gehalten hätte. Daß überhaupt ein paar gefühllose Worte ihr weh tun *konnten,* und erst recht aus dem Mund eines Fremden, versetzte sie noch mehr in Wut. Zwei Gefühle, die kaum miteinander zu vereinbaren waren, tobten in ihrer Brust.

Was glaubten diese Fremden eigentlich, wer sie waren? Der eine überzeugt, sie kaufen zu können, der andere ebenso überzeugt davon, daß niemand, der noch alle seine Sinne beisammen hatte, sie überhaupt würde kaufen wollen. Sie hatte nur noch den einen Wunsch, von hier wegzukommen. Und sie wollte es ihnen heimzahlen. Aber zunächst einmal mußte sie sich aus der Gewalt des dunklen Mannes befreien.

Sie räumte sich eine gute Chance für ihr Entkommen ein,

denn die Arme, die sie umschlungen hielten, hatten ihren Griff mittlerweile etwas gelockert. So würdevoll wie nur möglich erhob sie sich und legte behutsam die Goldmünzen auf den Tisch. Erst gestern hatte das *Harem* eine heftige Szene erlebt, da brauchte es heute abend nicht schon wieder eine. Sie kehrte den beiden Männern den Rücken zu, um zu gehen. Eine weise Entscheidung, auf die sie eigentlich hätte stolz sein können, aber plötzlich gewann ihr Ärger die Oberhand, und sie wirbelte herum und schlug dem goldenen Adonis mit aller Kraft ins Gesicht.

Das folgende ereignete sich in Sekundenschnelle, weil alle drei fast gleichzeitig handelten. Vasili hob einen Arm mit der klaren Absicht, dem Mädchen einen Schlag auf ihr Hinterteil zu versetzen. Stefan sprang auf, um den Arm seines Freundes festzuhalten, und Tanya zog ihr Messer aus der Scheide. Aber ausnahmsweise hatte sie einmal keine Lust, ihre Drohung wahrzumachen. Sie forderte die Männer nicht einmal zum Gehen auf. Und während die beiden noch unbeweglich dastanden und Tanyas Messer anstarrten, machte sie selbst ein paar Schritte rückwärts, drehte sich um und rannte rasch durch die Hintertür aus dem Zimmer.

Sobald das Mädchen außer Sichtweite war, wandte Stefan sich mit einem wütenden Knurren an seinen Freund: »Vasili, du hast etwa so viel Feingefühl wie ein Schwein.« Im selben Augenblick stieß Vasili ungläubig hervor: »Dieses Miststück hat mich mit einem Messer bedroht!«

»Kein Wunder! Du warst schließlich drauf und dran, sie zu schlagen«, sagte Stefan voller Abscheu.

»Und vollkommen zu recht! Sie hat mich geohrfeigt!«

»Was du eindeutig verdient hattest.«

Vasili zuckte mit den Schultern und begann zu grinsen. »Was macht das schon. Hauptsache, du hast mir dieses dumme Gerede von vorhin verziehen. Also, soll ich jetzt diese Tänzerin für dich auftreiben oder nicht?«

»Idiot! Das *war* die Tänzerin.«

Nur ein winziges Zucken seiner Augenlider verriet Vasilis Überraschung, bevor er zu einer überwältigend anmaßenden Bemerkung ansetzte: »Dann bin ich ja gerade noch rechtzeitig gekommen, um dich zu retten. Du darfst dich später bei mir bedanken.«

Kapitel 5

Nachdem Serge ihnen die entmutigende Nachricht überbracht hatte, daß auch die Frau namens Dobbs schon seit vielen Jahren tot war, hatte Vasili eine sofortige Rückkehr ins *Harem* vorgeschlagen, aber Stefan hatte ihn überredet, bis zum Morgen damit zu warten. Es war eine Ironie des Schicksals, daß sie, ohne es zu ahnen, ihrem Ziel bereits so nahe gewesen waren. Die Taverne gehörte einem gewissen Dobbs, wie Serge herausgefunden hatte. Und dieser Dobbs war kein anderer als der Ehemann der Frau, deretwegen sie hierhergekommen waren. Er lebte seit über zwanzig Jahren in dieser Stadt und war ihre letzte Hoffnung, etwas über den Verbleib Tatianas zu erfahren.

In Wahrheit war es Stefan einfach zu peinlich, der kleinen Tänzerin noch einmal unter die Augen zu treten. Er konnte es sich nicht verzeihen, tatenlos zugesehen zu haben, wie Vasili sie mit seiner Arroganz verletzte. Zugegeben, Vasilis Gefühllosigkeit hatte ihn für einen Augenblick so überwältigt, daß es ihm die Sprache verschlagen hatte. Aber das war keine Entschuldigung. Er hatte sich das Mädchen für diesen Abend ausgesucht, und sie stand damit gewissermaßen unter seinem Schutz. Er hätte für sie eintreten müssen, als es noch nicht zu spät dazu war.

Natürlich hatte er nicht lange gebraucht, um zu verstehen, was seinen Freund so aufgeregt hatte, daß er ohne zu überlegen einfach eine fremde Frau beleidigte. Vasili hatte sich selbst die Schuld an dieser ganzen Situation gegeben, sich und seiner unbedachten Bemerkung. Natürlich wollte er seinen Fehler so schnell wie möglich wiedergutmachen. Und Verachtung war eine besondere Spezialität von ihm, ein Angriffsmittel, das er bis zur Perfektion beherrschte.

Stefan wollte es unter allen Umständen vermeiden, in die Taverne zurückzukehren, bevor er nicht sicher sein konnte, das Mädchen dort nicht mehr vorzufinden. Das Lokal war morgens geschlossen, und er wiegte sich daher in Sicherheit. Aber wer öffnete auf Serges Klopfen hin die Tür? Keine andere als genau die Frau, der Stefan gern aus dem Wege gegangen wäre. Und als sie die Besucher erkannte, hatte sie nichts Eiligeres zu tun, als die Tür wieder zu schließen — und das nicht gerade sanft.

Es war eine völlig neue Erfahrung für alle vier, daß ihnen jemand die Tür vor der Nase zuschlug. Sie reagierten auf die unterschiedlichste Art und Weise. Serge wurde aggressiv und fragte: »Soll ich sie einschlagen?«

Bevor noch ein anderer antworten konnte, machte Vasili seiner Empörung Luft: »Dieses unverschämte Ding! Als wäre das gestern abend nicht schon empörend genug gewesen! Ich finde, wir sollten sie gehörig in ihre Schranken weisen. Oder bist du immer noch anderer Meinung, Stefan?«

Stefan war ganz damit beschäftigt, mit seinem Abscheu vor sich selbst fertig zu werden, denn seine erste Reaktion auf die geschlossene Tür war Erleichterung gewesen, eine Regung, die den unangenehmen Beigeschmack von Feigheit hatte — und feige war er noch nie gewesen. Daher klang seine Stimme ein wenig schneidend, als er zurückblaffte:

»Und was sind ihre Schranken deiner Meinung nach? Sie ist keine cardinische Bäuerin, weißt du.«

»Sie ist eine amerikanische Bäuerin. Wo bitte ist da der Unterschied?«

Lazar amüsierte sich prächtig über den Disput seiner Freunde und gab Vasili lachend eine Antwort: »Ich will verflucht sein, wenn ich's weiß, aber ich bin sicher, sie könnte es dir sagen. Warum fragen wir sie nicht einfach?«

»Dazu müssen wir erst einmal diese Tür einschlagen«, erinnerte ihn Serge.

»Ich habe nicht gehört, daß ein Schloß eingeschnappt wäre«, sagte Vasili. »Mach sie doch einfach auf ...«

Noch während er sprach, rastete das Schloß ein, und Serge fragte noch einmal: »Soll ich sie einbrechen?«

Mit einem wütenden Schnauben trat Stefan vor und rüttelte heftig an der Tür. »Mistress!« rief er laut. »Wir sind nicht Ihretwegen hier, sondern wegen Wilbert Dobbs. Bitte ...«

»Dobbs ist krank!« rief eine Frauenstimme. »Ich bin jetzt hier die Chefin. Also werdet Ihr wohl mit mir reden müssen. Was wiederum bedeutet, daß Ihr's ebensogut gleich aufgeben könnt.«

Ihre Antwort kam so schnell, daß sie an der Tür gelauscht haben mußte, ein Wissen, das Stefan noch mehr in Verlegenheit gestürzt hätte, wäre er nicht so erbost gewesen über ihre Sturheit. »Falls Sie Ihr Lokal nicht ohne Tür betreiben wollen, bis diese hier repariert worden ist, würde ich Ihnen dringend raten, sie ganz schnell zu öffnen, Mistress.«

Magische Worte, wie es schien. Die Tür wurde geöffnet, aber das Mädchen stand vor ihnen und versperrte ihnen den Weg. Sie hatte ihre Hände in die Hüften gestemmt, und eine lag direkt auf dem Heft ihres Messers. Das Messer steckte zwar noch immer in der Scheide, aber Vasili und Stefan wußten, wie schnell sich dieser Zustand ändern konnte. Das kriegerische Leuchten in ihren Augen machte deutlich, daß sie auch heute keinen Augenblick zögern würde. Ihre Kleider waren ähnlich wie die vom Vorabend, nur ihr Hemd hatte eine andere Farbe, die ihren grauen Teint noch bleicher aussehen ließ. Das helle Tageslicht ging nicht gerade freundlich mit ihr um.

»Für einen Ausländer sprecht Ihr wirklich recht gut Englisch«, bemerkte sie zu Stefan, ohne die anderen eines einzigen Blickes zu würdigen. »Aber Ihr scheint Schwierigkeiten zu haben, es auch richtig zu verstehen. Ich habe Euch gesagt, daß Dobbs krank ist, und das bedeutet, daß er von Euresgleichen nicht gestört werden darf.«

Stefan ging drohend auf sie zu, aber sie wich keinen Millimeter vor ihm zurück. Ihr Mut war zwar lobenswert, aber unter den gegebenen Umständen auch recht töricht.

Schließlich war er fast einen Kopf größer als sie und in bester körperlicher Verfassung. Sie hatte außerdem nicht die geringste Vorstellung, wie weit er gehen würde. Ein zorniges Glühen war in seine Augen getreten, obwohl er selbst sich dessen nicht bewußt war — genausowenig, wie er ahnte, daß dieses Glühen der Grund dafür war, daß sie plötzlich schweißnasse Hände bekam.

»Ich hoffe, Sie verstehen selbst genug Englisch«, sagte er mit bedrohlicher Sanftheit, »um endlich zu begreifen, daß wir mit Wilbert Dobbs sprechen werden, ob Ihnen das paßt oder nicht. Nichts, was Sie sagen oder tun könnten, wird uns davon abhalten. Und wenn mich meine Kenntnis der englischen Sprache nicht im Stich läßt, bedeuten diese Worte, daß Sie gut daran täten, uns auf der Stelle aus dem Weg zu gehen.«

Sie warf ihm einen langen, wütenden Blick zu, bevor sie endlich sagte: »Also los. Geht und belästiget einen Sterbenden. Aber das habt dann Ihr auf dem Gewissen, nicht ich.« Mit diesen Worten wirbelte sie herum, gab ihnen die Tür frei und verschwand.

»Du hättest sie wenigstens fragen können, wo der Kerl eigentlich steckt«, brummte Vasili, während er und die anderen Stefan ins Haus folgten.

Lazar, der die ganze Angelegenheit immer noch ausgesprochen komisch fand, kicherte in sich hinein. »Es ist bestimmt leichter, ihn selbst zu suchen, Vasili, als aus der da noch mehr Informationen herauszuquetschen. Schließlich müssen wir keinen Palast durchsuchen, sondern nur ein paar lumpige kleine Zimmer.«

»Dann laßt uns unbedingt gleich damit anfangen. Bei Tageslicht kann einem diese Bude ganz schön auf den Magen schlagen.«

In Wirklichkeit roch es mehr nach Seifenlauge als nach abgestandenem Bier. Jemand hatte die Tische zur Seite geschoben, die Stühle mit der Sitzfläche nach unten daraufgestellt und den Fußboden geschrubbt, wie ein paar immer noch feuchte Stellen eindeutig bewiesen. Die Taverne war so sauber, wie sie es überhaupt nur sein konnte. Vasilis

Ekel davor spiegelte nur seine Stimmung wider. Der unerwartete Empfang hatte seine Spottlust geweckt.

Wilbert Dobbs, der sich lauthals über die Verspätung seines Frühstücks beschwerte, wies ihnen persönlich den richtigen Weg: eine schmale Stiege hoch und einen noch schmaleren Gang entlang. Er hörte sich überhaupt nicht wie ein Kranker an, sondern eher wie ein gereizter alter Mann, der Hunger hatte.

Lazar fand diesen Teil ihrer Suche nach wie vor höchst unterhaltsam — wahrscheinlich aus dem einzigen Grund, weil Vasili das nicht tat. Er war schon wieder nahe daran, in lautes Gelächter auszubrechen: »Ob unser grünäugiger kleiner Drache da unten wohl das faule Luder ist, nach dem er ruft?« überlegte er laut.

»Luder vielleicht, aber faul?« erwiderte Serge. »Die Frau arbeitet sich noch zu Tode, wenn du mich fragst. Nach ihrem Aussehen zu urteilen, steht sie jedenfalls schon mit einem Fuß im Grab.«

Serge konnte noch unbarmherziger auf das Offensichtliche hinweisen als Vasili, und bei Stefan regte sich wieder das schlechte Gewissen. Er hätte nicht so hart mit ihr umspringen dürfen. Sie sah wirklich grausam überarbeitet aus, und vielleicht war das auch der Grund für ihre schlechte Laune — und nicht die Ereignisse des gestrigen Abends. Nein, er hätte sich nicht derart aus der Fassung bringen lassen dürfen.

»Was soll das?« fragte Vasili ungeduldig. »Diese unverschämte Schlampe ist es wahrhaftig nicht wert, daß wir uns den Kopf über sie zerbrechen — besonders jetzt nicht, wo wir jeden Augenblick etwas über den Aufenthaltsort der Prinzessin erfahren könnten!«

»Oder auch nicht!« stellte Serge fest, obwohl er seine Hand sofort nach dem Türgriff ausstreckte. »Und so ein weiteres ›Nicht‹ würde ich liebend gern noch etwas hinausschieben.«

»Zur Hölle mit dir, Tanya!« wurden sie begrüßt, noch bevor sie die Tür ganz geöffnet hatten. »Welche Entschuldigung ...«

Die Worte erstarben auf seinen Lippen, als er die vier Männer einen nach dem anderen in das kleine Zimmer hereinmarschieren sah. Die Schlafkammer war so winzig, daß sie kaum alle gleichzeitig dort Platz hatten. Wilbert Dobbs fuhr in seinem Bett hoch, was angesichts seines aufgedunsenen Körpers keine leichte Übung war.

»He! Was soll das? Wie sind Sie hier reingekommen?« polterte er. Der Ton, in dem er sie ansprach, unterschied sich jedoch deutlich von dem, in dem er mit dieser Tanya zu sprechen pflegte. Er legte sogar eine gewisse Ehrerbietung an den Tag. Ihre kostbare Kleidung und ihr Benehmen hatten ihm rasch klargemacht, daß er es hier nicht mit seinesgleichen zu tun hatte. »Tanya weiß ganz gut, daß ich hier keine Besucher nich haben will!«

»Wenn Sie das Mädchen da unten meinen, sie trifft keine Schuld. Sie hat wirklich ihr Bestes getan, um uns abzuwimmeln«, meldete sich Lazar zu Wort.

»Dann war's eben nich gut genug!« schnaubte Dobbs verächtlich. »Aber schön. Hören wir's uns eben an. Ich bin neugierig, was ihr feinen Herrn wohl von mir wollen tut.«

»Unser Anliegen betrifft Ihre verstorbene Frau«, antwortete Lazar.

»Iris? Was? Hat sie vielleicht was geerbt? Von dieser feinen Familie, die nichts mehr von ihr wissen wollte, weil sie mich geheiratet hat?«

Dobbs lachte bei dem Gedanken, daß sich sein Fehler von damals nach so langer Zeit nun vielleicht doch noch bezahlt machen könnte. Iris hatte ihn seinerzeit nur aus Verzweiflung geheiratet. Ihr reicher Liebhaber hatte sie geschwängert und wollte sie dann nicht mehr haben. Dobbs hatte sich damals gedacht, sie würde der kleinen Taverne, die er kurz zuvor in Natchez aufgemacht hatte, ein wenig Klasse verleihen. Also hatte er die Chance mit beiden Händen ergriffen und ihr seinen Namen angeboten. Aber dann hatte sie ihren Balg verloren und war schließlich so heruntergekommen, daß sie ihm nichts mehr nützte. Sie waren auf diese Weise alle beide als Verlierer aus diesem Handel hervorgegangen.

Seine Hoffnung auf ein verspätetes Erbe wurde jedoch schnell zunichte gemacht. »Wir wissen nichts über die Familie Ihrer Frau, Mr. Dobbs«, sagte derselbe Mann, der bereits vorher mit ihm gesprochen hatte. »Unser Interesse gilt der Frau, mit der zusammen sie vor etwa zwanzig Jahren New Orleans verlassen hat.«

»Diese verrückte Ausländerin?«

»Ihre Frau hat Ihnen also von ihr erzählt?« fragte Lazar.

»Ich habe sie doch selbst getroffen, als ich mir Iris wieder einfing.«

Es behagte ihm gar nicht, an diese Zeit erinnert zu werden. Seine Frau war ihm damals weggelaufen. Zurück nach Hause, nach New Orleans, um ihre Leute zu bitten, sie wieder aufzunehmen. Vergeblich, wie sich später herausstellte. Er hatte damals die besten Vorsätze gehabt, ihr die Seele aus dem Leib zu schlagen — obwohl sie zu ihm zurückkehrte. Aber sie hatte diese fremde Frau bei sich gehabt, die, kaum daß er sie gefunden hatte, auch schon am Fieber starb. Und dann war da doch das Baby gewesen. Es hatte ihn bitter erzürnt, daß er nun darauf verzichten mußte, Iris zu schlagen. Aber sie mußte schließlich gesund und kräftig sein, um sich um das Baby kümmern zu können. Und das Baby war damals wichtiger gewesen als seine Rache, denn er hatte schon im ersten Augenblick beschlossen, es zu behalten. In ein paar Jahren würde es so gut wie jeder andere Sklave sein — und er bekam es umsonst.

Als er sich nun ins Gedächtnis rief, wie er damals an Tanya gekommen war, wurde er plötzlich wachsam. »Es gibt nicht viel über diese Frau zu sagen«, schnappte er angriffslustig. »Sie hatte keinen Penny auf der Tasche, aber sie hat es geschafft, Iris zu beschwatzen, sie mitzunehmen. Obwohl der Einspänner für sie beide wirklich ein bißchen klein war. Aber Iris hatte eben immer ein weiches Herz.«

»Es gibt doch eine direkte Schiffsverbindung zwischen New Orleans und Natchez. Warum ist Ihre Frau da über Land gereist? Und noch dazu völlig ohne Eskorte?« fragte Lazar.

»Na, sie hatte doch kein Geld nich für die Überfahrt —

obwohl ich wirklich nich einsehe, was Sie das alles angeht. Aber wenn Sie's unbedingt wissen wollen: Sie ist mit dem Einspänner runtergefahren. Mit *meinem* Einspänner! Und es war ihr verdammtes Glück, daß sie ihn nicht verkauft ...« Dobbs verfiel in düsteres Schweigen, denn ihm war bewußt, daß er mehr sagte, als sie wissen mußten. Aber da er nun schon soviel ausgeschwatzt hatte, gab er zu: »Das Weib dachte tatsächlich, sie könnte mir weglaufen. Aber dann begriff sie, daß sie nirgendwohin konnte. Als ich sie wieder aufgriff, war sie bereits auf dem Rückweg. Sie hatte am Fluß ein Lager aufgeschlagen und versuchte, diese Frau gesund zu pflegen. Aber das Fieber war stärker. Ich weiß noch, daß diese Ausländerin wie besessen schrie. Irgendwelchen Unsinn von Attentaten und Königen. Aber meistens schrie sie in einer Sprache, die wir nie zuvor gehört hatten. Wenn man sie mal verstehen konnte, ging es meistens um irgendeine Pflicht, bei der sie versagt hätte. Weiß Gott, was sie meinte. Jedenfalls starb sie noch in derselben Nacht. Und mehr gibt es dazu nicht zu sagen.«

»Ich glaube doch, Mr. Dobbs.« Die Stimme des dunklen Mannes klang schneidend scharf, und seine Augen hätten wahrhaftig dem Teufel gehören können. »Sie haben das Kind vergessen!«

Dieser Mann mit seinen fremden, durchdringenden Augen flößte Dobbs mehr Angst ein als die drei anderen zusammen, die alle viel zu ernst aussahen. Ein einziges, übermächtiges Gefühl schien den Mann zu beherrschen. Er hatte sich zwar unter Kontrolle, wirkte aber nichtsdestoweniger äußerst gefährlich. Dieselbe intensive Spannung war auch den anderen Männern anzumerken, nur trat sie bei dem Dunklen deutlicher zutage. Dobbs fragte sich, was so wichtig an der Information sein könnte, der sie auf der Spur waren, und warum sie diese Spur nach so vielen Jahren überhaupt verfolgten.

Sein Gesichtsausdruck hatte nichts von seiner Wachsamkeit verloren, aber sein Ton war um einiges umgänglicher und weicher geworden, als er sagte: »Ich habe es nicht vergessen. Es ist nur so traurig, daß ich mich ungern daran erinnere. Das ist alles ... Ja, da war ein Baby. Aber es hat sich bei seiner Mutter angesteckt und ebenfalls dieses Fieber bekommen. Es gab nichts, was Iris oder ich hätten tun können, um es zu retten. So sehr wir es auch versucht haben.«

Kapitel 6

»Tot?« Der ungläubige Ausruf kam gleich aus zwei verschiedenen Richtungen gleichzeitig. Dobbs wußte nicht, ob er sich nun weiter über dieses Thema auslassen sollte, oder ob er nicht zur Abwechslung selbst ein paar Antworten verlangen konnte. Aber seine Hände hatten mittlerweile stark zu schwitzen begonnen, und auch auf seiner Stirn bildeten sich feine Schweißperlen. Nur zu deutlich war er sich dieser teuflischen Augen bewußt, die versuchten, ihm direkt hinter die Stirn zu schauen. Und er hatte das Gefühl, daß sich diese Augen nicht so leicht etwas vormachen ließen.

Er räusperte sich und wischte sich verstohlen die Hände am Bettuch ab. »Weshalb interessieren Sie sich eigentlich für das Baby? Um der Vater zu sein, sind Sie doch alle wohl'n bißchen jung, hm?« Als er keine Antwort bekam, steigerte sich seine Nervosität noch.

Und dann war es ausgerechnet der Blonde, der ihm eine scharfe Erwiderung entgegenschleuderte; diesen Mann hatte er bisher kaum wahrgenommen, denn seine beträchtliche Schönheit ließ ihn irgendwie weniger gefährlich erscheinen als die anderen. »Es wurde nur ein Grab gefunden, das der Frau. Und selbst das bestand nur aus einem einfachen Steinhaufen, von dem man sicher sein konnte, daß er mit der Zeit verfallen würde.«

Diese Worte wurden mit so viel Verachtung hervorgestoßen, daß Dobbs in Harnisch geriet. Diese Männer taten wahrhaftig so, als hätte er damals etwas Ungehöriges getan.

»Was hätte ich denn machen sollen? Sie in den Fluß

schmeißen? Wenn man keine Schaufel nich hat, macht man das hier so.«

»Das ändert aber nichts an der Tatsache, daß wir nur ein Grab gefunden haben«, bemerkte der mit den blauen Augen.

»Das Baby is nich am selben Tag gestorben. Wir waren da schon wieder weitergezogen.«

Dann wurde er plötzlich aus allen Richtungen mit Fragen bombardiert, und er hatte kaum genug Zeit, auch nur eine einzige zu beantworten, bevor schon die nächste auf ihn abgefeuert wurde.

»Wie viele Tage später?«

»Ein paar.«

»Wie viele genau?«

»Zwei, verdammt noch mal.«

»Zu welcher Tageszeit?«

»Wie, zur Hölle, soll ich mich daran erinnern?«

»Um welche Zeit starb er, Mr. Dobbs?«

»Er? Was für ein Er? Sie's doch 'n Mädchen.«

»Sie ist? Oder war?«

»War! War! Was, zum Teufel, soll das Ganze? Is' doch Jacke wie Hose, was es war oder um welche Zeit es starb. Es is' tot — mehr brauchen Sie nich zu wissen.«

»Ich fürchte, da irren Sie sich, Mr. Dobbs. Wir wollen einen Beweis.«

»Einen Beweis, den Sie uns beschaffen werden, Mr. Dobbs, da Sie ja behaupten, das Kind begraben zu haben.«

»Mit anderen Worten, Mr. Dobbs, Sie werden uns zu ihrem Grab führen müssen.«

Dobbs starrte die drei Männer, die gerade gesprochen hatten an, als seien sie übergeschnappt. Aber sie meinten es ernst. Todernst. Der Dunkle mit den unheiligen Augen hatte während des ganzen Verhörs kein einziges Wort gesagt, und er sagte auch jetzt nichts. Er beobachtete nur und hörte zu und beunruhigte Dobbs mit seinem Schweigen weit mehr als die anderen mit ihren tausend Fragen.

»Ich kann niemanden mehr nich führen«, stellte Dobbs fest und war zum erstenmal froh darüber, daß dies die

Wahrheit war. »Ich hab' mein Zimmer seit sechs Monaten nich verlassen. Nicht seit ...«

»Die Art Ihrer Krankheit spielt für uns keine Rolle«, wurde ihm mit einem deutlichen Mangel an Mitleid eröffnet. »Wir werden Ihnen ein bequemes Transportmittel beschaffen und Sie für Ihre Zeit entlohnen.«

»Das würde nix nützen«, beharrte Dobbs nervös. »Ich habe das Baby irgendwo in die Erde gelegt, da es ja nur ein winzigkleines Grab brauchte. Mit 'nem spitzen Stein hab' ich ein Loch gebuddelt, und das war's. Es war auch nix da, womit ich's markieren konnte. Kein Gedenkstein oder so. Und jetzt sind zwanzig Jahre ins Land gegangen, und selbst wenn ich mich an dem anderen Grab da orientieren würde, um die Entfernung zu schätzen, würde ich nie ...«

»Sie brauchen sich nicht weiter zu bemühen«, fiel ihm der Dunkle ins Wort. »Vielen Dank.«

Wie auf Kommando drehten sich die vier um und verließen das Zimmer. Dobbs sank ermattet in seine Kissen zurück und wischte sich die Stirn ab. Er hatte nicht die leiseste Ahnung, was das alles zu bedeuten hatte, aber er hoffte inständig, daß ihm etwas Ähnliches nie mehr im Leben widerfahren würde.

An der Treppe angekommen, stellte Stefan fest, was ohnehin auf der Hand lag. »Er hat gelogen.«

»Ja«, pflichtete ihm Lazar bei. »Aber warum?«

»Dafür kann es nur einen einzigen Grund geben«, sagte Serge.

Ihre Gedanken wanderten in dieselbe Richtung und kamen zu derselben widerwärtigen Schlußfolgerung. Es war Vasili, der damit herausplatzte: »Untersteht euch, das auch nur zu denken! Sie ist eine Kneipenhure, um Himmels willen! Und häßlich ...«

»Aber ihre Augen hätten die richtige Farbe«, hob Lazar hervor. Das Lachen war auch ihm mittlerweile gründlich vergangen.

»Wahrscheinlich gibt es allein in dieser Stadt mehr als hundert Frauen mit grünen Augen«, entgegnete ihm Vasili stur. »Und außerdem kann dieses schauderhafte Frauenzimmer unmöglich erst zwanzig Jahre alt sein. Die ist doch keinen Tag jünger als dreißig!«

»Harte Arbeit läßt viele Menschen frühzeitig altern«, sagte Serge. »Und selbst ihr Name, Tanya, ist ...«

»Genug«, zischte Stefan. »Jeder von uns weiß, wie sich die Sache beweisen läßt. Ich schlage vor, wir kümmern uns jetzt besser darum, diesen Beweis schleunigst zu erbringen — so oder so. Es ist jedenfalls völlig sinnlos, hier herumzustehen und über Wahrscheinlichkeiten zu debattieren.«

Vasili protestierte immer noch: »Aber es ist doch Wahnsinn, sie auch nur in Betracht zu ziehen!«

»Es gibt da nichts in Betracht zu ziehen, wenn sie wirklich diejenige ist, nach der wir suchen, Vasili. Das weißt du genausogut wie ich.«

»Dann wäre es mir eindeutig lieber, es gar nicht erst herauszufinden«, antwortete Vasili. »Aber ich glaube auch keine Sekunde lang, daß sie es ist. Die Umstände allein überzeugen mich jedenfalls nicht.«

»Aber die Mondsichel auf ihrem Hinterteil wird dich überzeugen.«

»Zur Hölle mit dir, Stefan! Aber na schön. Wenn du darauf bestehst, danach zu suchen, wirst du das jedenfalls ohne meine Hilfe tun müssen. Ich weigere mich, diesem übellaunigen Weib noch einmal nahe zu kommen.«

»Ich bezweifle, daß ich deine Hilfe dabei brauchen werde«, sagte Stefan gepreßt. »Ich denke doch, daß ich ein paar Münzen erübrigen kann, und mehr braucht es wohl nicht, um eine Hure dazu zu bringen, ihre Röcke zu heben.«

Diese Worte trieben Vasili flammende Röte ins Gesicht. Er hatte es selbst gesagt, hatte sie selbst mehr als einmal eine Hure genannt, aber dieses Wort jetzt aus Stefans Mund zu hören, war etwas ganz anderes. Eine Hure für den Thron von Cardinia? Wie konnte sein Vetter diese Möglichkeit auch nur in Erwägung ziehen?

Bevor die beiden Vettern auf die Idee kommen konnten, ihre Meinungsverschiedenheit mit den Fäusten auszutragen, stellte sich Lazar zwischen sie. »Wie wär's, wenn ich das Mädchen suche und sie einfach frage, ob sie vielleicht irgendwelche ungewöhnlichen Male auf ihrem Körper trägt? Wenn sie diesen verdammten Mond beschreiben kann, können wir uns und ihr weitere Peinlichkeiten ersparen.«

»Sie wird keine so persönliche Frage beantworten, ohne den Grund für diese Frage zu kennen«, sagte Serge. »Und wenn sie's wüßte, würde sie sich eigenhändig eine Mondsichel auf ihren Hintern ritzen. So eine Chance, wie wir sie ihr bieten, läßt sie sich bestimmt nicht entgehen.«

»Wir werden ihr nicht sagen, wonach wir suchen, Serge«, erklärte Lazar geduldig. »Sie müßte es uns sagen ...«

»Seid Ihr immer noch hier?« fragte die Frau, um die sich ihre Überlegungen drehten. Mit einem vollbeladenen Tablett stand sie am Fuß der Treppe und sah zu ihnen hinauf. »Na schön. Da ist die Tür. Und beeilt Euch gefälligst ein bißchen. Dobbs wartet auf sein Frühstück.«

»Das ist uns nicht entgangen«, sagte Stefan und ging langsam die Treppe hinunter. »Bringen Sie's um Himmels willen zu ihm rein!«

»Aber Stefan ...« Eine ungeduldige Geste brachte Lazar augenblicklich zum Schweigen.

Tanya mußte warten, bis sie alle heruntergekommen waren, so schmal war die Stiege. Sie war nervös, denn das Tablett in ihren Händen behinderte sie und machte sie für den Augenblick wehrlos. Diese Teufelsaugen glühten zwar jetzt nicht, aber ihre Erleichterung vom gestrigen Abend hatte sich als Irrtum erwiesen. Sie konnten wirklich glühen, oder jedenfalls erweckten sie manchmal den Anschein. Dieses helle Leuchten, das sie in ihnen gesehen hatte, konnte nicht vom Kerzenlicht herrühren, denn heute morgen hatte es keins gegeben. Im Augenblick war es allerdings der Hübsche, dessen Augen glühten, obwohl ... Gott steh ihr bei! Sie brannten tatsächlich genauso hell wie die des anderen! Sie wirkten nur nicht so satanisch und gefährlich in diesem Engelsgesicht. Aber der brennende Blick dieser Augen ruhte jetzt auf ihr. Aus irgendeinem Grund verachtete der Mann sie. Seine Verachtung hatte sie am gestrigen Abend wie eine Ohrfeige getroffen, und heute morgen sah er aus, als würde er sie am liebsten vom Erdboden auslöschen. Nun, dieses Gefühl beruhte ganz auf Gegenseitigkeit. Der Schmerz, den er ihr zugefügt hatte, hatte sie fast erstickt. Der Mann hatte sie auf eine Art und Weise verletzt, die sie zutiefst gekränkt hatte, und der bloße Gedanke daran trieb ihr wieder die Tränen in die Augen. Lieber würde sie jeden Tag Dobbs' Stock auf ihrem Rücken ertragen, als diese Art von Verachtung noch einmal erleiden zu müssen. Körperlicher Schmerz hörte wenigstens irgendwann auf, aber die Scham, die sie in der vergangenen Nacht empfunden hatte, würde sie wohl ihr Leben lang nicht mehr loslassen.

Die anderen Männer waren nicht halb so einschüchternd wie die beiden, denen sie bereits gestern begegnet war. Einer war groß und von schlanker Statur, mit dunkelbraunem Haar und blauen Augen, die sie jetzt von Kopf bis Fuß zu mustern schienen, so als wüßte er, daß sie etwas versteckt hatte, das zu finden er fest entschlossen war. Ein solches Maß an unverhohlener Neugier war sie nicht gewohnt. Der andere Mann war etwa einen Zoll kleiner und von stämmigem Wuchs. Er hatte schwarzes Haar und fast ebenso schwarze Augen, aber einen sehr hellen Teint. Tanya hätte schwören können, daß Mitleid in seinen dunklen Augen stand, und diese stumme Botschaft trug mehr als alles andere dazu bei, daß sie trotz ihrer Nervosität kerzengerade dastand und ihre Lippen fest aufeinanderpreßte.

Aber sobald der letzte der Männer die Treppe hinabgestiegen war, stürmte sie an ihnen vorbei und betete, daß sie ihr niemals mehr über den Weg laufen würden. Sie wußte weder, daß vier Augenpaare sie eindringlich beobachteten, als sie die Stufen erklomm, noch daß einer der Männer mit einem Kopfnicken angewiesen wurde, ihr zu folgen. Sie stürzte nur in Dobbs' Zimmer und stieß erleichtert mit dem Fuß die Tür hinter sich zu.

Kapitel 7

»Auf ihre Frage hat er nur gesagt, daß das Ganze nichts mit ihr zu tun hatte«, sagte Lazar, als er die Treppe hinunterkam, die er kurz zuvor hinaufgestiegen war, um an Wilbert Dobbs' Tür zu lauschen. »Aber er hat sie eindringlich ermahnt, uns aus dem Weg zu gehen, falls wir hier noch einmal auftauchen sollten.«

»Was noch?«

»Nichts, was uns beträfe. Die meiste Zeit hat er sich darüber beklagt, daß er so lange auf sein Frühstück warten mußte. Und auch sonst hatte er noch allerlei an ihr auszusetzen. Anscheinend schmeißt sie wirklich den Laden hier – und zwar ohne Hilfe.«

»Ein guter Grund für ihn, sie nicht gehen zu lassen«, kommentierte Serge.

»Vielleicht. Obwohl er ja nicht wissen konnte, was wir eigentlich von ihr wollen«, sagte Stefan. Dann fragte er Lazar: »Glaubst du, sie bleibt lange?«

»Wohl kaum. Er ist ganz abscheulich zu ihr und nörgelt an jeder Kleinigkeit herum, die sie tut. Ich an ihrer Stelle bliebe jedenfalls keinen Augenblick länger in diesem Zimmer als unbedingt nötig.«

Noch bevor Lazar geendet hatte, hörten sie, wie im oberen Stockwerk eine Tür ins Schloß fiel. Gleich darauf kam das Mädchen mit schnellen Schritten die Treppe heruntergerannt, womit sie einmal mehr die Erschöpfung in ihrem Gesicht Lügen strafte. Unten angekommen blieb sie bei dem Anblick der Männer ruckartig stehen, und ohne sich darum zu kümmern, daß sie mit dieser Geste ihre Angst eingestand, legte sie eine Hand auf den Griff ihres Messers.

Stefan konnte nur mit Mühe ein Lachen unterdrücken, mit dem er ihr nur allzu deutlich gezeigt hätte, wie wenig sie mit einer solchen Waffe gegen vier Männer ausrichten konnte, die von Jugend an dazu ausgebildet worden waren, im Kampf gegen andere Männer zu bestehen. Er wollte ihr nicht das Gefühl von Sicherheit nehmen, das ihr dieses Messer offensichtlich verschaffte. Aber es war immerhin sehr amüsant, einer Frau zuzusehen, die sich den Anschein gab, als sei sie darauf vorbereitet, mit ihnen allen gleichzeitig fertigzuwerden.

»Konntet Ihr die Tür nicht finden?« fragte sie mit einem durchbohrenden Blick auf Stefan.

Er ignorierte ihren Versuch, ihn zu provozieren. »Wir haben mit Ihnen zu reden, Mistreß.«

»Ich denke, Ihr hättet etwas mit Dobbs zu regeln? Das habt Ihr ja inzwischen getan.«

»Aber nicht zu unserer Zufriedenheit.«

Eine schön geschwungene Augenbraue wurde hochgezogen. »Ihr glaubt hoffentlich nicht, daß ich mich dafür interessiere, ob Ihr zufrieden seid oder nicht.«

Lazar schrie fast vor Lachen. Vasili gab ein angewidertes Grunzen von sich, hielt ansonsten aber glücklicherweise den Mund. Stefan krümmte sich innerlich, denn für ihn hatten ihre Worte — ob beabsichtigt oder nicht — eine zweifache Bedeutung. Nach außen hin ließ er jedoch nur ein Stirnrunzeln sehen.

»Wir haben ein paar Fragen ...«

»Ich habe keine Zeit ...«

»... die Sie uns beantworten müssen.«

»Ich habe doch gerade gesagt ...«

Bevor sie ihren Spruch jedoch ein weiteres Mal aufsagen konnte, wurde sie durch schiere Lautstärke übertönt.

»Genug, Mistress. Wir entschuldigen uns für die letzte Nacht. Wir entschuldigen uns auch für den scharfen Ton, mit dem wir Sie vorhin angesprochen haben. Aber jetzt müssen wir darauf bestehen, daß Sie uns behilflich sind.«

Eine derart herausgebrüllte Entschuldigung war ihrer Meinung nach keinen Pfifferling wert! Und während ihr diese Entschuldigung von dem Mann namens Stefan aufgezwungen wurde, wanderten die anderen Männer planlos im Zimmer umher. Sie interessierten sich offensichtlich nicht im geringsten für das, was dieser Stefan ihr sagen wollte, obwohl Tanya fast damit rechnete, daß sich seine Worte als eine Art Gemeinschaftsangebot entpuppen würden. Aber das war ein Irrtum. Was sie für planloses Auf-

und Abgehen gehalten hatte, war ein wohldurchdachtes Manöver, um jeden Ausgang des Zimmers zu blockieren. Sogar der Stämmige mit den dunklen Augen stand jetzt ganz in ihrer Nähe, zwischen ihr und der Treppe, um einen Rückzug in dieser Richtung für sie unmöglich zu machen.

Offensichtlich würde Tanya nirgendwohin gehen, bevor sie ihnen nicht ›behilflich‹ war. Es machte sie maßlos wütend, daß man ihr in dieser Angelegenheit keine Wahl ließ. Natürlich konnte sie sich auch einfach hinsetzen und sie warten lassen, bis sie schwarz wurden. Schließlich konnten sie sie ja nicht mit Gewalt zum Sprechen bringen, oder? Aber sie wollte sie endlich loswerden — je schneller, desto besser. Also mußte sie ihnen wohl oder übel ihre verdammten Fragen beantworten. Nur würde sie dabei keinesfalls so tun, als ob ihr das behagte. Und sollte sich eine Möglichkeit bieten, es ihnen heimzuzahlen, würde sie sich diese nicht entgehen lassen. Zu ihrer großen Freude fand sich eine solche Gelegenheit fast augenblicklich.

Ihr Zögern hatte gerade lange genug gedauert, daß Stefan ihr ein Angebot machte. »Wenn es nur um Ihre Zeit geht, dann betrachten Sie sich hiermit als entlohnt.« Mit diesen Worten warf er ihr eine Münze zu.

Tanya fing die Münze mit einer Reflexbewegung auf, warf sie jedoch ebenso schnell wieder zurück. »Behaltet Euer Geld. Ihr wollt eine Information von mir, gut. Das kostet eine Entschuldigung von *dem da.*«

Der Mann, dem sie auf diese Weise eins auszuwischen versuchte, war der goldlockige Adonis. Die anderen sahen ihn abwartend an, als stünde für sie von vornherein fest, daß er ihrem Wunsch nachkommen würde. Aber er starrte Tanya nur wortlos an — mit hochrotem Gesicht und Mordlust in den Augen.

Na schön, diesen Mann zu demütigen, war immerhin einen Versuch wert gewesen. Aber sie hatte nicht wirklich erwartet, daß es funktionieren würde. Nicht, nachdem der andere ihr seine Entschuldigung mehr oder weniger ins Gesicht gespuckt hatte, so als müsse sie sich obendrein auch noch geehrt fühlen. Jetzt hatte sie sich selbst in die

Enge getrieben, indem sie einen Preis für ihre Mithilfe gefordert hatte. Irgendwie mußte sie versuchen, ihnen zu entkommen. Das verlangte schon ihre Selbstachtung. Sie konnte dabei nur hoffen, daß die Männer nicht zu grob würden, um sie aufzuhalten.

Ein paar endlos erscheinende Sekunden wartete sie noch ab, dann drehte sie sich um und ging auf die Hintertür zu. Der braunhaarige Mann machte eine Bewegung, um ihr den Weg zu versperren, wie sie es erwartet hatte, aber sie blieb nicht stehen. Statt dessen zog sie ihr Messer, womit sie nicht nur ihn, sondern auch sich selbst überraschte. Sie hatte nicht vorgehabt, so weit zu gehen, um ihren Stolz zu verteidigen — dieses verdammte Ehrgefühl, mit dem sie sich nur selbst schadete und das ihr im Lauf der Jahre eine Menge zusätzlicher Schläge eingehandelt hatte. Heute würde ihr Stolz sie vielleicht sogar töten, denn der Mann, dem sie gegenüberstand, wich ebenfalls keinen Schritt zurück. Gestern abend hatte sie zwar ihr Messer gezogen, aber wohlweislich darauf verzichtet, die beiden Männer zum Gehen aufzufordern. Instinktiv hatte sie begriffen, daß sie einer solchen Aufforderung niemals nachgekommen wären. Und dieser Mann hier war aus demselben Holz geschnitzt.

»Vasili!«

Tanya wußte nicht, wer den Sprecher dieses Wortes derart in Wut gebracht hatte, aber seine Stimme klang ausgesprochen ungehalten, und sie hörte Vasili eine Antwort murmeln: »Oh, schon gut!« Lauter und mit einem unüberhörbaren, herrischen Unterton fügte er hinzu: »Hören Sie, Mistress, Sie können dies als Entschuldigung betrachten — für alles, was ich angeblich gesagt oder getan habe und womit ich Ihr sogenanntes Zartgefühl beleidigt haben könnte.«

Selbst in seiner Entschuldigung schwang noch Verachtung mit, und es gelang ihm, sie auf diese Weise erneut zu beleidigen. Außerdem hatte er klar durchblicken lassen, daß er keine Ahnung hatte, womit er ihr eigentlich Unrecht getan hatte. Aber Tanya wußte auch, daß sie von seinesgleichen nicht mehr zu erwarten hatte. Zumindest aber hatte er ihr den Vorwand geliefert, den sie brauchte, um ihr Messer wieder in die Scheide zu stecken. Die blauen Augen vor ihr waren eindeutig erleichtert. Sie konnte nur hoffen, daß ihre eigene Erleichterung etwas besser verborgen blieb.

Zu diesem Zweck wirbelte sie herum und schenkte Vasili ein strahlendes Lächeln. »Ich danke Euch, *lieber* Herr! Es tut meinem Herz gut zu wissen, daß ich mich nicht in Euch getäuscht habe.«

Vasili runzelte die Stirn, denn ihm war bewußt, daß sie ihren Dank genausowenig ernst meinte wie er seine Entschuldigung. Aber er war nicht in der Lage herauszufinden, ob sie einfach nur seine Beleidigung erwidert hatte, und daher zog er es vor zu schweigen.

Stefan räusperte sich und lenkte damit ihre Aufmerksamkeit von dem Adonis ab. »Sind Sie jetzt zufrieden, Mistress?«

Ihr Lächeln hielt seinem Blick stand. »Aber selbstverständlich. Ich bin ja nur ein Tavernenmädchen und so einfältig, daß ich unmöglich wissen kann, was er alles in diesen Schwall wohlgesetzter Worte hineingelegt hat. Warum sollte ich also nicht zufrieden sein? Nein, macht Euch nicht die Mühe, mir eine Antwort zu geben.« Das Lächeln war verflogen, gemeinsam mit dem sarkastischen Tonfall. Ihre Stimme und ihr Gesichtsausdruck waren jetzt vollkommen kalt. »Stellt mir jetzt einfach Eure Fragen, und dann geht.«

Vasili war erneut rot angelaufen, aber die warnenden Blicke der anderen Männer brachten ihn für den Augenblick zum Schweigen.

»Sie verstehen sich selbst gut auf gewählte Reden, Mistress«, bemerkte Stefan, während er zu dem ihm am nächsten stehenden Tisch ging und die Stühle davon herunternahm. »Wer hat Ihnen beigebracht, so zu reden? Wie bessere Leute, meine ich.«

»Bessere Leute?« wiederholte sie. Ihre Augen wurden schmal. »Ich wüßte nicht, wer …«

Er fiel ihr hastig ins Wort: »Lassen Sie mich das anders

formulieren. Ihre Redeweise verbessert sich drastisch, wenn Sie das wollen. Hat Ihr Vater Sie zur Schule geschickt?«

»Mein Vater? Wenn Ihr Dobbs meint, der glaubt nicht an Schulen oder sonst irgend etwas, das einen von der Arbeit abhalten könnte. Aber Iris Dobbs war eine gebildete Frau. Was ich weiß, habe ich von ihr gelernt.«

Er wies auf einen Stuhl. »Möchten Sie sich nicht setzen, Mistress?«

»Nein, danke.«

»Macht es Ihnen etwas aus, wenn ich es tue?«

Ihre Lippen zuckten leicht. »Aber nein. Ihr müßt unbedingt Platz nehmen! Ich bin daran gewöhnt, auf Männer herabzusehen.«

Stefan hätte sich nach dieser Bemerkung um ein Haar anders besonnen, denn zu allem Übel hatte Lazar im Hintergrund wieder zu kichern begonnen. Er beschloß, einfach davon auszugehen, daß sie auf ihre Arbeit in der Taverne anspielte, wo sie Männer bediente, die für gewöhnlich saßen. Aber diese andere Bedeutung ... Er setzte sich, nur um im nächsten Augenblick sofort wieder aufzuspringen und mit langen Schritten auf sie zuzugehen.

»Wilbert Dobbs ist also nicht Ihr Vater?«

»Nein, Gott sei Dank nicht.«

Sie hatte mittlerweile in solchem Maß seine Neugier geweckt, daß er gern erfahren hätte, warum dieser Umstand sie mit Dankbarkeit erfüllte. Aber um das herauszufinden, hatten sie nicht diese ganze unerfreuliche Szene über sich ergehen lassen. »Demnach arbeiten Sie nur hier?«

»Ich lebe hier, solange ich mich erinnern kann.«

»Ah, dann muß Mr. Dobbs' Frau Ihre Mutter gewesen sein?«

Tanya runzelte die Stirn. »Warum interessiert Ihr Euch so sehr für die Familie Dobbs? Iris ist tot, und bei Dobbs wird es auch nicht mehr lange dauern.«

»Haben Sie einfach etwas Geduld mit mir. Um so eher werden wir fertig sein. Also, *war* Iris Dobbs nun Ihre Mutter?«

»Nein. Iris hat mir erzählt, daß meine Mutter starb, als ich noch ein Baby war.«

»Wie ist sie gestorben?«

»Am Gelben Fieber.«

»Kennen Sie Ihren Namen?«

»Den Namen meiner Mutter?« Wieder runzelte sie die Stirn, nicht nur, weil er langsam zu persönlich wurde, sondern auch weil er diese Frage mit einer Heftigkeit hervorgestoßen hatte, die sie überraschte. »Das spielt doch keine Rolle, oder? Bleibt bei den Fragen über Dobbs, um deren Beantwortung Ihr mich ja so *höflich* gebeten habt, oder ich sage überhaupt nichts mehr.«

»Alle meine Fragen stehen in einem bestimmten Zusammenhang«, sagte er unnachgiebig. »Wenn meine Fragen persönlich werden, liegt das daran, daß Sie Ihr ganzes Leben bei Wilbert Dobbs verbracht haben. Also. Der Name Ihrer Mutter?«

»Ich weiß es nicht«, antwortete sie steif. Seine Erklärung hatte sie nicht zufriedengestellt, und sie scherte sich auch keinen Deut darum, daß er sie jetzt mit finsteren Blicken bedachte.

»Was ist mit Ihrem eigenen Namen? Tanya, nicht wahr? Wurden Sie mit diesem Namen geboren, oder hat Iris Dobbs Ihnen diesen Namen gegeben, als sie Sie zu sich nahm?«

»Beides, könnte man wohl sagen. Meine Mutter hat Iris gesagt, wie ich heiße, aber der Name hatte einen so ungewöhnlichen Klang, daß sie sich später nicht mehr richtig daran erinnern konnte. So bekam ich also nur einen Teil davon ab, oder jedenfalls etwas, das so ähnlich klang. Na ja, immer noch besser als gar nichts, denke ich.«

Er stand jetzt direkt vor ihr und starrte einen langen, nervenaufreibenden Augenblick auf sie herab, bevor er seine nächste Frage stellte: »Möchten Sie Ihren ganzen Namen wissen?«

»Stefan!« Hinter Tanyas Rücken meldete sich eine warnende Stimme zu Wort. »Es könnte immer noch reiner Zufall sein!«

Über ihren Kopf hinweg sah er den Mann hinter ihr an. »Es ist viel mehr als nur Zufall, Lazar. Mehr brauchen wir doch nicht zu hören, oder?«

Stefan bekam nur Schweigen als Antwort, und sein Blick senkte sich wieder auf Tanya. »Waren Iris und Wilbert Dobbs beide bei Ihrer Mutter, als sie starb?«

»Ja«, erwiderte sie, noch immer verwirrt von der letzten Frage, die er ihr gestellt hatte.

»Wie kam das?«

»Sie waren damals zusammen auf Reisen.«

»Von wo kamen sie?«

»New Orleans.«

»Mit dem Schiff?«

»Nein, mit einem Einspänner.«

Er warf Lazar einen triumphierenden Blick zu. Tanya konnte den unfaßbaren Gedanken keinen Augenblick länger schweigend ertragen. »Wißt — wißt Ihr, wer meine Eltern sind?«

»Möglicherweise — wenn Sie ein bestimmtes ... Muttermal ... haben, das sozusagen, hm, erblich ist.«

Es war ihr nicht einmal aufgefallen, daß er bei diesen durchaus logisch klingenden Worten merklich gezögert hatte. Zu sehr war sie damit beschäftigt, ihre Erregung zu bezähmen. Denn was er da angedeutet hatte, war zu unwahrscheinlich, um wahr zu sein. Und doch — seit dem Tag, als sie herausgefunden hatte, daß sie gar nicht die leibliche Tochter von Dobbs und Iris war, hatte sie sich den Kopf zerbrochen über ihre wirklichen Eltern. Woher sie kamen, wie sie wohl waren, und *wer* sie waren.

Es war damals eine schreckliche Enttäuschung für sie gewesen, daß Iris ihr nicht mehr erzählen konnte. Sie konnte sich einfach nicht mehr an den Namen von Tanyas Mutter erinnern, obwohl sie diesen Namen einmal gehörte hatte. Sie konnte sich auch nicht an Tanyas eigenen Namen erinnern, oder jedenfalls nicht an den ganzen Namen. Aber schließlich war Iris zu jener Zeit völlig verzweifelt gewesen. Und sie mußte damals nicht nur mit ihren eigenen Problemen fertig werden, sondern außerdem noch mit einer sterbenden Frau, der sie ihre Hilfe versprochen hatte. Tanya konnte ihr wahrhaftig keinen Vorwurf machen, daß ihr diese Dinge später entfallen waren, aber für Tanya selbst brachte dieser Umstand ein Leben voll brennender Neugier und Unzufriedenheit mit sich.

Andere Mädchen hatten irgendeinen Hintergrund, reich an Details und Farben. Ihr eigenes Leben, das seinen Anfang in einer Taverne genommen hatte, war dagegen ein unbeschriebenes Blatt. Und hier standen nun vier fremde Männer vor ihr und machten Andeutungen über ein Wissen, das sie ebenso heiß ersehnte wie ihre Unabhängigkeit — wenn nicht sogar noch mehr. Endlich eine eigene Identität zu haben, eine Familiengeschichte, vielleicht sogar Verwandte, die noch lebten — ein Geburtsdatum! Das wäre einfach zu wundervoll, um wahr zu sein. Sie durfte sich keine allzu großen Hoffnungen gestatten, sonst war ihr die Enttäuschung bereits gewiß ... Und das alles sollte von einem Muttermal abhängen?

Während ihr diese Gedanken durch den Kopf schossen, starrte Tanya blicklos auf die breite Männerbrust vor ihr, aber ihr über Jahre hinweg geschulter Selbsterhaltungstrieb warnte sie gerade noch rechtzeitig, als eine Hand in die Höhe fuhr, um ihr Kinn zu heben und auf diese Weise erneut ihre Aufmerksamkeit zu wecken. Instinktiv zuckte sie zurück, damit das sorgfältig aufgetragene Make-up auf ihrem Gesicht nicht in Gefahr geriet. Stefan jedoch bezog dieses Zurückschrecken auf sich selbst.

So sehr er auch daran gewöhnt war, auf Ablehnung und Widerwillen zu stoßen, empfand er doch bittere Enttäuschung darüber, daß dieses Mädchen seine Berührung nicht ertragen konnte, nicht einmal in einer so unschuldigen Geste. Denn anders als seine Freunde verspürte er eine geradezu wilde Freude darüber, daß sie diejenige sein könnte, nach der sie suchten. Aber natürlich vergaß er dabei immer wieder, mit wem er's zu tun hatte — sie war eine Hure und als Königin denkbar ungeeignet. Nun, er würde das nicht noch einmal vergessen.

Er wandte sich von ihr ab und tauschte mit Lazar den

Platz. Seine Anweisung dabei war kurz und unmißverständlich: »Frag du sie.«

Lazar war mittlerweile zu der Überzeugung gekommen, daß weitere Fragen eigentlich völlig überflüssig waren. Die anderen dachten offensichtlich dasselbe: Vasili hatte sich an die Wand gelehnt, hatte die Augen geschlossen und hämmerte dumpf mit dem Kopf gegen das Holz. Serge saß mit zusammengesunkenen Schultern auf der untersten Treppenstufe und hatte den Kopf auf seine Fäuste gestützt. Stefan war einfach nur zornig. Kein Wunder! Wenn das Mädchen ihn jetzt schon verschmähte, wie sie alle es gerade beobachten konnten, wie groß würde ihre Verachtung dann sein, wenn sie erst wußte, wer sie war.

Lazar war gewiß nicht glücklicher darüber als die anderen. Zu schade, daß sie nicht die Schönheit war, die sie erwartet hatten, aber das war immer noch nichts im Vergleich zu dem, *was* sie war! Eine gewöhnliche Tänzerin, ein Barmädchen — eine Hure. Jesus! Es würde Sandor wahrscheinlich umbringen, wenn er erfuhr, was aus dem Kind geworden war, das er selbst weggeschickt hatte und das sein Sohn nun auf seinen eigenen Befehl hin zur Frau nehmen würde.

Nein, Lazar brauchte weder weitere Antworten noch irgendwelche sichtbaren Beweise für sich selbst, sondern nur noch für das Protokoll. Dementsprechend war er der erste von ihnen, der Tanya mit Respekt behandelte. Als er vor ihr stand, verbeugte er sich formell und stellte sich vor, wobei er seinen Titel jedoch wegließ. Er hätte auch ihre Hand ergriffen und an seine Lippen geführt, aber sie hatte ihre Arme über der Brust verkreuzt und bedachte ihn mit einem Blick aus ihren schmalen Augen, der eine eindeutige Warnung enthielt. Er brauchte nur einen Augenblick, um zu begreifen, daß sie dachte, er wolle sich über sie lustig machen. Vasilis Hohngelächter im Hintergrund würde auch nicht gerade dazu beitragen, ihre Meinung zu ändern. Lazar entschied sich dafür, es gar nicht erst zu versuchen.

»Können Sie uns sagen, Mistress, ob Sie irgendwelche außergewöhnlichen Muttermale besitzen?«

»Eines. Aber das würde ich nicht gerade außergewöhnlich nennen.«

»Könnten Sie es uns bitte beschreiben?«

»Es ist ein rosafarbener Fleck auf meiner Haut. Ein ziemlich großer, aber weicher Leberfleck.«

»Und an welcher Stelle?«

Als sie errötete, war Lazar ganz sicher, daß sie das Mal nur nicht richtig beschrieben hatte, und versicherte ihr: »Die Stelle, an der sich das Mal befindet, ist wichtig, Mistress.«

»Es ist auf meinem — in der Gegend von meinem ...«

»Sie können einfach auf die Stelle zeigen«, bot er ihr an, als sie noch tiefer errötete.

Sie warf ihm einen finsteren, verlegenen Blick zu. »Meine Arme bedecken es gerade«, fauchte sie.

»Bedecken?« Er runzelte die Stirn und starrte auf ihren Busen. »Aber — nein, Sie tragen noch ein anderes Mal!«

»Nein, das tue ich nicht.«

»Aber Sie müssen noch eins haben«, beharrte er.

»Nein!« Tanya war mittlerweile wirklich ärgerlich. Es war genau das eingetreten, was sie erwartet hatte. Was auch immer diese Männer suchten, sie besaß es nicht.

»Ich verstehe nicht ...«

»Um Himmels willen, Lazar«, mischte sich jetzt Vasili ein. »Du hast deine Antwort. Sie hat es zweimal wiederholt. Laß uns dankbar sein und von hier verschwinden, bevor sie ihre Meinung ändert.«

»Eine glänzende Idee«, pflichtete Tanya ihm bei, obwohl es offensichtlich war, daß niemand ihr zuhörte.

»Es ergibt einfach keinen Sinn. Alles weist darauf hin ...«

»Ein zufälliges Zusammentreffen der Ereignisse, wie ich vorhin schon sagte.«

»Ein Ereignis, bei dem zwei Frauen auf dieselbe Art und Weise gestorben sind, ungefähr zur selben Zeit, und die beide von diesem alten Mann da oben beerdigt worden sind?«

»Fantastisch, aber nicht unmöglich«, sagte Vasili.

»Ist denn keinem von euch beiden in den Sinn gekommen«, bemerkte Stefan, »daß, wenn man bedenkt, wo sich dieses Mal befindet, sie es vielleicht noch nie gesehen hat?«

»Natürlich!« kicherte Lazar.

Vasili dagegen fand diese Idee nicht so besonders erheiternd. »Verdammt, Stefan, warum konntest du denn das Ganze nicht einfach auf sich beruhen lassen?«

»Weil wir hier sind, um die Wahrheit herauszufinden — wie abscheulich sie uns auch erscheinen mag.«

Tanya versteifte sich, denn sie erkannte in diesen Worten eine neuerliche Beleidigung. Als Stefan sich dann ein zweites Mal vor ihr aufbaute, stand ein grimmiges Glitzern in ihren Augen. Aber auch seine Augen glühten, als er auf sie zuging — eine Reaktion auf die Abfuhr, die sie ihm kurz zuvor erteilt hatte. Ihr Ärger störte ihn nicht im geringsten, im Gegenteil! Er war geradezu entzückt darüber.

»Wir sind uns ganz sicher, was Ihre Identität betrifft, Mistress. Das Mal, das uns den endgültigen Beweis dafür liefern wird, befindet sich auf dem Körperteil, auf dem Sie für gewöhnlich sitzen. Auf der linken Backe. Sie werden zweifellos einen Spiegel benötigen, um es zu untersuchen. Also gehen Sie jetzt, und tun Sie es. Und tun Sie es sorgfältig, damit Sie uns bei Ihrer Rückkehr das Mal beschreiben können.«

»Und wenn ich mich weigere?«

»Dann könnten Sie sich unter Umständen in Ihrem Zartgefühl verletzt sehen, wenn wir dieses Mal selbst aufspüren. Um dem Zweifel ein Ende zu machen, Sie verstehen.«

Sie begriff schnell, daß er mit seinen Bemerkungen ebenso grausam sein konnte wie Vasili. Ihre Wangen färbten sich feuerrot. »Bastard!« zischte sie. Aber er hob nur eine Braue, um ihr zu zeigen, wie wenig es ihm ausmachte, daß er sie beleidigt hatte — wieder einmal. »Was passiert, wenn das Muttermal wirklich da ist?«

»Dann werden Sie mit uns nach Cardinia zurückkehren.«

»Wo ist das?«

»Es ist ein kleines Land in Osteuropa. Es ist auch das Land, in dem Ihr geboren wurdet, Tatiana Janacek.«

Ein Name. Ihr Name? O Gott, plötzlich wurde alles wieder so real, und ihre hochfliegenden Hoffnungen kehrten mit einem Schlag wieder zurück. »Seid Ihr deshalb hierher gekommen? Um mich zurückzubringen?«

»Ja.«

»Dann habe ich eine Familie dort? Sie haben Euch hergeschickt, um mich zu finden?«

»Nein.« Sein Ton wurde weicher, als er das sagte. »Bedauerlicherweise seid Ihr die letzte Eures Geschlechts.«

Es war ein ewiges Auf und Ab mit diesen Hoffnungen. Warum ließ sie sich nur von so vagen Möglichkeiten ködern? Also gut, keine Familie. Aber ein Name, eine Geschichte — falls diese Männer die Wahrheit sagten, und falls sie das Mal besaß.

»Wenn ich gar keine Familie mehr habe, warum habt Ihr Euch dann die Mühe gemacht, mich zu finden?«

»Eure Fragen sind zwecklos, bevor Ihr nicht uns allen bewiesen habt — Euch selbst eingeschlossen —, daß Ihr das Mal besitzt, das Euch zu einer Janacek macht.«

»Es ist mir völlig egal, wie zwecklos Ihr meine Fragen findet. Ich werde mich keinen Zoll von hier wegbewegen, bevor ich nicht den wirklichen Grund erfahren habe, der Euch hierhergebracht hat.«

Stefan ging drohend einen Schritt auf sie zu, aber sie rührte sich nicht von der Stelle. Seine Worte prasselten wie ein wütendes Knurren auf sie herab. »Wir sind hier aus dem einen einzigen Grund, daß wir Euch hier aufsammeln und zurückbringen wollen ...«

»Warum?«

»Für Eure Hochzeit.«

»Meine *was?*«

»Ihr werdet den neuen König von Cardinia heiraten.«

Kapitel 8

Tanya trat einen Schritt zurück, um sich die vier Männer, die vor ihr standen, genau anzusehen. Vornehm gekleidete Gentlemen, die ihre Ausbildung wahrscheinlich in West Point oder irgendeiner anderen Offiziersschule erhalten hatten, was auch die militärische Exaktheit ihrer Bewegungen und ihres Benehmens erklären würde. Es waren für gewöhnlich blutjunge Burschen, was man von diesen hier allerdings nicht behaupten konnte. Sie mußten alle bereits um die dreißig sein. Aber sie kannte diesen Typ: reich, priviligiert und zweifelsohne gelangweilt — genau die Sorte, die sich in der Rolle des großen Witzbolds gefiel.

Sie hätte von Anfang an merken müssen, daß sie zum Narren gehalten wurde. Diese Männer hielten es offensichtlich für einen Mordsspaß, ein armes, einfältiges Mädchen aus der Kleinstadt hinters Licht zu führen und sie dazu zu bringen, wieder an Märchen zu glauben. Was für ein grausamer Streich! Die meisten Mädchen würden nicht bemerken, daß es sich nur um einen sorgfältig ausgetüftelten Scherz handelte, nicht, bis ihnen weh getan wurde. Nachdem Tanya nun klarsah, fand sie für alles eine einleuchtende Erklärung.

Dobbs hatte sie natürlich mit den Informationen über ihre Mutter versorgt — ein paar Münzen hatten ihn gewiß redselig gemacht. Selbst das Muttermal auf ihrer Kehrseite, falls da wirklich eins war, hätte jemand bei einem Blick durch ihr Fenster erspähen können, denn erst am vergangenen Abend hatte sie sich in solcher Eile für ihren Auftritt umziehen müssen, daß sie die Vorhänge vorher nicht geschlossen hatte. Aber was für ein demütigender Gedanke, daß einer dieser Männer in dem alten Baum vor ihrem Fenster gehockt haben könnte, um sie im Evaskostüm zu beobachten. Und sich vorzustellen, daß er bei dieser Gelegenheit auf ihrem Körper etwas entdeckt hatte, von dem sie noch nicht einmal selbst etwas wußte!

Hoffentlich hatten sie sich keiner solchen Strapaze unterzogen, und die Geschichte mit dem Muttermal war einfach ein Lüge. Bei Lichte betrachtet war das Nichtvorhandensein dieses Mals wahrscheinlich sogar die Pointe ihres Scherzes. Aber so lange, bis sie selbst nachsah, konnten sich die Herren köstlich amüsieren, nicht wahr? Sie setzten voraus, daß sie sie mit ihren Worten geradezu rasend glücklich gemacht hatten, und warteten jetzt darauf, wie enttäuscht sie sein würde, wenn ihr schließlich klar wurde, daß sie ihren Märchenkönig nun doch nicht bekam.

Aber sie hatten sich dazu von allen Mädchen ausgerechnet das ausgesucht, das nicht vor ihnen auf die Knie fallen würde, um diesem sogenannten König die Füße zu küssen, diesem Märchenwesen, das sich herablassen wollte, sie zur Frau zu nehmen. Nein, sie würde überhaupt niemals heiraten, keinen Mann, nicht einmal einen König, selbst wenn es ein richtiger wäre und er sie darum bäte. Wenn sie das Ganze nicht dermaßen auf die Spitze getrieben hätten — ein *König!* Um Himmels willen — es hätte funktioniert. Aber wahrscheinlich war gerade das der Witz bei der Sache: Sie versuchten, sie so weit zu bringen, daß sie etwas so fantastisch Unglaubliches zu glauben bereit war.

Und tatsächlich hatte der Scherz ja auch bis zu dieser Stelle funktioniert. Sie hatte ihnen geglaubt, daß sie wußten, wer sie war. Geglaubt, daß sie von ihnen etwas über ihre Familie erfahren würde, ihre Geschichte und all die Dinge, die sie immer schon wissen wollte. *Das* war es, was für sie zählte, und nicht irgendeine dumme Hochzeit mit einem berauschenden Happy-End. Aber das konnten sie ja nicht wissen.

Mein Gott, sie war geradezu lächerlich naiv gewesen. Das jedoch würden diese Männer nicht erfahren, nicht, wenn sie es verhindern konnte.

»Ein König?« sagte sie dann und riß ihre Augen in gespieltem Erstaunen weit auf. »Au weia! Es geschehen noch Zeichen und Wunder!« Dieses kleine bißchen lauwarmer Begeisterung war schon das Beste, was sie zu geben hatte. Daher verlegte sie sich jetzt auf einen skeptischeren Tonfall, mit einem Schuß Verachtung darin. Sie wollte doch mal sehen, wie weit diese Männer gehen würden, um sie von ihrem Lügenmärchen zu überzeugen. »Wer ist es?« fragte sie Stefan. »Ihr? Nein, Ihr seid nicht arrogant genug. Der da muß es sein!«

Sie blickte zu Vasili hinüber, die anderen sahen Stefan an und warteten auf seine Reaktion. Dies war nun schon die zweite Abfuhr innerhalb weniger Minuten, die sie ihm erteilt hatte.

»Nein, wirklich«, sagte Stefan steif. »König Vasili von Cardinia! Das sollte Euch doch eigentlich gefallen.«

»Sollte es?« erwiderte sie, ohne ihren Blick von Vasili abzuwenden. Dann fragte sie ihn: »Ihr seid also 'n echter König, wie?«

Vasili, der die ganze Zeit über bequem an der Wand gelehnt hatte, stellte sich aufrecht hin. Der Blick, mit dem er zuerst Stefan, dann Tanya bedachte, war voller Abscheu. »So scheint es wohl, Mistress.«

»Und warum solltet Ihr dann so eine wie mich heiraten wollen?«

»Ich kann Euch versichern, ich will es nicht.«

»Ihr wurdet dem König bei Eurer Geburt versprochen«, erklärte Stefan hastig. »Und ob der König Euch nun zu heiraten wünscht oder nicht — er muß seine Pflicht tun. Falls Ihr dieses Mal auf Eurem Körper tragt. Und jetzt, finde ich, ist der Zeitpunkt gekommen, um das festzustellen ...«

»Das glaube ich nicht«, fiel ihm Tanya ins Wort. »Ich kann Euch aber sagen, wofür es Zeit ist. Schluß mit der Vorstellung! Verschwindet! Ich habe schon genug Zeit mit Euch verplempert ...«

»Ihr glaubt also nicht, daß Ihr es hier mit Vertretern des Hochadels zu tun habt?« Diese Unterbrechung kam von Vasili, der endlich auch einen Anflug von Belustigung zeigte, wie seine leicht nach oben gezogenen Mundwinkel andeuteten.

Tanya schnaubte verächtlich. »Ich weiß nicht, was Euch auf die Idee gebracht hat, ich sei dumm und leichtgläubig. Aber ich versichere Euch, ich bin es nicht.«

»Das ist wohl in höchstem Maße fraglich, Mistress«, gab Vasili zurück. An Stefan gewandt fügte er hinzu: »Warum hebst du nicht einfach ihre verdammten Röcke hoch und bringst die Sache hinter dich?«

Tanyas Finger schlossen sich augenblicklich um das Heft ihres Messers. »Die Hand, die mich berührt, wird abgeschnitten! Und jetzt will ich Euch hier nicht länger sehen!«

Stefan seufzte und fragte sich, wie eine einfache Angelegenheit so kompliziert werden konnte. »Wir können hier nicht weggehen, ohne sicher zu sein. Wenn Ihr doch nur *versuchen* würdet, unsere Lage zu verstehen ...«

»Aber ich verstehe Euch ja, ich verstehe vollkommen. Ich glaube es nur einfach nicht.«

»Aus welchem Grund sollten wir uns wohl eine solche Geschichte ausdenken?«

»Ich kann mir eine Menge Gründe vorstellen, und keiner davon ist sehr erfreulich. Meiner Meinung könntet Ihr zum Beispiel Schauspieler sein, die für irgendein mieses Stück proben, das vom Adel handelt. In dem Fall müßtet Ihr entschieden noch viel dazulernen — bis auf Arroganz und Herablassung. In den Punkten kann Euch keiner mehr was beibringen.«

»Das Mal ...«

»Ich interessiere mich aber nicht für dieses verdammte Mal!«

»Aber wir tun es.«

Tanya seufzte. »Wenn Ihr unbedingt auf Eurem Täuschungsmanöver bestehen wollt, laßt es mich anders ausdrücken. Ich würde Euren König nicht mal dann heiraten, wenn Ihr mich dafür bezahlen würdet. Also spielt es doch keine Rolle mehr, ob ich dieses Muttermal nun habe oder nicht.«

»Wenn Ihr es habt, dann *werdet* Ihr den König von Cardinia heiraten. Eure Wünsche in dieser Angelegenheit zählen nicht, da es Euer Vater war, der diese Vereinbarung für Euch getroffen hat.«

»Ein Vater, der tot ist, wie Ihr selbst gesagt habt. Also kann es mir gleichgültig sein, was er getan oder nicht getan hat. Und Ihr solltet besser glauben, daß meine Wünsche zählen. Niemand kann mich zum Heiraten zwingen.«

»Man kann es Euch *befehlen!*«

»Geht doch zum Teufel!« brauste sie auf. »Ich nehme keine Befehle mehr entgegen. Von niemandem, nicht einmal von Dobbs.«

»Ihr seid eine cardinische ...«

»Ich bin Amerikanerin!«

»Es spielt nicht die geringste Rolle, wo Ihr aufgewachsen seid«, erklärte ihr Stefan. »Ihr wurdet in Cardinia *geboren,* und damit seid Ihr Untertanin des cardinischen Königs und müßt Euch seinem Willen unterwerfen.«

Wenn das, was er da sagte, wirklich die Wahrheit wäre, wäre Tanya jetzt vor Entsetzen erstarrt. Untertanin dieses verabscheuungswürdigen Adonis? Gezwungen, ihn zu heiraten, obwohl er sie nicht ausstehen konnte und sich auch nicht darum kümmerte, ob sie das spürte oder nicht? Nein, sie glaubte die Geschichte nicht, sie konnte es einfach nicht glauben. Aber warum hörten sie dann nicht endlich auf mit ihrer Posse? Jetzt, wo sie ihnen doch gesagt hatte, daß sie diesen König mit dem hübschen Gesicht in keinem Falle haben wollte. Es hatte doch keinen Sinn, damit weiterzumachen.

Sie jedenfalls würde es nicht tun. »Ich habe jetzt genug von diesem Unsinn«, sagte sie und machte einen Schritt auf die Hintertür zu.

»Das Muttermal, Mistress«, wurde sie noch einmal erinnert, und diesmal klang es wirklich wütend. »Auf das Risiko hin, mich zu wiederholen: Wir *müssen* wissen, ob Ihr dieses Mal besitzt. Und ich sage es noch einmal. Entweder, Ihr beschreibt es uns, oder Ihr zwingt uns, selbst nachzusehen.«

Sie warf Lazar, der ihr — wie schon einmal — den Weg verstellte, einen kalten Blick zu. O Gott! Mußten sie denn alle so ernste Gesichter machen und so unnachgiebig klingen? Diese Männer hatten ihre Posse wohl schon unzählige Male aufgeführt; nur so konnte sie es sich erklären, daß sie dermaßen überzeugend wirkten.

»Na schön«, sagte sie zähneknirschend, wirbelte herum und stürzte in Richtung Treppe. »Wir werden dieses Spielchen also auf Eure Weise beenden. Aber wenn ich zurückkomme und Euch sage, daß da kein Muttermal zu sehen ist, würdet Ihr verdammt gut daran tun, unseren Grund und Boden zu verlassen und ... niemals ... wieder ... zurückzukommen!«

Serge konnte ihr noch gerade rechtzeitig aus dem Weg gehen, bevor sie an ihm vorbei und die Treppe hinauf marschierte.

Stefan beobachtete den Schwung ihres Rockes, als sie die Treppe hochlief, und stellte sich vor, wie sie den Stoff in wenigen Augenblicken hochheben würde, um sich einen Bereich ihres Körpers anzusehen, mit dem er gestern nacht selbst vertraut geworden wäre, wenn sich die Dinge anders entwickelt hätten. Und er wünschte bei Gott, es wäre so gewesen.

Die Narben auf seinem Kiefer wurden weiß, so fest biß er die Zähne zusammen, bevor er sich umdrehte — und Vasilis Blick auffing. »Sag es nicht«, warnte ihn Stefan. »Ich habe angenommen, ihre Haltung würde sich ändern, wenn sie dächte ... Zum Teufel noch mal! Sie ist nicht normal, diese Frau!«

»Da gebe ich dir ausnahmsweise vollkommen recht«, bemerkte Vasili höhnisch.

Lazar gluckste. »Du ärgerst dich doch nur über ihre Reaktion! Da stellt man ihr in Aussicht dich — *dich!* — zu gewinnen —, und sie fällt nicht in Ohnmacht vor lauter Glück! Aber vielleicht hätte sie das ja getan, wenn sie uns geglaubt hätte, was wir ihr erzählt haben. Nur für den Fall, daß ihr es nicht bemerkt habt, meine lieben Freunde: Sie hat kein Wort davon geglaubt.«

»Wenn sie das Mal erst gesehen hat, wird sie wohl anders darüber denken«, prophezeite Serge.

»Wir können nicht sicher sein, was sie tun wird«, sagte Lazar. »Wer hätte zum Beispiel erwartet, daß sie einen König verschmähen würde? Und ihr habt sie gehört. So oder so, sie will ihn nicht haben.«

»Wie Stefan schon sagte, sie ist nicht normal«, stellte Vasili fest.

»Ja, und selbst wenn sie das Mal finden sollte, gehe ich jede Wette ein, daß sie es uns gegenüber leugnen würde. Wollen wir ihr dann glauben oder nicht?«

»Du weißt ebensogut wie ich, daß sie Tatiana Janacek *ist*«, sagte Stefan.

»Aber sie hat eine solche Abneigung gegen uns, Stefan, daß es mich nicht wundern würde, wenn sie sich das Mal eigenhändig aus dem Fleisch schneiden würde — nur um uns einen Strich durch die Rechnung zu machen. Dann könnten wir niemals ganz sicher sein.«

»Und vergiß nicht, Stefan«, fügte Vasili hinzu, »das könnte durchaus in beide Richtungen funktionieren. Ihre Haltung könnte auch ein Täuschungsmanöver sein.«

»Wie das?«

»Gesetzt den Fall, sie ist *nicht* Tatiana Janacek, und sie weiß, daß sie dieses Mal nicht besitzt — was wäre wohl besser geeignet, uns vom Gegenteil zu überzeugen, als ihre augenblickliche Haltung? Sie könnte ein Stückchen Haut von ihrem Hintern abschaben und darauf beharren, kein Mal dort gefunden zu haben. Sie würde uns zwar die Wahrheit sagen, aber genau wissen, daß wir daran zweifeln müßten. Auf diese Weise bekäme sie alles, was wir ihr zu bieten haben, obwohl sie gar kein Recht darauf hätte.«

Stefan wollte nicht glauben, daß die beiden mit ihren Worten recht haben könnten, aber in der Tat war es keineswegs undenkbar, daß eine Frau, um Königin zu werden, nicht davor zurückschrecken würde, sich selbst zu verstümmeln. Noch dazu an einer so verborgenen Stelle ihres Körpers, die niemand außer ihrem Gemahl je sehen würde. Eine Frau, die im Leben nicht viel zu erwarten hatte, würde sich angesichts einer solchen Belohnung womöglich sogar an einer deutlich sichtbaren Stelle verunstalten. Aber auch Lazars Idee war nicht von der Hand zu weisen. Eine Frau, die tödlich entschlossen war, niemals zu heiraten, nicht einmal einen König, würde sich vielleicht, ohne zu zögern, das Mal von ihrer lieblichen Kehrseite kratzen, nur um einer unerwünschten Ehe zu entgehen. Diese Tanya schien störrisch und heißblütig genug zu sein für eine solche Reaktion.

Und sie hatten das Mädchen nach oben geschickt — mit einem Messer am Gürtel!

Stefan stieß eine üble Verwünschung aus, und seine Augen glitzerten wie feuriges Gold, als er Lazar anfuhr: »Ich werde noch einen Zeugen brauchen!« Mit diesen Worten stürzte er zur Treppe.

Kapitel 9

Tanya wollte nur fünf kurze Minuten abwarten, bevor sie wieder nach unten zurückkehrte. Die Männer würden dann wahrscheinlich nicht mehr da sein, da sie ebensogut wußten wie sie selbst, daß sie keine ungewöhnlichen Muttermale auf ihrer Kehrseite hatte. Ende der Komödie, hoffte sie. Wenn nicht, wenn da wirklich ein Mal zu sehen war, hätte das nichts anderes zu bedeuten, als daß sie ihr wirklich durchs Fenster nachspioniert hatten. Aber zu welchem Zweck?

Ein Motiv fiel ihr ein, und schon der bloße Gedanke daran ließ sie erblassen. Sie hatte von Mädchen gehört, die aus einer Stadt geraubt wurden, um dann in einer anderen Stadt an ein Bordell verkauft zu werden — immer weit weg von zu Hause. Auf diese Weise blieb stets mehr als genug Zeit, um die Mädchen wiederzufinden und zurückzubringen, falls es ihnen einmal gelang zu fliehen. Aber diese Häuser wurden so schwer bewacht, daß es ohnehin kaum möglich war, daraus zu entkommen. Und es gab skrupellose Männer, die ihren Lebensunterhalt damit bestritten, diese Mädchen zu beschaffen. Machten die Männer da unten wirklich einen so skrupellosen Eindruck?

Du siehst ja plötzlich Gespenster, Missy. Erst gestern hast du noch gedacht, dieser Stefan sei ein Teufel! Und wer würde dich schon wollen, so wie du aussiehst?

Dieser Teufel wollte sie. Und da er sie wollte, dachte er vielleicht, anderen Männern würde es genauso gehen. Aber nein, seine Freunde hielten sie ja offensichtlich nicht für begehrenswert, und das müßte ihm zu denken gegeben haben. Allerdings wußten sie auch nicht, daß sie die Tänzerin war, die sie gestern nacht auf der Bühne gesehen hatten. Dieser verdammte Tanz! Stefan wußte, daß sie die Tänzerin war, und ein Mädchen, daß so tanzen konnte, wäre jedem Bordell ein Vermögen wert. Jetzt mußten sie sie nur noch zu einem dieser Häuser schaffen, und um sich jeglichen Ärger zu ersparen, hatten sie zu einer List gegriffen. So glaubten sie, würde Tanya mit ihnen gehen *wollen.* Gott steh ihr bei ...

Die Tür ihrer winzigen Kammer wurde ungestüm aufgerissen, und Tanya schnellte erschrocken empor. Sie hatte die ganze Zeit auf ihrem Bett gehockt und sich mit ihren Spekulationen selbst in Panik versetzt. Und als sie den finster blickenden Stefan in der Tür entdeckte, wurde diese Panik plötzlich sehr real. Sie mußte all ihre Kraft aufbieten, um diesem Gefühl Einhalt zu gebieten. Sie durfte jetzt auf keinen Fall hysterisch werden, und außerdem bestand immer noch die Möglichkeit, daß sie sich irrte. Schließlich hatte sie sich ja schon mehr als einmal in diesen Männern geirrt. Aber ihr letzter Verdacht war himmelweit entfernt von einem grausamen, aber harmlosen Streich.

»Ihr wart also nicht einmal neugierig genug, um überhaupt danach zu suchen, Weib!«

Was? Ach ja, das Mal. Sie hatten diesen Humbug mit dem Muttermal also immer noch nicht aufgegeben. Dann mußte es wirklich da sein, überlegte sie düster. Und diese Männer nahmen tatsächlich an, daß dieses Mal sie dazu bringen würde, ihre Sachen zu packen und widerstandslos mit ihnen zu gehen.

»Wie lange, glaubt Ihr, braucht man, um so ein kleines Fleckchen zu untersuchen?« fragte sie. »Ich habe nachgesehen. Es ist nicht da. Ich bin nur hier sitzengeblieben, um Euch genug Zeit zu geben, des Wartens müde zu werden und zu gehen. Aber wie ich sehe, habe ich zuviel erwartet.«

»Allerdings«, sagte er, und der Zorn in seinen sherrygoldenen Augen strafte seine ruhige Stimme Lügen. »Und es war ziemlich dumm von Euch, denn wir haben keinen

Zweifel daran gelassen, wie wichtig Eure Identität für uns ist. Wir haben Euch ebenfalls erklärt, auf welchem Wege sich das einzig und allein feststellen läßt.«

»Nun, ich habe festgestellt, daß ich *nicht* diejenige bin, nach der Ihr sucht.«

»Ich fürchte, ich muß an Euren Worten zweifeln, Mistress.«

»Das ist ja zu schade ...«

»Ja ... Für Euch. Denn jetzt ist es notwendig, daß wir uns selbst um diese Angelegenheit kümmern.«

»Kümmern ...? O nein, das werdet Ihr nicht tun.«

Sie hatte ihr Messer schon in der Hand, noch bevor das letzte Wort gesprochen war. Stefan seufzte, aber er hatte nichts anderes von ihr erwartet.

»Mistress, die einzige, die Ihr mit Eurer Waffe verletzen könntet, seid Ihr selbst. Legt das Messer hin und fügt Euch in das Unvermeidliche. Dann werde ich versuchen, Euch nicht mehr in Verlegenheit zu bringen als unbedingt nötig.«

»Einfach so? Mein Gott, Ihr habt wirklich Nerven. Also los, wir werden ja sehen, wer verletzt wird.«

Ein leises Zucken spielte um Stefans Mundwinkel. »Ich bewundere deinen Mut, Kleine, aber darf ich zuerst eine Alternative vorschlagen?«

Ihre Augen wurden schmal, und sie warf ihm einen mißtrauischen Blick zu. »Hattet Ihr nicht gesagt, es gäbe keine Alternative?«

»Doch, eine. Wir könnten uns lieben.«

Gütiger Gott! War es die Art, wie er das sagte, oder die Art, wie er sie ansah, daß diese Worte sich langsam und taumelnd wie ein köstlicher Rausch in sie hineinsenkten? Sie versteifte sich und versuchte, dieses Gefühl abzuschütteln. Aber es gelang ihr nicht. Und sie wußte, was es war. Gott steh ihr bei! Dieser Mann hatte etwas mit ihr getan, das keinem anderen je gelungen war: Er hatte ihr gerade zum erstenmal einen Vorgeschmack davon gegeben, was Lust sein konnte. Ihn lieben? *Jetzt?* Himmel, er war wirklich ein Teufel. Und was für einer.

»Ah«, sagte er. Er hatte sie keinen Moment aus den Augen gelassen. »Ich sehe, das kommt im Augenblick wohl nicht in Frage.«

»Weder jetzt noch sonst irgendwann«, versicherte sie ihm steif.

Das wütende Glühen kehrte in seine sherryfarbenen Augen zurück — ein Zeichen dafür, daß ihre Worte einen Nerv getroffen hatten.

»Im Gegenteil, Mistress. Noch bevor unsere Reise endet, werde ich Euch besitzen. Koste es, was es wolle.«

War er so schnell bereit, aus der Rolle zu fallen und diese lächerliche Posse zu vergessen? Sie beschloß, ihn daran zu erinnern. »Und das obwohl ich doch angeblich Euren Freund heiraten soll?« fragte sie höhnisch.

»Oh, Vasili wird bestimmt nichts dagegen haben. Noch seid Ihr ja nicht mit ihm verheiratet. Außerdem seid Ihr sowieso keine Jungfrau mehr, da kommt es auf einen Mann mehr oder weniger vor der Hochzeit nicht an, oder? Bei einer Frau, die ihre Gunst bereits freigiebig an so viele verteilt hat!«

Falls Stefan sie mit dieser letzten Beleidigung in eine tobende Furie hatte verwandeln wollen, so waren seine Worte erfolgreicher als er erwartet hätte. Sie stürzte sich auf ihn, mit erhobenem Messer, und ihr Ziel war sein Herz. Aber sie war blind in ihrer Empörung und sah nicht, wie eine Hand hochgerissen wurde, um ihren Arm festzuhalten. Er schloß die Finger eng um ihr Handgelenk und hielt sie einen langen Augenblick so fest, einfach um ihr zu zeigen, wie vergeblich all ihre Versuche waren, ihn zu bekämpfen. Dann drückte er langsam zu. Als ihre andere Hand hochschnellte, um ihm ins Gesicht zu schlagen, wurde auch diese blitzschnell aufgefangen. Trotz ihres verzweifelten Kampfes dauerte es dann nur noch ein paar Sekunden, bis sie das unschädlich gemachte Messer auf den Boden klirren hörte.

»Und jetzt zu Ihren Röcken, Mistress. Eine Schande, daß wir das Ganze nicht auf angenehmere Weise über die Bühne bringen konnten!«

»Satansbraten!« zischte sie ihm ins Gesicht. »Das könnt

Ihr nicht tun«, schrie sie, als er Anstalten machte, sie zum Bett zu ziehen.

»Natürlich kann ich das«, antwortete er mit ruhiger Selbstsicherheit und schickte sich an, seine Worte zu beweisen.

Sie wurde zu dem schmalen Bett geschoben und bäuchlings daraufgeworfen. Und noch bevor sie dazu kam, in die Kissen zu kreischen, kniete er bereits über ihr. Er hielt jetzt nur noch ihre rechte Hand fest, denn mit der linken konnte sie ohnehin nichts mehr gegen ihn ausrichten.

»Dafür bring' ich dich um!« schwor sie, bevor er ihre Hand ergriff und sie ihr in den Nacken preßte. Auf diese Weise wollte er ihr wohl den Mut nehmen, noch mehr Bemerkungen wie diese zu machen.

Sie fühlte, wie ein Luftzug über ihre Beine strich, als ihr Rock hochgerissen wurde. Dann vernahm sie ein kaum hörbares Keuchen, und im selben Augenblick spürte sie den Stoff ihres Kleides wieder auf ihren Beinen.

»Lazar?« stieß er mühsam hervor.

Erst jetzt erfuhr Tanya, daß Stefan nicht allein war. Sie drehte ihren Kopf zur Tür, und flammende Röte schoß in ihre Wangen, als sie Lazar sah, der jetzt den Platz einnahm, an dem kurz zuvor Stefan gestanden hatte. O Gott! Waren die anderen etwa hinter ihm? Alle begierig darauf, ihre Demütigung mitzuerleben?

»Hast du's gefunden?« fragte Lazar, den Blick fest auf Stefan gerichtet.

»Noch nicht. Laß uns allein.«

»Ich dachte, du wolltest einen Zeugen!«

Auch Stefan hatte das gedacht, aber er hatte angenommen, daß es ihm möglich sein würde, nur einen kleinen Bereich für Lazar zu entblößen. Lazar sollte inmitten von Rüschen und Spitze lediglich ein kleines Fleckchen Haut zu sehen bekommen. Aber das Mädchen trug keinerlei Unterwäsche, nicht einmal einen einzigen Unterrock.

»Ein Zeuge wäre nicht schlecht, aber sie ist erschreckend nackt unter ihren Röcken. Ich vertraue also darauf, daß dir mein Wort in dieser Angelegenheit genügen wird.«

»Das versteht sich von selbst«, antwortete Lazar, aber als er die Tür hinter sich schloß, kicherte er wieder vergnügt vor sich hin.

Eine zermürbende Stille folgte, während der Tanya in ihrer Demütigung mit den Tränen kämpfte. Außerdem hatte sie auch Mühe, unter seinem Gewicht Atem zu schöpfen. Aber nicht ein einziges Mal kam ihr in den Sinn, daß sie jetzt allein war, in ihrem Zimmer, auf ihrem Bett — mit einem Mann, der nur vor wenigen Minuten ernsthaft vorgeschlagen hatte, sie zu lieben.

Stefan dagegen war sich dieser Tatsache nur allzu bewußt, und um sie aus seinen Gedanken zu vertreiben, sagte er spöttisch: »Ihr haltet wirklich nicht viel von Zeitverschwendung, nicht wahr Mistress? Eure zahlende Kundschaft ist sicher entzückt über Euren Mangel an Unter… gewandung.«

»Fahr zur Hölle!« brauste Tanya auf. Sie hatte sich fest vorgenommen, nicht mehr zu sagen, aber gegen ihren Willen sprudelte sie dennoch eine Entschuldigung hervor. »Wenn ich das Geld hätte, um mir etwas Unterwäsche zu kaufen, dann würde ich auch welche tragen. Aber das ist bestimmt nicht Eure Angelegenheit.«

»Ich glaube, wir werden in wenigen Augenblicken entdecken, daß alles, was Euch betrifft, in Zukunft sehr wohl meine Angelegenheit sein wird.«

Er bewegte sich ein wenig und teilte ihr mit, daß er sich nun wieder ihrem Rock zuwenden würde. Sie hatte nicht die geringste Möglichkeit, ihn davon abzuhalten, es sei denn … »Bitte …« Sie erstickte fast an dem Wort. »Bitte nicht.«

Und er zögerte tatsächlich. Das immerhin hatte sie erreicht. Aber der Rock wurde trotzdem hochgeschoben, sehr langsam diesmal.

Tanya biß die Zähne zusammen und war froh, daß ihr Gesicht vor ihm verborgen war. Es war weit mehr als nur Verlegenheit, was er sie durchmachen ließ. Und wozu? Wegen eines schwachsinnigen Täuschungsmanövers, das ihnen ihre Entführung erleichtern sollte, obwohl sie ihnen bereits versichert hatte, daß es nicht funktionieren würde. Das ließ ihrer Meinung nach nur eine einzige Schlußfolgerung zu. Der Mann über ihr fand eine Art diabolisches Vergnügen darin, sie auf diese Weise zu quälen.

Stefan empfand in diesem Augenblick keinerlei Widerwillen mehr gegen das Mädchen. Im Gegenteil. Und sie zu quälen, lag ihm ferner als irgend etwas sonst. Auch das Mal, nach dem er eigentlich suchen sollte, war vergessen, während er Zoll für Zoll ihrer Haut entblößte, auf die er vorher nur einen flüchtigen Blick hatte werfen können. Das war ein Anblick, der einem Mann nur selten gewährt wurde, es sei denn, er war gerade dabei, eine Frau zu lieben. Es war also nicht erstaunlich, daß das, was er sah, sein Blut in Wallung brachte. Schon eine anmutig vorgeschobene Wade konnte einen Mann so weit bringen, und er sah bereits viel mehr als das, während der Rock erst schmale Schenkel freigab und schließlich über ihre Hüften glitt.

Sie stöhnte gequält auf, und er besann sich wieder auf das Ziel, das er zu verfolgen hatte. Aber er hatte immer noch keine Eile damit. Es gab nichts auf der Welt, kein Gewissen und keine Skrupel, die ihn in diesem Augenblick davon hätten abhalten können, seine Hand über diese beiden festen, anbetungswürdigen Gipfel gleiten zu lassen.

Ihr Stöhnen wurde noch lauter und verriet jetzt langsam siedenden Zorn. Stefan seufzte bedauernd und widmete sich wieder der Angelegenheit, die ihn hergeführt hatte. Sanft zog er ihre linke Pobacke zu sich hin, so daß er die Unterseite dieses Gipfels betrachten konnte. Der Halbmond war da, genau wie er es erwartet hatte. Aber seine Reaktion auf diesen endgültigen Beweis hatte er nicht vorhergesehen.

Er änderte seine Position, ohne sich auch nur die Mühe zu machen, ihr den Rock wieder herunterzuziehen. Dann griff er nach ihrer linken Hand und preßte sie fest auf die Matratze, beugte sich über sie und flüsterte ihr ins Ohr: »Es ist da — aller Beweis, den wir brauchen, um Euch unserer Herrschaft und unserem Willen zu unterwerfen.«

Tanya riß den Kopf hoch, um ihn zu beschimpfen, aber

sie kam nicht weiter als: »Du, Bas ...!« Bevor sie mehr sagen konnte, wurde sie herumgerissen und ihr Mund von Lippen bedeckt, die mit einer Wildheit von ihr Besitz ergriffen, als wollten sie ihre Seele rauben. Auf einen solchen Ansturm war sie nicht vorbereitet. Schon früher hatten Männer versucht, ihr einen Kuß zu stehlen — und das war auch die einzige Art von Kuß, die sie kannte. Dies jedoch war etwas ganz anderes. Dieser Kuß war so unwiderstehlich, daß sie sich ihm hingeben wollte. Ein widersinniger Impuls, und es kostete sie ein paar lange Augenblicke, um sich davon zu befreien. Aber dann biß sie fest zu, schmeckte Blut, hörte einen lauten Fluch und spürte, wie ihr Gesicht plötzlich von zwei starken Händen umklammert wurde.

Es waren nicht diese glühenden Teufelsaugen, die sie in Angst versetzten, auch nicht die Erbitterung, mit der er jetzt auf sie herabstarrte. Es war das sichere Wissen, daß, wenn er ihr Gesicht losließe, ihre Tarnung, ihr schöpferisches Meisterwerk, völlig ruiniert wäre. Um diesen Augenblick hinauszuzögern, versuchte sie nicht einmal, ihn von sich wegzuschieben. Sie war sich allerdings auch nicht sicher, ob sie ihre Arme zu diesem Zweck überhaupt freibekommen konnte. »Huren sind im allgemeinen nicht so wählerisch«, knurrte er geringschätzig. »Warum seid Ihr es?«

Sie hatte es langsam verdammt satt, dauernd eine Hure genannt zu werden, aber es hätte wohl nicht viel Sinn gehabt, es abzustreiten. Da er so darauf versessen war, irgendwelche Dinge zu beweisen, würde er höchstwahrscheinlich auch einen Beweis dafür verlangen, und sie konnte sich gut vorstellen, auf welche Weise er sich diesen Beweis beschaffen würde. Mit einer Beherztheit, die sie nicht wirklich empfand, bemerkte sie sarkastisch: »Ich akzeptiere grundsätzlich keine Männer, die ich bei erster Gelegenheit umbringen möchte.«

Er brach in schallendes Gelächter aus, und diesmal lag keine Spur von Hohn darin. Er war aufrichtig amüsiert. Und der Mann sah geradezu unverschämt gut aus, wenn seine Züge weicher wurden und sein Blick humorvoll — ein Umstand, den Tanya gerade in diesem besonderen Augenblick nur äußerst widerwillig bemerkte.

Sein Lachen ebbte langsam zu einem leisen Kichern ab, das sich schließlich in ein Lächeln verwandelte. »Eine Bemerkung, die der künftigen Königin von Cardinia würdig ist! Ich bin beeindruckt, Tatiana.«

Jetzt verspottete er sie also wieder. »Ihr könnt Eure Märchen anderswo verkaufen, Mister. Ich habe Euch schon gesagt, daß ich nicht daran glaube.«

»Aber es ist jetzt zweifelsfrei erwiesen, daß Ihr Tatiana Janacek seid.«

»Das einzige, was bewiesen ist, ist die Tatsache, daß einer von Euch weiß, wie man auf Bäume klettert und durch Fensterscheiben spioniert.«

Sein Lächeln wurde breiter. »Eine interessante Theorie, nur leider falsch. Tja, wo waren wir doch gleich stehengeblieben?«

Sie keuchte, als sie sah, wie sein Blick auf ihre Lippen fiel. »Wagt es nicht, mich noch einmal zu küssen!«

»Ah, Weib!« Sein Bedauern war nicht gespielt. »Ihr werdet es langsam lernen, hoffe ich, mir keine so sinnlosen Forderungen aufzuerlegen.«

Diesmal versuchte sie, ihn sofort zu beißen, als seine Lippen die ihren berührten. Aber er mied ihre Zähne fast eine volle Minute lang. Als er ihren sinnlichen Kampf beendete, fing er wieder an zu lachen. Dieser Teufel unterhielt sich offensichtlich bestens!

»Ihr werdet mir wohl verzeihen müssen, Tatiana, aber Ihr müßt auch zugeben, daß ich nicht ganz allein schuld daran bin. Schließlich war es Euer Mangel an gewissen — Kleidungsstücken, der meine amourösen Neigungen wachgerufen hat. Wohlgemerkt, ich beklage mich absolut nicht darüber, im Gegenteil. Wenn wir Euch mit einer neuen Garderobe versorgen, werde ich daran denken, diese Kleinigkeiten ebenfalls zu übersehen.«

Ihr kam plötzlich die lächerliche Idee, daß er sie lediglich neckte und es gar nicht darauf anlegte, sie erneut in Verlegenheit zu stürzen. Aber bei dem Gedanken, was er alles zu sehen bekommen hatte, schoß ihr dennoch glühende Hitze in die Wangen.

»Warum macht Ihr nicht Schluß mit der Komödie?« fragte sie mit dünner, gepreßter Stimme. »Ich weiß doch, daß ich nicht diese Tatiana bin, die Ihr erfunden habt. Und ich weiß auch, daß Ihr mir keine neuen Kleider kaufen werdet. Und *ganz bestimmt* werdet Ihr mich nicht mit einem Mann verheiraten, der zu schön ist, um es mit Worten auszudrükken. Außerdem würde ich sowieso keine Kleider von Euch annehmen, weder Kleider noch irgend etwas anderes. Und ich werde nicht, ich wiederhole: *nicht,* mit Euch gehen. Nirgendwohin. Und redet mich nicht noch einmal mit diesem verdammten Namen an ...«

»Genug!«

Kapitel 10

Tanya fragte sich, ob sie nicht etwas zu weit gegangen war, als sie ihm ihre lange Liste von Zweifeln und Forderungen aufgezählt hatte. Sein herrisches »Genug!« war ebenfalls mehr als nur ein gewöhnlicher Ausbruch von Ungeduld. Sie befürchtete, wieder einen Nerv getroffen zu haben, unbeabsichtigt diesmal. Außerdem war es wohl keine ihrer besten Ideen, so etwas zu tun, während sie noch halb unter ihm auf dem Bett lag.

Aber sie hätte keine Angst zu haben brauchen, wenigstens nicht in dieser Beziehung. Aus welchem Grund auch immer, seine Stimmung hatte sich tiefgreifend geändert. Mit einem letzten langen Blick aus seinen flammenden Augen verließ er sie und stürzte geradewegs auf die Tür zu.

Tanya brauchte einen Augenblick, um ihr Glück zu erkennen — er hatte sich so schnell von ihr abgewandt, daß er nicht einmal mehr ihr Gesicht sehen konnte, als seine Hände es losließen. Hastig drehte sie sich zur Wand um, nur für den Fall, daß er seine Meinung ändern sollte und doch im Zimmer blieb. Aber er erteilte ihr lediglich einen Befehl. »Was auch immer Ihr gern mitnehmen möchtet, packt Ihr jetzt besser zusammen. Ihr werdet in dieses Haus nicht mehr zurückkehren.« Dann fiel die Tür krachend hinter ihm ins Schloß.

Das hatte er sich so gedacht, dieser arrogante Teufel! Aber Tanya verschwendete keine Zeit damit, sich über diese knappe Anweisung zu erhitzen oder auch nur darüber nachzudenken, wie sie diesem Mann entkommen konnte. Das Wichtigste zuerst, war ihre Devise. Und nichts konnte im Augenblick wichtiger sein als der Schaden in ihrem Gesicht, den sein fester Griff dort angerichtet hatte. Gottlob würde sie nur ein oder zwei Minuten brauchen, um diesen Schaden wieder zu beheben.

Sie rappelte sich vom Bett hoch und eilte zu ihrer Frisierkommode, die sie sich vor einigen Jahren aus alten Holzkisten zusammengebastelt hatte. Dort bewahrte sie ihr Kästchen mit bunten Cremes und Pudern auf und ihre kostbare Spiegelscherbe, die sie eines Tages im Müll ihrer Nachbarn gefunden hatte. Der Anblick dieses Spiegels, der aufrecht an der Wand lehnte, war mehr, als sie ertragen konnte. Ihre solchermaßen angestachelte Neugier siegte sogar über ihren Selbsterhaltungstrieb. Sie drehte sich vor dem Spiegel um und zog den hinteren Teil ihres Rockes hoch. Dann warf sie einen Blick über ihre Schulter — und spürte, wie eine Welle heißer Scham in ihr aufstieg und ihr Gesicht ein weiteres Mal an diesem Tag mit feuriger Röte überzog. Gütiger Himmel! *So* hatte er sie gesehen? Sie fühlte sich bis ins Innerste beschämt — und dann war da noch ein anderes Gefühl, etwas, dem sie in ihrer Naivität keinen Namen geben konnte.

Tanya mochte zwar alles über Fortpflanzung wissen, da sie in einer Taverne aufgewachsen war, wo die Männer ihrer Ausdrucksweise ebensowenig Zügel anlegten wie den Themen ihrer Unterhaltung. Ein- oder zweimal hatte sie etwas in der Art sogar schon gesehen. Ein paar besonders dreiste Barmädchen, die sie im Lauf der Jahre beschäftigt hatten, hatten ihr diesen Einblick verschafft — eng um irgendeinen Mann geschlungen und an den unwahrscheinlichsten Orten, überall wo Dobbs sie nicht finden konnte. Eines dieser Mädchen war ihr sogar soweit behilflich gewesen, ihr die Lust zu beschreiben. Aus diesem Grund war sie auch in der Lage, das Gefühl zu erkennen, das sich ihrer bemächtigt hatte, als Stefan vorschlug, sie zu lieben: diesen wilden Strudel unbekannter Empfindungen. Aber ein ›Flattern in den Eingeweiden, irgendwo in der Mitte‹ war alles, wovon sie wußte, und das unterschied sich beträchtlich von dem heißen Strom peinigenden Wohlgefühls, das sie jetzt an einer viel tieferen Stelle als ihrer Mitte spürte, während sie sich ausmalte, daß dieser dunkle Teufel sie so gesehen hatte, sie berührt hatte …

Ebenso wie Stefan kurz zuvor, vergaß auch Tanya für einen Augenblick, wonach sie suchte. Aber als sie endlich den kleinen Halbmond unter der sanften Rundung ihrer linken Hinterbacke erspähte, reagierte sie ganz anders als er. Eine neue Welle der Scham schlug über ihr zusammen, als es für sie zur Gewißheit wurde, daß einer der Männer durch ihr Fenster hindurch sogar noch weit mehr zu Gesicht bekommen hatte als ihre bloße Kehrseite. Aber welcher? Stefan? Ihre Scham milderte sich ein wenig, und weil sie diesen Umstand bemerkte, kehrte das Gefühl mit voller Wucht zurück.

Du schwachsinnige Idiotin! Du kannst doch nicht allen Ernstes Gefallen *daran finden, daß er gesehen haben könnte …*

»Was zur Hölle ist das?« blaffte er sie an, noch bevor die Tür gegen den Rahmen krachte — eine zu späte Warnung, daß der Teufel mit den goldenen Augen zurückgekehrt war.

Tanya ließ ihren Rock auf der Stelle fallen, aber sie brauchte sehr viel länger, um sich umzudrehen und Stefan anzusehen. Gott helfe ihr, diesmal würde sie zu Asche verbrennen! Die Demütigung, daß sie dabei erwischt wurde, wie sie ihr eigenes Hinterteil beäugte, war unerträglich. Es war einfach zuviel, nach allem, was ihr heute schon passiert war. Aber als sie ihn endlich ansah, stellte sie fest, daß er ihren Blick gar nicht erwiderte. Er starrte nur auf seine Hände, die er von sich weghielt, als sprössen daran plötzlich einige Finger mehr als er eigentlich haben sollte. Und für eine Frau, die gerade ihr Gesicht in Ordnung bringen wollte, war es nicht schwer zu erraten, was dieses ›das‹ war, nach dem er fragte. Nicht, wie sie geglaubt hatte, ihr unziemliches Benehmen, sondern der graue Puder, der jetzt seine langen Finger bedeckte.

Schnell entschied sie, daß er wohl sie anstarren würde statt seiner Finger, wenn er ihr Geheimnis schon entdeckt hätte. Daher kehrte sie ihm wieder den Rücken zu und versuchte, so unauffällig wie nur möglich den Schaden zu beheben, den er ihrer Maskerade zugefügt hatte. Sie wagte es jedoch nicht, sich weit genug vorzubeugen, um sich in ihrem Spiegel zu vergewissern, daß es ihr gelungen war, all seine bleichen Fingerabdrücke von ihrer Haut zu entfernen. Das würde seine Aufmerksamkeit auf ihr Gesicht lenken — und gleichzeitig seine Frage beantworten, von der sie so ängstlich hoffte, er würde sie vergessen.

In dem Versuch, ihn abzulenken, sagte sie: »Falls Ihr nicht wißt, wie man klopft, würde ich es Euch liebend gern beibringen.«

»Ich glaube, ich habe Euch eine Frage gestellt, Weib!«

Soviel also zu ihrem Ablenkungsmanöver. »Und ich finde außerdem, daß Ihr schon viel zu viele Fragen für einen Tag gestellt habt. Ich habe nicht den geringsten Wunsch …«

Ihre trotzigen Ausflüchte fanden ein jähes Ende, als er nach dem festen Knoten in ihrem Nacken griff. Sie hatte nicht einmal gehört, daß er sich ihr genähert hatte, aber die kräftige Hand, die wenige Zoll vor ihren Augen auftauchte, war nicht zu übersehen.

»Ihr werdet mir jetzt erklären, wieso meine Hände ihre Farbe wechseln, wenn ich Euch berühre.«

»Asche?« bot sie ihm als Möglichkeit an. »Ich habe heute morgen den Herd gesäubert.«

»Und zu diesem Zweck Euer Gesicht daran gerieben?«

»Nein …«

»Natürlich, es könnte Asche sein«, sagte er nachdenklich, während er seine Finger aneinanderrieb. »Es fühlt sich so an.« Gerade als sie begonnen hatte, sich zu entspannen, wurde ihr Kopf zur Seite gedreht und zurückgebogen, bis sie ihm direkt in die Augen sehen mußte. »Aber irgendwie bezweifle ich es. Sagt mir, warum ich es bezweifle, Weib!« befahl er, während er mit einem Finger eine diagonale Linie auf ihre Wange zeichnete.

Tanya schloß für einen Moment die Augen, um den ungestümen Gefühlen zu entgehen, die sie in den seinen lesen konnte. Er wußte es, und er war offensichtlich wütend darüber, obwohl sie sich beim besten Willen nicht vorstellen konnte, warum. Also gut, ihre Erscheinung war eine Illusion. Aber sie sollte doch wohl diejenige sein, die über diese Entdeckung in Wut geriet, nicht er. »Laßt mich los ...«

Diese Bemerkung trug ihr einen neuerlichen Ruck an ihrem Knoten ein, und diesmal war er so heftig, daß er qualvoll an ihren Haaren riß. Tränen sprangen in ihre Augenwinkel, begleitet von einem gekeuchten Schmerzenslaut und einem vorwurfsvollen, funkelnden Blick, der jedoch keinen sichtbaren Einfluß auf ihn hatte. Im Gegenteil, einen halben Atemzug lang dachte sie, er würde sogar noch fester ziehen. Aber er tat es nicht. Sein Griff lockerte sich, und Tanya zögerte keinen Augenblick, sich aus seiner Reichweite zu entfernen. Nur um gleich wieder laut aufzukreischen, weil er ihren Knoten doch nicht ganz losgelassen hatte. Durch ihre plötzliche Bewegung löste sich ihr Haar unter dem Griff seiner Finger und fiel jetzt wirr ihren Rücken hinab. Dann flogen ihre Haare wild über ihre Schultern, als sie zu ihm herumwirbelte, um ihm einen mörderischen Blick zuzuwerfen. »Ich kann von Glück sagen, daß ich überhaupt noch Haare auf dem Kopf habe, du Bastard!« schrie sie, während sie die Hände hob, um sich die Kopfhaut zu massieren. »Woher nehmt Ihr bloß das Recht, mich so zu behandeln?«

Ihre Frage wurde jedoch ignoriert, und zwar gründlich. Außerdem verlor sie den gerade erst gewonnenen Abstand, als er einen Schritt auf sie zu machte. Er griff ihr unters Kinn, um ihr den Kopf erneut in den Nacken zu drücken.

»Die Wahrheit, Weib! Malt Ihr Euer Gesicht an, um Euer Aussehen zu verbessern — oder um es zu verbergen?«

Noch während er seine Frage stellte, entschieden seine forschend über ihr Gesicht gleitenden Augen bereits, welche Antwort die richtige war. Tanya versteifte sich und schlug seine Hand weg. Aber sie fiel nur auf ihre Schulter und machte es ihr unmöglich, sich von ihm abzuwenden. Jetzt hatte sie nichts mehr zu verlieren, daher fragte sie: »Also wollt Ihr die häßliche Wahrheit hören und mir damit auch noch den Rest von meinem Stolz nehmen? Ich habe nicht viel, was ich verbessern *könnte,* aber das habt Ihr wohl schon erraten. Ihr seid ein grausamer Teufel, daß Ihr mich zwingt, so etwas zuzugeben!«

Ihr Versuch, nach verletztem Stolz zu klingen, während sie in Wirklichkeit nichts als Zorn empfand, war nicht besonders erfolgreich. Außerdem war sie sicher, daß das Gewissen, an das sie zu appellieren versucht hatte, ohnehin nicht existierte.

Er beantwortete ihre Bemerkungen lediglich mit einem Grunzen, bevor er voller Hohn zu sprechen begann: »Ihr seid eine einzige Lüge, Mistress, von Kopf bis Fuß. Aber das hat jetzt eine Ende, sofort. Ich gebe Euch genau fünf Minuten, um aus diesem Zimmer als Euer eigenes, wahres Selbst zum Vorschein zu kommen. Widersetzt Euch meinem Befehl, und ich werde Euch eigenhändig abschrubben — und dann Eurer Kehrseite einheizen, dafür, daß ich solche Mühe damit hatte.«

Kapitel 11

Tanyas Augen waren immer noch ungläubig geweitet, als Stefan die Tür hinter sich schloß, um sie ein zweites Mal in ihrem Zimmer allein zu lassen. Ihrer Kehrseite einheizen? Hatte das die Bedeutung, die sie vermutete? Sie würde gerne sehen, wie er das versuchte. Oder vielleicht auch lieber nicht, war ihr nächster Gedanke.

Ihr Blick streifte die Waschschüssel, die er zu ihr hinübergeschoben hatte, bevor er das Zimmer verließ. Da er ihr Geheimnis bereits entdeckt hatte, gab es eigentlich keinen Grund für sie, sich nicht zu waschen — außer einem. Sie wollte es einfach nicht, und das war ihrer Meinung nach ein vorzüglicher Grund. Niemand hatte das Recht mehr, sie herumzukommandieren, und die Freiheit, die sie seit Dobbs' Krankheit zu schmecken bekommen hatte, war zu kostbar, um sie so leichtfertig aufzugeben. Dobbs mochte noch immer denken, er habe die Oberaufsicht über sein Haus, aber Tanya tat alles, was notwendig war, einfach *weil* es notwendig war. Und sie selbst bestimmte den Zeitpunkt, niemand sonst.

Jetzt war dieser Teufel aufgetaucht, der sich benahm, als hätte er irgendeine Art von Recht, über ihr Leben zu bestimmen, ihr ihre Freiheit und ihre Wahlmöglichkeiten zu nehmen, sogar die Wahl, wie sie aussehen wollte. Und er drohte ihr mit gräßlichen Konsequenzen, falls sie ihm nicht auf der Stelle gehorchen sollte. Den Hintern wollte er ihr versohlen, wie einem Kind! Gütiger Gott, das war wirklich köstlich! Sie hatte in ihrem Leben schon Schläge einstecken müssen, die sie für Tage niedergestreckt hatten, manchmal war sie dann kaum noch in der Lage gewesen, sich zu rühren. Und sie sollte sich vor einer so lumpigen Kinderstrafe fürchten? Nicht mal ein winzig kleines bißchen! Aber sie wollte diesen Teufel trotzdem nicht noch einmal irgendwo in der Nähe ihrer Kehrseite haben, weder um sie zu versohlen noch um irgend etwas anderes damit zu machen.

Nichtsdestoweniger zweifelte sie keinen Augenblick daran, daß der Mann genau das tun würde, was er gesagt hatte. Er hatte ja bereits unter Beweis gestellt, wie leicht seine Stärke sie seinem Willen unterwerfen konnte. Also mußte sie einfach sicherstellen, daß er diese Möglichkeit nicht noch einmal bekam.

Sie setzte sich in Bewegung. Als erstes holte sie sich ihr Messer zurück, dann steckte sie ihren Kopf aus dem Fenster, für den unwahrscheinlichen Fall, daß sich da draußen irgend etwas geändert haben könnte. Aber die Aussicht war ganz wie immer. Der Boden lag zu weit unten, um zu springen, und der Baum gerade eben außer Reichweite, selbst wenn sie sich aufs Fensterbrett schwingen würde, um von dort aus zu springen.

Während sie langsam durchs Zimmer ging, sandte sie ein kleines Gebet gen Himmel, daß Stefan nicht auf der anderen Seite bereits auf sie wartete. Es gab nur eine einzige Treppe, die nach unten führte, aber neben Dobbs' Zimmer, auf der anderen Seite des Flures, befand sich ein weiterer Raum. Beide Zimmer waren zur Straße hin gelegen, und ihre Fenster lagen nur ein paar Fuß über dem schräg abfallenden Vordach. Dieses Dach war ihr wohlvertraut, da sie eine ganze Anzahl seiner Schindeln ausgewechselt hatte. Von diesem Dach aus wäre es ein Kinderspiel für sie, sich zu Boden gleiten zu lassen. Dann würde sie einfach verschwinden, bis diese vier Teufel des Wartens müde waren und davonzogen, um ein anderes armes Mädchen in die Falle zu locken.

Als Kind hatte sie sich oft für ein paar Tage davongemacht — einmal sogar für eine ganze Woche —, wenn sie wußte, daß Dobbs mit seinem Stock nach ihr Ausschau hielt. Sie war allerdings jedesmal nach Hause zurückgekommen, und die Prügel, die sie dann bezog, waren weit schlimmer als die, vor denen sie weggelaufen war. Aber sie kehrte trotzdem immer wieder zurück, nicht weil sie in der Wildnis nicht überleben konnte, sondern weil sie sich ganz allein mit sich selbst zu einsam fühlte. Aber diesmal würde sie nicht lange wegbleiben müssen, höchstens ein paar Stunden. Selbst wenn sie sich für ein paar Tage versteckt halten mußte — sie war jetzt älter und davon überzeugt, daß die Einsamkeit ihr nun nicht mehr so viel ausmachen würde.

Einen kurzen Augenblick lang erwog sie, Dobbs von ihrem Dilemma zu erzählen. Doch sie tat den Gedanken schnell wieder ab. Selbst wenn er bereit war, ihr zu helfen, was konnte er schon tun in seiner augenblicklichen Verfassung? Und in der Tat war es auch viel wahrscheinlicher, daß er eher diesen fremden Teufeln als ihr helfen würde, wenn nur der Preis stimmte. Und sie hatte ja bereits gesehen, wie leichtfertig Stefan mit Geld um sich warf.

Mit dem Messer in der Hand legte Tanya ihr Ohr an die Tür. Aber sie konnte nichts hören. Nach ihrer Schätzung blieben ihr noch etwa zwei Minuten, um sich aus dem Staub zu machen. Ob er wohl nach unten gegangen war, um auf sie zu warten?

Sie hatte diese Tür eigentlich nur verstohlen ein Spalt weit öffnen wollen, um herauszufinden, ob ihr eigenes Fenster vielleicht trotzdem die bessere Lösung war. Aber die verdammten Scharniere ihrer Tür quietschten und ließen ihr damit keine andere Wahl, als die Tür mit einem Schwung aufzureißen. Falls Stefan tatsächlich dahinterstehen sollte, konnte sie sich wenigstens seine Überraschung zunutze machen.

Er war nicht da. Aber sie hatte trotzdem nicht das Glück, die Diele leer zu finden. An Stefans Stelle stand jetzt der Mann vor ihrer Tür, der sich ihr als Lazar Dimitrieff vorgestellt hatte. Er stand jedoch mit dem Rücken zu ihr, und das war auch der erste Glücksfall in dieser ganzen lausigen Angelegenheit, der sich ihr bot. Schnell machte sie Gebrauch davon, indem sie ihm ihr Messer gegen den Leib preßte, bevor er sich umdrehen konnte.

»Wenn Ihr Euch auch nur um einen Zoll bewegt, Mister, werden wir auf diesem Fußboden Blutflecken bekommen, und das würde mir gar nicht gefallen, da ich diejenige bin, die sie später aufwischen muß.«

»Wenn das so ist«, sagte er liebenswürdig, »stehe ich voll und ganz zu Ihrer Verfügung Prinzessin.«

Tanya krümmte sich. Sie hatte ihre Drohung im Flüsterton vorgebracht, seine Antwort klang dagegen wie ein Trompetenstoß, der mit Sicherheit die Kavallerie auf den Plan rufen würde — oder einen dunklen Teufel.

»Ich entnehme daraus, daß Ihr Euch für entbehrlich haltet?« fragte sie und stach mit ihrem Messer ein wenig fester zu.

Er verstand ihren Hinweis, beide Hinweise, um genau zu sein. Aber er klang noch immer nicht übermäßig beunruhigt, und das, obwohl ein schmaler Ring von leuchtendem Rot um das Loch herum auftauchte, das ihr Messer in seine Jacke bohrte.

»Was genau hofft Ihr zu erreichen?« war alles, was er wissen wollte.

»Ich verlasse das Haus.«

»Ah! Dann habt Ihr also vor, mich mitzunehmen?«

»Nicht weiter als ich unbedingt muß«, versicherte sie ihm. »Also dreht Euch einfach langsam um, wenn ich mich umdrehe, und haltet Euch mit dem Rücken zu mir.«

»Unserem König wird es aber nicht gefallen ...«

»Euer König kann mir den Buckel runterrutschen«, sagte sie mit zusammengebissenen Zähnen. »Es ist dieser dunkle Teufel Stefan, mit dem ich nichts mehr zu tun haben will — nie mehr«, stieß sie hervor.

Bei diesen Worten brach er in schallendes Gelächter aus, so daß Tanya erschrocken die Zähne zusammenbiß. »Ich glaube, daß er gerade in diesem Augenblick genauso empfindet wie Ihr.«

»Ich bin ausgesprochen erfreut, das zu hören«, gab sie zurück. »Und jetzt bewegt Euch!«

Die Tür, die sie erreichen wollte, lag näher an der Treppe, und während sie Lazar mit sich zog, ging sie rückwärts darauf zu. Ein- oder zweimal warf sie einen Blick hinter sich, um sicherzugehen, daß hinter ihrem Rücken keine neuen Überraschungen auftauchten. Sie wußte, daß ihre Zeit ablief — es sei denn, Lazars Aufgabe hatte nicht nur darin bestanden, sie zu bewachen, sondern auch, sie nach unten zu begleiten. In Anbetracht der Tatsache, daß er sich im Augenblick kooperativ zeigte, konnte sie auch keine Zeit damit verschwenden, ihn danach zu fragen. Sie mußte sich ganz auf ihre Flucht konzentrieren. Aber wie konnte sie aus dem Fenster kommen und ihn gleichzeitig in Schach halten? Verdammt, warum hatte sie nur niemals gelernt, eine Pistole zu benutzen statt eines Messers. Es wäre jetzt alles so viel einfacher gewesen, wenn sie sich nur ein wenig von Lazar hätte entfernen können.

Sie hatte das angestrebte Zimmer beinahe erreicht, als

sie beschloß, ihn draußen vor der Tür stehen zu lassen. Auf diese Weise würde sie ein paar Sekunden Zeit gewinnen. Ein kräftiger Stoß in seinen Rücken, die Tür hinter sich zugeschlagen und ein Hechtsprung durchs Fenster sollten genügen. Sie würde das Vordach hinunterrollen, bevor er auch nur den Raum betreten hatte. Und er war zu groß, um ihr mit der notwendigen Geschwindigkeit folgen zu können. Bevor er irgend etwas tun konnte, wäre sie bereits außer Sicht.

Ein weiter Schritt rückwärts brachte sie zu der Tür — und direkt in die Arme eines Mannes, der wie eine unverrückbare, riesige Mauer hinter ihr stand. Voller Enttäuschung stöhnte sie auf. So nahe daran gewesen zu sein! Eine große Hand schloß sich fest um die ihre und zog sie vorsichtig weg von dem Mann, der vor ihr stand.

»Was hast du dir denn dabei gedacht, Lazar?«

Tanya blinzelte. Diese Frage war nicht an sie gerichtet, sondern an ihren mittlerweile befreiten Gefangenen, ganz so als hätte er sie bei ihrer Flucht unterstützt. Aber noch wichtiger war die Tatsache, daß es nicht Stefan war, der die Frage gestellt hatte, sondern dieser stämmige Kerl, den sie Serge nannten.

»Ich unterhalte sie ein wenig«, antwortete Lazar, während er sich umdrehte und beiläufig das Messer aus Tanyas Griff wand. »Schließlich wird sie bald unsere Königin sein.«

»Das wird sie. Ein Grund mehr, warum sie nicht mit Messern spielen darf. Immerhin könnte sie sich dabei verletzen. Stefan hätte sie eigenhändig entwaffnen sollen.«

»Das hat er auch getan. Aber ich könnte mir vorstellen, daß sie ihn so in Wut gebracht hat, daß er vergessen hat, ihre kleine Waffe mitzunehmen.«

Tanya biß die Zähne zusammen. Sie war ja nur allzu glücklich darüber, daß sie die meiste Zeit ihres Lebens ignoriert wurde, aber dies wurde langsam lächerlich.

»Falls es Euch nichts *ausmacht*, würde ich es begrüßen, wenn Ihr zur Kenntnis nähmt, daß ich noch hier bin — so sehr ich auch wünsche, ich wäre es nicht.«

»Entschuldigung, Prinzessin!« Lazar grinste auf sie herab. Dann fing er plötzlich an zu lachen, während er eingehend ihr Gesicht betrachtete. »Ich glaube nicht, daß sie getan hat, was Stefan ihr aufgetragen hat«, sagte er zu Serge.

Dieser hob eine Hand und drehte ihr Gesicht zu sich hin. Er konnte gerade noch einen kurzen Blick darauf erhaschen, bevor sie seine Hand zur Seite schlug. »Sie hat es tatsächlich nicht getan!«

Lazars blaue Augen kehrten zu ihr zurück, und sein Blick war belustigt. »Ich habe genau gehört, was unserer Freund Euch versprochen hat für den Fall, daß Ihr ihm nicht gehorchen solltet, Tatiana. Vielleicht würdet Ihr jetzt gern noch einmal auf Euer Zimmer gehen und Euch doch ein wenig waschen, bevor wir Euch nach unten bringen?«

Das wäre sicher eine weise Entscheidung, jetzt, wo sie zwischen ihnen eingezwängt war und ihre Chance zu entkommen für den Augenblick vereitelt war. Aber Tanya hatte immer schon einen rebellischen, halsstarrigen Zug gehabt. Ein Umstand, der ihr im Lauf der Jahre mehr als einmal Prügel eingetragen hatte. Und schließlich hatte man ihr keine *richtigen* Schläge angedroht. Da sollten sie lieber von Anfang an wissen, daß sie so schwierig sein würde, wie sie nur konnte. Ganz egal, welche Drohungen sie über sie verhängten. Es bestand immerhin eine winzig kleine Möglichkeit, daß die Männer den Eindruck bekämen, das Ganze sei der Mühe nicht wert.

»Ich wasche mich einmal im Monat — falls ich den Wunsch dazu verspüre«, sagte sie unverfroren, und sie begleitete ihre Worte mit einem Lächeln, das keinen Zweifel daran ließ, daß dies eine Lüge war, an der sie festhalten würde. »Und ich habe noch mindestens drei Wochen vor mir, bevor ich auch nur einen Gedanken an Wasser verschwende.«

»Ihr habt also die Absicht, Euch Stefan zu widersetzen?«

»Unbedingt.«

Serge stöhnte hinter ihr. Lazar kicherte. Tanya versuchte, zwischen ihnen hindurchzuschlüpfen, solange sie beide abgelenkt waren. Aber dann spürte sie zu ihrem Verdruß, wie sich von hinten ein Arm um ihre Taille legte, und sie hätte schwören können, daß diese Bewegung nicht mehr als ein Reflex war.

»Das ist überhaupt nicht komisch, Lazar«, brummte Serge über ihren Kopf hinweg, wobei er die kleinen Hände, die an seinem Arm zerrten, total ignorierte. »Sie wird Stefan noch wütender machen, als er es ohnehin schon ist, und im Augenblick ist er zu wütend, um ihr auch nur in die Nähe zu kommen.«

»Das weiß er. Darum ist er ja auch gegangen.« Lazar hob mit einer leichten Berührung ihr Kinn, um ihr Gesicht zu studieren, nachdem mindestens die Hälfte seiner Verhärmtheit davon abgewischt war. »Aber ich habe das unbestimmte Gefühl, daß seine Laune sich nicht bessern wird — so oder so«, fügte er nachdenklich hinzu. »Wir haben erwartet, eine Schönheit zu finden, und es sieht so aus, als könnte es doch noch sein, daß es genau das ist, was wir hier haben.«

»Trotzdem schien sie ihm besser zu gefallen, als er dachte, sie wäre keine«, schloß Serge mit einem neuerlichen Stöhnen.

»Genau, was ich denke. Aber ich würde mir keine Sorgen darum machen«, setzte Lazar mit übertriebener Fröhlichkeit hinzu. »Zur Abwechslung wird er nämlich einmal seine schlechte Laune nicht an uns auslassen — *sie* wird seinen Zorn zu spüren bekommen.«

Falls Lazar Tanya mit diesen Worten dazu bringen wollte, ihre störrische Haltung noch einmal zu überdenken, war sein Versuch ein Fehlschlag. Aber das hieß noch lange nicht, daß diese Worte ihr gefielen. Und ganz bestimmt gefiel es ihr nicht, wie die beiden über ihren Kopf hinweg miteinander sprachen, während sie zwischen ihnen eingeklemmt war.

Sie stach Lazar mit einem spitzen Finger in die Brust und fragte: »Wenn ich Euren König heiraten soll, warum ist dann Stefan derjenige, der mir die Befehle gibt?«

Diese Frage entlockte Lazar aus irgendeinem Grund ein weiteres Grinsen. Ein Scherz, den er offensichtlich mit Serge teilte, da er ihm kurz zuzwinkerte, bevor er antwortete. »Weil Ihr bis zu Eurer Hochzeit in Stefans Obhut gegeben wurdet — und zwar auf Drängen unseres Königs. Also würde es nur zu Eurem Nutzen sein, Prinzessin, mit ihm Frieden zu schließen, statt ihn weiter zu bekämpfen, findet Ihr nicht auch?«

Gütiger Gott, sie hatten aber auch wirklich eine Antwort auf alles! Jede kleine Ungereimtheit in ihrem Komplott, auf die Tanya sie hinwies, wurde sofort logisch erklärt. »Was ich finde, hat bisher nicht die geringste Rolle gespielt, warum sollte es das also jetzt plötzlich tun? Aber beantwortet mir ein Frage: Bedeutet die Tatsache, daß ich in Stefans Obhut gegeben wurde, daß er sich Freiheiten bei mir herausnehmen darf?«

Falls all das, was sie ihr gesagt hatten, der Wahrheit entsprach — daß sie wirklich verheiratet werden sollte und alles andere auch —, dann sollte diese Frage Lazar wütend machen oder wenigstens in Verlegenheit bringen. Aber er hörte nicht einmal auf zu grinsen.

»Stefan kann tun, was immer ihm gefällt, Prinzessin«, sagte er lässig. »Er muß sich einzig und allein vor dem König verantworten.«

»Und Vasili könnte es gar nicht gleichgültiger sein.« Diese Tatsache war für Tanya offensichtlich.

»Vasili beugt sich oft Stefans Wünschen; schließlich sind sie Vettern, und Stefan ist der ältere.«

»Aber Vasili ist König!«

Lazar zuckte mit den Schultern, als wollte er damit sagen, es bliebe ja alles in der Familie. Aber dann fragte er: »Wäre es Euch lieber, Stefan wäre der König?«

»Mir wäre es am liebsten, Stefan fiele tot um!«

»Unglücklicherweise für Euch, Prinzessin ...« Stefans frostiger Tonfall wehte von der obersten Treppenstufe zu ihnen herüber. »... bin ich einstweilen noch sehr lebendig.«

Kapitel 12

Tanya hätte es so lange wie möglich vermieden, Stefan ins Gesicht zu sehen – oder, um genau zu sein, sie hätte gern den Augenblick hinausgezögert, in dem er ihr Gesicht sah. Aber sie hatte in dieser Angelegenheit nicht viel zu sagen. Als Serge sich beim Klang von Stefans Stimme umdrehte, nahm er sie mit sich, den Arm noch immer fest um ihre Taille gelegt. Dieses Manöver stellte sie an die vorderste Front, wo sie dem durchbohrenden Blick dieser Teufelsaugen voll ausgesetzt war. Und falls ihre Worte nicht bereits dieses unheilvolle Glühen in seinen Augen geweckt hatten, dann war es jetzt eindeutig ihr ungewaschenes Gesicht, das Öl ins Feuer goß.

Aber als er langsam auf sie zukam, wandte er sich nicht an sie, sondern an seine Freunde. »Ihr zwei habt nicht rein zufällig versucht, ihr zuzureden – ganz freundlich –, das zu tun, was ich ihr aufgetragen habe, oder?«

»Aber natürlich nicht«, versicherte Lazar ihm. »Wir haben lediglich über solche Dinge wie Verantwortung diskutiert.«

»Und sie davon abgehalten, ohne uns zu verschwinden«, fügte Serge hinzu.

»Ah! Also müssen wir auch das noch im Auge behalten, ja?«

Tanyas Stiefelabsatz bohrte sich fest in Serges Zehen, um ihm für sein vorlautes Mundwerk zu danken. Serge ächzte, ließ sie aber trotzdem erst los, als Stefan vor ihr stand. Dabei gab er ihr einen leichten Schubs, so daß sie torkelnd das Gleichgewicht verlor und direkt an Stefans Brust landete. Er fing sie auf, und seine Arme schlossen sich wie ein Stahlkäfig um sie. Seine Hände wühlten sich in ihr Haar, das ihr bis zur Taille herabhing, so daß sie der Länge nach an ihn gepreßt wurde. Sie bildete sich ein, das Pulsieren seines Zorns spüren zu können, das sie in Wellen umspülte.

»Laßt mich ...«, setzte sie an, nur um von einem entschiedenen »Nein!« unterbrochen zu werden. Dann fügte er unheilverkündend und nur für ihre Ohren hörbar hinzu: »Ihr werdet noch zu Gott beten, Ihr hättet mir gehorcht, Tatiana!«

Unter der grauen Blässe ihrer Schminke wurde sie schneeweiß. Aber nach etwa zehn Sekunden fiel ihr wieder ein, daß sie für diese Männer ja nur eine Ware darstellte, mit der sie einen gewissen Preis erzielen wollten. Und eine Ware würden sie nicht mit Absicht beschädigen, gleichgültig wie wütend einer von ihnen auf sie sein mochte. Stefans Worte mußten sich also auf diese Kinderstrafe beziehen, die er ihr versprochen hatte. Und das war ihrer Meinung nach nichts, worüber sie sich Sorgen machen mußte.

In der Zwischenzeit hörte sie genau zu, worüber die Männer sprachen. Sie erfuhr, daß eine Kutsche bereitstand, daß ein Mann namens Sascha die Anweisung erhalten hatte, sich mit ihrem Reisegepäck am Hafen einzufinden, und daß sie es für eine glückliche Fügung hielten, ihre Beute rechtzeitig gefunden zu haben, um noch mit der *Lorelei* die Stadt verlassen zu können. Aber sie durften trotzdem keine Zeit mehr verschwenden. Der Flußdampfer sollte noch in dieser Stunde ablegen.

Dann schwiegen sie plötzlich, und Tanya hatte das Gefühl, als würde sie von allen drei Männern gleichzeitig abschätzig gemustert. Um sich von diesem Eindruck wirklich zu überzeugen, hätte sie sich jedoch den Hals verrenken müssen. Sie war noch immer so dicht an Stefan gepreßt, daß sie kaum etwas sehen konnte. Warteten sie etwa auf eine Reaktion von ihr? Sie hatte alles mit angehört, und schließlich war sie nicht schwer von Begriff. Die Männer hatten die Absicht, sie mit auf das Boot zu nehmen, aber vielleicht war es ihnen endlich in den Sinn gekommen, daß sie sich darüber Gedanken machen mußten, wie das ohne ihre Mithilfe vonstatten gehen sollte.

Anscheinend hatte sie die Situation richtig gedeutet, denn Stefans nächste Worte lauteten: »Eine Holzkiste, würd' ich meinen.«

Tanya versteifte sich und setzte bereits zu einem hitzigen Protest an, aber zu ihrer Überraschung kam Lazar ihr zuvor. »Sie ist eine königliche Prinzessin«, erinnerte er Stefan.

Die Komödie sollte also weitergehen. Die *königliche Prinzessin* hätte spöttisch aufgelacht, wenn Stefans beiläufige Erwiderung nicht das Faß zum Überlaufen gebracht hätte.

»Wenn sie anfängt, wie eine Prinzessin auszusehen, kann sie meinetwegen auch wie eine solche behandelt werden.«

Tanya drehte sich zu Lazar und Serge um, was in ihrem Stahlkäfig einen wahren Kraftakt erforderte. Dann fragte sie die beiden Männer: »Wollt Ihr ihm das einfach so durchgehen lassen, nur weil er wütend auf mich ist?«

Serge mied ihren Blick. Lazar wirkte, solchermaßen in Verlegenheit gebracht, äußert mißmutig und sagte: »Ich glaube, man hat Euch bereits erklärt, wessen Autorität Ihr untersteht, Tatiana. Es ist seine Entscheidung, ob Ihr transportiert oder eskortiert werdet. Aber vielleicht, wenn Ihr ihn lieb darum bittet ...«

Lazar sprach seinen Gedanken nicht ganz aus, so daß sie seine Andeutung interpretieren konnte, wie sie wollte. Lieb? Zur Hölle, es bestand nicht die geringste Aussicht, daß sie jemals lieb sein würde zu diesem Teufel hinter ihr, der sie jetzt auch noch wieder zu sich umdrehte, damit sie seine Freunde nicht weiter in Versuchung führen konnte, ihr zu helfen — weder mit Blicken noch mit einer mitleiderregenden Miene. Als ob sie so etwas tun würde ... Aber natürlich würde sie das tun! Wie sonst sollte sie ihm entkommen? Bestimmt nicht, indem sie sich in eine Holzkiste stopfen ließ, eine Kiste, die man zu diesem Zweck wahrscheinlich aus ihrer eigenen Vorratskammer holen würde. Keine davon war groß genug, um ihr auch nur die geringste Bequemlichkeit bieten zu können.

Sie ließ ihren Kopf in den Nacken fallen, so daß sie endlich zu Stefan hinaufschauen konnte. Er schien nur darauf gewartet zu haben, daß sie das tat, denn sie begegnete seinem Blick, und ihr Herz schien einen Augenblick lang stillzustehen. Dann glitten seine Augen langsam über ihr Gesicht, so daß kein Zweifel bestand, woran er im Augenblick dachte. Es war ihr grau verschmierter Teint, der jetzt eigentlich wie Milch und Honig aussehen sollte.

»Ihr überrascht mich, Prinzessin.« Er sprach plötzlich in einem unverfänglichen Plauderton mit ihr. »Ich war felsenfest davon überzeugt, daß Ihr alles in Eurer Macht Stehende getan hättet, um mich davon abzuhalten, Euren Rock noch einmal zu heben.«

Heben? O Gott, sie hatte nicht einmal daran gedacht, daß er seine Drohung, »ihrer Kehrseite einzuheizen«, wahrmachen könnte, ohne ihren Rock da zu lassen, wo er hingehörte, damit er ihr als Polster dienen konnte. Plötzlich schienen die Prügel, die er ihr versprochen hatte, sehr wohl etwas zu sein, über das sie sich Sorgen machen mußte — etwas, das um jeden Preis vermieden werden mußte.

»Ich werde mich jetzt waschen«, bot sie ihm mit einem atemlosen Flüstern an. Es war ihr verhaßt, dieses Zugeständnis machen zu müssen, aber sie sah keine andere Möglichkeit.

»Jetzt ist keine Zeit mehr dafür.«

Er würde ihr also keinen Ausweg lassen? »Ich bin doch kein Kind, das man … das man …!« Sie konnte es nicht sagen, und das Geräusch eines auf dem Fußboden scharrenden Fußes hinter ihr machte ihr zu ihrem Entsetzen klar, daß diese Unterhaltung vor Zeugen stattfand, daß sie zugehört hatten …

Sie war am heutigen Tage häufiger errötet als in ihrem ganzen bisherigen Leben zusammen, und obwohl sie den Mann, der dafür verantwortlich war, aus tiefstem Herzen verabscheute, fiel ihr in diesem Augenblick nichts anderes ein, als ihr Gesicht an seiner Brust zu vergraben und dankbar zu sein, daß sie breit genug dafür war.

»Ich kann Euch sagen, was Ihr seid, Prinzessin«, hörte sie seine Stimme über ihr, und sie hoffte, im Klang dieser Stimme eher ein Seufzen zu erkennen als einen neuen Ausbruch von Zorn. »Ihr seid ein außerordentlich halsstarriges Frauenzimmer.«

»Ihr erwartet von mir, daß ich bei meiner eigenen Entführung mitwirke?« murmelte sie grollend in den Stoff seines Hemdes hinein.

»Wir erwarten von Euch, daß Ihr dem Eheversprechen Folge leistet, das Euer eigener Vater für Euch gegeben hat. Und wir erwarten, daß Ihr endlich damit aufhört, gegen etwas zu kämpfen, das Ihr nicht ändern könnt.«

Sie warf ihren Kopf zornig zurück. »Ich soll aufhören zu kämpfen, wenn Ihr nicht mal aufrichtig sein könnt? Ihr könnt Euch ja nicht einmal eine anständige Lüge ausdenken, um mich dazu zu bringen, mit Euch zu gehen! Ihr tischt mir eine Geschichte auf, die so unglaubwürdig ist ...«

»Daß sie nichts anderes sein kann als die Wahrheit.«

»Die *einzige* Wahrheit hier«, sagte sie ärgerlich, »ist die Tatsache, daß ich nicht mit Euch gehen will.«

Sein Gesichtsausdruck verriet einige Skepsis. »Ihr wollt uns also glauben machen, daß Ihr ein Leben in Knechtschaft und stumpfsinniger Plackerei vorziehen würdet, ist es das? Ein Leben, das wollüstige Vorstellungen auf der Bühne wie im Schlafzimmer einschließt?«

Tanya sog scharf die Luft ein, dann zog sie ruckartig ihren Fuß zurück, um sein Schienbein ihre Reaktion auf diese letzte beleidigende Anspielung spüren zu lassen. Seine Arme schlossen sich nur noch fester um sie, aber das schien mehr ein Reflex als eine Vergeltungsmaßnahme zu sein. Ansonsten quittierte er den Schmerz, den sie ihm zugefügt hatte, mit keiner einzigen Regung. Daher beantwortete sie seine Frage mit einer Ruhe, die den Zorn, der sich hinter ihrem Fußtritt verborgen hatte, Lügen strafte.

»Ich ziehe es jedenfalls vor, daß mir niemand mehr sagt, was ich zu tun und zu lassen habe. Ich habe mein ganzes Leben gebraucht, um diesen Zustand zu erreichen. Ich muß heute niemandem mehr Rede und Antwort stehen außer mir selbst — und da taucht Ihr hier auf mit Eurem lächerlichen Märchen, Euren Drohungen, Euren *Beleidigungen* und Eurer arroganten Annahme, daß Ihr in jeder Hinsicht über mein Leben bestimmen könnt. Nun, das könnt Ihr nicht. Ihr habt einfach kein Recht dazu. Niemand hat mehr dieses Recht, und niemand wird es jemals wieder bekommen.«

»Es ist zu schade, daß wir keine Zeit haben, um über diese ungewöhnliche Existenz, die Ihr erstrebt, zu diskutieren. Eine Existenz, die übrigens nur wenigen von uns vergönnt ist. Und was unser Recht betrifft, über Euch zu verfügen: Eure Geburt macht Euch zur Cardinierin, und jeder Bürger Cardinias ist Untertan des herrschenden Monarchen und muß sich auch dem Willen dieser höchsten Macht unterwerfen.«

»Den Teufel werd' ich tun! Genau *das* ist es ja, was ich nicht akzeptieren kann, Stefan, und daher ist diese Ausrede, was mich betrifft, ungültig. In diesem Land läßt sich das, was Ihr vorhabt, nicht rechtfertigen. Es ist gegen das Gesetz, ganz egal, von welchem Standpunkt man es betrachtet.«

Er blickte zu Tanyas Entrüstung zur Decke auf, wie um zu sagen: Warum rede ich überhaupt mit ihr? Dann fügte er in scharfem Befehlston hinzu: »Lazar, Serge, wartet unten auf uns!« Bei diesen Worten versteifte sie sich, von einer bösen Vorahnung erfüllt.

Sein wütender Blick kehrte zu Tanya zurück, als die anderen sich an ihnen vorbeizwängten. Und lediglich die Tatsache, daß seine Augen in diesem Moment nur eine sanfte, sherryfarbene Tönung zeigten, erleichterte sie ein wenig. Und dann strich er ihr vorsichtig über den Hinterkopf, wie um sie zu beschwichtigen. Wie sollte sie das nun verstehen?

»Ich habe entschieden, Tatiana, daß es möglicherweise ein bißchen voreilig von mir war, von Euch zu verlangen, Euch Eurer cleveren Verkleidung zu entledigen. Natürlich«, fügte er mit dem weichen Gesichtsausdruck hinzu, der immer einem Lächeln voranging, »seht Ihr im Augenblick nur so aus wie ein schmuddeliger Balg. Aber wenn das die Art von Aussehen ist, die Ihr Euch wünscht, dann sollt Ihr Euren Willen haben.«

Sie traute dieser Ruhe nach dem Sturm nicht, nicht einmal ein kleines bißchen. »Was genau wollt Ihr damit sagen?«

»Daß wir die Konsequenzen vergessen wollen, die ich

Euch für Euren Ungehorsam versprochen habe. Statt dessen schließen wir einen Handel ab.«

Diesem Angebot mißtraute sie sogar noch mehr, aber sie sagte: »Sprecht weiter. Ich höre.«

»Wenn Ihr mir versprecht, keinerlei Zwischenfälle zu verursachen, dann dürft Ihr frei und ohne Zwang an Bord der *Lorelei* gehen.«

Ihre Augen verengten sich zu grünen Schlitzen. »Und andernfalls werde ich in einer Kiste an Bord gebracht?«

»Gefesselt, geknebelt und in einer Holzkiste verstaut«, klärte er sie auf.

»Wie wär's statt dessen mit einem anderen Handel?« sagte sie gepreßt. »Ich verspreche, niemandem etwas von Eurem Vorhaben hier zu sagen, wenn Ihr Euch dafür einfach in Luft auflöst und mir nie wieder unter die Augen kommt?«

Der Arm, der noch immer um ihre Hüften lag, drückte gerade fest genug zu, um sie daran zu erinnern, wer im Augenblick der Herr der Lage war. »Damit wir uns nicht falsch verstehen, Tatiana, Ihr *werdet* mit uns kommen. Ihr könnt Euch lediglich aussuchen, wie.«

»Aber ich will nicht!« schrie sie. »Spielt das denn überhaupt keine Rolle?«

Langsam schüttelte er den Kopf. Sie sog scharf die Luft ein. Also würde man sie tatsächlich entführen, ganz egal, was sie sagte oder tat. Aber sie hatte keine andere Wahl, als sein Angebot anzunehmen oder auf jede Gelegenheit zur Flucht zu verzichten.

»Also schön«, sagte sie ungnädig. »Ich werde gehen, wenn das die einzige Möglichkeit ist.«

»Ohne für Unruhe zu sorgen?«

»Ich werde mit niemandem sprechen, wenn es das ist, was Ihr meint.«

»Hervorragend. Aber denkt daran, Tatiana, dies ist ein Abkommen, und wie das bei einem Abkommen so üblich ist, wird es Konsequenzen haben, wenn es gebrochen werden sollte. Und ich glaube, Ihr wißt bereits, wie diese Konsequenzen aussehen.«

Wehe dir, wenn du noch einmal rot wirst, Missy. Er versucht nur, dir Angst zu machen — Angst vor ihm. Alle seine Drohungen sind keinen Schuß Pulver mehr wert, wenn du ihm erst entkommen bist.

Zu ihm sagte sie: »Wenn Ihr es so verflucht eilig habt, von hier wegzukommen, wäre es dann nicht langsam an der Zeit, mich loszulassen?«

»Ich finde, daß zuerst einmal unser Abkommen besiegelt werden muß — mit einem Kuß.«

»N ...!« war alles, was sie noch hervorstoßen konnte, bevor seine Lippen die ihren bedeckten.

Tanya hätte sich von Anfang an gegen diesen Kuß gewehrt, wenn ihr nicht plötzlich die Idee gekommen wäre, daß dies eine einmalige Gelegenheit war, Stefan auf einen Irrweg zu locken. Zumindest, was ihre Gefühle betraf. Wenn er arrogant genug war zu denken, seine Küsse gefielen ihr, und sie würde sich deshalb um so eher in ihr Schicksal ergeben, dann würde er vielleicht nicht mehr so sehr auf der Hut sein. Vielleicht würde ihr die Flucht dadurch leichter gemacht. Das Fatale war nur, daß ihr seine Küsse wirklich gefielen. Es war ihr nicht im geringsten unangenehm, wie sein Mund sich langsam und sinnlich über den ihren bewegte. Und ihre Hingabe an diesen Kuß war nicht gespielt.

Aber diese Strategie barg auch ihre Risiken, eine Entdekkung, die sie machte, als er sie endlich von sich wegschob und sie einen langen, verträumten Augenblick brauchte, um wieder in die Gegenwart zurückzufinden. Es hatte nicht zu ihrem Plan gehört, sich an seinen Kuß zu verlieren. Genausowenig hatte sie damit gerechnet, daß sie ein starkes Verlangen verspüren könnte, ihn zurückzuholen, um noch mehr zu bekommen ...

Hastig kämpfte sie diesen verrückten Wunsch und das schwache, flaumweiche Gefühl in ihrem Innern nieder. Dieser verdammte Teufel verfügte über eine Macht, die sie besser nicht noch einmal herausforderte. Aber als sie ihn ansah, hatte sie den Eindruck, daß er über das Ergebnis seines kleinen Experiments nicht glücklicher war als sie selbst.

Und seine nächsten Worte bestätigten ihren Verdacht: »Und zu denken, daß ich tatsächlich begonnen hatte, mich zu fragen, ob nicht vielleicht doch ein Irrtum vorliegen könnte, daß Ihr vielleicht — wundersamerweise — noch unberührt seid. Das war wirklich dumm von mir, nicht wahr?«

Tanya kämpfte gegen diese Woge glühender Hitze, die über ihren Nacken kroch und ihre Wangen überflutete. Sie haßte den Gedanken, er könne bemerken, wie leicht er einen weiteren Treffer erzielt hatte. Sie war verlegen und vor allem wütend darüber, daß er so etwas überhaupt sagen konnte, nur weil sie seinen Kuß erwidert hatte. Ihr Zorn gab ihr die nächsten Worte ein.

»Nun, da könnt Ihr Euch niemals ganz sicher sein, oder?« höhnte sie.

Stefan lächelte nur. Es war ein selbstgefälliges kleines Lächeln, das seine Gedanken ebenso klar ausdrückte, als hätte er sie in Worte gefaßt: *Das glaubst du aber nur.* Und er *hatte* ihr ja auch in dieser Hinsicht etwas versprochen, irgend etwas in der Richtung, daß sie sein Bett teilen würde, noch bevor ihre Reise endete. *Warum* waren sie nur alle so sehr davon überzeugt, sie sei eine Hure? Um ein Haar hätte sie ihn danach gefragt, aber sie glaubte nicht, daß sie im Augenblick noch mehr Beleidigungen ertragen konnte. Und es blieb ihr wohl auch keine Zeit mehr dazu, falls sie die plötzliche Ungeduld in seinen Augen richtig interpretierte.

Sie hatte sich auch nicht geirrt, denn er griff nach ihrem Arm und war im Begriff, auf die Treppe zuzugehen. »Komm mit, Tati ...«

»Einen Augenblick!« unterbrach sie ihn scharf. »Was ist mit meinen Sachen?«

Er warf nicht einmal einen Blick über die Schulter, während er sie mit sich fortzog. »Das nächste Mal werdet Ihr vielleicht tun, was man Euch sagt, *wenn* man es Euch sagt.«

Mit anderen Worten, sie hatte ihre einzige Chance verloren, wenigstens ein paar Kleider zum Wechseln mitzunehmen. Tanya wollte gerade wie angewachsen stehenbleiben und lauthals gegen diese Behandlung protestieren, aber dann wurde ihr klar, daß es gar keine so schlechte Idee war, all ihre Habseligkeiten hierzulassen, wo sie bei ihrer Rückkehr auf sie warten würden. Das war auf alle Fälle besser, als das Risiko einzugehen, irgend etwas bei diesen Teufeln zurücklassen zu müssen, wenn sich die Gelegenheit ergab, sich von ihrer Gesellschaft zu befreien. Sie war sich allerdings bewußt, daß Stefan glaubte, sich so auf subtile Weise an ihr rächen zu können. Und sie ließ ihn in dem Glauben.

Aber da war noch eine andere Angelegenheit, um die sie sich kümmern mußte. Es würde nichts schaden, wenn sie ein wenig Hilfe dabei bekam, diese Männer loszuwerden. Und nur Dobbs konnte ihr diese Hilfe beschaffen, indem er jemanden hinter ihr herschickte. Nur konnte er das natürlich unmöglich tun, wenn er nicht einmal wußte, daß sie weg war. Und er hatte von dem ganzen Tumult vor seiner Tür gewiß nichts gehört. Nichts würde ihn darauf aufmerksam gemacht haben, daß etwas nicht stimmte, denn er hatte die Angewohnheit, gleich nach dem Frühstück einzuschlafen. Er schlief dann wie ein Toter, bis das *Harem* am späten Nachmittag den Betrieb aufnahm. Wenn er etwas gehört *hätte,* hätte er durchs ganze Haus gebrüllt, um herauszufinden, was los war.

Diesmal blieb Tanya tatsächlich wie angewachsen stehen. »Ihr müßt mir wenigstens erlauben, Dobbs auf Wiedersehen zu sagen.«

Er blieb nicht stehen, und sie wurde einfach weitergezogen — trotz all ihrer Versuche, ihn zurückzuhalten. »Warum?« fragte er. »Er hat uns angelogen, was Euch betraf, ohne zu wissen, weshalb wir Euch suchten. Dieser Mann ist nicht Euer Freund.«

»Das weiß ich, aber er ist immerhin so etwas wie ein Verwandter für mich, und fast der einzige, den ich je gehabt habe.«

»Nicht mehr.«

Die Selbstverständlichkeit, mit der er das sagte, klang so echt, daß sie für einen Augenblick die Fassung verlor. Gott helfe ihr, er war wirklich ein überzeugender Lügner. Aber sie ließ sich nicht zum Narren halten.

»Laßt mich raten«, sagte sie spöttisch. »Ich nehme an, Ihr wollt mir jetzt weismachen, daß *Ihr* ein Verwandter von mir seid?«

Er hatte sie schon halb die Treppe heruntergezogen und blickte immer noch nicht zurück, als er ihr antwortete. »Wir haben einen gemeinsamen Vorfahren. Fünf Generationen vor uns. Wir sind also sehr, *sehr* entfernt miteinander verwandt. Um genau zu sein: Ihr seid meine Kusine sechsten Grades.«

»Und davon glaube ich genausoviel wie von dem ganzen Rest, den Ihr mir erzählt habt. Ihr habt einfach nur Angst davor, mir zu gestatten, Dobbs zu sagen, daß ich gehe.«

»Ja, ich glaube, er würde versuchen, das zu verhindern. Schließlich seid Ihr von großem Nutzen für ihn, nicht wahr? Eine Sklavin, die ihn noch nicht einmal etwas gekostet hat. Wie bequem für den Mann.«

Sie hatte selbst das gleiche gedacht, als sie alt genug war, um zu begreifen, daß Dobbs nicht das geringste Recht hatte, so viel von ihr zu verlangen. Jetzt war sie seine Haushälterin, Magd, Köchin, Waschfrau, Krankenpflegerin und — für die Taverne — Verwalterin, Angestellte, Einkäuferin, Kellnerin, manchmal sogar Barkeeper oder Tänzerin, nach Meinung von Stefan und seinen Freunden sogar eine Hure, wenn ihre Zeit das erlaubte. Wann, fragte sie sich, hatte sie wohl je einen freien Augenblick gehabt? Aber am Ende würde sie für ein ganzes Leben sklavischer Schufterei doch bezahlt werden, mit dem *Harem*.

Aber wie dem auch sei, wenn diese Männer ihren Willen durchsetzten, würde sie das verlieren, und ihre Freiheit dazu. Sie beabsichtigten in Wahrheit, eine Hure aus ihr zu machen. Das würde sie auf gar keinen Fall zulassen.

Sie waren schon auf halbem Wege durch den Schankraum, als Stefan innehielt, vielleicht weil er begriff, daß er um seiner Komödie willen seine Taktik ändern mußte. »Wenn Ihr wirklich Freunde habt, denen Ihr gern Lebewohl sagen würdet«, lenkte er ein, »und wenn diese Freunde hier in der Nähe wohnen, könnten wir wohl ein oder zwei Minuten für ein paar Abschiedsworte erübrigen.«

Freunde? Die einzigen Freunde, die sie je gehabt hatte, waren Barmädchen, und selbst das hatte sich geändert, seitdem sie hier der Boß war. Außerdem war das wahrscheinlich auch nicht die Art von Freunden, von denen er ihrer Meinung nach sprach, denn sie hatte sich keiner dieser Frauen jemals wirklich nahe gefühlt. Nur Lelia war eine echte Freundin gewesen, doch diese Freundschaft hatte nur ein kurze Zeit gedauert und lag schon lange zurück.

»Ich habe niemanden«, sagte sie, und ihre Antwort machte sie plötzlich traurig. Nie zuvor hatte sie über diesen Mangel in ihrem Leben nachgedacht.

»Nicht einmal einen Liebhaber, den Ihr besonders schätzt?« bohrte Stefan weiter.

Augenblicklich wich ihre Traurigkeit neuem Zorn. »Oh, viel zu viele! Haben wir denn den ganzen Tag Zeit?«

Nach dieser sarkastischen Bemerkung wurde sie unbarmherzig weitergezogen, und sie hätte sich selbst in den Hintern treten können, als sie die Kutsche sah und den Rest der Männer, die alles, was in ihrer Macht stand, daransetzen würden, um ihre Flucht zu verhindern. Jetzt standen sie schon bereit, um sie einzukreisen. Hätte sie nicht *irgend jemanden* nennen können, und sei es einer von Dobbs' Busenfreunden, statt die Gelegenheit zu verschwenden, um Stefan mit ihrem Sarkasmus auf die Palme zu bringen. *Das hast du wirklich toll hingekriegt, Missy! Warum hilfst du ihnen nicht gleich bei dieser Entführung? Selbst wenn du es drauf anlegtest, könntest du es ihnen gar nicht leichter machen!*

Kapitel 13

»Um Gottes Willen, Stefan, sie muß etwas mit ihren verdammten Haaren tun!« sagte Vasili, sobald sie alle in der Kutsche Platz genommen hatten. »Sie sieht ja aus wie eine Schlampe!«

»Adrett und sauber, mein Freund? Ist das der Effekt, den

wir erzielen wollen?« fragte Stefan mit unnachahmlich trockenem Tonfall.

Tanya beschloß, die Sache auf die Spitze zu treiben. Vasilis angewiderter Blick hatte sie wütend genug gemacht, um sich jetzt vorzubeugen und ihren Kopf energisch zu schütteln. Stefan und Lazar saßen neben ihr, der eine links, der andere rechts. Ihr Haar flog zuerst in Lazars Schoß, dann in Stefans, und geriet auf diese Weise noch mehr in Unordnung als vorher. Lazar brach in schallendes Gelächter aus. Serge preßte die Lippen zusammen und starrte an die Dekke. Vasili lief rot an und sah aus dem Fenster, um sie zu ignorieren. Wie schön war es doch, zur Abwechslung mal jemand anderen erröten zu sehen, dachte sie.

Stefan sammelte derweil die ganze schwere Flut ihrer Haare in seinen Händen und rettete, was er an Nadeln dort noch finden konnte. Als er sie alle hatte, hielt er sie ihr hin.

»Würde es Euch etwas ausmachen, Tatiana …« Ihr aufsässiger Gesichtsausdruck war ihm Antwort genug. Er zuckte die Achseln. »Da ich es vorhin heruntergeholt habe, nehme ich an, daß ich es wohl auch wieder aufstecken könnte.«

Er sollte eine so intime Aufgabe für sie übernehmen? Sie riß ihm die Nadeln aus der einen und dann ihr Haar aus der anderen Hand. Lazar lachte immer noch, und sie warf ihm einen zornigen Blick zu, der ihn jedoch nicht im geringsten zu berühren schien.

»Wer hätte gedacht, daß es solche Mengen davon gibt, und daß das alles in diesen kleinen Knoten hineinpassen soll, den Ihr sonst zur Schau stellt«, kommentierte Lazar, der immer noch grinste. »Eure Mutter hatte goldenes Haar, habe ich mir sagen lassen. Ich bin ihr selbst nie begegnet, aber Stefan hat sie einmal gesehen. Er war dabei, als Ihr einander versprochen wurdet, glaube ich. Wahrscheinlich könnte er Euch Eure Mutter sogar beschreiben, wenn Ihr ihn darum bätet.«

»Ich interessiere mich nicht für Euer Märchen. Mir zuliebe braucht Ihr jedenfalls nicht damit weiterzumachen.«

»Was ist das?« fragte Vasili. »Heißt das, sie zweifelt immer noch daran, wer sie ist?«

»Daran besteht wahrhaftig kein Zweifel, Mister«, antwortete Tanya, noch bevor ein anderer zu Wort kommen konnte. Gleichzeitig beschäftigte sie sich damit, ihre Haare wieder ordentlich zurückzustecken. »Ihr Männer müßt die reinsten Schwachköpfe sein, falls ihr denkt, ich würde auch nur ein Fünkchen von dem Unsinn glauben, den ich mir heute anhören mußte.«

»Tatsächlich, Weib? Und wie erklärt Ihr Euch dieses Mal auf Eurem Hintern?« höhnte er grob.

»Fragt Stefan«, war alles, was sie sagte. Mit diesem widerlichen, eitlen Pfau wollte sie sich nicht einmal unterhalten.

Alle Augen flogen zu Stefan herüber. Sogar Lazar beugte sich vor, um seine Erklärung zu hören. Stefan lächelte. »Sie glaubt, einer von uns habe eine Schwäche dafür, auf Bäume zu klettern und durch Schlafzimmerfenster im zweiten Stock zu spähen.«

Vasili schnaubte verächtlich. »Viel zu würdelos.«

»Das ist deine Meinung, Vasili.« Lazar grinste. »Ich für meinen Teil könnte mir durchaus vorstellen, daß ein solches Unterfangen der Mühe wert wäre — falls die Aussicht von dort interessant genug ist.«

»Bei *dir* ist es wohl eher wahrscheinlich, daß du aus Fenstern rauskletterst statt zu ihnen hinauf.«

Es überraschte Tanya maßlos, daß sie einmal nicht die Zielscheibe von Vasilis Spott war. Mit einem Seitenblick auf Stefan stellte sie fest, daß dieser die Wendung, die das Gespräch genommen hatte, eindeutig komisch fand. Tanya dagegen fand überhaupt nichts Komisches daran. Was auch passierte, diese Männer rissen entweder Witze darüber oder zogen es ins Lächerliche. Etwas anderes schienen sie nicht zu kennen. Wie sollte sie damit nur klarkommen? Nun — hoffentlich würde sie es nicht allzu lange müssen!

Sie griff ein letztes Mal nach ihrem Knoten, ohne sich aber darum zu kümmern, ob er geradesaß oder nicht. Dann sah sie aus dem Fenster, um herauszufinden, wieviel Zeit ihr noch blieb. Nicht viel. Sie näherten sich bereits dem Hafen. Noch ein oder zwei Minuten ...

Eines durfte sie auf keinen Fall riskieren: daß man sie auf diesen Flußdampfer brachte. Dort würden so viele andere Menschen sein, daß Stefan sie mit Sicherheit in eine Kabine einschließen würde, wo sie mit niemandem reden konnte. Es grenzte schon an ein Wunder, daß er überhaupt darauf vertraute, sie werde ruhig und gefügig an Bord gehen. Glaubte er denn wirklich, sie würde sich an irgendein Abkommen halten, wenn ihre Freiheit auf dem Spiel stand?

Die Kutsche hielt, und ein tiefbrauner kleiner Mann öffnete die Tür, nur um auf der Stelle in irgendeiner fremden Sprache drauflos zu plappern. Die Männer schienen ihn zu kennen. Der Diener, Sascha? Es klang so, als beklage er sich über etwas, obwohl Tanya natürlich nicht ein einziges Wort von dem, was er sagte, verstehen konnte. Außerdem trieb er sie aufgeregt zur Eile an, falls sie seine wilden Gesten richtig deutete. Dann lief er voran, wahrscheinlich um den Kapitän davon in Kenntnis zu setzen, daß seine letzten Passagiere endlich angekommen waren.

Der Dampfer würde so bald schon ablegen? Tanya hoffte es inständig, denn das würde ihr bei der Ausführung ihres Planes eindeutig zugute kommen. Dieser Plan, den sie sich in den letzten paar Minuten, bevor sie den Hafen erreichten, zurechtgelegt hatte, war nicht übermäßig einfallsreich. Alles würde von ihrer Geschicklichkeit abhängen. Aber es konnte funktionieren, *falls* sie Lazar und Stefan loswurde.

Über Vasili machte sie sich keine Gedanken. Er war der einzige von ihnen, der sie nicht bei sich haben wollte, und er machte auch gar kein Hehl daraus. Daher würde er sich ganz bestimmt nicht die Mühe machen, ihr nachzulaufen, wenn sie die Docks hinunterrannte. Serge würde wahrscheinlich versuchen, sie zu verfolgen, aber er war zu stämmig, um sie einfangen zu können. Der Hafen war zu dieser Tageszeit völlig überlaufen — ein weiterer Punkt zu ihren Gunsten, besonders falls Serge wirklich hinter ihr herkam. Sie würde sich flink durch die Menschenmassen winden, während er bei dem Versuch, mit ihr Schritt zu halten, links und rechts die Leute umrennen würde. Nein, das würde kein echter Wettlauf werden.

Der einzige Schwachpunkt in ihrem Plan war die Frage, wie sie Lazar und Stefan von der Bildfläche verschwinden lassen konnte. Denn sie war sich ganz sicher, daß alle beide in der Lage waren, sie mühelos wieder einzufangen. Diese verdammten langen Beine würden das schon besorgen, ganz zu schweigen von der Tatsache, daß sie beide in bester körperlicher Verfassung waren. Diese beiden mußten von der Jagd ausgeschlossen werden, noch bevor sie begann. Und sie sah nur eine einzige Möglichkeit dafür. Aber gnade ihr Gott, falls das nicht funktionierte.

Zu ihrer ungeheuren Erleichterung stiegen Vasili und Serge als erste aus der Kutsche. Damit ihr Plan gelingen konnte, mußten sie vor ihr sein, nicht hinter ihr, wenn sie einer nach dem anderen über die Laufplanke an Bord gingen. Falls sie schon vorgehen würden, um so besser. Aber so viel Glück war ihr dann doch nicht beschieden.

Serge kümmerte sich darum, den Kutscher zu bezahlen, während Stefan Tanya aus dem Wagen hob. Das Gepäck war anscheinend bereits an Bord, zusammen mit dem Diener Sascha. Ein weiterer Grund, warum die Männer es auf keinen Fall riskieren würden, das Schiff zu verpassen, während sie einer aufsässigen Gefangenen hinterherjagten. Sie würden es schließlich aufgeben, und sie selbst konnte wieder nach Hause gehen und das ganze unerfreuliche Ereignis hinter sich lassen *und* dazu übergehen, eine Pistole zu tragen.

Die Laufplanke war ziemlich breit, allerdings nicht breit genug, als daß zwei Menschen nebeneinander hergehen konnten, ohne sich in Gefahr zu bringen, denn es gab kein Geländer. Und dem Himmel sei Dank dafür! Serge und Vasili gingen tatsächlich als erste, Lazar hinter ihnen her und Stefan hinter ihr, was bedeutete, daß er als erster baden gehen mußte. Sie hatte jedoch nicht damit gerechnet, daß er sich so nah hinter ihr halten würde, daß er sie am Ellbogen festhalten konnte. Was er auch tat.

»Paß auf, wo Ihr hintretet, Tatiana«, sagte Stefan, was sie

prompt auf die Idee brachte, über ihre eigenen Füße zu stolpern.

Gereizt erwiderte sie zuvor jedoch: »Der Name lautet Tanya, Tan-ya. Wenn Ihr mich noch einmal mit diesem fremdländisch klingenden Ta-ti-a-na anredet, dann werde ich höchstwahrscheinlich anfangen zu schreien, und zur Hölle mit unserem Abkommen. Außerdem kann ich diesen Steg durchaus auch ohne Eure Hilfe hinaufgehen. Vielen Dank.«

Mit diesen Worten riß sie ihren Arm nach vorn. Er hatte, wie erwartet, diese Bewegung vorhergesehen und hielt sie fest. Dieser Umstand versorgte sie mit einer guten Entschuldigung, sich umzudrehen und mit ihm zu streiten. Also stieß sie ihren Ellbogen mit einer heftigen Bewegung zurück. Natürlich bestand die Gefahr, daß er sie mit sich in den Fluß reißen würde, aber statt dessen ließ er sie los, als sie sich umdrehte. Wahrscheinlich hatte er erwartet, daß *sie* versuchen würde, ins Wasser zu springen, wenn sie über die Planke an Bord gingen; ganz sicher hatte er nicht damit gerechnet, daß sie es wagen würde, ihn hinunterzustoßen. Und diese Annahme verhalf ihrem Plan zum Erfolg.

Es klappte fabelhaft, besser, als sie zu hoffen gewagt hatte. Und noch bevor Tanya Stefan im Wasser aufschlagen hörte, hatte sie sich auch schon umgedreht, um taumelnd gegen Lazar zu prallen. Ein kleiner Schubs nach rechts, und Lazar flog über die Laufplanke — genau in die entgegengesetzte Richtung wie Stefan.

Sie stand nicht lange herum, um Serges und Vasilis Reaktion auf ihre Tat abzuwarten. Da sie das Ganze nicht beobachtet hatten, konnten sie zunächst einmal nur annehmen, daß zwei von ihnen im Fluß gelandet waren. Wie das passiert war, konnten sie im Augenblick noch nicht wissen.

Tanya stürzte zum Pier und setzte zu einem Dauerlauf an, der genau fünf Sekunden dauerte. »Neiiin!« heulte sie auf, als sie buchstäblich den Boden unter ihren Füßen verlor, und die letzte Stimme, die sie zu hören erwartete, ihr ins Ohr knurrte: »Halt den Mund, Weib, oder ich bringe dich mit einer Ohrfeige zum Schweigen!«

Und das war diesem Hurensohn auch durchaus zuzutrauen. Sein Arm, der um ihre Taille lag, tat bereits sein Möglichstes, sie zu zerquetschen und auf diese Weise zum Schweigen zu bringen. Unerbittlich zog er sie zum Boot zurück.

Hölle und Teufel, von Vasili hätte sie nicht gedacht, daß er hinter ihr herlaufen würde. Er verfügte über dieselbe Körpergröße und dieselben langen Beine wie Stefan und Lazar. Sie hatte gewußt, daß auch er sie einfangen konnte, falls er es versuchen sollte. Aber daß er es versuchen würde, hätte sie nie und nimmer erwartet.

»Warum erzählt Ihr ihnen nicht einfach, daß Ihr mich nicht finden ...«

Dieser Vorschlag fand eine jähe Unterbrechung, als ihr Magen schmerzhaft mit seinen Schulterknochen Bekanntschaft machte. Sofort setzte sie sich leidenschaftlich zur Wehr und schrie, sobald sie wieder zu Atem gekommen war, laut um Hilfe. Aber es gelang ihm, sie hoch auf seinen Schultern zu behalten, und ein weiterer harter Aufprall auf seinen Knochen machte ihrem Protestgeschrei ein neuerliches Ende.

Ihr erzwungenes Schweigen dauerte gerade lange genug, daß sie hören konnte, wie er mit jemandem sprach, der sie wahrscheinlich mit offenem Munde anstarrte. »Die Frau meines Dieners. Sie haßt Schiffe, aber er weigert sich, sie hier zurückzulassen.«

»Ich an seiner Stelle würd's tun«, erwiderte der Fremde.

»Ich auch. Aber der dumme Kerl liebt sie nun mal. Was soll man da machen?«

»Das ist eine Lüge«, kreischte Tanya, nur um sich dafür einen besonders harten Stoß von Vasilis Schulter einzuhandeln.

Als sie endlich wieder zu Atem kam, war sie bereits an Bord des Dampfers. Ihr Haar hatte sich bei ihrem verzweifelten Kampf wieder gelöst und schleifte jetzt über das Deck. Es bereitete ihr einige Schwierigkeiten, es aus dem Weg zu schaffen, um sich aufzurichten. Aber sie bereute ihren Entschluß schnell, als sie die vielen Passagiere sah, die an der Reling standen und alle Vasili und sein sich windendes Bündel betrachteten, statt einen letzten Blick auf Natchez zu werfen. Die Männer sahen belustigt aus, und einige von ihnen lachten sogar, während die Frauen ein strenges Gesicht machten und das Ganze offensichtlich als Beleidigung empfanden. Ein Stück weiter weg unterhielt sich Serge mit einem diensteifrig aussehenden Mann. Der Kapitän? Höchstwahrscheinlich erzählte Serge ihm gerade irgendeine schändliche Lüge, so wie es vorhin Vasili getan hatte. Mit Sicherheit hatte jedenfalls auch er schon eine Erklärung parat, warum sie auf diese Weise an Bord getragen wurde. Den Passagieren hatten sie zweifellos eine ähnliche Geschichte erzählt, weshalb auch jetzt kein einziger von ihnen Anstalten machte, ihr zu helfen. Von Stefan und Lazar war nichts zu sehen. Vielleicht waren sie ertrunken – hoffentlich!

Tanya versuchte immer noch, die Wahrheit hinauszuschreien, egal wer ihr zuhörte. Das war ihre letzte und einzige Chance. Aber sie brachte nur ein wirres Mischmasch hektischer Wörter heraus, obendrein noch durchsetzt mit all den *Uffs*, die ihr jedesmal entfuhren, wenn ein heftiger Stoß von Vasili sie zum Schweigen brachte. Schließlich blieben von ihrem Gestammel nur noch frustrierte Schreie übrig, und auch die wurden immer wieder von *Uffs* unterbrochen.

Nur allzu bald hörte sie, wie eine Tür hinter ihr zugeschlagen wurde und Vasilis gereizte Stimme sagte: »Komm und stopf ihr etwas in ihren verdammten Mund, ja Sascha?«

Dann hob er sie von seiner Schulter und stellte sie unsanft wieder auf ihre Füße. Er hatte sie furchtbar durchgeschüttelt, aber sie war nicht so benommen, daß sie nicht auf der Stelle versucht hätte, ihrem Peiniger mit geballter Faust einen Schwinger zu versetzen. Vergeblich, allerdings. Er war genauso schnell wie Stefan, wenn es darum ging, ihren Schlägen auszuweichen. Das Ende vom Lied war, daß sie sich unter der Wucht ihres Schwingers halb um ihre eigene Achse drehte. Als sie schließlich taumelnd zum Stehen kam, fiel ihr Blick sofort auf Sascha — und auf den zusammengeknüllten Stoffetzen, den er in der Hand hielt.

Tanya überschüttete den Diener mit allem, was sie im Augenblick empfand: »Daran brauchst du nicht einmal zu denken, du abgebrochener Zwerg, du Duckmäuser!«

Unbeeindruckt von dieser Beleidigung richtete er lediglich seine schwarzen Augen auf Vasili. Tanya tat dasselbe *und* entfernte sich vorsorglich aus seiner Reichweite.

»Mach dir nichts draus, Sascha«, sagte Vasili, dem plötzlich etwas in den Sinn gekommen zu sein schien, das ihn amüsierte. »Soll sie das doch mit Stefan und seinem teuflischen Temperament ausfechten. Das wird heute bestimmt der schlimmste Ausbruch dieses Temperaments, den wir seit langem zu sehen bekommen haben.«

Falls er Tanya mit diesen Worten einschüchtern wollte, hatte er durchaus Erfolg damit. Bis zu diesem Augenblick hatte sie nicht mehr an die unerfreulichen Konsequenzen gedacht, die Stefan ihr zuvor versprochen hatte. Und sie hatte nicht nur einen Zwischenfall verursacht; sie hatte zwei Männern ein unfreiwilliges Bad im Fluß verschafft, und einer davon hatte angeblich das Recht, mit ihr zu machen, was er wollte. All ihre Befürchtungen trugen jedoch nicht dazu bei, sie zu zähmen — nicht solange sie der Gefahr noch nicht ins Auge sehen mußte.

Sie kräuselte voller Verachtung die Lippen. Dieser goldene Adonis und seine rachsüchtige Vorfreude konnten sie nicht so leicht ängstigen. »Und Euch soll ich versprochen sein? Ihr begreift wohl, *warum* ich das nicht glauben kann.«

Seine Verachtung war sehr viel wirkungsvoller als ihre, während seine bernsteinbraunen Augen sie zu durchlöchern schienen: »Das kann ich selbst kaum glauben, aber ich versichere Euch, daß Ihr niemals *mein* Bett teilen werdet.« Er lachte höhnisch, bevor er hinzufügte: »Königliche Ehen erfordern nicht einmal ein gewisses Maß an Anstand zwischen Mann und Frau. Nein, nach den Hochzeitsfeierlichkeiten werde ich viel weniger von Euch zu sehen bekommen, als ich jetzt gezwungenermaßen ertragen muß. Und dafür danke ich meinem Schöpfer. Und Ihr, Prinzessin, könnt Euch dann Liebhaber nehmen, so viele Ihr nur wollt.«

»Mit Eurem Segen?«

»Aber sicher«, sagte er großmütig. »Ich werde Euch sogar geeignete Herren empfehlen, wenn Ihr das wünscht.«

»Wartet, laßt mich raten. Euer lieber Vetter zum Beispiel?«

Vasili zuckte mit den Schultern. »Aus einem Grund, den ich mir unmöglich erklären kann, ist er Euch nicht so abgeneigt, wie man eigentlich erwarten sollte. Ja, Ihr würdet gut daran tun, Euch sein Interesse zu sichern statt seines Zorns. Schließlich hat er großen Einfluß bei Hofe.«

Etwas, das wie ein Kichern klang, kam von Sascha, der während ihres Gespräches ruhig daneben gestanden hatte. Tanya selbst konnte nicht einmal glauben, daß diese Unterhaltung überhaupt stattgefunden hatte.

»Genug!« sagte sie in demselben Kommandoton, den sie bei Stefan gehört hatte. Vasili zog überrascht die Augenbrauen hoch. »Ich weiß nicht, warum Ihr glaubt, diese Farce aufrechterhalten zu müssen, aber Ihr und ich, wir wissen doch beide, daß Ihr mich nicht in der Nähe haben wollt, egal, wohin die Reise geht. Also warum habt Ihr mich nicht einfach laufenlassen?«

»Pflicht vor Neigung, Prinzessin«, erwiderte er einfach. »Das werdet Ihr auch noch lernen.«

»Den Teufel werd' ich tun!«

Wieder zuckte er mit den Schultern, dann bedeutete er Sascha, den Raum zu verlassen. Er selbst ging ebenfalls, hielt an der Tür jedoch noch einmal inne und schenkte Tanya ein bösartiges kleines Lächeln.

»Stefans Mätresse erzählt gern überall herum, wie er regelmäßig seine Wut an ihr ausläßt, ob sie's verdient hat oder nicht. So, wie sie es darstellt, stößt er ihr bei solchen Gelegenheiten fast die Seele aus dem Leib. Ihr werdet wohl nicht mehr lange warten müssen ...«

Was für eine diabolische Grausamkeit von ihm, sie mit diesem letzten Hieb allein zu lassen! Aber schließlich war Vasili wohl auch der hassenswerteste Mann, dem sie je in ihrem Leben begegnet war. Erstaunlicherweise fand sie ihn sogar noch abscheulicher als Dobbs, und das wollte etwas heißen. Dobbs hatte sie wenigstens nur geschlagen und sich dann wieder seinen Geschäften zugewandt, ohne einen weiteren Gedanken an sie oder seine Strafe zu verschwenden. Vasili dagegen ließ sich keine Gelegenheit entgehen, ihr seine giftigen Stacheln ins Fleisch zu bohren. Und da erwarteten sie auch noch, daß sie in Entzücken ausbrach, diesen Esel heiraten zu dürfen? Diesen Duckmäuser? Sie hätten ihr sagen sollen, Lazar sei der König oder Stefan. Stefan ...

Er hatte also eine Mätresse, ja? Was für eine Sorte Frau würde sich wohl von diesem launischen, dunklen Teufel lieben lassen? fragte sie sich. *Du hättest es beinahe selbst getan, Missy. Du warst so in seinen Kuß verloren — es hätte alles aus und vorbei sein können, noch bevor du überhaupt gemerkt hättest, was da passiert.*

Dieser Gedanke trieb ihr flammende Röte in die Wangen. Ihr einziger Trost war, daß diesmal wenigstens niemand da war, der ihr Erröten beobachten konnte.

Kapitel 14

Die *Lorelei* zählte zu den größten Flußdampfern, die den Mississippi befuhren; es war ein Doppeldecker mit einem geräumigen Speisesaal, einem separaten Spielzimmer, einer kleinen Bücherei und gut ausgestatteten Kabinen. Die Kabine, in die Vasili Tanya gebracht hatte, war mittelgroß und damit auf jeden Fall viel größer als ihre Schlafkammer zu Hause. Und viel, viel hübscher.

Eine mit einem Blumenmuster verzierte Steppdecke lag auf dem Bett, und weiße Spitze schmückte den Tisch daneben. Auf dem Tisch stand eine wunderschöne Lampe aus buntem Glas. Die Lampe hatte bereits gebrannt, als Vasili sie hierhergebracht hatte, da die Kabine keine Luken besaß. Auf dem Boden lag ein dichtgewebter Teppich mit einem orientalischen Muster. In der Ecke stand eine reich mit goldenen Blättern auf weißem Untergrund bemalte Waschschüssel, daneben ein Krug aus feinstem Porzellan. Darunter lagen, säuberlich aufgestapelt, flaumige, weiße Handtücher, die alle mit einem Monogramm bestickt waren: L für *Lorelei*.

Außerdem entdeckte Tanya noch ein Regal an einer der Wände, auf der man seine eigenen Sachen unterbringen konnte. An der gegenüberliegenden Wand lagen übereinandergestapelt zwei Schrankkoffer. Um Sachen hineinzutun? Oder gehörten sie einem der Männer? Darüber hinaus verfügte die Kabine auch noch über einen einzelnen, gut gepolsterten Armsessel. Wenn man ihn zu dem kleinen Tischchen mit der Lampe hinüberzog, würde man wunderbar dort sitzen und lesen können. Wann hatte Tanya jemals Zeit für einen solchen Luxus gehabt, seitdem Iris ihr das Lesen beigebracht hatte? Heutzutage las sie nur noch Geschäftsbücher und die Rechnungen, die ins Haus kamen.

Die Tür war aus massivem Holz und natürlich verschlossen. Das war das erste, was sie herausgefunden hatte, bevor sie sich in der Kabine umsah. Einen Augenblick lang hatte sie erwogen, mit den Fäusten dagegen zu hämmern, aber das hätte Stefan vielleicht um so eher herbeigerufen. Also ließ sie es bleiben.

Sie hatte sich in den Sessel gesetzt und spürte jetzt, wie ihre bösen Vorahnungen sich langsam immer höher vor ihr auftürmten. Aber sie war keineswegs völlig entmutigt. Also gut, auch ihr zweiter Fluchtversuch war mißlungen, genau wie der erste. Falls sie noch laufen konnte — *er stößt ihr die Seele aus dem Leib?* —, wenn Stefan mit ihr fertig war, dann würde sie es wieder versuchen. Diesmal hatte Vasilis verdammtes »Pflicht vor Neigung« den ganzen Plan ruiniert, aber beim nächsten Mal würde sie sich nicht von irgendwelchen Vermutungen leiten lassen, wie die Männer wohl reagieren würden. Wahrscheinlich hatte sie sich sogar darin getäuscht, daß die Möglichkeit, das Schiff zu verpassen, sie von einer Verfolgungsjagd abgehalten hätte. Sie hatten bereits so viel Zeit und Mühe in ihre Entführung investiert, daß sie sicher auch eine weitere Unannehmlichkeit in Kauf genommen hätten.

Tanya konnte immer noch nicht verstehen, warum sie ausgerechnet sie ausgesucht hatten — es sei denn, irgendein Bordellbesitzer hätte die Männer eigens dazu angeheuert, eine exotische Tänzerin zu finden. Das würde auch erklären, warum sie nicht aufgegeben hatten, als sie ihnen ihre märchenhafte Geschichte nicht abgekauft hatte oder als sie anfing, Schwierigkeiten zu machen.

Aber trotzdem — soviel Ärger und Kosten für ein einziges Mädchen? Oder waren da noch mehr von ihrer Sorte, alle bereits sorgfältig in anderen Kabinen verstaut? Mädchen, die bereitwillig mitgegangen waren, weil sie die lächerlichen Geschichten glaubten, die man ihnen erzählt hatte.

Das würde sie herausfinden, wenn der Dampfer wieder anlegte, nicht wahr? Nein, so lange konnte ihre Flucht nicht warten. Je weiter sie sich von Natchez entfernten, um so schwerer würde es für sie sein zurückzukommen.

Er *stößt* ihr die Seele aus dem Leib? grübelte sie.

Sie bekam eine unmißverständliche Warnung, bevor der Sturm über sie hereinbrach. »Nicht jetzt, Sascha«, hörte sie, kurz bevor sich die Tür öffnete und leise wieder hinter Stefan schloß.

Dieser sanfte Eintritt war jedoch bestimmt trügerisch. Tanya wünschte, er hätte die Tür wie zuvor hinter sich zugeschlagen. Das Zuknallen von Türen verschlang, wie sie wußte, zumindest ein wenig von dem Zorn, den man empfand. Und ein Blick auf Stefan raubte ihr auch den allerletzten Zweifel an seiner Gemütsverfassung. Er war fuchsteufelswild. Die Augen mit diesem hypnotisierenden, goldenen Glühen erfüllt, die Fäuste geballt, die Lippen fest zusammengepreßt, die Narben bleich, auffälliger als sonst. Und sein Körper wirkte so angespannt, als versuche er, sich noch irgendwie zu bezähmen — und sie wäre jede Wette eingegangen, daß ihm das nicht mehr lange gelingen würde.

Stiefel, Halstuch und Jacke waren verschwunden. Irgend

jemand hatte ihm ein Handtuch gegeben, mit dem er sich Gesicht und Haare getrocknet hatte, aber jetzt hing es vergessen um seinen Hals. Sein Batisthemd klebte naß an seinem Oberkörper und zeichnete jeden einzelnen Muskel seiner Brust und seiner Arme nach. Ihr wurde klar, daß sie zuvor nur eine äußerst vage Vorstellung von seiner Stärke bekommen hatte. Zu groß, zu mager und hart, zuviel verdammte Männlichkeit und viel zuviel Zorn.

Gegen ihren Willen ließ Tanya ihren Blick wieder zu seinen Händen wandern. Jede dieser Hände sah aus wie ein riesiger Eisenhammer.

Panik stieg plötzlich in ihr auf und ließ alle Farbe aus ihrem Gesicht weichen. Augenblicklich sprang sie auf die Füße und war in Sekundenschnelle hinter dem Sessel verschwunden. Aber ihr Verhalten hatte ihn ebenfalls in Bewegung gesetzt. Seine Beherrschung existierte nicht mehr, und er war offensichtlich zu wütend, um zu sprechen, denn er sagte nicht ein einziges Wort. Er hatte die Entfernung zwischen ihnen überwunden, noch bevor sie auch nur daran denken konnte, zu schreien. Und dann war sie zu Tode erschrocken, als ihr einziger Schutzwall brutal zur Seite gestoßen wurde. Alles, was ihr über die Lippen kam, war ein Keuchen, gefolgt von einem bloßen Wimmern, als sie hochgehoben und durch die Luft geschleudert wurde. Aber der sanfte Aufprall, mit dem sie landete, machte ihr klar, daß das Bett ihren Fall gebremst hatte.

Doch sobald sie erleichtert feststellte, daß er sie nicht gegen die Wand geworfen hatte, fühlte es sich auch schon so an, als wäre jetzt eine auf sie draufgefallen. Stefan — sein Körper, der den ihren bedeckte. Das schwere Gewicht seines Körpers hatte sie völlig unvorbereitet getroffen und raubte ihr den Atem. Ohne ihr vorher die Chance zu geben, wenigstens einmal nach Luft zu schnappen, nahm er mit wildem Verlangen ihren Mund in Besitz. Es war kein strafender Kuß, aber er war auch zu leidenschaftlich für sie, als daß sie in ihrer Unschuld daran Gefallen finden konnte. Sie war wie betäubt. Warum stieß er nicht zu, mit diesen gewaltigen Fäusten?

Und dann wußte sie es, instinktiv, daß es nicht seine Fäuste waren, mit denen er auf sie einstoßen würde, sondern sein Körper. Ein erleichtertes Lachen schäumte in ihr auf, aber es erreichte nicht einmal ihre miteinander verschmolzenen Lippen. Und der Drang zu lachen verging ebenso schnell, wie er gekommen war. Es lag keine Verspieltheit in diesem Kuß, kein sinnliches Forschen — und nicht die kleinste Chance für sie, dem Kuß ein Ende zu machen, falls sie das wünschte. Er verfolgte sein Ziel mit tödlichem Ernst. Er war entschlossen, sie zu lieben — im Zorn!

Sie begann ihn zu bekämpfen, mit allem, was ihr zu Gebote stand. Und das war nicht besonders viel, da sie sich unter dem Gewicht seines Körpers kaum rühren konnte. Außerdem schien er überhaupt nichts zu spüren, weder ihre Fausthiebe, noch das Zerren an seinen Haaren und ganz gewiß nicht ihre hilflosen Versuche, ihn von sich wegzuschieben. Er hörte nicht auf, sie zu küssen, sondern nahm ihren Mund immer mehr in Besitz. Sein Atem wurde ihr Atem, so wie der Geschmack seines Mundes sich mit dem ihren mischte. Es war lähmend, verzehrend, aber auch erregend. Ihr wilder Kampf gegen ihn hatte all ihre Kräfte und ihre ganze Energie erschöpft, und sie war jetzt wehrlos seinem leidenschaftlichen Ansturm ausgeliefert.

Aber sie hatte Angst. Viele Jahre lang war es ihr gelungen, dieser Art Kontakt mit einem Mann aus dem Weg zu gehen, und sie hatte alles in ihrer Macht Stehende getan, um ihre Reize vor den Männern zu verbergen. Aber dieser hier wollte sie trotz ihres Aussehens, und er würde sie nehmen, gegen ihren Willen. Sie war nicht einmal mehr sicher, ob er im Augenblick überhaupt noch wußte, was er tat. Diese Tatsache ängstigte sie mehr als alles andere. Er war zu leidenschaftlich, zu sehr außer Kontrolle in seinem rasenden Zorn. Er schien sich nicht einmal ihres Widerstandes bewußt zu sein.

Und er war so heiß! Statt feuchter Kälte von seinem unfreiwilligen Bad verströmte er eine Hitze, die in Wellen ihre eigenen Kleider durchtränkte. Die nassen Dunstschwaden seines Körpers ließen die Barriere ihrer Hemden wie nichts zwischen ihnen erscheinen ... Gnade ihr Gott, sie begann, ganz andere Dinge zu fühlen als Angst!

Das erste Eintauchen des riesigen Schaufelrades setzte die *Lorelei* in Bewegung; es war heftig genug, um Stefans Aufmerksamkeit von ihr abzulenken. Plötzlich gehörte Tanyas Mund wieder ihr selbst, und nichts hinderte sie daran, laut zu schreien oder ihm Vorwürfe zu machen. Aber sie gab keinen Laut von sich, denn er starrte auf sie herab. Seine Augen glühten immer noch, und sein Blick war so durchdringend, daß sie es nicht einmal wagte zu atmen — aus Angst, seine ohnehin nur dürftige Selbstkontrolle damit ins Wanken zu bringen. Aber was hielt er eigentlich unter Kontrolle? Sie konnte nicht erkennen, welches Gefühl ihn noch immer gefangenhielt, welche Leidenschaft er zu bändigen versuchte — den Wunsch, sie zu nehmen, oder den Drang, sie zu schlagen.

Und dann drehte er seinen Kopf ein wenig, um seine Hände zu betrachten. Die eine hielt ihr Haar in der geballten Faust, die andere umklammerte ihr Handgelenk. Noch im selben Augenblick ließ er ihre Hand los, als wäre sie plötzlich so heiß geworden, daß er sich an ihr verbrannte. Gleichzeitig stemmte er sich mit einem Arm hoch.

»Geht!« befahl Stefan. »Macht, daß Ihr wegkommt, bevor ...«

Sie brauchte keine weitere Aufforderung und war dankbar dafür, daß er nicht weitergesprochen hatte, weil sie lieber nicht wissen wollte, was nach diesem ›Bevor‹ kam. Er machte es ihr jedoch nicht leicht, ihm zu entkommen. Immer noch lag er halb über ihr und machte nicht den geringsten Versuch, sich zu bewegen. Aber sie schaffte es trotzdem, sich unter ihm wegzuziehen. Nur ihr mittlerweile durchweichter Rock bereitete ihr einige Schwierigkeiten, und sie mußte erst heftig daran zerren. Noch im selben Augenblick, als der Stoff nachgab, rollte sie an den Rand des Bettes — ungefähr eine Sekunde zu spät.

»Nein, bei Gott!« hörte sie seine Stimme hinter sich, und seine Hand fing ihren Rock auf, bevor sie ihn hinter sich herziehen konnte, zwang sie mit einem Ruck, dort zu bleiben, wo sie war. »Ihr sollt wenigstens das bekommen, was Ihr Euch verdient habt.«

Das konnte nur eins bedeuten. Er würde sie nicht im Zorn nehmen. Davor war sie — zumindest im Augenblick — sicher. Aber nicht vor der Strafe, die sie erwartet hatte. In diesem Moment wünschte sie, er wäre nicht zur Besinnung gekommen.

Jedenfalls würde sie nicht um Gnade flehen. Ihr Flehen hatte Dobbs niemals aufgehalten. Andererseits würde sie aber diese Strafe auch nicht einfach widerstandslos über sich ergehen lassen. Das konnte sie nicht. Um von diesem Schiff herunterzukommen, mußte sie gesund und munter sein und nicht mit zerschundenen Gliedern ans Bett gefesselt.

Noch während er zu ihr hinüberrutschte, versuchte sie sich zu befreien. Ihre Füße standen bereits auf dem Boden, aber ihr Rock gab immer noch nicht nach, denn Stefan hielt ihn weiter fest. Sie versuchte, den Stoff seinem festen Griff zu entwinden, aber als sie sich umdrehte, sah sie, wie entschlossen er war — und wie außerordentlich wütend. Gott steh ihr bei, er würde sie wirklich verletzen!

Instinktiv wollte sie nach dem Messer an ihrer Hüfte greifen, aber bevor sie ihre Absicht verraten konnte, fiel ihr wieder ein, daß das Messer nicht mehr an seinem Platz war. Allerdings hatte sie noch ein anderes in ihrem Stiefel. Seine Klinge war zwar nicht so lang und beeindruckend wie die des anderen Messers, aber es war trotzdem besser als nichts. Und sie hatte nur eins im Sinn: Stefan von sich fernzuhalten, so lange, bis man wieder vernünftig mit ihm reden konnte. Als sie sich jedoch danach bückte, sah sie bereits seine Hand nach ihr greifen.

Unwillkürlich zuckte sie zurück und hob ihre Arme, um ihr Gesicht vor dem erwarteten Schlag zu schützen. Aber es kam kein Schlag. Satt dessen griff er nach ihrem Arm und zog sie auf seinen Schoß hinunter, in eine Position, die keiner weiteren Erklärung bedurfte.

Tanyas Augen flackerten erstaunt auf. Um Himmels willen, er würde ihr doch nicht wirklich den Hintern versohlen, oder? Unglaublich! War das alles, worum sie sich Sorgen machen mußte? Aber sie hatte ihren Rock vergessen und seine Drohung, daß er ihn zu diesem Anlaß wieder hochheben würde. Was er auch schnell und geschickt erledigte. Nein, nicht einmal das spielte jetzt eine Rolle, nicht mehr, nicht nach dem, was sie nach Vasilis Worten befürchtet hatte. Sie hatte das Schlimmste erwartet, und im Vergleich dazu bedeuteten diese Prügel überhaupt nichts.

Sie war so erleichtert, daß sie am liebsten laut gelacht hätte. Aber das einzige, was sie sich erlaubte, war ein leichtes Lächeln. Als der erste Schlag kam, zuckte sie ein wenig zusammen, dann lächelte sie wieder. Sie widerstand dem Drang, ihre Muskeln anzuspannen und entspannte sich statt dessen, um die Wucht seiner Schläge zu mildern. Ansonsten gab sie sich ganz der angenehmen Beschäftigung hin, sich eine Foltermethode für Vasili auszudenken — wie sie ihn ganz, ganz langsam martern würde für die schreckliche Angst, die er ihr mit voller Absicht eingejagt hatte. Ihre Sitzfläche wurde heiß, dann sehr schnell taub — Stefan nahm seine Aufgabe wirklich ernst und würde zweifellos erst aufhören, wenn er ein Gutteil seines Zorns auf diese Weise abreagiert hatte. Und es war immerhin weit besser, er tat es auf diese Weise als auf diese andere. Unvorstellbar, daß Zorn in ihm den Wunsch erweckte zu lieben. Was für eine Angewohnheit war das für einen Mann?

Kapitel 15

Heiße Flammen zehrten an Stefans Hand, und er hatte wahrscheinlich nicht einmal eine Vorstellung davon, wie sich erst die Kehrseite des Mädchens anfühlen mußte. Trotzdem hatte er nicht einen einzigen Laut von ihr gehört. Wenn sie weinte, tat sie es wohl lautlos. Er wünschte nur, es wäre anders gewesen, denn er konnte es nicht ertragen, eine Frau weinen zu hören. Er hätte viel eher aufgehört ...

Er widerstand dem starken Drang, sie in die Arme zu

schließen und zu trösten. Es war nicht seine Schuld. Schließlich hatte er sie gewarnt. Und so, wie sie sich benahm, durfte es einfach nicht weitergehen. Man mußte ihr klarmachen, daß es ihre *Pflicht* war, nach Cardinia zurückzukehren, und daß sie nicht noch einmal versuchen durfte, sich dieser Pflicht zu entziehen.

Aber die Methode, die er sich ausgesucht hatte, um ihr diese Lektion einzubleuen, war eindeutig zu hart gewesen; das sah er jetzt ein. Ihre Kehrseite war kirschrot, aber wie gewöhnlich war er unbeherrscht in seinem Zorn gewesen, und sein Bedauern kam zu spät, es würde ihren Schmerz nicht lindern. Und er konnte die Reue, die ihn quälte, nicht einmal offen zeigen, oder seine Lektion würde ihre Wirkung verlieren ... Ach, zum Teufel, damit!

Stefan drehte sie vorsichtig um und zog sie an seine Brust. Er barg ihren Kopf unter seinem Kinn und legte zärtlich die Arme um sie. Immer noch gab sie keinen Laut von sich, aber sie wies auch seinen Trost nicht zurück. Sie saß einfach nur da, mit gesenktem Kopf und im Schoß gefalteten Händen, und ließ es zu, daß er besänftigend auf sie einsprach.

Stefan unterdrückte ein Seufzen. Sie verwirrte ihn mehr als je zuvor, diese Frau. Seit dem Augenblick, in dem er sie zum erstenmal sah, hatte sie die widersprüchlichsten Gefühle in ihm aufgewühlt. Es war jedesmal dasselbe: Lust, Scham, Zorn, Enttäuschung — und die Gier, sie zu besitzen, von dem Moment an, als er sicher sein konnte, wer sie war. Und gerade jetzt hatte er das Gefühl, innerlich zerrissen zu werden — von Verwirrung, Reue und Zärtlichkeit für sie.

Nie zuvor hatte er eine Frau absichtlich verletzt. Was hatte ihn nur auf den Gedanken gebracht, er könne das ausgerechnet bei dieser hier tun, ohne etwas dabei zu empfinden? Er wußte doch aus Erfahrung, welche Schuldgefühle schon der kleinste blaue Fleck in ihm auslöste. Und diesem zarten Geschöpf hier hatte er weit mehr zugefügt als das. Wieviel schlimmer wäre es gewesen, wenn er sie stattdessen geliebt hätte? Aber daran war sie wenigstens gewöhnt. Andererseits hätte das keinem anderen Zweck gedient, als ihn von seinem Zorn zu befreien. Anschließend hätte er dann trotzdem noch etwas wegen ihres Fluchtversuches tun müssen.

Eines stand jedenfalls fest: Er hatte nicht die geringste Vorstellung, was er mit *ihr* tun sollte. Sie war eine königliche Prinzessin, auch wenn sie es selbst nicht glauben wollte. Ihm jedenfalls würde es weit besser gefallen, sie auch wie eine solche zu behandeln. Aber das machte sie ihm mit ihrem Benehmen unmöglich. Außerdem fürchtete er, daß sie, wenn sie sich endlich gewaschen hatte, genauso schön sein würde, wie es ihre Mutter einst gewesen war.

Aber sie wollte ihr wahres Selbst nicht offenbaren, und das, obwohl sie die Wahrheit bereits erraten hatten. Und um ehrlich zu sein — er hatte große Angst vor dem Augenblick, in dem sie ihre Schönheit enthüllen würde.

Er hatte sie schon in all ihrer Unauffälligkeit und Reizlosigkeit gewollt. Schönheit verschaffte einem eine ganz bestimmte Art von Genuß — und sonst nichts. Und eine Schönheit würde seine Zuneigung niemals erwidern. Aber aus irgendeinem Grunde hatte er gedacht, dieses reizlos aussehende Mädchen könnte es. Vielleicht weil sie seine Narben bei ihrer ersten Begegnung kaum zu bemerken schien. Aber sie war nicht reizlos. Er wußte zwar nicht, wie hübsch sie war, oder warum sie es verbarg, aber was auch immer es war: Es würde nicht unauffällig sein, dessen war er gewiß. Und nur weil schöne Frauen ihn nicht länger begehrenswert fanden, bedeutete das nicht, daß er sich nicht zu ihnen hingezogen fühlte. Er wollte dieses Mädchen immer noch — und würde dafür leiden müssen.

Die Situation war hoffnungslos, ganz gleich von welcher Seite aus man sie betrachtete. Vielleicht sollte er sie einfach gehen lassen, so wie sie es wollte.

Doch sein ganzes Wesen lehnte sich gegen diesen Gedanken auf, und seine Arme schlossen sich noch fester um sie. Die Heftigkeit seiner Umarmung riß sie aus ihrer Teilnahmslosigkeit, und sie versuchte, sich seinen Armen zu entwinden. Augenblicklich lockerte er seinen Griff, und seine Hände begannen wieder, sie tröstend zu streicheln, ihren Rücken, ihr Haar, ihre Wange — eine trockene Wange.

Stefan runzelte die Stirn und hob ihr Kinn. »Wo sind Eure Tränen?«

»Welche Tränen?«

»Die, die graue Streifen auf Euren Wangen hätten hinterlassen sollen.«

»Oh, *diese* Tränen«, sagte sie mit einem Schulterzucken. »Ich habe sie weggewischt.«

»Lügnerin!«

»Na, da wären wir ja immerhin schon zwei, nicht wahr? Nein, nicht schon wieder dieser finstere Blick. Ihr wollt Tränen, also holt einen Stock. Aber wenn ich so drüber nachdenke, dürfte ein Stock wohl auch nicht reichen. Meine Tränen sind schon vor Jahren getrocknet, als ich herausfand, daß sie Dobbs gefielen.«

»Was hat das damit zu tun …«

Ihr Lachen brachte ihn zum Schweigen. »Ihr scheint vergessen zu haben, wo Ihr mich gefunden habt, Stefan. Ich will nicht behaupten, daß mein Leben mit Dobbs nur aus Leid und Elend bestanden hat, so war es nicht. Aber meine trotzige Natur hat mir regelmäßig Schläge eingetragen. So etwas härtet ab, die Seele genauso wie das Fleisch.«

Ihn beschäftigte weniger das, was sie sagte, als die Bedeutung, die diese Worte für ihn hatten. Sie hatte nicht geweint. Es war sogar zweifelhaft, ob er ihr überhaupt weh getan hatte.

Er fragte sie danach. »Habt Ihr überhaupt etwas von meinen Schlägen gespürt?«

»Natürlich.« Als seine Augen schmal wurden, fügte sie hinzu: »Nun ja, nicht viel.«

Er stand so schnell auf, daß sie von seinem Schoß direkt auf dem Fußboden landete. »Wenn das nicht … Was ich durchgemacht habe … Verdammtes, unverschämtes Weibsbild! Eure Haut ist also so zäh wie Leder, ja?«

»Wollt Ihr jetzt doch einen Stock holen?«

»Nein!«

»Wozu dann die ganze Aufregung? Oh, ich verstehe. Ihr

glaubt doch nicht, daß ich das noch einmal mitmachen möchte, oder?«

»Warum nicht?« erwiderte er mit triefendem Sarkasmus. »Du hast doch nichts *gespürt.*«

»Und ob ich es gespürt habe«, brummte sie, während sie sich vom Fußboden aufrappelte und begann, ihre Kehrseite zu reiben. Dann besann sie sich eines Besseren. »Es hat nur nicht so viel Schaden angerichtet, wie das, was ich sonst gewöhnt bin.«

Stefan versteifte sich, während ihm langsam die volle Bedeutung ihrer Worte aufging. »Heiliger Jesus! Er hat Euch *geschlagen?*«

Sie blinzelte, als hätte sie seine Frage nicht verstanden, und er wiederholte sie. »Hat Mr. Dobbs Euch geschlagen, Tatiana?«

»Ich dachte, das hätte ich bereits erwähnt. Außerdem habe ich Euch auch schon mal gesagt, daß ich diesen Namen nicht mag.«

»Zum Teufel mit dem Namen!« fuhr er sie gereizt an. »Wie hat Dobbs Euch geschlagen?«

»Was spielt das denn für eine Rolle? Ein Stock, eine Hand, die Absicht war doch immer dieselbe — mir weh zu tun.«

In diesen Worten lag eine ungeheure Bitterkeit, die Stefan nur allzugut verstand. Bitterkeit war auch sein ständiger Begleiter.

»Es tut mir leid, daß ich Eurem Leben ein weiteres unschönes Erlebnis hinzugefügt habe, Tanya. Es war nicht meine Absicht, Euch weh zu tun ...«

»Ja, das Ganze war sicher nur als Scherz gedacht«, schnaubte sie verächtlich.

»... sondern nur, Euch eindrücklich klarzumachen, daß Ihr besser nicht noch einmal versuchen solltet, uns zu verlassen.«

»Ihr könnt davon ausgehen, daß es Euch gelungen ist.«

Sie würde ihm also nicht einmal erlauben, sein Gewissen mit einer Entschuldigung zu erleichtern. Ihm sollte es recht sein. Er *wollte* gar nicht vergessen, wozu er sich von seinem

Temperament diesmal hatte hinreißen lassen. Wenn sie ihre Lektion nicht gelernt hatte, er hatte es hoffentlich getan.

»Es ist unerträglich, was das Schicksal Euch angetan hat«, sagte er erbittert. »Ihr hättet eine freundlichere Jugend haben sollen. Um das sicherzustellen, hat man Euch der Baronin Tomilova übergeben, sowie ein wahres Vermögen zu Eurem Unterhalt. Sie hätte Euch sorgfältig in den Pflichten unterwiesen, die Euch als Königin von Cardinia erwarten, die höfische Etikette ...«

»Wenn Ihr es nicht auf einen neuen Krach anlegt«, unterbrach ihn Tanya kalt, »dann tut uns beiden den Gefallen und hört mit diesem Theater auf. Ich habe für einen Tag wirklich genug von diesem Märchen gehört; mehr vertrag' ich einfach nicht.«

»Also schön — wenn Ihr mir erklärt, warum Ihr es nicht glaubt.«

»Weil solche Dinge einfach nicht passieren. Eine verlorene Prinzessin, Stefan? Weiß der Himmel! Wie kann man eine so wichtige Person wie eine Prinzessin einfach ›verlegen‹?«

»Durch Geheimhaltung und falsche Zuversicht. Es durfte keine Verbindung zu Euch geben, weil das für Euch hätte tödlich sein können. Man ist bei Hof davon ausgegangen, daß so für Euch gesorgt würde, wie es Euer Rang verlangte. Die Baronin hätte Euch auch erklärt, an wen Ihr Euch um Hilfe wenden konntet, falls ihr etwas zustoßen sollte. Aber wer hätte denn ahnen können, daß sie sterben würde, noch bevor Ihr alt genug wart, um auch nur zu wissen, wer Ihr seid.«

»Ihr habt wirklich für *alles* eine Antwort parat«, erwiderte sie ärgerlich.

Dieser Temperamentsausbruch entlockte ihm ein Lächeln. »Das ist ganz normal, wenn man die Wahrheit sagt.«

»Genug!«

Jetzt lachte er. »Sehr gut, Prinzessin. Wenigstens habt Ihr eindeutig ein Talent zum Befehlen. Den Rest werdet Ihr schnell genug lernen.«

Sie verschränkte die Arme vor ihrer Brust und starrte ihn

an, eine Geste, mit der sie ihn vermutlich zum Schweigen bringen wollte. Und er verfiel auch tatsächlich in Schweigen, aber nicht deshalb, sondern weil es ihm plötzlich auffiel, daß er ihr Hemd mit seinem nassen Körper so durchnäßt hatte, daß es jetzt geradezu aufreizend an ihren Brüsten klebte. Glücklicherweise verbargen Tanyas Arme jedoch das meiste davon. Das letzte, was sie beide jetzt gebrauchen konnten, war ein neuerlicher Amoklauf seiner verdammten Lust.

»Ich — ah — glaube, ich brauche erst einmal ein Bad, um den Dreck von Eurem Fluß vom Körper zu bekommen«, bemerkte er und wandte sich zur Tür, um Sascha herbeizurufen.

»›Mein Fluß.‹ Ihr gebt also zu, daß ich Amerikanerin bin?«

Er warf ihr einen schnellen, belustigten Blick zu. »*Ihr* haltet Euch jedenfalls für eine. Ich weiß es besser. Nun, würdet Ihr vielleicht zufällig auch gern ein Bad nehmen?«

»Nein«, beharrte sie standhaft.

»Oder wollt Ihr Euch umziehen?«

»Soll das ein Angebot sein? Wollt Ihr zurückschwimmen und meine Sachen holen?« fragte sie mit einem falschen, süßen Lächeln.

»Eine wirklich clevere Bemerkung, Prinzessin, aber ich glaube, ich muß ablehnen. Ihr könnt Euch allerdings nach Herzenslust aus meiner Garderobe bedienen. Da Euer Geschmack in puncto Kleidung ohnehin mehr zum Maskulinen tendiert, solltet Ihr mit dieser Härte ohne weiteres fertigwerden können. Sobald wir New Orleans erreichen, werden wir Euch ordentlich ausstaffieren.«

»In Tanzkostümen?« fragte sie höhnisch.

»Ich weiß nicht, woher Ihr all diese verführerischen Ideen nehmt, aber *die* hat wahrhaftig etwas für sich. Wenn ich gewußt hätte, daß Ihr noch einmal für uns tanzen wollt, hätte ich gewiß die Zeit erübrigt, Euer eigenes Kostüm mitzunehmen. Aber Ihr werdet in jedem Falle ein aufmerksames Publikum haben, ganz egal in welchen Kleidern Ihr tanzt. Gar keine Kleider wären sogar noch besser.«

Solchermaßen mißverstanden worden zu sein, brachte sie derart in Wut, daß Stefan schnell die Kabine verließ, bevor er erneut in Gelächter ausbrach.

Kapitel 16

Sobald Stefan aus dem Raum war, stürzte Tanya zur Tür, um nachzusehen, ob er vielleicht vergessen würde, hinter sich abzuschließen. Als sie das Schloß einrasten hörte, trat sie voller Enttäuschung gegen die Tür — und hörte sein Gelächter von der anderen Seite.

Verdammter Teufel. Seine sprunghaften Launen trieben sie noch in den Wahnsinn. Im Augenblick gefiel ihr sein Humor jedenfalls kein bißchen besser als sein Temperament. Für sie zu tanzen — wahrhaftig! Auf seinem Grab, vielleicht.

Sie wirbelte herum und begann, auf und ab zu gehen. Sie fühlte sich eingesperrt und plötzlich sehr verzweifelt. Was würde passieren, wenn sie sie nicht aus der Kabine ließen, ehe sie in New Orleans ankamen? Dann hätte sie keine Chance mehr zu entkommen. So einfach war das.

Der Teufel sollte diese Männer holen! Sie würde sich nicht damit abfinden, wenn so viel auf dem Spiel stand — ihre Freiheit, ihr Traum von Unabhängigkeit. Es mußte etwas geben, das sie tun konnte, irgend etwas. Selbst ... Nein, so weit würde sie nun doch nicht gehen. Außerdem, wenn sie mit Stefan schlief, war das immer noch keine Garantie dafür, daß er ihr auch trauen würde oder daß er sie dafür laufen ließe. Da wäre es schon besser, so zu tun, als habe sie sich mit ihrem Schicksal abgefunden. Sie mußte die Männer irgendwie in Sicherheit wiegen — nein, nicht alle Männer, nur Stefan. Denn er traf offensichtlich die Entscheidungen, so weit es um sie ging. Also mußte sie ihn dazu bringen, ihr so weit zu trauen, daß sie die Kabine verlassen durfte. Die Frage war nur, wie sie das anstellen sollte.

Ihr Blick fiel auf die Koffer, die an der Wand lehnten. Seine vermutlich. Und es war immerhin ein Anfang, wenn sie jetzt auf seinen Vorschlag einging, seine Kleider zu tragen. Wenigstens könnte sie sich ja ein frisches Hemd heraussuchen. Und dann könnte sie auch aufhören, mit ihm bei jeder Gelegenheit zu streiten. Und sie könnte aufhören, bei jeder Bemerkung über Könige und Eheversprechen in die Luft zu gehen. Außerdem würde es bestimmt nicht schaden, wenn er glaubte, sie könne nicht schwimmen. Dann würde er wenigstens annehmen, daß er nichts von ihr zu befürchten hatte — außer vielleicht einer weiteren Szene zur Erbauung von Mannschaft und Passagieren.

Widerwillig ging sie zu den Koffern hinüber. Es schien so eine intime Angelegenheit zu ein, etwas anzuziehen, daß Stefan gehörte, etwas, das er selbst schon am Leib getragen hatte. Viel lieber hätte sie es nicht getan. Aber heute ging nun mal kein einziger ihrer Wünsche in Erfüllung. Und ihr eigenes Hemd war ja auch dank Stefan tatsächlich unangenehm naß.

Das Erröten kam völlig unerwartet, als sie sich daran erinnerte, was in dieser Kabine beinahe passiert wäre. Tanya hätte gern von sich sagen können, daß dies das schrecklichste Erlebnis ihre Lebens war, aber das stimmte nicht. Sie hatte seinen Zorn gefürchtet, natürlich, aber Tatsache war, daß er ihr nicht im geringsten wehgetan hatte, als er über ihr auf dem Bett lag. Es wäre anders gewesen, wenn er nicht rechtzeitig aufgehört hätte. Aber das wußte er nicht. Er hielt sie für eine Hure, und Huren beschäftigten sich wahrscheinlich die ganze Zeit mit solchen Dingen.

Was dann statt dessen passiert war, würde sie liebend gern vergessen; aber wie dem auch sei, er hatte ihr nicht ernsthaft wehgetan mit dieser Kinderstrafe. Ein paar Tage lang würde sie etwas empfindlich sein und sich nicht übermäßig gern hinsetzen, aber es hätte viel schlimmer sein können. Er hätte sie zum Beispiel mit seinem Gürtel verprügeln können oder mit seinen Fäusten. Und er hätte sich obendrein dann auch noch im Recht fühlen können, nachdem sie ihren Teil des Abkommens gebrochen hatte.

Was sie nicht verstand, war sein Verhalten danach. Falls sie sich nicht sehr irrte, würde sie sagen, daß es ihm wirklich leid getan hatte, sie so rauh behandelt zu haben. Er hatte versucht, sich zu entschuldigen, und ganz gewiß hatte er versucht, sie zu trösten — so lange jedenfalls, bis er begriffen hatte, daß sie keinen Trost brauchte.

Sie zog eine Grimasse, während sie den Deckel des obersten Koffers aufriß. Es war immerhin nicht besonders nett von ihm gewesen, sie dann einfach auf den Boden zu werfen. Natürlich war es auch nicht besonders nett von ihr gewesen, ihn in den Fluß zu werfen. Sie kicherte und wünschte, sie hätte sein Gesicht sehen können, als er sich plötzlich im Wasser wiederfand.

Sie wühlte sich durch den Koffer und entdeckte eine ganze Menge Dinge darin, kleine Schachteln und Ähnliches, die sie liebend gern näher untersucht hätte, aber schon beim Öffnen des Koffers hatte sie sich wie ein Dieb gefühlt. Und so schnappte sie lediglich nach dem ersten Hemd, das sie finden konnte, und schloß den Deckel wieder. Das Hemd war aus weißem Batist und viel zu dünn, um einfach nur unförmig an ihr herabzufallen. Diese Entdeckung machte sie, gleich nachdem sie es flink gegen ihr eigenes Hemd ausgetauscht hatte. Man konnte durch den dünnen Stoff ihre Brustwarzen sehen, also taugte es nichts — jedenfalls nicht als einziges Kleidungsstück, denn sie trug kein Unterkleid. So etwas hatte sie nie getragen, sondern sich immer darauf verlassen, daß der dicke Stoff ihrer Hemden ihre Brüste hinreichend verdecken würde. Und sie konnte sich nicht vorstellen, daß sie in Stefans Koffer ein Unterkleid finden würde.

Also suchte sie nach einem Wams. Sie fand auch eins, aus brokatgeschmücktem Atlas in Schwarz und Silber, und wahrscheinlich das kostbarste Kleidungsstück, das sie jemals berührt hatte. Es wäre vielleicht besser gewesen, es gar nicht zu nehmen. Es war viel zu fein für ihresgleichen. Aber schließlich hatte sie die Erlaubnis dazu. Wenn Stefan also etwas dagegen hatte — sei's drum. Natürlich waren seine Abschiedsworte vorhin unmißverständlich gewesen.

Ihm würde sie wohl besser gefallen, wenn sie nur das Hemd trüge — oder überhaupt nichts.

Sie dachte an Stefans seltsamen Humor und an seine Bemerkung über ihren Tanz, und augenblicklich kehrte ihr Verdruß zurück. Als Stefan ein paar Sekunden später zurückkehrte, schmollte sie immer noch. Und der Blick, den er ihr zuwarf, streute dann auch noch Salz auf ihre Wunden. In seinen sherrygoldenen Augen leuchtete überschäumende Belustigung auf. Zum Glück war er jedoch nicht allein, sonst hätte der Plan, den sie sich zurechtgelegt hatte, warten müssen, bis sie ihre schlechte Laune abreagiert hatte. Aber Sascha war bei ihm, und eine ganze Reihe von Matrosen folgte ihm mit Wasserkübeln beladen durch die Tür.

Als Tanya die Zinnwanne sah, die ein paar andere Männer schließlich hereinschleppten, biß sie die Zähne zusammen. All ihre Ränke und Pläne waren also überflüssig gewesen, denn da hatte sie bereits ihre Fahrkarte in die Freiheit. Stefan wollte hier sein Bad nehmen, und das bedeutete, daß sie die Kabine verlassen mußte — zweifellos in Begleitung, aber das war in Ordnung. Sie mußte nur irgendwo in die *Nähe* der Reling kommen, dann würde sich schon irgendeine Möglichkeit finden, über Bord zu springen.

Während das Bad bereitgemacht wurde, kam Stefan zu ihr hinüber und zog das Wams zusammen, um es zuzuknöpfen. Heftig schob sie seine Hände weg und tat es selbst. Dann aber rief sie sich energisch ins Gedächtnis, daß sie endlich mit ihrem Täuschungsmanöver beginnen mußte.

Es machte sie nervös, daß er so nah bei ihr stand, und sie bemerkte: »In diesem obersten Koffer sind so viele Kleider, sie können unmöglich alle Euch gehören. Muß ich mich nun bei Euch für diese Sachen bedanken oder bei einem von den anderen?«

»Ich glaube, ich werde mir furchtbar bürgerlich vorkommen, wenn ich jetzt zugebe, daß beide Koffer mir ganz allein gehören. Aber immerhin müßt Ihr Euch also nur bei mir bedanken.«

Sie blickte überrascht auf. »Ihr könnt doch nicht noch *mehr* Kleider in dem unteren Koffer haben?«

»Natürlich kann ich das. Obwohl ich sie nicht in diesem Land gebrauchen werde. Viel zu auffällig. Dieser Koffer hätte eigentlich auf dem Schiff bleiben sollen, das in New Orleans auf uns wartet, aber Sascha hat die absurde Vorstellung, daß alles, was wir für diese Reise mitgenommen haben, auch während der *ganzen* Reise zu meiner Verfügung stehen muß.«

»Auffällig?« Sie wagte es nicht, nach diesem Schiff in New Orleans zu fragen, wenn sie ihr Temperament im Zaum halten wollte.

»Das sind Kleider, die ich nur in Europa tragen würde, wo der Anblick von Adligen nichts Ungewöhnliches ist.«

Um Gottes willen! Er würde sich doch nicht als genauso herablassend erweisen wie Vasili? »Ich verstehe — nein, ich verstehe nicht. Wollt Ihr damit sagen, daß Ihr ein Aristokrat seid, mit einem richtigen Titel?«

»In Cardinia ist es Sitte, daß der König für seine Leibgarde Männer aus seinem Adel wählt. Es ist ein großes Glück, wenn die Männer, unter denen er für diese Ehre zu wählen hat, zufällig die Freunde sind, mit denen er aufgewachsen ist.«

»Mit anderen Worten, ihr alle führt Adelstitel? Wie lautet denn Eurer, hm?«

»Würde ein Graf Euren Glauben auf eine zu harte Probe stellen?«

Alles, was er sagte, stellte ihren Glauben auf eine zu harte Probe, aber sie tat seine Bemerkung mit einem Schulterzucken ab und sagte: »Jetzt bin ich nur neugierig, was in dem anderen Koffer ist.«

»Ah, die Neugierde.« Er grinste. »Ein guter Grund, bei uns zu bleiben.«

Bei dieser Vorstellung krampfte sich alles in ihr zusammen. Die Freiheit aufgeben, nur um seine Neugier zu befriedigen? Er mußte sich über sie lustig machen. Aber er schien milde gestimmt, und sie wollte, daß es so blieb. Und sie hatte das ganze Gerede über Adel und Titel über sich ergehen lassen, ohne ihn auch nur ein einziges Mal anzufahren. Ihr Trick funktionierte, und dies war ein hervorragender Zeitpunkt für ihren Meisterstreich.

»Ihr habt mir wirklich kaum eine Wahl gelassen, ob ich bei Euch bleiben wollte oder nicht, aber es wäre alles leichter zu ertragen gewesen, wenn Ihr wenigstens über Land reisen würdet. «

»Ich kann mir nicht vorstellen ...«

»Ich hasse Schiffe«, unterbrach ihn Tanya mit einem vorgetäuschten Schaudern. »Das tun wohl die meisten Leute, die nicht schwimmen können.«

»Du brauchst das Wasser nicht zu fürchten, Tanya. Ich trage während dieser Reise die Verantwortung für dich, also sei versichert, daß ich dich unter Einsatz meines eigenen Lebens beschützen werde.«

Mit anderen Worten, wenn sie in den Fluß sprang, würde er direkt hinter ihr herspringen, um sie vor dem Ertrinken zu retten. Wie galant von ihm. Aber unter den gegebenen Umständen war ihr seine Galanterie außerordentlich unwillkommen. Sie würde sich also davon überzeugen müssen, daß er nicht in der Nähe war, wenn sie über Bord sprang. So wie in ein paar Minuten, wenn er sein Bad nahm.

Sie verriet jedoch nichts von diesen Gedanken, als sie sagte: »Vielen Dank — ich glaube ... Nein, ein bißchen Erleichterung ist immerhin besser als gar nichts.«

»Ihr habt wirklich Angst deshalb, hm?« fragte er mitfühlend.

»Man hat schon davon gehört, daß solche Dampfboote in die Luft geflogen sind, insbesondere dann, wenn der Kapitän es eilig hatte, sein Ziel zu erreichen. Unserer ist doch nicht in Eile, oder?«

»Falls er es sein sollte, dann werde ich ihn bestimmt von dieser Idee befreien. Beruhigt Euch das?« Ihr zweifelnder Blick entlockte ihm ein Lächeln. »Ich sehe, daß mir nichts anderes übrigbleibt, als Euch von diesen Sorgen abzulenken. Ob Ihr wohl wißt, wie anbetungswürdig Ihr in Eurem schlampigen Aufzug ausseht, mit Eurem Haar in wilder

Auflösung, Euren Kleidern, die lose wie ein Nachtgewand an Euch hinunterhängen, und Eurem dreckigen kleinen Gesicht? Na, weshalb schaut Ihr denn so finster drein? Wollt Ihr vielleicht lieber nicht anbetungswürdig aussehen?«

Diese Art von Ablenkung brauchte sie nicht, und sie übermittelte ihm diese Botschaft, indem sie ihren Gürtel aufhob und ihn um ihre Taille schlang. Mit ihren Haaren war das etwas anderes. Als sie mit den Fingern hindurchfuhr, konnte sie nur noch zwei Nadeln darin entdecken.

»Sascha!« rief Stefan mit einem unüberhörbaren Glucksen in der Stimme. »Ich glaube, unsere Tanya braucht eine Bürste.«

Dann wandte er sich ab und machte sich daran, sein Hemd aus seiner Hose zu zerren — in der offenkundigen Absicht, es anschließend ganz auszuziehen. Die Wanne war mittlerweile gefüllt, und nur Sascha, der Diener, war in ihrer Kabine zurückgeblieben.

Als Stefan das Hemd über den Kopf gezogen hatte, starrte Tanya wie gebannt auf diese breite Fläche männlichen Rückens. Seine Haut hatte die Farbe dunkler Bronze, und starke Muskeln zeichneten sich deutlich darunter ab. Sascha, der ihr die Bürste hinhielt, mußte sich mit einem Räuspern bemerkbar machen, um ihre Aufmerksamkeit zu erlangen. Solchermaßen aus der Fassung gebracht, nahm Tanya die Bürste und kehrte dieser Szene den Rücken zu.

Stefan dabei zu beobachten, wie er sich auszog, war …

Sie fuhr herum und sah gerade noch, wie sich sein Gürtel löste und auf den Boden fiel, wo mittlerweile auch sein Hemd gelandet war. Er zog sich aus. Er zog sich tatsächlich aus! Und es schien ihm nicht das geringste auszumachen, ob sie ihn dabei beobachtete.

»Meint Ihr nicht, Ihr solltet warten, bis ich den Raum verlassen habe, bevor …«

»Nein.«

Das war alles? Einfach »Nein«? Mit schnellen Schritten ging sie in Richtung Tür. Aber sie wurde aufgehalten, bevor sie auch nur in ihre Nähe kommen konnte.

»Wo wollt Ihr hin, Tanya?«

Sie war nicht gewillt, ihn noch einmal anzusehen. »Ich werde einfach draußen warten, bis Ihr fertig seid«, bot sie ihm an.

Es funktionierte nicht. »Ich glaube nicht, daß Ihr das tun werdet.«

»Seht mal, ich kann nirgendwohin gehen. Das Boot befindet sich in der Mitte von diesem verdammten Fluß. Daher *kann* ich doch nirgendwohin gehen. Ihr könnt ja einen von den anderen rufen, der mich so lange im Auge behält, wenn es denn sein muß. Aber ich kann einfach nicht hierbleiben, während Ihr ... während Ihr ... Das gehört sich einfach nicht. Es verstößt gegen die Moral, ganz besonders gegen Eure.«

»Mag sein«, räumte er ein. »Aber wie dem auch sei, wir müssen jetzt umständehalber eben einige Ausnahmen machen. Außerdem werdet Ihr mich nicht davon überzeugen, daß es Euch in irgendeiner Weise stört, einen nackten Mann zu sehen, Tanya. Also werden wir uns erst Gedanken darüber machen, was sich gehört und was nicht, wenn wir Europa erreichen, wo solche Dinge eine Rolle spielen.«

Das war eine Beleidigung sowohl für ihr Land als auch für sie selbst — und außerdem eine kategorische Ablehnung, sie aus der Kabine zu lassen. Aber die Tür war wahrscheinlich unverschlossen. Sie könnte doch einfach ... Aber wem wollte sie etwas vormachen? Er wäre ihr unverzüglich auf den Fersen. Und selbst wenn ihr es gelang, ins Wasser zu kommen, wäre er auf jeden Fall viel zu dicht hinter ihr, und ihr schöner Plan würde schiefgehen. Außerdem würde sie auf diese Weise ihre einzige Chance verspielen, weil er ihr danach nicht mehr trauen würde, egal was sie tat oder sagte. Unglücklicherweise traute er ihr auch jetzt nicht, sonst wäre er nicht so eisern entschlossen, sie in seiner Nähe zu behalten.

Sie mußte also noch ein bißchen länger auf ihre Freiheit warten und auf einen Augenblick, wenn Stefan einmal nicht bei ihr war. Nachts waren ihre Chancen ohnehin viel größer, denn sie würden einige Schwierigkeiten damit haben, sie in der Dunkelheit im Wasser zu erspähen. Vielleicht würden sie dann sogar annehmen, sie sei ertrunken. In dem Fall brauchte sie sich um nichts mehr zu sorgen, außer natürlich um den langen Weg nach Hause.

Wenn sie weiterhin so tun wollte, als habe sie die Situation endlich akzeptiert, mußte sie die Beleidigung, an nackte Männer gewöhnt zu sein, ignorieren. Außerdem blieb ihr nichts anderes übrig, als schweigend hinzunehmen, daß Stefan tatsächlich sein Bad in ihrer Gegenwart nehmen würde. Das eine war leichter getan als das andere.

Energisch kämpfte sie sich mit der Bürste durch ihr zerzaustes Haar, und sie unterbrach ihre Beschäftigung nur dann, wenn das unverkennbare Geräusch von spritzendem Wasser an ihr Ohr drang. Wieder schoß ihr das Blut in die Wangen, eine Tatsache, die sie in Rage brachte. Warum sollte es ihr peinlich sein, wenn *er* derjenige war, der da nackt in seiner Wanne saß?

»Eure Hoheit?«

Aus den Augenwinkeln sah sie Saschas Hand auftauchen, die ihr einen Lederstreifen hinhielt, mit dem sie ihr Haar zusammenbinden konnte. Sie nahm ihn an und hielt ihre Lippen fest verschlossen, statt die Anrede, die er benutzte, zu korrigieren. Daß sie sogar den Dienern beigebracht hatten, sich zu verstellen, war in ihren Augen fast schon eine Garantie dafür, daß sie diese Prinzessinnenmasche regelmäßig abzogen. Und wieder fragte sie sich, ob sie nicht vielleicht doch irgendwo an Bord der *Lorelei* noch andere Mädchen verstaut hatten. Mädchen, die gerade jetzt alle daran glaubten, dem schönen Vasili versprochen zu sein. Aber womit hatte sie nur das Glück verdient, diesen Teufel am Hals zu haben, der auf sie aufpaßte? Vermutlich hatte man ihm die Unruhestifter zugeteilt, und sie hatte sich ja von allem Anfang an als besonders störrisch erwiesen.

Erneut packte sie heiße Wut über dieses Schicksal, das sie ohne ihr Dazutun ereilt hatte. Sie kam sich wie eine Närrin vor, wie sie da in der Mitte der Kabine stand und Stefan den Rücken zukehrte. Also gut, damit war es jetzt vorbei. Wenn er sie mit seiner Nacktheit aus der Fassung bringen wollte, würde sie den Spieß einfach umdrehen. Mal sehen, wie er sich dann fühlte.

Langsam ging sie zu dem Sessel hinüber, setzte sich hin und machte sich daran, ihn unverhohlen anzustarren, während sie weiter ihr Haar bürstete. Er saß wirklich in der Wanne — und zwar wirklich nackt. Aber sie hatte schon früher nackte Männerbrüste gesehen und sogar noch mehr. Eines Nachts hatte es in dem Bordell neben der Taverne Feueralarm gegeben, und alle Mädchen waren mitsamt ihren Kunden auf die Straße gerannt, alle mehr oder minder unbekleidet. Mit diesem Spektakel hatten sie damals für unbändige Erheiterung in der Nachbarschaft gesorgt. Aber an Stefan in dieser Wanne war überhaupt nichts Komisches ... Nun, ein kleines bißchen komisch war es vielleicht doch. Die Wanne war rund und ziemlich klein, und er mußte sich regelrecht zusammenklappen, um überhaupt hineinzupassen; er hatte die Knie bis an die Brust hochgezogen. Im Augenblick goß Sascha Wasser aus einem zusätzlichen Kübel über Stefans frischgewaschenes Haar, daher wußte er noch nicht, daß sie beschlossen hatte, sich an seinem Anblick zu ergötzen.

Selbst nackt war er noch ein dunkler Teufel, obwohl seine Knie nicht annähernd so dunkel waren wie sein Oberkörper, ein Beweis dafür, daß ein Teil seiner Bräune von der Sonne stammte. Das Haar an seinem Körper beschränkte sich auf ein Minimum, bis auf ein dichtes, Y-förmiges Vlies schwarzer Locken mitten auf seiner Brust. Sie betrachtete die Narben in seinem Gesicht, kaum erkenntlich aus dieser Entfernung, und versuchte, sich an das verständnisvolle Mitgefühl zu erinnern, das sie empfunden hatte, als sie diese Narben zum erstenmal gesehen hatte. Es war ihr unmöglich. Der Mann hatte sich seit ihrer ersten Begegnung derart aufreizend gezeigt, daß er jetzt kein Mitleid mehr in ihr erwecken konnte.

Sascha reichte ihm ein Handtuch, mit dem er sich das Wasser aus Gesicht und Augen wischen konnte. Als das Handtuch sich senkte, sah Stefan zu der Stelle hinüber, an der Tanya vorher gestanden hatte. Er brauchte nicht einmal eine Sekunde, um seinen Kopf umzudrehen und sie in dem Sessel zu entdecken. Dann hob er eine schwarze Augenbraue, als er feststellte, daß sie ihn beobachtete. Sie erwiderte diese Geste. Er lachte. Sie nicht. Er erhob sich. Sie war davon überzeugt, daß sie auf der Stelle in Ohnmacht fallen würde. Aber dieses Glück hatte sie nicht.

Gütiger Gott, er war die reine Männlichkeit, roh und wild, hart und prachtvoll gebaut, breit in den Schultern, schmal in der Hüfte, massig in den Schenkeln. Und die Wurzel seiner Manneskraft … Sie schloß die Augen. Er fing wieder an zu lachen. Ein grausames Geräusch, das sie zutiefst verletzte. Und sie hatte geglaubt, das Spiel auf ihre Weise beenden zu können und *ihn* in Verlegenheit zu stürzen? Er schien einen ähnlichen Gedanken gehabt zu haben, denn er sagte: »Wenn Ihr dran seid, Prinzessin, werde ich ganz bestimmt nicht so schüchtern sein.«

Sie würde wohl nie mehr ein Bad nehmen …

Kapitel 17

Tanya wußte später nicht mehr, wie sie die folgende halbe Stunde überstanden hatte, während sie zusah, wie Stefan von Sascha angezogen und von vorne bis hinten bedient wurde. Die meiste Zeit hielt sie den Blick abgewandt oder auf den kleinen Diener gerichtet, der sich für einen Mann, der gut ein oder zwei Zoll kleiner war als sie, als bemerkenswert tyrannisch erwies.

Stefan hatte ihm eingeschärft, in ihrer Gegenwart nur englisch zu sprechen, und als Sascha erst loslegte, bekam Tanya einen wahren Schwall brummiger Klagen zu hören, den zu äußern nur ein Diener wagen würde, der schon viele Jahre im Dienste seines Herren gestanden hatte. Stefan zuckte nur mit den Schultern, ignorierte ihn oder neckte ihn — was außerordentlich interessant war. Tanya hätte nicht gedacht, daß jemand, der so unnahbar und launisch war, wie Stefan zu sein schien, die Art Mensch sein könnte, die andere im Spaß neckte. Eine humorvolle Ader paßte einfach nicht zu seinem diabolischen Charakter. Aber hatte sie ihn heute nicht schon mehrmals im Verdacht gehabt, sie zu necken? Nur um diese Möglichkeit gleich wieder auszuschließen, weil sie einfach zu unwahrscheinlich schien?

Es gefiel ihr gar nicht, diese andere Seite von ihm kennenzulernen, eine Seite, die sogar Zuneigung für einen Diener einschloß. Und sie haßte es geradezu, wenn er lächelte, weil ihr Herz dann jedesmal einen Sprung machte — ob er sie dabei ansah oder nicht. Er sah nicht so unglaublich gut aus wie Vasili, aber je länger sie ihn ansah, um so attraktiver erschien er ihr. Und das ärgerte sie aus irgendeinem Grund am meisten. Sie zog es vor, ihre Beziehung in Schwarz und Weiß zu halten: Feind — Gefangene, kein Mittelding. Aber dennoch waren seine Küsse und die Gefühle, die sie in ihr geweckt hatten, nie ganz vergessen. Und das Bild seines nackten Körpers ... Es stand mehr als ihre Freiheit auf dem Spiel, wenn sie nicht bald von diesem Mann wegkam.

Sie seufzte erleichtert auf, als sie sah, daß er endlich vollständig angezogen war. Die lederfarbene Hose paßte ihm wie angegossen. Zu eng, wenn man sie fragte. Auch sein waldgrüner Mantel war so gut geschnitten, als habe auch er keinen anderen Zweck, als seine gute Figur zu betonen. Sein Hemd mit den gefälteten Manschetten glich demjenigen, das sie für sich selbst ausgesucht hatte, aber sein Wams war aus schlichter, bestickter gelber Seide und nicht ganz so fantastisch wie das ihre. Diesen Mangel glich er jedoch mit einem roten Halstuch aus, das er in dem sorglosen *primo-tempo*-Stil band. Zum Schluß brachte Serge noch einen lohfarbenen Zylinder zum Vorschein und brauchte dann ganze zwanzig Sekunden, um ihn auf Stefans schwarzem Haar zu plazieren.

Seine Kleidung verriet eindeutig, daß er die Kabine verlassen wollte, und Tanya konnte an dieser Stelle nur wünschen, daß er's auch wirklich tat — und zwar bald. Aber als er dann endlich fertig war, konzentrierte er seine Aufmerksamkeit wieder auf sie und kam mit einem Spiegel in der Hand auf sie zu. Sie versteifte sich bei dem Gedanken daran, was das zu bedeuten hatte. Und sie lag mit ihrer Annahme auch nicht ganz falsch.

»Wascht die Farbe ab oder stellt den ursprünglichen Zustand wieder her«, sagte er und ließ den runden Spiegel in ihren Schoß fallen. »Aber tut das eine oder das andere, bevor wir zum Abendessen gehen.«

Er ließ ihr tatsächlich die Wahl? Trotzdem war es ein Befehl, schlicht und einfach, auch wenn der Ton, in dem diese Worte gesagt wurden, mild war. Und sie konnte heutzutage einfach keine Befehle mehr ertragen; sie haßte sie.

Gerade wollte sie ihm den Spiegel zurückgeben und ihm erklären, was er damit tun könne, als sie einen Blick auf ihr Spiegelbild erhaschte und mit einem Keuchen zusammenzuckte. Er hatte gesagt, sie sehe wie ein schmuddeliger Balg aus, und das war noch gelinde ausgedrückt. Tanya sah aus, als hätte sie ihren Kopf in einen Kamin gesteckt, wo ihr kalte Asche ins Gesicht geweht war. Und wenn sie sich dann nach einem solchen Zwischenfall nur einmal kurz übers Gesicht gewischt hätte, hätte sie wahrscheinlich einen ganz ähnlichen Effekt erzielt. Überall waren hellere Schmierflecken zu sehen, auf ihrem Kinn, das Stefan angefaßt hatte, auf ihren Wangen und ihrer Stirn, wo sie sich an Stefans Brust geschmiegt hatte. Wie sollte sie das wieder in Ordnung bringen, ohne ihre Puder und Crèmes? Nun, so gut es eben ging; das war die einzige Antwort, die sie sich geben konnte. Sie war immer noch nicht bereit, ihre Maskerade kampflos aufzugeben. Schon so, wie sie jetzt aussah, hatte sie Stefan erregt und seine Lust geweckt. Wieviel mehr Schwierigkeiten würde sie erst haben, wenn er sah, wie sie wirklich war? Aber eine teuflische Stimme flüsterte ihr ein, es ihm zu zeigen. Ein Anflug von Eitelkeit, der ihr nie zuvor zu schaffen gemacht hatte. Schleunigst stopfte sie dieser lästigen Stimme den Mund.

»Reicht das?« fragte sie, nachdem sie sich ein paar Sekunden lang damit beschäftigt hatte, die Flecken auf ihrer Haut miteinander zu vermischen und zu verbinden, indem sie etwas von der dickeren Farbe borgte, die sie immer noch unter ihren Augen hatte.

»Also wieder die müde alte Schreckschraube? Ich glaube, da gefiel mir der dreckige Balg doch besser.«

Tanya biß die Zähne zusammen, als sie erneut den heftigen Drang verspürte, ihre Maskerade abzuwaschen. Er hatte ohnehin schon Verdacht geschöpft. Aber ein Verdacht war nichts im Vergleich zu einem eindeutigen Beweis. Sie widerstand also erneut der Versuchung und wechselte das Thema.

»Hab' ich richtig gehört? Wir gehen zum Abendessen?«

»Falls Ihr es nicht vorzieht, daß man Euch ein Tablett hierherbringt.«

»O nein«, versicherte sie ihm schnell, mehr als überrascht darüber, daß man ihr so bald schon erlauben würde, die Kabine zu verlassen. »Habt Ihr keine Angst, daß ich jemanden dafür gewinnen könnte, mir zu helfen? Insbesondere den Kapitän?«

»Da würdet Ihr nur ihn und Euch selbst in Verlegenheit stürzen, wenn Ihr das tätet.«

Ihre grünen Augen wurden schmal. »Was für eine abscheuliche Lüge habt ihr ihm über mich erzählt?«

»Nichts, was seine Vorstellungskraft allzusehr strapaziert hätte. Ihr seid meine Frau und mir vor kurzem durchgebrannt. Und Ihr habt nicht nur mich, sondern auch zwei kleine Babys im Stich gelassen. Ich fürchte daher, Ihr werdet nicht auf das kleinste bißchen Sympathie stoßen, wenn Ihr versucht, irgend jemandem etwas anderes zu erzählen.«

Er lächelte und ließ sie dadurch wissen, daß ihm klar war, wie wütend seine Worte sie machen mußten. Daher erwiderte sie nur: »Mußtet Ihr mich unbedingt zu einem so herzlosen Weib machen? Niemand könnte mir einen Vorwurf daraus machen, Euch verlassen zu haben, aber Babys?«

Er biß jedoch nicht an, wahrscheinlich weil ihre Augen verräterisch glühten. Er lachte nur in sich hinein, schnappte nach ihrer Hand, zog sie auf die Füße und schob sie zur Tür.

Auf dem Weg zum Speisesaal griff er das Thema noch einmal auf. »Wie steht Ihr eigentlich zu Babys, Tanya? Man wird von Euch erwarten, daß Ihr dem König wenigstens einen Erben schenkt.«

»Da ist er selbst aber anderer Meinung!« schnaubte sie. »Er hat nicht die Absicht, mich jemals zu berühren. Wofür ich übrigens ungeheuer dankbar bin.«

»Die meisten Frauen beten Vasili an. Ich hatte geglaubt, der Gedanke, ihn zu heiraten, würde Euch außerordentlich gut gefallen.«

»Da habt Ihr eben etwas Falsches gedacht.«

»Und wenn Ihr eine andere Wahl hättet?«

»Das ist jetzt schon das zweite Mal, daß einer von euch mir diese Frage stellt. *Habe* ich denn eine andere Wahl?«

Er antwortete nicht. Mittlerweile waren sie beim Speisesaal angelangt, ein kleiner, aber behaglich eingerichteter Raum, soweit sie es durch die geöffnete Tür sehen konnte. Serge und Vasili saßen bereits; Lazar war wahrscheinlich noch damit beschäftigt, sich von seinem unfreiwilligen Bad im Fluß zu säubern. Es waren keine anderen Mädchen an ihrem Tisch, aber das hätte sie auch gewundert. Wenn noch mehr Mädchen wie sie an Bord waren, würden die Männer es wohl kaum zulassen, daß sie sich hier trafen, um ihre verschiedenen Märchen miteinander zu vergleichen, nicht wahr?

Stefan blieb am Eingang stehen und hielt auch Tanya am Ellbogen fest. »Wir sprachen über Babys«, erinnerte er sie.

»Ihr habt darüber gesprochen, nicht ich.«

»Ihr habt mir noch nicht gesagt, wie Ihr selbst dazu steht.«

»Ich fürchte, daß ich mir über dieses Thema noch nie viele Gedanken gemacht habe, da ich auch noch nie vorhatte zu heiraten.«

»Und unter diesen neuen Umständen?«

»Ich habe doch gerade festgestellt, daß Vasili entschlossen ist, niemals mein Bett zu teilen. Also kann ich mir nicht vorstellen, wie … Wartet mal, wollt Ihr damit andeuten, daß ein Bastard als Erbe akzeptiert werden würde?«

»Nein! Ich meine, ja ... Vergeßt es.«

Ohne ein weiteres Wort drängte er sie in den Speisesaal. Tanya warf ihm aus den Augenwinkeln heraus einen vorsichtigen Blick zu und sah, daß er nicht nur völlig durcheinander war, sondern aus irgendeinem Grund auch ausgesprochen verärgert. Wie sollte sie sich das wieder zusammenreimen? Nicht daß es irgendeine Rolle gespielt hätte. Wenn sie zum Abendessen gehen durfte, dann war es sehr wahrscheinlich, daß sie später auch am Dinner teilnehmen durfte, und das war das einzige, das sie im Augenblick interessierte — eine weitere Gelegenheit zur Flucht.

Daher riß sie sich während des Essens ungeheuer zusammen, fing keinen Streit an und versagte es sich, irgendwelche beißenden Bemerkungen zu machen, sogar gegenüber Vasili, was sie als eine ausgesprochene Heldentat betrachtete, da er nicht annähernd so taktvoll war. Es gelang ihr sogar, die mißbilligenden Blicke zu ignorieren, die ihr die anderen Passagiere zuwarfen. Sie wußte nicht genau, ob die unmögliche Geschichte, die die Männer in Umlauf gebracht hatten, daran Schuld war oder ihr ziemlich unweiblicher Aufzug; beide Gründe reichten jedoch aus, um sie in den Augen aller Anwesenden unmöglich zu machen.

Statt dessen unterhielt sie sich damit zu beobachten, wie jede andere Frau im Speisesaal versuchte, mit Blicken Vasilis Aufmerksamkeit auf sich zu lenken. Und nicht nur einmal, sondern ununterbrochen. Stefan hatte also recht in dieser Hinsicht. Die meisten Frauen schienen Vasili anzubeten und taten es wohl auch wirklich — jedenfalls so lange, bis sie diesen unausstehlichen, eitlen Fatzke kennenlernten.

Später am Abend war es dann genau dasselbe und sogar noch schlimmer, was Vasili anging, weil einige Frauen es geschafft hatten, sich eine Vorstellung durch den Kapitän zu ergaunern. Der arme Mann war dermaßen in Bedrängnis, daß Tanya es nicht einmal in Erwägung zog, ihn mit der Wahrheit über sich selbst zu behelligen, obwohl sie die Gelegenheit dazu gehabt hätte. Vielleicht hatte sie es schon ihrem Schweigen gegenüber dem Kapitän zu verdanken, daß Stefan sie ohne seine Begleitung gehen ließ, als sie vor dem ersten Gang gestand, ein gewisses Örtchen aufsuchen zu müssen. Sie bemerkte jedoch, daß er Serge zunickte, was ohne Zweifel hieß, daß er ihr in angemessener Entfernung folgen sollte. Wenn Stefan gewußt hätte, daß sie schwimmen konnte, hätte er ihr sicher nicht einmal das erlaubt.

Und Serges unauffällige Gegenwart an Deck brachte ihren Plan jedenfalls nicht in Gefahr, da er ihr nicht nahe genug auf den Fersen blieb, um sie aufhalten zu können. Tanya hatte sogar Zeit, sich eine geeignete Stelle auszusuchen, um über Bord zu springen — was ein weiterer Pluspunkt für sie war, denn sie konnte in der Dunkelheit gerade noch erkennen, daß der Dampfer auf eine Flußbiegung zusteuerte. Wenn sie kurz davor springen könnte, wäre die *Lorelei* weitergefahren und außer Sicht, lange bevor sie selbst das Ufer erreichte. Niemand würde dann sehen, wie sie aus dem Wasser kam, falls man sie in dieser Dunkelheit überhaupt sehen *konnte*.

Die Behauptung, nicht schwimmen zu können, war die raffinierteste Lüge, die sie sich je ausgedacht hatte, und verdiente ganz bestimmt ein geistiges Schulterklopfen. Wenn sie nur endlich dieses verflixte Örtchen finden könnte!

Kapitel 18

Sobald Tanya aus dem Zimmer war, lehnte Lazar sich auf seinem Stuhl zurück und fragte beiläufig: »Meinst du, es ist klug, Stefan, sie allein davonmarschieren zu lassen?«

Stefans Miene verriet keine Spur von Besorgnis. »Serge wird ein Auge auf sie haben.«

Vasilis gebrummte Bemerkung war weniger beiläufig als die seines Freundes: »Er sollte besser eine Hand auf ihr haben — oder noch besser eine Kette.«

Dieser Vorschlag stieß nicht auf ernsthafte Erörterung, aber Lazar fand es dennoch notwendig, Stefan auf eine bestimmte Tatsache hinzuweisen. »Sie würde nicht mehr als eine Sekunde brauchen, um über Bord zu springen.«

»Das wenigstens ist eine Sorge, die wir nicht zu haben brauchen«, antwortete Stefan. Dann fügte er hinzu: »Sie kann nicht schwimmen.«

»Wer hat dir das erzählt?«

Diese zweifelnde Frage schlug eine Bresche in Stefans Zuversicht, und die Schlußfolgerung, die sich aus diesem Zweifel ergab, weckte seine eingelullten Instinkte. Mit einem ganz besonders üblen Fluch sprang er auf die Füße und verließ den Raum. Lazar und Vasili tauschten einen schnellen Blick, bevor sie ihm nacheilten.

Serge zündete sich gerade einen Zigarrenstumpen wieder an, als sie ihn auf dem schwach beleuchteten Deck erreichten. »Wo ist sie?« war alles, was Stefan wissen wollte.

Serge deutete mit dem Kopf auf eine Tür, die sich gerade öffnete. Es blieb ihnen jedoch keine Zeit, sich irgendwelcher Erleichterung darüber, daß Tanya noch an Bord war, hinzugeben, weil sie noch im selben Augenblick ein Aufblitzen weißer Beine sehen konnten; sie hatte sich den Rock in den Gürtel gestopft — und sie rannte jetzt direkt auf die Reling zu, schwang sich darüber und tauchte mit einem einwandfreien Sprung ins Wasser — direkt vor den Schaufelrädern.

Stefan hätte später beschwören können, daß sein Herz in diesem Augenblick vor Angst und Entsetzen zu schlagen aufhörte. Er beugte sich über die Reling und suchte verzweifelt nach einem Zeichen dafür, daß das Mädchen nicht in die riesige Seitenschaufel, die an diesem Teil des Schiffes das Wasser zu Schaum aufwühlte, hineingezogen und in Stücke gerissen worden war. Und dann dämmerte es ihm, daß gerade wegen der Schaufelräder, die den Dampfer immer mehr beschleunigten und den Fluß hinuntertrieben, Tanya in diesem Augenblick schon hinter dem Schiff sein würde — leblos und schwer verletzt im Wasser treibend oder auf ihrem Weg an Land. Die Möglichkeit, sie könne ertrinken, schloß er aus, nachdem er mitangesehen hatte, wie gekonnt sie ihren Kopfsprung ausgeführt hatte. Sein eigener Sprung, mit dem er über Bord ging, war nicht annähernd so überzeugend.

Die drei Männer, die er an der Reling zurückgelassen hatte, hielten den Atem an, bis Stefan aus der Bahn des Schaufelrades entkommen war. Es war Vasili, der das Schweigen brach: »Wir können wohl nicht einfach nach New Orleans weiterfahren und dort auf Stefan warten?«

Serge schüttelte langsam den Kopf. Lazar gluckste. Vasili stöhnte. Einen Augenblick später tauchten drei weitere Schatten ins Wasser ein.

Tanya rang nach Luft, als sie sich ans Ufer schleppte. Sie war eine gute Schwimmerin, aber sie hatte es noch nie mit Stiefeln versucht, und sie würde es auch bestimmt nie wieder versuchen. Und gegen den Strom schwimmen? Ihre Muskeln schrien geradezu vor Überanstrengung, und ihre Arme und Beine zitterten. Sie hätte in diesem Augenblick nicht aufstehen und fliehen können, selbst wenn ihr Leben auf dem Spiel gestanden hätte.

Glücklicherweise mußte sie es auch gar nicht. Ein schneller Blick über die Schulter zeigte ihr, daß die *Lorelei* die Flußbiegung durchfahren hatte und außer Sicht war, genau wie sie es sich ausgerechnet hatte. Sie konnte auch sonst nichts im Wasser erkennen, nicht einmal dahintreibende Trümmer. Allerdings war es jetzt auch extrem dunkel, weil eine dichte Wolkendecke Mond und Sterne verfinsterte. Das war ein großer Vorteil für sie, nur für den Fall, daß doch irgend jemand versucht haben sollte, sie zu ›retten‹. Das und ihre Idee, so lange zu warten, bis das Schiff an ihr vorbeigefahren war. Auf diese Weise konnte sie an das gegenüberliegende Ufer das Flusses schwimmen, statt in die Richtung, in die sie gesprungen war.

Falls ihr Glück anhielt, hatte Serge ihren flinken Abgang bis jetzt nicht einmal bemerkt. Außerdem konnte sie ihn sich ohnehin kaum vorstellen, wie er zu ihrer Rettung über Bord sprang. Er hätte erst Stefan geholt, und bis dieser sich seines Mantels und seiner Stiefel entledigt hatte, um seinen tapferen Rettungsversuch zu machen, wäre sie schon lange ›ertrunken‹. Und genau das würden sie annehmen. Andererseits war das wiederum auch eine Annahme von ihr, und sie wollte nicht noch einmal unvorsichtig sein. Ein paar Minuten Pause, dann würde sie, so schnell sie nur konnte, landeinwärts laufen, weg vom Fluß. Und sie hatte noch einen Vorteil gegenüber all ihren Verfolgern, selbst wenn Serge ihr direkt ins Wasser hinein gefolgt sein sollte. Und dieser Vorteil lag in der Entfernung, die das Boot zwischen ihrem Sprung und dem Sprung eines der Männer zurückgelegt hatte, denn es war die ganze Zeit über weiter flußabwärts gefahren. Außerdem — was sie nicht sehen konnte, konnte sie hören. Und das einzige Geräusch neben ihrem eigenen schweren Atem waren die beruhigenden Klänge des Flusses, das Wasser, das mit leisem Grollen das Ufer entlangfloß — bis sie plötzlich die Stimme eines Mannes hörte.

Es war undeutlich, aber es hätte durchaus ein Ruf sein können. Bei solchen Entfernungen konnte man nie genau wissen. Es hätte auch einfach nur der Wind sein können, aber Tanya wollte kein Risiko eingehen. Sie zog sich aus dem Schlamm hoch und taumelte das Ufer hinauf. Dann mußte sie sich dazu zwingen, nicht in Panik zu geraten und Hals über Kopf durchs Gebüsch zu rennen, denn damit hätte sie ihre eigene Position preisgegeben.

Es war eine nervenaufreibende Angelegenheit, nicht loszurennen, obwohl jeder Instinkt in ihr sie dazu trieb. Aber es gelang ihr, leise und mit eiligen Schritten dennoch vorwärtszukommen. Aber an erster Stelle stand in ihren Gedanken die alles übertönende Frage: Würden sie wirklich hinter ihr herkommen, würden sie es in Kauf nehmen, irgendwo an Land gespült zu werden, ohne Kleider oder Geld? Würden sie all das auf sich nehmen, nur um sie an ein Bordell zu verkaufen? Die Antwort war nein. Sie würden sich eher eine andere suchen, die ihren Platz einnehmen konnte. Aber wenn sie eine echte Prinzessin wäre, dann ja! Doch sie durfte ihnen nicht in die Falle gehen, indem sie ihre verrückte Geschichte glaubte. Außerdem, wenn an dem, was sie ihr erzählt hatten, auch nur ein Fünkchen Wahrheit war, insbesondere die Tatsache, daß sie Vasili heiraten sollte, dann würde sie nur um so schneller laufen, um dem zu entkommen.

Tanya kam gut voran, wenn man berücksichtigte, daß sie sich im Augenblick durch das Dickicht einer stark bewaldeten Gegend schlagen mußte. Aber es dauerte nicht lange, und sie wünschte, sie hätte mit ihrer Flucht bis nach dem Dinner gewartet. Bei dieser Dunkelheit brauchte sie vor dem Morgengrauen nicht einmal daran zu denken, etwas Eßbares zu suchen. Falls sie nicht über eine Plantage oder eine andere menschliche Siedlung stolperte, wo sie um eine Mahlzeit bitten konnte, würde sie selbst auf die Jagd gehen müssen.

Aber sie hatte wenigstens ein Messer bei sich; daher würde es wohl nicht allzu schwer werden, etwas zu essen aufzutreiben — höchstens zeitraubend. Sie hatte die kleine Waffe tief in ihren Stiefel geschoben, damit sie sie im Fluß nicht verlieren konnte. Aber jetzt hatte sie lange genug Pause gemacht, um das Wasser aus ihren Stiefeln zu leeren und das Messer wieder dorthin zu stecken, wo es hingehörte. Und sie hatte die Zeit genutzt, um aufmerksam auf alle Geräusche um sie herum zu lauschen.

Falls es wirklich eine Stimme gewesen war, die sie gehört hatte, konnte sie ebensogut vom anderen Ufer des Flusses herübergeweht sein. Das war auch der Grund, warum sie an die Küste von Louisiana geschwommen war, eine zusätzliche Vorsichtsmaßnahme, zu der sie sich erst in allerletzter Minute entschlossen hatte. Und wer weiß, möglicherweise ein Geniestreich. Mit einem ganzen Fluß zwischen sich und irgendwelchen Verfolgern gab es fast nichts, worüber sie sich Sorgen machen mußte. Aber das war schon wieder eine Annahme, und daher würde sie sich nicht darauf verlassen.

Das Unangenehme daran war nur, daß sie auf diese Weise am falschen Ufer des Flusses gestrandet war, ohne Geld für die Fähre zurück nach Natchez. Aber bevor sie es in Erwägung zog zurückzuschwimmen — und sie war sich nicht einmal sicher, ob sie das schaffen würde —, wollte sie versuchen, Stefans feines Wams zu verschachern, um das Fahrgeld aufzutreiben. Vorher mußte sie es jedoch säubern, denn es war genau wie der Rest von ihr mit feuchtem Schlamm überzogen.

Bei der Erinnerung daran, in welchem Zustand sich ihre Kleider befanden, stürzte Tanya zurück zum Fluß. Sie war schon mindestens eine Meile weit gegangen, vielleicht auch zwei, daher mußte es jetzt eigentlich sicher genug sein, noch einmal ans Wasser zurückzukehren. Sie würde nur ein paar Minuten brauchen, um ihre Kleider zu waschen, und dann würde sie sich einen Platz suchen, an dem sie ein paar Stunden schlafen konnte, denn der Tag, den sie hinter sich hatte, hatte sie an Leib und Seele erschöpft. Sie konnte es sich nicht leisten, irgendwelche Fehler zu machen, nur weil sie nicht mehr klar denken konnte.

Sie entdeckte die perfekte Stelle direkt am Flußufer. Zwei Bäume dort boten ein wirklich ideales Versteck. Der eine war umgestürzt und hielt dadurch die volle Strömung des Flusses zurück, der andere neigte sich bis auf den Erdboden, und beide Bäume waren stark genug belaubt, um sie gegen unliebsame Blicke vom Ufer aus abzuschirmen. Eigentlich hatte sie nur vorgehabt, noch einmal ins Wasser einzutauchen und es dann vorsichtiger zu verlassen als beim ersten Mal, um nicht wieder so verdreckt an Land zu kommen. Aber die zusätzliche Tarnung dieser beiden Bäume brachte sie auf die Idee, daß sie wohl ein paar Minuten mehr erübrigen konnte, um ihre Kleider ordentlich zu schrubben und auch sich selbst gründlich zu waschen. Es war ihr dermaßen unwohl in ihrer Haut, und es juckte sie am ganzen Körper, daß sie es kaum aushalten konnte.

Forschend suchte sie zunächst das gegenüberliegende Ufer ab, von dem kaum mehr als eine schwarze Silhouette zu erkennen war. Dann warf sie einen Blick hinter sich in den Wald, über dem tiefe Schatten lagen. Aber es war ganz still. Tanya machte sich daran, alles abzustreifen bis auf ihre Stiefel. Wenn sie irgend etwas in den langen Jahren bei

Dobbs gelernt hatte, dann war es rasches, gründliches Arbeiten, selbst wenn sie noch so müde war. Sie brauchte höchstens fünf Minuten zusätzlich, bevor sie wieder das Wasser aus ihren Stiefeln kippte. Zitternd, aber sauber wünschte sie sich, die Zeit zu haben, die Kleider erst trocknen lassen zu können, bevor sie sie wieder anzog. Aber Zeit hatte sie nicht. Und obwohl in ihrem kleinen Versteck am Ufer die Nacht schwarz war wie die Sünde, war sie zu befangen, um auch nur einen Augenblick länger nackt zu bleiben als unbedingt nötig.

Sie quetschte gerade noch ein paar Tropfen Wasser aus ihrem Rock, als sie hinter sich das Knirschen von Blättern hörte und förmlich zu Eis erstarrte. Sie betete, daß es ein Tier war, ein Hund, selbst ein wilder, aber wenn es schon ein Mann sein mußte – bei dem Gedanken an ihre augenblickliche Nacktheit hoffte sie, daß es nur Stefan war und nicht irgendein Fremder, der vielleicht ... War sie denn jetzt völlig verrückt geworden? Stefan? Laß es Serge sein ... Nein, nicht einmal er. Vasili. Vasili würde keinen roten Heller dafür geben, sie nackt zu sehen. Und noch viel weniger würde ihn dieser Umstand in Versuchung führen – O Gott, sie konnte keinen klaren Gedanken mehr fassen! Aber die Stimme hinter ihr war klar und wohlvertraut und so kalt wie das Flußwasser, das noch immer aus ihren Haaren tropfte.

»Zuerst das weiße Hemd und jetzt das Leuchten Eures weißen Körpers. Wenn ich es nicht besser wüßte, Prinzessin, würde ich denken, daß Ihr gefunden werden wolltet.«

Kapitel 19

Allein die Idee, von *ihm* gefunden werden zu wollen, war so absurd, daß sie keinerlei Erwiderung verdiente. Nicht daß Tanya überhaupt irgend etwas eingefallen wäre, das sie in diesem qualvollen Augenblick hätte sagen können. Sie wußte, daß Stefans Augen auf ihr ruhten und wahrscheinlich gerade eben so hell glühten, daß sie nicht überrascht wäre, wenn sie jetzt mitten in zwei leuchtenden Strahlen gelben Lichtes stünde. Und dieses gräßliche Wort — ›gefunden‹. Er hatte sie gefunden, weil er das verdammte weiße Hemd, das sie trug, ausgemacht hatte, *sein* weißes Hemd. Es war ihr keinen Augenblick in den Sinn gekommen, wie auffällig dieses Kleidungsstück in der Dunkelheit sein würde.

All ihre schönen Vorsichtsmaßnahmen umsonst. Gefangen ... Nein! Bei Gott, nicht bevor sie seine Hände auf sich spürte.

Tanya wirbelte herum und schwang dabei ihren nassen Rock so hoch sie nur konnte, in der Hoffnung, daß Stefan nahe genug war — und allein. Er war beides. Der schwere Rock schlug ihm ins Gesicht und machte ihn für ein paar Sekunden blind. Die Sekunden, die sie brauchte, um an ihm vorbeizustürmen.

Sein wütendes Knurren jagte ihr einen panischen Schrecken ein; das Geräusch klang mehr wie das Grollen eines Tieres und trieb sie noch schneller vorwärts. Wenn er vorher nicht schon außer sich vor Zorn gewesen war, dann hatte sie diesem Zorn jetzt ganz sicher noch das I-Tüpfelchen aufgesetzt. Sie rannte einfach drauflos, mitten durch das Gestrüpp, und zur Hölle mit dem Lärm, den sie dabei machte. Sie mußte Abstand von ihm gewinnen, und zwar genug, um einen Platz zu finden, wo sie sich verstecken konnte.

Der erste scharfe Schlag eines Astes gegen ihre Hüften erinnerte sie daran, daß sie Stiefel trug und sonst nichts. Um Gottes willen, was glaubte sie denn, wo sie nackt hingehen konnte? Aber darüber konnte sie sich jetzt keine Gedanken machen, nicht mit diesem wütenden Teufel, der ihr dicht auf den Fersen war. Sie konnte ihn zwar nicht hinter sich hören, aber sie machte selbst zuviel Lärm, um irgend etwas anderes hören zu können. Und dieser Umstand erschreckte sie um so mehr: Sie wußte nicht, wo er war. Aber sie mußte es wissen!

Sie schlug einen Haken, um die Richtung zu ändern, in

die sie die ganze Zeit gerannt war. Dann ließ sie sich hinter einem dichten Büschel Farnkraut auf die Knie fallen. Sie mußte sich eine Hand vor den Mund pressen, um ihre unkontrollierten Atemstöße zu ersticken. Aber kaum hatte sie Stefans stampfenden Schritt vernommen, da ließ er sich schon direkt vor ihr ebenfalls auf die Knie sinken — und erschreckte sie damit zu Tode.

Sie stieß einen schrillen Schrei aus und schrie noch einmal, als sein Gewicht sie hinunter auf den sumpfigen Boden preßte. Eine Hand an ihrem Hinterkopf riß ihr Gesicht hoch, und dann war sein Mund über ihrem, und in ihrem Kopf läuteten die Alarmglocken Sturm. Nicht schon wieder! Kannte der Mann denn keine andere Art, mit seiner Wut fertig zu werden? Sie trat um sich und bäumte sich unter ihm auf, aber das brachte seinen Körper nur in eine noch bedrohlichere Position. Ohne ihren Rock, der ihn bei seinem Vorhaben behindert hätte, konnten sich seine Hüften mühelos zwischen ihren Beinen niederlassen. Wenn er nicht selbst vollständig angezogen gewesen wäre …

Es schien keine Rolle mehr zu spielen, als die Schwellung seiner Männlichkeit sich gegen die intimste Stelle ihres Körpers preßte. Was sie fühlte, mußte jedenfalls ebenso verheerend auf ihre Sinne wirken, denn irgend etwas in ihrem Innern erwachte zum Leben, bewegte sich in kreisenden Strudeln hinab, um dagegen zu protestieren — oder um es willkommen zu heißen … Gott helfe ihr, sie war nicht sicher, was von beidem. Aber sie hatte noch nie in ihrem Leben etwas so Seltsames empfunden, verzehrend, erschreckend und erregend gleichzeitig. Sie vergaß ihren Kampf für eine Weile und wurde ganz still, um mehr über dieses Gefühl in Erfahrung zu bringen, aber dann riß die Leidenschaft seines Kusses sie mit sich fort.

Sie hatte nie versucht zu leugnen, wie sehr ihr seine Küsse gefielen, so verzweifelt sie sich auch wünschte, es wäre nicht so. Und auch diesmal war es nicht anders. Sie mußte alle Kraft zusammennehmen, um diesen unmöglichen Wunsch zu unterdrücken, ihre Arme um ihn zu legen und seinen Kuß zu erwidern. War er immer noch wütend?

Sie war sich nicht mehr so sicher. Außerdem interessierte es sie auch nicht mehr, wenn das alles war, was er ihr antun würde.

Dann aber gefror dieser Gedanke in ihr und mit ihm jeder andere, denn Stefans Hand war plötzlich zwischen ihnen, um ganz langsam die Weichheit ihrer Brüste zu erforschen. Neue Gefühle stürzten auf ihre Sinne ein, ein Ziehen und Prickeln in ihren Brustwarzen ließ sie innerlich erbeben. Aber seine Hand blieb nicht dort. Sie bewegte sich über ihren Bauch hinunter, dorthin, wo er sich so fest an sie preßte. Dann waren auch seine Finger dort, drangen in sie ein, und sie versuchte, ihm zu sagen, daß er aufhören solle, aber sein Mund gab ihre Lippen nicht einen Augenblick lang frei. Und dann wollte sie auch nicht mehr, daß er aufhörte.

Wieder bäumte sie sich unter ihm auf, aber diesmal war es eine unwillkürliche Reaktion auf ihn, denn das, was sie jetzt empfand, war geradezu unbeschreiblich: ein wilder, sinnlicher Rausch. Und das alles nur, weil er wütend war? Der Mann konnte in Zukunft wütend werden, sooft er wollte ...

Sie hörten es beide gleichzeitig. Jemand rief seinen Namen. Es klang weit entfernt, und die Stimme war fremd für sie, aber wahrscheinlich nicht für Stefan. Sein Kopf fuhr in die Höhe. Sie war also wieder einmal gerettet, nur mit dem Unterschied, daß sie es diesmal gar nicht wollte. Und diesmal konnte sie auch seinen Gesichtsausdruck nicht erkennen, als er auf sie blickte. Sie wußte daher nicht, ob er schon genug von seinem Zorn abreagiert hatte, oder ob dieses Gefühl immer noch in ihm brannte, nur ein wenig gedämpfter als zuvor — was ihrer Meinung nach schlimmer war. Er wollte sie lieben, wenn er zornig war, aber er versohlte ihr den Hintern, wenn sein Zorn abgeflaut war. Und sie verspürte nicht die geringste Lust, diese Kinderstrafe noch einmal über sich ergehen zu lassen. Vielen Dank. Andererseits hatte sie auch nicht die leiseste Ahnung, was sie jetzt erwartete. Selbst seine Augen waren von der Dunkelheit der Nacht umschattet, und sie konnte nicht herausfinden, ob das verräterische Glühen sich wieder in ihnen breitmachte.

»Wenn Ihr jemals wieder Euer Leben aufs Spiel setzt, so wie bei Eurem Sprung von der *Lorelei*, dann werde ich einen Stock finden — offensichtlich das einzige, was Euch beeindrucken kann«, versprach er ihr. Er hatte sehr leise zu sprechen begonnen, aber seine Stimme gewann an Lautstärke, als er fortfuhr, und er ließ ihr keinen Zweifel an dem Ausmaß seines Zorns. »Habt Ihr überhaupt eine Vorstellung davon, was ich durchgemacht habe, als ich den Fluß nach Euch absuchen mußte? Zehn Minuten lang habe ich das Wasser durchkämmt, weil ich dachte, dieses Schaufelrad hätte Euch getroffen. Ich bin fast wahnsinnig vor Angst geworden, weil es zu dunkel war, um irgend etwas sehen zu können. Und als ich endlich etwas sehe, sind es Eure weißbetuchten Arme, die Euch langsam, aber sicher und ohne die geringste Schwierigkeit ans Ufer bringen.«

Lange bevor er endete, hatten Tanyas Augen sich ungläubig gerundet. Sein Ärger rührte von seiner Sorge um sie? Wenn er diese Worte nicht so leidenschaftlich hervorgestoßen hätte, würde sie das Ganze wohl nur für einen neuen Trick halten, aber sie hatte keinen Zweifel daran, daß sie ihn wirklich in Angst versetzt hatte. Und unglaublicherweise fühlte sie sich plötzlich schuldig deswegen, was natürlich absolut lächerlich war. Schließlich war er nichts weiter als ein abscheulicher Lieferant von Prostituierten. Zumindest war er jedoch ein Entführer, und seine Gründe mußten in jedem Fall schändlich sein. Aber noch vor ein paar Sekunden hatte sie nicht so gedacht. Vor ein paar Sekunden hatte sie an gar nichts gedacht, außer an diese ungeheuren neuen Gefühle, die er in ihr geweckt hatte — und immer noch weckte, denn seine Finger ruhten nach wie vor in ihr.

Sie zweifelte daran, daß er sich dieser Tatsache im Augenblick bewußt war, sie jedenfalls war es ganz gewiß. Es würde sie in die gräßlichste Verlegenheit stürzen, jetzt mit ihm zu reden, aber sie mußte ihn daran erinnern, daß sie als das unfreiwillige Mitglied ihrer kleinen Gruppe jedes

Recht dazu hatte, einen Fluchtversuch zu wagen, auf welche Weise auch immer.

»Warum sagt Ihr nichts?« wollte er wissen.

Sie hatte das Gefühl, als erwarte er tatsächlich auch noch eine Entschuldigung von ihr. Aber da konnte er lange warten!

Unter größter Anstrengung bemerkte sie so beiläufig wie nur möglich: »Wißt Ihr, falls ich wirklich mit Euch über den ganzen Ozean zu diesem Cardinia Eurer Phantasie reisen würde und falls ich jedesmal, wenn irgend jemand Euch in Wut bringt, mit dieser Art von Ereignis rechnen müßte — dann würde ich unweigerlich verrückt werden. Was macht Ihr eigentlich, wenn gerade keine Frau in der Nähe ist, auf die Ihr Euch stürzen könnt?«

»Dann warte ich, bis ich eine finde.« In seiner Antwort schwang ein gewisses Maß an Belustigung mit, aber nicht in seiner Stimme, als er zögernd hinzufügte: »Habe ich Euch weh getan, Tanya?«

»Das ist mir aber ein schöner Zeitpunkt, um sich darüber Gedanken zu machen!« schnaubte sie. »Habt Ihr jetzt endlich genug geschimpft?«

»Wahrscheinlich nicht.«

»Und was ist mit der Küsserei? Sind wir damit wenigstens fertig?«

»Damit ganz bestimmt nicht.«

Die Erwähnung seiner Küsse schien ihn wieder daran erinnert zu haben, wo sich seine Finger befanden. Plötzlich bewegten sie sich ein wenig.

Tanya keuchte. Dann fuhr sie ihn an: »Ihr könnt nicht beides gleichzeitig tun.«

»Und ob ich das kann.«

Jetzt war sie felsenfest davon überzeugt, daß er sie nur neckte, denn sein Humor trat nun deutlich zum Vorschein. Wahrscheinlich grinste er von einem Ohr zum anderen, obwohl sie das in dieser Dunkelheit natürlich nicht sehen konnte. Überdies war es ihr gleichgültig. Es war diese lähmende Kombination von Gefühlen, müde und gleichzeitig sinnlich erregt, die ihren Protest schwächer werden ließ.

Aber sie mußte darum kämpfen, ihm zu widerstehen, und es gelang ihr auch.

»Ihr seid jetzt doch nicht mehr wütend auf mich Stefan, also laßt mich aufstehen.«

Er rührte sich nicht von der Stelle. »Ihr habt da wohl etwas mißverstanden, kleine Tanya, wenn Ihr wirklich glaubt, daß ich wütend sein muß, um Euch lieben zu wollen.« Sein Kopf senkte sich wieder auf sie hinunter, seine Lippen streiften leicht über ihre Wange, den ganzen Weg bis hin zu ihrem Ohr. Und während sie unter seinem warmen Atem erbebte, sprach er flüsternd weiter: »Ich wollte Euch gestern nacht, heute ein dutzendmal und gerade jetzt mehr denn je. Sagt mir, daß ich Euch lieben soll, Tanya, verlangt es von mir!«

Nur keine halben Sachen bei diesem Teufel. Es von ihm verlangen? Das klang in ihren Ohren wirklich nicht schlecht. Aber sie wagte es nicht — oder?

So nahe dran war Tanya, ihren Gefühlen freien Lauf zu lassen, als ein lautes Räuspern verkündete, daß sie nicht länger allein waren. Stefan seufzte, küßte ihre Wange und stemmte sich hoch. Seine Stimme klang außerordentlich schroff, als er sich an seinen unwillkommenen Freund wandte.

»Obwohl mir die Loyalität, die euch hinter mir in den Fluß geschickt hat, das Herz wärmt — gerade jetzt würde ich euch am liebsten zum Hades wünschen. Die Prinzessin möchte für einen Augenblick ungestört sein, also dreh dich um.«

Wieder röteten sich ihre Wangen vor Verlegenheit. Sie war nackt, aber sie hatte diese qualvolle Tatsache vorübergehend vergessen. Er nicht. Er setzte sich auf und streifte lässig seinen Rock ab, und als sie sich ebenfalls hinsetzte, warf er ihn ihr in den Schoß. Hastig schlüpfte sie hinein und kostete die Wärme aus, die sein Körper dort zurückgelassen hatte, obwohl der Stoff noch immer ziemlich klamm war. Als einziges Kleidungsstück war der Rock jedoch alles andere als angemessen, denn er hatte nur ein paar Knöpfe, die sich für gewöhnlich über Stefans Brust schlossen. Bei Tanya dagegen saß der oberste Knopf an ihrem Nabel. Aber wenigstens war es ein Gehrock, und er reichte ihr bis über die Knie. Er würde seinen Zweck erfüllen, solange sie ihn nur fest geschlossen hielt.

Im Gebüsch waren jetzt noch mehr Geräusche zu hören, und die beiden anderen kamen näher. Tanya begriff nun auch, wer sie als erster entdeckt hatte, denn Lazar rief: »Hier drüben!« Aus dem Gebüsch erklang darauf die Frage: »Hast du Stefan gefunden?«

»Ja. Und er unseren kleinen Fisch.«

Der ›kleine Fisch‹ zog eine Grimasse, die in der Dunkelheit niemand sehen konnte. Sie fragte sich, ob sie sich nicht vielleicht *ganz leise* davonstehlen konnte, während die Männer noch damit beschäftigt waren, hin und her zu brüllen. Eine Hand, die sie nicht hatte kommen sehen, half ihr auf die Füße und blieb dann an ihrem Ellbogen zurück, um sie von dieser Idee zu kurieren. Heute nacht würde sie nicht noch einmal entkommen. Das würde Stefan ganz sicher zu verhindern wissen. Aber morgen ...

Kapitel 20

Es lag jetzt schon eine ganze Anzahl von Jahren zurück, daß Tanya das letzte Mal draußen geschlafen hatte, aber sie war trotzdem nicht weiter verblüfft, als sie beim Aufwachen den feuchten Geruch des Flusses einatmete. Sie war daran gewöhnt, mit klarem Kopf und wachen Sinnen aus dem Schlaf zu kommen. Dobbs hatte ihr das beigebracht, weil er seine mieseste Laune am Morgen zu haben pflegte, und weil es zu dieser Zeit folglich am ehesten Ohrfeigen setzte, falls sie einen Befehl nicht verstand und auf der Stelle reagierte.

Jetzt machte sie sich Gedanken um Dobbs und darüber, was gestern wohl passiert sein mochte, als er am späten Nachmittag aufwachte und sie nicht auf seinen allerersten Schrei hin herbeigerannt kam — oder wenigstens auf den dritten oder vierten hin, wie es in letzter Zeit häufig der Fall gewesen war, als ihre Unabhängigkeit sich mehr und mehr durchsetzte. Wer hatte wohl das *Harem* für ihn geöffnet? Jeremiah? Aber der war nur hinter der Theke zu gebrauchen, wenn es darum ging, Drinks auszuschenken. Er wußte nicht einmal, auf welche Weise die Vorräte ergänzt werden mußten.

In ihren Gedanken wuchs die Liste von Dingen, die in der Taverne getan werden mußten, und von denen weder Jeremiah noch Aggie auch nur die geringste Ahnung hatten. Und sie hatten außerdem keine Tänzerin, bis Aprils Fuß wieder in Ordnung war. Ein oder zwei Abende konnten sie auch ohne diese Unterhaltung durchstehen, aber dann würde es sich herumsprechen, und der Umsatz würde drastisch zurückgehen.

Panik stieg in ihr hoch, als sie sich vor Augen führte, wie ihr zukünftiger Lebensunterhalt einen ernstlichen Rückschlag erlitt, weil sie nicht da war, um darüber zu wachen. Das *Harem* würde vielleicht sogar gezwungen sein zu schließen, oder noch schlimmer: Dobbs könnte jemand anderen finden, der sich um die Taverne kümmerte. Diese erzwungene Abwesenheit konnte ihre ganze Zukunft ruinieren. Stefan sollte in der Hölle schmoren, dafür daß er sie gestern nacht gefunden hatte.

Sie waren in der Nacht an die Stelle zurückgekehrt, an der Tanya ihre Kleider gelassen hatte, wobei sie und Stefan vorausgegangen waren, so daß sie Zeit genug hatte, sich umzuziehen, bevor die anderen sie erreichten. Stefan hatte dann beschlossen, die Nacht dort zu verbringen. Zu Tanyas großer Enttäuschung hatte er auch noch eine Wache aufgestellt, wobei sie sich alle vier bis zum Morgengrauen abwechselten. Und Tanyas Hoffnung, sich heimlich davonschleichen zu können, während die Männer schliefen, war dahin. Sie hatten kein Feuer gehabt und keine Decken, um sich warmzuhalten, und sie mußte in ihren feuchten Kleidern schlafen, während die Männer sich fast bis auf die Haut ausgezogen hatten, um ihre Kleider zum Trocknen über irgendwelche Sträucher zu hängen.

Tanya hoffte, daß sie den Anstand besaßen, sich jetzt, da es wieder hell war, anzuziehen. Aber sie hatte noch nicht nachgesehen. Sie war im Schlaf auf den Bauch gerollt, und ihre eigenen Kleider waren dort, wo sie auf ihnen gelegen hatte, immer noch unangenehm klamm. Die Männer waren bereits wach. Sie konnte ihre leise Unterhaltung hören, aber sie waren wieder in diese fremde Sprache, die sie alle kannten, zurückgefallen, und daher machte sie sich erst gar nicht die Mühe zuzuhören.

Zweifellos schmiedeten sie Pläne und beratschlagten darüber, in welche Richtung sie nun weitergehen sollten. Sie fragte sich, ob sie sich in dieser Gegend wohl auskannten, was sie selbst ganz sicher nicht tat. Nicht an diesem Ufer des Flusses. Eigentlich auch nicht am anderen, jedenfalls nicht so weit entfernt von Natchez. Aber das war im Augenblick nicht ihr Problem. Ihr Problem bestand zunächst einzig und allein darin, eine weitere Gelegenheit zu finden, diese Männer loszuwerden. Und das war praktisch unmöglich, weil keiner von ihnen ihr über den Weg traute. Sie würden sich nicht mehr weiter als eine Armeslänge von ihr entfernen.

Schließlich drehte sie sich doch um und setzte sich hin. Sie entdeckte sie alle vier zusammen in der Nähe des Wassers. Vasili und Serge hockten auf einem Baumstamm, und Vasili versuchte, mit einem Taschentuch den Schlamm von seinen Stiefeln zu polieren. Lazar kauerte auf dem Boden und war eifrig damit beschäftigt, Geld zu zählen. Es mußte also noch einer von ihnen ein wenig bei sich gehabt haben, als sie sich entschlossen, hinter ihr herzukommen. Stefan stand mit dem Gesicht zum Wasser, wahrscheinlich mit der Absicht, irgendein vorbeifahrendes Schiff ans Ufer zu winken. Sie hätte ihnen sagen können, daß dies eine gute Möglichkeit war, sich ausrauben und ermorden zu lassen, bei all den unangenehmen Kerlen, die heutzutage den Mississippi befuhren. Was Stefan da vorhatte, würde nur jemand tun, der wirklich verzweifelt war. *Sie* hatte Grund zur Verzweiflung und nicht ihre Begleiter — noch nicht jedenfalls. Aber was all die Diebe und Mörder auf dem Mississippi betraf, so würden ihre Entführer wahrscheinlich ganz gut zu ihnen passen; schließlich waren sie ja selbst alles andere als rechtschaffene, ehrliche Leute, dachte sie mißmutig.

Mit ihrer Bewegung hatte sie zuerst Serges Blick auf sich gezogen, dann Lazars. Als sie den Blick überhaupt nicht mehr von ihr abwandten, sah sie schnell an sich hinab, um sich zu versichern, ob das Wams ihre Brüste immer noch hinreichend bedeckte. Das tat es. Als sie wieder zu den Männern hinübersah, bemerkte sie, daß jetzt auch Vasili sie anstarrte, und er schien überrascht, nahezu überwältigt. Was, zum Teufel, hatte das nun schon wieder zu bedeuten?

»Ist mir über Nacht vielleicht ein zweiter Kopf gewachsen oder so was?« fragte sie gereizt.

Bei dem Klang ihrer Stimme drehte sich Stefan um, warf einen Blick auf sie und ließ einen Fluch hören, der ihr in den Ohren brannte. An diesem Punkt fing Lazar an zu lachen. Serge lächelte. Aber sie alle starrten sie immer noch an, als sähen sie etwas absolut Unglaubliches.

Tanya war für gewöhnlich nicht gar so schwer von Begriff, aber sie war seit Jahren so daran gewöhnt, sorgfältig zurechtgemacht zu sein, bevor sie irgend jemand, selbst Dobbs, gegenübertrat, daß es ihr nicht sofort in den Sinn kam, daß das Flußwasser ihre Maskerade bis auf den letzten Rest weggewaschen hatte. Als sie sich dann daran erinnerte, daß sie sich am vergangenen Abend von Kopf bis Fuß im Fluß abgeschrubbt hatte, wiederholte sie Stefans Fluch, allerdings leise. Sie hatte nicht die Absicht gehabt, ihnen danach noch einmal in die Arme zu laufen. Und jetzt seh' sich einer ihre verdammten Reaktionen an. Es hatte ihnen die Sprache verschlagen — wenn das nicht zum Schreien war!

Es blieb jedoch nicht lange so. Als Lazar sich von seinem Lachanfall erholt hatte, sagte er zu niemand bestimmtem: »Es war doch eigentlich klar, daß sie so aussehen würde. Ihre Mutter war eine berühmte österreichische Schönheit, und ihr Vater war einer der bestaussehenden Männer, die

Cardinia je hervorgebracht hat. *Das* ist es, was wir erwartet haben, nicht diese ausgelutschte alte Scharteke, die sie mit ein bißchen Farbe aus sich gemacht hat. Außerdem hat Stefan uns ja bereits gewarnt, daß sie nicht das war, was sie zu sein schien.«

»Ich habe Schlimmeres erwartet, nicht Besseres«, sagte Vasili.

»Das nennst du einfach nur besser?« fragte Serge, der jetzt ebenfalls in sich hineinlachte. »Sie werden aus ganz Europa herbeikommen, um sie in Augenschein zu nehmen, wenn es sich erst einmal herumgesprochen hat, daß sie sogar ihre Mutter noch in den Schatten stellt. Und zu denken, daß ich Mitleid empfunden habe für ...«

Aus zwei Kehlen wurde ein so lautes Räuspern hörbar, daß Serge höchst wirkungsvoll davon abgehalten wurde, weiterzusprechen. Stefan, der bis dahin geschwiegen hatte, ging steif auf Tanya zu und half ihr auf die Beine.

»Die Frage ist nur«, sagte er in einem Ton, der kalt genug war, um seine nächsten Worte vorherzusehen, »warum sollte eine Hure ein Gesicht verstecken, daß ihr ein wahres Vermögen einbringen könnte?«

Das vermögenbringende Gesicht wurde von einem hellen Rot überflutet, ein Umstand, der Tanya fast noch mehr in Wut versetzte als die Beleidigung. Sie hatte es langsam wirklich satt, jedesmal zu erröten, wenn einer dieser Männer ihr seine Verachtung unter die Nase rieb. Offensichtlich gab es nichts, was den Beleidigungen, mit denen sie neuerdings überschüttet wurde, ein Ende machen konnte, also mußte sie sich dagegen wappnen. Sie wußte nicht einmal, *warum* sie so empfindlich darauf reagierte, da man sie in ihrem Leben schon weit Schlimmeres als eine Hure genannt hatte. Und in all diesen Fällen war sie viel zu dickhäutig gewesen, um davon auch nur Notiz zu nehmen. Aber falls sie noch einen Tag in Gesellschaft dieser vier Männer verbringen mußte, sollte sie sich gegen diese Dinge abhärten oder anfangen, Gleiches mit Gleichem zu vergelten und zurückzuschlagen.

Gerade im Augenblick reizte sie der Gedanke an Vergeltung ungemein. Und obwohl es nur eine rhetorische Frage gewesen war, auf die niemand eine Antwort von ihr erwartete, gab sie ihm trotzdem eine, und ihr Lächeln dabei war von geradezu mörderischer Süße. »Ich bin auch nur *eine* Frau, Stefan, und ich hatte nie genug Zeit, all die Kunden zu bedienen, die dieses Gesicht anzog.«

Unglaublicherweise wich alle Farbe aus seinem Gesicht, nur um dann mit solcher Schnelligkeit wieder zurückzukehren, daß sie wußte, daß diesmal *er* an der Reihe war zu erröten. *Nun, das war also ein Punkt für dich. Es wird leichter, als du gedacht hast, ihnen ihre Unverschämtheit heimzuzahlen.*

Aber dann hörte sie eine Stimme hinter ihm sagen: »Jesus Maria!« Und eine andere warnte: »Denk nach, bevor du irgend etwas tust. Stefan.«

Dabei konnten sie nicht einmal sein Gesicht sehen, auf dem sich jetzt rasende Wut widerspiegelte. Sie *erwarteten,* daß ihre Worte ihn in Rage brachten. Warum? Welchen Unterschied machte es schon, wenn sie etwas zugab, das diese Männer ohnehin schon von ihr glaubten? Hätte sie die Wahrheit gesagt, wäre Stefan wahrscheinlich genauso ärgerlich geworden. Vielleicht sollte sie das beim nächsten Mal versuchen.

Im Augenblick wappnete sie sich erst einmal gegen seine Reaktion. Ob er sich wohl wie gewöhnlich auf sie stürzen würde? Anscheinend nicht, wenn seine Freunde dabei waren, denn er hob lediglich mit einem Finger ihr Kinn an und ließ seine goldenen Augen über ihr Gesicht streifen, als wolle er Zoll für Zoll davon für immer in sein Gedächtnis eingraben.

Sie wußte, was er sah, oder dachte es jedenfalls. Genaugenommen hatte sie ihr Spiegelbild schon seit einer ganzen Reihe von Jahren nicht mehr im vollen Licht betrachtet. Aber selbst wenn sie es getan hätte, hätte sie nicht das gesehen, was er sah: Dichte Wimpern umrahmten Augen, die bezaubernd schön geformt waren, Augen, die ohne die dikke graue Puderschicht um sie herum alles andere als blaß waren, sondern strahlend und von heller Tönung, Haut so zart wie Blütenblätter, ein weicher rosiger Teint und sanft geschwungene Augenbrauen von derselben Farbe wie ihr mitternachtsschwarzes Haar. Er sah die Aristokratin in ihren hohen Wangenknochen und Leidenschaft in ihrem einladenden üppigen Mund mit seinen vollen Lippen. Und er sah auch Stärke — oder Sturheit — in ihrem Kinn, ebenso wie die leichte Wölbung ihrer Nasenspitze, die ihr Gesicht davor bewahrte, hochmütig zu wirken. Er sah ein Gesicht von solchem Liebreiz, daß ihm nicht einmal die blumigste Beschreibung eines Dichters hätte gerecht werden können. Und ihm mißfiel jeder Zoll davon.

Dieses Mißfallen konnte Tanya deutlich aus seiner Miene herauslesen, nur verstehen konnte sie es nicht. Gestern, als sie so reizlos ausgesehen hatte, wie sie nur konnte, hatte dieser Mann sie ein dutzendmal gewollt, oder wenigstens hatte er das behauptet. Und jetzt wollte er sie nicht mehr? Es war zum Verrücktwerden, sie hätte ihr Gesicht schon eher waschen sollen!

Als er seine Untersuchung beendet hatte, sagte er mit trügerischer Unbekümmertheit: »Ich verstehe, was Ihr meint, Tanya. Sie hätten scharenweise vor Eurer Tür Schlange gestanden, nicht wahr? Oder bedient Ihr mehr als einen gleichzeitig?«

Lieber Himmel, er wurde wirklich eklig, jetzt, wo er sie nicht länger für sich selbst wollte. Tanya wußte nicht, ob sie über seine gemeine Anspielung weinen oder ihn ohrfeigen sollte. Aber sie hatte vergessen, wie man weint ...

Der Knall ihres Schlages wirkte ohrenbetäubend laut in der Stille, die sie umgab. Tanya mußte sich auf die Lippen beißen, um sich davon abzuhalten, ihre Hand zu schütteln; ihre Haut brannte wie Feuer. Stefans Wange wurde weiß, dann füllte sie sich dort mit Blut, wo Tanyas Hand ihren Abdruck hinterlassen hatte. Die Narben darunter schienen fast zu verschwinden.

Der Abdruck ihrer Hand auf seiner Wange erfüllte Tanya mit solcher Genugtuung, daß es ihr in diesem Augenblick egal gewesen wäre, wenn er sich auf der Stelle herumgedreht und einen Stock gesucht hätte, um sie zu schlagen. Vielleicht würde er ihr auch einen Hieb auf ihr Hinterteil versetzen, so wie Vasili es neulich abends gern getan hätte, als Stefan das gerade noch rechtzeitig verhindert hatte.

Aber er tat weder das eine noch das andere. Er hob lediglich einen Finger an seine Wange und zog eine schwarze Braue hoch. »Ich nehme an, das sollte wohl ›nein‹ heißen«, sagte er, und sie hätte ihm beinahe erneut ins Gesicht geschlagen. Er schien ihren Impuls geahnt zu haben, denn er schüttelte warnend den Kopf. »Ah, nein, Tanya. Einmal hab' ich vielleicht verdient, aber ein zweites Mal werde ich das nicht so einfach hinnehmen. Benehmt Euch ...«

»Dann laßt mich, verdammt noch mal, in Ruhe, ehe ich endgültig die Nase voll habe von Eurem bösartigen Spott.«

Sie wandte ihm den Rücken zu, und er antwortete ihr auch nicht. Einen Augenblick später hörte sie ihn weggehen, und sie mußte sich sehr beherrschen, nicht in die entgegengesetzte Richtung loszurennen. Aber sie waren immerhin zu viert, um hinter ihr herzujagen. Und das Ende vom Lied wäre wahrscheinlich gewesen, daß sie ihre Kraft sinnlos verschwendet hätte.

Ein weiterer Augenblick verging, und Lazar kam zu ihr. Sein Gesichtsausdruck zeigte äußerste Wachsamkeit. »Es ist mir sehr unangenehm, Euch zu fragen, Prinzessin, aber kann man das essen?«

Sie blickte auf einen belaubten Zweig hinunter, den er in der Hand hielt. Wilde Beeren. Wenn sie nicht selbst so hungrig gewesen wäre, hätte sie nein gesagt und sich dann genüßlich zurückgelehnt und beobachtet, wie sie alle versucht hätten, zu erbrechen, was sie wahrscheinlich bereits gegessen hatten. Statt dessen nahm sie ihm den Zweig aus der Hand und stopfte sich ein paar von den saftigen Beeren in den Mund — eine Antwort, die ihrer Meinung gut genug für ihn war. Sie hatte es satt, mit diesen Kerlen zu reden.

Aber die verdammten Beeren wollten nicht rutschen. Sie hatte einen Knoten im Hals, der sich dick wie ihre Faust anfühlte — etwas, das ihr seit ihrer Kindheit nicht mehr passiert war. Sie nahm an, daß sie wohl doch noch weinen konnte.

Sie gab keinen einzigen Laut von sich, aber die Tränen

begannen, verschwenderisch zu fließen. Lazar erbleichte, als er sie sah. Tanya jedoch nahm weder seine Reaktion zur Kenntnis noch die Tatsache, daß er sie verließ. Und dann begann irgendwo hinter ihr ein Streit, der einen Augenblick lang in eine wirklich hitzige Debatte ausartete, obwohl sie auch dieser Tatsache keine besondere Aufmerksamkeit schenkte. Vielleicht würden sie sich gegenseitig umbringen. Das wäre immerhin ein Hoffnungsschimmer …

Die Arme, die sie umschlossen, waren so zärtlich, daß es wehtat, und zogen sie an eine tröstende Brust. Sie nahm an, daß es Lazar war, aber sie blickte nicht auf, um sich zu vergewissern, denn in diesem Augenblick war es ihr egal. Ein heftiges, ungehemmtes Schluchzen hallte durch den Wald. Sie weinte! Und das, obwohl sie noch vor wenigen Augenblicken so ungeheuer wütend gewesen war. Was für eine Demütigung! Und dabei hätte sie nicht einmal sagen können, warum sie weinte — ganz bestimmt nicht, weil dieser Satan mit den teuflischen Augen sie nicht leiden konnte.

Sie machte einen solchen Lärm, daß es eine ganze Weile dauerte, bis sie die tröstenden Worte, die zu ihr gesprochen wurden, überhaupt hören konnte. Als sie sie aber hörte, versteifte sie sich und versuchte, sich loszureißen. Aber die Arme, die sie umfingen, schlossen sich nur noch fester um sie. Sie würde sich trösten lassen müssen, ob es ihr gefiel oder nicht, und zwar von *ihm*. Das war ja wohl das allerletzte. Es gab nichts, was er sagen konnte …

»Es tut mir leid, Tanya, manchmal bin ich wirklich der Teufel, als den man mich bezeichnet. Ich habe Euch gewarnt, oder? Und manchmal, wenn ich überrascht bin …«

»Ihr meint enttäuscht, nicht wahr?« unterbrach sie ihn bitter.

»Überrascht reicht«, erwiderte er. »Ich bin noch nie gut zurechtgekommen mit Überraschungen.«

»Ihr reagiert überhaupt auf eine Menge Dinge ziemlich ungewöhnlich, nicht wahr, Stefan?«

Es war sicher nicht gerade ihre beste Idee gewesen, diese Tatsache zu betonen, während seine Arme sie noch immer umfangen hielten. Aber die Gefahr, von ihm geküßt zu werden, bestand ja ohnehin nur, wenn er ärgerlich war oder es galt, ein Abkommen zu besiegeln. Und diese Gefahr war jetzt zweifellos vorüber, nachdem er wußte, wie sie wirklich aussah. Eigentlich sollte sie erleichtert darüber sein. Warum also war sie es nicht?

Er blieb so lange still, daß sie nicht sicher war, ob er überhaupt noch auf ihre Bemerkung antworten würde, aber er tat es. »Ihr kommt mit meinen *ungewöhnlichen* Reaktionen doch ganz gut zurecht, oder?«

Wieder schoß die Farbe in ihre Wangen, und diesmal hatte sie keinen grauen Puder, um auch nur das kleinste bißchen davon zu verbergen. Das einzige, was sie hatte, war seine breite Brust.

»Das war aber ein ziemlich kurzer Waffenstillstand«, sagte sie müde.

Seine Hand strich über ihren Hinterkopf, und mit dieser Geste preßte er sie noch enger an sich. Er tröstete sie, sogar während er sie beleidigte? Dieser Mann tat wirklich *nichts* auf normal Weise.

»Ich wollte Euch nicht kränken«, sagte er sanft neben ihrem Ohr. »Es gibt Frauen mit ungeheurer Erfahrung, die immer noch Angst haben, wenn ich ... Aber ein unschuldiges Mädchen wäre natürlich noch viel schlimmer dran. Das wenigstens ist ein Vorteil bei Euch.«

Und sonst nichts? Aber das sagte er nicht. Er legte es wenigstens nicht darauf an, sie zu beleidigen.

»Ein *paar* von den unschuldigen Mädchen würden *ganz genauso* reagieren wie ich«, gab sie zurück. »Aber ich nehme nicht an, daß ich mir diesbezüglich jetzt noch Sorgen machen muß, oder?«

Er seufzte. »Ich habe Euch schon wieder wütend gemacht.«

Das einzige, was Tanya bemerkte, war die Tatsache, daß er ihre Frage nicht beantwortet hatte. »Ihr könnt mich jetzt loslassen, Stefan. Der Regen hat aufgehört, falls Ihr es noch nicht bemerkt haben solltet.«

Sie hörte ihn auflachen, und er hob ihr Gesicht, so daß

sie sehen konnte, daß er immer noch lächelte. Seine Art, ihr zu sagen, daß er zumindest bereit war, die harten Worte zu vergessen, die zwischen ihnen hin und her geflogen waren, und daß er bereit war, einen neuen Anfang zu machen — schon wieder. Aber er wußte nicht, daß sie es haßte, wenn er lächelte. Er wußte nicht, daß sich ihr Puls jedesmal, wenn er das tat, unangenehm beschleunigte. Sie betrachtete seine Lippen und spürte seinen Körper, der an sie gepreßt war. Und wieder überfiel sie dieses seltsame flatternde Gefühl in ihrem Innern. Hölle und Teufel, wie konnte er jetzt noch diese Wirkung auf sie haben, nachdem er gerade erst so eklig zu ihr gewesen war?

Sie fühlte, wie er sich straffte, kurz bevor er sie losließ, und einen Augenblick lang hatte sie den Eindruck, als habe er gespürt, was sie empfand — und als sei er alles andere als erbaut über diese Entdeckung. Sie wandte sich von ihm ab, um diesen Verdacht nicht in seiner Miene bestätigt zu finden.

»Für welche Richtung habt Ihr Euch nun entschieden?« fragte sie in möglichst neutralem Ton.

»Süden.«

Natürlich! Sie *mußten* sich einfach die falsche Richtung aussuchen, genau entgegengesetzt zu ihren eigenen Wünschen.

Kapitel 21

Es mußten etwa drei Stunden vergangen sein, seit sie ihren Marsch in Richtung Süden aufgenommen hatten, aber noch immer hatte keiner von Tanyas Begleitern von Essen gesprochen. Dafür wurde wieder und wieder über den verblüffenden Wandel ihres Aussehens geredet, und jedesmal, wenn sie aufsah, ertappte sie wenigstens einen von ihnen dabei, wie er sie anstarrte, selbst Stefan. Es machte den Eindruck, als könnten sie immer noch nicht glauben, daß sie sich hinter ihrer Schminke tatsächlich als hübsch erwiesen hatte. Serge und Lazar schienen darüber außerordentlich erfreut zu sein. Vasili war undurchschaubar, aber es war zumindest auffällig, daß er an diesem Morgen noch keine einzige abfällige Bemerkung gemacht hatte. Und sie wußte bereits, was Stefan dachte, obwohl das keinen Sinn ergab, denn jeder konnte sich doch ausrechnen, daß er für eine hübsche exotische Tänzerin mehr bekommen würde als für eine häßliche.

Sie versuchte, nicht daran zu denken, daß sie jetzt für sie von noch größerem Wert sein mußte, weil diese Tatsache bedeutete, daß sie ihre Wachsamkeit in Zukunft nur noch erhöhen würden. Statt dessen dachte sie lieber an ihren Hunger, was auch kein Kunststück war bei dem Lärm, den ihr Magen machte. Dann endlich kam es ihr in den Sinn, daß ihre Entführer bei all ihrer vornehmen Kleidung und ihren feinen Manieren vielleicht gar nicht wußten, wie man in der Wildnis überlebte. Das wäre nun wirklich ein Witz. Nein, das wäre es wohl doch nicht, nicht solange sie sie am Hals hatte.

Tanya war schon drauf und dran, ihnen zu offenbaren, daß sie wußte, wie man in dieser Gegend etwas Eßbares auftreiben konnte, als Serge, der als Späher vorangegangen war, ihnen zurief, daß er etwas gefunden habe. Dieses »Etwas« erwies sich als das ziemlich große Herrenhaus einer Plantage mit all den zugehörigen Nebengebäuden, die die Unabhängigkeit eines solchen Besitzes garantierten. Dieser hier entpuppte sich als besonderer Glücksfall für ihre Entführer, denn sie bekamen dort alles, was sie sich nur wünschten — eine heiße Mahlzeit, die bereits vorbereitet war, Vorräte, die sie mitnehmen konnten, und vier kräftige Pferde. Anscheinend konnten sie es sich leisten, all diese Dinge zu kaufen. Es waren noch mehr Pferde vorhanden, und die Männer hatten auch noch mehr Geld bei sich, aber offensichtlich würde sie selbst kein eigenes Reittier bekommen.

Das wäre wohl auch zuviel verlangt gewesen. Aber außerdem wurde sie nun auch nicht mehr für einen einzigen Augenblick allein gelassen, nicht einmal dann, wenn sie das Örtchen aufsuchen mußte — ganz *besonders* dann nicht. Stefan begleitete sie höchstpersönlich zu dem Häuschen, das diesem Zweck diente. Er untersuchte sogar das Innere der kleinen Hütte, um sich davon zu überzeugen, daß sie keine anderen Ausgänge hatte, bevor er ihr diese paar Minuten des Alleinseins gestattete. Sie hätte gern gewußt, wie er dieses Problem handhaben würde, wenn gerade kein solches Häuschen in der Nähe war. Bildete er sich ein, er könnte einfach daneben stehen und ihr zugucken? Da konnte er lange warten!

Sie blieben nicht länger auf der Plantage, als unbedingt notwendig, wahrscheinlich, weil sie Tanya nicht über den Weg trauten, solange andere Leute in der Nähe waren. Sie hatten sie eindringlich davor gewarnt, dort Schwierigkeiten zu machen, obwohl die Konsequenzen, die ein solches Verhalten für sie haben könnte, nicht weiter erläutert wurden. Aber sie hätte diese Warnung ohne Rücksicht auf Verluste in den Wind geschlagen, wenn sie geglaubt hätte, daß jemand auf dem Anwesen in der Lage gewesen wäre, ihr zu helfen. Aber der Besitzer war ein alter Mann, und seine schwerkranke Frau bekam Tanya nicht einmal zu Gesicht. Alle anderen waren Sklaven; sie konnten ihr ebensowenig helfen wie sich selbst.

Als es Zeit zum Aufbruch war, brauchte Tanya erst gar nicht zu fragen, mit wem sie reiten würde. Sie spürte Stefans Hand an ihrem Ellbogen, wo sie sich während ihres gesamten Aufenthaltes auf der Plantage befunden hatte. Er führte sie ohne Umschweife zu dem Pferd, das er sich ausgesucht hatte, dann hob er sie in den Sattel der riesigen Fuchsstute und stieg hinter ihr auf. Diese Stellung, die sie mehr oder weniger auf seinem Schoß plazierte, gefiel ihr überhaupt nicht. Mit einem Arm stützte er ihren Rücken, so daß sie bequem sitzen konnte, aber dafür mußte sie Stefan auch direkt ins Gesicht sehen. Es war schon schlimm genug, so nah bei ihm zu sein, daß sie ihn an vielen Stellen berühren und seine Hitze spüren konnte — der Mann fühlte sich für sie immer heiß an —, aber daß sie ihn auch noch ansehen mußte, war bei weitem das Beunruhigendste. Sie konnte die Augen schließen, nahm sie an, oder sich einen steifen Nacken holen, indem sie versuchte, nach vorn zu sehen. Nachdem sie beide Möglichkeiten ausprobiert hatte, konnte sie sich des Eindrucks nicht erwehren, daß er sie dabei beobachtete — und das machte die Sache wahrhaftig nicht besser.

Sie brauchte nicht lange, um ihn zu informieren: »Ich möchte mich anders hinsetzen, Stefan, mit dem Gesicht nach vorn.«

»Mit gespreizten Beinen?«

»Ja.«

»Nein.«

Sie erwiderte den Blick seiner sherrygoldenen Augen und verlangte zu wissen: »Warum nicht?«

Er hielt ihrem Blick für einen Augenblick stand, dann sah er wieder über ihren Kopf hinweg, den Kiefer verkrampft, die Lippen fest zusammengepreßt, bereit, sie in jeder Hinsicht zu ignorieren. Aber schließlich antwortete er ihr trotzdem: »Euer Rock gestattet es nicht.«

Ihr Rock war verglichen mit solchen, die dazu gemacht waren, zahllose Unterröcke zu beherbergen, relativ eng, aber er war nicht *so* eng. »Ich würde nur ein kleines bißchen Haut zeigen, vielleicht sogar gar nichts, da ich Stiefel trage, die ohnehin mehr als ein Drittel meiner Waden bedecken.«

Sie fand, daß ihr Einwand durchaus logisch geklungen hatte, aber seine Augen waren um eine Schattierung heller geworden, als er den Blick wieder auf sie herabsenkte. »Ein bißchen ist schon zuviel. Seid so gut, und erinnert Euch daran, wer Ihr seid, Prinzessin. Und fangt endlich an, Euch mit ein wenig Anstand zu benehmen — wie es Eurem Rang entspricht und nicht wie eine Tavernen … wie ein Tavernenmädchen.«

Sein kurzes Zögern verriet ihr deutlich genug, daß »Hure« der Ausdruck seiner Wahl gewesen wäre, um sie zu beschreiben. Aus einem Grund, den sie sich selbst nicht recht erklären konnte, hatte sie ihn so wütend gemacht, daß er wieder anfing, sie mit irgendwelchen Beleidigungen zu bedenken. Und wenn sie sie sowieso zu hören bekam, konnte sie sie sich ebensogut verdienen.

»Was war es denn diesmal? Das Wort Haut? Waden? Ich *bin* ein Tavernenmädchen, Stefan, und es gibt wahrhaftig nicht allzu viele Wörter, die in mein Vokabular nicht hineinpassen. Wollt Ihr noch ein paar mehr hören, an denen Ihr vielleicht auch etwas auszusetzen hättet? Wie wär's zum Beispiel mit Hurensohn?«

Ihre Augen kämpften einen schweigenden Kampf miteinander, fast eine volle Minute lang. Seine Augen glühten jetzt wirklich, und ihre sprühten grüne Funken. Und dann überraschte er sie, indem er ihr in allen Punkten nachgab.

»Setzt Euch hin, wie es Euch gefällt. Zeigt soviel Haut, wie es Euch gefällt. Ihr könnt sogar sagen, was immer Euch gefällt, kleine Tanya.«

Ihr Gesicht spiegelte ihre ganze Verachtung wider: Erst brach er einen Streit vom Zaun, dann gab er einfach klein bei. Aber trotzdem korrigierte sie schnell ihren Sitz, bevor er es sich anders überlegen konnte. Für ihren Seelenfrieden war es unendlich viel besser, wenn sie nicht in der Lage war, diesem Teufel in die Augen zu sehen. Jetzt konnte sie sich vielleicht auch wieder auf ihre Flucht konzentrieren …

Schon in dem Augenblick, in dem sie sich nach vorn beugte, um ihren Rock soweit wie möglich hinabzuziehen, glitt Stefans Arm um ihre Taille, um ihre Hüften fester zwischen seine Beine zu pressen. Tanya war von seinem Verhalten jedoch noch nicht weiter alarmiert, weil sie dachte, er wolle lediglich sicherstellen, daß sie nicht vom Pferd fiel. Aber er ließ sie auch dann nicht los, als sie sich aufrecht hinsetzte, und einen Augenblick später bewegte sich sein Unterarm nach oben, bis seine Hand flach über ihrer rechten Brust lag — mit genug Druck, um ihren ganzen Rücken in engen Kontakt mit seiner Brust zu bringen. Ihr Keuchen war kaum weiter als bis zu ihren Lippen gedrungen, als sie seine Stimme an ihrem Ohr hörte, die beiläufig weitersprach, als hätte es nach seinen Zugeständnissen überhaupt keine Pause gegeben. »Aber Ihr werdet schon bald herausfinden, falls Ihr es nicht schon getan habt, Weib, daß die Art, wie eine Frau sich benimmt, auch genau die Art ist, wie sie wahrscheinlich behandelt wird.«

Tanyas Augen weiteten sich, als sie begriff, daß er ihr lediglich eine Lektion erteilte, wenn auch eine abscheuliche. Diese Erkenntnis war so demütigend, daß sich ihre Augen einen Moment lang schlossen, nur um auf der Stelle wieder aufgerissen zu werden, weil die Lektion noch nicht vorüber war. Seine Finger wölbten sich um ihre Brust, drückten sanft zu, während seine Hand unablässig darüberstrich. Und obwohl er wahrscheinlich nicht erwartete und auch nicht beabsichtigte, daß sie irgend etwas anderes als Scham bei dieser Lektion empfinden sollte, erweckte diese spezielle Liebkosung ein ganz anderes Gefühl in ihr.

Sie zerrte seine Finger von sich weg, dankbar dafür, daß er das zuließ, und schob seine Hand zur Seite. »Ich habe begriffen«, sagte sie bitter.

»Das glaube ich nicht.«

Seine Hand kam zurück, wanderte höher, um ihren Hals zu streicheln, dann wieder hinunter über beide Brüste und ihren Bauch und glitt schließlich langsam an ihrem Bein hinunter. Ihr Rock saß so stramm über ihren Schenkeln, daß sie dort nicht mehr als die leiseste Berührung seiner Hand hätte spüren sollen, aber seinen Fingern gelang es, sich auch um ihr Bein zu wölben, und sie hatte plötzlich das Gefühl, als existiere der Rock überhaupt nicht mehr — und dann kehrten seine Finger langsam wieder denselben Weg zurück.

Sie fing seine Hand auf und zog sie abermals von sich weg, aber schon war sie wieder da, zurück an ihren Brüsten. Und diesmal konnte sie sie nicht mehr wegziehen.

»Ich werde schreien«, versprach sie.

»Das wird Euch lediglich ein interessiertes Publikum eintragen.«

Sie hatte vollkommen vergessen, daß sie nicht allein hier draußen waren. So, wie die Dinge lagen, war wahrscheinlich schon der eine oder andere der Männer auf sie aufmerksam geworden. Wieder drückte seine Hand zu. »Na schön. Der Teufel soll Euch holen! Aber ich werde mich hinsetzen, so wie Ihr es wollt.«

»Eine weise Entscheidung, Prinzessin.«

Aber er nahm seine Hand nicht eher von ihrer Brust, als bis sie sich vollständig herumgedreht hatte und wieder auf seinem Schoß saß. Sie starrte zu ihm auf, unerträglich enttäuscht und wütend darüber, daß sie keine Chance gehabt hatte, wenigstens diese eine kleine Schlacht für sich zu entscheiden.

»Habe ich eigentlich schon gesagt, daß Ihr der reinste Satansbraten seid, Stefan?«

»Ja.«

»Und was ist mit Bastard?«

»Das auch.«

»Ihr wißt, daß ich Euch verachte?«

»Das war unvermeidlich.«

Sie sagte nichts mehr und starrte vor sich hin, auf die Straße, die sie im Augenblick entlangritten, wild entschlossen, ihn nicht noch einmal anzusehen. Aber seine letzte Bemerkung klang in ihren Gedanken noch nach. Während des ganzen langen Nachmittags zerbrach sie sich immer wieder den Kopf darüber: War es wirklich unvermeidlich? Sie selbst war sich da gar nicht so sicher. Aber warum war er davon so felsenfest überzeugt?

Kapitel 22

Es war schon fast dunkel, als Stefan sie von der Straße wegführte, um einen geeigneten Platz für ihr Nachtlager zu finden. Vor nicht allzulanger Zeit waren sie an einer anderen Plantage vorbeigekommen, wo sie vermutlich die Nacht hätten verbringen können. Aber keiner der Männer schlug auch nur vor, es zu versuchen. Tanya konnte daraus nur schließen, daß sie selbst der Grund dafür war, warum die Männer es vorzogen, ungemütlich im Freien zu kampieren. Sie trauten ihr einfach nicht, wenn andere Menschen in der Nähe waren — genauer gesagt trauten sie ihr überhaupt nicht, wie sie herausfand, als sie darum bat, für ein paar Augenblicke allein in den Büschen verschwinden zu dürfen.

Zu den Dingen, die sie auf der Plantage erworben hatten, gehörte neben einer Reihe von Vorräten auch ein langes Seil. Wahrscheinlich Stefans Idee, denn er war nun derjenige, der das eine Ende um ihr Handgelenk band und das andere festhielt, bevor er ihr gestattete, sich aus seiner Sicht zu entfernen. Aber sie mußte außerdem noch fortwährend reden, singen oder summen. Auf welche Weise sie sich bemerkbar machte, war ihm egal, solange er sie nur hören konnte. Das war ihrer Meinung nach ein bißchen dick aufgetragen, aber sie tat wie geheißen, denn sie war sich darüber im klaren, daß er sofort hinter ihr her ins Gebüsch stürzen würde, wenn sie es nicht tat.

Sie entschied sich dafür, einfach laut zu zählen, und war zurück, bevor sie auch nur bis fünfzig kam. Sie zog es nicht einmal in Erwägung, das Seil von ihrem Handgelenk abzuschneiden, obwohl sie die Gelegenheit dazu gehabt hätte. Nicht solange sie alle wach und aufmerksam waren. Aber sie *würde* heute nacht fliehen. Irgendwie. Und vorzugsweise mit einem der Pferde, falls sie das bewerkstelligen konnte. Sie hatte nur noch nicht herausgefunden, wie. Sie scheute sich vor der offensichtlichen Erkenntnis, daß sie dabei jemanden ernstlich würde verletzen müssen — und zwar denjenigen, der gerade Wache hielt, wenn sie bereit war zu fliehen. Serge und Lazar? Diese zwei könnte sie nicht verletzen, weil sie lediglich die Befehle der beiden Vettern auszuführen schienen. Vasili? Ohne Skrupel. Stefan? Da war sie sich nicht ganz sicher.

Als sie wieder aus den Büschen auftauchte und Stefan ihre Hand hinhielt, damit er das Seil losbinden konnte, hatten die anderen bereits Bettlaken auf dem Boden ausgebreitet. Serge zündete gerade ein Feuer an, und Lazar packte die auf der Plantage für sie zubereitete Mahlzeit aus, die sie von dort mitgenommen hatten — einen Schinken, Süßkartoffeln und ein paar Laibe süß duftenden Brotes. Sie hatten genug Vorräte für eine ganze Woche gekauft und dazu auch einige Kochutensilien sowie Gewehre, um frisches Fleisch beschaffen zu können. Aber wie sie aus der Unterhaltung, die den ganzen Tag um sie herumschwirrte, entnommen hatte, konnte keiner der Männer kochen. Sie fragte sich, wieviel Wirbel sie machen sollte, bevor sie einwilligte, diese Aufgabe zu übernehmen. Keinen. Sie würde nämlich gar nicht dasein, um ihnen noch eine Mahlzeit zuzubereiten, nicht wenn sie es irgendwie verhindern konnte.

Sie ließen sich auf ihren Laken nieder, die rund um das Feuer lagen. Tanya fand nur, daß das ihre verdammt nah an Stefans lag. Und kaum hatten sie sich hingesetzt, als er sie bat, für sie zu tanzen. Seine Bitte kam für Tanya dermaßen unerwartet, daß sie im ersten Augenblick verdutzt schwieg. Der Mann war den ganzen Tag über ausgesprochen niederträchtig zu ihr gewesen, angefangen von seinen widerwärtigen Anspielungen am Morgen bis hin zu seinen diabolischen Lektionen am Nachmittag. Und was auch immer ihn vorher zu ihr hingezogen hatte, war jetzt nicht mehr da. Daher konnte sie sich auch nicht vorstellen, warum er sie tanzen sehen wollte. Es sei denn, dies wäre ein weiterer Versuch, sie irgendwie zu demütigen. Falls sie zustimmte, würde er dann als nächstes vorschlagen, daß sie sich zuerst ihrer Kleider entledigen solle?

Es machte sie wütend, daß das sein Motiv sein könnte, wütend genug, um zu antworten: »Nicht für Euch alle. Für Euren König — falls er darauf bestehen sollte.«

Das sagte sie nur, um Stefan eins auszuwischen, und weil sie überzeugt davon war, daß ausgerechnet Vasili sie nicht darum bitten würde, nicht einmal, um sich von seiner Langeweile zu erlösen. Das würde ja bedeuten, daß er zugeben müßte, daß ihm ihr Tanz gefallen hatte — ein Eingeständnis, das Vasili, der sie durch und durch verachtete, niemals machen würde.

Aber sie war sich nicht sicher, ob ihre Antwort die gewünschte Wirkung auf Stefan hatte. Er zuckte mit keiner Wimper, und seine Stimme klang nur mäßig trocken, als er wieder zu sprechen begann.

»Unser König ist zu erschöpft, um im Augenblick daran Gefallen zu finden. Ist es nicht so, Eure Majestät?«

Mit einem Blick auf Stefan sagte Vasili: »Wenn ich es nicht schon vorher gewesen bin, bin ich es jetzt ganz bestimmt.« Mit diesen Worten drehte er sich herum, um zu schlafen. Tanya hörte Lazar auf der anderen Seite des Feuers leise in sich hineinlachen, aber auch er drehte ihnen jetzt den Rücken zu. Serge zu ihrer Linken tat es seinen beiden Freunden gleich. Da sie alle drei schlafen wollten, wußte sie jetzt, daß Stefan die erste Wache übernehmen würde. Als sie wieder zu ihm hinsah, fand sie ihn jedoch noch immer auf seinem Laken liegend. Er stützte sich auf einen Ellbogen und beobachtete sie.

»Wollt Ihr es Euch nicht noch einmal überlegen?« fragte er, als sich ihre Blicke begegneten und einander standhielten. Und auf einmal herrschte eine seltsame Spannung zwischen ihnen.

Merkwürdigerweise machte Tanya der Gedanke, nur für ihn zu tanzen, eigentümlich nervös. Konnte sie ihn dazu bringen, sie wieder zu begehren, wenn sie für ihn tanzte? *Wollte* sie denn, daß er sie wieder begehrte?

Die Richtung, die ihre Gedanken eingeschlagen hatten, war unter den gegebenen Umständen ausgesprochen ärgerlich, aber sie konnte es nicht leugnen. Er mochte sie vielleicht nicht länger begehrenswert finden, aber dasselbe konnte sie für sich nicht behaupten. Unglücklicherweise fand sie ihn immer noch *sehr* attraktiv, und im Augenblick sogar ganz besonders, wie er dalag, ohne Jacke und Wams. Sein Halstuch hatte er schon vorher abgelegt, und eine Welle schwarzen Haares fiel ihm über die Brauen. Der Blick seiner sherrygoldenen Augen war immer eindringlicher geworden, je länger ihr Schweigen dauerte.

Aber dann fiel ihr seine Frage endlich wieder ein und die Tatsache, daß sie ihn nach dem heutigen Abend wohl nie mehr wiedersehen würde. Daher schüttelte sie schließlich stumm den Kopf. Sie weigerte sich, ihre Entscheidung auch nur ein kleines bißchen zu bereuen. Er mochte vielleicht der einzige Mann sein, der sie jemals derartig aufgewühlt hatte, aber die bloße Tatsache, daß er das tun konnte, machte ihn für sie gefährlicher als irgendeinen anderen Mann. Ein Mann paßte nun einmal nicht in ihre Zukunftspläne. Kein Mann tat das. Und dieser hier erst recht nicht, mit seinen Lügen, seiner Arroganz — seiner unendlichen Verachtung für sie. Sie mußte verrückt sein, auch nur daran zu denken, ihn in Versuchung führen zu wollen.

Er reagierte nur mit einem Schulterzucken auf ihre zweite Ablehnung. Aber einen Augenblick später setzte er sich auf und sagte: »Dann kommt her.«

Ihre Augen verengten sich, und sie warf ihm einen argwöhnischen Blick zu. Sie war ihm schon näher als ihr lieb war, da ihr Laken direkt neben dem seinen lag.

»Warum?«

»Ich will Euch für die Nacht vorbereiten.« Mit diesen Worten zog er das Seil auf seinen Schoß und fügte hinzu: »Ich bedaure, daß das notwendig ist, Tanya, aber es gibt keinen Grund, warum einer von uns auf seinen Schlaf verzichten sollte, jetzt, wo wir *das* hier haben.«

›Das hier‹ war das Seil. Als sie begriff, daß er die Absicht hatte, sie damit festzubinden, hätte sie beinahe laut aufgelacht. Gott sei Dank hatte sie sich am Morgen nicht erboten, etwas zum Essen zu erbeuten, denn zu diesem Zweck hätte sie ihr verborgenes Messer offenbaren müssen. Dieses Messer würde sie jetzt aus all ihren Schwierigkeiten befreien, weil sie *alle* fest schlafen würden, in der fälschlichen Annahme, sie befände sich für die Nacht in sicherem Gewahrsam.

Sie kroch näher zu ihm hinüber, ganz langsam, so als tue sie das höchst widerwillig. »Ist das wirklich nötig?«

»Unbedingt«, versicherte er ihr. »Es sei denn, Ihr würdet lieber unter mir schlafen.«

Daß er so etwas in diesem Augenblick zu ihr sagen konnte, war ausgesprochen empörend, insbesondere, da er es nicht ernst meinte und es zweifellos nur ein sarkastischer Seitenhieb war. Aber seine Worte beschleunigten dennoch ihren Puls.

Sie konnte sich nur mit Mühe davon abhalten, laut aufzukreischen und ihn für seine Unverschämtheit zu verfluchen. Statt dessen schnurrte sie wie ein Kätzchen: »Oh, ich weiß nicht. Ich bin daran gewöhnt, auf solche Weise fast zerquetscht zu werden, aber Ihr werdet diese Art zu schlafen vielleicht nicht sehr bequem finden.«

Sie hatte anscheinend wieder einen bloßliegenden Nerv getroffen, denn seine Lippen preßten sich fest zusammen, sein Kiefer verspannte sich, und in seinen Augen stellte sich unverkennbar das bekannte Glühen ein. Interessant. Warum sollten Anspielungen auf ihren vertrauten Umgang mit Männern ihn immer noch stören? Verdammt, seine Haltung ergab einfach keinen Sinn. Das tat sie nie; selbst als er sie noch begehrt hatte, hatte ihm der Gedanke, sie sei eine Hure, absolut nicht gefallen — außer an jenem ersten Abend in der Taverne. Es hatte ihn also nicht gestört, solange er bereit war, für ihre Dienste zu zahlen, oder? Tatsache war doch, daß er an jenem Abend sogar ausgesprochen froh darüber zu sein schien, daß sie anscheinend eine Hure war.

Sie sollte die Sache zu seiner Zufriedenheit klären, bevor sie die Männer verließ. Es würde ihm jedenfalls einen gehörigen Dämpfer versetzen, wenn sie ihm zeigte, wie sehr sie alle ihr unrecht getan hatten. Sie weidete sich geradezu an der Idee, ihn solchermaßen zu beschämen — aber *woher* kamen nur andauernd diese Gedanken? Sie wollte dieses Kapitel ihres Lebens wahrhaftig nicht mit Kenntnissen in Hurerei beschließen. Das war das letzte, was sie gebrauchen konnte. Es war schon schlimm genug, daß sie herausgefunden hatte, wie schön das Küssen sein konnte.

Sie streckte eine Hand aus, aber statt sie zu ergreifen, wartete er lediglich ab. Daher gab sie ihm widerstrebend auch die andere. Er war schnell damit fertig, ihr das Seil mehrmals um beide Handgelenke zu schlingen, bevor er ein paar Knoten festzurrte, die er am nächsten Morgen nicht einmal selbst würde lösen können. Als das getan war, machte er sich daran, das andere Ende des Seils ein halbes dutzendmal um seine Taille zu winden.

Das hatte Tanya nicht erwartet, aber noch war nicht alles

verloren. Das Seil zwischen ihren Händen und seiner Brust war noch ungefähr einen Fuß lang, mehr als genug für sie, um die Knie zu heben und ihren Stiefel zu erreichen, ohne Stefan dabei zu berühren. Aber die Tatsache, daß sie an Stefans Körper festgebunden war, zwang sie dazu, ihm ins Gesicht zu sehen, genauso wie er sie ansehen mußte. Falls er sich im Schlaf umdrehen sollte, würde er also unweigerlich ihre Hände mit sich ziehen. Na schön. In dem Fall mußte sie ihn einfach nur wieder zurückziehen — oder weg sein, bevor es passierte. Sie legte sich hin, da auch Stefan das tat, und augenblicklich entdeckte sie die Nachteile dieses Arrangements. Es war nicht besonders bequem, auf der Seite zu liegen, ohne wenigstens einen Arm frei zu haben, um ihren Kopf abzustützen. Und falls sie wirklich vorgehabt hätte einzuschlafen, wäre es ihr nahezu unmöglich gewesen, solange Stefan ihr so nah war und sie beobachtete. Und er beobachtete sie wirklich. Das Glühen war längst wieder aus seinen Augen gewichen. Jetzt, nachdem auch der Schein des Feuer nicht mehr über ihnen schwelte, waren sie nur noch dunkel überschattet. Sie konnte seine Gesichtszüge noch immer klar erkennen, aber unglücklicherweise nichts von seinen Gedanken und seiner Stimmung. Dennoch wurde sie das Gefühl nicht los, daß er etwas sagen wollte — oder daß er darauf wartete, daß sie etwas sagte. Die Art, wie sie hier nebeneinander lagen, hatte schließlich etwas sehr Intimes. Es war so behaglich, fast vertraulich, und offensichtlich war keiner von ihnen im Augenblick auch nur im geringsten schläfrig.

Sie wollte ihn auf die Probe stellen und fragte: »Wann endlich werdet Ihr Euch zu dem wahren Grund bekennen, warum ich hier bin?«

»Wann endlich werdet Ihr akzeptieren, daß Ihr eine königliche Prinzessin seid?«

Ein Unentschieden also. »Gute Nacht, Stefan.«

»Würdet Ihr gern etwas über die Geschichte Eurer Familie wissen?« erkundigte er sich sanft.

Sie schloß ihre Augen vor der Versuchung, daran zu glauben, daß er wirklich etwas über ihre wahre Familie wissen könnte. Aber natürlich wußte er nichts. Alles, was er ihr erzählen würde, wäre lediglich ein Erzeugnis seiner Phantasie und zu seinem eigenen Nutzen.

»Macht Euch keine Mühe«, sagte sie, und in ihrer Stimme schwang nur eine Spur von Bitterkeit mit. Dann fügte sie hinzu: »Iris hat sich immer Geschichten für mich ausgedacht, wenn sie mich ins Bett brachte. Aber Dobbs hat ihr das abgewöhnt, als er es eines Tages herausfand. Er wollte nicht, daß ich sanft und mit Flausen im Kopf aufwachse.«

»Also seid Ihr hart aufgewachsen und ...?«

»Nüchtern.«

»Ich würde eher sagen, skeptisch.«

»Das auch.«

»Und mißtrauisch?«

»Ich habe nie darüber nachgedacht, aber ich nehme an, so ist es«, sagte sie. »Und was ist mit Euch?«

»Arrogant«, sagte er ohne das leiseste Zögern.

Jetzt sah sie ihn voll an und lächelte. »Ihr gebt es zu?«

»Ich bin mir meiner Fehler wohl bewußt, kleine Tanya.«

»Habt Ihr denn so viele?«

»Meint Ihr das nicht selbst?«

»Oh, ich weiß nicht. Ich nehme an ... Aber ich glaube, ich gewöhne mich langsam an einige von ihnen. Euer Temperament, zum Beispiel.«

Also, warum hatte sie das jetzt gesagt? Diese Erwähnung seines Temperaments konnte sie doch beide nur auf den Gedanken bringen, sich zu lieben, und *seine* Hände waren *nicht* gefesselt. Und sie befand sich in seiner Reichweite. Gott, was für ein reizvoller Gedanke!

»Gute Nacht, Tanya.«

Sein barscher Tonfall machte ihr absolut klar, daß er nicht daran erinnert werden wollte. Tanya schloß wieder ihre Augen und seufzte innerlich.

Leb wohl, Stefan.

Kapitel 23

So gern Tanya es auch getan hätte, sie konnte nicht geradewegs nach Natchez reiten. Ihre Fähigkeiten als Reiterin waren nicht gut genug, um sicherzustellen, daß sie bei einer Verfolgungsjagd auf direktem Wege ihren Vorsprung halten konnte. Genaugenommen hatte sie das Pferd, das sie sich auserkoren hatte, in den ersten beiden Tagen fast ein halbes dutzendmal abgeworfen, während sie sich bemüht hatte, mit dem Tier Bekanntschaft zu schließen. Ihre höchst umständliche Heimreise kostete sie daher insgesamt fünf Tage, und wenn sie nicht so besorgt gewesen wäre um das *Harem* und darüber, wie Dobbs ohne sie zurechtkam, hätte sie sich auch dann noch nicht in die Stadt gewagt. Aber jetzt war sie alles in allem sieben Tage weggewesen, und sie konnte sich wahrscheinlich nicht einmal in ihren kühnsten Träumen ausmalen, was für ein Schlachtfeld die anderen aus ihrer Taverne gemacht hatten. Sie mußte einfach zurück.

Nichtsdestoweniger hatte sie schlicht und einfach Angst davor, daß Stefan dort auf sie warten könnte. Ihre Vernunft sagte ihr natürlich, daß die Männer nicht ihretwegen den ganzen Weg zurück nach Natchez noch einmal auf sich nehmen würden. Und selbst wenn sie es taten, würden sie dann tagelang dort auf sie warten, wenn sie sie nicht sofort antrafen? Sie konnte nur hoffen, daß es nicht so war, und so viele Vorsichtsmaßnahmen treffen wie möglich.

Die übelste dieser Maßnahmen war die Notwendigkeit, bis in die frühen Morgenstunden hinein am Stadtrand zu warten. Aber sie konnte es nicht riskieren, das *Harem* zu betreten, solange die Taverne noch geöffnet war — wenn sie überhaupt noch öffnete. Falls Stefan ihr gefolgt war, wäre das der Ort, an dem er sie erwarten würde. Aber selbst wenn er nicht da war, war sie immer noch ohne ihre Maskerade, und daher mußte sie allemal abwarten.

Sie hatte nicht Stefans Wams, sondern das Pferd verkauft, um den Fluß überqueren zu können. Für den Fährmann war dieser Handel ein gefundenes Fressen gewesen, aber sie hatte ohnehin keine Verwendung mehr für das Tier und war froh, es auf diese Weise losgeworden zu sein. Dobbs würde wahrscheinlich der Schlag treffen, wenn er davon hörte. Pferde waren nicht gerade billig.

Als Tanya fand, es sei nun spät genug, schlich sie sich verstohlen in die Stadt hinein, wobei sie sich nach Möglichkeit von den Hauptstraßen fernhielt. Die Taverne war vollkommen still, als sie dort ankam, die Türen geschlossen, und kein Licht brannte. Aber sie hatte keinen Anhaltspunkt, um herauszufinden, ob sie heute überhaupt Kundschaft gehabt hatten oder nicht. Im Bordell nebenan herrschte noch immer Betrieb. Das gleiche galt für dic Spielhölle auf der anderen Straßenseite. Aber aus keinem der beiden Häuser drang genug Lärm, um ihr zu gestatten, in die Taverne einzubrechen, falls die Türen geschlossen waren. Und sie waren es beide.

Müde und hungrig, wie sie war, konnte Tanya keine große Begeisterung aufbringen für das, was sie nun erwartete. Sie konnte entweder auf das Dach der Veranda klettern und hoffen, daß oben eines der Fenster geöffnet war, oder so lange warten, bis die Taverne am nächsten Tag wieder ihre Pforten öffnete — *falls* sie es tat — und dabei genau das riskieren, was sie am Abend zuvor vermieden hatte.

Sie kletterte auf das Verandadach. Es kostete sie volle zehn Minuten und einen Beinahe-Sturz, aber sie schaffte es. Und zu ihrer ungeheuren Erleichterung stand Dobbs' Fenster offen.

Es war leicht, dort einzusteigen. Im Zimmer selbst war es jedoch stockfinster. Die mondlose Nacht, die ihr auf ihrem Weg durch die Stadt so hilfreich gewesen war, stellte jetzt ein Hindernis dar.

Sie fand das Bett, als sie dagegenstieß. »Dobbs, wach auf. Dobbs!« flüsterte sie eindringlich und rüttelte an der Matratze. Er gab keinen Laut von sich, kein Schnarchen, kein Brummen über diese Störung. »Dobbs?«

»Den werdet Ihr hier nicht finden, Prinzessin.«

»Nein!« stöhnte sie. Dann flammte ein Streichholz auf, und sie wirbelte herum. Stefan saß auf einem Stuhl neben der Tür, und das einzige, was ihr im Augenblick einfiel, war die Frage: »Warum seid Ihr immer noch hier?«

»Immer noch? Ah, natürlich. Wir *haben* auf Euch gewartet. Fast drei Tage lang. Habt Ihr etwa angenommen, das würden wir nicht tun?«

»Ich hatte es gehofft!« explodierte sie und schoß wie der Blitz auf das Fenster zu.

Sie verschwendete keine Zeit darauf, mühsam hindurchzuklettern, sondern setzte zu einem Hechtsprung an. Ihr Knie schlug hart auf dem Fensterbrett auf, ihre Schulter auf dem Dach, und ihr Stiefel klemmte irgendwo fest. Sie krümmte sich noch vor Schmerz, als das ›Klemmen‹ anfing, sie zu zurückzuziehen. Auf der Stelle warf sie sich herum, um nach Stefans Hand zu treten — mit dem Erfolg, daß er nun auch den anderen Fuß festhielt.

Voller Entsetzen hörte sie ihn sagen: »Gebt mir Eure Hand, oder ich zieh' Euch an den Beinen herein. Und im Augenblick ist es mir vollkommen egal, ob Ihr Euch bei dieser Prozedur ein paar üble Schrammen holt.«

Sie zweifelte keinen Augenblick daran, daß es ihm ernst mit seiner Drohung war, aber sie trat trotzdem noch einmal um sich, in der Hoffnung, sich vielleicht doch aus seinem Griff befreien zu können. Und er begann zu ziehen.

»Wartet! Hier!« Mühsam rappelte sie sich auf und hielt ihm ihre Hand hin. Einen Augenblick lang dachte sie, er würde sie jetzt nicht mehr nehmen. Aber er tat es. Und sie wurde so schnell ins Zimmer befördert, daß sie keine Chance hatte, noch irgend etwas anderes zu versuchen, selbst wenn ihr etwas eingefallen wäre.

Im Zimmer war es jetzt wieder völlig dunkel, denn Stefans Streichholz war erloschen, als er hinter ihr her stürzte. Jetzt ließ er sie los, um ein neues anzuzünden. Sie wünschte, er hätte es nicht getan. Er sah wütend genug aus, um ihr den Hals umzudrehen.

Aber seine Stimme klang außergewöhnlich mild, als er sie informierte:

»Ihr seid gefangen. Akzeptiert es.«

»Das kann ich nicht!« schrie sie leidenschaftlich.

»Ihr werdet.«

In diesen beiden Worten schwang mehr als nur eine Warnung mit, so als wisse er etwas, daß sie noch nicht wußte. Er klang so zuversichtlich, geradezu triumphierend.

Sie wandte sich ab, um das Glühen in seinen Augen nicht länger sehen zu müssen. Mit einer schnellen Handbewegung zündete er die Lampe neben dem Bett an. Sie starrte auf Dobbs' Bett — ohne Dobbs darin.

»Mein Gott!« keuchte sie plötzlich. »Ist Dobbs gestorben?«

»Nicht daß ich wüßte.«

Sie wirbelte zu ihm herum, erzürnt über seinen lässigen Tonfall. »Und wo ist er dann? Was habt Ihr mit ihm gemacht?«

»Ich habe ihm nichts zuleide getan.«

»Stefan!«

»Zuerst will ich Euer Messer haben, Tanya. Dasjenige, das so leicht ein dickes Seil durchschneiden kann.«

Als sie ihn daraufhin nur anstarrte, kam er drohend auf sie zu. »Ihr könnt es mir freiwillig geben, oder ich kann Euch bis auf den letzten Rest ausziehen, um es selbst zu finden.«

»Ihr werdet mich nicht ausziehen, verdammter Kerl!« erklärte sie ihm, während sie sich hinunterbeugte, um ihr Messer hervorzuholen.

»Was auch immer notwendig ist, Prinzessin, wird getan werden. Ihr betrügt Euch selbst, wenn Ihr etwas anderes glaubt, weil Ihr mir nicht *noch einmal* durch die Finger schlüpfen werdet.«

Und ob sie das würde! Sie mußte es einfach. Und diese Entschlossenheit ließ sie nachdenklich auf das Messer in ihrer Hand starren.

»Ihr solltet Euch vielleicht daran erinnern, wie es das letzte Mal war, als Ihr das versucht habt«, sagte er, als hätte er ihre Gedanken gelesen. »Diesmal werdet Ihr nicht mehr Glück haben.« Sie begegnete seinem Blick, ohne ihm zu antworten, und daher fügte er hinzu: »Ihr seid wohl fest entschlossen, meinen Zorn zu erregen, stimmt's?«

»Heißt das etwa, ich bin in Gefahr, auf dieses Bett geschleudert zu werden?« stichelte sie sarkastisch.

»Es heißt, daß Ihr in Gefahr seid, gleich wieder über meinen Knien zu liegen.«

»Den Teufel werde ich tun!« Sie warf ihm das Messer in die geöffnete Hand.

»Ist das nun endlich das letzte?«

»Ja.« Aber er starrte sie so unnachgiebig an, daß sie ihre Antwort wiederholte, und diesmal schrie sie fast: »Ja!«

Als er sie dann immer noch anstarrte, wußte sie, daß er hin und her überlegte, ob er sie nicht doch lieber durchsuchen sollte, und sie konnte ihm nicht einmal einen Vorwurf daraus machen, daß er an ihren Worten zweifelte. Daß er dann schließlich und endlich zustimmend nickte, sagte ihr deutlicher als Worte, was er mittlerweile für sie empfand. Er *wollte* sie nicht durchsuchen. Letzte Woche hätte er sich noch begierig auf jeden Vorwand gestürzt, sie zu entkleiden.

Zur Hölle mit ihm! Sie war froh darüber, daß er sie nicht mehr wollte. Sie hatte schon genug Schwierigkeiten, ohne sich auch noch mit seiner Lust — oder mit ihrer eigenen — auseinandersetzen zu müssen. Sie drehte sich um und stürzte zur Tür.

Er seufzte. Dann sagte er: »Zwingt mich nicht, schon wieder hinter Euch herzujagen, Tanya.«

Sie hielt inne und kochte vor Wut darüber, daß er so verdammt gelassen klang. Würde sie denn nie wieder seinen Zorn erregen? fragte sie sich.

»Ich gehe nur über den Flur in mein Zimmer, um mich zu baden und umzuziehen, dann werde ich mir etwas zu essen besorgen — oder hattet Ihr etwa vor, heute nacht noch die Stadt zu verlassen?«

»Ihr könnt Euch im Hotel herrichten. Wir haben Zimmer dort.«

»Ich ziehe mein eigens Zimmer vor, vielen Dank«, sagte sie mürrisch. »Aber es besteht kein Grund für Euch, auf mich zu warten. Ihr könnt ja morgen früh wiederkommen, um mich abzuholen.«

»Genug!«

»Oje!« Ihre Augen weiteten sich in gespielter Unschuld. »Ich habe Euch doch jetzt nicht etwa wütend gemacht, oder? Nein, natürlich nicht. Ich stehe ja noch.«

Es gefiel ihm überhaupt nicht, daran erinnert zu werden, was zwischen ihnen vorgefallen war, als er sein Temperament nicht im Zaum halten konnte. Ihr Hohn hatte das Glühen in seine Augen zurückkehren lassen, aber er stellte eine bemerkenswerte Selbstkontrolle zur Schau. Er machte nicht einmal einen Schritt in ihre Richtung.

Seine Stimme dagegen schnitt wie Stahl durch ihre Erbitterung. »Es war Sandors letzter Wunsch, daß Ihr gefunden und nach Hause gebracht werden solltet, um Euren rechtmäßigen Platz auf dem Thron einzunehmen. All diese Verzögerungen, die Ihr verursacht habt, könnten bedeuten, daß er vor unserer Rückkehr stirbt. Wenn das der Fall ist, Tanya, dann könnt Ihr sicher sein, daß Ihr meinen ganzen Zorn zu spüren bekommen werdet … und meinen Schmerz.«

Sie wünschte nur, er hätte das ein wenig anders ausgedrückt. »Wer ist Sandor?«

»Unser geliebter König, seit zwanzig Jahren.«

»Aber Ihr habt doch gesagt, Vasili …«

»Sandor hat wegen seines schlechten Gesundheitszustandes abgedankt, zugunsten seines einzigen Sohnes. Das war kurz bevor wir uns auf den Weg gemacht haben, Euch zu suchen.«

Schon wieder so ein Märchen! Ob er damit wohl nur weitermachte, um *ihr* Temperament auf die Probe zu stellen?

»Warum hebt Ihr Euch diese herzergreifenden Geschichten nicht für jemanden auf, der ein bißchen leichtgläubiger ist als ich? Ich werde mein Bad *jetzt* nehmen. Ihr könnt ja hier warten, wenn es denn sein muß.«

Sie wandte sich wieder von ihm ab, nur um erneut aufgehalten zu werden. »Ihr könnt in diesem Haus nicht länger schalten und walten, wie es Euch gefällt.«

»Und ob ich das kann, verdammt noch mal. Das ist mein

Zuhause. Und in Kürze wird es mir ganz und gar gehören.«

»Das glaube ich nicht.«

Langsam fing sie an, diese besondere Bemerkung von ihm ausgesprochen zu verabscheuen. »Seht mal, Stefan, ich habe ziemlich gelassen reagiert, wenn man bedenkt, was ich Euretwegen alles durchgemacht habe. Kein Geschrei, nur ganz wenig Tränen, keine Ohnmachten. Ich bin nicht einmal Amok gelaufen, als ich Euch hier schon wieder vorgefunden habe. Und wißt Ihr, daß ich Euch und Euren Freunden die Kehle hätte durchschneiden können, neulich nachts, während Ihr geschlafen habt? Aber ich habe es nicht getan, und das nur, weil ich gehofft habe — dummerweise, wie ich jetzt einsehe —, daß Ihr genug Verstand hättet, um eine aussichtslose Sache irgendwann aufzugeben. Also macht weiter und bringt mich hin, wo auch immer Ihr mich hinbringen wollt. Aber sobald Ihr nichts mehr damit zu tun habt, werde ich wieder zurückkommen. Und es gibt *nichts,* das mich davon abhalten wird.«

»Madame Bertha — so heißt Eure Nachbarin doch? — würde Euch wahrscheinlich mit offenen Armen empfangen. Aber ich habe nicht die Absicht, ihr die Möglichkeit dazu zu geben.«

Tanya runzelte die Stirn. »Was soll denn das nun wieder heißen?«

»Es heißt, daß es Euch nicht gestattet sein wird, in dieses Land zurückzukehren. Es bedeutet ferner, daß ich diese Taverne von Mr. Dobbs gekauft habe, für genug Geld, um ihm bis zu seinem Hinscheiden ein Leben in Saus und Braus zu gestatten. Und statt meinem ersten Impuls zu gehorchen und das Haus abzubrennen und mit ihm wahrscheinlich die ganze Stadt, habe ich es lieber an das Bordell nebenan verkauft — mit beträchtlichem Verlust.«

»Ihr lügt. Ihr könnt unmöglich so viel Geld bei Euch gehabt haben. Genausowenig würdet Ihr zu so extremen Maßnahmen greifen.«

»Zu allen Maßnahmen, die Ihr Euch nur vorstellen könnt. Alles, was notwendig scheint, um Sandors letzten

Wunsch zu erfüllen«, sagte er in einem harten Ton, nur um dann sachlicher hinzuzufügen: »Unser Kreditbrief hat zwar im Wasser ein wenig gelitten, war aber durchaus noch leserlich und mehr als ausreichend, um Mr. Dobbs' astronomische Forderungen zu erfüllen. Aber wenn Ihr immer noch an meinen Worten zweifelt, dann bringe ich Euch auf der Stelle nach nebenan, damit Ihr Euch bei Madame Bertha danach erkundigen könnt, wem genau dieses Lokal jetzt gehört.«

O Gott, sie glaubte ihm. Er war zu gleichgültig, zu bereit, ihr einen Beweis zu liefern. Die Wirkung, die diese Erkenntnis auf sie hatte, war schrecklich. Schmerz schnürte ihr den Hals zu. Ihr Gesicht verlor seine Farbe. Und wenn sie vorher nicht Amok gelaufen war, dann tat sie es jetzt.

Sie wußte nicht, wie sie zu ihm hingekommen war, aber ihre Hände begannen irgendwann zu schmerzen und brachten ihr zu Bewußtsein, daß sie mit beiden Fäusten auf seine Brust einhieb. Und er ließ sie gewähren, tat nichts, um sie aufzuhalten. Er ließ es zu, daß sie ihn anbrüllte und ihn mit jedem Schimpfwort belegte, das ihr in den Sinn kam. Und dann legten sich plötzlich seine Arme um sie, und er hielt sie fest, während sie sich das Herz aus dem Leibe weinte.

»So schlimm ist es doch wirklich nicht, Tanya.«

»Ihr wißt gar nicht, was Ihr da getan habt!«

»Doch. Ich habe es Euch möglich gemacht, Euch ohne Bedauern von diesem Leben zu trennen.«

Sie versteifte sich. Seine Arme schlossen sich noch enger um sie. Trotzdem riß sie sich von ihm los, und in dem tränenfeuchten Blick, den sie ihm zuwarf, lagen Ungläubigkeit und Zorn.

»Ihr zerstört das Leben, das ich für mich geplant habe, und ich soll das nicht bedauern? Seit ich mich erinnern kann, habe ich in dieser Taverne wie ein Sklave geschuftet, und nicht ein einziges Mal, nie, bin ich dafür bezahlt worden. Das einzige, was ich in all den Jahren bekommen habe, war Essen, ein Bett und Schläge, wo immer ich gerade auftauchte. Sogar meine Kleidung bestand aus den abgelegten Sachen von Iris und Dobbs. Aber endlich sollte ich für all das entschädigt werden, weil dieser alte Bastard nicht länger für sich sorgen konnte. Und das alles nehmt Ihr mir weg, aus einer bösartigen Laune heraus?«

»Nicht bösartig. Eure wiederholten Versuche, hierher zurückzukehren, ließen uns nur zwei Möglichkeiten: zu beseitigen, was immer Euch hierherzog, oder Euch auf der Stelle zu verheiraten, um die Sache endgültig zu klären.«

»Was ist passiert? Hat sich dieser schafsköpfige eitle Fatzke, den Ihr König nennt, nicht bereitgefunden, mich eher als unbedingt notwendig zu heiraten?« höhnte sie und machte ihm damit klar, wie wenig sie ihm glaubte. »Nicht daß dadurch *irgendeine* Sache endgültig geklärt wäre. Ich würde mir die Geschichte, die Ihr dem Kapitän der *Lorelei* erzählt habt, zum Vorbild nehmen und ihn noch in derselben Minute verlassen.«

»Ich verstehe«, sagte er gepreßt.

»Nein, das tut Ihr nicht. Ihr werdet niemals begreifen, was Ihr mir gestohlen habt: meine Träume, das einzige, was ich mehr als irgend etwas sonst in der Welt gewollt habe — Kontrolle über mein eigenes Leben. Nur reiche Witwen erlangen die Art von Freiheit, die ich ersehnt habe. Aber ich habe durchaus nicht die Absicht, erst zu heiraten, um dann Witwe zu werden. Ich hätte das alles auch so haben können ...«

Sie brach ab, und wieder überwältigte sie der Gedanke an ihren Verlust — und das Bedürfnis, auf ihn einzuschlagen. Sie gab dem Bedürfnis nach.

Diesmal jedoch fing er ihre Fäuste auf. »Genug!«

»Niemals!« schrie sie. »Ich kann Euch niemals genug weh tun für das, was Ihr getan habt. Und sobald ich ein Gewehr in die Finger bekomme, werde ich Euch erschießen. Verdammter Hurensohn!«

Zu ihrer unbändigen Empörung lächelte er darüber nur. »Ihr werdet bei uns bleiben müssen, nicht wahr, um auf eine solche Gelegenheit zu warten?« Dann hob er sie hoch und trug sie zum letzten Mal aus dem *Harem* heraus.

Sie wehrte sich, bis sie keine Kraft mehr dazu hatte.

Kapitel 24

Tanyas zweite Dampferfahrt war lange nicht so angenehm, wie ihre erste gewesen wäre. Ihre Kabine war weder so groß noch so hübsch eingerichtet, und außerdem durfte sie sie nicht verlassen. Und ob sie gezwungen gewesen wäre, diese andere Kabine auf der *Lorelei* mit Stefan zu teilen, wußte sie nicht und fragte auch nicht danach. Aber daß sie diese hier mit ihm teilen mußte, war für sie kaum von Bedeutung.

Sie schlief in dem Bett, er schlief auf einer Matte auf dem Fußboden. Sie weigerte sich, mit ihm zu reden, weigerte sich, ihm zu antworten, weigerte sich, ihn auch nur anzusehen. Sie ignorierte ihn vollständig, als sei er nur ein zusätzlicher Gegenstand in der Kabine. Das Bemerkenswerte daran war, daß er sie gewähren ließ.

Die meiste Zeit hatte sie die Kabine für sich allein, und da sie auch dann nicht an irgendeiner Unterhaltung teilnahm, wenn sich die Gelegenheit dazu bot, hatte sie kaum etwas anderes zu tun, als nachzudenken. Es war natürlich nicht schwer, zu der Erkenntnis zu kommen, daß sie sich in ihrer Einschätzung, was mit ihr geschehen würde, wieder einmal gewaltig geirrt hatte. Es hatte alles viel zuviel Geld gekostet, der Kauf von Pferden, der Kauf von Fahrkarten für zwei Flußdampfer — der Kauf einer ganzen Taverne. O Gott, sie konnte immer noch nicht glauben, daß sie das getan hatten! Und nicht einmal, um Gewinn daraus zu schlagen, denn sie hatten die Taverne im Handumdrehen weiterverkauft, und zwar mit Verlust.

Dieses Verhalten widersprach jeglicher Vernunft. Es bedeutete, daß Geld für sie keine Rolle spielte. Es bedeutete, daß sie es vielleicht wirklich nur zu ihrem, Tanyas, Nutzen taten, wie Stefan behauptet hatte, nämlich um alles aus dem Weg zu räumen, was sie nach Natchez zurückzog. Und sie konnte sich nicht einmal an die Hoffnung klammern, daß er diesbezüglich gelogen hatte, weil sie in jener Nacht, als er sie aus der Taverne trug, einen solchen Lärm gemacht hatte, daß Bertha und eins der Mädchen auf ihre

Veranda herausgekommen waren, um der Sache auf den Grund zu gehen. Und Tanya konnte nicht widerstehen, diese unselige Frage zu stellen.

Bei Lichte betrachtet hatte sie sie mehr herausgeschrien: »Hast du das *Harem* von diesem Teufel gekauft?«

»Na klar, Süße«, hatte Bertha zurückgeschrien. Sie hatte Tanya ohne ihre Maskerade nicht einmal erkannt und war höchstens belustigt über die Rauferei, die sich da vor ihren Augen abspielte. »Ich werd's mit Schlafzimmern füllen. Haste Lust, eins davon zu übernehmen?«

Anschließend war die Bordellwirtin lachend im Innern ihres Hauses verschwunden. Tanya hatte schließlich aufgehört, sich gegen Stefans Griff zu wehren, und sie hatte seitdem kein Wort mehr mit ihm gesprochen.

Aber sie wußte jetzt, wie dumm es von ihr gewesen war, Stefan und seine Freunde durchschauen zu wollen. Sie hatten mehr Geld für sie ausgegeben, als sie jemals dafür bekommen konnten, wenn sie sie an ein Bordell verkauften. Daher sah sie sich also gezwungen, sich von der Idee zu verabschieden, dies könne ihr Motiv sein. Aber diese Geschichte von Königen und verlorengegangenen Prinzessinnen war nach wie vor zu fantastisch, um daran zu glauben. Das Ärgerliche aber war, daß sie sich jetzt keinen einzigen plausiblen Grund mehr ausdenken konnte, warum diese Männer sie entführt hatten, es sei denn ... Vielleicht lebte ja doch noch jemand von ihrer Familie und hatte die Männer damit beauftragt, sie zu finden. Vielleicht hatte man ihnen aus irgendeinem Grund aufgetragen, ihr nichts darüber zu sagen. Vielleicht ... Vielleicht sollte sie aufhören, sich selbst um den Verstand zu bringen, indem sie pausenlos darüber nachdachte.

Schließlich gab es eine ganze Anzahl von Dingen, über die sie dringend nachdenken mußte, zum Beispiel die Frage, was sie nun mit dem Rest ihres Lebens anfangen sollte. Jetzt, nachdem die einzige Chance auf Unabhängigkeit ihr genommen worden war. Sie würde sich Arbeit suchen müssen. Sie würde zur Abwechslung sogar dafür bezahlt werden, aber sie würde wieder Befehle entgegennehmen müssen, wieder gezwungen sein, zu gefallen und alles so zu machen, wie ein anderer es wollte, und nicht wie sie es wollte. Sie war so nah daran gewesen, niemals mehr jemandem Rede und Antwort stehen zu müssen... Dieser verfluchte Stefan sollte in der Hölle braten.

Ihr Zorn über das, was sie ihr angetan hatten, wollte einfach nicht nachlassen, und er konzentrierte sich ausschließlich auf Stefan, obwohl der Kauf der Taverne durchaus eine gemeinschaftliche Entscheidung gewesen sein konnte, das wußte sie. Rachsucht keimte in ihr auf. Und es war etwas gänzlich Neues für sie, einmal mit jemandem abrechnen zu wollen. Sie war daran gewöhnt, alles, was mit ihr geschah, widerspruchslos hinzunehmen, und sie wußte nicht einmal, wie man jemandem etwas heimzahlen konnte, mit gleicher Münze. Sie hatte versprochen, Stefan zu erschießen, aber das hatte sie natürlich nicht so gemeint.

Sie zog es in Erwägung, für noch mehr Verspätung zu sorgen. Zeit schien für sie eine große Rolle zu spielen, obwohl sie an den Gründen, die man ihr genannt hatte, nach wie vor zweifelte. Sie spielte auch mit dem Gedanken, sie gegeneinander aufzuhetzen, obwohl sie nicht sicher war, ob das funktionieren würde, denn sie hatte bisher noch nie erlebt, daß sie ihre Wut gegeneinander gerichtet hätten — nur gegen sie.

Aber sie konnte überhaupt nichts tun, solange sie in dieser Kabine eingeschlossen war, mit Stefan als ihrer einzigen Gesellschaft. Er ließ sich ja nicht einmal von ihrer Gleichgültigkeit provozieren. Nicht daß sie das gewollt hätte; ihre Kämpfe mit ihm hatten ihr nie etwas anderes eingetragen als Zorn und Enttäuschung.

»Wenn Ihr eines von den Kleidern anzieht, die wir für Euch besorgt haben, könnt Ihr uns heute abend im Salon beim Dinner Gesellschaft leisten.«

Tanya war im Zimmer auf und ab gegangen und hatte Stefan nicht hereinkommen hören. Jetzt hielt sie zwar inne, drehte sich aber nicht zu ihm um. Sie hatte nicht einmal einen einzigen Blick auf die beiden Kleider geworfen, die er ihr in jener Nacht im Hotel gegeben hatte. Sie hatte ihm gesagt, daß sie keine Kleider von ihm annehmen würde, und das war durchaus ihr Ernst. Statt dessen hatte sie ihre eigenen Kleider gewaschen, immer ein Teil pro Tag, so daß sie sich niemals vollständig entkleiden mußte.

»Diesmal erwarte ich eine Antwort, Prinzessin, oder ich gehe davon aus, daß Ihr es vorzieht, wieder allein zu essen.«

Das würde sie überhaupt nicht vorziehen. Sie hatte die anderen nicht einmal gesehen, seitdem sie Natchez zum zweitenmal verlassen hatten, und sie konnte sie nicht gut gegeneinander aufbringen — falls das überhaupt möglich war —, solange sie mutterseelenallein in ihrer Kabine hockte.

»Na schön«, sagte sie tonlos, immer noch von ihm abgewandt.

»Und Ihr werdet Euch umziehen?«

Sie warf einen flüchtigen Blick auf den kleinen Koffer, der die beiden Kleider enthielt und dazu noch eine Anzahl von Dingen, die Stefan in Natchez für sich selbst erstanden hatte.

»Warum muß ich das?« fragte sie.

»Weil wir keine Lust haben, noch einmal von Eurem maskulinen Äußeren in Verlegenheit gebracht zu werden.«

Tanya versteifte sich. Ging das jetzt wieder los? Wollte er sie wieder beleidigen? Oder war das nur die freundlichste Art und Weise, wie er zum Ausdruck bringen konnte, daß sie einfach lächerlich aussah in seinem Wams und seinem Hemd. Ihr persönlich sollte das eigentlich nichts ausmachen, da sie sich noch nie in ihrem Leben zu dem Zweck gekleidet hatte, attraktiv zu wirken. Aber es aus Stefans Mund zu hören, war etwas ganz anderes.

»Zeigt mir erst einmal einen Mann in Röcken, bevor Ihr meine Kleider maskulin nennt«, sagte sie, nur um zu widersprechen. »Schon gut, ich werde eines von Euren Kleidern tragen, aber ich hoffe bei Gott, daß es nicht paßt.«

»Das ist durchaus möglich. In dem Falle könnt Ihr nach eigenem Ermessen handeln, und das Kleid aussuchen, das am wenigsten ungeeignet ist.«

Dieser Befehl war also nicht so unerbittlich wie gewöhnlich. Dann fiel ihr ein, daß Stefan es verabscheute, wenn sie hübsch aussah, und sie hoffte, daß sie in dem Kleid geradezu schön sein würde. Aber das war nicht sehr wahrscheinlich, wenn man in Betracht zog, daß man für keines der beiden Kleider an ihr Maß genommen hatte. Und Männer hatten für gewöhnlich wenig Ahnung von solchen Dingen.

»Wieviel Zeit habe ich?«

»Dreißig Minuten.«

»Ich werde ein paar Haarnetze benötigen.«

»Ihr werdet wohl ohne auskommen müssen.«

»Ihr erwartet ein Wunder von mir?«

»Nur etwas halbwegs Präsentables.«

Sie spürte die Belustigung in seiner Antwort, wollte ihn aber nicht ansehen, um sich dessen zu versichern. »Dann laßt mich jetzt allein damit.«

»Werdet Ihr Hilfe brauchen mit den Knöpfen und solchen Dingen?«

»Nicht von Euch, aber Ihr könnt Vasili herschicken, um mich abzuholen. Wenn ich Hilfe brauche, ist er als mein Verlobter ja gerade der Richtige.«

Das Zuschlagen der Tür war seine Antwort auf diese Bemerkung. Zum erstenmal seit Tagen lächelte Tanya. Sie hatte vergessen, wie leicht es war, Stefan zu provozieren. Sie würde es nicht wieder vergessen.

Kapitel 25

Es war dann auch tatsächlich Vasili, der eine halbe Stunde später auftauchte, um sie zum Dinner zu begleiten. Aber Tanya hatte zugesehen, daß sie mit ihrem Kleid auch ohne Hilfe zurechtkam, obwohl sie sich damit um ein Haar eine Zerrung ihrer Schultermuskeln eingehandelt hätte, so sehr mußte sie sich verrenken, um die Knöpfe selbst zu schließen. Sie hätten wirklich Kleider aussuchen können, in die man leichter hinein- und wieder herauskam, aber sie wollte sich nicht beklagen. Sie war so verblüfft über ihre Erscheinung, daß sie nur dümmlich grinsen konnte, als Vasili sie anstarrte; in seinem Blick spiegelte sich ihr eigenes Erstaunen wider.

Die beiden Kleider, die zur Auswahl standen, hatten dieselbe Größe. Eines war ein beigegrundiges Plaid, das andere ein leuchtendgelbes Gewand aus Halbatlas mit Bischofsärmeln und passenden Schuhen. Die Schuhe waren ein wenig klein, aber beide Kleider paßten ihr besser, als sie zu hoffen gewagt hatte. Das einzige Problem stellte ein kleiner Bereich dar — genau über ihren Brüsten. Offensichtlich hatten die Männer die Kleider von der Stange gekauft, und zwar für eine Frau mit kleinerem Busen, als sie ihn vorzuweisen hatte.

Die Ausschnitte beider Kleider waren der Mode entsprechend freizügig: Sie entblößten die Schultern, den Nacken und einen guten Teil des Oberkörpers, um sich dann bis zu einem Punkt kurz über den Brüsten zu senken. Dieser Punkt war bei beiden Kleidern ziemlich tief angesetzt. Ein Leibchen hätte diese Gegend noch um ein wenig Spitze bereichern können, aber Stefan hatte ja gesagt, daß er vergessen würde, irgendwelche Unterwäsche einzukaufen. Und ob er es nun wirklich vergessen hatte oder seinem Tun eine Absicht zugrunde lag, jedenfalls war nichts dergleichen bei den beiden Kleidern zu entdecken.

Unter normalen Umständen wäre Tanya viel zu unsicher gewesen, um eines dieser Kleider zu tragen. Sie hatte ihre Brüste immer unter hochgeschlossenen Hemden aus dicken Stoffen versteckt, so daß sie nahezu unsichtbar waren. Hier entblößte sie nun fast alles, sozusagen, oder wenigstens jedoch die oberen Wölbungen ihrer Brüste. Und der stramme Sitz des Kleides ausgerechnet dort machte alles noch schlimmer, weil ihre Brüste obendrein auch noch zusammengequetscht wurden. Aber das hier waren eben keine normalen Umstände. Und tatsächlich konnte sie bei ihrem Blick in den großen Spiegel über dem Ankleidetisch der Kabine nur an eines denken: Stefan würde sie so sehen, und es würde ihm überhaupt nicht gefallen. Und diese Überlegung bekräftigte sie in ihrem Entschluß, die Kleider genau so zu tragen, wie sie waren.

Sie wählte das leuchtend zitronengelbe Kleid für den kommenden Abend, einfach weil seine Farbe so ganz anders war, als die der faden Kleider, die sie für gewöhnlich trug. Außerdem paßte sie sehr gut zu ihrem dunklen Haar. Nicht einmal ihr Tanzkostüm schmeichelte so sehr ihrer Figur, und das ohne die Unterstützung eines Korsetts. Tanya war zufrieden, mehr als zufrieden. Sie hätte nie geahnt, daß sie so aussehen konnte.

Es gab allerdings nicht viel, was sie mit ihrem Haar tun konnte, außer es zurückzubinden, aber sie benutzte die breite, spitzenbesetzte Zierschleife, die hinten an ihrem Kleid befestigt war, um ihr Haar statt dessen im Nacken zusammenzubinden. Natürlich hätte sie diesen gelben Stoffstreifen auch in ihr tiefes Dekolleté stecken können, um dem Kleid einen etwas sittsameren Anstrich zu geben, aber da Stefans Reaktion in ihren Gedanken die erste Stelle einnahm, zog sie das nicht einmal in Erwägung.

Sie machte sich dann jedoch noch ein paar Sekunden lang Gedanken darüber, als Vasili ungebührlich lange auf ihren Busen starrte. Aber dann wurde auch der Rest von ihr einer gründlichen Untersuchung unterzogen, und so ließ sie den Gedanken zum zweitenmal fallen.

»Ihr seht hinreißend aus, Prinzessin.«

Sie zog die Augenbrauen hoch. »Ein Kompliment von Euch? Geht es Euch wirklich gut, Vasili?«

Er lachte und bemerkte: »Ihr seid, wenn schon nichts anderes, amüsant. Aber Ihr solltet mich nicht allzu hart beurteilen, nachdem ich Euretwegen so viele Schwierigkeiten auf mich genommen habe.« Er streckte seine Hand aus, in der ungefähr ein Dutzend Haarnadeln verschiedenen Stils lagen, und gestand dann: »Zwei Frauen an Bord nehmen jetzt an, ich sei an ihnen interessiert, obwohl das bedauerlicherweise nicht der Fall ist. Ihr könnt Euch gar nicht vorstellen, welche Schwierigkeiten das für den heutigen Abend nach sich ziehen kann.«

»Ich frage mich, warum ich nicht das geringste bißchen Sympathie für Euch aufbringen kann«, erwiderte Tanya.

Er grinste jungenhaft, und für einen Augenblick begriff sie, warum die Frauen ihn so unwiderstehlich fanden. »Ich glaube, mir ist bisher entgangen, wie witzig Ihr sein könnt, Prinzessin. Es war zu egoistisch von Stefan, Euch auf der ganzen Reise für sich selbst zu behalten.«

»Hat er Euch beauftragt, diese Dinger aufzutreiben?« Sie nahm die Haarnadeln aus seiner Hand.

»Er hat vorgeschlagen, daß einer von uns den Versuch machen sollte, falls wir nicht wollten, daß Ihr wie eine Schlampe ausseht. Natürlich wurde ich dafür erwählt.«

Wie beiläufig er ihr diese Beleidigung aus zweiter Hand ins Gesicht schleuderte! Oberflächlich ließ sie sich nichts anmerken, aber tief drinnen war sie getroffen. Sie fragte sich, wie viele verächtliche Bemerkungen wohl über sie gemacht wurden, wenn sie gerade nicht in der Nähe war, um es zu hören. Da ihr schon so viel davon zu Ohren kam, *wenn* sie in der Nähe war, konnte sie sich nur allzugut vorstellen, daß diese Männer niemals etwas Nettes über sie sagten. Nun, sie hatte schließlich auch nichts Nettes über sie zu sagen.

Sie griff nach der Schleife in ihrem Nacken. »Wenn Ihr einen Augenblick warten wollt …«

»Laßt es«, unterbrach er sie und fügte, als er ihren fragenden Blick bemerkte, hinzu: »Es ist ganz reizend, so wie es ist.«

»Aber nach all den Schwierigkeiten, die Ihr auf Euch genommen habt, um diese Dinger auszuleihen …«

Er zuckte mit den Schultern. »Ihr könnt sie morgen benutzen, für unsere Ankunft in New Orleans.«

Morgen? War das der Grund dafür, daß man sie heute abend aus der Kabine ließ? Stefan hatte zweifellos entschieden, daß es sicher genug war, sie mit den Passagieren zusammentreffen zu lassen, da sie keinem einzigen von ihnen wohl ein zweites Mal begegnen würde. Wie viele Schwierigkeiten konnte sie in so kurzer Zeit schon machen? Sie hoffte nur, daß sie eine Gelegenheit finden würde, um ihnen zu zeigen, wie falsch sie mit dieser Annahme lagen. Schlampe? Sie mochte zwar nicht wie eine aussehen, aber wie schwer würde es ihr fallen, sich wie eine zu benehmen?

»Dann können wir gehen?«

Dieser Dampfer war kleiner als die *Lorelei,* obwohl er ebenfalls zwei Decks besaß. Der Speisesalon befand sich auf dem unteren Deck neben einem großen Raum, der ausschließlich dem Spiel diente. Als sie dort vorbeigingen, begriff Tanya, daß dies eines der Schiffe war, die man als schwimmende Spielhöllen bezeichnete. Professionelle Spieler hatten auf solchen Schiffen ihr Zuhause. Und dasselbe galt für Frauen von schlechtem Ruf. Einen kurzen Augenblick fragte sie sich, ob das nicht vielleicht der Grund dafür sein könnte, daß man sie von den anderen ferngehalten hatte. Aber sie tat diese Idee als zu unwahrscheinlich ab, insbesondere, da ihre Reisegefährten davon überzeugt waren, daß ihr Ruf gar nicht schlimmer sein könnte.

Lazar und Serge warteten bei Tisch auf sie. Beide standen auf, als sie sich näherte. Beide verbeugten sich leicht, als Vasili ihr einen Stuhl zurechtrückte. Die Ehrerbietung der Männer war ihr unangenehm, bis ihr in den Sinn kam, daß sie nicht mehr war, als der Versuch, ihr Märchen zu bekräftigen. Weshalb sie sich immer noch solche Mühe gaben …

»Ist Stefan immer noch dabei?« fragte Vasili, bevor er sich hinsetzte.

»Das mußt du fragen, nachdem er kaum einmal den Tisch verlassen hat, seit wir an Bord sind?« erwiderte Lazar.

»Warum gehst du nicht rüber und erinnerst ihn daran, daß das Essen zu den Notwendigkeiten des Lebens gehört?« schlug Serge vor. »Auf uns wird er doch nicht hören.«

»Dann sollte ich es wohl besser tun.«

Lazar wandte sich an Tanya, als Vasili ging. »Stefan hat ein bißchen gespielt«, erklärte er.

Soviel hatte sie sich mittlerweile selbst zusammengereimt und fragte daher nur mit geringem Interesse: »Gewinnt er?«

»Genaugenommen hat er schon eine ganz hübsche Summe verloren.«

Sie fragte sich, wieviel »eine ganz hübsche Summe« für diese Männer wohl sein mochte. Nicht daß es sie wirklich interessiert hätte. Sie konnte sich auch nicht vorstellen, wem sie eine akute Geldnot lieber gewünscht hätte als Stefan und seinen Freunden.

»Für gewöhnlich lernt man, wie ein Spiel gespielt wird, bevor man sich selbst daran versucht«, war alles, was sie zu bemerken hatte.

»Stefan weiß mehr als genug über dieses Spiel. Tatsache ist, daß er sogar ziemlich geschickt darin ist.«

Die Art, wie Lazar sie jetzt ansah, konnte nicht klarer ausdrücken, daß sie irgendwie die Schuld an dieser Misere trug, und diese Tatsache erboste sie. »Also, das ist ein starkes Stück! Mich für sein Pech verantwortlich zu machen, wenn ich nicht einmal dabei bin.«

Diese Rüge brachte ihn jedoch nicht zum Schweigen. »Eure Verzagtheit hat ihn bekümmert. Ich verstehe das auch nicht. Ihr grämt Euch wegen einer solchen Bruchbude, wo Ihr in Zukunft in einem Palast leben werdet.«

Tanya seufzte innerlich. Offensichtlich glaubten sie, daß ihre Ausdauer sie dazu bringen würde, ihre Geschichte zu guter Letzt doch noch zu akzeptieren. Sie war es wirklich leid, ihnen immer wieder zu erklären, daß das bei ihr einfach nicht funktionieren würde.

»Ich war nicht verzagt, Lazar, ich war wütend«, stellte sie fest. »Das würdet Ihr auch sein, wenn irgend jemand plötzlich auftauchte und versuchte, Euer ganzes Leben auf den Kopf zu stellen.«

»Nicht wenn es eine Veränderung zum Guten bedeuten würde«, beharrte er. »Man mußte Euch dazu zwingen einzusehen, daß Euer Leben dort vorüber war. Und Ihr werdet glücklich sein in Cardinia, Tanya. Ihr werdet Reichtum haben, Macht ...«

»Einen Ehemann?«

»Jede Frau will heiraten.«

»Das muß man sich mal vorstellen! Jede einzelne? Und da habe ich immer geglaubt, ich sei auch eine Frau.«

Ihr übertriebener Sarkasmus ließ ihn zusammenzucken. »Ihr wollt wirklich nicht heiraten?«

»Nein.«

»Nicht einmal Vasili?«

»*Erst recht* nicht Vasili.«

Zwei Hände legten sich auf ihre nackten Schultern, und warmer Atem bewegte leise das Haar an ihren Ohren. »Vorsichtig, Tatiana, sonst fange ich noch an, das zu glauben, und werde so verletzt sein, daß ich meinen ganzen Charme spielen lassen muß, um Eure Meinung zu ändern.«

Vasili, nicht Stefan. Sie hatte die Stimme erkannt. Ihr Herz verlangsamte seinen Schlag.

Bevor sie jedoch eine Antwort auf diesen ungeheuerlichen Vorschlag ersinnen konnte, fragte Lazar Vasili: »Du konntest ihn also nicht davon losreißen?«

»Er sagte, er würde sich später zu uns gesellen – vielleicht.«

Tanyas Schultern sackten zusammen. Stefan würde sich nicht zu ihnen gesellen. Sie wußte es so sicher wie die Tatsache, daß sie hier saß. Er hatte ihr befohlen, präsentabel auszusehen, aber er hatte nicht die Absicht, sich das Ergebnis anzusehen, falls sie diesem Befehl Folge leistete. Wie konnte er es wagen, ihr auch noch den Spaß an ihrem heutigen Aussehen zu verderben! Das würde sie nicht zulassen. Nicht nach alledem, was sonst schon geschehen war.

»Wenn Stefan sich später nicht zu uns gesellt«, sagte sie kühn, »dann müssen wir uns eben zu ihm gesellen.«

Der Vorschlag stieß auf eisiges Schweigen, bis Lazar endlich hervorstieß: »Das ist absolut unmöglich, Prinzessin.«

»Ich bestehe darauf.«

»Aber Stefan wird es gar nicht gefallen ...«

»Du hast sie gehört, Lazar«, fiel Vasili ein. »Sie besteht darauf. Und ihr Rang ist höher als deiner.«

Ungläubig wandte Tanya sich an Vasili. »Wirklich?«

»Aber natürlich. Lazar ist schließlich nur ein Graf.«

Lazar biß nun tatsächlich die Zähne zusammen. »Es ist nicht gerade der günstigste Zeitpunkt, um das zu betonen, *Eure Majestät.*«

»Immer mit der Ruhe, mein Freund. Soll doch Stefan sich mit der Angelegenheit beschäftigen, wenn er irgendwelche Einwände hat. Er braucht ohnehin etwas, das ihn aus seiner gegenwärtigen Stimmung reißt.«

Tanya interessierte sich im Augenblick nur für eines. »Heißt das, daß ich rangmäßig auch über Stefan stehe?«

»Wie hoffnungsvoll Ihr ausseht.« Vasili grinste. »Aber ich muß Euch enttäuschen. Welchen Rang Stefan auch immer bekleidet, er allein trägt die volle Verantwortung für Euch, bis wir nach Cardinia zurückkehren. Und daher müßt Ihr Euch in allen Punkten seinem Wunsch unterwerfen. Falls Ihr es vorzieht, darüber zu streiten ... Aber Ihr seid ja bisher gut mit ihm zurechtgekommen, nicht wahr? Er ist derjenige, der Schwierigkeiten damit zu haben scheint, mit Euch zurechtzukommen.«

Tanya gelang es, ihre Enttäuschung zu verbergen. Sie hätte wissen können, daß sie nicht *so* weit gehen würden, um ihre Geschichte glaubwürdiger zu machen.

»Das denkt Ihr also?« sagte sie in einem neutralen Ton. »Mir ist es bisher nicht aufgefallen.« Oh, wie sehr sie sich doch wünschte, dies möge die Wahrheit sein, denn jede Schwierigkeit, die sie Stefan bereiten konnte, würde sie in helles Entzücken versetzen.

Kapitel 26

Sie traten ein, von Stefan unbemerkt, und blieben hinter ihm stehen, so daß er auch weiterhin keine Ahnung davon hatte, daß sie im Spielsalon waren. Das gefiel Tanya. Sie hatte keine Eile, ihn mit der Tatsache zu konfrontieren, daß sie sich im selben Raum befand wie er. Sie genoß die Vorfreude auf ihre Begegnung um so mehr, als Lazar und

Serge beide sicher waren, daß Stefan über ihre Anwesenheit alles andere als erfreut sein würde.

Sie waren so sicher, daß sie sich geweigert hatten mitzukommen, und daher stand nur Vasili als ihr Begleiter neben ihr. Wenn er nicht gewesen wäre, hätten sie sie gleich nach dem Dinner auf direktem Wege wieder in ihre Kabine gebracht. Widerstrebend nahm sie zur Kenntnis, daß sie ihm zu danken hatte, obwohl sie es haßte, ihm für irgend etwas zu Dank verpflichtet sein zu müssen, selbst wenn es sich um eine Möglichkeit handelte, an Stefan Rache zu üben.

Natürlich war es nicht genug, Stefan nur zu ärgern, obwohl sie bisher noch nicht herausgefunden hatte, was sonst sie tun konnte. Aber dann fiel ihr auf, daß der Spieler, der auf der anderen Seite des Tisches vor Stefan saß, ihr mehr Aufmerksamkeit widmete, als den Karten in seiner Hand. Ihr kam eine Idee.

Er war ein großer Mann mit einer sehr breiten Brust. Nach dem, was sie sehen konnte, hatte er nicht das kleinste bißchen Fett auf den Rippen. Er sah auch nicht schlecht aus, wahrscheinlich ein paar Jahre älter als Stefan, mit dunkelbraunem Haar und noch dunkleren braunen Augenbrauen. Wie einer der anderen Herren am Tisch hatte er seinen Mantel ausgezogen und sich die Hemdsärmel aufgerollt — wahrscheinlich, damit niemand ihn des Betrugs bezichtigen konnte. In jedem Falle hatte er das Spiel, das gerade im Gange war, anscheinend sehr ernstgenommen — bis jetzt.

Es lag eine Menge Geld auf dem Tisch. Ein sehr großer Betrag. Das meiste davon lag vor dem braunhaarigen Spieler; die beiden anderen Spieler hatten nur bescheidene Häufchen vor sich liegen. Stefan warf seine letzten beiden Scheine auf den Tisch, um seinen Gegner dazu aufzufordern, seine Karten aufzudecken. Dann ging das Spiel weiter, und sie zogen ihre Karten. Der große Spieler brauchte eine Extraaufforderung, als er an der Reihe war zu setzen, weil seine Augen wieder auf Tanya ruhten statt auf seinen Karten.

»Sind Sie noch im Spiel, Mr. Barany?«

Tanya zuckte zusammen, als sie begriff, daß diese Frage

an Stefan gerichtet war, und zwar von dem Mann zu seiner Rechten. Sie hatte noch nie zuvor seinen Familiennamen gehört, hatte nicht einmal daran gedacht, ihn danach zu fragen. Eigentlich war Lazar der einzige von ihnen gewesen, der sich ihr ordentlich vorgestellt hatte. Vielleicht war ja auch ein Thomas oder Johnson unter ihnen, der ihre Geschichte, sie seien ausländische Adelige, über den Haufen werfen würde. Stefan griff in seine Rocktasche, um noch mehr Geld herauszuziehen. Mehr? Der Mann wußte wirklich nicht, wann man Schluß machen mußte, aber das hatte sie bereits selbst in Erfahrung gebracht, auf die harte Tour. Nur daß dies hier mit Geld zu tun hatte — und damit, es zu verlieren. Machte es ihm denn gar nichts aus? Ein Seitenblick auf Vasili zeigte ihr, daß er nicht im geringsten besorgt war. Allerdings wußte der Mann wahrscheinlich gar nicht, *wie* man besorgt aussah oder wie man irgendeine andere Regung verriet als Langeweile oder Verachtung.

Sie beobachtete, wie Stefan abermals Geld auf den Tisch warf, um auch den zweiten Stich zu sehen. Der Mann zu seiner Linken warf das Handtuch. Der große Spieler legte seine Karten offen auf den Tisch und enthüllte damit drei Fünfen. Seine Augen kehrten jetzt wieder zu Tanya zurück, während er abwartete, ob jemand seine Hand überbieten konnte.

Es kostete sie einiges an Nerven, aber schließlich erwiderte Tanya sein Lächeln, weder schüchtern noch affektiert. Schließlich und endlich hatte sie jahrelang die Mädchen in der Taverne beobachtet, kannte ihre subtilen Signale und die Art, wie sie ihren Körper bewegten, wenn sie an einem Mann interessiert waren und wollten, daß er das auch bemerkte. Sie war trotzdem nicht ganz sicher, ob sie es richtig machte, aber sie nahm es an, als er zurücklächelte. Ein breites, schönes Lächeln, das ihn geradezu jungenhaft aussehen ließ und eindeutiges Interesse bekundete.

Aber um es nicht zu übertreiben, senkte sie den Blick — und konnte gerade noch Stefans drei Könige sehen, bevor er sie verdeckt auf den Tisch legte. Eine Geste, die ohne Worte bedeutete, daß er die drei Fünfen nicht schlagen konnte. Es ergab keinen Sinn. Sie kannte bei weitem nicht alle Kniffe dieses Spiels, aber sie wußte genau, daß drei Könige drei Fünfen schlagen konnten. Wußte Stefan etwa nicht, daß seine Karten die besseren waren? Sie fühlte sich versucht, es ihm zu sagen. Aber sie hielt den Mund. Ihm zu helfen, war keineswegs in ihrem Plan mit einbegriffen.

Ihre Augen wanderten automatisch wieder zurück zu dem großen Spieler, der jetzt aufgestanden war, um seinen Gewinn einzustreichen. »Sie werden mich entschuldigen müssen, meine Herren, aber ich sehe mich genötigt, ein paar Runden auszusetzen.«

»Es ist ziemlich unklug, mitten in einer Glückssträhne auszusteigen, Corbell«, beklagte sich der Mann zu seiner Rechten.

»Als ob ich das nicht wüßte.« Corbell lachte. »Aber ich habe lediglich vor, meine Glückssträhne für eine Weile in andere Bahnen zu lenken.«

Der Mann, der sich soeben noch beklagt hatte, folgte der Richtung seines Blicks und lachte dann ebenfalls. Jetzt schien auch Stefan dieses Zwischenspiel endlich zu bemerken. Tanya straffte sich in der Erwartung, daß er sich umdrehen würde. Er drehte sich nicht um. Er stand auf und stellte sich Corbell in den Weg, der größer war, als Tanya gedacht hatte, einen halben Fuß größer als Stefan und viel, viel breiter.

»Ich fürchte, Sie haben da einen Fehler gemacht, Mr. Corbell«, stellte Stefan ruhig fest. »Sie ist nicht verfügbar.«

Tanya keuchte. Stefan hatte sie nicht einmal *angesehen,* und doch wußte er, daß sie hinter ihm stand und wußte, was Corbell mit seinem subtilen Wortspiel hatte ausdrükken wollen.

Aber dieser Berg von einem Mann ließ sich nicht entmutigen, warum sollte er auch? Ein Mann mußte schon verrückt sein, um sich mit einem Gegner von seiner Größe anzulegen.

»Ich würde sagen, sie sieht das anders«, erwiderte Corbell. »Also, warum treten Sie nicht zur Seite.«

Stefan rührte sich nicht von der Stelle. »Was sie empfindet oder wünscht, tut überhaupt nichts zur Sache.« Dann sagte er, ohne sich umzudrehen: »Vasili, bring sie zurück in meine Kabine, während ich mich bemühe, Mr. Corbell von seinem Irrtum zu befreien.«

»Also Moment mal ...«

Das war alles, was Corbell über die Lippen brachte, bevor ein unverkennbarer Laut den Anwesenden zu Ohren drang: Knöchel, die auf Fleisch schlugen. Tanya hörte nur, wie es geschah. Vasili zog sie so schnell hinter sich her, daß sie nicht einmal eine Chance hatte, noch einen Blick über die Schulter zu werfen. Und dann wurde sie achtlos Serge in die Arme geschoben, der ebenso wie Lazar draußen vor dem Spielsalon gewartet hatte. Es wurde kein einziges Wort gewechselt. Vasili und Lazar gingen wieder hinein, während Serge Tanya keine andere Wahl ließ, als in ihre Kabine zurückzukehren.

»Wieviel Schaden habt Ihr diesmal angerichtet, Eure Hoheit?«

»Diesmal?« Tanya versuchte stehenzubleiben, um ihre Frage auszusprechen, aber Serge ging einfach weiter und zog sie hinter sich her.

»*Was* bringt Euch eigentlich auf die Idee, daß ich da drin irgend etwas falsch gemacht habe?« fragte sie seinen Rükken.

»Es war selbst für mich deutlich genug, daß Ihr nur deshalb da hineingehen wolltet, um Schwierigkeiten zu machen.«

Das mochte zwar der Wahrheit entsprechen, aber woher wußte *er* das? Aber wenn er es wußte, dann wußten es die anderen ebenfalls. Auch Stefan würde nicht lange brauchen, um zu dieser Erkenntnis zu gelangen. Na, und wenn schon! Plötzlich hatte sie jedoch nichts mehr dagegen, in ihre Kabine zurückgebracht zu werden.

Sie dachte darüber nach, ob sie nicht vielleicht am besten auf der Stelle ins Bett gehen und so tun sollte, als würde sie bereits schlafen. Natürlich, wenn Stefan ärgerlich genug war, würde ihn ihr Schlaf nicht davon abhalten, sie auf der Stelle davon in Kenntnis zu setzen. Also ging sie statt dessen auf und ab und versuchte, sich eine Strategie auszudenken, wie sie die Anschuldigungen, die er gewiß erheben würde, widerlegen konnte. Und was, wenn er wirklich verletzt war? War sie denn übergeschnappt? Natürlich würde er verletzt sein. Dieser Corbell war ein wahrer Riese von einem Mann. Aber das war es nicht, was sie gewollt hatte. Sie hatte Stefan lediglich ein paar Schwierigkeiten machen wollen, als einen kleinen Ausgleich für das, was er ihr angetan hatte.

Die Tür öffnete sich viel eher, als sie erwartet hatte. Mit angehaltenem Atem wirbelte Tanya herum. Aber Stefan machte nur, wie jede Nacht, bevor er sich hierher zurückzog, die Tür zu und schloß hinter sich ab. Selbst als er ihr einen schnellen Blick zuwarf, schien er weder wütend auf sie zu sein noch sonst etwas. Aber bei dem Versuch, seine Reaktion auf ihr verändertes Aussehen einzuschätzen, seine Stimmung zu beurteilen und festzustellen, ob er verletzt war, mußte sie ihn schließlich noch einmal ansehen, ihn wirklich ansehen, ohne die glühende Hitze ihres Zorns, die ihr vorher den Blick getrübt hatte.

Und der Himmel steh ihr bei, die Anziehungskraft war immer noch da, mächtiger als je zuvor. Ihr Puls ging schneller. Die Angespanntheit, die sie empfunden hatte, verwandelte sich plötzlich in etwas ganz anderes. Wie unfair das war! Nach allem, was er ihr angetan hatte, sollte er nicht mehr die geringste Wirkung auf sie ausüben. Dieser schwindelerregende Strudel in ihrem Inneren, von dem sie wußte, daß er reines Verlangen war, war jedenfalls das letzte, was sie im Augenblick erwartet hatte. Sie konnte doch kein Verlangen mehr für ihn empfinden. Sie weigerte sich einfach!

»Habt Ihr Euren Spaß gehabt?«

Wenn man bedachte, was sie gerade eben durchmachte, war es kein Wunder, daß sie einen Augenblick brauchte, um zu begreifen, daß er sich auf die Ereignisse in dem Spielsalon bezog. Sie straffte sich, denn sein beiläufiger Tonfall hatte ihren Argwohn geweckt.

»Seid Ihr verletzt?«

Er zuckte mit den Schultern, während er seinen Rock auf den Kleiderkoffer fallen ließ. »Ein paar blaue Flecken, kein Grund zur Besorgnis.«

»Ich war nicht besorgt, ich habe mich nur darüber gewundert, daß Ihr ihm nicht einfach gesagt habt, ich sei Eure Frau, so wie gewöhnlich. Das hätte die Sache für ihn doch sicher in ein anderes Licht gerückt.«

»Ich hatte keine Lust dazu.«

Das war nun wirklich *zu* beiläufig für ihr wachsendes Unbehagen. »Ihr habt keine Lust dazu gehabt? Keine *Lust* gehabt!« explodierte sie. »Statt dessen habt Ihr wohl Lust gehabt, Euch zusammenschlagen zu lassen.«

»Ich bin nicht derjenige, den sie in seine Kabine zurücktragen mußten.«

Sie versuchte, nicht so überrascht zu klingen, wie sie war. »Das heißt, Ihr habt gewonnen?«

»Natürlich.«

»Oh, natürlich. Wie konnte ich daran zweifeln. Er war ja auch nur ein wandelnder Berg.«

»Sarkasmus steht dir nicht, Tanya. Und er mag zwar groß gewesen sein, aber er war ziemlich unbeholfen. Das sind die Großen meistens.«

»*Ihr* seid auch groß.« Sie konnte einfach nicht widerstehen, dies zu betonen.

»Nicht so groß. Und außerdem, Ausnahmen bestätigen die Regel.«

»Und nach welchen Regeln habt Ihr heute nacht gespielt, als Ihr ein Blatt, mit dem Ihr gewonnen hättet, einfach weggeworfen habt?« Als er die Stirn runzelte, erläuterte sie ihre Frage. »Ich habe Eure drei Könige gesehen, Stefan.«

Er lächelte tatsächlich, obwohl er ihre Frage mit einer geringschätzigen Handbewegung abtat. »Nur eine kleine Schrulle von mir. Ich finde es einfach nicht fair, Könige für mich gewinnen zu lassen.«

Was mal wieder keinen Sinn ergab. Und die Tatsache, daß er nicht wütend auf sie war, ergab ebenfalls keinen Sinn. Die Tatsache, daß sie dagegen wütend war, weil er es nicht war, ergab am allerwenigsten einen Sinn.

»Nun, ich bin entzückt darüber, daß Ihr Euren Spaß gehabt habt«, sagte sie mürrisch. »Aber das war ja auch nicht anders zu erwarten. Spielen und Kämpfen, das ist die Art Zeitvertreib, die ihr Männer am meisten liebt, nicht wahr?«

Sie hatte nicht einmal bemerkt, daß er sich langsam auf sie zu bewegt hatte. Jetzt war er nahe genug, um ihren Arm zu ergreifen, was er auch tat. Er zog sie an seine Brust. Sie versteifte sich. Er nahm das nicht zur Kenntnis. Beide Arme legten sich jetzt um sie und hielten sie dort, wo sie sich befand, gefangen.

Er wartete nur darauf, daß sie zu ihm aufsah, bevor er sagte: »Ihr habt vergessen, den Zeitvertreib zu erwähnen, mit dem Ihr selbst am vertrautesten seid, kleine Huri.« Er grinste. »›Huri‹ heißt schöne Jungfer, nicht das, was Ihr denkt.«

»O doch, genau das meint Ihr«, spottete sie, trotz ihrer Verwirrung angesichts der Frage, ob er sie wohl wieder begehrte. Aber diese Verwirrung wollte einfach keine Ruhe geben. »Stefan ...«

»Wenn Ihr einen Mann gewollt habt, hättet Ihr fragen sollen«, ermahnte er sie freundlich, »statt zu versuchen, Euch einem Fremden anzubieten.«

»Das habe ich nicht getan.«

Ihr Leugnen ärgerte ihn nicht, er ignorierte es einfach. »Ich wußte ganz genau, in welchem Augenblick Ihr ihn ermutigt habt, Tanya. Man konnte es an seinem Gesicht ablesen. Aber ich entschuldige Euer Verhalten, weil Ihr lange keinen ... weil es schon lange her ist, seit Ihr ...« Auch die zweite Erklärung schien ihm nicht recht zu passen. Er sah tatsächlich verwirrt aus und entschied sich schließlich dafür, den Versuch ganz aufzugeben. »Die Alternative wäre, daß Ihr heute abend absichtlich Schwierigkeiten machen wolltet. Ich ziehe es vor zu denken, daß Ihr so dringend einen Mann braucht, daß Ihr sogar mich akzeptieren werdet.«

Sogar? Wußte er denn nicht, daß er der einzige Mann war, den sie akzeptieren *würde?* Aber natürlich wußte er das nicht. Er glaubte, daß sie das nur getan hatte, weil sie verzweifelt einen Mann brauchte, irgendeinen Mann. Und zwar aus dem einfachen Grunde, weil sie sie so lange von der Beschäftigung abgehalten hatten, von der sie annahmen, daß sie ihr so gerne nachging.

Tanya wußte nicht, ob sie in gerechtem Zorn in die Luft gehen oder einfach nur lachen sollte. Bei Lichte betrachtet, konnte sie weder das eine noch das andere tun. Im Augenblick war er davon überzeugt, daß ihr Motiv nicht darin gelegen hatte, Schwierigkeiten heraufzubeschwören. Falls er anfing, etwas anderes zu denken, würde er wütend sein. Er hatte allerdings diesen verdammten Kampf genossen, und daher würde er nicht *so* wütend sein — wahrscheinlich gerade wütend genug, um sie wieder übers Knie zu legen. Aber sie hatte nicht die Absicht, sich von ihm lieben zu lassen, nur um dem zu entgehen, und erst recht würde sie es nicht zulassen, daß er sie liebte, während er dachte, er würde ihr damit einen Gefallen tun. Falls sie das jemals zuließ, dann nur, weil er sie verzweifelt haben wollte. Sie wollte nichts sehnlicher als die exquisite Leidenschaft, die er ihr in jener Nacht am Fluß angeboten hatte, nicht diese zögerliche Halbherzigkeit, die ihm überhaupt nicht ähnlich sah. Eigentlich wollte sie eine ganze Menge mehr von ihm, begriff sie, aber sie war, wenn schon nichts anderes, wenigstens realistisch.

»Ich habe Euch überrascht?« fragte er vorsichtig.

»Sehe ich überrascht aus? Ich muß es wohl sein, was auch verständlich ist, nach Eurer Reaktion auf mein frisch gewaschenes Gesicht. Was ist passiert? Habe ich mir heute abend ein paar Schmutzflecken zugezogen? Ist das der Grund, warum ich plötzlich wieder akzeptabel für Euch bin?«

In ihrem Ton lag genug Hohn, um ihre Freilassung zu erwirken. »Ihr seid, wie Ihr sehr gut wißt, außergewöhnlich schön heute nacht.«

Aber nicht ein einziges Mal hatte er sie wirklich angesehen. Selbst Vasili hatte sie betrachtet, und jeder Mann, dem sie heute abend begegnet war, hatte zumindest einen Blick auf ihren nur spärlich verhüllten Busen riskiert. Aber Stefan sah ihr nur ins Gesicht, als weigere er sich, tiefer hinabzuschauen. Und sein Kompliment hatte so tonlos geklungen, er hätte ebensogut vom Wetter sprechen können. Das sollte sie davon überzeugen, daß er sie wollte?

Sie sprach ihre Gedanken aus, ohne Umschweife. »Ihr wollt mich gar nicht, Stefan.«

Er versuchte nicht einmal, sie zu korrigieren. Er sagte lediglich mit einem seltsam fremden Klang in der Stimme: »Einer Schönheit wie Euch widme ich eine Nacht ... keine Gefühle ... nur Vergnügen.«

Es war dieses ›keine Gefühle‹, das zur ihr durchdrang, das den Schmerz, den jene Worte bewirkt hatten, durchschnitt und nur siedenden Zorn zurückließ. »Was, wenn eine Nacht nicht reicht? Besuche ich dann morgen Lazar — und Serge nach ihm?«

Diese spöttischen Fragen waren endlich auch zu ihm durchgedrungen. Er sah nicht länger gefühllos aus. »Ihr habt vergessen, Vasili zu erwähnen«, sagte er gepreßt.

»Nein, das habe ich nicht vergessen. Diesen herablassenden Fatzke würde ich nicht haben wollen, egal wie verzweifelt ich wäre. Aber Ihr werdet feststellen, daß ich nicht länger in Bedrängnis bin. Bemitleidet zu werden, ist eine wirkungsvolle Methode, davon kuriert zu werden.«

»Bemitleidet?«

»Tut doch nicht so, als wüßtet Ihr nicht, worüber ich spreche«, fuhr sie ihn an. »Aber keine Sorge, falls ich wieder mal das Bedürfnis nach einem Mann verspüre, weiß ich ja jetzt, wo ich suchen muß.«

Sie ließ ihre Worte mit voller Absicht im Raum stehen, um ihm ein Rätsel aufzugeben, als sie ihm den Rücken zuwandte und ins Bett kroch, vollkommen angezogen, wie gewöhnlich. Stefan lief türenknallend aus der Kabine. Gut, jetzt war er wenigstens wirklich wütend — aber wohl immer noch nicht wütend genug ...

Kapitel 27

Bemitleiden? So sehr er es auch versuchte, Stefan konnte nicht herausbekommen, wie die Frau zu diesem Wort gekommen war. Welcher Mann, der seine Sinne beisammen hatte, würde sie bemitleiden? Sie war schön und von königlicher Geburt. Sie würde mehr Geld besitzen, als sie beim besten Willen ausgeben konnte. Ein riesiges Vermögen, das ihr ihre Mutter hinterlassen hatte, über ganz Cardinia verstreute Landsitze, die ihr ganz allein gehörten, und noch mehr davon in Österreich, ganz zu schweigen von den königlichen Palästen, den königlichen Juwelen. Sie würde tonangebend bei Hof sein, ihre Meinung gefragt und begehrt. Sie würde über unglaubliche Macht verfügen, und der einzige, der ihr noch etwas zu sagen hatte, war ihr zukünftiger Ehemann, den sie um ihren kleinen Finger hätte wickeln können, wenn sie es nur versucht hätte. Aber das wußte sie nicht, und alles andere glaubte sie nicht. Trotzdem — *bemitleidet?*

Die offensichtliche Antwort war keine Antwort. Sie hatte das nur als Entschuldigung gebraucht, um ihn zurückzuweisen. Er hätte eigentlich darauf gefaßt sein sollen. Er hätte ihr gar nicht erst dieses Angebot machen sollen. Lazar hatte versucht, ihm zu erklären, daß sie nur auf Ärger ausgewesen war, nicht auf ein schnelles Vergnügen in den Laken. Aber Narr, der er war, seitdem er diese Frau zum erstenmal zu Gesicht bekommen hatte, sah er nur das, was er sehen wollte.

»Warum gehst du nicht einfach mit dem Weib ins Bett, damit du die Sache endlich los bist?«

»Halt deinen Mund, Vasili«, knurrte Stefan.

Sie standen zu viert an der Theke im Spielsalon, drei Männer davor und Serge dahinter. Nur einer der Tische im Zimmer war noch immer besetzt. Zwei andere waren bei dem Kampf kurz zuvor zu Bruch gegangen, aber die meisten der Passagiere hatten ohnehin in ihre Betten gefunden. Dasselbe galt für den Barmixer, nachdem er seine Vorräte weggeschlossen hatte. Es hatte einiger weiterer großer

Scheine bedurft, zusätzlich zu denen, die für den angerichteten Schaden bereits den Besitzer gewechselt hatten, um den Zahlmeister dazu zu bringen, den Schankraum wieder zu eröffnen.

»Ausnahmsweise hat Vasili einmal recht, Stefan«, sagte Lazar, »es ist besser, als sich jeden Abend sinnlos zu betrinken, nur damit du in demselben Zimmer wie sie schlafen kannst; und am nächsten Tag gehst du dann auf jeden los — auf jeden außer auf sie.«

»Halt deinen Mund, Lazar.«

»Warum laßt ihr beiden ihn nicht für eine Weile allein?« schlug Serge vor. »Trinken ist so ungefähr das einzige, wozu ein Mann Zuflucht nehmen kann, wenn die Frau, die er haben will, es ihm so verdammt schwer macht.«

»Halt deinen ...«

»Er war auf deiner Seite, Stefan.«

Stefan warf nur einen finsteren Blick auf sein leeres Glas und riß Serge die Whiskyflasche aus der Hand. Sie hatten zwei Abende zuvor den letzten Wodka ausgetrunken, hatten aber ohnehin schon großes Glück gehabt, überhaupt welchen an Bord zu finden. Bier und Whisky, das war alles, was dieses Land vorrätig zu haben schien. Aber was konnte man schon von einem Land erwarten, das Bastarde wie Dobbs hervorbrachte, die ein Baby in einer Taverne aufziehen konnten! Stefan stieg die Galle hoch, wenn er daran dachte, daß man diesem Mann nun für den Rest seiner Tage jeden Wunsch von den Lippen ablesen würde — dank ihm.

Lazar versuchte es noch mal. »Wenn du nicht mit ihr ins Bett gehen willst, Stefan, warum sagst du ihr dann nicht die Wahrheit? Das könnte vielleicht ihre Meinung ändern.«

Vasili nickte zustimmend und fügte hinzu: »Und es würde uns gestatten, ihr endlich unsere Ausweispapiere zu zeigen, damit sie aufhören kann, an jeder verdammten Kleinigkeit zu zweifeln, die uns über die Lippen kommt.«

Stefan hörte ihnen nicht zu, denn er mußte immer noch an Tanyas Gesichtsausdruck denken, als er ihr gesagt hatte, daß er es vorzöge zu glauben, sie brauche so dringend einen Mann, daß sie sogar ihn akzeptieren würde. Sie hatte zuerst so maßlos überrascht ausgesehen, sogar verwirrt; dann hatte sich ihr Ausdruck langsam geändert und ihm klargemacht, daß ihr die Art, wie er sich ausgedrückt hatte, nicht gefallen hatte, überhaupt nicht. Aber das war das einzige gewesen, was er tun konnte, um sie nicht zu küssen. Und sie hatte mit Verbissenheit und Entrüstung auf ihn reagiert. Er hätte sie trotzdem küssen sollen. Sie hatte sich seinen Lippen häufiger hingegeben als verweigert, eine Tatsache, die ihn ebenso entzückte wie sie ihn in Rage brachte.

Er mußte zugeben, daß er die ganze Sache ziemlich verpfuscht hatte, aber das überraschte ihn gar nicht. Wenn es um schöne Frauen ging, hatte er nicht das mindeste Taktgefühl. Normalerweise sprach sein Geld für ihn, und das war alles, was notwendig war. Aber nicht bei Tanya. Sie mochte viel, viel weniger von anderen Männern im Laufe ihres Lebens akzeptiert haben, aber sie war zu sehr gegen ihn eingenommen, als daß Geld für ihre Gefühle auch nur die geringste Rolle gespielt hätte.

Warum mußte sie sich auch als so liebreizend erweisen? Es war viel leichter gewesen, mit ihr zurechtzukommen, bevor ihre wahre Schönheit zutage getreten war. Da hatte er sich noch nicht so unsicher gefühlt — so verwundbar. Und als ob das noch nicht genug gewesen wäre, was er verkraften mußte, war da auch noch seine Bitterkeit über die Tatsache, daß sie nicht so erzogen worden war, wie es hätte sein sollen.

Manchmal stellte selbst ihr Mangel an Unschuld kein Problem für ihn dar, so wie heute abend. So sehr hatte er sie begehrt, daß er schon befürchtet hatte, sich zu verraten und sie mit seinen wahren Gefühlen zu überwältigen. Bei anderen Gelegenheiten konnte er an nichts anderes denken als an ihre plötzlich zutage getretene Schönheit. Und dann gab es Zeiten, da befielen ihn beide Gefühle gleichzeitig, Abscheu wegen ihrer reichhaltigen Erfahrungen mit Männern und ein Verlangen, das selbst seinen Abscheu nicht zum Erlöschen brachte. Er würde sich mit dem einen oder anderen abfinden müssen, sie akzeptieren, wie sie war, oder es nicht tun. Er war sich dessen wohl bewußt, aber dies war im Augenblick sein geringstes Problem. Viel wichtiger war die Frage, was *sie* empfand. Und aus dieser Frau schlau zu werden, war beinahe unmöglich.

»Stefan, du hörst ja gar nicht zu.«

Er sah zu Serge auf und drehte sich dann zu Lazar um, der mit ihm gesprochen hatte. Beide Männer verschwammen vor seinen Augen. Gut, vielleicht würde er heute nacht ein wenig Schlaf bekommen. In nüchternem Zustand war das unmöglich. Nicht mit Tatiana in derselben Kabine. Aber jedesmal, wenn er daran gedacht hatte, irgendwo anders zu schlafen, hatte er diese Idee fast augenblicklich von sich gewiesen, und er hätte nicht einmal sagen können, warum. *Sie* hatte jedenfalls ganz bestimmt keine Probleme, in seiner Nähe zu schlafen. Bis heute nacht hatte sie ihn behandelt, als sei er Luft für sie.

»Hast du irgend etwas gesagt, was der Rede wert wäre?« fragte Stefan.

»Er ist noch nicht betrunken genug«, bemerkte Serge und füllte alle vier Gläser erneut.

»Nur weil er noch halbwegs deutlich sprechen kann ...«

»Mach dir nichts daraus, Stefan«, unterbrach Lazar, »Vasili glaubt, was du brauchst, ist eine Frau, ganz egal welche.«

Jetzt konnte er Lazar wirklich nur noch verschwommen erkennen. »Vasili denkt zuviel.«

»Aber in diesem Falle stimmen wir alle überein. Und diese niedliche kleine Blonde, mit der er, seit wir an Bord gekommen sind, seine Nächte verbringt, wartet schon in seiner Kabine auf ihn. Sie gehört dir, wenn du sie willst.«

Stefan warf den Kopf herum, und diese Bewegung trug ihm einen leichten Schwindelanfall ein. »Du verleihst also wieder mal deine Weiber, Vetter?«

Vasili zuckte die Achseln. »Für einen guten Zweck.«

»Immer großzügig, eh? Und ich weiß es auch wirklich zu schätzen, Vasili. Aber wenn mich meine Erinnerung nicht täuscht, und da bin ich mir im Augenblick natürlich nicht ganz sicher, ist diese kleine Blonde viel zu hübsch für mich.«

»Gott, ich hasse es, wenn du ...«

»Verdammt noch mal, Stefan ...«

»Oh, genug«, brummte Stefan, »ihr seid ja die reinsten Wichtigtuer heute abend, alle miteinander. Seit wann kümmere ich mich eigentlich nicht mehr selbst um meine eigenen Angelegenheiten, auf meine Art? Also geht endlich zu Bett. Es besteht überhaupt kein Grund, warum wir morgen alle mit Kopfschmerzen aufwachen sollten.«

»Ich fürchte, dafür ist es schon zu spät.« Serge grinste, während er die bernsteinfarbene Flüssigkeit in seinem Glas kreisen ließ. »Oder habt ihr nicht mitgezählt, wie vielen Flaschen wir heute nacht den Garaus gemacht haben?«

»Und wir würden dir wirklich gern Gesellschaft leisten«, fügte Lazar hinzu.

Stefan leerte sein Glas und schob es zur Seite. »Dann werde ich mich jetzt selbst in Richtung Bett davonmachen. Aber wenn ihr unsere kleine Tanya schreien hört, ignoriert sie einfach. Ich habe mir lediglich euren Rat zu Herzen genommen.«

Die drei anderen starrten ihn mit offenem Mund an. »Meinst du das ernst?« fragte Lazar.

»Warum nicht? Immerhin habe ich eure einmütige Zustimmung. Brauche ich ihre denn wirklich?«

»Stefan, vielleicht solltest du warten, bis ...«

»Stefan, ich glaube nicht ...«

»Was soll das jetzt schon wieder? Zweifel? Oder fällt euch plötzlich ein, daß sie eine königliche Prinzessin ist? Aber darum macht euch keine Sorgen. Wenn ich in meiner Kabine angekommen bin, werde ich sehr wahrscheinlich meine Meinung ändern — oder auch nicht.«

Stefan kicherte in sich hinein, sobald er den Spielsalon hinter sich gelassen hatte. Es hatte ihm großen Spaß gemacht, seine Freunde ein wenig aus der Fassung zu bringen, aber seine gute Laune hielt nicht länger als ein paar Sekunden an. Er war müde, sogar vollkommen erschöpft, aber dennoch hellwach. Er war angenehm betrunken, aber sein Verstand weigerte sich, diese Tatsache zur Kenntnis zu nehmen, und er mußte sich bei seinen Freunden bedanken, die ihm eine verführerische Idee in den Kopf gesetzt hatten.

Wie sehr *würde* eine Hure wohl protestieren, wenn er sie einfach nahm? Nicht allzusehr, das stand wohl fest, denn sie war wahrscheinlich an Männer gewöhnt, die mehr von ihr wollten, als sie zu geben bereit war. In ihrem Beruf traf sie sicher auf alle Sorten von Männern, und sie war gezwungen, die guten wie die schlechten zu akzeptieren. Aber er brachte es einfach nicht über sich. So sehr er sie auch wollte, ihre Bereitwilligkeit wollte er noch mehr.

Und was trug ihm das ein? Er wußte jetzt, wie die Hölle aussah, und es war noch immer kein Ende in Sicht. Wenn diese Reise auf dem Mississippi schon schlimm war, so hatte er immer noch eine Reise über den Ozean vor sich, und zwar ohne ein Spielzimmer, um sich abzulenken. Und was hatte das Spielen schon genützt, wo er so ziemlich in jeder Runde nur an Tanya statt an seine Karten gedacht hatte?

Als er dann, den Schlüssel in der Hand, vor seiner Kabine stand, fürchtete er sich fast davor einzutreten. Sie würde schon schlafen, aber der Unterschied, den das für ihn machte, war höchstens stäubchengroß. Warum tat er sich das also an? Er *mußte* doch nicht da drinnen schlafen, aber er wußte, warum er es tat. Da war noch die winzig kleine Hoffnung, daß genau das, was er an ihr verabscheute, sie in seine Arme treiben würde, im Dunkeln, wo sie vergessen konnte, daß sie wußte, wie er aussah. Aber natürlich machte er sich selbst etwas vor. Sie hatte einen zu starken Willen, um sich von dem Verlangen ihres Körpers leiten zu lassen. Diese Willensstärke bewunderte er sogar an ihr. Was die anderen auch immer denken mochten, sie würde eine prächtige Königin abgeben. Er fragte sich nur, ob er es überleben würde, das mit anzusehen.

Jesus, er mußte einen schlimmeren Rausch haben, als er gedacht hatte. Er wurde widerwärtig melancholisch, und das sah ihm überhaupt nicht ähnlich. Sie war nur eine Frau, und die waren leicht genug zu bekommen, sogar für ihn, wenn nur genug Münzen auf dem Tisch lagen. Und er hatte nichts von ihr erwartet, bevor er sie gefunden hatte. Das heißt, eigentlich hatte er genau das erwartet, was er jetzt bekam.

Er öffnete vorsichtig die Tür, um sie nicht zu wecken, aber dann ging ihm plötzlich auf, daß diese Geste viel zu großzügig von ihm war, und daher schlug er die Tür hinter sich zu. Augenblicklich setzte sie sich im Bett auf und sah ihn ohne Überraschung an. Das war ihm schon vorher an ihr aufgefallen, wie schnell sie wach wurde, und zwar ohne die geringsten Anzeichen von Schlaftrunkenheit oder Verwirrung.

Sie hatte eine Lampe auf niedriger Flamme brennen lassen, aber das tat sie jede Nacht, wahrscheinlich aus einer Abneigung gegen die totale Schwärze, die ohne dieses kleine Licht in der Kabine Einzug hielt, und nicht aus Rücksicht auf ihn. Und jede Nacht löschte er das Licht, aber sie hatte sich nie darüber beklagt, daß sie morgens in einem dunklen Zimmer aufwachte. Allerdings hatte sie auch bis zu diesem Abend nicht mit ihm gesprochen.

Sie trug noch das gelbe Gewand, und auch das tat sie regelmäßig. Sie schlief immer in ihrer Kleidung. Heute hatte sie jedoch ein paar Knöpfe an ihrem zu engen Mieder geöffnet, und an einer Seite war das Kleid über die Schulter fast bis zum Ellbogen herabgeglitten. Das Mieder selbst war auf dieser Seite tief heruntergerutscht, wurde jedoch von der Fülle ihrer Brüste an seinem Platz festgehalten.

Stefan wünschte sich, er hätte es nicht bemerkt. Seine Augen glühten plötzlich so wild, daß seine Lagerstatt auf dem Fußboden, auf die er jetzt zuging, eigentlich in Flammen hätte aufgehen müssen.

»Wie spät ist es?« hörte er ihre Stimme fragen, nicht ärgerlich, sondern einfach nur ausdruckslos.

»Wie, zum Teufel, soll ich das wissen?« fuhr er sie an, und seine Stimme klang eindeutig ärgerlich.

»Es war eine verdammt einfache Frage. Ihr müßt mir deshalb nicht gleich den Kopf abreißen.«

Er wirbelte herum — zu schnell. Der Schwindel übermannte ihn erneut, und das Zimmer drehte sich für einen Augenblick, bis er beide Hände gegen seine Schläfen preßte, und sich auf diese Weise wieder unter Kontrolle bekam. Dann richtete er seinen Blick auf sie und bemerkte, daß sie ihr Kleid wieder gerichtet hatte und ihn mit weit aufgerissenen Augen anstarrte.

»Gott stehe uns bei, Ihr seid betrunken, nicht wahr?« fragte sie in ungespielter Überraschung. »Nein, macht Euch nicht die Mühe, es zu leugnen. Ich habe zufällig lebenslängliche Erfahrung auf diesem Gebiet.«

»Ja, wirklich unermeßlich«, schnaubte er verächtlich.

»Spottet, soviel Ihr wollt, Stefan. Aber ich habe schon gelernt, wie man mit Betrunkenen umgeht, bevor Ihr ... na ja, bevor Ihr Euren ersten Schluck Whisky probiert habt.«

»Whisky?« Er grinste höhnisch. »Ich muß Euch wohl mitteilen, daß meine Amme mich mit Wodka direkt von unseren russischen Nachbarn entwöhnt hat. Daher glaube ich, ich kann wohl eine Überlegenheit auf allen Gebieten des Trinkens für mich in Anspruch nehmen.«

»Ich nehme alles zurück.«

Seine Augen wurden schmal, während er sie weiterhin anstarrte. »Ihr würdet doch wohl nicht so verrückt sein, Euch über mich lustig zu machen, nicht wahr, kleine Tanya?«

»Absolut nicht.«

»Sehr weise, denn mir würde das absolut nicht gefallen.«

»Das wußte ich.«

Seine Augen wurden sogar noch schmaler, aber ihr Gesicht, das bald verschwommen, bald kristallklar vor ihm hin und her schwankte, zeigte einen verdammt unergründlichen Ausdruck. Also behielt er seine Verdächtigungen für sich. Außerdem legte er auch keinen besonderen Wert darauf, ausgerechnet jetzt mit ihr einen Streit anzufangen, wo seine Erschöpfung ihn einholte. Der beste Beweis dafür war die Schwierigkeit, die es ihm bereitete, auch nur seinen Mantel auszuziehen. Das Ganze endete damit, daß er sich einmal um seine eigene Achse drehte, während er versuchte, das verdammte Ding loszuwerden.

»Braucht Ihr vielleicht Hilfe, Stefan?«

Er brauchte eine Weile, um sie wieder auf ihrem Bett zu entdecken. Hilfe? Von ihr? Er mußte sie falsch verstanden haben.

»Es ist dieser verdammte Whisky«, erklärte er ihr, nur für den Fall, daß er sie doch richtig verstanden haben sollte. »Ich glaube, er schleicht sich heimlich an einen heran.«

»Das ist eine Tatsache«, stimmte sie ihm zu.

»Ihr, eh, habt nicht zufällig gerade angeboten, mir beim Ausziehen zu helfen, oder, Tanya?«

»Nein, aber ich dachte, Ihr könntet vielleicht ein bißchen Unterstützung gebrauchen, um heute nacht Euer Bett zu finden.«

Ihre Antwort enttäuschte ihn zutiefst — und genug, um seinen Zorn zu erregen. »Wollt Ihr bitte zur Kenntnis nehmen, daß meine Augen absolut in Ordnung sind?«

»Darüber kann man geteilter Meinung sein«, murmelte sie.

»Was war das?«

»Ich sagte, daß ich da anderer Meinung bin.«

Diese Worte besänftigten ihn keineswegs. Arrogant fuhr er fort: »Außerdem könnte selbst ein Blinder dieses Bett nicht verfehlen.« Er ging mit langen Schritten darauf zu und setzte sich, um seine Feststellung zu beweisen. »Seht Ihr?«

»Aber Stefan ...«

»Ihr seid fest entschlossen, mich zu ärgern, nicht wahr?«

»Keineswegs«, versicherte sie ihm, »aber seid Ihr Euch darüber im klaren, daß Ihr nicht hier schlaft?«

»Versucht nicht, mich zu verwirren«, sagte er, während er sich vorbeugte, um seine Schuhe auszuziehen, ein Unternehmen, bei dem er um ein Haar kopfüber vom Bett gestürzt wäre. Aber mit einer Hand auf den Boden gestützt, während er sich weiter mit Schuhen abplagte, die ihm absolut nicht gehorchen wollten, fügte er hinzu: »Ich weiß verdammt gut, daß ich diese Kabine mit Euch teile. Es treibt mich in den Wahnsinn, daher sollte ich es wohl wissen.«

»Warum treibt es Euch in den Wahnsinn?«

Er warf seinem Fuß einen finsteren Blick zu. »Versucht nicht, das Thema zu wechseln, Tanya. Wir sprachen über diese Kabine.«

»Das stimmt, natürlich. Über die Kabine, und darüber, daß wir sie teilen. Ich schlafe im Bett, und Ihr schlaft auf dem Fußboden. Habe ich das richtig ausgedrückt?«

Sie mußte natürlich darauf herumreiten, nicht wahr? War es nicht schon genug, daß er ihr das Bett überlassen und nicht ein einziges Mal versucht hatte, sie darin zu besuchen?

»Ihr habt das absolut nicht richtig ausgedrückt, Prinzessin.« Ein Schuh gab endlich nach und flog ihm aus der Hand, um gegenüber an die Wand zu prallen. »Ich mag zwar auf dem Fußboden liegen, aber falls es mir je gelungen ist, dort zu schlafen, so erinnere ich mich jedenfalls nicht daran.«

»Ist das der Grund, warum Ihr heute nacht das Bett wollt?«

Stefan richtete sich so plötzlich auf, daß ihm fast schwarz vor Augen wurde. Ein scharfer Schmerz schoß durch seinen Kopf, und er fiel auf das Bett zurück. Und er war sich nicht bewußt, daß er seinen anderen Schuh noch festhielt, als er die Hände hob, um sie noch einmal gegen seine Schläfen zu pressen. Aber wie dem auch sei, der Schuh wurde ihm geschickt aus den Fingern gezogen.

»Um Himmels willen, was kommt als nächstes?« rief sie aus. »Ihr hättet Euch nicht so schnell bewegen dürfen, Stefan.«

Er hätte gelacht, wenn es nicht so weh getan hätte, und er konnte sich gerade noch rechtzeitig davon abhalten zu sagen: »Keine albernen Scherze bitte«, weil es ihm schließlich aufging, was dieser ganze Unsinn zu bedeuten hatte. Dieses verdammte Weib machte sich *wirklich* über ihn lustig. Sie hätte ihm sagen sollen, daß er sich verdammt noch mal aus ihrem Bett scheren solle, nachdem er es mit seinem eigenen verwechselt hatte. Aber nein, das war nicht die Art, wie man mit einem Betrunkenen *umging*. Was hätte er denn ihrer Meinung nach getan, wenn sie ihm widersprochen hätte? Aber auch darauf kannte er die Antwort. Dasselbe, was er vorher schon getan hatte, wenn er in seinem Zorn die Kontrolle über sich verlor.

Einen Augenblick lang fragte er sich, wie weit sie wohl gehen würde, damit er ein glücklicher Trunkenbold blieb. Wie günstig für sie, daß er zu müde *und* zu betrunken war, um dieser Frage erschöpfend nachzugehen. Aber noch schlief er ja nicht.

Er öffnete die Augen, nur um zu sehen, daß sie auf ihn hinabstarrte. Sie versteifte sich und brachte ihm damit zu Bewußtsein, daß ihre Oberschenkel das weiche Kissen waren, auf dem sein Kopf ruhte. Und er bemerkte außerdem, daß er sie damit überrascht hatte, nicht besinnungslos zu sein, wie sie aus seinem fortgesetzten Schweigen geschlossen hatte.

»Da Ihr nun schon mal hier seid, Stefan, gibt es keinen Grund, warum Ihr nicht liegenbleiben solltet. Ich kann durchaus eine Nacht auf dem Fußboden schlafen.«

»Das ist zwar sehr großzügig, aber da wir schon mal von Gründen sprechen, mir fällt kein einziger ein, warum wir das Bett nicht einfach teilen können — nur für eine Nacht.«

»Mir fallen mehrere ein ...«

»Nein.«

»Ich werde einfach ...«

»Seid *still,* Tanya. Mein Kopf hat gerade aufgehört, weh zu tun. Also macht bitte keine plötzlichen Bewegungen, sonst fängt es gleich wieder an.«

Er war sich nicht sicher, aber sie schien die Zähne zusammenzubeißen, bevor sie vorschlug: »Wäre es nicht bequemer für Euch, wenn Ihr auch Eure Füße aufs Bett legtet und Euch richtig ausstrecken könntet?«

Falls sie die Vorstellung hatte, daß er auf diese Weise ihre Oberschenkel freigeben würde, dann mußte er sie enttäuschen. »Danke für den guten Rat«, sagte er und rollte zur Seite, wobei er die Beine anzog, damit sie nicht über die Bettkante hinaushingen. Dann legte er einen Arm um ihre Beine. Sein Kopf blieb auf ihrem Schenkel liegen, und wenn es auch ziemlich unbequem war, er würde es erdulden, nur um ihr einen Strich durch die Rechnung zu machen.

»Stefan«, stieß sie hervor.

»Scht«, brummte er, »fangt jetzt nicht an herumzumekkern, wo Ihr bisher so wunderbar liebenswürdig gewesen seid — und ich schon beinahe schlafe.«

Ihr Seufzer war laut und deutlich, als sie sich auf ihr Kissen zurücksinken ließ. Es wäre ein großartiger Fall von ausgleichender Gerechtigkeit, wenn sie in dieser Nacht keinen Schlaf mehr bekäme, und auch ein kleiner Ausgleich für die Tatsache, daß er sie nun endlich dort hatte, wo er sie haben wollte, aber nicht in der Verfassung war, es zu genießen. Im Augenblick störte es ihn nicht einmal.

Kapitel 28

Tanya erwachte von dem Druck seiner Lippen, die sich mit aufreizender Sanftheit über die ihren bewegten. Sie brauchte sich nicht erst zu fragen, wer sie küßte. Sie fragte sich allerdings, ob Stefan wach war und wußte, was er tat, oder ob er lediglich im Schlaf auf den warmen Körper neben sich reagierte. Und wenn er nicht wach und bei klarem Verstand war, sollte sie ihn dann aufhalten und damit riskieren, ihn zu wecken?

Vernünftige Fragen, gewiß. Aber sie ließen etwas Wesentliches außer acht, nämlich die Tatsache, daß sie diese Art, geweckt zu werden, höchst erfreulich fand. So erfreulich, daß sie nicht diejenige sein wollte, die dem ein Ende machte. Genaugenommen fing sie an, seinen Kuß zu erwidern, sehr vorsichtig zuerst — um ihn nicht zu wecken, falls er noch immer im Halbschlaf lag. Sie öffnete die Lippen, lud seine Zungenspitze ein, die augenblicklich folgte, um ein langsames, sinnliches Duell mit der ihren zu beginnen.

Aber wie schnell sie doch ihre Vorsicht vergaß, als Stefan ihre wachsende Nachgiebigkeit ausnutzte und immer mehr forderte. Leidenschaft flammte zwischen ihnen auf, und sein Feuer nährte das ihre. Ihr Herz hatte begonnen, ungestüm zu schlagen. Sie mußte nach Atem ringen, wann immer sie die Gelegenheit dazu fand. Und die Gefühle, die sich ihr offenbarten und in ihrem Innern pulsierten, waren aufregender als je zuvor.

Sie drückte ihn an sich und dachte verwundert darüber nach, daß dieser Mann, wann immer sie ihn berührte, eine solche Hitze ausstrahlte. Diesmal war es nicht anders, und sie bemerkte zu ihrem eigenen Erstaunen, daß sie diese heiße Haut auf der ihren fühlen wollte, daß sie sich mehr als irgend etwas sonst wünschte, dieses Gefühl kennenzulernen. Aber sie trug immer noch ihr Kleid, und er trug sein Hemd und seine Hose. Selbst die Bettdecke lag noch halb über ihr, obwohl sie ein Bein daraus befreit hatte, als sie sich zu Stefan umgedreht hatte.

Dann zog er plötzlich die Schultern ihres Kleides herab und zerrte an ihrem Mieder, bis es ihre Brüste freigab. Seine Hand liebkoste sie, während sein Kuß immer heftiger wurde, so als müßte er befürchten, daß diese neue Vertrautheit ihren Protest wecken würde. Aber das einzige, was er weckte, war ein neues Gefühl, das sie begeisterte und entzückte, als er ihre Brustwarze streichelte, die sich unter seinen Fingern zu einem harten Kern aufgerichtet hatte.

Als seine Lippen sich endlich von ihren lösten, versuchte sie, ihn zu sich zurückzuziehen, aber er war fest entschlossen, einen neuen Weg zu erforschen. Er fand ihn, und sie keuchte; die feuchte Hitze seines Mundes versengte ihre Brüste, eine nach der anderen, als ob er sich nicht entscheiden könnte, welche von ihnen er lieber kostete. Aber dann entschied er sich plötzlich für eine Brustwarze und begann zu saugen. Und Tanya entdeckte die bis dahin unbekannte Verbindung zwischen ihren Brüsten und ihren Lenden. Sie entdeckte, wie die Hitze von einem Teil ihres Körpers zu einem anderen schießen konnte. Eine Hitze, die ein schmerzhaftes Gefühl an beiden Stellen zurückließ, die Sehnsucht nach seiner Berührung. Sie wölbte sich ihm entgegen, um ihm mit ihrem Körper zu zeigen, was sie brauchte. Seine Hand glitt über ihre nackten Waden, ihre Oberschenkel und leistete damit endlich ihrem stillen Ruf Folge — mit der sinnlichsten aller Liebkosungen.

Jetzt bestand kein Zweifel mehr daran, daß er wach war, und diesmal gab es nichts, das sie aufhalten konnte. Und Tanya reagierte darauf, überließ sich ganz und gar dem Gefühl, das er in ihr weckte. Jetzt wollte sie alles wissen, alles fühlen, obwohl sie nicht glaubte, daß irgend etwas besser sein konnte als das, was sie gerade in diesem Augenblick empfand. Wenn er nackt wäre, könnte es allerdings noch schöner sein, wenn sie all diese Hitze berühren könnte, wenn er ganz ihr gehörte ... Ihr gehören? Nein, sie würde es keinem Zweifel, keinem negativen Gedanken gestatten, dies hier zu verderben. Sie wollte diesen Mann, sie wollte, daß er sie liebte. Sie wollte ...

Das beharrliche Klopfen an der Tür entlockte ihr ein enttäuschtes Stöhnen. Stefan dagegen äußerte sich deutlicher. »Ich bringe sie um«, knurrte er, als er den Kopf hob. Das Hämmern setzte sich weiter fort, dann hörten sie jemanden rufen: »Stefan, wenn du jetzt nicht endlich antwortest, glaube ich, daß sie dich umgebracht hat und breche diese verdammte Tür ein!«

Tanya riß die Augen auf, aber es war schwer, irgend etwas zu erkennen, da nur ein winziger Lichtstrahl durch den schmalen Spalt unter der Tür ins Zimmer drang. Aber die Tür war nicht verschlossen. Stefan hatte sie letzte Nacht lediglich hinter sich zugeschlagen.

Er schien es im selben Augenblick wie sie begriffen zu haben, denn er erhob sich mit einem Fluch. Dann stöhnte er laut auf, als die Kopfschmerzen von seinem Kater ihn ohne Vorankündigung überfielen. Trotzdem gelang es ihm noch, zur Tür zu kommen. Er öffnete sie gerade so lange, daß derjenige, der hinter der Tür stand, ihn sehen konnte. Dann schloß er sie wieder, ganz vorsichtig, mit Rücksicht auf seinen Kopf.

Langsam zog und zupfte Tanya ihr Kleid wieder zurecht, ohne zu ahnen, was jetzt auf sie zukommen würde. Der

Störenfried auf der anderen Seite der Tür hatte ihnen zum Schluß, als Leckerbissen sozusagen, noch zugerufen, daß das Schiff vor einer Stunden angelegt hatte. Jetzt konnte sie mit einiger Mühe Stefans Schatten erkennen, während er sich anschickte, eine Lampe anzuzünden. Sie wünschte, er würde es nicht tun. Sie wünschte, er würde wieder ins Bett kommen, aber sie wußte, daß das ganz unmöglich war, jetzt, wo jeder offensichtlich darauf wartete, daß sie aus der Kabine herauskämen.

Aber als helles Licht sie umgab, hatte Tanya noch einen weiteren Wunsch, nämlich daß es auf der Stelle wieder erlöschen würde. Aber das tat es nicht. Stefan stand neben dem Bett und starrte mit dem unergründlichsten Ausdruck, den sie je an ihm gesehen hatte, auf sie hinunter. Und all ihre Fragen und Zweifel waren sofort wieder zur Stelle.

Hatte er das, was mit ihnen geschehen war, absichtlich begonnen, oder hatte er anfangs wirklich noch geschlafen? Hatte die wachsende Leidenschaft ihn ebenso gefangengenommen wie sie selbst? Ob er sich wohl, was sie betraf, dieselben Fragen stellte? Und erst gestern abend hatte er ihr sein edelmütiges, arrogantes Angebot unterbreitet, sie zu lieben, weil *sie* es brauchte ... O Gott, das konnte doch jetzt nicht eine Fortsetzung dieses Angebotes gewesen sein, oder? Und warum sagte er nichts? Warum starrte er sie einfach nur an, als ob solche oder noch schlimmere Fragen ihm durch den Sinn gingen. Schlimmere, nahm sie an, weil sich seine Züge plötzlich verhärteten. Zu welchem Ergebnis er auch gekommen war — es gefiel ihm ganz und gar nicht.

Tanya machte sich auf einiges gefaßt, aber dann trafen seine Worte sie dennoch völlig unerwartet. »Euch ist es *wirklich* egal, mit wem Ihr Euer Bett teilt, nicht wahr?«

Sie hätte ihn geschlagen, wenn er nur nahe genug gewesen wäre. Sie mußte sich aufrichten, um sich herumdrehen und ihm den Rücken zuwenden zu können, weil die Erwiderung, die er verdient hätte — »So muß es wohl sein« —, ihr nicht über die Lippen wollte. Ein Kloß im Hals hinderte sie daran, überhaupt etwas zu sagen.

Ihr wortloser Rückzug schien ihn jedoch überrascht zu haben, denn er fügte hinzu: »Es tut mir leid — das war unnötig. Aber ich weiß, daß Ihr mich haßt. Was soll ich also davon halten?«

Ja, tatsächlich, was? Aber so hätte er es nicht unbedingt ausdrücken müssen, nicht wahr? Außerdem schien es jedesmal dasselbe zu sein: Je näher sie sich kamen, um so beleidigender waren seine Bemerkungen hinterher. Sie hätte also etwas in dieser Art erwarten müssen, aber das hatte sie nicht.

Und was sollte sie ihm sagen? Sie war *wirklich* so maßlos wütend auf ihn gewesen, weil er ihr die Taverne weggenommen hatte, daß sie ihn tatsächlich erschossen hätte, wenn sie irgendwie an ein Gewehr herangekommen wäre. Aber der Zorn war versiegt, war der Verzweiflung gewichen, als sie begonnen hatte, über ihre Zukunft nachzudenken. Letzte Nacht jedoch war ihr Ärger wieder zurückgekehrt und mit ihm der Wunsch, es Stefan ein kleines bißchen heimzuzahlen. Seine Vorstellung, daß sie ihn haßte, war also ganz verständlich. Sie entsprach nur nicht der Wahrheit. Obwohl sie ihn eigentlich hassen sollte, tat sie es nicht, ein Umstand, der ihr völlig unverständlich war.

Also noch einmal: Was sollte sie ihm sagen, um ihr leidenschaftliches Verhalten zu erklären? Daß sie sich so sehr zu ihm hingezogen fühlte, daß sonst nichts mehr eine Rolle spielte? Das würde er ebensowenig glauben wie sie selbst. Sie traute ihm nicht, glaubte ihm nicht einmal die Hälfte von dem, was er ihr erzählte. Es gefiel ihr nicht, daß er sie so verunsichern konnte. Sein Verhalten ihr gegenüber fiel von einem Extrem ins andere und brachte sie damit völlig aus dem Gleichgewicht, etwas, das ihr ebenfalls nicht gefiel. Und seine Beleidigungen haßte sie wirklich. All diese negativen Reaktionen konnte sie schwerlich vor ihm verbergen, es sei denn, sie war gerade von dem Wunsch beherrscht, ihn zu lieben. Aber was *war* denn der Grund dafür, daß sie sich trotz alledem zu ihm hingezogen fühlte?

Gott im Himmel, vielleicht war sie genauso schlecht, wie er dachte. Vielleicht gefielen ihr die Dinge, die er ihr zeigte, so sehr, daß sie den Rest durchaus übersehen konnte. Und vielleicht war es genau das, was sie ihm sagen sollte. Andererseits brauchte sie überhaupt nichts zu sagen, da er ohnehin schon alles zu wissen schien.

Das hatte sie sich selbst zuzuschreiben. Sie hatte ganz genau gewußt, daß sie nicht in diesem Bett hätte bleiben sollen. Und sie hatte auch ein paarmal versucht, es zu verlassen. Aber dann hatte sich jedesmal sein Arm fester um ihre Beine geschlossen, während er irgend etwas Unverständliches murmelte und sich noch näher an sie schmiegte. Daher hatte sie schließlich aufgegeben und versucht, wieder einzuschlafen — keine leichte Aufgabe unter den gegebenen Umständen.

Und dabei war sie schon so sicher gewesen, daß sie die Situation gestern nacht bestens gehandhabt hatte, trotz der ärgerlichen Tatsache, daß sie Stefan praktisch in allen Dingen nachgeben mußte, damit er in seinem Rausch glücklich und zufrieden blieb. Aber wenn sie irgend etwas wußte, dann war es dies: Man stritt sich nicht mit betrunkenen Männern herum. Viel zu leicht konnten sie gewalttätig werden, wirklich gewalttätig. Und die Hälfte von ihnen erinnerte sich am nächsten Morgen an überhaupt nichts mehr.

Sie hatte schon vor langer Zeit gelernt, wie man das vermeiden konnte. Man mußte ihnen einfach immer recht geben, egal, worum es ging, dann konnte man sie genau dahin bringen, wo man sie haben wollte. Bei Stefan hatte das allerdings nicht ganz so funktioniert, wie sie es sich gedacht hatte, aber wenigstens war er friedlich geblieben. Und wohin hatte das geführt? Jetzt war seine Meinung von ihr so niedrig, daß es schon an ein Wunder grenzte, wenn er sie überhaupt noch ansah.

Aber das konnte ihr ja nur recht sein, nicht wahr? Wie immer, wenn sie nicht erregt war, wünschte sie, sie wäre irgendwo auf der Welt, nur nicht in der Nähe von Stefan und seinen Kumpanen.

»Tanya?«

Sie schüttelte die Hand ab, die sich auf ihre Schulter legte, sagte jedoch nichts. Dann hörte sie ein Seufzen und schließlich eine Bewegung, als er sich vom Bett entfernte. »Ich lasse Euch jetzt allein, damit Ihr Euch umziehen und Eure Sachen packen könnt«, sagte er. »Aber beeilt Euch bitte. Wir haben die anderen schon lange genug warten lassen.« Sie hörte jedoch nicht, wie die Tür sich öffnete und das Schloß wieder einschnappte, weil Stefan noch etwas zu sagen hatte, obwohl es ihn einige lange Augenblicke kostete, bis er soweit war. »Es stört mich mehr, als gut für mich ist, Eure Erfahrung mit Männern.«

Ihre Augen wurden groß und rund und verdunkelten sich vor Erbitterung. Aber das konnte er nicht sehen, da sie noch immer mit dem Rücken zu ihm saß. Versuchte er etwa, sich für seine ätzenden Worte zu entschuldigen? Als ob irgend eine Entschuldigung da etwas nützen würde. Es *störte* ihn? Nun, da konnte sie Abhilfe schaffen, nicht wahr?

Ohne sich umzudrehen, sagte sie: »Ihr hättet wirklich eher etwas sagen sollen, Stefan. Ich hätte Euch so leicht beruhigen können. Wißt Ihr, ich habe nämlich gar keine Erfahrungen mit Männern, außer mit Euch natürlich. Und das ist nicht viel, oder? Aber ich erwarte nicht, daß Ihr mir glaubt, und darum habe ich es bisher nicht erwähnt. Schließlich habe ich in einer Taverne gearbeitet *und* gelebt. Und alle Tavernenmädchen sind Huren, so ist es doch, oder? Wenn ich's mir recht überlege, müßt Ihr wohl weiter damit leben, daß es Euch stört.«

Sie hatte mit genügend Sarkasmus gesprochen, daß er ihr unmöglich glauben konnte. Aber schließlich wollte sie ja auch gar nicht, daß er ihr glaubte. Sie wollte ihm nur noch etwas mehr geben, an dem er sich stören konnte. Und nachdem er, seiner neuen Gewohnheit folgend, beim Verlassen des Zimmers die Tür hinter sich zugeschlagen hatte, diesmal trotz seines schmerzenden Kopfes, nahm sie an, daß ihr das hervorragend gelungen war.

Kapitel 29

Sascha erwartete sie mit einer riesigen Kutsche am Kai. Entweder hatte der Diener das bemerkenswerte Glück gehabt, seine verlorengegangenen Herren selbst zu finden, oder einer der drei anderen hatte ihn ausfindig gemacht, während Stefan und Tanya sie warten ließen. Aber wie auch immer, der kleine Mann schien nicht übermäßig aufgebracht darüber zu sein, daß er allein in New Orleans angekommen war, obwohl er sich seine Klagen vielleicht nur für einen etwas ungestörteren Augenblick aufhob. Er hatte Stefan allerdings eine ganze Reihe von Dingen zu berichten, der seinerseits kaum etwas erwiderte, sondern lediglich zustimmend nickte.

Während Tanya sie vom Deck aus beobachtete, fragte sie sich, ob Stefan noch immer wütend auf sie war. Wahrscheinlich hatte sein Zorn sich nicht gelegt, denn Lazar und Serge begleiteten sie hinunter zu der Kutsche, und nur sie stiegen mit ihr ein. Stefan sah nicht einmal in ihre Richtung, was ihr durchaus recht war, da sie wieder ihre eigenen schäbigen Kleider angezogen hatte, nur um ihn noch mehr zu ärgern. Aber jetzt bedauerte sie es schon. Von Vasili war nichts zu sehen, und das war auch gut so, denn sie hatte sich nicht die Mühe gemacht, die Haarnadeln zu benutzen, die er ihr unter einigen Schwierigkeiten besorgt hatte — und damit war sie in ihrer Verärgerung wohl einen Schritt zu weit gegangen.

Sie würden sie nun wohl in ein Hotel bringen, wie in jener letzten Nacht in Natchez, dachte Tanya, und nahm sich vor, dort etwas gegen den schlimmen Zustand, in den sie sich gebracht hatte, zu unternehmen. Sie wollte ihr Aussehen ein wenig verbessern, bevor sie ihren übelsten Widersachern erneut unter die Augen trat und ihre geringschätzigen Bemerkungen über sich ergehen lassen mußte. Sie war daher alles andere als erfreut, als sie herausfand, daß sie nur ein kurzes Stück fuhren, den Kai entlang zu einem anderen Boot, oder eigentlich einem Schiff, denn dies war eindeutig ein Ozeandampfer.

Sie hatte nicht einmal Zeit zu hoffen, daß sie aus irgendeinem Grund nur kurz anhielten, daß dies nicht ihr eigentliches Ziel war, weil der verschollene Vasili sich auf dem Schiff befand. Er stand oben an der Laufplanke und wartete auf sie. Als sie ihn erreichte, hob er eine Locke ihres Haares auf und schnalzte lediglich mit der Zunge. Für diesen Schurken mit seiner rasierklingenscharfen Zunge war dies gewiß ein milder Tadel.

»Willkommen an Bord der *Karpathia,* Prinzessin.«

»Wann wird sie in See stechen?«

»Sobald der Rest der Mannschaft gefunden ist. Schließlich konnten die Leute nicht vorhersehen, wann wir endlich ankommen würden.«

Obwohl er diese Entschuldigung immerhin einräumte, hörte sie doch den Ärger aus seiner Stimme heraus. Als ob die Mannschaft hellseherische Fähigkeiten hätte haben sollen — oder wenigstens soviel Vernunft, an Bord des Schiffes auszuharren. Aber Tanya war es von ganzem Herzen egal, daß er wieder einmal seine Arroganz unter Beweis stellte. Sie war zu sehr damit beschäftigt, ihre Überraschung zu verbergen. So viel zu der Garderobe, die man ihr versprochen hatte.

»Mein erster Besuch in New Orleans, und ich soll es nicht einmal zu sehen bekommen?«

Vasili zuckte nur mit den Augenbrauen. »Wußte Stefan davon, daß Ihr diesen Wunsch hattet?«

»Als ob das einen Unterschied gemacht hätte«, wollte sie verächtlich bemerken, aber alles was sie sagte, war: »Nein.«

»Wenn Ihr ihm Eure Wünsche in Zukunft vielleicht mitteilen würdet ... Aber in diesem Fall muß die Zeit den Ausschlag geben, besonders da wir schon so viel Zeit verschwendet haben, lediglich um Euch ausfindig zu machen.«

Sie war verblüfft darüber, daß er ihre verschiedenen Fluchtversuche nicht erwähnte, die sie erst kürzlich entscheidend aufgehalten hatten. Daß Stefan ihren Wünschen Folge leisten könnte, war etwas, das ihrer Meinung nach keine weitere Überlegung verdiente.

»Werde ich diesmal wenigstens eine Kabine für mich allein haben?« fragte sie.

Er ignorierte diese Frage, um selbst eine zu stellen: »Ihr habt meinen Rat bisher noch nicht befolgt, nicht wahr?«

»Welchen Rat?«

»Stefans Zuneigung zu suchen.«

»Zuneigung? Ah, ich erinnere mich — und Eure Empfehlung bezog sich darauf, daß ich sein Interesse kultivieren solle statt seines Zorns.«

»Sein Interesse habt Ihr bereits, Prinzessin. Euch wäre *besser* gedient, wenn Ihr auch seine Zuneigung erlangen würdet.«

»Ihr werdet mir vergeben, wenn ich das für ein unmögliches Bestreben halte.«

»Euch vergeben?« fuhr er sie an. »Nein, weil ich nämlich sehen kann, daß Ihr es nicht einmal versucht.«

»Warum sollte ich auch?« verlangte sie zu wissen. Allmählich wurde sie genauso wütend, wie er es plötzlich war.

»Für Euch selbst, für uns alle, für Euer eigenes Glück.«

Ihre grünen Augen weiteten sich in gespielter Überraschung, aber dann ruinierte sie die Wirkung mit der spöttischen Frage: »Soll ich etwa glauben, mein Glück läge Euch am Herzen?«

»Stefans Glück liegt mir am Herzen; Ihr könnt meinetwegen zum Teufel gehen.«

»Ach, und dabei dachte ich, da wäre ich schon«, gab sie zurück. Aber dann seufzte sie. Die Wortgefechte mit Vasili waren ganz anders als die mit Stefan. Sie verschafften ihr keinerlei Befriedigung. »Ich bin gezwungen, mit Euch zu reisen, Vasili, aber das heißt noch lange nicht, daß ich mich mit Euch unterhalten muß. Also seid bitte so freundlich und schert Euch zur Hölle.«

»Zieht Eure Krallen wieder ein, Tanya«, hörte sie Stefan hinter ihrem Rücken sagen. »Er hat sie nicht verdient.«

Sie versteifte sich, und zuerst dachte sie darüber nach, wie lange er dort wohl schon gestanden haben mochte, dann war es ihr egal. »Aber Ihr habt sie verdient, oder?« sagte sie, als sie sich zu ihm umdrehte.

»Heute vielleicht«, war alles, was er zugab, bevor er das Thema fallenließ. »Wollt Ihr zuerst dem Kapitän vorgestellt werden oder lieber Eure Räumlichkeiten besichtigen?«

»Was ich wirklich will, ist, daß Ihr mich endlich gehen laßt, damit ich mich auf den Heimweg nach Natchez machen kann.«

»Zu welchem Zweck?«

Dieser Gelegenheit, ihn zu verspotten, konnte sie beim besten Willen nicht widerstehen. »Madame Bertha hat mir doch eine Arbeit versprochen. Erinnert Ihr Euch nicht?«

Seine Lippen wurden schmal, seine Augen einen Ton heller. Mehr Beweise brauchte Tanya nicht, um zu wissen, daß sie mal wieder ins Schwarze getroffen hatte. Dann nahm er ihren Arm und schob sie vor sich her, eine Treppe hinunter und in die erste Kabine hinein, zu der sie kamen, alles ohne ein einziges Wort.

Verständlicherweise war sie, was diesen Punkt betraf, ein wenig argwöhnisch. Sie erwartete nicht, auf das nächste Bett geworfen zu werden, weil das Glühen in seinen Teufelsaugen noch nicht *so* stark war. Außerdem konnte sie sich auch nicht vorstellen, daß er so scheinheilig war, sie für ein paar spöttische Worte zu bestrafen, wo seine eigenen Spitzen so viel tödlicher waren. Vielleicht wollte er sie einfach nur irgendwo einschließen, damit sie ihn nicht länger zur Weißglut treiben konnte.

Aber wie dem auch sei, er hatte nicht einmal die Tür hinter sich geschlossen, bevor sie auch schon in seinen Armen lag und sein Mund den ihren bedeckte. Aber Tanya kannte mittlerweile den Unterschied in seinen Küssen. Und dies war nicht die Wutanfall-Sorte. Er hatte sich vollkommen unter Kontrolle und war ganz konzentriert auf — was? Sie zu verführen, damit sie eine etwas bereitwilligere Gefangene abgab?

Tanya riß sich von ihm los, bevor diese Gefühle, die er so geschickt in ihr zu wecken verstand, aufkeimen und die Oberhand gewinnen konnten. »*Warum* macht Ihr das immer wieder?«

»Ich will verdammt sein, wenn ich das weiß!«

Dieses Eingeständnis schien ihm gegen seinen Willen entfahren zu sein, denn jetzt runzelte er die Stirn. Tanya hätte sich eine bessere Antwort gewünscht, einen kleinen Hinweis wenigstens. Aber der Versuch zu verstehen, wie das Gehirn dieses Mannes funktionierte, war eine einzige Lektion in Sachen Sinnlosigkeit und Frustration. Es sei denn…

»Ihr seid Euch über eine Sache wohl nicht recht im klaren, Stefan? Ihr habt mein Leben umgekrempelt, weil Ihr es so wolltet, nicht ich. Die wenigen Ziele, die ich für mich hatte, habt Ihr ruiniert. Es ist an der Zeit, daß ich ein paar Wahrheiten dafür von Euch bekomme. Das ist das mindeste, was Ihr mir schuldig seid.«

»Wir haben Euch bereits die Wahrheit gesagt — meistens jedenfalls.«

»Ich spreche nicht von Eurem verdammten Märchen, und das wißt Ihr ganz genau. Ich will wissen, wie es um Eure Gefühle wirklich bestellt ist, Stefan. Wollt Ihr mich immer noch?«

»Ja!«

Er schien so wütend darüber zu sein, daß sie zusammenzuckte. »Anscheinend gefällt Euch diese Tatsache nicht sehr?«

»Genau.«

»Warum? Weil Ihr glaubt, ich sei eine Hure?«

»Nein.«

Sie war sich nicht sicher, ob sie ihm das glaubte, obwohl er es früher schon einmal zugegeben hatte, daß er sie begehrte — vor ihrer Enttarnung sozusagen. »Dann habe ich mich also nicht getäuscht; Ihr könnt meinen Anblick jetzt nicht mehr ertragen?«

»Euer Anblick ist zu schön, um wahr zu sein, wie Ihr sehr gut wißt.«

Sie runzelte die Stirn. »Ich weiß nichts dergleichen. Aber dafür weiß ich sehr wohl, daß Euer Verhalten überhaupt keinen Sinn ergibt. Das sollte mich eigentlich nicht überraschen, da es das nie tut.«

»Ich habe Euch nicht dazu eingeladen, in meine Gedanken einzudringen, Tanya. Ihr habt Euch Euren Weg erzwungen. Wenn es Euch nicht gefällt, was Ihr dort findet ...«

»Vielen Dank«, unterbrach sie ihn ungeduldig. »Das einzige, worum ich gebeten habe, war eine kleine Verdeutlichung Eurer Motive. Ich wollte einfach wissen, warum Ihr mich im einen Augenblick küßt, aber im nächsten verachtet.«

»Ich verachte Euch nicht.«

»Aber Ihr verachtet die Art, wie ich aussehe«, stellte sie fest. »Und wagt nicht, es abzustreiten!«

»Ja, denn ich sehne mich wie jeder andere Mann nach Schönheit. Allerdings bin ich auch ein Realist«, fügte er beinahe müde hinzu. »Ihr und ich, wir beide passen nicht zusammen.«

Weil sie ein armseliges kleines Tavernenmädchen war und er ein herablassender Bastard. Nein, sie paßten absolut nicht zusammen. Aber er würde ihr eine Nacht schenken, etwas in der Art hatte er gestern abend zu ihr gesagt. Nur wollte sie eben nicht ›nur einmal‹.

»Warum tut Ihr uns nicht beiden einen Gefallen und bleibt mir im Zukunft vom Leib?«

»Ich wünschte, ich könnte es, aber selbst jetzt begehre ich Euch. Nennt Euren Preis, Tanya.«

Sie versteifte sich. Wenn sie ihn nicht sowieso schon hassen würde, dann würden solche Angebote sie sicherlich bald dazu bringen. Wie konnte er es wagen, wieder zu versuchen, sie zu kaufen? Und das, nachdem er zugegeben hatte, daß er sie begehrte.

»Na schön«, sagte sie bitter. »Der Preis ist meine Freiheit — bevor dieses Schiff in See sticht.«

Heißes Gold färbte wieder einmal seine Augen. »Also muß ich meine Pflicht verletzen, um Euch zu bekommen? Ich glaube nicht, kleine Huri. Aber ich glaube, es ist tatsächlich an der Zeit, daß Ihr die ganze Wahrheit erfahrt. Vasili ist nicht der König von Cardinia.«

»Erzählt mir doch mal was Neues«, schnaubte sie verächtlich.

»Ich bin der König.«

»Oje, oje. Es geschehen also wirklich noch Zeichen und Wunder?« sagte sie mit übertriebenem Staunen. »Von einer Räuberpistole zur anderen, eh? Aber es ist wohl ein bißchen spät, es mit dieser da zu versuchen, oder? Wenigstens sieht Vasili so aus wie ein König und benimmt sich auch so.«

»Ihr glaubt, ein König kann keine Narben haben?« verlangte er zu wissen, und seine Augen fingen jetzt wirklich an zu glühen.

Das brachte sie aus dem Konzept. »Narben?« Sie runzelte die Stirn, aber nur einen Augenblick lang. »Ihr meint Eure?« Plötzlich lachte sie. »Oh, also wirklich, Stefan. Wem fallen so ein paar kleine Narben überhaupt auf, bei jemandem, der solche Augen hat? Und wie oft soll ich Euch noch sagen, daß ich nicht dumm bin? Ihr erzählt mir doch nur, daß Ihr ein König seid, damit Ihr mich haben könnt. Habt Ihr denn allen Ernstes gedacht, ich würde darauf hereinfallen?«

Irgend etwas an ihrer Antwort schien *ihn* einen Augenblick lang aus dem Konzept zu bringen. Die Hitze verschwand aus seinen Augen, und er sah wahrhaftig verwirrt aus. Der Mann hatte anscheinend wirklich unter dem Eindruck gestanden, es mit einer Schwachsinnigen zu tun zu haben, nur weil sie in einer Taverne aufgewachsen war. Und da hatte sie geglaubt, *er* könne unmöglich so dumm sein.

»Ich glaube, wir hätten diese Unterhaltung beenden sollen, bevor sie überhaupt angefangen hat«, sagte er.

»Es war wirklich ziemlich sinnlos, nicht wahr?«

»Ich bin tatsächlich der neue König von Cardinia, Tanya.«

Sie seufzte. »Meinetwegen. Macht, was Ihr wollt. Ich werde trotzdem nicht Eure Hure für einen Tag sein, Stefan.«

»Nein, da habt Ihr ganz recht. Das war zuviel verlangt. Und ich werde mich bemühen, mich während dieser Reise von Euch fernzuhalten, so wie Ihr es wollt.«

Jetzt war er wieder steif und formell. Das gefiel ihr sogar noch weniger als sein Zorn, der wenigstens echte Gefühle verriet.

»Heißt das, daß ich eine eigene Kabine haben werde?« fragte sie verwegen.

»Diese hier.«

»Aber ich nehme an, daß ich wohl wieder eingeschlossen werde?«

»Sobald wir auf See sind, wird das nicht mehr nötig sein. Bis dahin ...« Er ließ den Rest dieser Bemerkung unausgesprochen, aber ihre Bedeutung war ohnehin klar genug. Abrupt wechselte er das Thema. »Eure neue Garderobe wird in Kürze ankommen. Sascha hat die Initiative ergriffen, sie für Euch zu bestellen, und er hat der Näherin eine geradezu lächerlich hohe Belohnung dafür versprochen, alles in so kurzer Zeit fertigzustellen. Er gibt schrecklich gern mein Geld aus. Aber in diesem Fall stehe ich ganz auf seiner Seite. Wir haben damit praktisch die Zeit wieder aufgeholt, die uns unsere Rückkehr nach Natchez gekostet hat.«

»Dann bin ich ja aus dem Schneider, denke ich, falls dieser Bursche namens Sandor sterben sollte, bevor wir ...«

»Sandor ist *mein Vater,* Tanya. Zweifelt an mir, soviel Ihr wollt, aber schlagt einen respektvollen Ton an, wenn Ihr von ihm sprecht.«

»Na entschuldige, daß ich atme«, dachte sie. Zum Teufel mit ihm. Er schaffte es schon wieder, sie wütend zu machen.

»Ich bin jedenfalls entzückt darüber, daß sich wenigstens alles zu *Eurer* Zufriedenheit entwickelt hat«, stieß sie kurzangebunden hervor. »Und jetzt, wenn es Euch nichts ausmacht ...«

»Eigentlich wollte *ich* Eure Kleider aussuchen.«

Tanya konnte ihn nur anstarren und war ganz damit beschäftigt, sich nichts anmerken zu lassen. Warum mußte er so etwas sagen, etwas so — Besitzergreifendes? Es wühlte dieses seltsame Gefühl in ihrem Innern auf, wo es ihr doch während dieser ganzen Begegnung so gut gelungen war, sich unter Kontrolle zu halten und seiner verdammten Anziehungskraft zu widerstehen. Selbst als er wieder einmal gesagt hatte, daß er sie begehre, war sie zu wütend gewesen, um sich davon beeinflussen zu lassen.

Jetzt runzelte er die Stirn — ob wegen ihres Schweigens oder seiner eigenen Worte, hätte sie nicht sagen können. Mit dem Lächeln, das dem Stirnrunzeln folgte, machte er sich unmißverständlich über sich selbst lustig. Aber als er wieder zu sprechen begann, klang seine Stimme schneidend und ungeduldig. Er konnte es offensichtlich nicht erwarten, endlich von ihr wegzukommen.

»Seht die Sachen durch, sobald sie ankommen, denn wenn Ihr noch irgend etwas benötigen solltet, kann das nur sofort erledigt werden oder überhaupt nicht. Und Ihr werdet wohl weder Saschas Geschmack noch seine Gründlichkeit enttäuschend finden. Er hat ein feines Gespür für Mode und, im Gegensatz zu mir, einen Blick für die richtige Größe. Er hat mir versichert, daß Euch alles wie angegossen passen wird.«

Mit einem kurzen Nicken ließ er sie allein, und wie er ihr versprochen hatte, war dies für lange Zeit das letzte, was Tanya von ihm sah.

Was ihre neuen Kleider betraf — sie waren wirklich ein Traum und einer Prinzessin würdig. Und obwohl sie nicht viel Begeisterung für sie aufbringen konnte, konnte sie auch keinen Fehler an ihnen entdecken — nun ja, vielleicht einen. Weil Stefan keinen Einfluß darauf gehabt hatte, was für sie gekauft werden sollte und was nicht, besaß sie nun alles an weiblicher Unterwäsche, was man sich nur vorstellen konnte. Auf die Hälfte davon hätte sie ohne weiteres verzichten können.

Kapitel 30

Ungefähr auf halbem Wege nach Europa fing Tanya an, das Märchen zu glauben. Und es war Sascha, der sie nach und nach davon überzeugte, indem er es nicht einmal versuchte. Während die anderen wütend auf sie waren, weil sie Stefan in eine solch lausige Stimmung versetzt hatte — obwohl sie diese Stimmung niemals sah, sondern nur davon hörte —, freundete Sascha sich mit ihr an. Er war immer respektvoll, bei jeder Gelegenheit. Mürrisch kritisierte er Vasili, manchmal auch Lazar, und einmal sogar den für gewöhnlich so stillen Serge. Und das durchaus auch in ihrer Gegenwart. Aber für Tanya hatte er niemals ein böses Wort.

Eines Tages fragte sie ihn dann endlich, warum er immer so nett zu ihr war.

»Weil Ihr es mehr als die meisten Menschen verdient, Eure Hoheit. Euer Leben ist sehr hart gewesen, härter als meines, glaube ich, bevor Stefan mich in seinen Dienst nahm.«

»Und woher wollt Ihr wissen, wie mein Leben ausgesehen hat?«

Sascha erklärte es ihr. »Stefan hat mir gesagt, was ihr ihm erzählt habt. Er glaubt allerdings nicht alles. Dann wiederum glaubt er Dinge, die er nicht glauben sollte. Ich vermute, Ihr werft ihm die Wahrheit an den Kopf, in der Hoffnung, daß er Euch glaubt. Und dann schleudert Ihr eine Lüge hinterher, um ihn für seine Zweifel zu bestrafen. Er hat mir auch erzählt, was er selbst gesehen hat. Der Mann, der Euch aufgezogen hat — man hätte ihn erschießen sollen.«

Tanya grinste, als sie diese Meinung hörte. »Das habe ich auch oft gedacht.«

»Aber Ihr seid bei ihm geblieben, als Ihr ihn hättet verlassen können.«

»Zum Schluß brauchte er mich, brauchte mich wirklich. Ich mußte einfach ...«

Tanya gefiel es gar nicht, wie das klang. Als ob sie so etwas wie töchterliche Gefühle für Dobbs hegte, was absolut nicht der Fall war. Sie konnte es nicht. Der Mann hatte eine zu niedrige Gesinnung, um Zuneigung zu erwecken. Dabei rechnete sie jene Jahre nicht mit, in denen sie ihn für ihren Vater gehalten und trotz all seiner Grausamkeiten geliebt hatte.

Beinahe kriegerisch fuhr sie fort: »Ich sollte für mein Bleiben bezahlt werden, mit der Taverne. Ich wollte diese Taverne mehr als irgend etwas sonst auf der Welt. Sie hätte meine Sicherheit garantiert, meine Freiheit. Ich wäre endlich mein eigener Herr gewesen.«

»Ja, Stefan sieht ein, daß er einen Fehler gemacht hat, als er die Taverne kaufte. Es wäre viel einfacher gewesen und billiger, wenn er sie einfach niedergebrannt hätte. Ihr hättet nichts davon erfahren und ihn nicht dafür verantwortlich gemacht. Aber dann hätte Euer Mr. Dobbs nicht das Auskommen, das ihn für den Rest seiner Tage glücklich machen wird. Und Stefan wollte nicht, daß Ihr Euch um diesen Mann sorgen müßt — falls Ihr irgendwelche Gefühle für ihn hegt.«

»Ihr kennt Stefan sehr gut, nicht wahr, Sascha?«

»So gut, wie irgendein Mann ihn kennen kann.«

»Ist er immer so uneins mit seinen eigenen Gefühlen?« fragte sie zögernd. Der kleine Mann lachte.

»Das habt Ihr sehr gut ausgedrückt, Eure Hoheit. Und nein, er ist nicht immer so. Für gewöhnlich sind seine Gefühle vollkommen eindeutig, ob sie nun gut sind oder schlecht. Er mag keine Zweifel und keine widerstreitenden Gefühle. Und im allgemeinen hat er keine. Und er hält sich von allem fern, was sein Gleichgewicht stören könnte.«

»Wie ich zum Beispiel«, schlußfolgerte sie laut. »Ist das der Grund, warum er mir aus dem Weg geht?«

»Er geht Euch aus dem Weg, weil Ihr ihn darum gebeten habt — und weil Ihr zwei nicht zusammenkommen könnt, ohne zu streiten. Habt Ihr eine Ahnung, warum das so ist?«

»Das fragt Ihr mich, wo er derjenige ist, der immer gleich die Geduld verliert?« schnaubte sie.

»Er hat ein ungeduldiges Temperament, ja. Aber die Umstände haben ihn gelehrt, wie er es unter Kontrolle halten kann.«

»Sascha, wißt Ihr eigentlich, *wie* er es unter Kontrolle hält? Was er tut oder tun will, wenn er so leidenschaftlich wütend ist?«

Ihre wachsende Entrüstung belustigte ihn. »Ja. Und es war sein Vater, der es ihm vorgeschlagen hat. Wenn Stefan in jüngeren Jahren wütend genug war, um Streit zu suchen, hat er dabei unausweichlich jemanden verletzt. Die anderen konnten nicht zurückschlagen, versteht Ihr? Weil er ihr Prinz war, und nicht nur irgendein Prinz, sondern der Kronprinz. Er mußte also ein anderes Ventil für seinen Ärger finden. Irgend etwas, bei dem niemand zu Schaden kommen konnte. Er wandte sich also an die augenblickliche … na ja, ich denke, Ihr versteht schon, was ich meine.«

»Soviel hatte ich auch schon herausgefunden, aber ich *bin* nicht seine augenblickliche Mätresse.«

»Nein, aber Ihr steht ihm näher, als irgendeine Mätresse es je könnte. Ihr seid ihm durch ein königliches Dekret versprochen, das genauso bindend ist wie jede Ehe. In seinen Augen, Prinzessin, seid Ihr bereits seine Frau. Es fehlt nur noch eine Zeremonie, die *Euch* dazu bringt, es zu glauben.«

Dies war nicht das erstemal, daß Sascha Stefan als König bezeichnete und nicht Vasili. Und seit Stefans seltsamem Geständnis vor ihrer Abreise sprachen nun tatsächlich auch alle anderen, einschließlich der Mannschaft und dem Kapitän, von Stefan als ihrem König. Vasili hatte sogar eines Tages festgestellt, daß er froh sei, seine ermüdende Rolle endlich losgeworden zu sein. Tanya hatte alle Mühe gehabt, ihr Gelächter zu unterdrücken, denn der Mann war genauso arrogant und gönnerhaft wie immer. Wenn er irgendwelche königlichen Qualitäten hatte vortäuschen müssen, konnte sie sich kaum vorstellen, welche das waren.

Die Cardinier hatten ihr einige höchst offiziell aussehende Dokumente gezeigt, das heißt, eigentlich hatten sie sie ihr regelrecht an den Kopf geworfen. Das war am Tag nach ihrer Abreise gewesen, als sie mit einigen sarkastischen Bemerkungen verraten hatte, wie skeptisch sie Stefans Geständnis gegenüberstand. Die Papiere bewiesen eindeutig, daß Stefan Barany der neue König und Herrscher von Cardinia war. Jede Regierung hätte angesichts solcher Referenzen auf der Stelle den roten Teppich ausgerollt. Tanya dagegen hatte nur kühl darauf hingewiesen, daß die Dokumente ohne weiteres gestohlen oder gefälscht sein konnten, und drei Männer hatten sie mit gekränkter Entrüstung angestarrt. Eine Entrüstung, die sich, wenn auch in abgeschwächter Form, gut eine Woche lang hielt.

Aber nachdem sie darüber nachgedacht hatte, wirklich nachgedacht, begriff sie, wieviel leichter es war, Stefan für den König zu halten als Vasili. Schließlich hatten sie sich alle Stefan untergeordnet, immer. Sie folgten seinen Anweisungen, und gelegentlich sahen sie sogar zu ihm hinüber, um seine schweigende Zustimmung einzuholen, bevor sie irgend etwas unternahmen. Und es war Stefan, der die Befehle gab, nicht Vasili. Sie hatten versucht, ihr einzureden, daß Stefan als der ältere der beiden Vettern den größeren Einfluß besaß, aber diese Behauptung hatte immer einen falschen Beigeschmack gehabt. All diese Unstimmigkeiten hatten es ihr unmöglich gemacht, Vasili für einen König zu halten, und daher konnte sie natürlich auch den Rest ihrer Geschichte nicht glauben.

Aber dann erinnerte sie sich an eine fast vergessene kleine Episode: Lazar hatte sie einmal gefragt, ob Stefan ihr als König lieber wäre. Und sogar Stefan selbst hatte sich danach erkundigt, was sie wohl empfinden würde, wenn sie eine andere Wahl hätte als Vasili. Nun, und wenn es so war? Außerdem war es Stefan, der von Anfang an die Verantwortung für sie übernommen hatte, ganz so, als sei das sein gutes Recht, oder, wie Sascha sagte, als betrachte er sie bereits als seine Frau.

Und was würde sie erst empfinden, wenn sie schließlich alles, was sie ihr erzählt hatten, akzeptieren mußte? Es war tatsächlich viel schwerer, eine Ehe mit Stefan in Erwägung zu ziehen als mit Vasili. Im Falle von Vasili gab es gar keine Frage. Sie würde sich einfach weigern. Aber wenn es um

Stefan ging — sie war wahrscheinlich genauso hin und her gerissen in ihren Gefühlen wie er. Da war einmal die gewaltige Anziehungskraft, die von ihm ausging, und sie hoffte, es sei alles wahr, er würde eines Tages ihr Ehemann sein. Dann jedoch waren da all ihre Zweifel, und sie hoffte, daß sie nicht gezwungen werden konnte, ihn zu heiraten, selbst wenn diese ganze Geschichte der Wahrheit entsprach.

Die Zweifel gewannen natürlich die Oberhand. Sie waren einfach in der Überzahl. Gegensätzlichkeit, Feindseligkeit, die Tatsache, daß ihre einzige Gemeinsamkeit in ein paar entfernten Verwandten bestand, von denen sie nicht das geringste wußte. Dann war da die Ehe an sich — der bloße Gedanke war ihr zuwider. Es würde schon schlimm genug sein, sich einem normalen Mann unterwerfen zu müssen, aber Stefan war kein normaler Mann, er war ein allmächtiger König. Und sie hatte wahrhaftig schon einen Vorgeschmack von seiner Herrschsucht bekommen. Bisher hatte er ihre eigenen Wünsche mit konsequenter Bosheit ignoriert.

Und sie durfte auch Stefans verwirrendes Benehmen ihr gegenüber nicht vergessen. Er begehrte sie, wünschte jedoch, er täte es nicht; er fand sie schön, wünschte jedoch, sie wäre es nicht. Und er wollte sie nur ein einziges Mal, das hatte er schon zugegeben, und wahrscheinlich war er derselben Meinung wie Vasili, daß königliche Ehen politisch und nicht persönlich gemeint waren. Solche Ehen erforderten nur wenig Kontakt zwischen den Eheleuten, egal in welcher Hinsicht. Aber was würde das für sie bedeuten? Würde sie Stefan immer noch wollen, ohne die geringste Hoffnung darauf, ihn jemals zu bekommen? Würde sie freiwillig durch diese Art von Hölle gehen? Die Männer mochten sie ja für dumm halten, aber *so* dumm war sie wirklich nicht.

Sie würde sich also weigern, Stefan zu heiraten. So wie sie es auch getan hätte, wenn man ihr Vasili als Ehemann präsentiert hätte. Falls das alles überhaupt stimmte, und unglücklicherweise war sie mittlerweile beinahe davon überzeugt. Und dann begriff sie auch, wie naiv ihre Einschätzung der eigenen Möglichkeiten war. Stefan hatte es selbst einmal gesagt — daß sie als Cardinierin ihrem König gehorchen mußte, genauso wie alle anderen auch. Sie nahm an, daß sie nicht viele Möglichkeiten hatte. Sie mußte gehorchen, oder man würde sie in einen Kerker werfen — oder was es sonst an widerwärtigen Alternativen gab. Wieder war es Sascha, der ihr bei einem ihrer täglichen Gespräche Klarheit darüber verschaffte.

Es begann damit, daß sie ihn fragte, wie Stefan an seine Narben gekommen war. Zum erstenmal wollte der kleine Mann ihr keine Antwort geben.

»Stefan sollte derjenige sein, der Euch davon erzählt, falls er das will.«

»Wir hatten bisher eine friedliche Reise, Sascha.« Ihr Ton klang so trocken wie Wüstensand. »Glaubt Ihr wirklich, ich sollte etwas daran ändern, indem ich ihn um eine Audienz ersuche?«

Er gluckste leise. »Es ist jetzt beinahe fünf Wochen her, seit Ihr Euch das letzte Mal gesehen habt. Vielleicht könntet Ihr es irgendwie schaffen, ein paar Minuten miteinander allein zu sein — wirklich nur ein paar —, ohne einander in Stücke zu reißen. Ihr vermißt ihn nicht zufällig?«

»Nicht mal ein ganz kleines bißchen«, sagte sie mit absoluter Sicherheit, aber nur Sascha zuliebe. Tatsächlich vermißte sie Stefan durchaus ein bißchen, oder, um genauer zu sein, den Reiz seiner Gegenwart. Was sie nicht vermißte, waren die Beleidigungen, und sogar Vasili legte jetzt sein bestes Benehmen an den Tag. Die Männer vermuteten, daß sie langsam anfing, ihnen zu glauben, daß sie es sogar für möglich hielt, eine echte Prinzessin zu sein. Und sie benahmen sich entsprechend.

»Hat er irgend etwas gesagt«, fuhr sie fort, »das Euch auf den Gedanken bringt, daß er — eh — mich vielleicht vermißt?«

Sascha lächelte, als er ihr Zögern bemerkte, schüttelte jedoch den Kopf. »Um die Wahrheit zu sagen, Eure Hoheit, seit er nicht mehr mit Euch zusammen ist, ist er zu seiner normalen Gewohnheit zurückgekehrt und behält seine Gefühle wieder ganz und gar für sich.«

»Er grübelt?« erkundigte sie sich interessiert.

»Nein. Er spricht nur eben nicht über persönliche Dinge.«

»Wollt Ihr damit sagen, daß er nicht einmal nach mir fragt?« verlangte sie zu wissen, und diesmal kümmerte sie sich nicht darum, wie empört sie klang.

»Warum sollte er auch? Alles, was er vielleicht wissen möchte, wird ihm erzählt, bevor er fragen muß.«

Sie riß die Augen auf. »Von Euch?«

»Natürlich.«

»Soll das heißen, Ihr erzählt ihm alles, worüber wir reden?« schrie sie ihn an.

»Diese Zurschaustellung Eures Ärgers ist völlig grundlos, Prinzessin«, sagte Sascha beschwichtigend. »Ich habe ihm nichts gesagt, das Euch mißfallen könnte.«

»Woher soll ich das wissen? Und wagt es nicht, ihm zu sagen, daß ich gefragt habe, ob er mich vermißt!«

»Die Sache ist bereits vergessen«, versicherte er ihr, nur um dann einen erneuten Vorstoß zu wagen: »Aber wenn er vielleicht dächte, Ihr hättet nichts gegen ein zufälliges Treffen mit ihm ...«

»Und ob ich etwas dagegen hätte«, beharrte sie störrisch. »Ich müßte ja völlig von Sinnen sein, wenn ich noch einmal mit ihm sprechen *wollte.* Also wirklich, bei unserer letzten Begegnung hat er mich tatsächlich nach meinem Preis gefragt. Mein Preis, Sascha! Habt Ihr eine Ahnung, wie beleidigend das war? Nein, es gefällt mir ausnehmend gut, daß er alles so arrangiert hat, daß wir einander nicht begegnen, weder durch Zufall noch mit Absicht.«

Sascha errötete bei dem Versuch, Stefans Verhalten zu erklären. »Wenn Ihr eine Hure wäret, dann würde Euch die Erwähnung eines Preises ganz gewiß in Entzücken versetzen. Und sie halten Euch für eine Hure, alle. Also ist die Hälfte von dem, was Ihr für Beleidigungen haltet, gar nicht so gemeint. Warum sagt Ihr ihnen nicht einfach die Wahrheit?«

Sie fühlte sich nicht gekränkt von diesen offenen Worten, nicht solange sie von Sascha kamen. Und sie machte auch keine Ausflüchte. »Warum sollte ich mir die Mühe machen? Würde es irgend etwas an ihren Plänen ändern?«

»Nein. Ihr werdet König Stefan von Cardinia heiraten. Es ist der Wunsch des alten Königs, und es war der Wunsch des Königs vor ihm, der Wunsch Eures eigenen Vaters. Also gibt es nichts, was Ihr tun könnt, um es zu verhindern.«

»Ich kann nein sagen.«

»Es kann auch ohne Eure Zustimmung geschehen. Ihr seid in einem Land aufgewachsen, in dem viele Stimmen das Gesetz ausmachen, aber geboren seid Ihr in einem Land, wo nur eine einzige Stimme das Gesetz ist. Stefan braucht es lediglich anzuordnen. Und das wird er auch tun, weil es der Wunsch seines Vaters ist.«

»Aber nicht seiner.«

Es war keine Frage, aber Sascha faßte es so auf und gab zu: »Es war nicht sein Wunsch, als er nach Amerika kam, um Euch zu suchen. Jetzt bin ich mir da nicht mehr so sicher.«

Tanya war sicher. Pflicht vor Neigung, wie Vasili es ausgedrückt hatte. Stefan würde sie heiraten, ob er es wollte oder nicht. Und jetzt wußte sie, daß sie selbst in dieser Sache auch keine Wahl hatte. Sie würde nicht einmal die Befriedigung erleben, wie sie sich alle abmühten, um sie in diese Ehe hineinzuzwingen.

Ihr Schweigen verunsicherte Sascha. »Vielleicht sollte ich Euch doch erzählen, wie Stefan zu seinen Narben gekommen ist — um Euch zu helfen, ihn besser zu verstehen.«

»Macht Euch keine Mühe«, sagte sie niedergeschlagen. »Ich bin nicht länger interessiert.«

Kapitel 31

Tanya mochte zwar am Tag zuvor das Interesse an Stefans Narben verloren haben, aber es war das erste, wonach sie Lazar am nächsten Morgen fragte, als er und Serge sich zum Frühstück in ihrer Kabine einfanden.

»Stefans Narben? Das ist ein heikles Thema, Prinzessin«, begann Lazar.

»Und Stefan würde es ganz und gar nicht gefallen, wenn wir darüber sprächen«, fügte Serge mit einem warnenden Blick in Lazars Richtung hinzu.

»Oh, der Himmel verhüte, daß Ihr irgend etwas tut, das ihm mißfallen könnte«, sagte Tanya, und in ihrer Stimme lag genug Verachtung, um die Männer ein wenig aufzustacheln.

Aber Lazar hatte sie durchschaut und grinste nur. »Diese Taktik wird nicht funktionieren. Ihr wißt nicht, wie ungemütlich Stefan werden kann, wenn man ihn ärgert …«

Serge fand das gar nicht komisch, und er fiel seinem Freund brummend ins Wort: »Sie weiß es, aber wie den meisten Frauen ist es ihr ganz egal, mit welchen Mitteln sie sich das verschafft, was sie will.«

»Das stimmt nicht«, gab Tanya zurück. Sie versuchte, gekränkt auszusehen, was ihr jedoch nicht gelang, und daher entschloß sie sich zu einem Schulterzucken. »Macht Euch nichts daraus. Ich nehme an, ich kann genausogut Stefan selbst fragen, auch wenn es ein *so* heikles Thema ist.«

Jetzt sahen beide Männer sie stirnrunzelnd an. »Von einer Taktik zur nächsten …«

»Frauen kämpfen *immer* mit schmutzigen Tricks …«

»Es ist wirklich zum Aus-der-Haut-Fahren.« Tanya fiel den beiden angewidert ins Wort. »Man könnte wirklich meinen, es handele sich um ein Geheimnis, das Euer ganzes Land ins Wanken bringen könnte.« Und dann schleuderte sie ihnen eine Herausforderung entgegen: »Oder ist es etwas, dessen Stefan sich schämt?«

»Schämt?« Lazar stand auf, um sich quer über den Tisch zu lehnen, so daß sie keinen Zweifel daran haben konnte, wie wütend sie ihn gemacht hatte. »Stefan hat sein Leben riskiert, um ein anderes zu retten. Das ist wahrhaftig keine Schande, Eure Hoheit.«

»Warum konntet Ihr es mir dann nicht einfach sagen?« gab Tanya zurück. Jetzt ärgerte sie sich darüber, daß sie sie so bedrängt hatte. »Es hört sich so an, als wäre er ein Held.«

»Sag's ihr, Serge«, sagte Lazar, als er sich wieder hinsetzte. »Vielleicht ist sie klug genug, es nicht wieder zu erwähnen — wenigstens nicht ihm gegenüber.«

Serge sprach zunächst nur widerwillig, aber bald war er ganz und gar in seine Erzählung versunken. »Es war heldenhaft, was er getan hat, oder verwegen — das hängt ganz davon ab, wie man es betrachtet. Aber er war damals erst 21 Jahre alt, noch völlig unbeschwert von wichtigen Pflichten, die auf ihm lasteten. Er hatte keine anderen Sorgen als seine Studien, die ihm, ganz im Gegensatz zu einigen von uns, unglaublich leicht gefallen sind. Jeder Wunsch wurde ihm gewährt ...«

»Bleib gefälligst bei der Sache«, beklagte sich Lazar. »Sie braucht nicht zu wissen, wie herrlich sein Leben bis zu diesem Tag war, während ihr eigenes Leben so unschön verlaufen ist.«

Tanya blinzelte überrascht. Serge errötete vor Verlegenheit, aber dann erinnerte sie sich plötzlich an Stefans leidenschaftliche Worte über ihre Jugend. Es hatte ihn erzürnt, daß das Schicksal sie hatte leiden lassen, während sie eigentlich in einer freundlichen Umgebung hätte aufwachsen sollen, mit einem Vermögen zu ihrer Verfügung. Er war wütend *für* sie gewesen, nicht auf sie, obwohl sie das damals nicht begriffen hatte. Glaubten diese beiden etwa, sie sei erbittert darüber, daß sie nicht das bequeme Leben geführt hatte, das ihre Geburt eigentlich hätte garantieren sollen?

Sie hatte nicht einmal darüber nachgedacht, und vor allem war es wirklich schwer, das Ausbleiben von etwas zu beklagen, das man ohnehin niemals erwartet hat. Wenn es überhaupt irgend etwas gab, das sie erbitterte, dann war es die Leichtigkeit, mit der sie alle annahmen, sie sei schon durch viele Hände gegangen. Und das nur, weil sie in einer Taverne aufgewachsen war. Es war wirklich lächerlich, wenn man bedachte, daß eine ihrer größten Sorgen, und zwar an jedem Tag der vergangenen acht Jahre, darin bestanden hatte, *nicht* in den Betten irgendwelcher Männer zu landen.

»Es tut mir leid, Hoheit«, sagte Serge mit gebührendem Ernst.

Der Mann entschuldigte sich ihrer Meinung nach für die falsche Sache. Aber sie würde sich nur selbst in Wut bringen, wenn sie versuchte, ihn darauf hinzuweisen.

»Das ist absurd«, sagte sie statt dessen, »Stefan macht gerade jetzt auf mich nicht den Eindruck, besondere Privilegien zu genießen. Worauf sollte ich also neidisch sein? Vielleicht auf die Tatsache, daß ihm nicht einmal erlaubt ist, seine eigene Frau auszusuchen?«

»Es gibt sonst niemanden, den er heiraten möchte«, versicherte ihr Serge. Dann fügte er hinzu: »Jetzt nicht mehr.«

»Serge!« rief Lazar ungläubig.

Der warnende Unterton in seiner Stimme belustigte Tanya. »Also wirklich! Soll ich etwa schockiert darüber sein, daß er eine andere heiraten wollte? Er ist dreißig Jahre alt oder so, nicht wahr? Ich wäre wahrhaftig überrascht, wenn er zu diesem Zeitpunkt nicht wenigstens einmal im Leben schon den Wunsch verspürt hätte zu heiraten.«

»Ich bin nicht älter als er, und ich wollte noch nie heiraten«, sagte Lazar.

»Ich auch nicht«, warf Serge ein.

»Aber er wollte es, und — oje, oje — das muß wirklich ein Feuer unter dem königlichen Temperament entzündet haben, als man ihn daran erinnerte, daß er bereits eine Verlobte besaß. Liege ich richtig mit meiner Vermutung?«

Lazar nickte widerwillig. »Aber er fand schnell heraus, daß er besser ohne sie dran war. Sie war nichts als eine ...«

Die Tatsache, daß sich sein Gesicht plötzlich verfärbte, sagte Tanya, daß sie nicht zu fragen brauchte, was die Frau war. »Ich verstehe. Noch eine Hure«, sagte sie gleichmütig, während sie aufstand. Dann fügte sie mit mehr Feuer hinzu: »Raus, alle beide!«

»Nun, Prinzessin, ich habe da keine Vergleiche angestellt ...«

»Und ob Ihr das getan habt, sonst hättet Ihr nämlich nicht plötzlich gezögert, und Eure Haut wäre auch nicht um mindestens zehn Schattierungen dunkler geworden. Und Euch beiden zumindest habe ich zugetraut, Eure Verachtung im Zaum zu halten!«

»Wenn das Wort Euch so sehr zuwider ist, Prinzessin Tatiana«, sagte Vasili von der geöffneten Tür aus, und seine Stimme klang ganz besonders leidenschaftslos, »dann hättet Ihr einen Weg finden sollen, Euch Eure Tugend zu bewahren.«

Tanya starrte ihn einen Augenblick lang zornig an, bis sie begriff, worum es eigentlich ging. Er schalt sie dafür, daß sie sich über etwas aufregte, was sie alle für eine unumstößliche und bewiesene Tatsache hielten. Und er hatte natürlich recht. Solange sie die Anklage nicht leugnete, durfte sie sich auch nicht über ihre Anspielungen ärgern. Sascha hatte ihr schon dasselbe gesagt. Und wenn sie die Sache vom Standpunkt der Männer aus betrachtete, mußte ihre gekränkte Eitelkeit wirklich sehr scheinheilig erscheinen.

Das Schlimme war nur, daß es ihr so schwerfiel, ihre Gefühle zu Logik und Toleranz zu zwingen. Sie hoffte wahrscheinlich immer noch, daß die Männer sie nach ihrem Verhalten beurteilen würden und nicht nach irgendwelchen Vermutungen, aber natürlich vergaß sie dabei ihr erstes Zusammentreffen mit Vasili. Damals hatte er sie auf Stefans Schoß vorgefunden, und sie zweifelte daran, daß Stefan sich die Mühe gemacht hatte, ihm zu sagen, wie sie dort hingekommen war. Außerdem vergaß sie auch all die Dinge, die sie in ihrem Zorn gesagt hatte, all die Lügen, mit denen sie den Männern eins auszuwischen versucht hatte. Die jedoch hatten all ihre Lügen für bare Münze genommen.

Aber es nützte ihr gar nichts, all das zu wissen, es zu akzeptieren und sich sogar für ihren eigenen Anteil daran zu schämen — sie konnte die Männer trotzdem nicht freisprechen. Nicht alle jedenfalls. Lazars Beleidigung war eine reine Ungeschicklichkeit gewesen, Vasili dagegen tat es grundsätzlich mit Absicht.

Sie setzte sich wieder hin und sagte schroff: »Ihr seid hier nicht willkommen. Die beiden sind es, aber Ihr seid es nicht.«

Typischerweise ignorierte er ihre Bemerkung vollkommen und schlenderte weiter ins Zimmer hinein. »Wir haben den Befehl, Euch Gesellschaft zu leisten, Euch zu beschäftigen und zu unterhalten. Ich sehe, daß wir, was die Unterhaltung betrifft, hervorragende Arbeit leisten. Aber ich habe so meine Zweifel daran, daß Stefan dieses Thema gutheißen würde.«

»Sie hat nach Stefans Narben gefragt«, erklärte Lazar, und seine Stimme verriet sein Unbehagen. »Sollten wir es etwa zulassen, daß sie dieses Thema in seiner Gegenwart anschneidet?«

»Morbide Neugierde verdient es nicht, befriedigt zu werden«, erwiderte Vasili, und endlich einmal wurde *er* wütend. Seine bernsteinfarbenen Augen glühten fast so hell, wie Stefans es manchmal taten. »Wie vermessen es doch war zu hoffen, Ihr könntet ein paar geringfügige Mängel übersehen. Ihr Frauen seid alle gleich. Das einzige, was Euch interessiert, sind Äußerlichkeiten. Ihr seht niemals unter die Oberfläche, um herauszufinden, was in einem Mann wirklich steckt, nicht wahr?«

Sie starrte ihn ungläubig an, unfähig zu glauben, was man ihr da vorwarf. »Da seid Ihr aber zufällig gewaltig im Irrtum. In Eurem Fall, Vasili, sehe ich *nur,* was unter der Oberfläche liegt.« Sie führte ihre Worte nicht weiter aus, sondern warf ihm lediglich einen so angewiderten Blick zu, daß er nicht umhin konnte, das Gesagte vollkommen richtig zu deuten.

Sein Lächeln war so spröde, daß es eigentlich hätte zerspringen müssen. »Ihr wollt also mit mir die Klingen kreuzen, Prinzessin? Es wäre nur eine Frage von Minuten, und ich hätte Euch so weit, daß Ihr in Tränen ausbrecht.«

»Daran habe ich keinen Zweifel. Das ist ja Eure Spezialität, nicht wahr, alles herabzuwürdigen, das Ihr für unwürdig haltet? Und natürlich bin ich nicht einmal Eurer Verachtung würdig. Eine Hure, die man dauernd daran erinnern muß, daß sie eine Hure ist? Denn ich bin ja so blöd, daß ich diese Tatsache immer wieder vergesse. Aber sagt mir eines, Vasili, nur so, aus *morbider* Neugierde heraus: Was würdet Ihr tun, wenn Ihr herausfändet, daß Ihr Euch in mir geirrt habt? Daß ich in jungen Jahren gelernt habe, wie verabscheuungswürdig Männer sein können und daher nichts von ihnen wissen wollte? Nicht einmal, um mein Leben mit ein paar zusätzlichen Münzen aufzubessern?«

»Ist das nur eine Vermutung, Prinzessin, oder wollt Ihr damit sagen, daß Ihr keine Wahl in dieser Angelegenheit hattet? Daß man Euch gezwungen hat, ein solches Leben zu führen?«

Sie wußte nicht, was Lazar zu dieser Frage getrieben hatte, reine Neugier oder Empörung über Vasilis Worte. Aber sie wünschte, er hätte seine Frage ein wenig länger für sich behalten, so lange, bis sie ihre Antwort von Vasili gehabt hätte. Der aufgeblähte Pfau sah sie jedoch nur verächtlich zweifelnd an. Und wie, zum Teufel, waren sie zu dieser neuen Schlußfolgerung gekommen? Sie hatte doch wirklich nichts gesagt, was sie auf diese Idee bringen konnte.

»Gezwungen? Ich habe das Messer an meiner Hüfte nicht zur Zierde getragen, Lazar«, erinnerte sie ihn. »Jeder Mann, der versucht hat, sich mir aufzuzwingen, hat es zu spüren bekommen und am Ende viel Blut verloren als Dank für seine Bemühungen.« Bis auf Stefan, aber da es ihm nie gelungen war, zu beenden, was er begonnen hatte, zählte er nicht mit. »Und wie steht es jetzt mit einer Antwort, Vasili? Strengt doch einfach einmal Eure Fantasie an und stellt Euch vor, ich sei so jungfräulich wie am Tage meiner Geburt. Was würdet Ihr dann sagen?«

Vasili weigerte sich mitzuspielen. »Ich fürchte, meine Fantasie reicht nicht aus ...«

»Schon gut«, unterbrach sie ihn. Sie verlor langsam sowohl ihre Geduld als auch ihre Fassung. »Ich weiß, was Ihr tun würdet, nichts — oder vielleicht doch eins: irgendeinen anderen Grund finden, um mich zu verdammen.«

»Eure Meinung von mir ist ziemlich gesunken, Prinzessin«, sagte er mit einiger Überraschung.

»Ich versichere Euch, sie könnte nicht mehr tiefer sinken.«

Auf seinem Gesicht zeigte sich leichte Verärgerung. »Na schön, spielen wir also Euer dummes Spielchen. Falls Ihr Euch als Jungfrau erweisen solltet, wird Stefan maßlos wütend sein, weil Ihr nicht ein einziges Mal auf Eure Unschuld hingewiesen habt. Ich hätte mich überschwenglich entschuldigt, wahrscheinlich auf den Knien, aber Stefan würde gewiß auf einer größeren Geste bestehen, als Buße für uns alle. Und ich wäre da wohl das nächstliegende Opferlamm.«

Da er die Sache nicht im geringsten ernst nahm, brauchte sie es ebenfalls nicht zu tun. »Euer Kopf?«

»Meine Zunge, persönlich übergeben.«

»Und Ihr tut natürlich alles, was er von Euch verlangt?«

»Natürlich.«

»Dann könnt Ihr anfangen zu hoffen, daß er mich niemals fragt, Vasili. Nur dafür wäre ich bereit, meine Jungfräulichkeit zu opfern.«

»Ihr solltet besser hoffen, daß Ihr nichts mehr habt, was Ihr opfern könntet, Prinzessin, denn als ich sagte, daß Stefan wütend sein würde, meinte ich, daß sein Zorn sich gegen Euch richten würde. Falls Ihr Euch in der Hochzeitsnacht in eine Jungfrau verwandeln solltet, wunderbarerweise, tätet Ihr verdammt gut daran sicherzugehen, daß das für Stefan keine Überraschung ist.«

Diese Bemerkung klang so ernst, daß Tanya eine Gänsehaut bekam. Aber ihre einzige Antwort war: »Ich stelle fest, daß Ihr zu guter Letzt doch noch Fantasie entwickelt, Vasili.«

Kapitel 32

Erst kurz vor Ende dieser langen Reise kam es Tanya wieder in den Sinn, nach Stefans Narben zu fragen. Diesmal war sie mit Vasili und Serge an Deck, und die Männer erklärten ihr gerade, daß es keine gute Möglichkeit gab, Cardinia auf dem Seeweg zu erreichen. Es lag ungefähr gleich weit entfernt von drei verschiedenen Meeren, von der Adria im Süden, dem Schwarzen Meer im Osten und der Ostsee im Norden. Auf dem Mittelmeer bestand immer die Gefahr, von Piraten aufgehalten zu werden, und das Schwarze Meer, dessen Eingang von den unberechenbaren Ottomanen kontrolliert wurde, barg ebenfalls seine Risiken. Nur aus diesem Grunde hatten sie sich für die nördliche Route entschieden.

Tanya wußte ohnehin nicht genug über Europa, und so war es ihr egal, auf welchem Wege sie sich dem Kontinent näherten. Sie wußte bereits, daß das Schiff den Hafen von Danzig an der preußischen Küste ansteuerte. Von dort aus würden sie dann auf dem Landweg weiterreisen, und diese Reise würde nochmals zwei bis drei Wochen dauern, je nachdem, wie das Wetter wurde. Der Weg durch die südlichen Gewässer hätte nur einen einzigen Vorteil für Tanya mit sich gebracht, das wärmere Klima. Auf der Nordsee herrschte Ende Oktober, besonders vor der dänischen Küste, eine Kälte, wie sie sie noch nie in ihrem Leben erlebt hatte.

Aber der Anblick der französischen und der holländischen Küsten entschädigten sie einigermaßen dafür, vor allem dann, wenn das Schiff irgendwo vor Anker ging, um Vorräte an Bord zu nehmen. Bei diesen Gelegenheiten hatte sie sich die fremdländischen Häfen näher ansehen können. Dagegen waren die glatten Sandstrände entlang der preußischen Küste beinahe schon langweilig. Von der Unterhaltung konnte man das jedoch nicht sagen. Ihre Begleiter ließen niemals ein Gefühl der Langeweile aufkommen. Entweder lernte sie etwas über das Land, dem sie sich langsam näherte, oder die Männer brachten ihr etwas über die Etikette bei Hofe bei. Letzteres geschah jedoch auf höchst unbeholfene Art und Weise, denn die drei Männer, zwei Grafen und ein Baron, gaben selbst keinen Pfifferling auf die höfische Etikette. Eine andere Art der Ablenkung verschaffte ihr Vasili mit seinem diabolischen Witz. Und viel häufiger, als es ihr selbst bewußt war, lenkte sie das Gespräch auf Stefan.

Als sie jetzt auf Stefans Narben zu sprechen kam, erhob Vasili keine Einwände. Er betrachtete sie nur vorsichtig, und diese Tatsache hätte ihr eigentlich Warnung genug sein müssen, daß ihr etwas Unerfreuliches bevorstand. Auch Serge versuchte diesmal nicht, um den heißen Brei herumzureden. Kurz und bündig erzählte er, was sich damals zugetragen hatte: »Die königliche Familie war auf dem Weg zu ihrer Jagdhütte in den Wäldern hoch im Norden, wo sie jedes Jahr einige Wochen verbrachte — Sandor, Stefan, sein jüngerer Bruder Peter und ungefähr fünfzehn Männer aus dem königlichen Gefolge. Es war Frühling. Der Winter war in diesem Jahr ganz besonders hart gewesen, und einigen Berichten zufolge waren in der Gegend, durch die sie kamen, Dorfbewohner von Wölfen angegriffen worden. Man hatte Peter gewarnt, sich nicht allein aus dem Lager zu wagen. Aber mit seinen zehn Jahren tat er nur selten, was man ihm sagte. Stefan hörte seine Schreie und erreichte ihn als erster.«

»Das ist genug«, flüsterte Tanya, aber bei dem starken Wind an Deck hörte Serge sie nicht.

»Ich war dort. Ebenso Vasili und einige Wachen, aber wir waren alle zu weit hinter Stefan, um ihn von seinem Vorhaben abzuhalten. Er ging auf das Rudel Wölfe los, um seinen Bruder zu retten. Er schlug auf sie ein, er trat um sich, er riß sie von Peter weg, aber sie kamen immer wieder zurück. Als wir endlich nahe genug waren, um zu schießen, hatte Stefan schon vier der Bestien getötet. Eines der Tiere hatte es auf sein Gesicht abgesehen. Ein anderes klammerte sich immer noch an sein Bein, und er stieß mit seinem Messer zu, wieder und wieder ... und wieder.«

»Um Himmels willen, Serge«, fuhr Vasili auf, und Tanya

zuckte zusammen. »Du sollst hier keine Bande von Trunkenbolden unterhalten, die diese Ströme von Blut sicher zu schätzen wüßten. Ein paar einfache Worte hätten völlig genügt.«

Serge warf einen Blick auf Tanyas weißes Gesicht, während sein eigenes hellrot anlief. »Es tut mir leid, Prinzessin. Ich fürchte, ich habe es alles wieder vor mir gesehen ...«

»Ihr braucht Euch nicht zu entschuldigen«, versicherte sie ihm, während sie sich daran erinnerte, wie lange diese Ereignisse jetzt zurücklagen. Das elende Gefühl in ihrem Magen war also völlig überflüssig. »Ich wollte es ja hören, nicht wahr?«

»Könnt Ihr jetzt hinter diese Narben sehen?« wollte Vasili wissen.

Tanya seufzte. »Wenn irgend jemand hier ein Problem mit Stefans Narben hat, dann seid Ihr es. Als ich ihn zum erstenmal sah, haben mich diese glühenden Augen dermaßen närrisch gemacht, daß ich dachte, ich stünde dem Teufel höchstpersönlich gegenüber. Es hat eine ganze Weile gedauert, bevor ich überhaupt bemerkt habe, daß der Teufel Narben hatte. Und als ich es dann bemerkte, empfand ich ...«

»Abscheu?«

Daß er zu seiner alten Gewohnheit zurückgekehrt war, nur das Schlimmste von ihr zu vermuten, brachte ihr zu Bewußtsein, daß er einen Augenblick zuvor Serge angefahren hatte — ihretwegen. Und das überraschte sie so sehr, daß es ihr plötzlich unmöglich war, auf ihn wütend zu sein.

»Ich wollte sagen, daß er mir leid tat wegen des Schmerzes, den er erlitten haben mußte. Schmerz ist nämlich ein Gefühl, das ich selbst nur allzugut kenne.«

Er sah sie skeptisch an. »Prinzessin, wir *alle* haben gesehen, wie ihr seine Berührung zurückgewiesen habt.«

»Den Teufel habt Ihr getan. Wann?«

»Im Schankraum Eurer Taverne, als er Euch nach dem Mal befragte, das Sandor Euch beigebracht habt. Er streckte nur seine Hand nach Eurem Gesicht aus, um Eure Aufmerksamkeit wiederzuerlangen, aber Ihr seid vor ihm zurückgewichen. Was soll das denn gewesen sein, wenn nicht Abscheu?«

»Idiot! Das war Selbstschutz!« Soviel zu ihrer Duldsamkeit Vasili gegenüber. »Er hätte den Puder auf meinem Gesicht verschmiert, wenn er es berührt hätte. Ich habe nie jemanden erlaubt, mein Gesicht zu berühren. Und nur zu Eurer Information, die einzigen Gelegenheiten, bei denen ich Stefan abscheulich finde, sind die, wenn er sich so benimmt, wie Ihr es tut.«

Irgend etwas an ihren Worten hatte Vasili so sehr überrascht, daß er nicht einmal auf ihre Beleidigung reagierte. Serge dagegen sprang auf ihre letzte Bemerkung an und versuchte, seinen König gegen sie zu verteidigen.

»Stefans Gefühle haben bei diesem Ereignis mit den Wölfen mehr gelitten als sein Gesicht. Er ist immer noch verbittert darüber, daß alles umsonst war. Sein Bruder ist gestorben. Und diese Bitterkeit ist es, die manchmal seine Gedanken und sein Verhalten beherrscht.«

Diese tiefgründige Bemerkung aus Serges Mund machte sowohl Tanya als auch Vasili einen Augenblick lang sprachlos. Tanya vergaß sogar kurzfristig ihren Ärger. Vasili schüttelte den Kopf, zog eine Grimasse und heftete dann seinen Blick fest auf Tanya. Er wirkte nur halb so bedrohlich wie Stefan, dafür aber genauso unbestechlich und kritisch.

»Selbstschutz?« fragte er. »Ihr habt diese Eure gräßliche Maskerade geschützt? Ihr wolltet *wirklich* nicht von Männern belästigt werden, nicht wahr?«

Hinter ihrem Rücken hörte sie Lazar, der plötzlich hinter ihnen aufgetaucht war, leise kichern. »Vorsichtig, Vasili, oder du mußt dich entschuldigen, noch bevor du auch nur die Hochzeitslaken gesehen hast.«

Sie drehte sich um, um Lazar mit einem strafenden Blick zu bedenken. Dann aber nahm etwas anderes ihre ganze Aufmerksamkeit gefangen. Stefan tauchte am Achterdeck am anderen Ende des Schiffes auf, und ihre Augen folgten ihm, während er sich dem Kapitän näherte und die beiden Männer ein Gespräch begannen. Begierig nahm sie jede

Einzelheit in sich auf: die Art, wie er sich zu dem kleineren Mann hinunterbeugte, die Bewegung seiner Hand, als er auf die Küste zeigte, die kleine Geste, mit der er sich eine schwarze Locke aus dem Gesicht strich, die der Wind dort hingeweht hatte. Sein Haar war gewachsen, obwohl es nicht so lang war wie das einiger Seeleute. Er hatte es sich anscheinend irgendwann während der Reise schneiden lassen. Und er trug diesen fremdartig aussehenden, mit Pelz gesäumten Mantel, ein seltsames Kleidungsstück, in das man sich einwickelte und das man dann mit einem Gürtel statt mit Knöpfen zusammenhielt. Sie hatte sich gerade eben daran gewöhnt, diese Art von Mantel an den anderen zu sehen, aber an Stefan wirkte das Kleidungsstück nicht länger fremd, sondern genau richtig.

Hinter ihr wandte sich Vasili jetzt an Lazar: »Hast du gehört, was sie gesagt hat?«

»Natürlich, sie hat durchblicken lassen, daß es ihr gelungen ist, ihre Tugend zu bewahren, und zwar mit Hilfe dieser ›gräßlichen‹ Maskerade, die nicht einmal wir durchschaut haben.«

»Die Leute haben aber gesagt, sie sei für ein paar Münzen zu haben, Lazar«, erinnerte ihn Vasili.

Das holte Tanya endlich wieder auf die Erde zurück, und es gelang ihr sogar weiterzuatmen. Dann fuhr sie herum und sah Vasili direkt in die Augen. »*Wer* hat das gesagt?«

»Die Stammkunden in Eurem Schankraum. Zwei von ihnen, um genau zu sein.«

Das konnte er nur erfunden haben. »Sie haben gesagt, Tanya Dobbs sei zu haben?«

»Ja — nein, sie sagten, die Tänzerin sei zu haben. Und Stefan hat uns versichert, Ihr wäret diese Tänzerin gewesen.«

Gott helfe ihr, all diese Verachtung ergoß sich nur deshalb über sie, weil April sich den Fuß gebrochen hatte. Sie hätte eigentlich lachen sollen. Es war wirklich komisch. Nein, das war es nicht.

»Das muß man sich mal vorstellen«, sagte sie, fing Vasilis Blick auf und hielt ihn mit einem Ingrimm in ihren Augen fest, der ihrem plötzlichen Lächeln zuwiderlief. Und sie hatten recht, die Tänzerin war für ein paar Münzen zu haben. Jeder wußte das, außer Dobbs natürlich, weil er keine Hurerei unter seinem Dach duldete. Wenn er es jemals herausgefunden hätte, hätte sie seine Stiefel zu spüren bekommen. Trotz der Tatsache, daß ihre Vorstellung das einzige war, womit das *Harem* Geld verdiente.

»Ihr leugnet es also nicht?«

»Wie könnte ich? Ich habe sie sogar selbst einmal mit hochgehobenen Röcken erwischt.«

»Sie?«

»April!« schleuderte sie ihm entgegen. Ihr Zorn stand jetzt in voller Blüte. »Unsere Tänzerin. Das Mädchen, das sich unvorsichtigerweise an jenem Tag den Fuß verstauchte und mich im Stich ließ. Ich hätte mutterseelenallein in einem leeren Schankraum gesessen, wenn ich an diesem Abend nicht an ihrer Stelle getanzt hätte. Ich habe nicht mehr auf dieser Bühne gestanden, seitdem ich dreizehn — vierzehn war ... Wie alt, zum Teufel, bin ich überhaupt?«

»O Gott«, stöhnte Vasili.

»Ihr seid in diesem vergangenen Juni zwanzig geworden, Hoheit«, sprang Serge ein. »Der erste Juni ist Euer Geburtstag.«

»Der erste Tag im Juni«, flüsterte sie. Aber sie hatte nicht die Absicht, sich jetzt vom Thema ablenken zu lassen. Nicht einmal von dieser Information, auf die sie ein Leben lang gewartet hatte. »Also war ich vierzehn, als ich das letzte Mal getanzt habe. Ich mußte aufhören, als einige der Stammkunden langsam dahinterkamen, daß ich auf der Bühne stand statt unserer ersten Tänzerin, die davongelaufen war. Dobbs wollte nicht, daß sie auf die Idee kämen, ich könne auch anderweitige Talente besitzen. Und ich wollte das auch nicht. Daher suchte er mir Mädchen, denen ich den Tanz beibringen konnte. Nur war er leider zu geizig, um mehr als eine gleichzeitig einzustellen. Aber das ist alles, was ich in den letzten sechs Jahren getan habe — ich habe die Mädchen unterrichtet, die kamen und gingen, und mich ansonsten auch um alles andere gekümmert, das getan werden mußte.« Und dann konnte sie nicht widerstehen hinzuzufügen: »Aber verlaßt Euch nicht auf das, was ich sage. Huren sind notorische Lügnerinnen, nicht wahr?«

Aber diesmal funktionierte der Trick nicht. Vasili sah aus, als schmore er schon in der Hölle. »Tanya ...«

»Nein!« zischte sie.

»Tanya, bitte ...«

»*Untersteht* Euch! Von Euch würde ich keine helfende Hand akzeptieren, selbst wenn ich irgendwo am Ende der Welt in Vergessenheit geriete.«

»Aber ich liebe ihn!« sagte Vasili leidenschaftlich. »Ich konnte es nicht ertragen, daß er gezwungen werden sollte, eine Frau zu heiraten, die ihn unweigerlich hintergehen würde, einfach weil es so in ihrer Natur läge!«

»Na schön, ich akzeptiere das. Ich kann ein solches Motiv womöglich sogar verstehen, wenn ich ein wenig darüber nachdenke. Aber mehr dürft Ihr nicht von mir verlangen, nicht jetzt.«

»Stefan muß das erfahren«, sagte Lazar, der plötzlich sehr still geworden war, hinter ihr.

Sie drehte sich wieder zu ihm um, aber ihr Blick irrte in Richtung Achterdeck. Aber Stefan war nicht mehr da, und er war auch sonst nirgendwo an Deck. Ob er zurück in seine Kabine gegangen war? Wohin verschwand er eigentlich immer, sobald sie an Deck erschien? Ob er sie überhaupt bemerkt hatte? Verdammt, sie hatte ihn kaum zu Gesicht bekommen! Aber die Reise war beinahe vorüber. Jetzt konnte er sich nicht mehr lange vor ihr verstecken. Oder?

Sie war plötzlich müde. Wahrscheinlich waren es diese heftigen Gefühle, die sie beinahe erstickten. Stolz war eine schreckliche Angelegenheit. Und er saß ihr noch immer im Nacken, obwohl er sich langsam etwas abnutzte.

Sie sah zu Lazar hinüber und sagte ruhig: »Wenn Ihr ihm erzählt, was ich gesagt habe, werde ich es leugnen.«

Er schien ihr nicht zu glauben und sagte das auch: »Das ist nicht Euer Ernst.«

»Oh, doch.«

»Aber warum?«

»Er muß mich wollen, gleichgültig, was er denkt.«

»Aber das tut er doch schon«, sagte Lazar sanft.

Sie schüttelte den Kopf. »Dann hätte er sich nicht so lange von mir ferngehalten.«

»Tut ihm das nicht an, Tanya«, bat Vasili flehentlich. »Stefan kann mit Schuld nicht gut umgehen.«

Sie sah über ihre Schulter, und zum erstenmal schenkte sie Vasili ein ehrliches Lächeln. »Er wird sich nicht schuldig fühlen, er wird wütend sein. Das habt Ihr selbst gesagt. Aber zufälligerweise habe ich keine Angst vor seinem Zorn. Wie sieht es aus? Werde ich nun Eure Königin sein oder nicht?«

»Ja«, antworteten sie alle drei gleichzeitig.

»Dann respektiert meine Wünsche.«

»Aber er ist bereits unser König, und unser Freund obendrein«, hob Lazar hervor.

»So? Ich habe Euch gesagt, daß ich es leugnen werde. Dann wird er einfach wütend auf Euch sein, weil Ihr ihn in die Irre geführt habt.«

Dann ging sie schnell fort, bevor die drei sie davon überzeugen konnten, daß sie unvernünftig, eingebildet und sehr wahrscheinlich völlig übergeschnappt war.

Kapitel 33

Tanya hatte nicht erwartet, daß Stefan sie am nächsten Tag, als das Schiff in Danzig anlegte, abholen würde. Sie hatte gehofft, er würde es tun, und sich deshalb entsprechend angezogen, aber erwartet hatte sie es nicht.

Sie besaß jetzt so viele schöne Kleider, unter denen sie wählen konnte, daß es ein echtes Dilemma war. Wie mußte sie sich anziehen, um ihn zu beeindrucken? Schließlich entschied sie sich für einen dunkelsmaragdgrünen Rock mit einem dazu passenden hochtaillierten Jäckchen, das bis zum Hals zugeknöpft wurde. Nur die zarte weiße Spitze des hohen Kragens ihrer Bluse lugte daraus hervor. Sascha hatte sie sogar mit zwei verschiedenen Überkleidern versorgt. Da war zum einen ein langes, dickes Cape in Perlgrau. Das Gewand war mit einem etwas dunkleren Pelz besetzt und hatte eine Kapuze, deren Kante innen und außen ebenfalls mit Pelz gefaßt war. Die Alternative zu diesem Cape war ein Mantel, ähnlich dem der Männer: schwarzer Samt mit braunem Zobel an allen Kanten und einem breiten, üppigen Kragen. Bei ihr reichte das Gewand bis zu den Knöcheln, während es bei den Männern schon an den Knien endete. Sascha schien es für komisch gehalten zu haben, ihren Mantel aus demselben Material und denselben Farben machen zu lassen wie denjenigen, den Stefan jetzt trug. Glücklicherweise hatte sie sich heute für das graue Cape entschieden.

Er wirkte steif. Die leichte Verbeugung, mit der er sie begrüßte, war formell, und sie konnte seine Miene nicht deuten, als er sie betrachtete, obwohl seine Augen mehr bernsteinfarben als braun waren. Aber sie hatte nichts getan, das ihn in Wut bringen konnte. Das sanfte Glühen mußte also von irgendeinem anderen Gefühl herrühren, obwohl sie sich nicht vorstellen konnte, von welchem.

»Es ist unsere Hoffnung, daß die Reise nicht zu ermüdend für Euch war.«

Eindeutig steif, und sie hatte nicht die leiseste Ahnung, wie sie das verstehen sollte. War es nur seine Abneigung dagegen, wieder mit ihr zu tun zu haben oder ... Gott helfe ihr! Hatten ihm die anderen entgegen ihren Wünschen anvertraut, was sie gestern gesagt hatte? Nein, das war höchst unwahrscheinlich. In dem Falle wäre er direkt zu ihr gekommen, um es aus ihrem eigenen Mund zu hören, oder? Und wütend wäre er außerdem. Im Augenblick war er jedoch nur — verdammt noch mal, sie konnte nicht genau sagen, was er war. Aber wenn sie irgend etwas aus den Äußerungen seiner Freunde herausgehört hatte, dann die Tatsache, daß Stefan wohl noch komplizierter war, als sie angenommen hatte.

Sie beschloß, an ihrem Plan festzuhalten. Sie würde sich zwanglos benehmen, ein klein wenig herausfordernd, ein klein wenig freundlich, vielleicht sogar ein bißchen provokativ, ganz wie es die Situation erforderte. Sie hatte jedenfalls vor, ihn so lange aus dem Gleichgewicht zu bringen, bis sie dahinter kam, woran sie war. Seine totale Gleichgültigkeit ihr gegenüber auf dieser Reise war schließlich höchst aufschlußreich. Wenn er sich in den beengten Räumlichkeiten eines Schiffes von ihr fernhalten konnte, würde sie ihn dann nach ihrer Hochzeit jemals zu Gesicht bekommen, wo ihm ein ganzes Land zur Verfügung stand, um darin zu verschwinden? Falls sie jemals heirateten. Vielleicht konnte *er* irgendeine Möglichkeit finden, von dem Verlöbnis zurückzutreten. Immerhin war er der König. Das Lächeln, das sie ihm schenkte, war nicht ganz so betörend, wie sie es geplant hatte. Aber es gelang ihr wenigstens, in einem freundlichen Ton zu antworten. »Ich fand die Reise ziemlich angenehm, aber es konnte ja auch gar nicht anders sein, mit so charmanten Begleitern zu meiner Unterhaltung.«

Offensichtlich wußte er nicht, ob diese Bemerkung sarkastisch gemeint war oder nicht. Denn er zögerte kurz, bevor er sagte: »Man kann meinen Männern vieles nachsagen, Tanya. Aber charmant?«

»Wenn sie wollen, ja. Ich habe sogar herausgefunden — zu meiner ungeheuren Überraschung natürlich —, daß ich Lazar und Serge mögen könnte. Und Sascha habe ich schon fast ins Herz geschlossen.«

»Ihr sagt kein Wort von Vasili.«

»Sagen wir einfach, ich habe gelernt, Euren Vetter zu tolerieren. Selbst wenn er gerade wieder einmal versucht, sich besonders unbeliebt zu machen. Außerdem habe ich erst kürzlich herausgefunden, daß ich wohl wirklich ein gräßliches Temperament habe. Wahrscheinlich habe ich das enge Band zwischen Euch und Vasili, das sein Verhalten mir gegenüber mehr oder weniger beeinflußt hat, früher nie so recht verstanden.«

Sie lächelte wieder, diesmal mit größter Befriedigung, denn sein neuer Gesichtsausdruck war eine unbezahlbare Kombination von Verwirrung, Gereiztheit und Argwohn. Jetzt wußte er wirklich nicht mehr, was er von ihr halten sollte. Und das war genau der Effekt, den sie im Augenblick erzielen wollte.

»Es überrascht Euch, daß ich das herausgefunden habe?« fuhr sie fort. »Nun, das sollte es nicht. Erst gestern hat Vasili selbst mir dieses Geständnis gemacht. Im Augenblick kann ich nicht mehr sagen, als daß ich in Zukunft *versuchen* werde, ihn zu tolerieren, Eure Majestät.«

Er hob eine Augenbraue, als er den Titel vernahm. Dies war endlich etwas, nach dem er auf direktem Wege fragen konnte. »Waren es die Ausweispapiere?«

»Nicht im geringsten. Ich habe sie für Fälschungen gehalten.«

»Was hat Euch denn überzeugt?«

»Sascha, um genau zu sein. Er hat eine überwältigende Fähigkeit, die Dinge klarzustellen, ohne es überhaupt zu versuchen. Er hat einfach geredet und geredet, über Euch, mich, Cardinia — und die Hochzeit.« Und dann heftete sie einen direkten Blick auf ihn, der gerade genug zornige Funken sprühte, um ihn auf das folgende vorzubereiten. »Warum zur Hölle habt Ihr mir dann erzählt, Vasili sei der König?«

Er ging zur Tür hinüber unter dem Vorwand, sie für sie aufhalten zu wollen, aber ihre Frage hatte ihn offensichtlich dermaßen aus der Fassung gebracht, daß er ihrem Blick einfach nicht länger standhalten konnte. »Ihr seid damals ausgesprochen schwierig gewesen. Ich dachte, mit der Aussicht auf ihn als Bräutigam würde sich das vielleicht ändern.«

Aber so leicht kam er ihr nicht davon. »Warum?«

»Weil die Frauen geradezu verrückt nach ihm sind. Und das sogar noch, bevor er sich daranmacht, sie zu verführen. Wenn er den Versuch gemacht hätte, Euch für sich zu gewinnen, wäret Ihr ihm erlegen.«

Tanya schnaubte verächtlich. »Wenn Ihr das glaubt, täuscht Ihr Euch gewaltig.«

Endlich sah er sie wieder an, und sein Blick sagte deutlich, daß seiner Meinung nach sie diejenige war, die sich täuschte. »Ihr sagt, Ihr wüßtet, daß Vasilis Loyalität zu mir sein Verhalten Euch gegenüber beeinflußt hat — ist es Euch nie in den Sinn gekommen, daß seinem Benehmen noch eine ganz andere Absicht zugrunde liegt? Daß es ein vorsätzlicher Versuch war, Euch Verachtung für ihn einzuflößen? Ich wollte damals lediglich, daß Ihr bereitwillig mit uns kamt. Aber Vasili erkannte die Konsequenzen der Lüge. Er wollte nicht, daß Ihr Euch in ihn verliebt, wo Ihr doch am Ende mich würdet heiraten müssen.«

»Wie rücksichtsvoll von ihm«, höhnte sie. »Aber da habt Ihr beide wohl seinem Aussehen zu großen Wert beigemessen. Aus irgendeinem Grunde scheint Ihr zu denken, dies sei alles, worauf es für eine Frau ankommt. Das mag ja auch so sein — bei Frauen ohne viel Verstand. Aber die meisten Frauen sind nicht dumm genug, um sich in einen Mann zu verlieben, ohne zu wissen, aus welchem Holz er gemacht ist. Vasili sieht unglaublich gut aus, ja. Das ist unbestreitbar. Aber er ist außerdem der arroganteste, herablassendste Mann, den Gott je geschaffen hat. Und Ihr werdet mir nicht weismachen, er habe sich nur meinetwegen verstellt und sei in Wirklichkeit gar nicht so abscheulich.«

Es gefiel ihm überhaupt nicht, was er da hörte, wahrscheinlich, weil er wußte, daß er ebenfalls arrogant und herablassend war. Er war jedoch keineswegs so schlimm wie Vasili. Aber Tanya rechnete fest darauf, daß er diesen feinen Unterschied nicht kannte. Es ging jetzt nur darum, Stefan nicht wissen zu lassen, daß sie ebenfalls zu den dummen Frauen gehörte, über die sie sich gerade eben lauthals ereifert hatte. Nicht, daß sie sich verliebt hätte. Um Himmels willen, sie hoffte doch, daß sie nicht *so* dumm wäre. Aber sie wußte recht gut, daß sie einer rein physischen Anziehungskraft erlegen war. Und diese Kraft war so gewaltig, daß sie den Mann sogar dann wollen konnte, wenn sie ihn vor Wut am liebsten erschossen hätte. Und auch die Zeit hatte diesem Gefühl keinen Abbruch getan. Sie wollte ihn — genug, um ihn zu heiraten, genug, um all seine Fehler ignorieren zu können. Aber er mußte sie ganz genauso wollen … Er mußte sie lieben, ganz egal, ob sie ihn liebte oder nicht. Nur so konnte sie freiwillig einem Mann die Kontrolle über ihr Leben geben. Und ihr blieb nicht mehr viel Zeit herauszufinden, ob das überhaupt möglich war.

Aber bevor er sich zu viele Gedanken machen konnte über das, was sie gesagt hatte, fragte sie: »Als Ihr gesehen habt, daß Euer Täuschungsmanöver nicht funktionierte, warum habt Ihr mir da nicht die Wahrheit gesagt, daß Ihr Cardinias neuer König seid?«

»Ihr habt sowieso an allem gezweifelt. Daher war es nicht der richtige Zeitpunkt, eine Unwahrheit einzugestehen. Ihr hättet diese Tatsache liebend gern aufgegriffen, um Eure fortgesetzte Skepsis zu rechtfertigen.«

»Ich verstehe, worauf Ihr hinauswollt«, sagte sie und zog nachdenklich die Augenbrauen zusammen. »Ihr habt allerdings nie begriffen, worum es mir ging, oder? Es war vollkommen egal, wen man mir als Ehemann anbot — ich wollte keinen.«

Er bemerkte gar nicht, daß sie in der Vergangenheit sprach, sondern erwiderte nur unerbittlich: »Ihr habt ebensowenig eine Wahl wie ich.«

»Ja, das stimmt wohl. Wie habt Ihr es noch einmal ausgedrückt, als Vasili zugab, er wolle mich nicht heiraten? Daß der König mich heiraten wird, egal ob er es wünscht oder nicht, weil seine Pflicht es von ihm verlangt. Aber wißt Ihr was, Stefan? Ich habe ein wenig über die Sache nachgedacht, ganz besonders, nachdem man mir immer wieder versichert hat, wie allmächtig Ihr doch wäret — so mächtig, hat man mir gesagt, daß Ihr mich zur Frau nehmen könnt, ganz egal, was ich dazu sage. Wenn Ihr soviel Macht habt, wie kann Euch dann irgend jemand dazu bringen, etwas zu tun, das Ihr gar nicht wollt? Ihr könntet das Verlöbnis doch einfach brechen ...«

»Zufällig respektiere ich meinen Vater«, unterbrach er sie steif, und in seinen Augen glühte plötzlich ernster Zorn. »*Sandor* will Euch auf dem Thron sehen, und daher werdet Ihr, zum Teufel noch mal, auf dem Thron zu sehen sein. Und wenn Ihr jemals wieder versucht, mich zu beschwatzen, meine Pflicht zu vernachlässigen ... Ich *werde* Euch heiraten, Tanya. Nichts wird das verhindern. Habt Ihr das verstanden? Nichts!«

Es war verblüffend, wie wunderbar sie sich nach diesem Versprechen fühlte, herausgeschrien oder nicht. Und sie hatte ihre Antwort. *Er* würde nichts unternehmen, um das Verlöbnis zu lösen, ebensowenig wie sie. Aber das wußte er nicht. Und sie hatte auch nicht die Absicht, ihn das wissen zu lassen. Sie wollte, daß er weiter darüber rätselte. Auf diese Weise würde sie wenigstens seine Gedanken beherrschen. Aber lange, bevor sie in Cardinia ankamen, würde sie ihn auch in ihrem Bett haben. Das war unvermeidlich. *Sie* konnte einfach nicht länger warten.

Kapitel 34

Warum so steif, Stefan?« fragte Tanya, sobald sie es sich in der wartenden Kutsche bequem gemacht hatten. Er hatte nach ihrem Arm gegriffen, sie aus der Kabine und vom Schiff gehetzt, und das alles, ohne ein einziges Wort zu verlieren. Aber sie war fest entschlossen, ihn heute aus der Reserve zu locken, in seine Gedanken einzudringen, selbst wenn sie ihn zu diesem Zweck in Wut bringen mußte. Glücklicherweise waren die anderen nicht dabei, um sie davon abzuhalten. Lazar und Serge kümmerten sich um das Gepäck und würden in einer anderen Kutsche nachkommen. Vasili war noch damit beschäftigt, das Schiff wieder loszuwerden. Anscheinend hatte man es nur gekauft, um sie aus Amerika zu holen. Cardinia, das so weit im Binnenland lag, besaß keine eigene Marine und hatte daher keine Verwendung mehr für das Schiff.

»Sind es die Kleider?« fragte sie hartnäckig, als Stefan immer noch nicht in ihre Richtung sah. »Fühlt Ihr Euch in ihnen mehr wie ein König und weniger wie ein — gewöhnlicher Bürger?« Keine Antwort. »Nun, Ihr hattet auf jeden Fall recht. Viel zu aufsehenerregend für Mississippi.«

»Worüber *redet* Ihr eigentlich, Tanya?«

Er sah sie immer noch nicht an. Der Versuch, ihn zur Weißglut zu bringen, machte sie langsam selbst fuchsteufelswild.

»Oh, nichts von Bedeutung. Ich verstehe jetzt, warum Ihr die Kleider aus diesem zweiten Koffer nicht in Amerika getragen habt. Ihr hättet ganz schön Staub aufgewirbelt in Eurer fremden Tracht, nicht wahr?«

In Wirklichkeit sah er großartig aus, ganz in Schwarz in diesem militärisch anmutenden Gewand. Die Hosenbeine steckten in glänzenden, kniehohen Stiefeln, die eng genug waren, um seine Beinmuskeln erkennen zu lassen. Die Samtjacke war mehr wie ein Waffenrock gearbeitet, mit silbergrauen Tressen und Schnurbesatz vom Nacken bis in die Taille. Eine durchbrochene Naht, ebenfalls mit Tressen besetzt, reichte ihm von der Taille bis etwa zur Mitte seiner Oberschenkel, wo der Waffenrock endete. Um die Taille trug er einen dicken, silbernen Gürtel mit einer prächtigen, ebenfalls silberbeschlagenen Lederscheide. In dieser Scheide steckte ein Schwert, das so übertrieben kunstvoll war, daß es wohl nur zur Zierde dienen konnte. Außerdem hatte er noch einen zobelgesäumten Samtmantel übergeworfen, der wie ein Cape über seine Schultern drapiert war und von einer silbernen Gliederkette mit Juwelenschließen an seinem Platz gehalten wurde. Als Krönung des Ganzen trug er einen Hut, der ebenfalls aus braunem Zobelpelz gemacht war und seinen Kopf fest umschloß, etwas, das Lazar als *Kucsma* bezeichnete.

Obwohl ihre Frage ihn eigentlich hätte reizen sollen, kommentierte Stefan ihre Beobachtung nur mit einigen sachlichen Worten. »Seht erst einmal aus dem Fenster, bevor Ihr meine Kleider seltsam nennt.«

Er hatte wie gewöhnlich recht. Sie konnte nicht leugnen, daß sie sich in einem fremden Land befand, wo die Menschen sich völlig anders kleideten, als sie es gewohnt war.

Tanya hatte gehört, daß das Land, das sie im Augenblick bereisten, jetzt zu Preußen gehörte, jedoch früher einmal das Königreich Polen gewesen war. Dementsprechend waren die meisten seiner Bewohner immer noch Polen, besonders hier, in der alten Hafenstadt Danzig. Und diese Polen, Männer wie Frauen, schienen eine Vorliebe zu haben für extrem lange Mäntel mit den merkwürdigsten Ärmeln. Von der Schulter bis zum Ellbogen fielen sie weit und bauschig, waren dann jedoch bis zum Ende hin aufgeschlitzt. Es waren sehr lange Ärmel, viel länger als die Arme, die sie bedeckten, und die meisten wiesen keine Manschetten auf. Die Leute ließen sie einfach an sich herunterbaumeln oder warfen sie sich über die Schulter. Ein Mann, der wie ein Soldat aussah, hatte sich seine im Nacken zusammengebunden. Auch die Hüte oder Kappen waren ausgesprochen merkwürdig, meistens flach, manche aber auch hoch und von seltsamem Schnitt. Die Männer trugen ihr Haar entweder schulterlang oder so extrem kurz geschnitten, daß kaum noch etwas davon übrigblieb.

»Ich verstehe, was Ihr meint«, gestand Tanya ein und gab es auf, seine Kleider zu attackieren, die ihr nach diesem Blick aus dem Fenster sogar vergleichsweise schlicht erschienen. Sie versuchte es noch einmal mit der gleichen Methode. »Wißt Ihr, Stefan, ich habe auf dieser Reise so viel über Euch erfahren, daß ich das Gefühl habe, als wären wir jetzt alte Freunde.«

Sein Gesichtsausdruck verhärtete sich beträchtlich. Er wußte nicht, worauf sie anspielte, und sie konnte deutlich erkennen, daß dieser Umstand ihn höllisch ärgerte. Gut. Sie lächelte innerlich und wechselte abermals abrupt das Thema.

»Lazar konnte mir nicht viel über meinen Vater erzählen. Er sprach nur von der ungeheuren Bewunderung, die man ihm entgegenbrachte, weil es ihm gelungen war, die Tradition seiner Vorfahren zu wahren und Cardinia gegen das osmanische Reich zu schützen, das so viele seiner Nachbarn erobert hat. Euer Vater hat dieses Volk ebenfalls gut in Schach gehalten, nicht wahr?«

»Wir haben hervorragende Verträge mit den Türken und, was sogar noch wichtiger ist, gute Beziehungen. Die Janaceks haben es immer für klug gehalten, ihre ehrliche

Freundschaft anzubieten — nachdem der Feind besiegt war. Die Baranys vertreten dieselbe Philosophie.«

»Ja, hm, Lazar sagte, ich solle Euren Premierminister, Maximilian Daneff, nach der mehr persönlichen Seite meines Vaters befragen, da er ihn gut kannte. Aber er sagte auch, daß Ihr mir von der Blutfehde erzählen könntet, die ihn und den Rest meiner Familie binnen einiger Monate getötet hat.«

Das verschaffte ihr endlich seine Aufmerksamkeit — und einen überraschten Blick. »Ihr wißt immer noch nicht, warum man Euch weggeschickt hat? Vasili hätte Euch davon erzählen können ...«

»Ich hatte aber keine Lust, ihn zu fragen«, unterbrach sie ihn. »Euch dagegen kann ich alles fragen, da Ihr bald mein Ehemann sein werdet.«

Das brachte ihn noch mehr aus der Fassung, genug, um ihm die Frage zu entlocken: »Ihr habt es akzeptiert?«

Tanya zuckte mit einer gewissen Gleichgültigkeit die Achseln. »Das kommt darauf an.«

»Worauf?«

»Auf Euch.«

»Wie?« fragte er, und sein Blick war plötzlich so intensiv geworden, daß sie ihm nur mit Mühe standhalten konnte.

»Ach, ich weiß nicht. Ihr könntet zum Beispiel versuchen, mich davon zu überzeugen, daß Ihr mich heiraten wollt, daß Ihr herausgefunden habt, daß Ihr ohne mich nicht mehr leben könnt, daß Ihr mich bis zum Wahnsinn liebt.«

Jetzt runzelte er so wütend die Stirn, daß sie den Blick senkte.

Na ja, sie *hätte* wohl ernst klingen können statt ironisch und mit den Worten »Daß Ihr mich heiraten wollt« aufhören können, statt sich mit dem Rest lächerlich zu machen. Jetzt glaubte er, sie habe sich über ihn lustig gemacht.

Das ist dir wirklich gelungen, Missy. Da hattest du eine unbezahlbare Gelegenheit und hast sie einfach verschwendet. Kein bißchen Grips im Kopf.

Sie überlegte, ob sie sich entschuldigen sollte. Sie warf

ihm einen verstohlenen Blick zu und keuchte beinahe. Seine Augen waren so heiß wie glühende Kohlen. Sie hatte ihn dermaßen in Wut gebracht, daß es an ein Wunder grenzte, daß sie noch nicht auf dem Rücken lag und von seinen Küssen verzehrt wurde ... Begehren durchzuckte ihren Leib bei dem bloßen Gedanken daran, einem Gedanken, der ihr bis dahin überhaupt nicht gekommen war. Sie hatte ihn nur ein klein wenig aus der Fassung bringen wollen, um ihn dazu zu bringen, ihr etwas über seine wahren Gefühle für sie zu verraten. Sie hatte nicht einmal im Traum daran gedacht, welche Konsequenzen es hatte, falls sie ihn völlig aus der Fassung brachte. Aber die Konsequenz war da, und sie hätte nichts dagegen, wenn es geschähe, genau jetzt. Und wieviel leichter wäre es für sie, wenn er jetzt die Initiative ergriff! Das würde ihr auf jeden Fall den Versuch ersparen, ihn zu ermutigen und vielleicht zurückgewiesen zu werden.

»Benötigt Ihr wirklich eine Antwort, Prinzessin?«

Seine Stimme klang so dunkel und bedrohlich, daß sie schauderte. Noch hatte er sich unter Kontrolle, aber seine Fassung hing an einem seidenen Faden. Die falsche Antwort auf seine Frage konnte diesen Faden ohne weiteres zerschneiden. Ob ihr die Liebe in einer fahrenden Kutsche im hellen Tageslicht gefallen würde? Im Augenblick war es ihr ziemlich egal.

Ihr Kinn hob sich störrisch. »Ja.«

»Die Hochzeit mit mir wird Euch zur Königin machen«, erinnerte er sie. »Das sollte Grund genug für Euch sein, diese Ehe wohlwollend zu akzeptieren — wenn nicht sogar bereitwillig.«

Das war *nicht* die Antwort, die sie sich erhofft hatte. Außerdem sah es so aus, als würde er sich weiterhin unter Kontrolle halten, ganz gleich was sie tat.

Sie versuchte, ihre Erwartungen wieder der Realität anzupassen, seufzte schließlich und wandte sich von ihm ab, um erneut aus dem Fenster zu starren.

»Ich weiß es wirklich nicht«, sagte sie, um das Thema zu beenden. »Ich bin immer noch dabei, mich daran zu gewöhnen, eine Prinzessin zu sein. Und das einzige, was ich bisher sagen kann, ist, daß der Titel schöne Kleider mit sich bringt.«

Dann fügte sie etwas steifer hinzu: »Ihr wolltet mir von der Blutfehde erzählen.«

»Wollte ich?«

Sie sah ihn mit einem gezwungenen kleinen Lächeln an. »Ja, das wolltet Ihr, wenn auch aus keinem anderen Grunde, als dem, daß *Ihr* das Gefühl habt, ich müßte es wissen.«

Sie wartete schweigend, während er sie mit diesen Teufelsaugen anstarrte. Als sich sein Blick dann langsam ein wenig abkühlte, wußte sie, er war zu dem Schluß gekommen, daß sie wenigstens dieses Thema mit dem gebührenden Ernst behandeln würde.

Kapitel 35

Es begann mit der Exekution von Yuri Stamboloff. Er war der älteste Sohn eines sehr mächtigen Barons. Und das war vielleicht auch der Grund dafür, daß er das Gefühl hatte, über dem Gesetz zu stehen. Er tötete seine Mätresse, nur weil er den Verdacht hegte, sie sei ihm untreu gewesen. Und er verübte die Tat nicht in einem Anfall von Wut oder blinder Leidenschaft, sondern gelassen, kaltblütig — und törichterweise vor fünf Zeugen. Weil er der Sohn eines Barons war, brachte man ihn vor Euren Vater, König Leos. Er wurde rechtmäßig verurteilt und exekutiert. Man konnte gar nichts anderes tun, aber Yuris Vater, Janos Stamboloff, glaubte nicht, daß sein Sohn des Mordes schuldig war. Ihr müßt wissen, daß die tote Frau vorher die Mätresse Eures Bruders gewesen war.«

»Ich hatte einen Bruder, der alt genug war, um eine Mätresse zu haben?« fragte Tanya überrascht. »War ich zu dieser Zeit nicht angeblich ein Baby?«

»Ihr wart nicht einmal geboren, als es zu dem Mord

kam«, erklärte Stefan. Dann fügte er hinzu: »Obwohl Ihr bereits unterwegs wart. Und Ihr hattet drei Brüder. Der älteste, der Kronprinz, war damals sechzehn Jahre alt.«

Sie war nicht länger überrascht, sondern entsetzt. »Sechzehn Jahre alt und legt bereits Mätressen ab!«

»Es gibt Frauen, die sogar ein Baby verführen würden, um ihre Ziele zu verfolgen. Bei Hofe spielt es keine Rolle, wen man benutzt, solange man ihn zu seinem Vorteil benutzt. Und ein sechzehnjähriger Junge gibt eine wunderbare Zielscheibe für alle möglichen Manipulationen ab.«

»Ihr habt wahrscheinlich all diese weibliche Gewissenlosigkeit am eigenen Leibe erfahren?« fragte sie geradeheraus.

Zum ersten Male an diesem Tag lächelte er. »Natürlich.«

Tanya konnte selbst kaum glauben, wie wütend sie plötzlich war, als sie sich Horden von Frauen vorstellte, die um Stefan herumscharwenzelten und ihn verführten, nur um zu sehen, was sie aus ihm herausholen konnten. Und dieses verdammte Lächeln von ihm, als er hinzufügte, er habe jeden Augenblick davon genossen, unabhängig davon, ob nun die Frauen mit ihren Tricks Erfolg hatten oder nicht.

Sie konnte sich nur mit Mühe davon abhalten, ihm finstere Blicke zuzuwerfen, und wagte es daher nicht, das Thema weiterzuverfolgen. »Die tote Frau war vorher also die Mätresse meines Bruders? Wieso hat das Janos auf die Idee gebracht, seinen eigenen Sohn für unschuldig zu halten?«

»Weil er nicht glauben konnte, daß Yuri zu einer solchen Tat fähig war. Seiner Meinung nach mußte ein anderer das Verbrechen begangen haben, und Euer Bruder war der wahrscheinlichste Kandidat dafür. Janos behauptete, der Junge habe die Frau in einem Anfall eifersüchtiger Leidenschaft getötet, als sie sich weigerte, zu ihm zurückzukehren. Anschließend soll er Zeugen gekauft haben, deren Aufgabe es war, Yuri mit der Tat zu belasten. Er behauptete außerdem, Leos hätte Yuri exekutieren lassen, statt ihn in die Verbannung zu schicken, weil Yuri seine Unschuld hätte beweisen können. Leos schützte angeblich seinen eigenen Sohn.«

»Ist es möglich, daß Yuri unschuldig *war?*«

»Nein, einer der Zeugen war ein Bischof. Ein anderer Yuris eigener Diener. Nur ein aufgebrachter Vater würde ihr Wort bezweifeln. Außerdem konnte man genau nachweisen, wo sich Euer Bruder am Tage des Mordes aufgehalten hatte.«

»Und was geschah dann?«

»Janos ließ Euren Bruder töten.«

»Wie?«

»Das Wie spielt keine Rolle, Tanya. Es genügt wohl, wenn ich sage ...«

»Wie?«

Er sah sie einen langen Augenblick an, und seine Narben zitterten, als er die Zähne zusammenbiß, um gegen ihre Beharrlichkeit zu protestieren. Sie hätte die Frage beinahe zurückgenommen, aber da sie schon das Ende dieser Geschichte kannte, konnten die Einzelheiten sie nicht mehr schlimmer machen. Man hatte ihre ganze Familie ausgerottet. Das war eine bekannte Tatsache, und sie hielt sie für tragisch. Aber sie hatte bisher keine persönlichen Gefühle für diese Menschen. Sie waren einfach nicht wirklich für sie, weil sie keinerlei Erinnerung an sie hatte. Wie sollte sie also um sie trauern? Wenn es etwas gab, das sie zu betrauern hatte, dann wäre es dieser Mangel an Erinnerungen.

Sie versuchte, es Stefan zu erklären. »Wenn Ihr zögert, um mich zu schonen, dann ist das ganz unnötig. Diese Leute mögen zwar Blutsverwandte von mir gewesen sein, aber ich habe zwanzig Jahre lang nichts von ihnen gewußt, und ich weiß immer noch nichts von ihnen außer dem, was Ihr mir erzählt. Und nach dem, was ich bisher gehört habe, empfinde ich für die Stamboloffs genausoviel Sympathie wie für die Janaceks — mit Ausnahme von Yuri.«

»Dann wollen wir doch mal sehen, ob ich das nicht ändern kann, Prinzessin. Euer Bruder, der in dieser ganzen Angelegenheit völlig unschuldig war, wurde eines Nachts aus seinem Bett gezerrt, vor die gesamte Stamboloff-Familie geschleift und dort einem Scheingericht präsentiert, das ihn für schuldig befand. Janos ließ ihn an eine Mauer in seinem Schloßhof binden, und jedes Mitglied dieser verdammten Familie feuerte eine Kugel auf ihn ab, selbst Janos' achtjähriger Enkelsohn. Seinen Körper haben sie draußen vor dem Palast liegenlassen. Neben ihm fand man einen blutdurchtränkten Zettel, auf dem stand ›Ein Sohn für einen Sohn‹. Dies war jedoch noch kein ausreichender Beweis gegen Janos — nicht bis eine seiner Schwiegertöchter bei irgendeinem Fest zuviel trank und vor den falschen Leuten mit der Tat prahlte.«

»Ich hoffe, Janos wurde auf der Stelle erschossen!«

Stefan hob eine Augenbraue. Langsam kehrte die Farbe in seine blutleeren Wangen zurück.

»Kein Mitleid mehr für diesen Fanatiker?«

»Keins«, sagte sie etwas ruhiger.

»Nun, er wurde nicht auf der Stelle erschossen. Er bekam eine Gerichtsverhandlung und wurde zum Tod durch Erhängen verurteilt. Am Tag nach der Exekution fand man Leos' einzigen Bruder, dessen Frau und ihre beiden Kinder mit durchgeschnittenen Kehlen in ihrem Haus. Eine dort zurückgelassene Notiz war diesmal unmißverständlich: ›Jetzt stirbt jeder Janacek.‹«

»Aber das war ein brutaler Racheakt. Wie konnten sie das rechtfertigen?«

»Sie brauchten das nicht zu rechtfertigen. Zwei von ihren eigenen Leuten waren tot. Die übrigen betrachteten das Ganze nun als einen persönlichen Krieg mit dem König, eine Blutfehde. Und es war noch eine beträchtliche Anzahl von ihnen übriggeblieben — Janos' zweiter Sohn, fünf Enkelsöhne, zwei jüngere Brüder und drei Neffen. Außerdem hatte Janos selbst nach Rache geschrien, noch mit seinen allerletzten Worten am Schafott, kurz bevor er gehängt wurde. Aber jetzt, wo Leos selbst bedroht wurde, war diese Rache Hochverrat. Die fünf älteren Männer wurden getötet, als sie sich ihrer Gefangennahme widersetzten, die Enkelsöhne und der eine noch verbliebene Neffe, damals alle unter achtzehn Jahren, wurden lediglich verbannt.«

»Ihr habt die Frauen nicht erwähnt. Was geschah mit dieser Schwiegertochter?«

»Es gab zwei Stamboloff-Gattinnen, und Janos hatte eine Tochter. Sie wurden schließlich auch aus Cardinia verbannt, zusammen mit ihren Männern, als der Verdacht aufkam, daß eine von ihnen Eure Schwester in ihrem Bad ertränkt hatte.«

»Ich hatte auch eine Schwester?« fragte Tanya mit dünner Stimme.

»Sie war vierzehn, das zweitälteste Kind. Aber auch, als alle Stamboloffs außer Landes geschafft waren, hörte das Morden noch nicht auf. Ion Stomboloff, Janos' ältester Enkelsohn, wurde bei dem Versuch, Leos' Vetter zu töten, gefangengenommen. Dieser Vetter war der einzige noch lebende Sohn Eures damals schon verstorbenen Großonkels.«

»Warum er?«

»Er trug den Namen Janacek«, sagte Stefan einfach.

»Aber er überlebte?«

»Nein, einen Monat später versuchten sie es wieder, und diesmal mit Erfolg. Es war übrigens Janos' Tochter, die man fand, bevor sie die Stadt verlassen konnte. Dann, einige Wochen bevor Ihr geboren werden solltet, wurden Eure beiden jüngeren Brüder erschossen. Dadurch setzten bei Eurer Mutter die Wehen früher ein. Ihr wart ein sehr kleines Baby, aber gesund. Eure Mutter hat sich jedoch nie wieder ganz erholt. Sie hatte alle ihre Kinder außer Euch verloren. Und Ihr wurdet noch am Tage Eurer Geburt versprochen. Leos bestand darauf, den Bund auf der Stelle zu besiegeln — ein Zeichen dafür, daß er nicht erwartete, selbst noch viel länger zu leben. Man sagt, dies habe endgültig zu dem Verfall Eurer Mutter geführt. Als Ihr drei Monate alt wart, starb sie eines natürlichen Todes, an irgend etwas, das eine gesunde Frau mit Leichtigkeit überstanden hätte.«

»Und mein Vater?«

»Leos wurde von hinten erdolcht. An seinem eigenen Tisch, während er zu Abend aß. Der Attentäter hatte sich langsam in der Küche hochgearbeitet, bis man ihm schließlich gestattete, bei Tisch zu bedienen. Er hatte keine Hoffnung zu entkommen. Er wußte das. Ein Geständnis ergab später, daß er an irgendeiner tödlichen Krankheit litt, daß das Geld, das er dafür bekommen hatte, den König zu töten, für seine Familie war — seine einzige Möglichkeit, sie wohlversorgt zurückzulassen.«

»Aber hat er auch zugegeben, daß ein Stamboloff ihn für die Tat bezahlt hatte?«

»Nicht *ein* Stamboloff, Prinzessin. Diese Familie war mittlerweile so arrogant in ihrem Haß auf die Janaceks geworden, daß sie kein Geheimnis darum machten, wer den Mann bezahlte. Er zählte sie alle auf, von den beiden noch lebenden Frauen bis hin zu Ivan, Janos' jüngstem Enkelsohn. Und da sie alle irgend etwas Wertvolles zu der Bezahlung des Attentäters beigetragen hatten, hatten sie alle ihren Anteil an diesem Sieg. Und für sie war es ein Sieg. Man holte einen Barany auf den Thron, weil es nicht zu erwarten war, daß die letzte Janacek das Jahr überleben würde, falls sie in Cardinia blieb.«

»Also wurde ich weggeschickt?«

»Nicht sofort. Nicht vor dem ersten Anschlag auf Euer Leben. Eure Amme starb an Eurer Stelle. Da erst ersann mein Vater den Plan, Euch heimlich wegzuschicken, und zwar in Begleitung der Baronin Tomilova, die ganz allein um Euren Aufenthaltsort wissen sollte. Außerdem setzte er einen hohen Preis auf den Kopf eines jeden Stamboloff aus.«

»Sogar die Kinder?«

»Sie scherten sich keinen Deut um Kinder«, erwiderte er rauh. »Euer jüngster Bruder war sechs Jahre alt. *Ihr* wart fünf Monate alt, als Eure Amme die Kugel, die für Euch bestimmt war, abfing. Das war eine Blutfehde, Tanya. So etwas hört erst auf, wenn die eine oder die andere Familie vollkommen ausgerottet ist. Es hätte nicht aufgehört, bevor ihr tot wart. Wir konnten Euch nicht nach Hause holen, bevor nicht der letzte von ihnen gefunden und beseitigt war. Und nur einen von ihnen konnte man kampflos gefangennehmen und zurückbringen, um ihn dann wegen Hochverrats exekutieren zu lassen. Die anderen kämpften bis zum letzten Atemzug. Und der letzte Stamboloff, Ivan, wurde erst in diesem Jahr gefunden. Aber selbst da wäre er beinahe auf einem Schiff entkommen. Er mußte den Hafen jedoch so schnell verlassen, daß er nicht genug Seeleute an Bord hatte, um mit dem aufkommenden Sturm fertigzuwerden. Sein Schiff ging im Schwarzen Meer unter. Sandors Männer waren nahe genug dahinter, um die Überlebenden aufzunehmen. Ivan war nicht unter ihnen.«

»Seid Ihr sicher, daß er der letzte war?«

»Die Stamboloffs waren nicht nur Feinde Eurer Familie. Ihr Attentat auf den König von Cardinia machte sie zu Feinden der Krone. Man bildete eine Einheit von zwanzig Männern, deren einzige Aufgabe es war, sie zur Strecke zu bringen. Diese Männer haben keine Fehler gemacht. Es mag zwanzig Jahre gedauert haben, aber sie waren gründlich.«

»Aber ein Kind, das mittlerweile zum Mann geworden ist, ein Kind, das man zehn oder fünfzehn Jahre lang nicht gesehen hat. Wer könnte ihn schon erkennen und mit Sicherheit sagen: ›Dies ist ein Stamboloff‹?«

Stefan grinste. »Ein exzellenter Einwand, kleine Tanya.« Er fuhr fort, ohne das Erröten wahrzunehmen, das diese vertrauliche Anrede bewirkte. »Aber die Stamboloffs waren eine jener seltenen Familien, deren Mitglieder alle gleich aussehen — zumindest die Männer taten das. Alle überlebenden Enkelsöhne hatten eine ziemlich dunkle Haut, waren blond und blauäugig, und sie alle besaßen eine auffällige Ähnlichkeit mit Janos und seinen Söhnen, als sie erwachsen waren. Und nicht nur einer, sondern fünf von Sandors Männern kannten die Stamboloffs persönlich. Wenn sie einen fanden, gab es niemals einen Zweifel, daß sie den richtigen Mann gefunden hatten.«

Tanya schüttelte langsam den Kopf, wie um das Gefühl zu leugnen, das in ihr aufwallte. »So viele Menschen mußten sterben, weil ein alter Mann nicht akzeptieren konnte, daß sein Sohn ein Mörder war. Yuri muß seinen wahren

Charakter gut vor den Menschen verborgen haben, die ihn liebten.«

»Das liegt in der menschlichen Natur.«

»Tut es das?« fragte sie im Flüsterton. »Ich kann das nicht beurteilen. Ich hatte niemals Menschen, die ich lieben konnte.«

Den Schleier, der sich über ihre Augen legte, konnte er nicht mißverstehen. Seine Hand wollte nach ihrer greifen, wurde aber sofort zurückgezogen, als die Kutsche anhielt. Sie bemerkte es nicht, weil sie zu beschäftigt damit war, sich energisch über die Augen zu wischen.

»Wo sind wir?«

»Bei einem Haus am Stadtrand, das mir gehört. Wir werden hier die Nacht verbringen, während alles für die letzte Etappe unserer Reise vorbereitet wird.«

Wieder bot er ihr seine Hand, aber diesmal, um ihr aus der Kutsche zu helfen.

»Euer eigenes Haus, hier, so weit von daheim entfernt?«

»Ich habe es nur gemietet, als wir im Frühjahr durch Danzig kamen.«

Sie warf ihm einen verblüfften Blick zu. »Und Ihr habt es all diese Monate behalten, nur um bei Eurer Rückkehr irgendwo eine Nacht verbringen zu können? Lieber Himmel, Stefan, irgend jemand sollte einmal ein ernstes Wort mit Euch reden über die Art, wie Ihr das Geld zum Fenster rauswerft.«

Er lachte, weil *sie* es ernst meinte. »Das Haus hat nur ganz wenig gekostet, Tanya.«

Sie blickte an dem zweistöckigen Gebäude empor und rief: »Es muß ein wahres Vermögen gekostet haben!«

»Außerdem wurde es für die Diener benötigt, die ich hier zurückgelassen habe.«

»Oh, natürlich, das ergibt einen Sinn«, erwiderte sie trocken, »insbesondere, da es nur ein paar Wochen dauert, um Cardinia von hier aus zu erreichen — aber Ihr wart jetzt, wie lange, sieben oder acht Monate fort?«

Jetzt sah er sie stirnrunzelnd an und nahm ihren Ellbogen, um sie zur Vordertür zu führen. »Die Unkosten waren nebensächlich«, sagte er kurz und bündig. »Und meine Diener haben es vorgezogen, hier auf mich zu warten. Ich sehe wirklich nicht …«

Die Tür wurde aufgerissen, und eine Rothaarige mit üppigen Kurven warf ihre Arme um Stefans Hals und heftete ihre Lippen auf seinen Mund. Stefan mochte es ›nicht sehen‹, aber Tanya sah ganz genau, warum dieser *Diener* es vorgezogen hatte, hier auf ihn zu warten.

Kapitel 36

Es hatte unbestreitbar auch einen Vorteil für sie, dazustehen und gezwungenermaßen zuzusehen, wie ihr Verlobter eine andere Frau küßte. Es lenkte Tanya vollkommen von der deprimierenden Geschichte ab, die sie gerade über ihre Familie gehört hatte. Und es ließ sie außerdem rotsehen, was keineswegs nur mit der Haarfarbe dieser Schlampe zusammenhing.

Zu Stefans Ehrenrettung war jedoch zu sagen, daß er den Kuß dieser Frau nicht gerade enthusiastisch erwiderte. Er schien ihn eher beenden zu wollen, aber dafür ließ er sich, für Tanyas Geschmack viel zuviel Zeit. Und sie zweifelte keinen Augenblick daran, daß nur ihre Gegenwart bei dieser herzergreifenden Wiedervereinigung ihn daran hinderte, den Kuß zu erwidern. Aber sie war da, und er wußte es. Was konnte er also anderes tun, als diesen halbherzigen Versuch zu machen, sich aus der Umklammerung der Rothaarigen zu lösen.

Als er dann endlich mit diesem erstaunlichen Kraftakt Erfolg hatte — die Frau klammerte sich wahrhaftig an ihn —, kam er in den Genuß einer überschwenglichen Erklärung ihres Verhaltens. »Es war wirklich zu schlimm von dir, Stefan. So lange wegzubleiben, daß ich dich einfach unglaublich vermissen mußte. Und wir haben uns solche Sorgen gemacht. Dein Vater hat einen Mann hergeschickt, der sich zweifellos innerhalb der nächsten Stunde auf den Weg machen wird, um ihm Neuigkeiten von dir zu überbringen. Dieser Angsthase hat sich hier als die reinste Landplage erwiesen. Aber ich nehme an, Sandor war ebenso beunruhigt über deine Verspätung wie wir anderen. Er wollte wahrscheinlich keinen Tag länger warten, als unbedingt nötig, um zu erfahren, daß du sicher zurückgekehrt bist.«

»Mein Vater lebt also noch?«

»Ich habe nichts Gegenteiliges gehört«, versicherte sie ihm mit einem strahlenden Lächeln.

Tanya versteifte sich, als die Frau abermals nach Stefan griff, offensichtlich mit der Absicht, ihm zu zeigen, wie entzückt sie darüber war, ihn endlich wiederzuhaben. Tanya verspürte einen außerordentlich starken Drang, nach dem Messer zu greifen, das jetzt an ihrem Oberschenkel festgeschnallt war, obwohl sie nicht genau wußte, was sie eigentlich damit tun wollte. Es war nur ein kleines Obstmesser, das sie auf dem Schiff beschlagnahmt hatte. Und sie hatte auch einen neuen Platz finden müssen, um es zu verbergen, nachdem Sascha sich ihrer Stiefel entledigt hatte. Aber es war eben sehr schwer, mit alten Gewohnheiten zu brechen. Selbst wenn immer einer oder mehrere der vier robusten, kampferprobten Männern in ihrer Nähe waren, um sie zu beschützen, zog sie es doch vor, sich auf sich selbst verlassen zu können.

Und gerade jetzt würde das Messer sehr hübsch am Hals der Rothaarigen aussehen, zusammen mit der eindringlichen Aufforderung, schleunigst zu verschwinden. Allerdings bekäme sie es dann wohl mit Stefan zu tun. Und sie konnte sich nicht vorstellen, daß er über eine solche unerwartete Zurschaustellung von Eifersucht besonders erfreut wäre. Und es war Eifersucht. Tanya konnte diesem Gefühl kaum einen anderen Namen geben, da der Anblick dieser Frau, wie sie Stefan küßte, sie fast verrückt machte, verrückt genug jedenfalls, um ihr die Augen auszukratzen.

Aber wie sollte sie Stefan das erklären? Er würde ihr das ebensowenig glauben wie ihre spöttische Bemerkung, sie sei vielleicht doch noch Jungfrau. Warum sollte er auch? Bei ihrer letzten Begegnung, bevor die *Karpathia* in See stach, hatte sie ihn unmißverständlich zurückgewiesen. Sie könnte es natürlich auch mit der Wahrheit versuchen. Das war das beste, was ihr im Augenblick einfiel. Sie könnte ihm erklären, daß sie sich schließlich mit ihrer bevorstehenden Hochzeit abgefunden und es sich jetzt in den Kopf gesetzt habe, daß er ihr gehöre. Und wenn sie ihn nun einmal bekäme, dann wolle sie ihn auch mit niemandem teilen.

Aber das konnte sie ihm natürlich nicht sagen, ohne sich damit selbst vollkommen zum Narren zu machen, weil *er* nicht dasselbe für *sie* empfand. Er hatte zugegeben, sie zu begehren, aber im gleichen Atemzug festgestellt, daß ihm dieses Gefühl verhaßt war. Und sein Verlangen nach ihr war eine so vorübergehende Erscheinung, daß es kaum der Rede wert war. Einmal — das war alles, was er von ihr wollte. Und wahrscheinlich war es nur der Reiz der Herausforderung, weil sie ihn zurückgewiesen hatte. Wirklich großartig.

Noch aufschlußreicher fand sie seinen Widerwillen dagegen, sie heiraten zu müssen. Und dieser Widerwille war von Anfang an sonnenklar gewesen. Wenn es nicht seine Pflicht wäre, würde er es niemals tun.

Vasili hatte ihr von Stefans Mätresse erzählt. Es wäre ihr nur nicht im Traum eingefallen, daß sie diese Frau jemals treffen mußte. Ebensowenig war es ihr in den Sinn gekommen, daß Stefan wahrscheinlich keinerlei Absicht hatte, seine Mätresse aufzugeben. Warum sollte er auch? Er war gezwungen, Tanya zu heiraten, aber hier stand nun eine Frau, der er seine Zuneigung freiwillig schenkte.

Es war ein Glück, daß Stefan die Frau davon abhielt, sich abermals an ihn zu hängen, weil Tanya beim besten Willen nicht sagen konnte, was sie getan hätte, wenn sie den beiden noch einmal zusehen mußte, wie sie sich küßten. Statt dessen legte er seinen Arm um ihre Taille und drehte sie zu Tanya um. Und in dem Augenblick, als grüne Augen auf blaue trafen, wußte Tanya, daß diese kleine Zurschaustellung von Zuneigung ihretwegen stattgefunden hatte. Stefans Mätresse mußte in ihr eine Bedrohung sehen. Was für ein Witz.

Aber jede Befriedigung, die diese Erkenntnis ihr vielleicht verschafft hätte, wurde von Stefans Gesichtsausdruck ruiniert. Er war so erfreut darüber, wieder mit seiner Mätresse vereint zu sein, daß er nicht einmal versuchte, es zu verbergen. Tanya kam nicht auf die Idee, seine unverhohlene Freude dem Umstand zuzuschreiben, daß sein Vater noch lebte.

»Prinzessin Tatiana, darf ich Euch Lady Alicia Huszar vorstellen? Alicia wollte Euch vor den anderen Mitgliedern des Hofes vorgestellt werden, weil sie gern zu Eurem persönlichen Gefolge gehören möchte, wenn Ihr erst Königin seid.«

Nur über meine Leiche, Missy. Nein, über ihre, korrigierte sich Tanya, aber sie würde lieber sterben, als ihre Gefühle so deutlich zu zeigen, wie diese beiden es gerade getan hatten. Stefan würde *nicht* erfahren, daß sie grün und gelb vor Eifersucht war. Daher wagte sie es nicht, auch nur ein einziges Wort zu sagen, sondern quittierte die Vorstellung nur mit einem Nicken.

Alicia sah sich zu einer oberflächlichen Verneigung gezwungen, jetzt, da Tanyas Identität geklärt war. Immerhin war Tanya eine königliche Prinzessin. Selbst diese kleine Geste war ihr gewiß ein Dorn im Auge, aber Tanya konnte nicht einmal bei dem Gedanken daran ein wenig Befriedigung empfinden.

»Es tut mir leid, Hoheit«, sagte Alicia, die jetzt eine Überraschung vortäuschte, die unmöglich echt sein konnte. »Ich habe Euch überhaupt nicht bemerkt.«

Lügnerin. Sie hatte aus einem der Fenster genau beobachtet, wie Stefan und Tanya aus der Kutsche gestiegen waren. Aber das sagte sie natürlich nicht, oder wenigstens nicht direkt, da sie sich selbst immer noch nicht über den Weg traute, irgend etwas zu der Rothaarigen zu sagen. Statt dessen warf sie Stefan einen Blick zu und hob eine ihrer schmalen Brauen — zur Bekräftigung eines Gesichtsausdrucks, in den sie so viel Skepsis legte, wie es ihr nur möglich war.

Er wenigstens verstand die Botschaft, jedenfalls nahm sie

das an, denn er zog seinen Arm von Alicia weg und warf ihr einen finsteren Blick zu. Vielleicht begriff er jetzt endlich, daß sie ihn nicht zur Begrüßung geküßt hatte, etwas, an das er zweifellos gewöhnt war, sondern daß sie es vor den Augen seiner Verlobten getan hatte.

Um Stefan Gerechtigkeit widerfahren zu lassen, mußte sie wohl einräumen, daß er diskret sein wollte, so lange wenigstens, bis ihre Hochzeit eine vollendete Tatsache war. Er hatte wahrscheinlich keinen Wert darauf gelegt, daß Tanya bezüglich seiner süßen Alicia irgendeinen Verdacht schöpfte. Aber glaubte er wirklich, sie würde seine Mätresse in ihrem Gefolge dulden? Wenn das nicht das Allerletzte war, seine *Mätresse!* Sollte das die Art sein, wie man in Cardinia solche Dinge regelte, dann würde Tanya lieber in Danzig bleiben.

Stefan für seinen Teil war genauso verlegen, wie Tanya wütend war. Er hatte Alicia hier zurückgelassen mit dem Versprechen, daß sie nicht von ihrem Platz verdrängt werden würde. Damals hatte er nicht die Absicht gehabt, sie aufzugeben wegen einer Frau, die er zu heiraten gezwungen war. Und obwohl er sie heiraten würde, sollte ihre Ehe nur auf dem Papier bestehen.

Aber er hatte nicht mit seiner Reaktion auf eine unansehnliche Tatiana gerechnet, nicht mit seiner Freude darüber, daß sie nicht so war, wie sie es erwartet hatten. Und er hatte auch nicht damit gerechnet, wie sehr es ihn erzürnte, daß sie eine Hure war. Eigentlich hätte er nur Befriedigung darüber empfinden sollen, daß er so etwas seinem Vater zurückbringen konnte, mit der spöttischen Bemerkung: »Hier ist die Prinzessin, an die du mich binden willst. Aber keiner von uns wird jemals wissen, ob ihre Nachkommen von königlichem Blut oder Bastarde sind.« Statt dessen empfand er wilde Freude darüber, daß sie ihm gehören würde, hatte sie vom ersten Augenblick an begehrt, und zu dem Zeitpunkt, als sich ihre wahre Schönheit offenbarte, war es bereits zu spät gewesen. Seine Gefühle hatten sich bereits selbständig gemacht und waren durch und durch an sie verloren.

Jetzt wußte er ganz genau, was er wollte, und es war qualvoller, als er je gedacht hätte, zu wissen, daß er es niemals bekommen würde. Sie neckte ihn ja sogar damit. Obwohl sie das wahrscheinlich nicht aus Grausamkeit tat, da sie seine Gefühle nicht kannte. Aber es hatte trotzdem weh getan, daß sie dieses Thema so frivol behandeln konnte. Sollte er ihr sagen, daß er nicht ohne sie leben konnte, daß er sie bis zum Wahnsinn liebte? Und dabei hatte er auf dem Schiff zum erstenmal, seitdem sie einander begegnet waren, ein wenig Frieden gefunden, indem er sich von ihr fernhielt. Denn jedesmal, wenn er in ihre Nähe kam, erwachten die leidenschaftlichsten Gefühle in ihm, entweder Zorn oder Begehren. Und er hatte keine Kontrolle über das, was sie ihn empfinden ließ. Zorn, Lust, Eifersucht, Liebe, alles ging Hand in Hand, wenn er an Tanya auch nur dachte.

Sie lieben? ›Wahnsinn‹ war ein treffendes Wort. O Gott, was für ein ausgemachter Narr er doch war!

Kapitel 37

Das Dinner an jenem Abend war eine schauderhafte Angelegenheit, bei der die widersprüchlichsten Gefühle bis zum äußersten auf die Probe gestellt wurden, wenigstens soweit es Stefan betraf. Er hatte bisher noch keine Gelegenheit gehabt, ein paar persönliche Worte mit Alicia zu wechseln. Außerdem war er sich auch gar nicht im klaren darüber, was er ihr eigentlich sagen wollte. Auf der einen Seite war sie die angenehmste Mätresse, die er je gehabt hatte, und er haßte den Gedanken, das aufzugeben. Auf der anderen Seite hatte er im Augenblick nicht das geringste Verlangen nach ihr.

Das würde sich zweifellos ändern, wenn er endlich aufhörte, sich Tanyas wegen zu quälen. Aber Alicia war nicht der Typ Frau, der sich einfach zurücklehnen und abwarten würde, während er Höllenqualen um eine andere litt. Es wäre nicht einmal fair von ihm, sie darum zu bitten. Es wäre allerdings auch nicht fair von ihm, sie beiseite zu schieben, obwohl er ihr versichert hatte, dies würde nicht geschehen. Diese Unentschlossenheit war nicht nur äußerst lästig, sondern paßte auch ganz und gar nicht zu ihm.

Dann stellte er zu seinem Mißvergnügen fest, wie er voller nervöser Unruhe auf und ab marschierte, während Alicia Tanya nach oben begleitete, um ihr deren Zimmer zu zeigen. Diese beiden so ganz allein zu wissen, erwies sich als unerhört beunruhigend. Die eine hatte die Angewohnheit, Messer zu schwingen, obwohl sie, Gott sei Dank, jetzt keine mehr trug, und die andere hatte die Angewohnheit, zu verteidigen, was sie für ihr Eigentum hielt. Und Alicia glaubte immer noch, er gehöre ihr. Nicht auszudenken, was da alles passieren konnte. Aber nichts passierte, oder wenigstens nichts, von dem ihm die eine oder andere etwas erzählte. Und dieser Umstand ärgerte ihn unglaublicherweise noch mehr als die Tatsache, daß er sich darüber Sorgen gemacht hatte.

Stefan hatte sich sogar in helle Wut hineingesteigert, als Sandors Mann nicht aufgetaucht war, um mit ihm zu sprechen, obwohl Alicia ihm versichert hatte, der Bursche würde in Windeseile erscheinen. Stefan hatte daraufhin ein Schreiben vorbereitet, das der Mann seinem Vater überbringen sollte. Aber er hatte wohl lediglich seine Ankunft zur Kenntnis genommen und war dann sofort nach Cardinia aufgebrochen, ohne auch nur nach der Prinzessin zu fragen, über die Sandor sicher gern mehr gehört hätte.

Und was sollte er Sandor über Tanya sagen? Die Wahrheit? Nur die halbe Wahrheit?

Sandor würde sich selbst die Schuld an Tanyas beklagenswerter Erziehung geben. Wie konnte er das Kind mit nur einer einzigen Begleitperson wegschicken, ohne die Möglichkeit in Betracht zu ziehen, daß diesem einzigen Beschützer etwas zustoßen konnte ... Nein, er konnte seinem Vater nicht die ganze Wahrheit sagen. Er würde sich schon genug darüber aufregen, daß Tanya nicht standesgemäß aufgewachsen war. Er brauchte nicht zu wissen, wie wenig standesgemäß ihre weitere Entwicklung verlaufen war. Aber Stefan hatte ihn noch nie zuvor belogen. Daß er jetzt damit anfangen mußte, und ausgerechnet wegen einer Frau, war unerträglich.

Offensichtlich war er heute in einer Stimmung, in der ihn schon die winzigste Kleinigkeit irritieren konnte. Aber nach all den Wochen auf See war es wahrscheinlich kein Wunder, daß er jetzt ein wenig Dampf ablassen mußte. Nein, es sah wohl doch eher so aus, als wäre Tanya dafür verantwortlich. Erst ihr seltsames Benehmen in der Kabine und dann wieder in der Kutsche. Man hatte ihm erzählt, daß sie nicht länger an ihrer eigenen Identität oder der ihrer Begleiter zweifelte, und er hatte durchaus erwartet, daß sie daraufhin ein wenig anders sein würde. Aber dieses ganze alberne Gerede? Und solche drastischen Stimmungsschwankungen? Nicht einmal, wenn sie es sich vorgenommen hätte, ihn in Rage zu bringen, hätte sie einen größeren Erfolg erzielen können. Der Versuch herauszufinden, was sie im Schilde führte — und er zweifelte nicht im geringsten daran, daß sie irgend etwas im Schilde führte —, war unglaublich frustrierend.

Und was, zum Teufel, dachte Vasili sich dabei, sich über Alicia herzumachen, als wäre sie seine Mätresse und nicht Stefans? Tat er das Tanya zuliebe? Seit wann wollte Vasili Tanyas Gefühle schonen? Und Alicia ging auch nur halbherzig auf Vasilis gekonnte Vorstellung ein. Aber Tanya war nicht dumm; sie hatte diesen Kuß miterlebt, und es war ihr ganz egal gewesen, und das war bisher überhaupt das Ärgerlichste an diesem Tag. Sie scherte sich keinen Deut darum, daß sie mit seiner Mätresse am selben Tisch saß. Keine andere Frau hätte sich das gefallen lassen, doch seine zukünftige Braut nahm keinen Anstoß daran.

Er beobachtete sie, wie sie zwischen Lazar und Serge saß, mit ihnen sprach und gelegentlich lachte. So hatte er sie noch nie zuvor gesehen, gelöst, zufrieden mit Gott und der Welt — und absolut nicht wütend. Hatte er sich länger als notwendig von ihr ferngehalten? Nein, er konnte immer noch nicht in ihrer Nähe sein, ohne sie zu begehren. Es war nicht mehr, als sie ihm selbst erzählt hatte — sie mochte Lazar und Serge jetzt beide gut leiden, das bedeutete aber keinesfalls, daß sich ihre Gefühle für *ihn* irgendwie geändert hatten, und trotz ihrer Redseligkeit am Morgen hatte sie den ganzen Abend über noch kein einziges Wort an ihn gerichtet. Tatsächlich sprach sie mit jedem außer mit ihm. Dafür sah sie jedoch nur allzuoft in seine Richtung und lächelte. Und er biß jedesmal die Zähne zusammen und fragte sich, warum.

Stefan wußte es nicht, aber das Glühen in seinen Augen hatte den Siedepunkt erreicht. Tanya wußte es, und das war der einzige Grund, warum sie sich so benehmen konnte, als hätte sie nicht eine einzige Sorge auf der Welt, obwohl sie sich in Wirklichkeit nichts sehnlicher wünschte, als jeden einzelnen Teller auf dem Tisch auf Stefans Kopf zu zerbrechen. Und sie fand, daß ihr diese Täuschung ziemlich gut gelang, viel besser als Alicia, die ihr mit Gehässigkeit in den Augen ihre Freundschaft angeboten hatte.

Sie konnte noch immer nicht fassen, wie niederträchtig diese Frau am Nachmittag gewesen war. Kaum hatten sie das Schlafzimmer betreten, in dem Tanya die Nacht verbringen sollte, als die Rothaarige auch schon gefragt hatte: »Hat Stefan Euch schon gesagt, daß Eure Ehe nur auf dem Papier bestehen wird?«

»Nein, ich nehme an, er hat vergessen, das zu erwähnen.«

»Ach, armes Mädchen.« Alicia ließ Mitleid durchscheinen. »Wie müßt Ihr Euch gefürchtet haben vor ... Nun ja, ich bin froh, daß ich Euch wenigstens in dieser Hinsicht entlasten kann. Und Ihr braucht mir auch nicht zu danken. Ich weiß, wie enttäuscht Ihr gewesen sein müßt, als er auftauchte, um Euch für sich zu beanspruchen. Diese Narben ... Man braucht eine Weile, um sich daran zu gewöhnen.«

»Welche Narben?« fragte Tanya und fand es ungeheuer vergnüglich zu sehen, wie Alicia sowohl den Faden als auch ihr falsches Lächeln verlor.

»Das ist nicht komisch, Prinzessin.«

»Das sollte es auch gar nicht sein.«

»Wollt Ihr damit sagen, daß Euch seine Narben nicht *stören?*«

Tanya wandte sich ab und ging zum Fenster, um hinauszustarren. Sie sagte kein Wort. Hinter ihr hörte sie Alicias verächtliches Schnauben.

»Das habe ich mir doch gedacht«, höhnte die Rothaarige und schaltete dann schnell wieder auf ihren Laßt-uns-gute-Freunde-sein-Ton um. »Ich wollte Euch nur sagen, daß Ihr Euch keine Sorgen darüber machen müßt, er könne bei Euch plötzlich den Ehemann spielen wollen. Nicht solange ich in der Nähe bin. Und Ihr braucht auch keine Angst zu haben, daß Ihr Euch einsam fühlen könntet. Stefan wird es egal sein, wie viele Liebhaber Ihr nehmt, solange Ihr keinen Skandal daraus macht. Und ich bin durchaus in der Lage, Euch in dieser Hinsicht zu helfen.«

»Ihr wißt alles über Diskretion, nicht wahr?«

»Gewiß.«

Tanya überlegte kurz, daß sie Alicia wohl dankbar für ihre Beteuerungen gewesen wäre, falls sie wirklich Angst vor ihrer bevorstehenden Hochzeit gehabt hätte. Sie wußte jedoch verdammt gut, daß diese Beteuerungen nichts mit Hilfsbereitschaft zu tun hatten, im Gegenteil. Wenn sie sich in Stefan verliebt hätte, wären ihre Erwartungen jetzt vermutlich auf den Nullpunkt gesunken. Wäre sie dagegen nur unentschlossen gewesen, hätte ihr dies als Warnung dienen können, das Ganze zu vergessen, da er bereits vergeben war. Und wenn sie darüber nachdachte, wie wütend schon ihre angeblichen Liebhaber aus der Vergangenheit Stefan gemacht hatten, konnte sie sich nur allzugut vorstellen, daß es ihm *durchaus* etwas ausmachen würde, wenn sie sich neue nähme. Sie hatte das Gefühl, daß Alicia schon den Boden bereitete, auf dem sie Tanya später einmal höllischen Ärger machen würde. Tanya drehte sich wieder zu Alicia um, aber da sie mit dem Rükken zum Fenster stand, blieb der Zorn, der in ihren Augen funkelte, der anderen Frau verborgen. Ihr Ton war jedoch unmißverständlich frostig. »Ich weiß selbst ein wenig über Diskretion, und daher werde ich auch in diesem Augenblick diskret sein und Euch nicht erzählen, was ich von Eurer Art von Hilfe halte.«

Alicias Augen wurden schmal, ein Zeichen dafür, daß sie ihre Maske fallenließ. »Ihr würdet gut daran tun, Euch mit mir zu arrangieren, Prinzessin. Ein Wort zu Stefan, und ich habe Euch so weit, daß Ihr mich um Entschuldigung bittet.«

»Ist das so? Ihr glaubt, Ihr hättet soviel Einfluß auf den König?«

»Ich weiß es«, sagte sie mit voller Überzeugung.

»Zufälligerweise hat der König *überhaupt* keinen Einfluß auf *mich* — noch nicht. Also rechnet nicht allzu fest damit, daß ich mich für irgend etwas bei Euch entschuldige. Und ich verstecke mich auch nicht hinter ihm, wie Ihr es tut. Ich schlage meine Schlachten selbst. Und *Ihr* würdet gut daran tun, das nicht zu vergessen.«

Alicia warf nur hochmütig den Kopf in den Nacken und rauschte sichtlich beleidigt aus dem Zimmer. Tanya drehte sich wieder zum Fenster um und zählte bis 50, dann bis 100 und anschließend von da an rückwärts. Als sie endlich wieder ruhig genug war, um ihre geballten Fäuste zu lösen und vernünftig nachzudenken, beschloß sie, diese Frau doch nicht umzubringen. Sie würde Stefan den Zweifel zugute halten. Vielleicht hatte er Alicia aufgetragen, auf ihn zu warten, weil er nicht glaubte, Tanya überhaupt finden zu können. Oder vielleicht hatte er ursprünglich beabsichtigt, seine Mätresse in Reichweite zu halten, denn was Tanya nicht wußte, konnte sie schließlich nicht verletzen. Na schön, jetzt wußte sie es, und er war intelligent genug, um sich darüber im klaren zu sein, daß sie es wußte. Der Kuß, den er zu seiner Begrüßung erhalten hatte, ließ schließlich keinen Zweifel übrig. Daher beschloß sie, ihm den Rest des Nachmittags zu geben, um die Frau loszuwerden.

Nur hatte er das leider nicht getan. Als sie in den Speisesaal gekommen war, fand sie Alicia dort bereits vor, und nicht einmal in einer akzeptablen Entfernung von Stefan, sondern direkt neben ihm.

Die Rothaarige hatte sich so prächtig herausgeputzt, daß sie beinahe hübsch aussah. Und sie hatte gerade über irgendeine Bemerkung von Vasili gelacht, der auf ihrer anderen Seite saß. Als sie jedoch Tanya bemerkte, verzogen sich ihre Lippen zu einem selbstgefälligen kleinen Lächeln. Tanya hatte Stefan seine Chance gegeben, und er hatte sie verspielt, wie um zu beweisen, daß er sich nicht darum kümmerte, was sie dachte oder wie sie reagieren könnte. Darum würde sie überhaupt nicht reagieren. Das war schließlich unter den gegebenen Umständen die einzige Möglichkeit, wie sie ihren Stolz retten konnte. Und der Himmel war ihr Zeuge, es war das Schwerste, was sie je hatte tun müssen. Sie schäumte vor Wut und durfte nicht das kleinste bißchen davon zeigen. Aber ihre Vorstellung wurde leichter, als sie zu guter Letzt bemerkte, daß das Ausbleiben ihrer Reaktion Stefan aus irgendeinem Grunde so sehr erzürnte, daß seine Augen wie goldenes Feuer glühten.

Kapitel 38

Stefan hatte sich gegen Ende des Dinners ein wenig beruhigt. Dieses Verdienst kam der ungeheuren Menge Wein zu, die er zusammen mit nur sehr wenig von dem ausgezeichneten Essen in sich hineingeschüttet hatte. Es war ihm schließlich in den Sinn gekommen, daß die Amerikaner vielleicht ganz anders mit gewissen Situationen umgingen, und genau diese Möglichkeit war es, die einen großen Teil seines Zorns verrauchen ließ. Tanya mochte regelmäßig mit ihm die Geduld verlieren und sogar mit seinen Freunden, aber er konnte sich nicht daran erinnern, daß sie sich jemals in Gegenwart von Fremden hatte gehen lassen. Und Alicia war eine Fremde für sie.

Und dann hielten sich Frauen an gewisse Spielregeln,

wenn sie zusammen waren. Zwei Frauen konnten auf den Tod verfeindet sein und einander an die Gurgel gehen, wenn sie allein waren, aber in der Öffentlichkeit würden sie sich als die besten Freundinnen zeigen.

Als er einmal angefangen hatte, fielen ihm immer mehr Entschuldigungen für Tanyas scheinbare Gleichgültigkeit in dieser Situation ein. Vielleicht hatte Alicias Weltgewandtheit und Eleganz sie eingeschüchtert. Tanyas Erziehung hatte wenig Raum für das gesellschaftliche Protokoll gelassen. Sie hatte sich nicht einmal zum Dinner umgezogen, sondern trug noch immer dieselben Kleider wie bei ihrer Ankunft, während Alicia sich in großem Stil zurechtgemacht hatte. Ihr weißes Seidengewand war neu, und ihre Juwelen waren mehr als reichlich. Und Alicia setzte sich raffiniert in Szene.

Er hatte sie das schon früher tun sehen, und es hatte ihn nie gestört, auch nicht die Art, wie sie vor anderen Frauen ihre Juwelen befingerte, als seien es Trophäen, auf die sie alle Welt aufmerksam machen wollte. Diese Trophäen bestanden aus drei langen Perlenschnüren um ihren Nacken, Diamanten in ihren Ohren, und nicht nur einem, sondern vier Ringen an ihren Fingern. Ringe, von denen jeder einzelne ein kleines Vermögen wert war. Und sie ließ keine Gelegenheit verstreichen, vor Tanya damit zu protzen.

Heute abend jedoch ärgerte ihn diese Gewohnheit Alicias. Nicht so sehr ihre typische Angeberei, sondern die Tatsache, daß seine Mätresse Juwelen besaß, die er ihr geschenkt hatte, während seine zukünftige Braut nicht einmal ein wenig Tand ihr eigen nennen konnte. Wieviel mehr mußte Tanya sich da erst ärgern, obwohl sie es sorgfältig vermied, ihren Neid offen zu zeigen.

Aber das war wenigstens eine Sache, die er richtigstellen konnte, und zwar noch bevor er die Stadt verließ — heute abend, um genau zu sein, da sie morgen bereits in aller Frühe aufbrechen würden. Es kümmerte ihn nicht im geringsten, wenn er zu diesem Zweck einen Juwelier aus dem Bett zerren mußte. Er würde es jedenfalls nicht zulassen, daß seine Braut bei ihrer Ankunft in Cardinia schäbiger aussah als selbst das niedrigste Mitglied bei Hofe.

Als Stefan sich mit Serge und einigen Flaschen Wodka, die sie warmhalten sollten, auf den Weg machte, kam es ihm überhaupt nicht in den Sinn, daß er etwas Wesentliches hinauszögerte. Er vermied es eindeutig, Alicia betreffend einen Entschluß zu fassen, ebenso wie er es vermied, mit ihr allein zu sein. Als es ihm dann schließlich doch in den Sinn kam, erfüllte ihn sein eigenes Verhalten mit Abscheu. Bei seiner Rückkehr sahen die Dinge dann wieder ganz anders aus. Ein kleines juwelenbesetztes Kästchen lag neben ihm in der Kutsche, und er hatte Zeit genug gehabt, sich einen neuen Grund zurechtzulegen, um die Konfrontation mit Alicia noch ein wenig hinauszuschieben — und dieser neue Grund war logischer als der ganze Rest. Er war jetzt einfach zu betrunken, um heute nacht noch eine Entscheidung fällen zu können, so oder so.

Außerdem hatte er überlegt, daß er wirklich bis zum nächsten Morgen warten sollte, um zuerst mit Tanya zu sprechen, und zwar allein. Wenn sie ihm wegen Alicia die Hölle heiß machte, würde er seine Mätresse leichten Herzens wegschicken. Falls sie jedoch kein Wort darüber verlor, würde er wissen, daß die Entschuldigungen, die er sich zurechtgelegt hatte, nur in seiner Fantasie existierten. Wenn sie nichts sagte, war es ihr wirklich vollkommen gleichgültig, was er tat.

Mit diesem festen Vorsatz wollte er schlafen gehen, aber er hatte nicht mit seiner Mätresse gerechnet, die fest entschlossen war, ihre alten Ansprüche auch weiter geltend zu machen. Als er in das Schlafzimmer, das Sascha für ihn vorbereitet hatte, hineinstolperte, erlebte er eine Überraschung. Er hatte sich dieses Zimmer herrichten lassen, um nicht wie vor seiner Abreise nach Amerika ein Zimmer mit Alicia teilen zu müssen. Und nun fand er sie doch tatsächlich auch in diesem neuen Zimmer. Sie lag zusammengerollt im Bett und wartete auf ihn.

»Es war gar nicht nötig, das Zimmer zu wechseln, Stefan, nur um den Schein zu wahren«, tadelte sie ihn sanft. »Deiner kleinen Prinzessin ist es ganz egal, wo du schläfst.«

Das war ganz sicher nicht die klügste Bemerkung, die sie im Augenblick machen konnte. Sie begriff es, als er das Juwelenkästchen, das er in der Hand gehalten hatte, auf den Tisch stellte und sie mit glühenden Augen ansah. Sie begriff ebenso, daß er nicht mehr ausgesprochen nüchtern war. Das wenigstens konnte für sie von Nutzen sein. Aber selbst daran zweifelte sie, als sie den eiskalten Ton in seiner Stimme vernahm.

»Ich erinnere mich nicht daran, dich hierher eingeladen zu haben, Alicia.«

Sie versuchte, diese Bemerkung mit einem Lachen abzutun. »Das hast du gar nicht nötig, Liebling. Ich habe in den letzten beiden Jahren dein Schlafzimmer geteilt. Seit wann brauche ich eine Einladung?«

Sie hatte natürlich recht. Außerdem zwang sie ihn dazu, seiner Entscheidung über sie augenblicklich und ohne weitere Vorbereitung entgegenzutreten — dabei konnte er schon gar nicht mehr klar denken. Aber in Wirklichkeit brauchte er gar keine Entscheidung mehr zu fällen, oder? Er begehrte Tanya nicht nur, es war schon viel mehr als das, viel mehr an Gefühlen, die Tanya in ihm geweckt hatte. Was Alicia betraf, hatte er nur noch den einen Wunsch, sie nicht zu verletzen, denn nach der Vertrautheit der beiden gemeinsam verbrachten Jahre empfand er auch für sie eine gewisse Zuneigung. »Alicia …«

»Komm, Stefan, laß mich dich ins Bett bringen«, unterbrach sie ihn schnell, bevor er sie tatsächlich wegschicken konnte. »Ich sehe, daß du heute abend ein wenig zuviel getrunken hast. Daher wirst du mich wahrscheinlich nicht brauchen, aber du mußt mir erlauben, es dir wenigstens etwas bequem zu machen.«

Er ging zum Bett hinüber, und sofort schob sie die Dekken für ihn zur Seite, wobei sie ihm gleichzeitig enthüllte, daß sie darunter nackt war. Was ihm an Alicia immer besonders gut gefallen hatte, war ihr Körper, und sie wußte es. Sie wußte auch, daß er, wie die meisten Männer in diesem Zustand, amouröse Gefühle entwickelte, daß er sie lieben wollte, ob sein Körper nun mitspielte oder nicht. Es hatte ihr nie besonders behagt, ihn nach solchen Exzessen zu versorgen, aber diese Nacht war eindeutig eine Ausnahme: Ihre Zukunft stand auf dem Spiel.

Sie war nicht dumm. Sie *wußte,* daß sich die Dinge für ihn geändert hatten. Ein Blick auf diese verdammte Prinzessin war alles, was sie brauchte, um zu begreifen, daß Stefan nicht das geringste dagegen haben würde, das Miststück zu heiraten oder in seinem Bett willkommen zu heißen. Aber ein so schönes Geschöpf würde ihn dagegen auf keinen Fall haben wollen. Wußte er das denn nicht?

Falls er es tatsächlich nicht wußte, mußte Alicia dafür sorgen, daß er es erfuhr. Endlich war sie die Mätresse eines Königs. Zwei Jahre lang hatte sie sich mit Stefan abgefunden und geduldig darauf gewartet, daß Sandor starb oder zugunsten seines Sohnes von seinem Amt zurücktrat, und es war ihr vollkommen gleichgültig gewesen, was von beidem passierte. Jetzt, da eine der Alternativen endlich eingetreten war, hatte sie nicht die Absicht, ihre Position zu verlieren, nur weil Stefan heiraten mußte.

Als er einfach nur dastand und auf sie hinuntersah, ohne die geringste Absicht zu zeigen, sich neben sie zu setzen, brach sie in Panik aus. Gab es denn nichts, was sie sagen oder tun konnte, das jetzt noch etwas ändern würde? Wenn er sich wirklich in diese Frau verliebt hatte ...

Bei diesem gräßlichen Gedanken schnellte sie in die Höhe. Jetzt kniete sie vor ihm. »Dummer Kerl«, sagte sie schmollend, während sie die Hände ausstreckte, um ihm den Mantel auszuziehen. »Du hättest dir wirklich keinen ungünstigeren Zeitpunkt für diese Trinkerei aussuchen können. Du willst mich vielleicht heute nacht nicht, aber nachdem wir so lange voneinander getrennt waren, kann ich dasselbe nicht für mich behaupten. Ich nehme allerdings an, daß ich wohl warten kann, wenn ich muß. Und ich kann dir auch wirklich keine Vorwürfe machen, nachdem ich gesehen habe, wie sich diese Frau dir gegenüber benimmt. Sie würde wohl jeden dazu treiben, sich zu betrinken.«

Stefan machte sich nicht die Mühe, sie hinsichtlich seines Zustandes zu korrigieren. Er war nicht einmal annähernd so betrunken, daß er sich nicht die ganze Nacht in diesem Bett über sie hätte legen und sie lieben können. Und nach seiner eigenen lächerlich langen Abstinenz würde es zweifellos die ganze Nacht dauern, bevor er endlich befriedigt wäre. Aber da es das falsche Bett und die falsche Frau waren, sagte er nichts. Ihre Bemerkung über Tanya konnte er jedoch nicht einfach übergehen.

»Welches Benehmen meinst du?«

»Na, die Art, wie sie dich während des Dinners vollkommen ignoriert hat. Und sie kümmerte sich ja nicht einmal darum, daß du zusehen konntest, wie freundschaftlich ihr Verhältnis zu Lazar geworden ist.«

Die Andeutung schnitt ihm mit der Schärfe einer Rasierklinge ins Fleisch. Der einzige Grund, warum er nicht blutete, lag darin, daß er wußte, wem Lazars Loyalität galt. Aber der Schmerz über Tanyas ›Freundschaften‹ mit anderen Männern war immer noch da, und er war Alicia für die Erinnerung daran ganz gewiß nicht dankbar.

Gepreßt sagte er: »Ich glaube, daß man ihr Benehmen heute abend durchaus der Tatsache zuschreiben kann, daß sie Zeugin dieser gedankenlosen Zurschaustellung von Zuneigung geworden ist, mit der du mich bei unserer Ankunft begrüßt hast. Du hättest es wirklich besser wissen sollen, als so deutlich klarzumachen, wer *du* warst!«

Die Wut machte ihn wieder nüchtern, aber es war das Wort ›warst‹, das ihre Panik noch verschlimmerte. »Aber ich habe nicht einmal bemerkt, daß sie bei dir war«, beharrte sie, in der Hoffnung, ihn zu beschwichtigen und sich selbst gleichzeitig zu entlasten. »Und ich war so glücklich, dich zu sehen, daß ich mir einfach nicht helfen konnte. Ich weiß, daß ich unvorsichtig war, und es wird nicht wieder vorkommen. Aber ihr hat es wirklich nichts ausgemacht, Stefan. Ich weiß, daß es so ist.«

»Woher weißt du das?«

Alicia senkte den Blick, um so zu tun, als falle es ihr schwer weiterzusprechen. Es gelang ihr sogar, ihm sein Hemd auszuziehen, während er auf ihre Antwort wartete. Seine Spannung war so groß, daß er gar nicht wahrnahm, was sie tat.

Schließlich wiederholte er die Frage, und das nicht gerade geduldig. »*Woher* weißt du das?«

Sie weigerte sich immer noch, ihn anzusehen, sondern öffnete geschickt den Verschluß seiner Hose. »Es tut mir leid, Stefan, aber ich habe mich heute nachmittag lang und breit mit ihr unterhalten.«

Mehr sagte sie nicht, sondern zwang ihn regelrecht dazu, ihr dieses Geständnis zu entreißen. »Und?«

»Sie sagte, es sei eine große Erleichterung für sie, zu wissen, daß du eine Mätresse hast, die dich davon abhält, sie in dieser Hinsicht zu belästigen.«

Er trat einen Schritt zurück, während sich seine Wut um das Zehnfache vermehrte. »Zum Teufel mit ihr, das hat sie tatsächlich zu dir gesagt?«

»Das und noch mehr«, sagte Alicia und setzte sich wieder auf ihre Fersen. Sie wünschte nur, sie hätte ihm wenigstens noch die Hose ausziehen können, bevor er anfing, im Zimmer auf und ab zu gehen. Sie liebte Stefan zwar nicht, aber er *war* nun mal ein fabelhafter Liebhaber. Das — wenn auch nichts anderes — hatte sie in seiner Abwesenheit vermißt.

Jetzt wirbelte er zu ihr herum. »Was noch?«

»Stefan, du willst das bestimmt nicht hören.« Als er ihr daraufhin nur einen finsteren Blick zuwarf, war ihr klar, daß sie jetzt genug um den heißen Brei herumgeredet hatte. »Nun ja, sie hat zugegeben, daß sie es nicht ertragen kann, deine ... Das heißt, sie hat eine Abneigung gegen ...«

Sie sprach nicht weiter, sondern blickte nur vielsagend auf seine linke Wange. Die Narben dort zuckten, dann verschwanden sie plötzlich, so sehr verdunkelte der Zorn sein Gesicht. Alicia starrte ihn fasziniert an. Himmel, er war wirklich ein gutaussehender Mann, wenn man seine Narben nicht bemerkte. Es war wirklich zu schade, daß sie selbst eine solche Abneigung dagegen verspürte. Natürlich hätte sie diesen Mann ohne seine Narben niemals für sich gewonnen, und das wußte sie auch. Daher war sie klug genug, um ihre Abneigung für sich zu behalten.

Jetzt, wo der Schaden einmal angerichtet war, fühlte sich Alicia sicher genug, die Prinzessin zu kritisieren. »Sie ist einfach eitel, Stefan. Was kann man von so einer Frau schon erwarten. Sie weiß, wie schön sie ist, und weiß, daß sie jeden Mann haben könnte, den sie nur will ...«

»Genug!«

Stefan konnte nicht fassen, wie sehr ihn diese Worte schmerzten. Es war genau so, wie er befürchtet hatte. Tanya war nicht in der Lage, seine Entstellung zu übersehen. Er hätte wissen sollen, daß sie log, als sie behauptete, seine Narben wegen seiner Augen kaum bemerkt zu haben. Aber die Beharrlichkeit, mit der sie ihn zurückwies, war der Beweis dafür. Und ihre gelegentliche Erwiderung seiner Küsse war genau das, was er zuerst vermutet hatte – sie war eine Hure, im Herzen genauso wie in der Wirklichkeit, aber eitel? Nein, das war wohl nur eine Spekulation von Alicia. Er hatte nie jemanden gekannt, der weniger eitel oder eingebildet war als Tanya. Aber das war auch das einzige, was er ihr im Augenblick zugute halten konnte.

Er hatte nicht bemerkt, daß Alicia näher gekommen war, sondern spürte zuerst nur ihre kühlen Brüste, die sich an seinen nackten Oberkörper preßten, kurz bevor sie ihre Arme um ihn schlang. »Ich werde dir helfen, sie für eine Weile zu vergessen, Stefan«, schnurrte sie. »Ich weiß, daß ich es kann.«

Er wußte es auch, außerdem brauchte er eine Frau, brauchte so dringend eine, daß es weh tat. Und diese hier war mit allen Talenten einer geborenen Hure ausgestattet und wußte genau, wie sie einem Mann zu seinem Vergnügen verhelfen konnte.

Kapitel 39

Tanya schlief in dieser Nacht überhaupt nicht gut. Nach so vielen Wochen auf See vermißte sie das Schaukeln des Schiffes, aber das war nicht der einzige Grund. Sie hatte den ganzen Abend über vor Wut gekocht und bisher einfach nicht die Gelegenheit gehabt, ihrem Zorn ein wenig Luft zu machen. Also war es kein Wunder, daß sie beim leisesten Geräusch aufwachte, und es war kein Wunder, daß sie wieder einmal hellwach war, als jemand die Klinke ihrer Tür herunterdrückte.

Unglücklicherweise erkannte sie nicht sofort, was dieses Geräusch zu bedeuten hatte. Und das Feuer, das früher am Abend im Kamin gelodert hatte, um das Zimmer zu wärmen, war bis auf die Asche heruntergebrannt und spendete jetzt kein Licht mehr. Um sie herum herrschte völlige Dunkelheit, daher konnte sie auch nicht sehen, wie die Tür sich langsam öffnete. Nicht einmal die gut geölten Angeln warnten sie mit einem leisen Quietschen vor dem Kommenden.

Nachdem sie ein paar Sekunden gelauscht hatte, ohne etwas zu hören, legte sie sich wieder hin und versuchte zum soundsovielten Male wieder einzuschlafen. Aber dann hörte sie doch noch ein Quietschen, ein absolut unverkennbares Quietschen. Es war eine der Dielen, und zwar höllisch nahe an ihrem Bett.

Sie riß erneut die Augen auf. Die anderen Geräusche, die sie geweckt hatten, waren harmlos gewesen, aber diesmal hatte sie Angst. Sie griff nach dem Messer, das unter ihrem Kissen lag, eine Angewohnheit aus ihren Tagen in der Taverne, die sie glücklicherweise beibehalten hatte, selbst auf dem Schiff. Aber kaum hatten ihre Finger die Klinge ertastet, da wurde ihr das Kissen unter dem Kopf weggerissen, um gleich darauf mitten auf ihrem Gesicht zu landen.

Einen entsetzlichen Augenblick lang glaubte Tanya, daß jemand sie mit voller Absicht ersticken wollte. Sie brauchte nicht lange, um zu begreifen, daß ihr erster Eindruck korrekt war. Irgend jemand wollte nicht, daß sie weiteratmete, und preßte das Kissen so fest auf ihr Gesicht, daß sie auch gar nicht atmen *konnte.*

Es war der Schock darüber, daß jemand tatsächlich versuchte, sie zu töten, der sie fast eine volle Minute lang lähmte, obwohl in ihrer Hand ein Messer lag. Und erst der Schmerz in ihrer Brust setzte sie schließlich in Bewegung. Sie konnte sich kaum rühren, da ihr Körper unter dicken Bettdecken gefangen war. Die Hand mit dem Messer war unter dem Kissen eingezwängt, dort wo es auf ihr Gesicht gedrückt wurde.

Ihre freie Hand fand nur einen Arm, der sich nicht von der Stelle rührte, als sie daran zog. Wem auch immer dieser Arm gehörte – er stemmte sein ganzes Gewicht auf die Kissen. Also zog sie jetzt am Kissen, aber wieder ohne Erfolg. Ihre letzte Hoffnung war das Messer. Sie mußte es mit ihrer freien Hand zu fassen bekommen, und Gott sei Dank ragte die Klinge ein wenig aus dem Kissen heraus. Aber ihre andere Hand hielt es noch immer fest umklammert, und sie konnte nicht einmal die Finger öffnen, um es loszulassen, weil diese Hand direkt unter der fremden Hand lag, die das Kissen herunterdrückte. Sie zerrte an der Klinge, drehte sie herum, wackelte daran, aber ihre eingeklemmte Hand hielt den Griff des Messers einfach zu fest. Außerdem lief auch ihre Zeit langsam ab. Ein erster Anflug von Schwäche fuhr ihr durch die Glieder, als der Schmerz in ihrer Brust unerträglich wurde.

Jetzt blieb ihr nichts anderes übrig, als etwas zu tun, das sie unter keinen anderen Umständen getan hätte. Irgendwie bewegte sie diese Klinge, hoch und runter, zu dem Arm hin, der das Kissen darüber festhielt. Wahrscheinlich brach sie sich bei diesem Versuch die Finger, aber das spürte sie nicht, denn dazu waren die Schmerzen in ihrem ganzen Körper mittlerweile zu groß. Außerdem war sie bereits einer Ohnmacht nahe, als das Kissen endlich auf einer Seite ihres Gesichtes nachgab. Dabei schoß genug Luft in ihre Lungen, um sie doch noch bei Bewußtsein zu halten. Und jetzt war auch ihre andere

Hand frei, in der irgendwie noch immer das Messer lag. Sie unternahm einen schwachen Versuch, ihren Angreifer damit zu erwischen. Der Hieb ging ins Leere, aber sie war in der Lage, sich noch einen Atemzug zu stehlen, bevor er versuchte, das Kissen erneut herunterzudrücken. Nur versuchte er es gar nicht. Er wußte, daß sie einen scharfen Gegenstand besaß, mit dem sie ihn gestochen hatte. Und er hatte sich in Sicherheit gebracht.

Als sie begriff, daß ihr Angreifer das Kissen jetzt völlig losgelassen hatte, versuchte Tanya nicht einmal, es von ihrem Gesicht zu schieben, sondern rollte einfach aus dem Bett, bevor sie darin erstochen oder erschossen werden konnte, nachdem die einfachere Methode gescheitert war. Jeder Atemzug tat ihr weh, und sie keuchte noch immer, als sie mit dem ganzen Durcheinander ihrer Decken auf dem Fußboden landete. Sie war kaum in der Verfassung zu kämpfen, falls das notwendig sein sollte.

Nie zuvor in ihrem Leben hatte sie geschrien, es sei denn vielleicht in der jüngsten Zeit, und dann vor Zorn. Aber sie entschied jetzt ohne zu zögern, daß dies ein guter Zeitpunkt wäre, um damit anzufangen, einfach weil sie keine Ahnung hatte, was ihr Angreifer im Augenblick tat. Sie konnte ihn nicht sehen und war immer noch zu Tode erschrocken. Außerdem wollte sie verhindern, daß dieser Hurensohn einfach so davonkam. Und sie war selbst noch nicht soweit, um hinter ihm herjagen zu können. Es stellte sich jedoch heraus, daß es gar nicht so einfach war zu schreien, nachdem sie um ein Haar erstickt worden wäre. Nach drei Versuchen kam endlich ein Geräusch aus ihrer Kehle, das laut genug war, um ihr von Nutzen sein zu können.

In weniger als einer Minute wurde ihre Tür aufgerissen, und es war nicht der Angreifer, der aus dem Zimmer floh, sondern der ersehnte Beistand. Stefan stürmte als erster durch die Tür, direkt gefolgt von Serge, der eine Lampe trug. Sie blieben wie angewurzelt stehen, als sie nur ihren Kopf sahen, der hinter der anderen Seite des Bettes hervorlugte. Aber Tanya ignorierte sie für den Augenblick und nutzte das Licht, um das Zimmer abzusuchen. Sie sah sogar unter dem Bett nach, aber es war niemand da.

»Fangt Ihr immer an zu schreien, wenn Ihr aus dem Bett fallt?«

Die Stimme klang so angewidert, daß Tanya sich versteifte. War es das, was Stefan dachte, daß sie lediglich aus dem Bett gerollt war? »Nein, ich hebe mir meine Schreie für Mordversuche auf«, sagte sie sarkastisch. Dann richtete sie ihre Aufmerksamkeit auf Serge, der die Lampe hingestellt hatte und jetzt eine andere anzündete. »Wenn Ihr Euch beeilt, könnt Ihr denjenigen, der versucht hat, mich zu töten, vielleicht noch finden, bevor er das Haus verläßt.«

Der Anblick einer Tanya, die ganz gelassen auf dem Fußboden saß, während nur ihr Kopf zu sehen war und sie mit sarkastischen Bemerkungen um sich warf, war sogar für Serge etwas zu viel. Daher war es kein Wunder, daß er zweifelnd nachfragte: »Meint Ihr das ernst, Prinzessin?«

Sie konnte noch immer nicht normal atmen, und daher hörte sich ihr »Sehr« so an, wie ein sehr lauter Seufzer. Aber beide Männer schritten sofort zur Tat, als sie ihre Antwort hörten.

Binnen Sekunden war sie wieder allein, aber sie hatte gerade noch das Glühen in Stefans Augen sehen können, bevor er aus dem Zimmer rannte. Sie krümmte sich bei dem Gedanken, daß er nur deshalb so wütend war, weil sie ihn dazu zwang, nach ihrem Möchtegern-Attentäter zu suchen, an dessen Existenz Stefan wahrscheinlich immer noch zweifelte. Und falls sie keine Spur von ihm finden sollten, würde sich dieser Zorn vermutlich gegen sie wenden. Als ob ihr das im Augenblick etwas ausmachte!

Sie ließ noch einen Seufzer hören, diesmal mit Absicht, und kämpfte sich aus ihren Decken. Achtlos ließ sie sie dann auf dem Boden liegen, als sie sich hochzog, um sich auf die Bettkante zu setzen. Als sie das geschafft hatte, legte sie ihr Messer auf den Nachttisch und begann, ihre

Finger zu massieren. Zu ihrem Erstaunen war keiner gebrochen, aber sie waren eindeutig übel mitgenommen. Das Messer hatte besonders ihren kleinen Finger eingeklemmt, und sie hatte sich das Handgelenk verrenkt. Außerdem tat ihr nach der Prozedur mit dem Kissen die Nase weh. Ihre Brust fühlte sich noch immer so an, als sei sie zerborsten und nur notdürftig wieder zusammengekittet. Es würde wahrscheinlich tagelang weh tun. Aber das war das geringste ihrer Probleme. Das wichtigste war im Augenblick die Frage, wer sie genug haßte, um sie töten zu wollen.

Natürlich kamen ihr zuerst die Stamboloffs in den Sinn, aber man hatte ihr versichert, sie seien alle tot. Und daher schob sie diese Möglichkeit ebenso schnell, wie sie gekommen war, wieder beiseite. Ihre Reisegefährten kamen ebenfalls nicht in Betracht. Wenn einer von ihnen sie loswerden wollte, hätte er nicht so lange gewartet. Es wäre viel leichter gewesen, sie bewußtlos aus ihrer Kabine zu holen und einfach ins Meer zu werfen. Die anderen hätten dann geglaubt, sie sei über Bord gefallen oder sogar, wie schon einmal, gesprungen.

Aber sie kannte sonst niemanden hier, und die einzigen Menschen, die von ihrer Existenz wußten, befanden sich alle in Cardinia. Doch vielleicht hatte jemand aus Cardinia hier auf ihre Ankunft gewartet. Schließlich hatte auch Sandors Mann sich in der Nähe aufgehalten, um ihm sofort Nachricht von Stefan geben zu können. Es hätte aber durchaus noch jemand hier auf sie warten können.

Diese Vermutung war durch und durch logisch, aber wo war das Motiv? Es fiel ihr augenblicklich ein. Jemand wollte nicht, daß sie Stefan heiratete. Ein Feind von ihm? Aber warum sollte er sich darum kümmern, ob Stefan heiratete oder nicht? Und es schien so, als hätte *jeder* gewußt, daß er sie nicht heiraten wollte. Und das bedeutete, daß man ihm nur einen Gefallen damit täte, wenn man sie umbrachte ... Nein, sie würde auf keinen Fall Stefan verdächtigen. Selbst wenn sie glaubte, er sei zu einem

Mord fähig, was sie keinesfalls tat, schloß ihr Instinkt diese Möglichkeit sofort aus. Außerdem war es schließlich seine *Pflicht,* sie zu heiraten, und seine Pflicht ging ihm über alles.

Wenn es also kein Feind von ihm war und sie selbst ihrer Meinung nach auch keine Feinde hatte ... vielleicht irgendeine andere Frau, die Stefan gern heiraten würde, es aber nicht konnte, weil Tanya ihr im Wege stand?

Sobald der Gedanke an eine Frau ihr in den Sinn kam, wußte sie ganz genau, wer ihr Angreifer war. Sie hatte also doch einen Feind, aber diese Feindschaft war noch so neu, daß Tanya zuerst gar nicht an sie gedacht hatte. Alicia. Hatte diese Frau Stefan nicht absichtlich vor den Augen seiner Verlobten geküßt und damit bewiesen, daß sie sich von Tanya bedroht fühlte? Und hatte sie nicht die erste Gelegenheit genutzt, um Tanya zu erzählen, daß sie Stefans Mätresse war, nur für den Fall, daß dieser Kuß nicht offensichtlich genug gewesen war? Alicia hatte Angst, Stefan könne sich von ihr ab- und Tanya zuwenden. Also glaubte sie ihre Rivalin irgendwie loswerden zu müssen. Und das wäre ihr um ein Haar auch fast gelungen.

Es paßte alles zusammen, sogar der merkwürdige Umstand, daß ihr Angreifer, sobald sie sich zur Wehr gesetzt hatte, aufgab. Ein Mann hätte das nicht getan. Ein Mann hätte Tanya einfach wieder ins Bett zurückgezogen, als sie sich zur Seite gerollt hatte. Er hätte ihr auch mit seiner überlegenen Kraft das Messer entwenden können oder nach dem ersten mißlungenen Versuch eine andere Möglichkeit gefunden, sie zu töten. Eine Frau dagegen mußte sich das Überraschungsmoment zunutze machen, und diesen Vorteil hatte Alicia zu guter Letzt verloren. In dem Augenblick, als Tanya sich von den Kissen befreien konnte, hatte Alicia offensichtlich die Hoffnung aufgegeben, diesen Kampf gewinnen zu können, und war klug genug gewesen, schnell zu verschwinden — sie hatte es ja nicht weit bis zu ihrem eigenen Zimmer, das, wie Tanya wußte, ihrem direkt gegenüber lag. Und niemand würde sie verdächtigen, bestimmt nicht die Männer, weil sie genau in diesem Augenblick wahrscheinlich in ihrem Bett lag und vorgab, fest zu schlafen.

Tanya war plötzlich so wütend, daß all ihre Schmerzen und Wehwehchen vergessen waren. Dieses Miststück! Wie konnte sie es wagen, Tanya *töten* zu wollen, nur um einen Liebhaber vielleicht noch eine Weile halten zu können? Oder würde Stefan Alicia heiraten, wenn er frei wäre? Das wenigstens würde diesen Mordversuch verständlich machen — aber keinesfalls verzeihlich. Sie würde Alicia nicht so einfach davonkommen lassen.

Tanya schnappte sich ihr Messer und stürzte aus dem Zimmer. Unwillkürlich hefteten sich ihre Augen auf Alicias geschlossene Tür auf der anderen Seite des Flurs. Sie war auch fast schon da, als Stefan erschien, um ihr den Weg zu verstellen. Seine Hand umklammerte den Türrahmen, und er warf ihr einen Blick zu, der keinen Zweifel daran ließ, daß er nichts dafür übrig hatte, seine Zeit zu verschwenden.

»Es war niemand im Haus, Prinzessin. Und alle Türen waren verschlossen.«

Er sagte nichts von den Fenstern, und sie fragte nicht danach. Natürlich hatten sie niemanden gefunden. Aber mußte er unbedingt so klingen, als habe das von vornherein festgestanden? Der Mann glaubte ihr nicht, daß sie vor ein paar Minuten eine grauenhafte Erfahrung gemacht hatte — er glaubte ihr jetzt nicht und hatte ihr auch vorhin nicht geglaubt. Dachte er vielleicht, sie hätte absichtlich gelogen?

Bevor sie noch irgend etwas zu ihrer Verteidigung sagen konnte, fuhr er sie an: »Und wo bitte wollt Ihr mit diesem Messer hin?«

Sein Blick war auf ihr Messer gerichtet. Ihre Finger schlossen sich noch fester darum, aber ihre Stimme war vollkommen ruhig, als sie erwiderte: »Ich werde mich selbst um diese kleine Affäre kümmern, da Ihr es ja offensichtlich nicht tut.«

Er bemühte sich selbst um einen gelassenen Tonfall,

aber es kam nicht mehr als ein Knurren dabei zustande. »Legt das hin, und gebt zu, daß Ihr lediglich einen Alptraum hattet.«

»Ich habe keine Alpträume.«

Jetzt geriet er wirklich in Rage. »Na schön, nehmen wir also an, ein Eindringling hätte Euch belästigt. Nehmen wir weiter an, er sei noch immer in der Nähe, obwohl wir alles durchsucht haben ... jeden verdammten ... Raum ... in diesem Haus.«

»Nicht alle, nein bestimmt nicht.«

»Euer Zimmer liegt direkt neben der Treppe. Wenn also irgend jemand hier war, hätte er diesen Weg nehmen müssen, da alle anderen Zimmer auf dieser Etage im Augenblick besetzt sind.«

»Genau.«

Seine Augen wurden schmal, während ihm langsam dämmerte, worauf sie hinauswollte. Aber er ging nicht darauf ein. »Es ist vorbei«, sagte er abschließend. »Ihr könnt also entweder noch mehr Schlaf verlieren, während ich jemand damit beauftrage, ein Schloß an Eurer Tür anzubringen, damit Ihr Euch sicherer fühlen könnt, oder ich schlafe für den Rest der Nacht ebenfalls in diesem Zimmer.«

»Macht, was Ihr wollt. Auf dem Fußboden ist Platz genug. Aber ich werde jetzt erst einmal Eure Mätresse in kleine Stücke zerschneiden. Ihr müßt mich also ein paar Minuten entschuldigen.«

Sie machte einen Schritt vorwärts, wurde jedoch von einem scharfen Befehl zurückgehalten. »Bleibt auf der Stelle stehen! Habe ich richtig gehört? Ihr glaubt, Alicia habe versucht, Euch etwas anzutun?«

Ob ihm wohl klar war, daß er gerade eben zugegeben hatte, daß Alicia seine Mätresse war? Sie bezweifelte es, und warum sollte sie sich das jetzt noch zu Herzen nehmen? Sie wußte es doch schon lange. *Ja, aber du hast doch gehofft, diese rachsüchtige Hexe hätte gelogen, Missy, oder sie wäre wenigstens schon bald seine Ex-Mätresse.*

Mit dem Zorn kam auch der Schmerz. Es war eine

grausame Kombination, die sie kaum unter Kontrolle halten konnte.

»Ich glaube es nicht nur, Stefan Barany, ich weiß es. Sie war in diesem Zimmer, als ich geschrien habe, oder sie ist einen Augenblick vorher hinausgeschlichen. Aber in jedem Fall ...«

»Jeder Fall ist unmöglich, du kleine Lügnerin«, unterbrach er sie scharf, und seine Augen fingen schon wieder an zu glühen. »Weil sie bei mir war, als Ihr geschrien habt!«

Mitten in der Nacht? Und er war nur halb angezogen, wie ihr jetzt auffiel. Er trug kein Hemd, und sogar seine Hose stand noch ein wenig offen, als ob er sie in höchster Eile angezogen hätte. Und Alicia war bei ihm gewesen?

Es kam Tanya überhaupt nicht in den Sinn, daß Alicia soeben von jedem Verdacht befreit worden war, was bedeutete, daß jemand anderes versucht hatte, sie zu töten. Aber darüber dachte sie im Augenblick nicht nach. Sie dachte überhaupt an nichts, als daß Stefan mit einer anderen Frau geschlafen hatte. Kein Wunder, daß sie den Arm hob und ihr Messer nach ihm warf.

Kapitel 40

Tanya war über ihr Verhalten genauso verblüfft wie Stefan, und sie bedauerte es auf der Stelle. Nicht daß sie auch nur die geringste Chance gehabt hätte, ihn wirklich zu verletzen. Das Messer flog links an ihm vorbei gegen die Wand und fiel dann klappernd zu Boden. Sie mußte einfach etwas werfen, irgend etwas, um ihn zu verletzen, wie er sie verletzt hatte. Es hätte eben nur nicht das verdammte Messer sein sollen.

Ihr Bedauern rührte jedoch mehr von der Tatsache, daß seine Verblüffung nicht lange anhielt, sondern sich beinahe sofort in Weißglut verwandelte. Seine teuflischen Augen glühten nicht nur, sie waren jetzt so hell, wie sie überhaupt nur sein konnten.

Sie saß wirklich tief in der Klemme und wußte es. Und daher machte sie ihm, wenn auch ziemlich lahm, ein Friedensangebot: »Ihr wart nicht wirklich in Gefahr. Ich habe nie gelernt, wie man das richtig macht.«

Keine Antwort. Auch keine Änderung in seinem Gesichtsausdruck. Und ihre Nervosität brachte jetzt auch ihren eigenen Zorn zurück.

»Aber ich wünschte, ich hätte es gelernt«, fügte sie hinzu. »Ihr erzählt mir in aller Seelenruhe, daß Ihr gerade dabei wart, Euch mit einer anderen Frau zu vergnügen, während ich hier beinahe ermordet werde. Was, zum Teufel, erwartet Ihr da von mir?«

Wieder keine Antwort, aber er schloß die Tür und kam auf sie zu. Tanya zögerte keinen Augenblick. Sie wirbelte herum und rannte los. Eine Hand in ihren Haaren zwang sie ruckartig stehenzubleiben. Eine andere Hand auf ihrer Schulter wirbelte sie erneut herum.

»Ihr wurdet nicht ermordet«, sagte er mit einer Stimme, deren gedämpfter Tonfall nichts Gutes ahnen ließ. »Und ich war nicht damit beschäftigt, mich mit einer anderen zu vergnügen.«

»Lügner!«

»Ich habe das Angebot, das man mir gemacht hat, zurückgewiesen«, fuhr er ungerührt fort und ignorierte dabei sowohl ihren zornigen Einwurf wie auch die Tatsache, daß sie gegen seine Brust hämmerte. »Denn ich finde, wenn ich mir sowieso eine Hure nehme, kann ich mir auch gleich die nehmen, die ich haben will.«

Der Mund, der sich auf ihren preßte, sagte ihr, daß sie die Hure war, von der er gesprochen hatte. Und im Augenblick war das alles, was sie seinen Worten entnahm. Aber sie bemerkte außerdem, daß er getrunken hatte. Und Zorn und Alkohol waren eine beängstigende Kombination. So sehr sie es sich vielleicht gewünscht hatte, wieder in dieser Lage zu sein, so heftig kämpfte sie jetzt, um sich daraus zu befreien. Aber sie hatte keinen Erfolg damit, und plötzlich wußte sie auch warum.

Der Himmel stehe ihr bei, sie hatte vergessen, daß dies die Art war, wie er mit seinem extremen Zorn umzugehen pflegte. Sie hatte sogar in Erwägung gezogen, etwas wirklich Törichtes zu tun, nur um ihn wütend zu machen. Wütend genug, um genau so zu reagieren. Wie hatte sie das nur vergessen können. Aber schließlich war das vor ihrer Begegnung mit Alicia gewesen. Stefan war daran gewöhnt, zu seiner Mätresse zu gehen, um seinem Ärger Luft zu machen. Vasili hatte ihr das gesagt. Und jetzt, wo Alicia hier war, ganz in der Nähe, auf der anderen Seite des Flures ...

Da endlich dämmerte es ihr, und sie begriff auch den Rest von dem, was er gesagt hatte, begriff, daß er sich von Alicia abgewandt hatte, weil Tanya diejenige war, die er wirklich wollte. Und er war auch nicht zu Alicia gegangen, obwohl sie ganz in seiner Reichweite war, sogar in seinem eigenen Zimmer. Statt dessen ließ er seinen Zorn an der Frau aus, die ihn verursacht hatte. Tanya wußte nicht, was sie davon halten sollte, obwohl sie einen Augenblick lang aufhörte zu kämpfen. Aber ihre Verwirrung hielt sie auch davon ab, sich Stefans Mund vollkommen hinzugeben.

Wollte sie wirklich, daß er sie auf diese gedankenlose Art und Weise nahm, nur weil er ein Ventil für seinen Zorn suchte? Wenn das die einzige Art war, wie sie ihn haben konnte, dann ja. Aber war es wirklich die einzige Art, jetzt, wo er zugegeben hatte, daß es sein eigener Entschluß war, zu ihr zu kommen, nicht im Zorn, sondern weil er sie brauchte, weil er sie wollte? Er hatte diesen Entschluß gefaßt, bevor sie ihn heute nacht wütend gemacht hatte, so wütend, daß dies nun das Resultat war. Und wenn sie ihn aufhielt, würde er vielleicht gerade wegen dieser neuen Wut auf sie nicht zu ihr kommen.

Er war wütend darüber, daß sie versucht hatte, ihn zu töten — jedenfalls sah es für ihn so aus. Wütend, daß sie ihn darüber belogen hatte, daß jemand versucht habe, sie zu töten — jedenfalls sah es für ihn so aus. Sie hätte es sich anders gewünscht, hätte gewünscht, daß sie sich aus keinem anderen Motiv als ihrem gegenseitigen Begehren zum ersten Male lieben würden. Aber wenn sie jetzt versuchte, ihn zu beruhigen, würde ihn diese neugewonnene Ruhe vielleicht auf der Stelle aus dem Zimmer und zurück in Alicias Arme treiben, denn seine Wut auf Tanya wäre immer noch da. Er hätte sie dann nur wieder unter Kontrolle.

Die Entscheidung darüber lag jedoch fast schon nicht mehr in ihren Händen. Ihre Sinne waren bereits entflammt, und sie verzehrte sich vor Erregung. Daher stellte sie sich selbst die einfache Frage: Liebte sie Stefan Barany?

Sie befürchtete, daß es so wäre, aber sie war sich noch nicht ganz sicher. Sicher war sie sich jedoch, daß sie ihn wollte — und daß sie nicht wollte, daß er zu einer anderen Frau ging, um sein Verlangen zu befriedigen, nicht einmal sein augenblickliches Verlangen, seinen Zorn mit seelenloser Hurerei abzukühlen. Da hatte sie ihre Antwort. Sie würde ihn auch auf diese Weise nehmen, selbst wenn es roh und schnell vorüber war... Aber so würde es gar nicht sein, nicht wahr? Sie hatte nur an seinen Zorn gedacht und Stefan mit anderen Männern unter ähnlichen Umständen verglichen. Aber sie hatte dabei vergessen, daß Stefan sich selbst im Zorn noch Zeit dabei ließ und daß er niemals grob zu ihr war, sondern lediglich unbarmherzig entschlossen.

Auch etwas anderes hatte sie ganz vergessen, dachte Tanya mit einem Schauder köstlicher Vorahnung. Es gab kaum etwas, das Stefan von seinem Vorhaben abbringen konnte. Sie jedenfalls hatte es nie geschafft. Aber diese anderen Versuche *waren* gescheitert, an einem Geräusch, einer drohenden Störung. Plötzlich nahmen ihre Reaktionen eine gewisse Dringlichkeit an. Sie erwiderte seinen Kuß mit ihrer ganzen Leidenschaft.

Er hatte sie langsam und unbemerkt in Richtung Bett geschoben. Als Tanya jetzt dagegenstieß, zuckte sie überrascht zusammen. Sie war jedoch überhaupt nicht mehr überrascht, als sie auf die Matratze gelegt wurde, und auch das wurde langsam und vorsichtig erledigt, ohne ihren Mund dabei freizugeben. Die Dringlichkeit, die sie empfand, schien sich nicht auf ihn zu übertragen, aber auch das sollte sie eigentlich nicht überraschen. Er nahm nichts anderes wahr als seinen Zorn, den unwiderstehlichen Drang, diesen Zorn auszulöschen, aber auf seine eigene Art und Weise, nicht so, wie sie es gern gehabt hätte. Und seine Art, sie zu lieben, war ohne Hast, als benähme er sich instinktiv genauso, wie er es ohne Zorn getan hätte. Dafür sollte sie eigentlich dankbar sein. Und sie würde sich auch tatsächlich glücklich schätzen — falls es diesmal keine Störungen gab.

Er hatte das Hinterteil ihres Nachthemdes hochgehoben, bevor sie sich auf dem Bett wiederfand. Auch die Schnürbänder an ihrem Ausschnitt hatte er, ohne daß sie es bemerkte, gelöst. Dann brach der Kuß ab, während das weiße Leinen in Windeseile über ihren Kopf gezogen wurde. Aber seine Lippen kamen fast augenblicklich wieder zurück. Und jetzt spürte sie seine Hitze, die sie mit seinem Zorn gleichsetzte, die aber immer da war. Und seine Haut glühte unter ihrer Berührung. Sein Gesicht — was für ein herrliches Gefühl — preßte sich gegen ihre Brüste, ihren Bauch, ließ sich zwischen den Beinen nieder, die sie willig für ihn öffnete.

Während sich seine Zunge mit köstlicher Trägheit in ihrem Mund bewegte, machten sich seine Hände auf die Suche nach ihren Brüsten, legten sich über sie und kneten das zarte Fleisch, zupften sanft an ihren Brustwarzen und fingen schließlich an, nicht mehr ganz so sanft, sie zusammenzuquetschen, bis es nur noch bebende Knospen waren. Aber egal was er tat, es hatte alles die gleiche Wirkung auf sie, machte sie wild in ihrer Gier nach mehr, und die in ihren Lenden entfachte Hitze wurde schnell zur Qual.

Jetzt liebkoste er ihre Arme, ihr Gesicht, küßte sie wild in einem Augenblick, zart im nächsten. Und sie fürchtete, den Verstand zu verlieren, weil er noch immer nicht auf ihre eigene Leidenschaft reagierte, die bereits alles überstieg, was sie je empfunden hatte. Sie hatte zwischen seinen Küssen jedoch nie genug Zeit, um es ihm zu sagen, hoffte aber auch, daß das gar nicht nötig sein würde, denn sie fürchtete die Konsequenzen. Wenn er sich wirklich aufhalten ließ, wenn er ihre Stimme hörte — würde er dann wieder zu sich kommen und ganz aufhören, sie allein lassen in diesem Zustand qualvollen Verlangens?

Sie versuchte, ruhig zu werden, sich zu entspannen, vernünftig nachzudenken. Machte sie etwas falsch? Sie sollte sich besser Stefans Führung anvertrauen, denn wenn sie auch wußte, was wohin gehörte, war sie doch im Grunde unwissend und völlig unerfahren in der Liebe — wenigstens, was die Feinheiten anging. Aber sie konnte es einfach nicht. Sie krümmte sich, bäumte sich auf, attackierte seine Hüften, sein Haar, seine Haut. Er hatte es nicht übermäßig eilig, aber sie war kurz davor zu verglühen.

Endlich fühlte sie die pralle Rundung, die sich an ihre Lenden preßte und wölbte sich ihr entgegen, um zu demonstrieren, was sie wollte. Das brachte seine Hand in diese Gegend, aber er berührte sie schließlich doch nicht dort. Als sie begriff, daß er statt dessen seine Hose abstreifte, wäre sie vor Erleichterung fast zerschmolzen. Und dann drang er in sie ein, und sie preßte ihn an sich.

Irgendwo, ganz tief drinnen, wußte Stefan, daß Tanya sich nicht länger gegen ihn wehrte, daß sie statt dessen seine Leidenschaft zügellos erwiderte. Und er wußte, daß etwas an dieser Tatsache ihn eigentlich stören sollte. Aber was das war, das gelangte in dem Morast seiner Gedanken nicht an die Oberfläche, denn sein Denken war nun zum größten Teil von seliger Leere umnebelt, und dort, wo diese Leere sich nicht breitmachen konnte, herrschten Zorn und Leidenschaft. Er funktionierte rein instinktiv, mit primitiver Natürlichkeit und — dank des im Übermaß genossenen Alkohols — auch mit der trunkenen Sicherheit, daß er sich nichts nahm, was ihm nicht gehörte.

Der Zorn war noch immer da, jetzt jedoch von Lust überdeckt, und als er sie dermaßen feucht und eng fand, wurde diese Lust plötzlich so stark, daß er nicht einmal bemerkte, welche Schwierigkeiten es ihm bereitete, in sie einzudringen. Der leichte Ruck und das anschließende Nachgeben ihrer Jungfräulichkeit war fast nichts im Vergleich zu dieser feuchten Hitze, die ihn umfing. Als er dann endlich in ihre Tiefen vorstieß, blieb er dort, und seine Verzückung war so groß, daß er es nicht mehr ertragen konnte, sich zu bewegen.

Es war diese Verzückung, die ihn in die Wirklichkeit zurückholte und seinen Zorn auslöschte. Ohne diesen Zorn wußte er plötzlich ganz genau, was er getan hatte. Er war beinahe nüchtern, höllisch nüchtern. Er war in ihr, tief in ihr, um genau zu sein, und konnte sich nicht einmal mit einiger Klarheit an die Einzelheiten erinnern, wie er dorthin gelangt war.

Schuldgefühle schlugen in hohen Wellen über ihm zusammen und hätten ihn sicher entmutigt, aber er war noch immer eingeschlossen in dem engsten, wärmsten Frauenkörper, in den er je eingedrungen war. Und dieses herrliche, intensive Gefühl hatte absolut nichts mit dem zu tun, was er sonst noch empfand.

Nach dem letzten Mal, als dies beinahe passiert war, hatte er sich geschworen, Tanya niemals im Zorn zu nehmen. Das war auch einer der Gründe, warum er sich auf dem Schiff von ihr ferngehalten hatte, wo die erzwungene Beengtheit so leicht die Gemüter erregen konnte. Aber kaum war er wieder einen Tag lang mit ihr zusammen, da nahm er sie schließlich doch. Nur daß sie seine Leidenschaft voll und ganz erwidert hatte — oder etwa nicht? War es vielleicht nur sein eigener Wunsch, die Dinge so zu sehen, wie er sie gern hätte, und ihre lustvolle Wildheit war in Wirklichkeit nur Widerstand gewesen?

Noch während er diesen Gedanken nachhing, klammerten sich ihre Arme plötzlich fester um seinen Hals, und in seiner Reglosigkeit fühlte er es; unglaublicherweise, ohne daß er sich selbst in den letzten Augenblicken überhaupt bewegt hätte, kam sie zum Höhepunkt. Das Pulsieren ihrer Erregung umschloß ihn, preßte ihn mit jedem einzelnen herrlichen Pochen zusammen und entflammte ihn mit einem wilden, ungezügelten Frohlocken, das sein Verlangen nach ihr aufpeitschte, bis er den Gipfel der Raserei erreichte. Er stieß zu, wieder und immer wieder, und ging schließlich mit einer solchen inneren Explosion über die Grenze hinaus, daß er nicht sicher war, ob er es überleben würde.

Tanya hielt ihn fest umschlungen und lächelte selbstgefällig, als Stefan endlich seinen Gefühlen freien Lauf ließ, wild und erleichtert gleichzeitig. Sie hatte das bewirkt, und wenn es auch nur annähernd vergleichbar war mit dem, was sie gerade eben erlebt hatte, dann sollte der Mann auf seine Knie fallen und den Boden, auf dem sie ging, küssen. Sie jedenfalls war ganz bestimmt bereit, dieses Zugeständnis zu machen. Wenn man gesagt bekommt: »Es ist wundervoll, versuch es«, dann war das wahrhaftig keine ausreichende Vorbereitung auf diesen Mahlstrom der Gefühle. Nichts konnte einen darauf vorbereiten.

Er hatte seinen Kopf jetzt auf ihre Schultern fallen lassen, sein Herzschlag hämmerte gegen ihre Brust, sein Atem bewegte das Gewirr ihrer Haare an ihrem Hals. Ihre Finger strichen seine schwarze Mähne zurück. Mit der anderen Hand streichelte sie seinen Rücken. Sie fühlte sich ihm in diesem Augenblick so nahe, und das allein war ein wunderbares Gefühl. Sie wollte nicht, daß er sich bewegte, wollte nicht, daß er den Teil von ihm, der jetzt in ihr war, wieder zurückzog, weil es sich immer noch so köstlich anfühlte, ihn dort zu spüren.

Dann bewegte er sich schließlich doch, zwar nicht, um den Kopf zu heben, sondern mit einer plötzlichen Anspannung seines Körpers. »Habe ich dir weh getan?«

Der Schmerz, mit dem sie ihre Jungfräulichkeit verloren hatte, war so minimal gewesen, daß er nicht der Rede wert war. »Nein, aber warum ist das immer deine erste Sorge, wenn du dich wieder beruhigst?«

»Tanya, ich bin alles andere als ruhig. Habe … ich … dir … weh getan?«

»Nun ja, es hat natürlich ein bißchen weh getan, aber nur eine Sekunde lang.«

Stefans Schuldgefühle eskalierten. Nur eine Sekunde lang? Lieber Gott, hatte er sie geschlagen? Er stemmte sich hoch, um ihr ins Gesicht zu sehen, aber er konnte keine blauen Flecken erkennen. Das bedeutete jedoch nicht, daß sie sie nicht irgendwo anders haben konnte, wenn nicht jetzt, dann morgen. Alicia hatte immer behauptet, jede Menge blaue Flecken abbekommen zu haben, obwohl er niemals auch nur einen einzigen zu Gesicht bekommen hatte. Wenn er Tanya etwas derartiges angetan hatte …

Tanya stöhnte innerlich, als er von ihr wegrollte und hastig seine Hose zuknöpfte. Dann erhob er sich von dem Bett und stürzte auf die Tür zu. War es das? fragte sie sich. Nicht einmal eine Reaktion auf die Entdeckung, daß sie nicht die Hure war, für die er sie gehalten hatte? Vasili hatte gesagt, er würde wütend sein, wenn er herausfand, daß sie noch Jungfrau war, aber er war es nicht. Er war in der seltsamsten Stimmung, als fühle er sich schuldig, weil er ihr die Unschuld genommen hatte. Aber das war einfach lächerlich, denn diese Unschuld hätte ihm in ihrer Hochzeitsnacht ohnehin gehört, und dieses Ereignis lag ja in nicht allzu ferner Zukunft.

»Es geht mir wirklich gut, Stefan«, sagte sie ihm, wobei sie jedes einzelne Wort betonte. »Besser als gut, um genau zu sein. Du solltest mittlerweile wissen, daß ich nicht irgendeine zerbrechliche Blume bin, die man kaum zu berühren wagen darf.«

An der Tür drehte er sich um. In seinen Augen stand wieder dieses Glühen. Sie wußte nicht, daß es diesmal seinem eigenen Verhalten galt. Und ebensowenig wußte sie, daß er davon sprach, sie im Zorn genommen zu haben, als er sagte: »Ihr mögt vielleicht an die unterschiedlichsten Spielarten der Liebe gewöhnt sein, aber das ist keine Entschuldigung für … das wird bestimmt nicht wieder passieren, Prinzessin. Ich gebe Euch mein Wort darauf.«

Tanya starrte mit ungläubig geweiteten Augen auf die Tür, nachdem sie sich geschlossen hatte. Hatte sie richtig gehört? Hatte er ihr soeben versprochen, sie nie wieder zu lieben? Und dann erst ging ihr die Bedeutung seiner anderen Worte auf. O Gott, er hielt sie immer noch für eine Hure! Er war so außer sich vor Rage gewesen, daß er ihre Jungfräulichkeit nicht einmal bemerkt hatte!

Tanya hätte beinahe gelacht. Es war einfach zu fantastisch! Jetzt hatte sie den einzigen Beweis ihrer Unschuld verloren. Er hatte ihn ihr genommen und wußte es nicht einmal. Was für ein Witz — auf ihre Kosten. Na schön. Sie hatte sich ja gewünscht, daß er sie wollte, ganz egal was er dachte. Und nun sah es so aus, als wäre das auch die einzige Möglichkeit, wie es sein konnte — andererseits hatte er ja jetzt seine »eine Nacht« gehabt, und offensichtlich war das wirklich alles, was er von ihr wollte.

Kapitel 41

Wonach sieht das Eurer Meinung nach aus?«

»Blut.«

»Nicht *das*«, sagte Tanya mit einer Mischung aus Wut und Verlegenheit. »Ich meine den Riß im Laken.«

Serge ging auf die andere Seite des Bettes, um den Stoff genauer in Augenschein zu nehmen. Tanya wartete ungeduldig. Sie wünschte, sie hätte ihn nicht zum zweitenmal in dieser Nacht aus dem Bett holen müssen, um ihm den Beweis für den Mordversuch zu zeigen. Wenn er und Stefan den Anstand besessen hätten, ihr gleich zu glauben, wäre das nicht nötig gewesen. Und der einzige Grund, warum sie diesen Beweis überhaupt entdeckt hatte, war die Tatsache, daß er sich direkt neben diesem verdammten Jungfrauenblut befand. Und das hatte ihren Blick auf diese Stelle gelenkt. Aber als sie es entdeckte, hatte sich ihre Wut auf Stefan bereits abgekühlt, und sie war direkt zu Serges Zimmer gegangen. Irgend jemand mußte ihr einfach glauben, was in dieser Nacht passiert war, und sie hatte nicht die Absicht, noch einmal zu versuchen, Stefan davon zu überzeugen.

Außerdem hatte sie gründlich darüber nachgedacht, sich darüber geärgert und beschlossen, daß sie gar nicht wollte, daß Stefan dieses Blut auf dem Laken sah. Daher hatte sie es nicht einmal in Erwägung gezogen, sich mit ihrem Fund an ihn zu wenden. Wenn sein Zorn ihn so sehr blenden konnte, daß er etwas so Gewaltiges übersehen konnte, nämlich die Tatsache, daß sie ihm bereitwillig ihre Jungfräulichkeit gegeben hatte, dann konnte er schwarz werden, bevor sie es ihm sagte — oder zeigte.

Daß sie nicht gehört hatte, wie Alicia in ihr eigenes Zimmer zurückkehrte, hatte möglicherweise auch etwas mit ihrer Entscheidung zu tun. Und sie hatte wirklich genau aufgepaßt, ob sie kam oder nicht. Aber offensichtlich war Stefan in sein Schlafzimmer zurückgekehrt, um den Rest der Nacht mit seiner Mätresse zu verbringen, lag jetzt gemütlich mit ihr im Bett und schlief oder... Wenn es nach ihr ging, konnte er dort Schimmel ansetzen.

Sie beobachtete Serge, wie er einen Finger durch das Loch steckte, direkt in ein ähnliches Loch in der Matratze darunter. »Der Schnitt stammt von einem Messer, Eure Hoheit«, sagte er und kam damit zu demselben Schluß wie sie.

»Genau.«

»Ich hole Stefan.«

»Macht Euch keine Mühe. Er wird nur denken, daß ich es selbst gemacht habe. Aber ich möchte, daß wenigstens einer von Euch mir glaubt und Vorsichtsmaßnahmen ergreift, denn ich habe heute nacht wirklich nicht geträumt. Ein Geräusch hat mich geweckt, ich habe nach meinem Messer gegriffen, aber ich war zu langsam. Jemand hat mein Kissen benutzt und versucht, mich zu ersticken. Ich habe es dann wohl doch noch geschafft, den Angreifer mit meinem Messer irgendwie zu verletzen ...«

»Dann ist das sein Blut auf dem Laken?«

»Nein«, knirschte sie mit zusammengebissenen Zähnen. »Wie ich gerade sagte, er ließ das Kissen los, und ich rollte mich sofort aus dem Bett. Aber es war so dunkel hier drinnen, daß er vielleicht nicht gemerkt hat, daß ich nicht länger im Bett lag. Es sieht so aus, als hätte er anschließend versucht, mich zu erdolchen. Und ich nehme an, er hätte es wieder versucht, wenn ich nicht angefangen hätte zu schreien.«

»Dann habt *Ihr* Euch geschnitten?«

Sie wünschte, er würde endlich aufhören, sich über diesen roten Fleck Gedanken zu machen. »Nein.«

»Aber wessen Blut ist das dann?«

»Meins«, sagte sie und hoffte, er würde daraus schließen, daß es ihre Periode war und es dabei bewenden lassen.

»Ich verstehe nicht ...« Weiter kam er nicht, und sein Gesicht rötete sich langsam. Aber er kam nicht zu der Schlußfolgerung, auf die sie gehofft hatte. »Stefan ist hierher zurückgekommen, nachdem wir das Haus durchsucht haben.«

Es war nicht wirklich eine Frage. Und da Stefan es ihm gegenüber vielleicht erwähnen würde, hatte es auch keinen Sinn, es zu leugnen.

»Ja.«

»War er sehr wütend darüber, daß Ihr Euch als Jungfrau entpuppt habt?«

Mußte er unbedingt so verdammt scharfsichtig sein? »Er hat es nicht bemerkt. Er war tatsächlich viel zu wütend dazu.«

Serges Wangen wurden noch heißer. »Ich werde ihn jetzt holen. Er muß das sehen ...«

»Zum Teufel auch«, stieß sie wütend hervor. »Ich werde mich heute nacht nicht noch einmal mit seinem Zorn beschäftigen, vielen Dank. Und es ist mir vollkommen egal, was er denkt. Also vergeßt diesen verdammten Fleck, ja? Sagt mir einfach nur, ob Ihr glaubt, daß jemand versucht hat, mich zu töten.«

»Ich glaube Euch.«

Sie seufzte erleichtert, bevor sie fragte: »Habe ich Feinde, von denen mir bisher niemand erzählt hat?«

»Nicht, daß ich wüßte. Die, die Ihr hattet, sind alle tot.«

»Würde irgend jemand meinen Tod wünschen, um meine Hochzeit mit Stefan zu verhindern?«

»Das ist eine Möglichkeit, obwohl es nicht allzu viele Menschen gibt, die von Eurem Verlöbnis wissen oder sich daran erinnern, und noch weniger, die wissen, daß Ihr noch am Leben seid. Ihr seid verschwunden, als Ihr nur ein Baby wart. Die meisten Menschen glauben, Ihr wäret tot.«

»Wie überaus erfreulich.«

Er lächelte über ihren Tonfall. »Es war besser, sie in diesem Glauben zu lassen, solange noch immer irgendwelche Stamboloffs auf der Lauer lagen. Aber wenn Stefan auch den Befehl hatte, Euch nach Hause zu bringen, ist es doch zweifelhaft, daß Sandor auch nur ein einziges Wort über Eure Existenz verlieren würde, bevor Ihr nicht in Cardinia wäret, um es selbst zu beweisen.«

»Na schön. Offensichtlich werden wir nicht herausfinden, wer oder warum. Dann sagt mir wenigstens eins. Warum sollte dieser Möchtegern-Mörder versuchen, mich mit dem Kissen zu ersticken — was, wie ich Euch nicht verschweigen will, eine ganze Weile gedauert hätte —, wenn er doch dieses Messer bei sich trug? Er hätte mich doch schlicht und einfach erdolchen können.«

»Vielleicht wäre ihm der Ruhm für seine Tat unwillkommen gewesen.«

»Was meint Ihr damit?«

»Es könnte ihm lieber gewesen sein, wenn es so ausgesehen hätte, als wäret Ihr einfach im Schlaf gestorben ...«

»Ich erfreue mich bester Gesundheit!« unterbrach sie ihn entrüstet.

»... aus irgendeinem unerklärlichen Grund«, fuhr er fort. »Auf diese Weise würde niemand Jagd auf ihn machen.«

»Und er wäre ungeschoren davongekommen, einfach so«, nörgelte sie. »Ich muß schon sagen, ich habe wirklich nicht viel übrig für diesen Bastard, wer er auch ist.«

»Aber Euch zu töten, Hoheit, war ihm wichtiger als sein Wunsch, eine anschließende Verfolgungsjagd zu vermeiden, sonst hätte er nicht auf das Messer zurückgegriffen, nachdem sein erster Plan gescheitert war.«

»Dann kann ich wohl von Glück sagen, daß ich noch genug Atem übrig hatte, um zu schreien.«

»Das war wirklich ein Glück«, stimmte er zu. Dann drängte er erneut: »Stefan muß darüber informiert werden.«

»Über den Angreifer.« Sie zuckte mit den Schultern. »Schön, Ihr könnt ja versuchen, ihn davon zu überzeugen, denn ich werde es nicht tun.« Und dann verengten sich ihre Augen bedrohlich, während ihr gleichzeitig das Blut in die Wangen schoß. »Aber untersteht Euch, ihm von diesem Blutfleck zu erzählen, Serge. Er hat mich genommen und ist dann immer noch in dem Glauben weggegangen, ich sei eine Hure. Und wenn er meine Jungfräulichkeit nicht einmal fühlen konnte, dann wird er niemals glauben, daß dieses Blut ist, was es ist. Er wird vielmehr denken, ich hätte mich selbst geschnitten, um diesen Fleck da zu fabrizieren. Und ich habe keine Lust, zum krönenden Abschluß nun auch noch des Betrugs bezichtigt zu werden.«

Angesichts ihrer offenen Worte erglühten seine Wangen erneut. »Wenn er in dieser Art von Rage ist ...«

»Ihr werdet doch jetzt wohl nicht anfangen, ihn in Schutz zu nehmen, oder?« fragte sie kalt.

»Außerdem hatte er heute nacht ziemlich getrunken, Hoheit.«

»Ihr tut es also doch«, sagte sie angewidert und wandte ihm den Rücken zu. »Ich werde heute nacht keinen Schlaf mehr finden, bevor nicht ein Schloß vor dieser Tür ist. Stefan wollte sich darum kümmern, aber er wurde abgelenkt. Würde es Euch etwas ausmachen, das in die Hand zu nehmen, bevor Ihr wieder ins Bett geht?«

»Gewiß, Hoheit. Ich werde das eigenhändig erledigen und anschließend vor Eurer Tür schlafen.«

»Das ist wirklich übertrieben«, protestierte sie.

»Ganz im Gegenteil. Stefan würde es so wünschen ...«

»Zum Henker mit Stefan!«

Kapitel 42

Viele Dinge hätten Tanya ins Augen springen können, als sie aus dem Haus trat. All die Diener zum Beispiel, die hin und her hasteten, um das restliche Gepäck in eine der vielen Kutschen zu verladen, oder die zwanzig Wachen, die bereits auf ihren Pferden saßen. Sie bemerkte nicht einmal Stefan, der neben der ersten Kutsche stand und mit seinen drei persönlichen Wachen auf sie wartete. Das allererste, was Tanya an diesem Morgen auffiel, war die Tatsache, daß Alicia nicht mehr da war.

Nun, sie würde nicht nach dem Grund fragen. Wenn Stefan es plötzlich für klug hielt, diskret zu sein und nicht mit seiner Mätresse im Schlepptau zu reisen, dann war es jetzt einfach zu spät dafür, jedenfalls soweit es Tanya betraf.

»Ihr seid spät dran«, sagte Stefan kurz angebunden, als sie die kleine Gruppe erreichte.

»Und es kümmert mich einen Dreck«, feuerte sie zurück. »Ich würde genausogern hierbleiben.«

Mit einer Handbewegung entließ er die anderen, wahrscheinlich, weil er nicht damit gerechnet hatte, daß sie so reizbar sein würde. Serge, stellte sie fest, sah nicht schuldbewußt aus, also hatte er wenigstens Stefan nichts verraten, was er nicht verraten sollte.

»Was hat das nun wieder zu bedeuten?« fragte Stefan, sobald sie allein waren.

»Ihr werdet es schon herausfinden, Eure Majestät. Ihr seid ja schließlich recht gut, wenn es darum geht, Schlüsse zu ziehen.«

Ohne auf seine Hilfe zu warten, machte sie sich daran, in die Kutsche zu klettern. Stefan zog sie wieder zurück. »Warum habt Ihr nicht *mir* gesagt, was Ihr Serge gesagt habt?«

Also das war der Grund für seinen Groll? »Ihr wart einfach nicht in der Stimmung, mir zu glauben.«

»Es ist Euch aber gelungen, ihn zu überzeugen. Ihr habt nicht einmal versucht, mich zu überzeugen.«

»Wie ich schon sagte, Ihr wart nicht in der Stimmung ...«

»Tanya, *ich* trage die Verantwortung für Euch. Ich! Wenn ich an Euren Worten zweifele, dann werdet Ihr sie verdammt noch mal solange wiederholen, bis ich sie glaube. Etwas so Wichtiges wie das ...«

»Hätte von Anfang an nicht bezweifelt werden dürfen«, gab sie zurück.

»Das stimmt.« Als sich ihre Augen weiteten, fügte er hinzu: »Wenn ich letzte Nacht vollkommen nüchtern gewesen wäre, hätte ich Euch sofort geglaubt. Ich möchte mich dafür entschuldigen, daß ich weit davon entfernt war, einen klaren Kopf zu haben, als Ihr mich gebraucht hättet.«

Sollte das vielleicht eine Anspielung sein? Nein, er hatte sie letzte Nacht genommen. Er hatte sich nicht die Mühe gemacht, danach zu fragen, ob sie ihn ebenfalls wollte. Und er hatte ganz gewiß nicht bemerkt, daß sie ihn ebenfalls gebraucht hatte, ganz im Gegenteil — er hatte überhaupt nichts bemerkt.

»Ich glaube nicht, daß ich Eure Entschuldigung annehmen kann, Stefan. Eure Trinkerei hat viel mehr Schaden angerichtet, als nur diesen Zweifel an meinen Worten. Sie hat Euch zusammen mit Eurem Zorn dabei geholfen, mir etwas wegzunehmen, das ich Euch eigentlich gar nicht geben wollte. Aber Ihr wißt nicht einmal, was es ist. Und jetzt wißt Ihr auch nicht, wovon ich rede, nicht wahr? Nun, ich hätte Euch vielleicht verzeihen können, wenn Ihr es gewußt hättet, aber da das nicht der Fall ist, können wir die Sache vergessen.«

Wieder wandte sie sich der Kutsche zu, diesmal hielt er sie an den Schultern fest und zog sie erneut zurück. Sie versteifte sich, aber das einzige, was von ihm kam, war eine Warnung: »Wenn Ihr denkt, ich würde Euch mit diesem kryptischen kleinen Rätsel davonkommen lassen, denkt lieber noch einmal nach. Ich will eine Erklärung von Euch, Tanya, und ich will sie jetzt.«

»Und wenn ich mich weigere?«

»Dann könnte ich Euch vielleicht wieder einmal übers Knie legen.«

Heiße Röte schoß in ihre Wangen, verbunden mit einer brennenden Wut über seine Warnung. »Dann könnte ich vielleicht wieder mal ein Messer nach Euch werfen.«

Er seufzte und ließ sie los. »Also gut, Tanya, steigt in die Kutsche. Ihr habt uns heute morgen lange genug aufgehalten.«

»Weil ich in der letzten Nacht nicht genug Schlaf bekommen habe, dank Euch und meinem Möchtegern-Mörder«, erwiderte sie. Das trug ihr einen so energischen Schubs ein, daß sie beinahe durch die Tür auf der anderen Seite der Kutsche wieder hinausgeflogen wäre. Er folgte ihr in den Wagen, um ihr gegenüber Platz zu nehmen. Und da war auch wieder dieses Glühen in seinen Augen, dieses funkelnde Feuer, nach dem sie bereits Ausschau gehalten hatte.

»Ich habe Euch versprochen, daß es nie wieder vorkommen wird, Tanya. Was wollt Ihr denn sonst noch von mir hören?«

Zum Teufel mit ihm. Er war nüchtern und sagte es jetzt wieder. Er erklärte ihr unmißverständlich, daß er sie nie wieder berühren würde. »Nichts ... will ... ich ... von Euch, gar nichts!«

Sie drehte sich zum Fenster um, bevor sie auch noch anfing zu weinen. Er sagte kein Wort mehr. Fast eine Stunde lang hielt das unterschwellig brodelnde Schweigen zwischen ihnen an. Und dann spürte Tanya plötzlich, wie ihr etwas in den Schoß fiel.

»Die da sind für Euch.«

Es war ein schmales, juwelenbesetztes Kästchen. *Die da?* Sie öffnete das Kästchen und starrte auf Diamanten, Perlen und Smaragde hinab. Es waren Dutzende davon, zu Ketten, Ringen und Armbändern verarbeitet. Mit dem, was sie da in Händen hielt, konnte sie hundert Tavernen kaufen, aber sie sah nur das, wofür diese Juwelen standen. Auf königliche Weise bezahlte Stefan sie für die letzte Nacht — denn Huren werden ja bekanntlich bezahlt, nicht wahr?

Diese Geste brachte sie derart in Rage, daß sie das Kästchen liebend gern aus dem Fenster geworfen hätte — oder ihm an den Kopf. Aber ihr Zorn schlug sich nicht in ihrem Tonfall nieder, sondern lediglich in ihren Worten. »Das sollte reichen, um meine Heimfahrt zu finanzieren.« Er entriß ihr das Kästchen so schnell, daß sie blinzelte. Dann zuckte sie mit den Schultern. »Also werde ich eine andere Möglichkeit finden. Glaubt nur keinen Augenblick, daß ich nicht wüßte, wie man Geld verdient.«

Mit einigem Entzücken stellte sie fest, wie er rot anlief. Sie hatte natürlich an die Arbeit in Tavernen gedacht, aber sie wußte, daß er etwas ganz anderes vermutete.

»Man hat mir gesagt, Ihr hättet Euch wenigstens mit der Hochzeit abgefunden«, stieß er hervor.

»Das war, bevor ich daran erinnert wurde, was für ein niederträchtiger Bastard Ihr doch seid.«

Seine Augen leuchteten in der Farbe geschmolzenen Goldes. »Die letzte Nacht wird mir ewig leid tun, aber Ihr werdet mich heiraten, *und* Ihr werdet mit mir leben, ob es Euch gefällt oder nicht.«

»So?«

Es lag nicht in ihrer Absicht, ihn zu verspotten, aber er schien es so verstanden zu haben. Bevor sie überhaupt wußte, was er tat, ergriff er sie und zog sie auf seinen Schoß, ließ eine Hand in ihr Haar gleiten, um ihre Frisur restlos zu zerstören, und bemächtigte sich ihres Mundes mit einer exquisiten Art von Hunger. Schwindelerregende Erleichterung wogte in ihre Gliedmaßen und kehrte in Strömen süßer Verzückung zurück. Er berührte sie wieder, küßte sie wieder, und sie vergab ihm alles in ihrer Erleichterung, daß er sein Versprechen nicht halten konnte und daß die Gefühle, die sie in ihm weckte, eine größere Macht hatten, als selbst sein einmal gegebenes Wort.

Sie bemerkte nicht, daß dieser Kuß geschickt berechnet war, eigens dazu gedacht, ihren Widerstand zu schmelzen, so lange bis sie sich an ihn klammerte. Und sie klammerte sich tatsächlich an ihn, hatte nicht einmal versucht, ihm zu widerstehen. Wahrscheinlich würde sie später darüber nachdenken, wie unfair es war, daß er so etwas mit ihr machen konnte, wenn sie vor Wut kochte, aber im Augenblick konnte sie nichts anderes tun, als seinen Kuß zu erwidern.

Und dann knabberte er nur noch an ihr, an ihren Lippen, ihren Ohrläppchen, ihrem Hals, und sie wußte instinktiv, daß das, was er jetzt tat, kaum noch zu etwas führen würde. In ihrer Enttäuschung gelang es ihr, ihre aufgewühlten Sinne ein wenig zu dämpfen. Sie konnte jetzt jederzeit protestieren; er selbst gab ihr die Möglichkeit dazu. Aber da sie das überhaupt nicht wollte, entschied sie sich dafür, erst einmal abzuwarten, was er tun würde. Außerdem war die Art, wie er da so gemächlich mit ihr spielte, geradezu sündhaft herrlich, gerade erregend genug, um ihre Sinne wach und erwartungsvoll zu halten. Gleichzeitig löste er eine Mattigkeit in ihr aus, die sie mit seinem Körper verschmelzen ließ.

Endlich sah er sie an und hob ihr Kinn hoch, so daß sie seinem Blick nicht ausweichen konnte. Seine Augen waren nur sherryfarben und so weich, wie sie sie noch nie gesehen hatte. Außerdem sagte er kein Wort. Das allein holte sie vollends in die Realität zurück. Ihre Position jedoch behielt sie bei, halb in seinen Armen zurückgelehnt, ihre rechte Hand um seinen Hals geschlossen.

Mit einem Anflug von Selbstgefälligkeit fragte sie: »Was ist mit Eurem Versprechen geschehen?«

»Ich war nur ein kleines bißchen wütend.«

»Den Teufel wart Ihr«, schnaubte sie.

Er lächelte auf sie hinab. »Dann will ich es anders formulieren: Ich hatte mich vollkommen unter Kontrolle.«

»Ihr *wolltet* mich küssen?«

Damit war es um sein Lächeln geschehen. »Warum, zum Teufel, klingt Ihr so überrascht?«

»Euer Versprechen...«

»Hatte nichts damit zu tun.«

»Wie bitte?« Es herrschte völlige Verwirrung, bis sie auf die Idee kam zu fragen: »Stefan, was genau *habt* Ihr mir eigentlich versprochen?«

Seinem neuen Gesichtsausdruck nach zu urteilen, gefiel ihm dieses Thema nicht besonders. »Ich dachte, ich hätte mich ziemlich genau ausgedrückt.«

»Dann helft doch bitte meinem Gedächtnis etwas auf die Sprünge.«

»Ich habe Euch mein Wort darauf gegeben, daß ich in Zukunft niemals mehr meinen Zorn an Euch auslasse.«

Ihre Erleichterung war wieder da und hüpfte in ihr auf und ab. Aber dann fiel ihr plötzlich etwas ein. Bei diesem Gedanken zogen sich ihre Augenbrauen zusammen. »Und an wem werdet Ihr Euren Zorn dann auslassen?«

»Ich werde wohl ein anderes Ventil finden müssen.«

»Alicia?«

Sie hätte sich am liebsten auf die Zunge gebissen, nachdem ihr diese Frage entschlüpft war, vor allem, da er jetzt anfing zu grinsen. Seine Stimmung hatte sich vielleicht plötzlich verbessert, aber ihre ganz bestimmt nicht.

»Du warst doch nicht etwa eifersüchtig auf Alicia, oder?«

»Nicht das kleinste bißchen«, log sie. »Wo ist sie übrigens?« *Diese Frage hättest du nicht stellen müssen, Missy. Halt ... die ... Klappe.*

»Auf ihrem Weg nach Cardinia, stelle ich mir vor. Sie ist schon ziemlich früh abgereist.«

»Ich dachte, sie würde mit uns reisen.«

Er warf ihr einen langen, nachdenklichen Blick zu, dann runzelte er die Stirn. Seine Arme schlossen sich fester um sie. Seine Narben zuckten.

Sie war schon wieder verwirrt, und diese Verwirrung nahm noch zu, als er heftig fragte: »Wolltet Ihr, daß sie mit uns reist? Vielleicht um mich davon abzuhalten, Euch zu küssen, wenn mir verdammt noch mal danach zumute ist?«

Wie kam er denn jetzt *darauf?* fragte sie sich verdrossen. Ihre unschuldige Bemerkung? Höchst unwahrscheinlich.

»Was hat Euch auf diese Idee gebracht?«

»Das habt Ihr ihr doch selbst erzählt, nicht wahr?«

Tanya keuchte vor Empörung. »Ich habe ihr nichts dergleichen erzählt! Und Tatsache ist, daß sich das ziemlich genau so anhört wie das, was *sie mir* erzählt hat — daß ich nämlich dankbar dafür sein solle, daß sie da sei, weil ich unmöglich den Wunsch haben könne, daß Ihr mich auf diese Art belästigt. Und sie würde schon dafür sorgen, daß es nicht dazu komme. Sie hatte die ungeheure Bosheit *vorauszusetzen,* daß sie wüßte, was ich will. Welche anderen Lügen hat Euch dieses Miststück noch über mich erzählt?«

Stefan antwortete nicht. Er wußte nicht, wem er nun glauben sollte — Tanya, die manchmal so merkwürdige Dinge von sich gab, daß er nie wußte, was der Wahrheit entsprach und was nicht, oder Alicia, die ihn seines Wissens nach noch nie belogen hatte. Und Alicia hatte ihm nichts erzählt, das er nicht selbst schon voller Verzweiflung geahnt hätte.

Und das war es, was ihn letzte Nacht wieder zur Flasche hatte greifen lassen, aber erst, nachdem er Alicia mühsam von seinem Körper losgemacht und ihr den Auftrag gegeben hatte, ihre Koffer zu packen. Dabei war er nicht besonders freundlich zu ihr gewesen, und jetzt, da er nüchtern war, bedauerte er das. In nüchternem Zustand begriff er jetzt auch, warum er Tanya erzählt hatte, daß Alicia bei ihm gewesen sei, als er ihren Schrei gehört hatte — obwohl Alicia in Wirklichkeit etwa eine halbe Stunde zuvor in ihr Zimmer zurückgekehrt war. Er wollte Tanya mit diesen Worten lediglich einen Schmerz zufügen, der dem seinen glich. Offensichtlich hatte es jedoch nicht funktioniert, denn sie war nur wütend über die Tatsache gewesen, daß er seinem Vergnügen nachging, während sie selbst in Gefahr war.

Der Anschuldigung, die Tanya gegen Alicia erhoben hatte, konnte er jedoch keinen Glauben schenken. Alicia mochte kleinlich und boshaft sein, aber eine Mörderin war sie nicht.

Noch nie im Leben war ihm etwas so schwergefallen wie seine nächste Frage an Tanya: »Wenn du sie nicht in der Nähe haben willst, bist du dann bereit, mich so zu nehmen wie ich bin, mit meinen Narben und allem anderen?«

Tanya wußte nicht, wie wichtig ihm ihre Antwort war oder wieviel Enttäuschung sie ihm ersparen konnte, wenn sie jetzt einfach mit ja antworten würde. Aber sie war zu aufgebracht, um mit einem Ja zu antworten.

»Schon wieder Eure Narben? Ihr und Alicia seid vom selben Schlag, wie? Ihr seid alle beide besessen von diesen verdammten Narben.«

Aber er hörte nur, daß sie seiner Frage ausgewichen war, und mehr brauchte er nicht als Antwort.

Abrupt setzte er sie wieder auf ihren Platz und wartete nur, bis sie sich wieder richtig hingesetzt hatte, um dann steif festzustellen: »Meine Berührung mag Euch nicht besonders gefallen, liebste Tanya, aber Ihr solltet Euch besser daran gewöhnen. Allerdings wissen wir beide, was passiert, wenn ich Euch küsse. Dann ist es Euch egal, wer das Küssen besorgt und wem die Hände gehören, die Euch berühren, nicht wahr?«

»Das kann ich wirklich und wahrhaftig nicht beurteilen«, schleuderte sie ihm entgegen, nur um plötzlich zu begreifen, daß diese spezielle Bemerkung zur Abwechslung einmal der Wahrheit entsprach.

Kapitel 43

»Würde es Euch etwas ausmachen, mich zu küssen?«

Vasili richtete sich steif zu seiner vollen Größe auf, eine höchst eindrucksvolle Erscheinung in seiner Empörung. »Wie bitte?«

Tanya errötete, aber sie wollte noch nicht aufgeben. Sie waren in der Nähe von Cardinia, noch drei oder vier Tagesreisen entfernt, hatte man ihr gesagt. Aber seit sie Danzig verlassen hatten, ging Stefan ihr wieder konsequent aus dem Weg, nicht ganz so gründlich wie auf der *Karpathia,* aber doch vergleichbar.

Fast sofort hatte er sich aus ihrer Kutsche zurückgezogen, und Lazar oder Serge oder beide zu ihr geschickt, um ihr an seiner Stelle Gesellschaft zu leisten. Er dagegen ritt mit Vasili und den Wachen neben dem Troß her. Jetzt konnte sie schon von Glück sagen, wenn sie ihn einmal kurz durchs Fenster sehen konnte. Er kam auch nicht zu ihr, wenn sie in Dörfern oder auf großen Ländereien anhielten, um zu essen oder die Nacht dort zu verbringen. Einmal hatten sie auch im Freien kampiert. Sie wußte nicht, wo er geschlafen hatte.

Mit Danzig schienen sie auch die Zivilisation hinter sich gelassen zu haben. Die Landschaft wurde öde und trostlos und war ganz vom Winter gezeichnet. Häuser und Gehöfte wurden rar, Städte sogar noch rarer. Die gelegentlich auftauchenden Schlösser fesselten Tanyas Interesse am stärksten, aber niemals lange. Manchmal waren die Kutschen so vollkommen von Wolken oder Nebel eingehüllt, daß man schon alle Mühe hatte, auch nur ein paar Meter weit zu sehen. Ein sonniger Tag war ihr bisher nicht vergönnt gewesen. Es hatte oft geregnet, und gestern waren sogar ein paar Schneeflocken dabei gewesen, obwohl ein eisiger Wind sie schnell wieder verweht hatte. Wenn die verfahrene Situation mit Stefan sie nicht ohnehin schon trübsinnig gemacht hätte, wäre sie es angesichts dieses Wetters ganz gewiß geworden.

Sie fing auch eindeutig an, ihr kindisches Benehmen

während ihres letzten Gesprächs mit Stefan zu bedauern. Ihr Temperament war mit ihr durchgegangen, wie gewöhnlich. Diesmal war der Grund dafür ihre Eifersucht gewesen, ein Gefühl, das Stefan seinerseits wieder einmal befremdet hatte. Und das ausgerechnet in dem Augenblick, als sie entdeckte, daß er ihr gegenüber nicht gleichgültig war. Nun, jetzt war er es jedenfalls, aber diese letzte Gemeinheit von ihm — daß es ihr egal sei, wer sie küßte oder berührte, wenn er einmal damit angefangen hatte — diese Gemeinheit hatte sie bei näherer Betrachtung wirklich gekränkt. Seiner Meinung nach protestierte sie also am Anfang, war jedoch leicht zu erobern, sobald sie erst einmal auf den Geschmack gekommen war.

Es war eine Beleidigung, nicht ganz so schlimm wie seine Feststellung, daß es ihr egal sei, mit wem sie ihr Bett teilte, aber eine Beleidigung war es allemal. Aber woher sollte sie denn wissen, ob es nicht vielleicht der Wahrheit entsprach? Sie hatte niemals irgendeinem Mann die Chance gegeben, es auf die eine oder andere Art zu beweisen, denn sie hatte keinem erlaubt, sie so zu küssen, wie Stefan es tat. Was, wenn er recht hatte? Sie *wollte* nicht, daß irgendein anderer Mann sie küßte. Es gab jetzt Dutzende von ihnen in ihrer Truppe, aber sie wollte keinen einzigen davon. Sie wollte nur Stefan, aber wenn einer von ihnen sie küssen würde, wirklich küssen ...

Schließlich hatte sie beschlossen, es wenigstens für sich selbst herauszufinden. Wenn sie so liederlich und wankelmütig war, wie Stefan es von ihr behauptete, dann wollte sie das verdammt noch mal wissen. Und daß ihre Wahl für dieses Experiment auf Vasili gefallen war, war ausgesprochen logisch. Im Augenblick fühlte er sich wahrscheinlich in seiner früheren Meinung über sie bestätigt. Seit er ihre Unschuld als Tatsache akzeptiert hatte, hatte er deutlich Schuldgefühle gezeigt. Also würde er sich sicher darüber freuen, wenn er beweisen konnte, im Grunde doch recht damit zu haben, daß sie vielleicht keine wirkliche Hure war, die Sache aber doch in ihrer Natur lag.

Außerdem war er der bestaussehende Mann, den sie je kennengelernt hatte, und wenn sie in diesem Experiment einen jenseits allen Zweifels stehenden Beweis erbringen wollte, konnte sie sozusagen auch gleich schweres Geschütz auffahren und sich dem härtesten Test unterziehen, der ihr einfiel. Wenn dieser Beweis zu ihren Gunsten ausfiel — und sie war zuversichtlich, daß es so ausgehen würde —, dann hätte sie neue Munition, mit der sie Stefan konfrontieren konnte. Aber sie wollte diese Sache hinter sich bringen, so oder so, bevor sie nach Cardinia kamen.

Stefan sagte zwar, daß sie mit ihm leben *mußte*, aber sie hatte nicht vor, weiter wie bisher mit ihm zu leben, wenn sie nicht genau wußte, daß es wenigstens eine kleine Hoffnung gab, Stefan könnte sie irgendwann doch noch lieben; andernfalls wollte sie lieber verschwinden, bevor sie nach Cardinia kamen und das ganze Land von ihrer Existenz erfuhr.

Jetzt sah sie Vasili direkt in die Augen und wiederholte ihre Frage in einem Ton, an dessen Ernsthaftigkeit er nicht zweifeln konnte: »Ich habe gefragt, ob es Euch etwas ausmachen würde, mich zu küssen?«

»Es würde mir allerdings etwas ausmachen«, erwiderte er, immer noch entrüstet. Dann warf er einen schnellen Blick auf das Lager, das sie eine Stunde zuvor aufgebaut hatten, um nach Stefan zu suchen.

Tanya erriet seine Gedanken. »Er ist mit Serge zu dem Dorf hinübergegangen, das einige Meilen von hier entfernt sein soll, jedenfalls hat Lazar das gesagt.«

Vasilis Augen kehrten zu ihr zurück und wurden schmal. »Wenn er also nicht in der Nähe ist, was soll dann diese lächerliche Bitte? Es *sollte* ihn doch eifersüchtig machen, oder?«

»Als ob das möglich wäre«, schnaubte sie verächtlich. »Nein, ich habe um meiner selbst willen gefragt, weil Stefan behauptet, daß es ganz egal sei, wer mich küßt. Ich würde auf jeden Mann gleich reagieren. Ich will wissen, ob das so ist.«

»Das kann doch nur ein Scherz sein!« rief er aus.

»Sehe ich so aus, als würde ich Witze machen?«

»Aber ich habe ernstliche Zweifel, daß Stefan es wirklich so gemeint hat. Er war in letzter Zeit nicht gerade besonders guter Laune, für den Fall, daß Euch das entgangen sein sollte. Und in so einer Stimmung wird er ...«

»Er hat diese Beobachtung schon gemacht, bevor wir Danzig verlassen haben.«

Nach dem Scheitern seines ersten Argumentes versuchte Vasili ein anderes, und in seiner Stimme schwang nun ein leiser Tadel mit. »Ihr könnt nicht einfach herumlaufen und irgendwelche Männer bitten, Euch zu küssen, Prinzessin.«

Bei diesen Worten wurde sie wieder rot. »Wenn es nicht so wichtig wäre, würde ich das auch nicht tun. Aber das ist ja gerade der Grund, warum ich *Euch* gefragt habe und nicht irgendeinen Fremden, damit es in der Familie bleibt, sozusagen. Also, werdet Ihr es jetzt einfach tun, damit wir die Sache endlich hinter uns bringen können?«

»Nein, das werde ich nicht«, sagte er mit kategorischer Endgültigkeit.

»Warum nicht?«

»Weil Stefan mich umbringen würde, wenn er es jemals herausfände.«

»Er würde nichts dergleichen tun«, sagte sie spöttisch.

»Ich möchte das lieber nicht ausprobieren, vielen Dank.«

Sie war überrascht. Sie hatte wirklich gedacht, er würde ihr helfen. »Also schön, dann werde ich eben einen anderen darum bitten müssen.«

Sie drehte sich auf dem Absatz um und wollte gehen. Er streckte die Hand aus und griff nach ihrem Arm. Jetzt schien er vollkommen durcheinander zu sein.

»Ihr müßt doch irgendwelche früheren Erfahrungen haben, auf die Ihr zurückgreifen könnt, wenigstens ein Mann, der Euch vor Stefan geküßt hat. Strengt Euer Gehirn an, um Himmels willen.«

»Das habe ich bereits getan. Ich bin nur selten geküßt

worden, und dann gegen meinen Willen und daher entsprechend kurz, weil ich dazu neigte, sehr schnell mein Messer zu zücken.«

Da endlich gab Vasili nach, wenn auch nur ausgesprochen widerwillig. »Oh, also gut.« Er beugte sich vor, um seine Lippen auf ihre zu legen, und das ganze dauerte genau fünf Sekunden.

Als er sich wieder aufrichtete, schüttelte Tanya entrüstet den Kopf. »Ihr wißt, welche Art von Kuß ich gemeint habe, Vasili. Das war es jedenfalls nicht.«

Bei diesen Worten errötete er wütend, griff nach ihrer Hand und zog sie hinter sich her durch das Lager. »Wohin gehen wir?« fragte Tanya.

»Wenn ich das richtig machen soll, dann wird sich das nicht vor den Augen der Offentlichkeit abspielen, so daß Stefan zwangsläufig davon erfahren muß.« Dann sah er sie argwöhnisch an. »*Ihr* habt doch wohl nicht die Absicht, es ihm zu sagen, oder?«

»Falls ich es tue, werde ich keine Namen nennen.«

Damit schien er zufrieden zu sein, denn er sagte nichts mehr. Sein Ziel war die andere Seite der Kutsche, in der sie schlief, wenn sie, so wie heute nacht, im Freien kampierten. Im Augenblick war niemand in der Nähe, aber wenn sie sich dorthin zurückzog, würden mindestens vier Bedienstete vor den Türen des Wagens schlafen, einschließlich der beiden Frauen, die während der Reise zu ihrer persönlichen Verfügung standen. Außerdem wurde immer eine ganze Anzahl von Wachen um die Kutsche postiert, die die ganze Nacht aufpaßten. Sie hatte sich vor ihrer Ankunft in Europa vielleicht nicht wie eine Prinzessin gefühlt, aber auf dieser Reise wurde sie ganz gewiß wie eine solche behandelt, mit Heerscharen von Dienern, die sie davon abhielten, auch nur einen Finger zu krümmen, um für sich selbst zu sorgen.

Sobald Vasili sicher war, daß niemand sie beobachten konnte, blieb er stehen und zog Tanya unverzüglich in seine Arme. Der Kuß begann zögerlich, was ihn betraf, aber er kam recht bald in Stimmung. Und Tanya war fest entschlossen, das ihre dazu beizusteuern. Sie wollte sich entspannen und ihre Sinne ganz dieser Erfahrung öffnen. Das fiel ihr nicht schwer, denn sie wurde langsam selbst recht gut in dieser Art von Beschäftigung. Vasili dagegen war ein Experte darin, ungefähr genausogut wie Stefan. Und das war ja auch der Sinn der Sache — sie wollte sich auf die Probe stellen.

Das Experiment endete etwa fünf Minuten später, als sie Vasili auf die Schulter tippte. Er ließ sie los und trat zurück, während er sich mit einer ungestümen Geste durch seine goldenen Locken fuhr.

In seinen Augen stand ein sanftes Glühen, das schleunigst ausgelöscht wurde, als er ihr einen fragenden Blick zuwarf. »Habt Ihr Eure Antwort?«

Sie grinste. »Ja.«

»Und?«

»Das wollt Ihr doch nicht *wirklich* wissen, oder, Vasili?«

Ihr Strahlen sagte ihm deutlich genug, daß es ihm nicht gelungen war, sie zu erregen. Er brach in Gelächter aus. »Ihr wart noch nie gut für meine Selbstachtung, Prinzessin. Daher verschont in diesem Fall bitte meine Gefühle.«

Kapitel 44

In der vergangenen Nacht hatte Tanya ungeduldig auf Stefans Rückkehr ins Lager gewartet. Er und Serge waren wahrscheinlich ins nächste Dorf gegangen, um Neuigkeiten aus der Gegend, in die sie nun bald kommen würden, zu erfahren. Und dann gab es auch noch allerlei andere Dinge zu erledigen: Das Frühstück für den nächsten Morgen mußte organisiert werden, wenn der ganze Troß durch das Dorf kam; außerdem mußten sie auch noch Proviant für das Mittagessen besorgen.

Lazar hatte ihr erzählt, daß dieser Teil des Landes für seine Bergbanditen und andere Arten von gesetzlosen

Gesellen bekannt war. Weil es ein so abgelegenes Gebiet war und seiner Natur nach noch fast primitiv, ignorierten es die umliegenden Länder: Österreich, das Königreich Polen oder jedenfalls das, was noch davon übrig war, da Polen jetzt unter russischer Herrschaft stand, und schließlich Rußland selbst.

Unglücklicherweise führte die nördliche Route nach Cardinia direkt durch dieses Gebiet, aber man konnte es in einem halben Tag durchqueren. Und man hatte Tanya versichert, daß schwerbewachte Reisende, so wie sie, niemals belästigt wurden. Nicht daß sie sich Sorgen darüber gemacht hätte. Natürlich hatte man ihr zu Anfang ihrer Überlandreise klargemacht, daß auch die natürlichen Einwohner des Landes eine Gefahr darstellten; Bären, Wildkatzen und Wölfe durchstreiften die Wälder und manchmal auch die angrenzenden Ländereien. Ihre Reisegefährten hatten wieder und wieder betont, daß sie sich niemals und aus keinem Grund allein irgendwohin wagen durfte. Aber sie hatte all diesen Warnungen kaum Beachtung geschenkt, da sie so sehr mit anderen Dingen beschäftigt gewesen war.

Als Stefan letzte Nacht endlich zum Lager zurückgekehrt war, hatte sie versucht, mit ihm zu sprechen. Er jedoch hatte sie abgewimmelt mit der Begründung, er sei zu müde. Als sie es am Morgen, bevor das Lager abgebrochen wurde, noch einmal versucht hatte, sagte er, er sei zu beschäftigt. Die Sache würde wohl bis zum Abend warten müssen — damit sie wahrscheinlich wieder zu hören bekäme, er sei zu müde? O nein!

Das war der Zeitpunkt, als ihr all die Warnungen wieder in den Sinn kamen, wie gefährlich es wäre, sich von der Gruppe zu entfernen. Es fiel ihr auch wieder ein, wie furchtbar sich Stefan aufgeregt hatte, als sie in den Mississippi gesprungen war, einfach deshalb, weil sie dabei ihr Leben aufs Spiel gesetzt hatte. Wenn sie also seine Aufmerksamkeit nicht gewinnen konnte, indem sie darum bat, würde sie es auf eine andere Art versuchen — indem sie von der Bildfläche verschwand.

Natürlich hatte sie nicht die Absicht, sich selbst in Gefahr zu bringen. Sie würde sich nicht weit von den Kutschen entfernen müssen, um ›verschwunden‹ zu sein. Auf alle Fälle konnte sie in Rufweite bleiben. Sie brauchte ja nicht zu antworten, wenn man nach ihr rief. Und sie mußte sich nicht eher zeigen, als bis Stefan verrückt vor Sorge war. Dann würde dieser Teufel sich endlich dazu herablassen, mit ihr zu sprechen.

Ihr war natürlich auch klar, daß das, was sie vorhatte, Stefans Versprechen auf die Probe stellen könnte, daß er, wie schon zuvor, fuchsteufelswild sein würde. Aber dieser Umstand bereicherte ihren Plan nur um einige aufregende Möglichkeiten, die sie um so entschlossener zu Werke gehen ließen. Und sie wartete nicht bis zum Abend. Sie hatte keine besondere Lust, sich im Dunkeln auf und davon zu machen, und daher setzte sie ihre Absicht noch am selben Nachmittag in die Tat um, als sie anhielten, um sich das kalte Mittagessen aus dem Dorf schmecken zu lassen.

Tanya wartete so lange, bis jeder mit dem Essen fast fertig war, denn es wäre sinnlos gewesen, länger in den Wäldern zu bleiben, als unbedingt nötig. Sie beendete sogar ihre eigene Mahlzeit, ein in dickes, mit Butter bestrichenes Brot gewickeltes Stück Fleisch. Aber sobald sich ihre Mägde daran machten, alles wieder aufzuräumen, um ihre Abfahrt vorzubereiten, schlüpfte sie heimlich hinter die Kutsche, wartete dort eine Weile, um sicher zu sein, daß niemand sie gesehen hatte, und stürmte dann in den Wald.

Sie hatte noch keine rechte Vorstellung, was sie zu ihrer Verteidigung sagen würde, wenn sie sich schließlich ›finden lassen‹ würde. Sie sollte die Schuld dem geben, der sie auch verdiente, und Stefan die Wahrheit sagen. Nein, das war schließlich doch keine ausreichende Entschuldigung, um all die Warnungen in den Wind zu schlagen, die man ihr eingeschärft hatte. Nur, weil er sie ignorierte? Sie konnte ihm erzählen, daß sie allein sein wollte, um nachzudenken, um zu entscheiden, ob sie ihn heiraten wollte oder nicht. Anschließend, so könnte sie behaupten, sei sie eingeschlafen. Schließlich benötigte sie auch einen Grund, um zu erklären, warum sie nicht auf die Rufe aus dem Lager reagiert hatte. Der Schlaf würde diese Unterlassung entschuldigen.

Auf jeden Fall blieb ihr noch etwas Zeit, um darüber nachzudenken. Zehn Minuten wahrscheinlich, bevor die anderen soweit fertig waren, um ihre Reise fortsetzen zu können. Dann fühlte sie sich für einen Augenblick ein wenig unbehaglich, als es ihr in den Sinn kam, daß sie vielleicht einfach so abreisen würden, in dem festen Glauben, sie säße bereits in ihrer Kutsche. Aber dann setzte sie sich mit einem Lachen darüber hinweg. Sie würden nicht *so* sorglos sein. Und für gewöhnlich leistete ihr ja auch jemand in der Kutsche Gesellschaft.

Aber an dieser Stelle fand sie, sie sei nun weit genug in den Wald hineingegangen. Dann sah sie sich nach einer Möglichkeit um, in Deckung zu gehen. Aber das einzige, was sich anbot, waren die massigen Baumstämme. Obwohl ein Baumstamm für ihre Zwecke sicher gut genug wäre. Schließlich erspähte sie jedoch etwas, das wie ein Gebäude aussah, und legte die kurze Strecke bis dahin im Laufschritt zurück. Bei näherem Hinsehen stellte sie fest, daß es irgendwann wohl einmal ein Haus oder ein Gehöft gewesen war, aber jetzt waren nur noch Ruinen davon übrig. Als Zufluchtsort würde es seinen Zweck eindeutig verfehlen, da der größte Teil des Daches und eine Wand eingestürzt waren, aber als ein Ort, an dem man ›einschlafen‹ konnte, war es geradezu perfekt. Nur hatte Tanya nicht damit gerechnet, daß noch jemand dort sein könnte.

Als sie um das Gebäude herumging, um sich ein wenig vor dem Wind zu schützen, sah sie zuerst die drei Ponys, die, nach ihrem Aussehen zu urteilen, einmal wild gewesen waren. Dann entdeckte sie auch die drei Männer, die sich an die Wand der Ruine lehnten. Kaum hatte sie ein überraschtes Keuchen von sich gegeben, als sie auch schon von dem Mann, der ihr am nächsten stand, vorwärts gerissen wurde. Jetzt konnte man sie von dem Weg, den sie genommen hatte, ganz bestimmt nicht mehr sehen.

»Also ich muß schon sehr…«

Eine Hand über ihrem Mund ließ Tanyas Protest jäh verstummen. Ein Arm um ihre Taille hob sie vom Boden auf und machte nicht die geringsten Anstalten, sie wieder loszulassen. Ein anderer Mann legte ihr geschickt ein Seil um die Handgelenke, und derselbe Mann hatte auch einen Knebel für ihren Mund zur Hand. Das alles passierte viel zu schnell, als daß sie einen klaren Gedanken fassen und nach dem Messer greifen konnte, das an ihren Schenkel geschnallt war.

»Und wenn sie gar nicht die Richtige ist?«

»Sie ist es«, sagte einer der Männer zuversichtlich. »Ihr habt mich hingeschickt, um die Leute zu beobachten, und ich habe sie beobachtet. Sie ist die einzige Dame in diesem Trupp.«

»Dann wäre sie nicht ganz allein hier draußen. Sie hätte sich überhaupt nicht erst so weit von der Straße entfernt.«

»Wer kümmert sich schon darum, was sie hier verloren hat, wenn sie es uns auf diese Weise so leicht gemacht hat, die Belohnung einzustreichen.«

»Wenn du dir so sicher bist, dann laß sie uns gleich hier umbringen, und die Sache ist erledigt.«

»Das sieht dir wieder mal ähnlich, Pavel«, sagte einer der anderen Männer mit unüberhörbarem Abscheu.

»Warum sollten wir uns die Mühe machen, sie…«

»Sieh sie dir doch einmal richtig an. Ich würde sie jedenfalls behalten, bevor ich sie umbrächte. Außerdem ist es Latzkos Entscheidung, nicht unsere. Im Augenblick wissen wir nicht einmal, ob die Belohnung etwas taugt. Und ich werde niemanden für nichts und wieder nichts umbringen.«

»Man wird uns jagen«, hob Pavel hervor.

»Man wird uns so oder so jagen.« Der andere Mann lachte. »Aber welchen Unterschied macht das schon, wo wir doch *immer* gejagt werden? Und niemand findet uns, es sei denn, wir wollen gefunden werden.«

Tanya wußte nicht, daß sie nur um Haaresbreite mit dem Leben davongekommen war oder daß ihr Leben überhaupt in solcher Gefahr geschwebt hatte. Denn die Männer sprachen einen slawischen Dialekt, von dem sie kein einziges Wort verstand. Aber sie wußte auf jeden Fall, daß sie mit ihnen gehen würde, denn sobald man sie fest verschnürt hatte — und das hatte weniger als eine Minute gedauert —, wurde sie auch schon auf eines der kleinen Ponys geworfen, und der kleinste der Männer stieg hinter ihr auf — zum Wohle des Ponys, nahm sie an.

Sie wußte nicht, was sie von dieser Entführung halten sollte, außer, daß sie hoffte, diese Männer hatten nichts mit demjenigen zu tun, der in Danzig versucht hatte, sie zu töten. Und da sie sie nicht auf der Stelle getötet hatten, war diese Hoffnung jetzt sehr stark. Aber falls es Wegelagerer waren, warum raubten sie sie nicht einfach aus und verschwanden wieder? Warum sollten sie sie mitnehmen?

Sie sahen nicht anders aus als die Leute, die sie während der vergangenen paar Tage in diesem Teil des Landes gesehen hatte, dunkle Haare, dunkle Augen, ein tiefbrauner Teint, und der einzige Unterschied zwischen ihnen lag in ihrer Größe. Einer war nicht größer als Tanya, der zweite konnte vielleicht ein paar Zoll mehr aufweisen, der dritte jedoch war ausgesprochen groß. Ihre Kleider unterschieden sich ein wenig von den anderen, die sie in dieser Gegend gesehen hatte. Überhaupt schien ihre ganze Ausstattung mehr dem Reiten zu dienen: dicke Hosen, hohe Schnürstiefel aus weichem Leder, kurze Jacken aus Schafsfell, bei denen der Pelz auf der Innenseite des Kleidungsstückes saß, und darunter trugen sie Wollhemden, die von breiten Stoffgürteln zusammengehalten wurden. Außerdem trugen sie alle bunte, helle Schultertücher, die eng am Hals zusammengebunden waren, und struppige Pelzhüte. Wenn sie irgendwelche Waffen bei sich hatten, konnte man sie jedenfalls nicht sehen, aber zweifellos war das auch ihre Absicht.

Stefan hatte eine sanft ansteigende Route in südöstlicher Richtung gewählt. Diese Männer ritten direkt nach Süden, direkt in die Karpaten hinein. Und sie ritten, als wäre der Teufel hinter ihnen her. Sie machten am Abend nur eine einzige Pause auf irgendeinem entlegenen Gehöft, wo sie ihre völlig erschöpften Ponys gegen ausgeruhte eintauschten. Straßen mieden sie vollkommen, und sie schienen jeden einzelnen Schleichweg durch Wälder und Hügel genauestens zu kennen. Sie machten nicht einmal halt, um zu essen, sondern kauten auf altbackenen Brotkrusten herum, die jeder von ihnen bei sich trug.

Irgendwann am Mittag des folgenden Tages erreichten sie ihr Ziel, nachdem sie die ganze Nacht durchgeritten waren. Es sah aus wie ein typisches Dorf, wenn man einmal davon absah, daß es hoch in den Bergen lag und nur über einen Weg erreicht werden konnte, von dem Tanya mit Sicherheit annahm, daß kein anderes Tier ihn bewältigen konnte als diese kleinen Ponys.

Sie war mittlerweile am Ende ihrer Kräfte, denn sie hatte nicht mehr Schlaf bekommen als ihre Entführer. Sie war fast zu müde, um sich darum zu kümmern, was als nächstes geschah. Aber sie war eindeutig dankbar für die Wärme des Hauses, in das sie hineingezerrt wurde.

Es war ein Blockhaus, mit nur einem großen Zimmer. Tanya ging ohne zu Zögern auf den Lehmofen in der Mitte des Zimmers zu, sobald man sie losgelassen hatte. Als erstes fiel ihr auf, wie vollgestopft das Zimmer war, mit groben Möbelstücken und den Trümmern eines ganzen Lebens. Erst danach fiel ihr Blick auf den Mann, der am Tisch saß und aß; er hatte nicht einmal aufgesehen angesichts dieser Störung. Er war groß, in mittleren Jahren, mit den verhärteten Gesichtszügen eines Menschen, der kein leichtes Leben gehabt hatte.

Einer der Männer warf einen Geldbeutel vor ihm auf den Tisch und gab eine langatmige Erklärung ab. Tanya versuchte erst gar nicht, irgend etwas davon zu verstehen. Statt dessen warf sie einen sehnsüchtigen Blick auf die vielen Pritschen, die überall herumstanden, und fragte sich, ob irgend jemand wohl etwas dagegen haben würde, wenn sie eine davon benutzte; sie wollte sich andererseits aber auch noch nicht vom Feuer entfernen. Sie war bis auf die Knochen durchgefroren, trotz des langen, grauen Umhangs, den sie trug. Hinzu kam, daß sie an solche Winter überhaupt nicht gewöhnt war, und es war auch immer kälter geworden, je höher sie in die Berge hinaufgestiegen waren.

Endlich bemerkte sie die Stille, die plötzlich herrschte, und schielte vorsichtig zu dem Tisch hin, an dem jetzt nur noch der ältere Mann saß. Die anderen drei waren verschwunden. Er hatte sie eine ganze Weile beobachtet, während er sein Mahl beendete. Er schien jedoch nicht geneigt, irgend etwas zu sagen.

Tanya beschloß dennoch, ihr Glück zu versuchen. »Ich nehme nicht an, daß Ihr Englisch sprecht?«

»Englisch«, sagte er angewidert. »Ich kenne vier Sprachen gut, drei nicht so gut. Mein Englisch ist nicht so gut.«

»Gut genug«, sagte Tanya erleichtert. Sie selbst hatte ein paar Brocken Französisch und Spanisch aufgeschnappt, aber sie zweifelte stark daran, daß diese beiden Sprachen zu den sieben gehörten, die der Mann beherrschte. »Würdet Ihr mir bitte sagen, was ich hier mache?«

»Ihr solltet gar nicht hier sein.«

»Nicht was sein?«

»Hier. Wenn meine Männer den Unterschied zwischen Rubinen und hübschem Glas kennen würden, dann wäret Ihr es auch gar nicht.« Er nahm eine Kette vom Tisch und ließ sie an einem Finger baumeln, um sie ihr zu zeigen.

»Ich verstehe nicht.«

»Das haben wir bekommen, um Euch zu töten. Es ist nicht echt. Also werdet Ihr nicht sterben.«

Das war nett von ihm, diesen Punkt zu klären, bevor sie Zeit genug hatte, um entsetzt zu sein. »Habe ich richtig verstanden? Jemand hat Eure Männer dafür bezahlt, mich zu töten, und diese Kette war der Lohn?«

»Genau das habe ich gerade gesagt.«

»Und da sie aus Glas statt aus echten Rubinen gemacht ist, werdet Ihr mich nicht töten?«

»Genau das habe ich gesagt.«

Es war bestimmt dieser feige Attentäter, der jetzt zweifellos Angst davor hatte, es selbst noch einmal zu versuchen. Aber vorsichtshalber erkundigte sie sich: »Könnt Ihr mir sagen, wer?«

Er zuckte mit den Schultern. »Wir geben uns nicht mit Namen ab.«

Sie seufzte. »Na schön, und was jetzt?«

»Meine Männer verschwenden viel Zeit, um Euch zu bekommen, ruinieren gute Tiere, um hierherzukommen. Pavel hier, der denkt, wir sollten Euch trotzdem töten, schon für den Ärger, den sie gehabt haben.« Er kicherte. »Er haßt alle Aristokraten, nachdem einer ihn halbtot geschlagen hat. Würden Eure Leute bezahlen, um Euch wiederzuhaben?«

Sie zuckte mit den Schultern. »Wahrscheinlich, obwohl ich nicht mein Leben darauf verwetten würde. Warum verlangt Ihr nicht einfach den Preis, den ihr haben wollt, und seht zu, ob ihr ihn bekommt?«

Er grinste. »Mir gefällt die Art, wie Ihr denkt, Lady.« Er zeigte mit einer Hand auf einen Krug, der oben auf dem Ofen stand. »Eßt, ruht Euch aus, es wird nicht lange dauern.«

»Nein?«

»Eure Leute waren nicht weit zurück«, erklärte er, »überhaupt nicht weit. Hofft, daß sie eine Menge Gold bei sich haben, Lady, sonst müssen wir sie vielleicht alle umbringen.«

Also war es ihm schließlich doch gelungen, sie in Angst und Schrecken zu versetzen.

Kapitel 45

Gefolgt von seinen Männern ritt Stefan langsam in Latzkos Dorf ein. Er war schon einmal hierhergekommen, ungefähr vor sieben Jahren, als er einen Streit mit seiner neuen Mätresse gehabt hatte und sie nach Hause zu ihrem Vater gelaufen war. Latzko war ihr Vater. Stefan war gekommen, um sich mit dem Mädchen zu versöhnen, nachdem er begriffen hatte, daß er in ihrer Auseinandersetzung unfair gewesen war. Er konnte sich jetzt nicht einmal mehr daran erinnern, weshalb sie sich eigentlich gestritten hatten, so nebensächlich war die Sache gewesen. Und Arina hatte sich gefreut, daß er gekommen war, um sie zurückzuholen. Ein alter Verehrer von ihr sah das jedoch ganz anders und hatte darauf bestanden, daß Stefan um sie kämpfen solle. Es war eine ärgerliche Angelegenheit gewesen. *So* sehr hatte er das Mädchen gar nicht gewollt. Aber schließlich hatte er dem Kerl den Gefallen getan und gewonnen. Ironischerweise aber dauerte die Affäre mit Arina dann nur noch einen Monat lang.

Jetzt kam Latzko aus seinem Haus, um ihn zu begrüßen. Und nach seinem freundlichen Lächeln zu schließen, erinnerte er sich an ihn. Und warum auch nicht? Der verschlagene Bandit war vor sieben Jahren nicht zufrieden damit gewesen, seine heißblütige Tochter einfach so wieder gehen zu lassen. Er hatte Stefan 50 Rubel abgeknöpft, bevor er ihm seine Tochter zurückgab, und das war, nachdem Stefan bereits um sie gekämpft und dieses Privileg gewonnen hatte.

»Was führt Euch diesmal hierher, Stefan?«

Zwei andere Männer waren erschienen und hatten sich Latzko vor seinem Haus zugesellt. Stefan war nicht besonders begeistert darüber, daß Pavel einer von ihnen war und ihn jetzt genauso feindselig ansah wie beim letzten Mal. Aber auch der Rest des Dorfes kam jetzt zum Vorschein. Ruhig und gelassen umzingelten Latzkos Männer die von Stefan. Ihre Waffen waren unsichtbar, aber Stefan wußte, wie schnell sich das bei diesen Bergleuten ändern konnte.

Er starrte Latzko an und sagte ohne jede Einleitung: »Ich glaube, Ihr habt etwas, das mir gehört.«

»Euch?« Latzko lachte herzlich. »Ich will verdammt sein. Meine Leute haben sich nicht die Mühe gemacht, mir das zu sagen.«

Stefan biß die Zähne zusammen, er bezweifelte das. Aber im Augenblick war es ihm auch egal: »Wieviel?«

»Fünfhundert?«

»Abgemacht.«

»Und er muß mit mir kämpfen«, warf Pavel so laut ein, daß alle es hören konnten.

»Abgemacht.«

Aus Latzkos Miene war abzulesen, daß er mit dieser Herausforderung eindeutig nicht gerechnet hatte. Er versuchte sogar zu protestieren. »Du hättest eigentlich aus Erfahrung klug werden sollen, Pavel, statt so dumm zu sein, immer wieder dieselben Fehler zu machen. Hat er dich nicht beim letzten Mal mit seinen bloßen Händen beinahe umgebracht?«

»Mein Fehler beim letzten Mal war, daß ich keine Messer für den Kampf verlangt habe«, erwiderte Pavel mit erschreckendem Selbstvertrauen. »Diesmal werden wir welche benutzen.«

Der ältere Mann gab einen Laut von sich, der seinen Abscheu verriet, bevor er sich wieder an Stefan wandte. »Er grollt Euch noch immer, der da. Er gibt Euch die Schuld daran, daß Arina ihm die kalte Schulter zeigt, obwohl sie im Augenblick mit einem österreichischen Herzog zusammenlebt. Aber ich habe das letzte Wort hier, und ich sage, Ihr müßt nicht mit ihm kämpfen.«

Latzko hatte offensichtlich Angst, daß er sein Geld nicht bekommen würde, falls Stefan etwas zustieß. Aber diesmal wollte Stefan den Kampf. Er war geradezu unbändig froh über diese Herausforderung.

»Ich habe bereits angenommen, Latzko, und es wird jetzt geschehen, noch in dieser Minute.«

»Stefan!« wandte Lazar hinter ihm ein, aber Stefan brachte ihn nur mit einem ungehaltenen Blick zum Schweigen, während er vom Pferd stieg.

Vasili ließ sich nicht so leicht den Mund verbieten. »Dann laß wenigstens einen von uns an deiner Stelle kämpfen. Du darfst in deiner Position jetzt nicht mehr solche unvernünftigen Risiken auf dich nehmen.«

»Ich habe zu entscheiden, was ein Risiko ist und wann es sich lohnt, eines einzugehen. Dieses Risiko ist unbedingt nötig, damit die Haut auf Tanyas Hinterteil bleibt, wo sie ist.«

Vasilis Augenbrauen flogen in plötzlichem Verstehen in die Höhe. Stefan brauchte *irgend etwas,* um seinen Zorn und seine Furcht abzureagieren, bevor er seiner Verlobten gegenübertrat. Es grenzte schon an ein Wunder, daß er diese Gefühle während der letzten vierundzwanzig Stunden unter Kontrolle gehalten hatte.

»Nun, der Himmel sei davor, daß sie irgendwelche Haut einbüßt«, erwiderte Vasili trocken, obwohl er genau wußte, daß diese Gefahr überhaupt nicht bestand. »Also mach voran und sieh zu, daß du dich ein wenig abkühlst dabei. Aber du solltest einmal ernsthaft darüber nachdenken, ob du in Zukunft nicht auf diese Art von Vergnügen verzichten könntest. Ja, ich finde wirklich, das solltest du tun.«

Stefan nickte ihm nur kurz zu, während er sein Schwert und seinen Mantel ablegte. Er trug kein Messer bei sich. Latzko stellte ihm sein eigenes zur Verfügung, einen langen Dolch mit einem guten Griff daran. Und kaum hatte er die Waffe in der Hand, da hatte Pavel bereits sein eigenes Messer gezogen und versuchte, ihn mit einem nach unten gerichteten Hieb zu erdolchen, um den Kampf auf der Stelle zu beenden. Aber Stefan hatte gar keinen sauberen Kampf erwartet, nicht nach seiner letzten Erfahrung mit diesem Mann. Pavels schmutzige Tricks hatten Stefan beim letzten Mal wütend genug gemacht, um ihn besinnungslos zu schlagen. Er fragte sich, ob er ihn diesmal wohl würde töten müssen, als er Pavels

Handgelenk auffing, es zurückwarf und mit seiner eigenen Klinge aufschlitzte. Aus einer kleinen Kerbe an Pavels Arm floß nun das erste Blut.

Sie umkreisten einander mit ausgestreckten Messern und warteten auf eine neue Gelegenheit, um den Kampf zu eröffnen. Keiner der beiden Männer hatte während der vergangenen anderthalb Tage geschlafen, aber im Augenblick spürten sie nichts davon, spürten überhaupt nichts anderes als den rohen Trieb, der sie anstachelte.

Pavel wurde von Haß und Eifersucht verzehrt. Stefan hatte, als er Tanya in den Wäldern nicht finden konnte, noch einmal den Horror des Todes seines Bruders durchlebt. Aber wie schnell hatte sich das in mörderische Rage verwandelt, als sie die Spuren dieser drei Ponys entdeckt hatten. Wenn er die Männer, die sie mitgenommen hatten, ein paar Stunden vorher eingeholt hätte, hätte er keine Gnade gezeigt. Pavel konnte sich glücklich schätzen, daß Stefan noch nicht wußte, daß er einer von ihnen war.

Schließlich machte Pavel einen Satz, einen ungeschickten Versuch, Stefan zu Fall zu bringen. Stefan ging tatsächlich zu Boden, mit dem Gesicht zuerst. Dann aber rollte er zur Seite, gerade rechtzeitig, um dem Messer auszuweichen, das sich deshalb statt in seinen Körper in die Erde bohrte. Er erwiderte dieses Manöver mit einem Tritt nach Pavels Kopf, der ihm zwar die Zeit verschaffte, wieder auf die Beine zu kommen, aber leider nicht ausreichte, um Pavel auch nur annähernd zu betäuben.

Pavel rappelte sich hoch und stürmte los, um Stefan abermals umzuwerfen. Aber Stefan hielt seinem Angriff stand, und die beiden Männer begannen miteinander zu ringen. Jeder versuchte den anderen an den Handgelenken festzuhalten. Jetzt war es nur noch eine Frage der Stärke, wer von ihnen die Klinge des anderen zurückhalten konnte, während er sich seiner eigenen Klinge bediente. Sie waren einander in dieser Hinsicht beinahe ebenbürtig, beide groß und muskulös. Stefan hatte trotzdem einen Vorteil — er war wütender.

Es endete damit, daß Stefans Klinge sich in Pavels Schulter bohrte. Der andere Mann taumelte zurück. Stefan behielt seinen Dolch fest in der Hand, aber er brauchte ihn nicht mehr. Durch den plötzlichen Schmerz gewann Pavels Erschöpfung die Oberhand, und er sank langsam auf die Knie.

»Ihr gewinnt ein zweites Mal«, bemerkte Latzko zu Stefan, womit er den Kampf offiziell beendete. »Falls er jemals wieder auf die Idee kommt, Euch herauszufordern, werde ich ihn mit meinen eigenen Händen töten.«

Stefan interessierte sich keinen Deut dafür. »Wo ist sie?« war alles, was er wissen wollte.

Latzko zeigte mit dem Daumen auf das Haus. »Da drin. Sie schläft. Und niemand hat sie angerührt, es sei denn, um sie zu fesseln. Aber noch ein Wort als Warnung, mein Freund. Meine Männer sind nicht einfach über sie gestolpert. Ich habe sie geschäftlich nach Warschau geschickt. Dort wurden sie angesprochen und bestochen, die Dame zu töten. Zu ihrem Glück machen meine Männer solche Sachen nicht ohne mein Einverständnis. Noch mehr Glück hatte sie allerdings, daß die Bezahlung sich als wertlos erwies, Rubine aus Glas.«

»Also habt Ihr beschlossen, sie statt dessen an mich zurückzuverkaufen?«

Der ältere Mann zuckte mit den Schultern. »Was hätte ich sonst mit ihr tun sollen? Ich bin zu alt, um sie zu behalten.«

»Ihr seid zu gierig, um sie zu behalten.«

»Auch wahr.« Latzko grinste. »Aber kommt, Ihr seid herzlich willkommen, die Nacht über hierzubleiben. Ruht Euch aus ...«

»Wir müssen jetzt wieder aufbrechen, Latzko, aber trotzdem vielen Dank.«

Im Haus stellte Stefan fest, daß Tanya wirklich schlief und nicht die geringste Ahnung davon hatte, daß er ihr nachgekommen war oder daß er gerade eben ein klein wenig Rache genommen hatte für die Qualen, die man ihr zugefügt hatte. Aber sie sah überhaupt nicht mitgenommen aus. Im Gegenteil, sie war wunderschön, friedlich in ihrem Schlaf und ohne eine einzige Sorge auf der Welt. Er fragte sich, ob sie überhaupt wußte, in welcher Gefahr sie sich befunden hatte, daß sie vielleicht schon tot wäre, wenn derjenige, der versucht hatte, sie umzubringen, sich etwas Besseres als falsche Juwelen hätte leisten können. Er fragte sich auch, ob sie wohl wußte, welche Verzweiflung er durchlitten hatte, als er zuerst dachte, sie sei Wölfen oder dem Attentäter zum Opfer gefallen.

Er weckte sie nicht auf. Behutsam hob er sie hoch und trug sie aus dem Zimmer. Draußen übergab er sie Serge, aber nur so lange, bis er wieder auf dem Pferd saß und sie auf seinen Schoß nehmen konnte. Da erst bewegte sie sich ein wenig und öffnete kurz ihre Augen, um ihn anzusehen.

»Oh, hallo, Stefan.« Dann schloß sie ihre Augen wieder, lächelte und schmiegte sich enger an ihn. »Habt Ihr Latzko getroffen? Netter Kerl, aber ich hoffe, Ihr mußtet ihm nicht zuviel bezahlen.«

»Eine armselige Summe«, brummte er. »Wenn er es gewußt hätte, hätte er auch den Mond verlangen können, und ich hätte ihn für ihn heruntergeholt.«

»Den Mond?« Sie gähnte, aber als sie damit fertig war, wurde ihr Lächeln noch breiter.

Er war ärgerlich. Es hatte nicht in seiner Absicht gelegen, etwas in dieser Art zuzugeben. Dann sagte er das, was er ihr ursprünglich sagen wollte: »Ihr könnt Euch bei Eurem Freund Pavel bedanken, daß ich, als ich hier ankam, nicht als erstes nach einer Peitsche gesucht habe. Jetzt bin ich zu müde, um Euch zu schlagen.«

Das versetzte ihrem selbstgefälligen kleinen Lächeln einen Dämpfer. »Warum solltet Ihr mich schlagen wollen?«

»Wir werden uns später darüber unterhalten.«

Ihre Augen weiteten sich. »Nein, ich will ...«

»Später!«

»Eure ewigen Hinhaltemanöver sind schuld an dem, was passiert ist, Dummkopf«, murrte sie.

»Eine kleine Demonstration Eurer Halsstarrigkeit? Ich

glaube, Ihr werdet diese Fesseln so lange tragen, bis ich Euch nach Hause geschafft habe.«

Aber er machte seine Drohung nicht wahr. Er selbst schnitt ihre Fesseln auf, als sie am Abend auf die Kutschen trafen. Der Treffpunkt war das Grundstück irgendeines Barons; der Mann überschlug sich beinahe, als er sie willkommen hieß, so begeistert war er darüber, daß König Stefan ihm die Ehre eines Besuches erwies. Er stellte Stefan sein ganzes Haus zur Verfügung, einschließlich seines eigenen luxuriösen Schlafzimmers, das Stefan ohne zu zögern akzeptierte. Er bekam schließlich nur, was ihm zustand.

Tanya stellte fest, daß sie in demselben Zimmer untergebracht war. Sie hatte den Rest des Nachmittags damit zugebracht zu schmollen und keinen Schlaf mehr gefunden. Und sie war auf den Kampf vorbereitet, der sie nun ganz sicher erwarten würde. Und es würde ein wirklich königlicher Kampf sein, an diesem Ort und zu diesem Zeitpunkt. Aber sie irrte sich. Stefan verschloß die Tür hinter sich, steckte den Schlüssel ein, legte sich prompt in das riesige und ziemlich altertümliche Bett, das mitten im Zimmer stand, und schlief ein.

Kapitel 46

Tanya verbrachte die Nacht in einem sehr bequemen Lehnstuhl, aber trotzdem hatte sie einen steifen Nakken, als sie mit einem Rütteln an ihrer Schulter aus dem Schlaf gerissen wurde. Als sie die Augen aufschlug, sah sie schemenhaft Stefans Gesicht über dem ihren — und hätte beinahe laut aufgestöhnt, als sie seinen Gesichtsausdruck bemerkte. Wie lange war er schon wach und brütete über die Ereignisse der vergangenen zwei Tage? Nach der Wildheit in seinen Zügen zu schließen schon eine ganze Weile. Oder ging es um etwas anderes?

»Darf ich es wagen, guten Morgen zu wünschen?«

fragte sie behutsam, nur um im selben Augenblick aus ihrem Sessel gerissen und grob durchgeschüttelt zu werden. »Man hat Euch gesagt, daß es in diesem Teil des Landes Wölfe gibt«, attackierte er sie.

»Ja, und Bären und …«

»Habt Ihr eine Vorstellung davon, wie schnell ein Wolf Euch in Stücke reißen kann?« war seine zweite Attacke. Und jetzt verstand sie endlich.

O Gott, sie hatte die Geschichte mit seinem Bruder vergessen! Nach einer solchen Erfahrung war das vielleicht das einzige, woran Stefan gedacht hatte, als sie sie nicht finden konnten.

»Es tut mir leid, Stefan«, sagte sie ernsthaft und dachte nicht einmal daran, ihn jetzt noch zu belügen. »Ihr habt mich ignoriert. Ich wollte doch nur Eure Aufmerksamkeit, um Euch zu sagen, daß Ihr Euch geirrt habt. Ich habe mich von einem anderen Mann küssen lassen und nicht das geringste dabei empfunden. Es spielt also *doch* eine Rolle, wer das Küssen besorgt.«

Die, wenn auch umständlich formulierte Mitteilung, daß sie ihn begehrte, hatte eine ausgesprochen rasche Wirkung auf Stefan. Sein Zorn, der lediglich von seiner Angst herrührte, zerschmolz angesichts seiner augenblicklichen Erregung. Er hielt sie bereits bei den Schultern, war nahe daran gewesen, sie erneut durchzuschütteln. Jetzt zog er sie an sich und küßte sie wild.

Tanya brauchte sich nicht lange zu fragen, was das bewirkt hatte. Sein Zorn natürlich, das nahm sie wenigstens an. Soviel also zu vorschnell gemachten Versprechungen, aber was sie betraf, war es mit ihrem Streit vorbei. Dasselbe galt für ihren eigenen Zorn, mit dem sie in der letzten Nacht eingeschlafen war. Es war wirklich erstaunlich, was ein Kuß bei ihnen beiden auslösen konnte. Er beruhigte sie in einer Hinsicht und entflammte sie in einer anderen, erheblich erfreulicheren. Sie selbst ließ sich sehr schnell davon gefangennehmen. Der Vorstoß seiner Zunge stieß auf begeisterte Nachahmung ihrer eigenen. Sie half ihm dabei, sich der Bluse zu entledigen, die er für sie aufknöpfte. Ihren Rock ließ sie einfach auf den Fußboden fallen. Er schien nicht sonderlich überrascht darüber, daß sie jetzt nackt war, da sie am vergangenen Abend ihre Unterwäsche ausgezogen hatte, um es sich ein wenig bequemer zu machen. Lediglich Rock und Bluse hatte sie anbehalten, um der Sittsamkeit genüge zu tun. Auf diese Weise bekleidet hatte sie auch auf dem Dampfer geschlafen, aber wahrscheinlich schenkte er dieser Kleinigkeit gar keine Aufmerksamkeit. Nicht mehr jedenfalls, als er es beim letztenmal getan hatte. Und das würde sie im Augenblick wohl akzeptieren müssen, denn sie hatte nicht die leiseste Absicht, ihn aufzuhalten.

Um genau zu sein, tat sie eigentlich das Gegenteil davon, denn diesmal war sie diejenige, die ihn langsam zum Bett schob. Und dort angekommen war sie auch diejenige, die darauf aufpaßte, daß ihr Kuß, während sie sich und ihn langsam auf die Matratze senkte, keinen Augenblick lang unterbrochen wurde. Sie mußte sich nicht nur um irgendwelche Störungen Sorgen machen, die die fatale Neigung hatten, ihn wieder zu sich zu bringen, sondern ebenfalls um dieses verdammte Versprechen, das er gegeben hatte. Die Erinnerung daran würde dieses Zwischenspiel eher beenden als irgend etwas sonst.

Daher bemühte sie sich verzweifelt, Stefan in seinem gedankenlosen, vom Zorn bestimmten Zustand zu halten, und nicht einmal als er begann, seine Kleider abzustreifen, war sie bereit, seinen Kopf loszulassen. Erst als er nackt war wie sie, entspannte sie sich genug, um das, was geschah, einfach zu genießen. Und dann war sie wieder im Strudel dieser Wildheit gefangen, in diesem reinen, zügellosen Begehren, das nach Erlösung schrie.

Diesmal war sie diejenige, die nicht genau aufpaßte, was er eigentlich tat. Sie war zu sehr auf die ungeheuren Gefühle konzentriert, die seine Hände in ihr zum Leben erweckten, als sie mit aufreizender Langsamkeit den Weg von ihrem Hals zu ihren Lenden erkundeten, daß sie eine Weile brauchte, um zu begreifen, daß er sie nicht mehr küßte. Tatsächlich beobachtete er sie voller Faszination.

Als sie endlich ihre Augen öffnete, hielt er seine Hände still. Ihre Blicke verschmolzen miteinander, und sie sah, daß er kein bißchen wütend mehr war.

Eine Woge heißer Enttäuschung schlug über Tanya zusammen. »Zum Teufel mit dir, Stefan. Du kannst dich doch nicht ausgerechnet *jetzt* beruhigen!« stieß sie hervor.

Zu ihrem maßlosen Verdruß brach er in Gelächter aus und grinste immer noch, als er sich frech erkundigte: »Warum?« Er beugte sich vor und biß ihr liebevoll in die Unterlippe, um sie anschließend mit seiner Zunge zu umspielen. »Du glaubst, ich werde einfach so aufhören, dich zu lieben?« Seine Lippen nagten, während er sprach, immer wieder an den ihren. »Dann denk noch einmal nach, kleine Huri: Du hast mir mit dem Segen deines Vaters schon vom Tag deiner Geburt an gehört.« Seine Hand strich mit einer unmißverständlichen, besitzergreifenden Geste über ihre Brüste. »Du bist die einzige Frau, die jemals ganz mein war. Ich werde dich nicht noch einmal so gedankenlos nehmen, Tanya. Habe ich dir das nicht versprochen?«

Er erwartete doch wohl nicht von ihr, daß sie ihm in diesem Augenblick eine Antwort darauf gab, oder? Sie war so überwältigt von der überschwenglichen Freude über diese Schlüsselwörter ›gehört‹ und ›ganz mein‹, daß sie ein wenig von dieser Freude zurückgeben oder daran ersticken mußte. Ihr Arm schlang sich um seinen Hals, um seinen Mund energischer zu dem ihren zurückzubringen. Ihre Zunge schlüpfte zwischen seine Lippen, um zu spielen und zu necken, während ihre andere Hand kühn nach seiner Männlichkeit suchte, Satin auf Stahl, und sie sanft liebkoste.

Ihre unschuldige Berührung entlockte ihm ein tiefes Stöhnen, das ihre Eingeweide zu verzehren schien. Sie seufzte zufrieden. Sie wollte ihn lieben, und er ließ es geschehen. Und als sie glaubte, es keinen Augenblick länger ertragen zu können, ergriff er die Initiative, preßte sie fest an sich und erfüllte sie mit seiner Hitze. Aber anders als zuvor bewegte er sich diesmal langsam, sinnlich, wie um das Wunder mit voller Absicht ein wenig zu verlängern. Dann endlich drang er mit tiefen, mahlenden Stößen in sie ein und führte sie zu einem betäubenden Höhepunkt, der ihren Körper mit einem wilden Pulsieren marterte, das bis zu seinem letzten Stoß fortdauerte, nur mit ein wenig verminderter Gewalt. Dann schien sie aufs neue zu explodieren, als sie seine eigenen heißen Krämpfe spürte.

Sie wollte nicht, daß die Wirklichkeit sich zwischen sie drängte. Beim letzten Mal war es nicht besonders erfreulich gewesen. Aber andererseits konnten sie natürlich auch nicht für immer dort liegenbleiben und einander umklammern, so sehr sie es auch wollte. Es war Morgen, alle anderen würden bereits auf sein und sich für die Abreise fertig machen. Außerdem mußte Tanya sich auch noch für ihr närrisches Benehmen rechtfertigen, das sie den Banditen direkt in die Arme geführt hatte.

Daher war sie einigermaßen überrascht, als sie fühlte, wie seine Lippen sanft ihre Wange streiften, und sie ihn mit geringfügiger Neugier fragen hörte: »Wer hat dich geküßt, ohne daß du etwas dabei empfunden hast?«

Ohne das leiseste Schuldgefühl wegen des Wutanfalls, den ihre Antwort vielleicht auf seinen goldenen Schopf herunterprasseln ließ, sagte sie: »Vasili.« Dann jedoch stellte sie schleunigst seine Ehre wieder her, indem sie hinzufügte: »Aber er hat es gehaßt, das zu tun, hat die ganze Zeit nach Ausflüchten gesucht und erst nachgegeben, als ich gesagt habe, ich würde jemand anderen darum bitten, mich zu küssen, wenn er es nicht täte.«

Stefan erhob sich auf einem Ellbogen, um ihr einen ungläubigen Blick zuzuwerfen. »Du bist herumgelaufen und hast um Küsse gebeten?«

»Nur um festzustellen, ob du recht hattest oder nicht.«

»Konntest du nicht einfach auf vergangene Erfahrungen zurückgreifen?«

Sie ließ sich nicht davon beirren. Sie war im Augenblick viel zu satt und zu abgeklärt, um sich von irgend etwas beirren zu lassen.

»Ich hasse es, dich enttäuschen zu müssen, so wie ich

Vasili enttäuscht habe, da er mich dasselbe gefragt hat. Aber meine vergangenen Erfahrungen sind nicht so groß und so zahlreich, wie ihr beide glaubt.«

Da lächelte er. »Und da wollte ich schon zugeben — zu meiner eigenen Verblüffung —, daß ich langsam eine gewisse Dankbarkeit dafür entwickele.«

Das hätte Tanya beinahe die Kehle zugeschnürt, aber sie wußte schließlich, was er meinte und errötete. Dann erwiderte sie: »Das war nicht Erfahrung, das war reiner Instinkt.«

»Ich habe nicht versucht, dich zu beleidigen, Tanya«, sagte er sanft.

Das wußte sie, und sie konnte es kaum glauben. Aber wenn das die Art von Reaktion war, die sie von ihm zu erwarten hatte, wenn er *nicht* gerade von Schuldgefühlen heimgesucht wurde, die ihn, wie sie jetzt wußte, beim letzten Mal zu schaffen gemacht hatten, dann würde sie eben zusehen müssen, daß sie sich öfter liebten.

»Könnten wir nicht heute hierbleiben — um deine ›Dankbarkeit‹ etwas genauer zu erforschen?«

Er lachte und rollte sich herum, seine Arme fest um sie geschlossen, so daß sie mit ihm kam. Seine Hand bewegte sich, um ihr über das Haar zu streichen und ihr Gesicht gegen seine Brust zu pressen.

»Ich wünschte, wir hätten etwas mehr Zeit, aber mein Vater wartet sicher schon gespannt auf unsere Ankunft. Er wird auf die Stunde genau wissen, wann wir erwartet werden *könnten*, und diese Verspätung ...«

»Wird ihn aufregen.« Sie seufzte. »Ich verstehe.«

Mit einem kräftigen Klaps auf ihre Kehrseite forderte er sie auf, sich anzuziehen, aber sie erhielt noch vier weitere Küsse, die ihre Verspätung vergrößerten, während sie versuchte, seinem Befehl zu gehorchen. Der Mann schien an diesem Tag einfach nicht die Hände von ihr lassen zu können, und ihr ging es nicht anders. Es war so ungewöhnlich, ihn auf diese Weise um sich zu haben, und sie hätte gar nicht glücklicher sein können.

Als sie zur Abreise fertig waren, machte sie sich seine

angenehme Stimmung zunutze, um zu fragen: »Was sollte diese Bemerkung, daß Pavel mir die Peitsche erspart hat?«

»Sicher nichts von Bedeutung«, erwiderte er, aber dann griff er plötzlich nach ihrem Kinn, um streng hinzuzufügen: »Ignoriere niemals mehr eine konkrete Warnung, Tanya.«

Sie lächelte, denn sie war sich vollauf bewußt, daß dies schon das ganze Ausmaß seines Tadels war. »Dann darfst du *mich* auch nie wieder ignorieren, Stefan. Ich mache ziemlich törichte Sachen, wenn ich wütend werde.«

»Lieber Himmel, als ob wir das nicht alle täten.«

Kapitel 47

Die Hauptstadt von Cardinia war nur eine ganz gewöhnliche Stadt, ähnlich wie Warschau, das sie auf ihrer Reise durchquert hatten, oder Danzig. Tanya wußte nicht, warum tief in ihrer Phantasie verborgen dieses Märchen existierte, mit einem Schloß und einer rosengeschmückten Landschaft. Es gab kein Schloß, aber es schneite bei ihrer Ankunft, und dieser Umstand verlieh dem Ort, an dem sie leben würde, ein wenig von der Schönheit eines Märchenlandes. Die Stadt war von einer altertümlichen Mauer umschlossen, die nicht länger bewacht und an manchen Stellen auch schon ziemlich verfallen war, aber die Stadt hatte sich schon vor Jahrhunderten über diese Mauer hinaus ausgedehnt.

Wie in jeder Stadt gab es viele große, elegante Häuser in gewissen Bezirken und dann auch viele nicht ganz so elegante in anderen Bezirken. Aber sie sahen alle nicht viel anders aus als die Häuser, die sie anderswo in Europa gesehen hatte. Der Handel blühte. Es gab große Kaufhäuser und kleine Geschäfte, offene Märkte, Verkaufsstände und sogar Lagerhäuser, direkt neben Parks, Cafés und Kirchen. Kutschen und Pferdeschlitten verstopften einige Straßen, in denen man zwar den Schnee zur Seite geschaufelt hatte, aber machtlos gegen die eisige Kruste gewesen war, die die Fahrbahn überzog. Andere Gassen waren leer, der Schnee dort von unverdorbenem Weiß und unberührt. Auf den großen Plätzen standen hohe Bronzestatuen, und winterkahle Bäume säumten viele Straßen.

Der Palast bildete schon ganz allein einen Platz. Wenn er auch kein turmhohes Schloß war, so war er doch unglaublich riesig. Drei Stockwerke hoch bedeckte er einen ganzen Block im Stadtkern. Die Mehrheit der für offizielle Zwecke bestimmten Zimmer lag in dem vorderen Gebäude des Palastes und viele andere Zimmer in den beiden Seitenblöcken. Ein Wohntrakt bildete den hinteren Teil des Schloßhofs, und in der Mitte dieser vier langgestreckten, miteinander verbundenen Gebäude lagen offene Gärten und Parks.

Tanya war begeistert von der Stadt, nachdem sie tagelang nichts anderes zu Gesicht bekommen hatte als kleine Dörfer und einmal den Besitz eines Adeligen. Aber der Palast selbst, seine Pracht und Fülle überwältigten sie vollkommen. Das Eingangstor war gigantisch; es erstreckte sich über die ganzen drei Stockwerke. Ein Beamter mit bewaffneten Wachen an seiner Seite war dort postiert, und noch viele andere Männer standen in der Halle, und sie hätten sie gewiß aufgehalten, wenn man Stefan nicht erkannt hätte. Sie gingen durch breite, marmorgeschmückte Korridore, vorbei an langen Reihen großer Porträts in soliden Goldrahmen. Diese Porträts wurden von den verschiedensten Dingen voneinander getrennt, bald waren es silberne Lampen auf Konsolen, die aus den Wänden ragten, bald Säulen, auf denen Büsten oder kleine Statuen prangten, oder Türen, vor denen zu beiden Seiten Lakaien auf ihrem Posten standen.

Das alles betäubte sie geradezu, während sie durch einen Korridor nach dem anderen geführt wurde. Sollte sie wirklich an einem Ort wie diesem leben? Und brachte man sie etwa gerade eben zu dem Zimmer, in dem sie in

Zukunft leben sollte? Gott stehe ihr bei, das mußte ja ganz am Ende des nächsten Gebäudetraktes liegen.

Aber sie waren nicht auf dem Weg zu Tanyas Zimmern, die im selben Flügel wie Stefans liegen würden. Sie hätte wissen sollen, daß er sofort zu seinem Vater gehen würde. Sie wünschte nur, er wäre nicht auf die Idee gekommen, sie mitzunehmen.

Stefan mochte zwar jetzt der König sein, aber das hatte sie nicht von Anfang an gewußt, und sie sah in ihm immer noch nur Stefan. Aber sein Vater war zwanzig Jahre lang König gewesen, so lange, wie sie auf der Welt war, also ein *wirklicher* König ihrer Meinung nach. Und sie war nicht darauf vorbereitet, ihm jetzt schon gegenüberzutreten, denn plötzlich hatte sie alles vergessen, was Lazar und die anderen ihr eingehämmert hatten, das ganze Protokoll und die korrekten Formen der Anrede — alles war mit einem Mal wie weggeblasen.

Daher war es kein Wunder, daß sie einen Hofknicks vor dem Premierminister machte, der im Vorraum zu den königlichen Gemächern am Schreibtisch saß und bei ihrem Eintritt überrascht aufgesehen hatte. Glücklicherweise war seine Überraschung jedoch so groß, daß er ihren Schnitzer nicht bemerkte.

»Stefan! Warum haben wir keine Nachricht bekommen, daß Ihr zurückgekehrt seid?«

Stefan umarmte den älteren Mann mit einem Lachen. »Das hätte ich auch getan, aber schließlich wartete Sandors Mann in Danzig und brach sofort auf, um hierher zurückzukehren. Daher sah ich keinen Sinn darin, noch jemanden loszuschicken, um Euch eine Nachricht zu überbringen, die Ihr ohnehin erhalten würdet.«

»Welcher Mann? Sandor hat niemanden geschickt. Wir haben angenommen, Ihr würdet das tun.«

»Dann ...« Stefan hielt inne, um einen Blick auf Tanya zu werfen. »Es sieht so aus, als sei dein Möchtegern-Attentäter doch gar nicht so dumm gewesen. Und das bedeutet auch, daß Alicia wissen müßte, wie er aussieht.«

»Attentäter?« rief Max aus.

Aber Tanya ließ sie nicht weiter zu Wort kommen, sondern fragte mit schmal gewordenen Augen: »Falls du deine Rothaarige besuchen willst, um sie danach zu fragen, Stefan, dann werde ich mit dir gehen.«

»Ich weiß noch nicht einmal, ob sie nach Cardinia zurückgekehrt ist, aber wie dem auch sei, jemand anders kann sie befragen.«

Tanya war nur halbwegs besänftigt. Maximilian Daneff war es überhaupt nicht. *»Attentäter?«* wiederholte er und gewann Stefans Aufmerksamkeit zurück.

»Seit wir in Europa sind, hat es zwei Anschläge auf ihr Leben gegeben«, antwortete Stefan. Dann fügte er noch einige Worte hinzu, die unverkennbar ein Befehl waren: »Ich will nicht, daß so etwas noch einmal passiert, Max. Ich werde mich persönlich darum kümmern, aber ich glaube nicht, daß man Sandor etwas davon sagen sollte. Es geht ihm gesundheitlich besser, aber eine solche Aufregung könnte wieder einen neuen Rückfall verursachen.«

»*Wieviel* besser geht es ihm?« fragte Stefan argwöhnisch.

»Nun, mein Junge, davon will ich nichts hören. Ihr könnt wirklich nicht annehmen, Euer Vater hätte nur gespielt ...«

»Ach, hätte er nicht?«

Max grinste. »Nun, vielleicht schon. Aber wie die Dinge liegen, hat er es nicht getan. Eure Krönung *war* offiziell, und ich habe nur gesagt, daß es ihm besser geht, nicht daß er vollkommen wiederhergestellt ist. Die Ärzte jedoch haben die Hoffnung, daß er vielleicht noch ein paar Jahre vor sich hat, *falls* er sich aus dem Thronsaal fernhält. Nun, wenn ich jetzt Eure Verlobte willkommen heißen dürfte, die gewiß keine Vorstellung braucht.« Max drehte sich zu Tanya herum und verbeugte sich formell. Dann sagte er: »Ihr seid ein Abbild Eurer Mutter, Prinzessin Tatiana, bis auf Euer Haar, das ganz Janacek ist. Willkommen daheim.«

Sie würde nie begreifen, warum ihr plötzlich die Tränen in die Augen sprangen, aber sie taten es, vielleicht weil dieser Mann ihre Eltern gut gekannt hatte, weil er sie selbst als Baby gekannt hatte und ihr Dinge erzählen konnte, die nicht einmal Stefan wußte. Oder vielleicht war es auch einfach, weil ›daheim‹ für sie in all den Jahren etwas so Unerreichbares, schwer Faßbares gewesen war, und jetzt hatte sie endlich das Gefühl, als sei sie wirklich nach Hause gekommen.

Beim ersten Zeichen von Tränen zog Stefan sie in seine Arme und grinste über ihren Kopf hinweg den Premierminister an. »Es war nichts, was Ihr gesagt habt, da bin ich ganz sicher, Max. Also macht nicht ein so betretenes Gesicht. Dieses Weib ist einfach gefühlsbetont und reizbar. Ihr würdet nicht glauben, was ich alles einstecken mußte ...« An dieser Stelle bekam er einen Fausthieb in die Seite und ächzte. »Seht Ihr?«

»Du arroganter Teufel, du mußtest nicht halb so viel einstecken wie ich. Du solltest zur Kenntnis nehmen ...«

»Benimm dich, Tanya, oder ich werde ernsthaft darüber nachdenken müssen, ob ich dich nicht wieder übers Knie legen sollte.«

»Den Teufel wirst du tun.«

»Nun, nun, Kinder.« Max kicherte, weil es so offensichtlich war, daß keiner von beiden wirklich wütend auf den anderen war. »Ich denke, es wird Sandor guttun zu sehen, wie hervorragend ihr beide miteinander auskommt.« Als er Tanyas erstaunten Blick bemerkte, erklärte er: »Wir haben uns Sorgen darüber gemacht, daß Stefan vielleicht ...«

»Das reicht, Max«, unterbrach ihn Stefan, und es konnte keinen Zweifel darüber geben, daß er diesmal wirklich verärgert war.

Tanya sah zu ihm auf und lächelte. »Geheimnisse? Als ob ich nicht selbst erraten könnte, daß er gerade dabei war, mir zu erzählen, wie sehr du es gehaßt hast, mich nach Hause holen zu müssen. Und daß, wenn es nach dir gegangen wäre, ich in Amerika geblieben und dort vermodert wäre. Ich habe dir immer wieder gesagt, daß ich nicht dumm bin, Stefan, aber du scheinst das immer wieder zu vergessen.«

»Das ist Ansichtssache, wenn du mich fragst.«

»Autsch.« Sie zog eine Grimasse.

»Also wirst du dich lange genug zusammennehmen, um meinen Vater zu treffen?«

»Wenn er dir halbwegs ähnlich ist, bin ich nicht einmal sicher, ob ich ihn überhaupt treffen will.«

»Hör auf zu schmollen, kleine Huri. Prinzessinnen geben würdevoll nach.«

»Tavernenweiber gehen einem dagegen immer gleich an die Kehle.«

Er errötete. Sie ebenfalls, als ihr klar wurde, daß niemand hier etwas über ihre Vergangenheit wußte. Aber Maximilian schenkte dieser Bemerkung keine Aufmerksamkeit, sondern nahm nur an, daß sie einander verspotteten. Eine Art privater Scherz vielleicht. Und er war so glücklich über Stefans Verwandlung, daß er ihnen kaum zuhörte. Sandor würde ebenfalls glücklich sein. Sie hatten beide große Angst ausgestanden, daß nichts Stefan dazu bringen konnte, das Mädchen zu akzeptieren, ob er sie nun nach Hause brachte oder nicht. Aber es sah ganz so aus, als hätte er schon weit mehr getan, als sie zu akzeptieren.

»Es tut mir leid«, hörte Maximilian das Mädchen sagen.

»Das muß es nicht«, erwiderte Stefan. »Ihnen wenigstens müssen wir es sagen, und da können wir es genausogut gleich jetzt tun.«

»Was muß man uns sagen?« fragte Maximilian, der plötzlich von ihrer Ernsthaftigkeit alarmiert war.

»Wir werden es euch beiden zusammen erzählen, Max. Also warnt ihn am besten vor, daß wir hier sind. Ich möchte ihn nicht damit überraschen, einfach in sein Zimmer zu marschieren.«

Max tat, wenn auch widerwillig, wie ihm gesagt wurde, und die nächste Stunde erwies sich als ungemütlich für sie alle, aber ganz besonders für Tanya, während sie Stefan zuhörte, wie er ihr Leben zusammenfaßte — ein Leben, das seiner Schilderung nach nur eine freudlose und klägliche Existenz gewesen war. Man hätte wirklich glauben können, daß sie alle Qualen der Hölle durchlitten hatte, und daher unterbrach sie ihn schließlich, um ein weniger finsteres Bild zu zeichnen. Sie ließ das Elend ihrer Jugend aus und berichtete nur von den helleren Augenblicken, ganz besonders von den Jahren, die sie mit Iris geteilt hatte.

Aber Sandor war nichtsdestoweniger sichtbar betroffen, und sie begriff auch warum, als er zu ihr sagte: »Du mußt mich ja hassen, Mädchen.«

»Warum? Ich kenne Euch nicht einmal.«

»Ich bin derjenige, der dich mit der Tomilova weggeschickt hat. Sie war die beste Freundin deiner Mutter. Sie hätte dich unter Einsatz ihres eigenen Lebens beschützt, aber niemand ist auf die Idee gekommen, daß sie sterben und dich hilflos zurücklassen könnte, auf Gedeih und Verderb irgendwelchen Bauern ausgeliefert.«

Tanya zweifelte daran, daß es Dobbs gefallen hätte, ein Bauer genannt zu werden. Er war es gewohnt, daß man ihn als weißen Abschaum beschimpfte, aber Bauer? Bei dem Gedanken mußte sie lächeln. Sie schenkte dieses Lächeln Sandor, um ihn zu beruhigen.

»Ihr dürft vor allen Dingen nichts bedauern, was Ihr niemals wissen konntet, ebenso wie es sinnlos wäre, etwas, das vergangen und erledigt ist, zu bedauern. Also glaubt nicht, daß ich mein bisheriges Leben bedauere. Das tue ich nicht. Es hat mich vieles gelehrt, Fähigkeiten, die eine verhätschelte und verwöhnte Prinzessin niemals erworben hätte. Und absolute Selbständigkeit ist sicherlich nicht das schlechteste. Ich glaube, meine Erziehung hat mich stark gemacht, ganz gewiß stark genug, um es mit Eurem Sohn und seinem königlichen Temperament aufzunehmen.«

Sandor johlte vor Lachen. »Gesprochen wie eine Janacek. Dieser Zweig der Familie hat schon immer die besseren Diplomaten gehabt. Wir sind dankbar für dein Verständnis, Kind. Du wirst eine wirklich glänzende Königin abgeben.«

»Wann?« fragten sie und Stefan beinahe gleichzeitig.

»Wäre nächste Woche zu früh? Schließlich ist das etwas, auf das wir jahrelang gewartet haben, und die Vorbereitungen sind bereits seit Monaten im Gange.«

Eine bloße Woche vor der Hochzeit? Tanya war es recht. Sandor mochte vielleicht jahrelang auf diesen Tag gewartet haben, aber sie selbst hatte das Gefühl, eine Ewigkeit auf diese Zeremonie gewartet zu haben, die ihr das Recht geben würde, Stefan ihren Mann zu nennen.

Kapitel 48

Es war am Tag vor der Hochzeit, als Tanya endlich bemerkte, daß sie Stefan in der vergangenen Woche kaum zu Gesicht bekommen hatte, und auch bei diesen Gelegenheiten nur kurz. Die Anfertigung ihres Hochzeitsgewandes war eine große Sache gewesen und hatte stundenlange Anproben erfordert. Dann hatte es sogar noch mehr Anproben gegeben, weil auch andere Kleider für sie gemacht wurden. Jeden Tag hatte man ihr ein neues Kleid gebracht, das sie bei irgendeiner besonderen Gelegenheit tragen sollte. Einmal wurde sie bei Hofe vorgestellt und mit den wichtigeren Adeligen des Landes bekanntgemacht, ein andermal lernte sie die ausländischen Botschafter und Würdenträger kennen, die bei ihrer Hochzeit zugegen sein würden.

Außerdem mußte sie stundenlange Befragungen über sich ergehen lassen, wenn Maximilian mit seinen Sicherheitsbeamten bei ihr aufgetaucht war, um noch die winzigste Einzelheit über die Anschläge auf ihr Leben zu erfahren. Sie mußte den ersten Zwischenfall geradezu nachspielen, bis hin zu dem Augenblick, an dem sie aus dem Bett gerollt war, bevor die Männer wirklich zufrieden waren und akzeptierten, daß sie ihnen nicht mehr erzählen konnte. Aber ihre große Ernsthaftigkeit hatte ihr zu Bewußtsein gebracht, daß sie noch immer in Gefahr schwebte. Und es war ein furchtbares Gefühl zu wissen, daß jemand fest entschlossen war, sie zu töten.

Den größten Teil ihrer Zeit hatten jedoch die Privatlehrer beansprucht, die jeden Tag bei ihr erschienen waren. Der Himmel stehe ihr bei, was sie nicht alles lernen mußte, über die Geschichte Cardinias, die Geschichte ihrer Vorfahren, Deportationen, Außenpolitik und Diplomatie. Sogar Sprachunterricht mußte sie über sich ergehen lassen. Es war ihr bisher gar nicht klar gewesen, was für ein Glück es für sie war, daß Englisch zu den sechs offiziellen Sprachen gehörte, die in den vergangenen vierzig Jahren bei Hofe gelehrt wurden. Es gab sogar eine Frau, deren Aufgabe es war, einfach nur mit ihr zu plaudern; wenigstens hatte Tanya genau diesen Eindruck, denn man hatte die Dame offensichtlich angewiesen, Tanya mit dem neuesten Klatsch zu versorgen und sie über die augenblicklichen Skandale in Kenntnis zu setzen, damit sie nicht den Fehler beging, zu jemandem freundlich zu sein, der zur Zeit in Ungnade war.

Auch die Auswahl ihres persönlichen Gefolges hatte schon in dieser Woche begonnen. Schließlich mußte sie ihre Kammerfrauen aussuchen, ihre Hofdamen und auch ihre Ehrendamen, die, wenn sie erst einmal Königin war, zu ihren ständigen Begleiterinnen zählen würden. Eines dieser Ämter hatte Lady Alicia vor nicht allzu langer Zeit mit so großer Selbstverständlichkeit für sich beanspruchen wollen. Bei all dem half ihr Stefans Tante, eine Dame, die keineswegs so arrogant war wie ihr Sohn Vasili, für den Tanya mittlerweile eine gewisse Zuneigung entwickelte. Aber wenigstens brauchte sie noch keine endgültigen Entscheidungen zu treffen. Dafür war es in der nächsten Woche immer noch früh genug, hatte man ihr versichert.

Alles in allem war sie so beschäftigt gewesen, daß sie nicht einmal Zeit gehabt hatte, Stefan zu vermissen oder darüber nachzudenken, was er tat. Aber am Abend vor der Hochzeit, einer natürlichen Gelegenheit für innere Einkehr und Zweifel, wurde ihr plötzlich klar, daß sie und Stefan zwar bei ihrer Ankunft in Cardinia zu einem freundschaftlichen Verhältnis gefunden, aber nicht eines ihrer früheren Probleme gelöst hatten.

Sie wußte, daß sie ihn wollte, wußte, daß er ihr auch nicht ganz abgeneigt war, aber sollte sie ihn wirklich heiraten, ohne zu wissen, was er wirklich für sie empfand? Es reichte ihr einfach nicht zu wissen, daß er beschlossen hatte, sie gern in seinem Bett zu haben. Was war mit seiner Abneigung gegen ihr Aussehen, seiner Bemerkung, daß sie einfach nicht zusammenpaßten? Was war mit all den Beleidigungen, mit denen er sie jedesmal überhäufte, wenn er an ihre vermeintliche Vergangenheit erinnert wurde? Würde sie sich in den kommenden Jahren wieder und wieder mit diesen Dingen auseinandersetzen müssen?

Der Mann wußte nicht einmal, daß sie ihn liebte. Natürlich war es vollkommen klar, daß sie das tat; hatte sie ihm nicht alles verziehen? Aber er hatte es nie von ihr gehört. Tanya war bereits auf ihrem Weg den Korridor hinab, bevor sie noch genau wußte, was sie Stefan fragen oder was sie ihm sagen sollte. Ihre persönlichen Wachen marschierten hinter ihr her. Man hatte zwölf Männer zu ihrem Schutz abgestellt, bis der Attentäter verhaftet werden konnte; sie arbeiteten in drei Schichten, standen vor ihrer Tür und folgten ihr, wohin sie auch ging. Daher hefteten sich nun immer vier Männer an ihre Fersen, sobald sie ihre Zimmer verließ. Und wenn sie sich dort aufhielt, verhinderten die Männer, daß irgend jemand hineinkonnte, der dort nichts zu suchen hatte.

Aber sie kam nicht bis zu Stefans Zimmern. Maximilian Daneff kam mit seinem Sekretär den Korridor hinunter und blieb bei ihr stehen.

»Ihr solltet Euch ein wenig ausruhen, Eure Hoheit.«

»Ja, ich weiß, aber...«

»Wenn Ihr nach Stefan sucht, er verbringt den Abend bei seinem Vater. Er hatte seit seiner Rückkehr so viel zu tun, daß sie kaum Gelegenheit hatten, miteinander zu sprechen.«

Wenn ihr das nicht bekannt vorkam! Und sie hatte auch nicht die Absicht, die beiden zu unterbrechen, aber sie sah so enttäuscht aus, daß Maximilian fragte: »Vielleicht kann ich Euch zu Diensten sein?«

»Nein, ich ... Na gut, vielleicht könnt Ihr mir doch helfen.«

Sie warf einen vielsagenden Blick auf den Sekretär, und Max entließ den Mann. Ihre eigenen Wachen waren diskret zurückgetreten. Es gab nicht viele Menschen, für die sie das tun würden. Ihr eigener Premierminister jedoch gehörte zufällig dazu.

»Nun, was kann ich für Euch tun?«

Tanya kam einfach ohne Umschweife zur Sache und fragte ihn. »Wißt Ihr, warum Stefan mein Anblick nicht gefällt?«

»Euer Anblick?«

»Ich habe ihm besser gefallen, als er noch geglaubt hat, ich sei alles andere als hübsch. Das habe ich niemals verstanden.«

Maximilian lächelte. »Ich könnte mir vorstellen, daß es denselben Grund hat wie seine Abneigung dagegen, Euch überhaupt nach Hause zu bringen.«

»Einfach, weil er mich nicht heiraten wollte?«

»Weil er sicher war, daß Ihr ihn nicht heiraten wollen würdet. Als er hier aufbrach, hat er nichts anderes erwartet, als daß Ihr eine Schönheit wäret. Wenn er Euch zuerst ganz anders gesehen hat, dann war er sicherlich ungeheuer erleichtert darüber.«

»Ich verstehe immer noch nicht.«

Maximilian runzelte die Stirn. »Hat Euch denn niemand gesagt, wie empfindlich er in bezug auf seine Narben ist?«

»Schon wieder diese verdammten Narben?« schimpfte sie spöttisch. »Ja, ich glaube, man hat sie erwähnt, oder jedenfalls indirekt davon gesprochen. Aber was haben diese Narben mit meinem Aussehen zu tun?«

»Alles. Nachdem er sich diese Narben zugezogen hatte, hat Stefan es aufgegeben, schönen Frauen nachzustellen. Er hatte das Gefühl, sie könnten nicht hinter seine Entstellung sehen. Ich selbst habe es in überfüllten Räumen erlebt, wie einige Frauen sich von ihm abwandten in der Hoffnung, er würde sie anschließend nicht weiter beachten. Ich bin sicher, daß er noch schlimmere Erfahrungen gemacht hat. Aber die Wahrheit ist, er wollte Euch nicht heiraten, weil er sicher war, daß Ihr seine Narben genauso abstoßend finden würdet wie diese anderen eitlen Frauen.«

Tanya schüttelte verwirrt den Kopf. All diese Schwierigkeiten, die sie gehabt hatte. Wenigstens die Hälfte von Stefans Feindseligkeit, alles weil er gedacht hatte, *sie* würde *seinen* Anblick nicht mögen? Alicia hatte ihr dasselbe zu verstehen gegeben. Seine Männer hatten sich erkundigt, ob sie etwas gegen seine Narben hätte. Selbst Stefan hatte sie schließlich gefragt, ob sie darauf vorbereitet war, ihn zu nehmen wie er war, mit Narben und allem anderen. O Gott, was es für ihn bedeutet haben mußte, sie das zu fragen. Und sie hatte ihm nicht einmal geantwortet. Warum hatte sie nur nicht gesehen, daß er sich selbst für so wenig attraktiv hielt? Weil sie ihn einfach nicht so gesehen hatte; Tatsache war, daß sie ihn viel zu attraktiv für ihr eigenes Seelenheil gefunden hatte. Aber dennoch hätte sie eigentlich begreifen sollen, wo das Problem lag.

»Und da erzähle ich Stefan dauernd, ich sei nicht dumm?« murmelte sie angewidert. »Er hat es die ganze Zeit über besser gewußt.«

Maximilian kicherte nur. »Ich habe von Anfang an gesehen, daß Ihr anders seid. Stefan muß ungeheuer erleichtert gewesen sein, als er das herausfand.«

»Stefan weiß es nicht. Aber wenn Ihr ihm eine Nachricht hinterlaßt, daß er heute nacht, bevor er sich zurückzieht, zu mir kommen soll, dann werde ich dafür sorgen, daß er es erfährt.«

»Wollt Ihr damit sagen, daß er immer noch glaubt ...«

»Ich weiß nicht, was er glaubt. Das ist es ja, was ich herausfinden will.«

Es war kurz nach zehn Uhr, als Tanya das Klopfen an ihrer Tür hörte. Das Geräusch war so leise, daß sie wußte, Stefan wollte sie nicht stören, falls sie schon eingeschlafen war. Früher war es seine Art gewesen, ihre Schlafzimmertür ohne vorheriges Anklopfen aufzureißen. Aber ihr König benahm sich in diesen Tagen sehr viel rücksichtsvoller.

Sie lächelte, als sie ihn hereinrief. Er schloß die Tür hinter sich, bevor er sie in dem großen Zimmer entdeckte. Dann zuckte er sichtbar zusammen.

»Hast du mich eingeladen, um mich zu verführen?«

Tanya lachte, denn sie wußte genau, warum er das sagte und warum er in diesem argwöhnischen Ton sprach. Sie saß beim Feuer, in einen Sessel gekuschelt, ihr schwarzes Haar floß lose über ihre Schultern, und sie trug das weiße Negligé, das für ihre Hochzeitsnacht angefertigt worden war, aber sie hatte heute nacht eine bessere Verwendung dafür. Es war sehr tief ausgeschnitten und so dünn, daß es beinahe durchsichtig war. Die langen Ärmel *waren* durchsichtig.

»Wenn ich es recht bedenke, ist das gar keine so schlechte Idee. Aber nein, ich hatte nur das Gefühl, daß wir uns unterhalten sollten.«

»Du bist dir immer noch nicht sicher, nicht wahr?« fragte er, während er auf sie zukam, und statt sich auf den Sessel neben ihr zu setzen, blieb er mit finsterem Gesicht vor ihr stehen.

»Sicher?«

»Ob du mich heiraten willst.«

Seine Streitlust machte sich bemerkbar, und sie wußte nicht so recht, warum. »Ich bin sicher, aber ich möchte trotzdem eins wissen. Wenn es nicht deine Pflicht wäre, wenn du nicht an den Wunsch deines Vaters gebunden wärest, der es so haben will, würdest du mich dann heiraten wollen?«

»Ja!«

Das Ungestüm seiner Antwort verblüffte sie. »Weshalb bist du dann so wütend?«

»Wenn die Braut vor der Hochzeit den Bräutigam zu sehen wünscht, dann tut sie das für gewöhnlich, um die ganze Sache abzublasen.«

Eine zärtliche Wärme trat in ihre Augen. »Könnte sie nicht einfach ein bißchen Zuspruch benötigen?«

»Du?«

»Ich habe heute zufälligerweise wirklich einige Zweifel gehabt. Ich meine, du hast nie damit hinter dem Berg gehalten, daß du mich eigentlich nicht heiraten willst. Du hast gesagt, wir paßten nicht zusammen ...«

»Kann ein Mann nicht seine Meinung ändern?«

»Und du haßt die Tatsache, daß ich, wie du sagst, schön bin«, fuhr sie fort, als hätte er sie nicht unterbrochen und ihr ein wenig von dem Zuspruch gegeben, um den sie gebeten hatte. »Was ich nie verstanden habe — bis heute.«

Er versteifte sich. »Was hast du verstanden?«

Wieder fuhr sie einfach fort, ohne seine Frage zur Kenntnis zu nehmen. »Werden wir eine normale Ehe führen, wo wir zusammen schlafen, zusammen Babys machen — ?«

Er riß sie so ungestüm aus dem Sessel, daß Tanya keuchte. Aber seine einzige Absicht bestand darin, sie zu küssen, wenn auch ausgesprochen wild. Das Thema, nahm sie an, war zu ihm durchgedrungen, wo ihr Negligé versagt hatte. Oder vielleicht versuchte er auch nur, sie lange genug zum Schweigen zu bringen, um selbst zu Wort zu kommen, da sie seine Unterbrechungen bisher ignoriert hatte. Aber es dauerte sehr lange, bevor er diesen Kuß beendete, und auch dann sagte er nichts, sondern hielt sie nur in seinen Armen.

Tanya seufzte in seine Brust hinein und sagte: »Du hast gar keine Vorstellung davon, wie attraktiv ich dich finde, nicht wahr, Stefan Barany? Ich glaube nicht einmal, daß es dein Aussehen ist, obwohl ich wirklich dankbar dafür bin, daß du nicht häßlich bist, da ich dich ja heiraten *muß*. Es ist wohl mehr deine Persönlichkeit — abgesehen von deinem Zorn natürlich. Allerdings muß ich sagen, daß mich nicht einmal der wirklich gestört hat, nachdem ich mich einmal daran gewöhnt habe. Es ist die Art, wie du ...«

»Genug!«

Sie hielt ihn davon ab, von ihr abzurücken, indem sie die Hände ausstreckte und sein Gesicht umfaßte. »Du glaubst mir nicht, oder? Es tut mir leid, ich hätte nicht versuchen sollen, so leichtfertig über ein Thema zu sprechen, auf das du so empfindlich reagierst. Aber ich persönlich verstehe ganz und gar nicht, warum es überhaupt so ein heikles Thema ist. Als ich deine Narben zum erstenmal bemerkt habe — und ich habe eine ganze Weile dazu gebraucht, weil ich deine Augen so faszinierend fand —, da habe ich lediglich so etwas wie Nähe gespürt, eine Art Verbundenheit, und ich habe gedacht, hier ist ein Mann, der Schmerzen kennengelernt hat, genauso wie ich.« Dann lächelte sie tapfer, weil er so finster dreinschaute, und ließ ihre Finger sanft über jede seiner Narben gleiten. »Die sind nicht einmal da, wenn ich dich ansehe, weil alles, was ich sehe, der dunkle gutaussehende Teufel ist, bei dem ich zum erstenmal Leidenschaft kennengelernt habe. Kein anderer Mann hat jemals in mir solche Gefühle geweckt wie du, Stefan.« Und dann fragte sie ihn auf den Kopf zu: »Glaubst du, ich würde dich so sehr begehren, wenn deine Narben mich störten?«

Er gab ihr keine Antwort, und sie wußte instinktiv, daß seine Worte, wenn er jetzt spräche, wieder eine Beleidigung für sie wären, irgend etwas über ihre schmutzige Vergangenheit. Wahrscheinlich würde er sagen, daß sie jeden Mann akzeptieren könnte, wenn der Preis nur stimmte, und daß er ihr immerhin ein ganzes verdammtes Königreich geben würde, nicht wahr?

Sie machte einen Schritt zurück, und ein ungebetenes Funkeln trat in ihre Augen, aber sie konnte einfach nicht anders. Er war so ein sturer Dickkopf. »Na schön, dies ist eine gute Nacht für Geständnisse, also sollst du ruhig auch das große zu hören bekommen. Als wir in Danzig ankamen, war ich noch Jungfrau. Und da du dich kaum noch an diese Nacht erinnerst, sollten wir eines klarstellen. Du hast meine Jungfräulichkeit nicht genommen, ich habe sie dir *gegeben*. Aber wenn du denkst, ich würde das jetzt tagein, tagaus wiederholen, bis du mir endlich glaubst, dann bist du auf dem Holzweg.«

»Meinst du denn wirklich und wahrhaftig, daß ich den Unterschied nicht kenne?« fragte er ungläubig. »Was du da andeutest, ist unmöglich, Tanya.«

»Natürlich ist es das«, fuhr sie ihn an. »Ich war ja schließlich jahrelang eine Hure.«

Das trug ihr ein hartes Schütteln ein. »Genug Sarkasmus«, warnte er sie ernsthaft. »Deine Vergangenheit interessiert mich nicht mehr. Ich schere mich den Teufel um das, was du warst. Du gehörst jetzt mir... das ist alles, was zählt.«

Tanya konnte ihn nur anstarren, zu überwältigt, um zu sprechen. Denn ihr Instinkt sagte ihr, daß er drauf und dran gewesen war, ihr eine Liebeserklärung zu machen. Was hatte ihn davon abgehalten? Diese verdammten Narben? War er immer noch unsicher, und das nach allem, was sie gesagt hatte? Natürlich war er das, und er würde es so lange sein, wie er glaubte, daß ihr Verlangen nach ihm einen Preis hatte. Nun, das war wirklich ein Witz und eine hoffnungslose Situation. Ihr Stolz hatte sie davon abgehalten, ihm jene Bettlaken zu zeigen, und ihr Stolz würde sie weiter davon abhalten, Serge zu bitten, ihm die Wahrheit zu sagen. Sie würde es ihm also beweisen müssen, wieder und wieder, daß sie ihn wollte und nur ihn. Das sollte keine allzu schwierige Aufgabe sein, sondern im Gegenteil ein großer Genuß ...

Er interessierte sich nicht für ihre Vergangenheit? O Gott, war das nicht genau das, was sie gewollt hatte, daß es keine Rolle mehr für ihn spielte, daß er sie wollte, ganz egal, was er von ihr dachte? Und das tat er. Und wenn sie sich nicht irrte, dann liebte auch er sie bereits. Nun, es mußte so sein, wenn er in der Lage war, eine so üble Vergangenheit zu übersehen, wie er sie ihr andichtete.

Sie schenkte ihm ein Lächeln voll betörender Wärme und warf sich in seine Arme, um seinen Kopf hinunterzuziehen, damit sie zur Abwechslung einmal das Küssen übernehmen konnte. Sie war so glücklich, daß sie dieses Gefühl kaum für sich behalten konnte. Dann war sie einen Augenblick lang außer Atem, so hart hatte er sie an sich gedrückt, und jetzt ergriff sein Mund die Initiative und küßte sie unersättlich, wieder und wieder. Aber dann hörte er auf und hielt sie einfach nur in seinen Armen, fest an sich gepreßt. Sie konnte das Schlagen seines Herzens in seiner Brust hören und die sinnliche Erregung, die auf seinen Körper übergegriffen hatte, spüren. Daher war es eine ausgesprochen enttäuschende Überraschung für sie, als sie seine nächsten Worte hörte.

»Ich werde dich heute nacht nicht lieben, weil es diesmal nämlich die ganze Nacht dauern würde, bis ich meinen Hunger gestillt hätte, und ich möchte nicht, daß du bei deiner eigenen Hochzeit müde bist.«

»Stefan!«

Er hob ihr Kinn hoch, um ihre Lippen ganz zart mit seinen zu streifen, und dann schenkte er ihr ein unglaubliches, hinreißendes Lächeln. »Am Tag nach der Hochzeit wird man Verständnis dafür haben, wenn du lange schläfst.«

Wie hätte sie da noch Einwände erheben können, bei einem solchen Versprechen?

Kapitel 49

Tanyas Hochzeitskleid war eine wunderbare Kreation aus weißer, mit Silberfäden durchwirkter Spitze über weißem Atlas, mit winzigen Staubperlen übersät. Die überlange Schleppe machte es ihr schwer, sich ohne fremde Hilfe darin zu bewegen. Eigentlich brauchte sie immer jemanden, der ihr ein wenig von dem Gewicht des schweren Stoffes abnahm. Einige Damen aus ihrem Gefolge würden diese Aufgabe übernehmen, selbst für den langen Gang durch das Kirchenschiff an Sandors Arm, der diktatorisch für sich die Ehre beansprucht hatte, sie der Obhut seines Sohnes zu übergeben.

Sie müßte eigentlich müde sein, denn sie hatte eine ganze Weile gebraucht, bis sie in der vergangenen Nacht, nachdem Stefan sie allein gelassen hatte, einschlafen konnte. Überschäumendes Glück, unerfülltes Begehren und frohe Erwartung hatten ihr die Ruhe geraubt. Aber jetzt war sie zu aufgeregt, um müde zu sein. Und die Frauen waren schon in der Morgendämmerung erschienen, um mit der Vorbereitung der Braut anzufangen. In ihren Zimmern hatte den ganzen Morgen über reges Kommen und Gehen geherrscht.

Als die letzte diamantenbesetzte Haarnadel in ihrem Haar plaziert war, senkte sich plötzliches Schweigen über die Gruppe hinter ihr. Tanya brauchte einen Augenblick, um zu begreifen, daß ihre Frauen nicht nur von Ehrfurcht erfüllt waren über die Schönheit ihres Werkes.

Sie drehte sich herum, um festzustellen, daß irgend jemand Alicia Huszar in ihr Schlafzimmer gelassen hatte. Tanya versteifte sich. Dafür würde sie eindeutig diese verdammten Wachen, die vor ihrer Tür standen, entlassen. Nach ihrem betroffenen Schweigen zu urteilen, wußten all die anwesenden Damen ganz offensichtlich, wer Alicia war. Wieso sollten es da die Wachen nicht wissen? Oder war das nichts Ungewöhnliches, daß die ehemalige Mätresse der zukünftigen Ehefrau ihre Glückwünsche überbrachte, einfach so, ganz ohne Groll? Zum Teufel auch.

Tanya entließ ihre Frauen mit einem kurzen Nicken. Diese Unterhaltung würde *nicht* dazu dienen, die Klatschbasen mit neuer Nahrung zu versorgen. Und als sie allein waren, wartete sie erst einmal ab, welches Gesicht Alicia diesmal zeigen würde. Falls es wieder einmal das freundliche und hilfsbereite war, würde Tanya wahrscheinlich ziemlich eklig werden.

Aber nach ihrem selbstgefälligen kleinen Lächeln und ihrem ersten Schlag zu urteilen, würde Alicia diesmal wohl eher ihr wahres Gesicht zeigen. »Wißt Ihr, wo Stefan die letzte Nacht verbracht hat?«

Tanya verspürte einen winzigen Zweifel, den sie jedoch im Keim erstickte. Statt dessen beschloß sie, auf Alicias Spielchen einzugehen und lächelte zurück, ebenfalls mit einer guten Portion Selbstgefälligkeit.

»Das weiß ich tatsächlich.«

Die Tatsache, daß Alicia sie nicht sofort als Lügnerin entlarvte oder behauptete, daß Stefan bei ihr gewesen sei, sagte Tanya, daß ihr Zweifel vollkommen umsonst gewesen war. Alicia hatte keine Ahnung, wo Stefan die Nacht verbracht hatte, jedenfalls bestimmt nicht bei ihr.

»Wenn Ihr nur gekommen seid, um Schwierigkeiten zu machen, Alicia, dann könnt Ihr jetzt gleich wieder gehen.«

Wütend darüber, daß ihre erste Taktik nicht funktioniert hatte, versuchte die Rothaarige jetzt eine andere. »Das ist nicht der Grund. Ich mußte einfach kommen, bevor es zu spät ist. Wenn Ihr nein sagt und Euch weigert, Stefan zu heiraten, dann gebt Ihr ihm damit die Entschuldigung, die er braucht, um dieser Ehe zu entgehen, ohne seine Pflicht zu verletzen. Er will Euch nicht heiraten. Habt Ihr denn gar keinen Stolz?«

»Mehr als gut für mich ist, daran habe ich keinen Zweifel. Aber zufällig weiß ich...«

Tanya brach ab, als ihr Blick auf Alicias Rubinkette fiel. Sie war beinahe die — nein, sie war *genau* wie die Kette, die Latzko von seinem Finger hatte baumeln lassen, um ihr zu zeigen, was man ihm für ihr Ableben gegeben hatte. Und hier war eine Kopie davon, oder um genauer zu sein, Latzkos Kette war eine Kopie von dieser. Eine heiße Wut schnürte Tanya beinahe die Kehle zu, weil sie nicht den leisesten Zweifel daran hatte, daß vor ihr genau die Person stand, die versucht hatte, sie zu töten, und das nicht nur einmal, sondern zweimal. Dennoch gelang es ihr, diese Wut zu verbergen. Sie tastete nur langsam nach ihrem Messer, bis ihr einfiel, daß es nicht mehr an ihrem Oberschenkel war, weil sie all diese Frauen nicht damit hatte schockieren wollen. Also stand sie auf und ging lässig zu ihrer Kommode hinüber, zog die Schublade auf, nahm ihr Messer heraus und ließ es in ihrer Hand verschwinden.

Dann wandte sie sich wieder Alicia zu, gönnte ihr ein verkniffenes kleines Lächeln, während sie langsam zu ihr hinüberging, und hakte dort wieder ein, wo sie aufgehört hatte: »Ich weiß zufällig, daß Ihr Euch selbst etwas vormacht, wenn Ihr glaubt, daß irgend etwas von dem, was Ihr sagt, heute noch wahr ist. Es mag wahr gewesen sein, bevor Stefan nach Amerika ging. Aber seine Einstellung hat sich eindeutig geändert. Zufälligerweise liebt er mich, Alicia, so wie ich ihn liebe. Und ich gehe jede Wette ein, daß Ihr das bereits erraten habt.« Jetzt war sie nahe genug an die Rothaarige herangekommen, um sie an die Wand zu drücken und ihr das Messer an die Kehle zu setzen. »Ist das nicht auch der Grund, warum Ihr versucht habt, mich zu töten?«

Alicia wurde so weiß wie Tanyas Kleid, und ihre blauen Augen füllten sich mit Entsetzen, als sie spürte, wie ihre Haut unter der scharfen Klinge aufriß. »Nicht ... bitte!«

»Nennt mir einen guten Grund, warum ich es nicht tun sollte«, zischte Tanya drohend.

»Ich war völlig außer mir vor Zorn, weil er mir gesagt hatte, daß es vorüber sei mit uns, endgültig vorüber. Ich hatte ihm zwei Jahre geschenkt und darauf gewartet, daß er König wurde. Und als es endlich soweit ist, läßt er mich fallen. Ja, ich hatte erraten, daß er sich in Euch verliebt hatte. *Er* war es auch, den ich auf dem Umweg über Euch weh tun wollte. Aber nachdem ich mich beruhigt und darüber nachgedacht hatte, war ich entsetzt über das, was ich da getan hatte. Ich schwöre bei Gott, ich bin keine Mörderin. Ich war einfach so wütend — Tatiana, wenn ich wirklich und wahrhaftig Euren Tod gewollt hätte, dann hätte ich die echten Rubine benutzt.«

Diese Erklärung entsprach wahrscheinlich der Wahrheit, aber sie stimmte Tanya keineswegs versöhnlich. »Glaubt Ihr, daß das für Stefan eine Rolle spielen wird, wenn er davon erfährt?«

Was auch immer an Farbe wieder in Alicias Wangen zurückgekehrt war, weil Tanya ihr wenigstens zuhörte, verschwand jetzt auf der Stelle wieder. »O Gott, bitte sagt es ihm nicht. Obwohl Ihr noch am Leben seid, würde er mich exekutieren lassen. Er könnte gar nicht anders. Jede Drohung gegen das Königshaus wird als Hochverrat betrachtet, und er würde es auch nicht anders sehen.«

»Ich würde mir seinetwegen im Augenblick keine Sorgen machen, nachdem ich noch nicht entschieden habe, ob *ich* Euch nicht vielleicht die Kehle durchschneide«, sagte Tanya und drückte gerade fest genug zu, um ihre Worte zu unterstreichen.

Alicias Augen flackerten. »Ich schwöre es, Tanya, bei meinem Leben, ich werde nie wieder etwas so Törichtes tun. Ich werde das Land verlassen, ich werde ...«

»Ich habe begriffen, verdammt noch mal!« brauste Tanya ungeduldig auf. »Ich werde Euer Wort für den Augenblick akzeptieren, obwohl Gott allein weiß, warum ich dermaßen verrückt bin, aber ich werde Maximilian Daneff eine Nachricht hinterlassen — wenn es wieder einen Anschlag auf mein Leben gibt, dann wird er nicht lange suchen müssen, um zu wissen, wer die Verantwortung dafür trägt. Und jetzt raus, Alicia, und seht zu, daß Ihr *wirklich* das Land verlaßt.«

Nachdem sich die Tür hinter Alicia schloß, schüttelte Tanya den Kopf und fragte sich, ob es nicht das Dümmste war, was sie je getan hatte. Diese Frau einfach so gehen zu lassen, mit einem dünnen Kratzer an ihrem Hals als einziger Strafe für all die Schwierigkeiten, Angst und Aufregungen, die sie verursacht hatte. Und was sollte sie Maximilians Sicherheitsbeamten erzählen, die sogar jetzt noch draußen nach ihrem Möchtegern-Attentäter suchten? Sollte sie einfach zusehen, wie sie ihre Zeit verschwendeten?

»Ihr versteht es wirklich ausgezeichnet, mit Euren Feinden fertigzuwerden, Janacek — bis auf die, von denen Ihr nichts wißt. Vielleicht lasse ich Euch diese kleine Nachricht für Daneff schreiben, bevor ich Euch töte. Es wird amüsant sein zu sehen, wie ein anderer für meine Taten bezahlt.«

Tanya war beim ersten Wort herumgewirbelt und entdeckte ihn an der Tür zu ihrem Wohnzimmer, wo sie die ganze Woche über Unterricht gehabt hatte. Und zu den Lektionen über ihre eigenen Vorfahren hatte auch ein Miniaturporträt von Janos Stamboloff und einigen Mitgliedern seiner Familie gehört. Daher wußte sie, daß sie just in diesem Augenblick einem von diesen Leuten gegenüberstand. Stefan hatte so recht gehabt. Ein dunkler Teint mit blonden Haaren und blauen Augen, der Mann war eine jüngere Ausgabe von Janos selbst. Und er hielt ein Gewehr, das direkt auf ihre Brust gerichtet war.

»Ivan Stamboloff?« riet sie.

»Sehr klug, Prinzessin.« Er äffte eine formelle Verbeugung nach.

»Wie habt Ihr diesen Schiffbruch überlebt?«

Er lächelte gewinnend. Er war tatsächlich ein gutaussehender Mann. Und da war ganz gewiß nichts Finsteres oder Böses um ihn, das ihn als kaltblütigen Mörder verraten hätte. Vielleicht war das der Grund, warum ihr das Herz noch nicht in die Kehle gerutscht war.

»Ich bin ein guter Schwimmer«, war seine großspurige Antwort auf ihre Frage.

»Ihr seid quer über den ganzen Ozean geschwommen?«

»Ich bin von dem Wrack weggeschwommen. Der Tod erwartete mich dort, nicht die Rettung. Es war meine einzige Chance, mich aus dieser Gegend zu entfernen.«

»Aber das war doch Selbstmord!«

Er quittierte ihr Erstaunen nur mit einem Schulterzukken. »Es war mein Glück, wie es sich später herausstellte. Ich wurde am nächsten Tag gefunden — ein Wunder, sicher, daß ein türkisches Schiff so nahe an mir vorbeisegelte, daß ich gesehen und an Bord genommen wurde.

Ein Wunder, weil es Gottes Wille war, daß ich beenden sollte, was mein Großvater begonnen hat.«

Glaubte er das wirklich? Und selbst jetzt, nachdem er es klar ausgesprochen hatte, daß er sie töten würde, änderte sich sein Gesichtsausdruck nicht im geringsten. Falls er einen tiefen, dauerhaften Haß gegen sie hegte, dann sah man es ihm jedenfalls nicht an.

»Wenn Ihr mich erschießt«, argumentierte sie vernünftig, dann werden augenblicklich meine Wachen hier auftauchen. »Ihr hättet keine Chance zu entkommen. Ihr würdet ebenfalls sterben.«

»Es wäre mir lieber, wenn ich das verhindern könnte, aber ich bin darauf vorbereitet zu sterben, wenn es sein muß. Und jetzt kommt weg von der Tür da, Prinzessin.«

Sie bewegte sich langsam davon weg, aber nur weil er jetzt darauf zuging. Zu spät begriff sie, daß er sie wahrscheinlich verschließen wollte, um seine eigenen Chancen auf eine Flucht hinterher zu verbessern. Sie versuchte, ihn abzulenken. »Wie seid Ihr übrigens hier hereingekommen?«

»Das Fenster da drinnen.« Er wies mit dem Kopf auf das Wohnzimmer. »Ich hielt die Dämmerung für den günstigsten Zeitpunkt, also stellt Euch mein Dilemma vor, als Eure verdammten Frauen derart früh hier auftauchten. Ich hatte kaum genug Zeit, um hinter die Vorhänge zu springen.«

»Ihr seid zwei Stockwerke hochgeklettert?«

»Ich bin übers Dach gekommen, das war viel leichter.«

Und seine Kleider waren von einem ganz hellen Grau, von derselben Farbe wie die Steine des Palastes. Es wäre für jeden Beobachter schwer gewesen, zu erkennen, wie er vom Dach herunterbaumelte.

»Also habt Ihr Euch den ganzen Morgen über hier versteckt?«

»Wenn ich irgendeine Tugend besitze, dann Geduld, Prinzessin. Habe ich nicht auch zwanzig Jahre darauf gewartet, daß Ihr Euch endlich wieder zeigt?«

Sie wünschte, das ganze käme ihr irgendwie wirklicher

vor. Wenn sie wenigstens halb soviel Angst hätte wie beim letztenmal, als sie in Gefahr war, würde das sie vielleicht davon abhalten, Dinge zu sagen wie: »Das klingt nicht nach Geduld, das klingt nach Fanatismus.«

Ihre Bemerkung störte ihn jedoch nicht weiter. Tatsächlich kicherte er sogar, als er die Hand nach der Tür ausstreckte. »Berührt dieses Schloß, und ich schreie«, fuhr sie ihn an. Er zögerte, senkte sogar seine Hand. »Das wäre nicht sehr klug von Euch, Prinzessin.«

Sie zuckte mit den Schultern. »Ihr werdet mich ja sowieso töten. Warum sollte ich Euch nicht mit mir nehmen?«

»Vielleicht würdet Ihr zuerst gern versuchen, mir die Sache auszureden, so wie es Eure kleine Freundin gerade eben erfolgreich bei Euch getan hat. Ich hätte gar nichts dagegen, Euch ein wenig um Gnade betteln zu hören.«

»Ich glaube nicht, daß Ihr das jemals hören werdet. Aber Ihr habt ein Messer«, sagte sie mit einem Blick auf den Dolch, der in seinem Gürtel steckte. Sie wußte ganz genau, daß das die Waffe war, mit der er sie töten wollte, wenn es irgend ging, um den Lärm auf ein Minimum zu beschränken. »Auch ich habe ein Messer. Habt Ihr den Mut, das hier fair auszutragen?«

Er lachte. »Ihr wollt mit mir kämpfen? Ihr glaubt, nur weil ihr mich einmal mit Eurem Messer überrascht habt, könnt Ihr mit dem Ding richtig umgehen?«

Ihr Blick flackerte ein ganz kleines bißchen, als sie hörte, was er da gerade zugab. »*Ihr* wart das also in dieser Nacht in Danzig.«

»Natürlich war ich das. Ich hatte dort schon monatelang darauf gewartet, daß Barany mit Euch zurückkam.«

»Aber woher wußtet Ihr überhaupt, daß er meinetwegen unterwegs war?«

»Weil sie mich für tot hielten und ich wußte, daß das Euch endlich aus Eurem Versteck bringen würde. Ich hätte diesen Schiffbruch gar nicht besser planen können, selbst wenn er meine eigene Idee gewesen wäre.«

»Also, Ihr habt mich nicht aufgefordert, mein Messer

wegzulegen, was ich übrigens auch gar nicht tun würde. Seid Ihr also bereit, mit der Tradition zu brechen und diesen Kampf fair hinter Euch zu bringen?«

»Wollt Ihr damit etwa sagen, daß meine Familie sich unfair benommen hat, wo es doch *Eure* Familie war, die mit dieser Blutrache angefangen hat?«

»Euer Onkel Yuri hat damit angefangen, indem er sich als Mörder erwies. Mein Vater hat lediglich Gerechtigkeit geübt und Yuri bestraft, wie er es verdient hatte. Aber dann hat sich plötzlich herausgestellt, daß Eure ganze Familie nicht besser war als Yuri, nicht wahr?«

Er antwortete nicht. Mit schmal gewordenen Augen zog er seinen Dolch und steckte die Schußwaffe wieder in seinen Gürtel. Und als er dann auf sie zukam, spürte Tanya endlich ihr Herz in ihrer Kehle. Er würde also wirklich fair gegen sie kämpfen. Sie hatte ihn dazu angespornt. Aber er war ein Mann, und sie war vielleicht in der Lage, mit einem Messer umzugehen, aber sie hatte es nie gegen einen Mann eingesetzt, der in gleicher Weise bewaffnet war. Plötzlich wußte sie, wie Alicia sich wenige Augenblicke zuvor gefühlt hatte, und dieses Gefühl war nicht besonders erfreulich. Zur Hölle mit ihrem Wunsch nach einem fairen Kampf — schließlich stand ihr Leben auf dem Spiel.

Sie öffnete den Mund, um zu schreien, aber sie kam gar nicht mehr dazu. Zuerst flog die Tür auf, dann stand Stefan im Zimmer, der offensichtlich wieder einmal eingetreten war, ohne vorher anzuklopfen, und außerdem schon in Wut war, bevor er Ivan überhaupt bemerkte. Aber er konnte gar nicht umhin, Ivan zu bemerken und, als Ivan zu ihm herumwirbelte, das Messer in seiner Faust deutlich zu erkennen.

Alles weitere passierte unglaublich schnell. Stefan schlug Ivan das ins Gesicht, was er bei sich trug, ein Paar Hosen, ein Trick, den er sehr wahrscheinlich von Tanya selbst gelernt hatte. Als nächstes kamen die Wachen, die hinter ihm gestanden hatten, ins Zimmer, aber Stefan wartete nicht auf sie, um das Problem aus der Welt zu schaffen. Er hatte Ivan ebenfalls erkannt, und während der Mann noch damit beschäftigt war, sich wieder freie Sicht zu verschaffen, riß Stefan die Pistole aus Ivans Gürtel und erschoß ihn, ohne auch nur einen einzigen Augenblick zu zögern.

Tanya sah nur zu, wie die Wachen Ivan aus dem Zimmer schleppten. Dann aber begann sie zu zittern, nicht, weil sie gerade eben Zeugin geworden war, wie ein Mann, mit dem sie sich unterhalten hatte, gestorben war — sie hatte im *Harem* mindestens sieben Männer sterben sehen —, sondern weil die Aufregung vorüber war. Und sie hatte doch sehr viel mehr Angst gehabt, als sie selbst wußte.

»Geht es dir gut? Hat er dich verletzt?«

Sie sah zu Stefan auf, überrascht darüber, daß er sie in seinen Armen hielt. »Es ist alles in Ordnung — wirklich.« Aber ein Schauder durchlief sie, und seine Arme schlossen sich fester um sie.

»Wie, zum Teufel, ist er hier hereingekommen?« wollte er wissen.

»Das Fenster.«

»Tanya, es ist vorbei. Du hast jetzt keine Feinde mehr. Und wenn du welche hättest, dann würde ich sie für dich töten. Ich werde niemals zulassen, daß irgend jemand dir weh tut.«

»Das weiß ich.« Sie fing gerade an, sich ein kleines bißchen zu entspannen, aber sie brauchte dringend eine Ablenkung. »Warum bist du eigentlich hergekommen?«

Sie spürte, wie er sich versteifte. Sie würde ihre Ablenkung wohl bekommen, befürchtete sie, und zwar eine ganz enorme. Und tatsächlich ließ er sie los, um nach der Hose zu greifen, mit der er Ivan geschlagen hatte. Sie konnte nicht umhin zu bemerken, daß seine Augen glühten, als er mit dem Kleidungsstück zu ihr zurückkam.

»Ich will mich für meine Hochzeit anziehen, und was legt Sascha mir hin? Das da!«

»Die falsche Farbe vielleicht?« fragte sie verwirrt.

»Es sind Flecken drauf, Tanya.«

»Oh, na ja, ich verstehe, daß dir das mißfällt. Aber…«

Sie hätte die Hose fast ins Gesicht bekommen, als er knurrte: »Es ist Blut!«

Sie schnalzte mit der Zunge. »Sascha scheint nachzulassen. Wie konnte ihm das entgehen?«

»Es ist ihm nicht entgangen. Er wollte sichergehen, daß es *mir* nicht entgeht.« Und dann sprach er deutlich, aber auch sehr viel ruhiger weiter, ein Umstand, der ihr eigentlich eine Warnung hätte sein müssen. »Du hast nicht gefragt, wessen Blut das ist, Tanya.«

»Deins?«

»Nein.«

»Vielleicht, als du mit Pavel gekämpft hast?«

»Nein, ich habe diese Hose seit unserer Ankunft in Danzig nicht mehr getragen.«

»Oh.« Und dann rundeten sich ihre Augen in plötzlichem Verständnis, und sie sagte: »Oh – na gut, worüber regst du dich denn so auf? Du hast selbst gesagt, daß es keine Rolle mehr spielt.«

»Es spielte keine Rolle, daß du *nicht* mehr Jungfrau warst, als ich dich traf, aber es spielt verdammt noch mal eine große Rolle, daß du es warst!«

Da seine Stimme jetzt wieder anschwoll, hielt Tanya es für klüger, einen Schritt zurückzutreten. »Also, das wirst du mir wirklich erklären müssen, Stefan. Ich hatte immer den Eindruck, daß es dir mißfiel, daß ich keine tugendhafte Frau war.«

»Du weißt ganz *genau,* was ich dachte! Und du hast nicht ein einziges Mal versucht, diesen Irrtum aufzuklären!«

»Ich erlaube mir, da anderer Meinung zu sein. Ich glaube, ich habe dir an dem Morgen, als wir in New Orleans ankamen, gesagt, daß ich keine Erfahrungen mit Männern hätte – außer dir.«

»Und du hast diese Bemerkung mit genug Sarkasmus durchtränkt, daß es mir unmöglich war, es zu glauben!«

Sie runzelte die Stirn. Dies war nun ihr Hochzeitstag. Sollten sie vielleicht so durchs Kirchenschiff marschieren, zornig und mit wütenden Beschuldigungen? »Stefan, worüber bist du eigentlich so wütend? Darüber, daß ich noch Jungfrau war, oder darüber, daß du es nicht gewußt hast?«

»Weder das eine noch das andere ... Beides ...« Er seufzte, fuhr sich mit der Hand durchs Haar und fuhr mit einem leisen Knurren fort: »Ich bin wütend auf mich selbst.«

Sie grinste. »Es geschehen noch Zeichen und Wunder.«

»*Und* auf dich.«

»Das hatte ich bereits erraten.«

»Jedesmal, wenn du auf mich reagiert hast, Tanya, dachte ich, es läge daran, daß du eine Hure warst und lange Zeit ohne einen Mann. Und jedes einzelne Mal hat es mich maßlos wütend gemacht, weil ich so verdammt eifersüchtig war auf all diese Männer, die du vor mir gekannt hast. Aber du hast es *zugelassen,* daß ich dir die schändlichsten Anschuldigungen an den Kopf warf. Und du hast niemals ein Wort gesagt, um dich zu verteidigen — jedenfalls kein Wort, das ich glauben konnte. Statt dessen hast du zugegeben, daß meine Annahmen der Wahrheit entsprachen. Das hast du bei jeder Gelegenheit getan ...«

»Nein, nur dann, wenn du ganz besonders beleidigend warst.« Sie schüttelte den Kopf über ihn. »Du hast den Sarkasmus bemerkt, wenn ich sagte, ich sei unschuldig. Konntest du ihn nicht auch bemerken, wenn ich sagte, ich sei es nicht?«

»Bei diesen Gelegenheiten war ich immer wütend genug, um dir zu glauben. Aber wenn ich daran denke, wie leicht du mir meinen Seelenfrieden hättest wiedergeben können ...«

»Wie denn? Wie hätte ich denn meine Unschuld beweisen sollen? Die einzige Möglichkeit hätte darin bestanden, mich dir hinzugeben. Und als ich es getan habe, hat es überhaupt nichts bewiesen, oder?«

Er errötete bei der Erinnerung daran. »Ich muß dich dafür um Verzeihung bitten, und auch dafür, daß ich dir nicht einmal letzte Nacht geglaubt habe, als du endlich ernst warst.«

»Nein, das mußt du nicht«, sagte sie liebevoll. Jetzt konnte sie es wohl wagen, sich ihm zu nähern. Und das tat sie auch. Sie legte ihm eine Hand auf seine vernarbte Wange. »Was du letzte Nacht gesagt hast, hat alles wieder gutgemacht, Stefan. Du hast gesagt, meine Vergangenheit spiele keine Rolle mehr, und das hat mir verraten, daß du mich liebst. Du liebst mich doch, oder?«

»Mehr, als ich jemals geglaubt habe, jemanden lieben zu können«, sagte er mit Gefühl, aber in seinen sherryfarbenen Augen lauerte immer noch eine Spur von Unsicherheit. Und sie wußte auch warum, als er hinzufügte: »Und meine Narben machen dir wirklich nichts aus?«

»Natürlich tun sie das«, sagte sie schnodderig, bevor sie sich auf die Zehenspitzen stellte und jede einzelne von ihnen küßte. »Schließlich sind sie so ungeheuer grotesk.«

Er grinste und schlang seine Arme um sie. »Ich nehme an, ich werde mich an deinen sarkastischen Humor gewöhnen.«

»Das solltest du auch besser. Er wird wahrscheinlich immer dort sein, wo ich bin, und mich hast du ja jetzt für alle Zeiten am Hals.«

»Wenn du mein häßliches Gesicht ertragen kannst, glaubst du dann, daß du mich ebenfalls lieben könntest, sogar mit meinem fürchterlichen Temperament und ...«

»Zufälligerweise *mag* ich dein fürchterliches Temperament. Es befördert mich an die erfreulichsten Orte.« Er lachte, aber sie war noch nicht fertig. »Stefan, ich habe geschworen, daß ich niemals einen Mann heiraten würde, daß ich mich niemals freiwillig in eine Position bringen würde, wo ein Mann eine solche Kontrolle über mein Leben erlangen könnte. Daß ich nur allzu bereit bin, dich zu heiraten, sollte dir etwas verraten.«

»Daß du mich bereits liebst?«

»Ja, du verrückter Kerl.«

Die Freude in dem Lächeln, das sich auf seinen Lippen

ausbreitete, machte ihn gerade in diesem Augenblick so attraktiv, daß es ihr fast den Atem verschlug. »Ich glaube, wir sollten jetzt schleunigst verheiratet werden, Tanya. Falls du dich von deiner Aufregung schon erholt hast.«

»Was für eine Aufregung? Versuch du nur, mich heute von dieser Kirche fernzuhalten, meine Majestät.«

»Das heißt *Eure* Majestät«, korrigierte er sie. Tanya grinste nur.

»Ich weiß, aber von jetzt an bist du eben *ganz* mein.«

JOHANNA LINDSEY

Was der Nachtwind verspricht

Roman

Aus dem Amerikanischen
von Stefanie Reiter

Weltbild

Für Jamie,
die Tochter, die ich leider nie hatte – bis jetzt.

1

Provinz Ukraine, Rußland, 1836

Die Hände hinter dem Rücken verschränkt, stand Konstantin Rubliow am Fenster seines Salons und schaute zu der Staubwolke hin, die langsam näher kam. Das Fenster an der Vorderseite des Hauses ging auf die Straße hinaus, die sich an seinem Landsitz entlangschlängelte und bis zum Dnjepr im Osten führte. An klaren Tagen konnte man vom ersten Stock des Hauses aus den Fluß gerade noch erkennen. Von seinem Aussichtspunkt am Fenster des Salons war die Straße nach Westen bis zum Horizont zu sehen. Und von dort näherte sich die Staubwolke.

Wenn er nicht gewußt hätte, daß heute ein Rennen war, hätte es ihm der Anblick der vielen Menschen verraten, die sich zu beiden Seiten der Straße jenseits seines Hauses drängten. Seine Kosaken liebten ein gutes Rennen so sehr wie einen guten Kampf. Es waren zähe, schnell aufbrausende, temperamentvolle Menschen, die immer lachten, sangen oder kämpften – und eine geradezu glühende Loyalität besaßen.

Genaugenommen gehörten sie ihm ja nicht, obwohl er sie immer ›seine‹ Kosaken nannte, weil sie schon seit so langer Zeit bei seiner Familie waren. Auch die Kosaken betrachteten ihn und die Seinen als zu ihnen gehörig. Aber ›Kosake‹ bedeutete ›freier Krieger‹, und das waren diese Kosaken ganz gewiß. Da sein Ururgroßvater ihnen die Erlaubnis gegeben hatte, sich auf seinem Land niederzulassen und dort mit ihren Familien in Frieden zu leben, hatten sie seit dieser Zeit alle nur erdenklichen Arbeiten für die Rubliows verrichtet. Aus ihren Reihen kamen die Dienstboten für Konstantins Haus, sie züchteten seine Pferde und bewachten ihn und seine Familie, wenn sie auf Reisen waren.

Die Siedlung, die sie vor langer Zeit gegründet hatten, hatte sich zu einer blühenden Stadt entwickelt, die kaum eine Viertelmeile westlich von seinem Landsitz lag. Die Razins, die während all dieser Jahre die Führer der Stadt gestellt und drei Viertel der Stadt mit den vielen Zweigen ihrer Familie bevölkert hatten, waren so wohlhabend wie die Rubliows geworden.

Mit ihrer Hilfe züchtete Konstantin heute Pferde für die Armee des Zaren und Vollblüter für Adlige, die es sich leisten konnten. Seine Zuckerrüben waren überall auf den Märkten von Kiew und in den Siedlungen entlang des Dnjepr zu finden, sein Weizen brachte hohe Gewinne an der Schwarzmeerküste. Von Jahr zu Jahr mehrte sich sein Reichtum, denn er hatte sich immer tatkräftig um seine Pferde und um sein Land gekümmert. Nach dem Tod seiner Frau vor zehn Jahren war er – im Gegensatz zu den meisten russischen Adligen, die in der Regel nicht auf ihrem Grund und Boden lebten – auf seinen Landsitz gezogen. Nur seine Schwester machte noch gelegentlich Gebrauch von dem Stadthaus in Moskau und dem Palais der Rubliows in St. Petersburg.

»Das wird dir gar nicht gefallen, mein Schatz.«

Konstantin sah die Frau nicht an, die gerade gesprochen hatte. Anna Weriowka stand kaum einen Meter entfernt von ihm am nächsten Fenster und beobachtete wie er die Szene, die sich vor dem Haus abspielte. Anna gehörte zu den wenigen Frauen, die nie zu altern schienen. Mit ihrem dunkelbraunen Haar, das immer makellos frisiert war, ihren noch dunkleren braunen Augen und ihren regelmäßigen Gesichtszügen, die ihr eine unvergängliche Schönheit verliehen, war ihr nicht anzusehen, daß sie bereits fünfunddreißig Jahre alt war.

Nicht das, was sie sagte, sondern der Ton ihrer Stimme veranlaßte Konstantin, seine Hände auf den Fenstersims zu stützen und angestrengt auf die herandonnernden Pferde zu starren.

Tief in seinem Innern wußte er, was er sehen würde. Es würde weder das erste noch – wie er fürchtete – das letzte Mal sein. Aber einen Moment lang konnte er nur die Staubwolke sehen, die fast das Haus erreicht hatte, und in ihrem Zentrum die verschwommenen Umrisse von sechs Vollblütern, die sich auf der engen Straße drängten. Pelzmützen, flatternde Rockschöße, geschmeidige Beine, die auf das Ziel im nahen Dorf zurasten, und ein großer weißer Wolfshund, der bellend neben der Straße dahinjagte und die Tiere zu noch größerer Geschwindigkeit antrieb. Und wo immer dieser Hund war …

»Alex wird gewinnen«, sagte Anna überzeugt.

»Natürlich wird Alex gewinnen«, schimpfte Konstantin und sah zu, wie der Reiter an der Spitze der Gruppe auf den Sattel kletterte, dort kauerte und sich dann langsam in den Stand erhob. Er schleuderte seine Pelzmütze in die Luft und lachte, während die anderen Reiter ihn verfolgten.

Seine Augen waren fest zusammengekniffen, als er hinzufügte: »Sie gewinnt immer – und ich wünschte, du würdest sie nicht so nennen. Das ermuntert sie noch dazu, den Wildfang zu spielen.«

Seine langjährige Geliebte erwiderte nichts, aber nach einer Weile spürte er, wie sich ihre Brüste an seinen Rücken drückten und ihre Arme sich um seine Mitte schlangen. »Du kannst jetzt wieder hinsehen, mein Schatz. Sie hat sich nicht den Hals gebrochen.«

»Gott sei Dank!« flüsterte er. Dann überkam ihn der Zorn, denn sein Schrecken war nicht geringer als sonst auch gewesen. »Dieses Mal werde ich sie verprügeln, das schwöre ich.«

Anna schmunzelte. »Das sagst du immer, aber du tust

es nie. Und außerdem würden die drei Razins dich daran hindern.«

»Dann werde ich eben ihren Vater holen. Ermak tut alles, worum ich ihn bitte.«

»Ausgenommen, diesem reizenden Kind auch nur ein Haar zu krümmen. Er betet Alex genauso an wie du.«

Seufzend drehte sich Konstantin um und nahm sie in seine Arme. »Anna, mein Schatz, das ›reizende Kind‹ ist fünfundzwanzig Jahre alt – zu alt für die Torheiten, die wir gerade gesehen haben. Das weißt du so gut wie ich. Sie sollte verheiratet sein und Babys haben. Was das betrifft, hatten ihre beiden Schwestern keinerlei Probleme. Lydia hat mir fünf Enkeltöchter geschenkt. Elizabeta hatte drei, als sie Witwe wurde. Warum nur habe ich meine jüngste Tochter nicht verheiraten können?«

Anna hielt es für klüger, Alexandras geradezu schockierende Offenheit nicht zu erwähnen, die einen Skandal verursacht und Zar Nikolaus veranlaßt hatte, sie inoffiziell aus St. Petersburg zu verbannen. Sie hatte Angst, daß sie anfangen würde zu lachen, wenn sie Konstantin darauf ansprach – so wie immer, wenn sie an die Szene bei dem Diner der Romanowskys dachte. Prinzessin Olga hatte sich bei den ungefähr zwanzig Gästen, die in ihrer Nähe saßen, bitter darüber beklagt, daß sie, sosehr sie sich auch bemühte, in dieser Saison immer dicker wurde.

Hilfsbereit hatte ihr Alexandra daraufhin den völlig ernstgemeinten Ratschlag gegeben: »Madame, wenn Ihr aufhören würdet, Euren Mund mit Blinis und Sauerrahm vollzustopfen, könntet Ihr vielleicht ein oder zwei Pfund abnehmen.«

Da die Prinzessin gerade in diesem Augenblick dabei war, ihren Mund mit eben diesen Dingen vollzustopfen, war es nicht verwunderlich, daß mit einem Mal viele der Gäste in ihre Servietten zu husten begannen oder sich unter den Tisch beugten, wo sie etwas suchten, das sie angeblich hatten fallen lassen, um so ihr Gekicher zu verbergen. Anna, die damals Alexandras Anstandsdame gewesen war, fand es selbst ungemein komisch. Olga Romanowsky jedoch nicht. Gleich am nächsten Tag war sie mit ihren Klagen schnurstracks zum Zaren geeilt, von dem sie vermutlich Alexandras sofortige Exekution verlangt hatte. Anna hielt es für eine glückliche Wendung, daß der Zar an Konstantin lediglich die höfliche Bitte richtete, seine Tochter wieder zurück auf seinen Landsitz zu bringen, wo sie mit ihrer eigenwilligen Zunge nur die Bauern und sonst niemanden brüskieren konnte.

Unglücklicherweise hatte Alexandra aus ihrem Fehler nichts gelernt. Ihre Direktheit war weder in der nächsten Saison in Moskau noch später in Kharkow zu zügeln, und schon gar nicht in der Nähe ihrer Heimat, in Kiew. Sie hatte es mühelos fertiggebracht, aus sich selbst einen gesellschaftlichen Paria zu machen. Und mehr als einmal vermutete Anna, daß sie das nicht in völliger Ignoranz oder aus reinem Zufall getan hatte. Schließlich war Alexandra ein sehr intelligentes Mädchen, und sie hatte nach ihrer ersten katastrophalen Saison in St. Petersburg gestanden, daß sie sich in den Ehrenwerten Christopher Leighton verliebt hatte, den sie dort kennengelernt hatte. Diesen Mann und keinen anderen würde sie heiraten. Wenn sie dafür sorgte, daß in der Zwischenzeit kein anderer junger Mann um ihre Hand bitten würde, konnte sie unbehelligt auf ihren zögerlichen Engländer warten. Und genau das war geschehen, ob Alexandra es nun beabsichtigt hatte oder nicht.

Was Konstantins Frage anging, so beschloß Anna, ihn an den Mann zu erinnern, der vor so vielen Jahren das Herz seiner Tochter geraubt hatte. »Du glaubst doch nicht, daß sie immer noch auf diesen englischen Diplomaten wartet, oder doch?«

Konstantin schnaubte empört. »Nach sieben langen Jahren? Das ist doch lächerlich.«

»Aber er hat das Land erst vor drei Jahren verlassen«, bemerkte sie.

»Und Alexandra hat seinen Namen nie wieder erwähnt, seit ich ihr damals verboten habe, ihm nach England zu folgen«, erwiderte er.

»Hat sie dir daraufhin nicht gesagt, daß sie niemals heiraten würde?«

Konstantins Gesicht wurde von einer tiefen Röte überzogen, als er an den Streit dachte, den er mit seiner hübschen Tochter ausgefochten hatte – es war eine ihrer schlimmsten Auseinandersetzungen gewesen. »Sie hat es nicht so gemeint. Sie war nur wütend.«

Anna zog eine Augenbraue hoch. »Versuchst du, *mich* davon zu überzeugen oder etwa dich selbst? Oder vielleicht ist es deiner Aufmerksamkeit entgangen, daß Alex jeden jungen Mann ignoriert, den du in dieses Haus bringst, damit er sie kennenlernt, und daß sie in den letzten drei Jahren nur bis Kiew und keinen Werst weiter gereist ist. Und auch das nur zum Einkaufen. Selbst bei dieser Gelegenheit hat sie es fertiggebracht, sich mit einer Entschuldigung nach der anderen in unserer Hotelsuite zu vergraben.«

Für Konstantin war es eine Erleichterung, seine eigenen Vermutungen aus Annas Mund zu hören – eine Erleichterung und eine Verringerung der Schuld, mit der er seit einer Woche lebte. Zugegeben, Alexandras Ausflüchte waren immer logisch und klangen aufrichtig, aber es waren dennoch nur Ausflüchte. Und als sie letzte Woche wieder eine Entschuldigung vorgebracht hatte, um nicht mit ihm nach Wasilkow zu ihrer Schwester und ihren Nichten reisen zu müssen, hatte er die gleichen Schlußfolgerungen gezogen wie Anna gerade und war ganz mürrisch geworden, als er an seine jüngste Tochter gedacht hatte, die ihr Leben damit vergeudete, nach diesem verdammten Ausländer zu schmachten. Bedauerlicherweise hatte er sich auch völlig betrunken und etwas getan, wozu er in nüchternem Zustand niemals fähig gewesen wäre.

Anna spürte die Veränderung in seinem massigen Körper, der sich nicht mehr entspannt an den ihren lehnte, sah, wie eine tiefe Röte seine Wangen überzog, und bemerkte, daß seine mitternachtsblauen Augen ihrem Blick auswichen. Anna kannte ihn sehr gut. Beide hatten innerhalb eines Jahres ihren Ehepartner verloren. Die vier waren enge Freunde gewesen. Sie und Konstantin hatten die Freundschaft fortgesetzt, die dann vor acht Jahren noch enger geworden war. Sie liebte ihn von Herzen, obwohl sie sich weigerte, die Unabhängigkeit, die sie als Witwe besaß, aufzugeben, um ihn zu heiraten. Sie brauchte ihn auch nicht zu heiraten, da sie in seinem Haus als seine Haushälterin lebte und – wann immer es erforderlich war – seine jüngste Tochter als Anstandsdame begleitete. Dazu hatte sie in letzter Zeit jedoch kaum Gelegenheit gehabt.

Die Schmach schien geradezu aus ihm herauszuströmen, und sie fragte ihn so direkt, wie dies seine Tochter getan hätte: »Konstantin Rubliow, was hast du getan?«

Ohne ihr eine Antwort zu geben, befreite er sich aus ihren Armen und schritt geradewegs auf den Mahagonischrank zu, in dem zahlreiche Kristallkaraffen mit seinen Lieblingsspirituosen standen. Anna ging zu ihm hinüber, während er eines der größeren Gläser bis zum Rand mit Wodka füllte. Er hob es sofort an die Lippen.

»Ist es so schlimm?« fragte sie leise. Auf sein kaum merkliches Nicken hin sagte sie: »Vielleicht solltest du mir auch ein Glas einschenken.«

»Nein«, erwiderte er. Er stellte das Glas ab, hielt es aber immer noch mit der Hand umfaßt. Es war halb leer. »Du wirst mir den Wodka wahrscheinlich ins Gesicht schütten, dann wirst du mir das Glas an den Kopf werfen und mit der Karaffe auf mich losgehen.«

Eine derart stürmische Reaktion wäre einem Mitglied

seiner Familie durchaus zuzutrauen, nicht jedoch Anna. Aber allmählich begann sie sich Sorgen zu machen. »Sag es mir.«

Er sah sie immer noch nicht an. »Ich habe einen Ehemann für Alexandra gefunden.«

Sie zögerte, denn das war nichts Neues für sie. Genau das hatte er während der letzten sieben Jahre versucht. Weshalb also die Schmach, die er momentan wie ein Banner vor sich hertrug?

»Einen Ehemann?« sagte sie langsam. »Aber Alex wird ihn zurückweisen, wie alle anderen Vorschläge von dir.«

Er schüttelte langsam den Kopf.

»Sie kann ihn nicht zurückweisen? Wieso nicht ...?« Sie beendete ihren Satz nicht, sondern lachte nur. »Glaub bloß nicht, daß du sie in ihrem Alter noch zu etwas zwingen kannst. Mein Schatz, du weißt doch, daß das gerade bei dieser einen deiner Töchter nicht gutgehen wird. Falls du es noch nicht bemerkt hast – sie ist noch starrköpfiger als du. Du würdest nur herumschreien und am Ende doch nachgeben, so wie immer.«

Wieder schüttelte er den Kopf und schaute noch viel unglücklicher drein. Immer noch wich er ihrem Blick aus. Sein Gesicht war noch immer von einer tiefen Röte überzogen. Vor ihr stand ein Mann, dem man seine Schuld förmlich ansehen konnte.

Mit banger Stimme wiederholte sie ihre Frage. »Was hast du getan?«

Er ließ den Kopf so tief auf seine Brust sinken, daß sie seine Worte kaum verstehen konnte. »Ich habe meiner Tochter keine Wahl gelassen.«

Sie machte eine abweisende Handbewegung. »Man hat immer eine Wahl ...«

»Nicht, wenn es um die Familienehre geht. Das ist das einzige, was sie nicht ignorieren wird – zumindest, wenn sie denkt, daß es um die Familienehre geht.«

»Was soll das heißen?«

»Daß ich meine Ehre geopfert habe, meine Integrität, meine Prinzipien, Moral, Ehrlichkeit ...«

»*Was* hast du getan?«

Anna erhob niemals ihre Stimme. Sie war der Inbegriff der Liebenswürdigkeit und Gelassenheit. Selbst wenn sie wütend war, vertrat sie ihren Standpunkt leise und ruhig und brachte so ihren Gegner dazu, sich wie ein unbeherrschtes Ungeheuer zu fühlen. Als sie ihn jetzt anschrie, suchte Konstantin ihren Blick – nicht, weil er überrascht war, sondern weil er Angst hatte. Er würde sie vielleicht verlieren, wenn sie erfuhr, wie tief er in seinem Bemühen gesunken war, seiner jüngsten Tochter das Glück und die Erfüllung zu geben, die ihre Schwestern gefunden hatten.

Er sah so erbärmlich aus, so schuldbewußt und niedergeschlagen, daß Anna leise aufschrie und ihre Arme um seinen Nacken schlang. »Es kann nicht so furchtbar sein, wenn du es mir sagst«, flüsterte sie in sein Ohr, was kein leichtes Unterfangen war, da er mehr als einen Kopf größer war als sie. »Sag es mir.«

»Ich habe eine Verlobung arrangiert.«

»Eine Verlobung?«

Diese Antwort hatte sie nicht erwartet. Die Anspannung ihres Körpers löste sich, sie beugte sich gerade so weit zurück, daß sie sein Gesicht sehen konnte.

»Gott sei Dank«, sagte sie erleichtert. »Ich dachte schon, du hättest jemanden umgebracht.«

Sein Gesichtsausdruck veränderte sich nicht. Er sah immer noch erbärmlich aus, als er sie endlich anblickte. »Ich glaube, ich würde mich auch nicht anders fühlen, wenn ich jemanden umgebracht hätte«, gestand er ein.

Annas Augen sprühten Funken. In diesem Augenblick hätte sie ihn schlagen können. So etwas wäre ihr nie im Leben eingefallen – bis jetzt. »Verdammt noch mal, Konstantin, jetzt sag mir, was los ist, bevor du mich völlig in den Wahnsinn treibst!«

Er zuckte zusammen, da Anna ihn wieder angeschrien hatte. Es machte ihm nichts aus, wenn Alexandra ihn anschrie, ja, er erwartete es sogar und schrie jedesmal in der gleichen Lautstärke zurück. Aber er konnte es nicht ertragen, wenn seine kleine Anna ihn anschrie. Und doch hatte er es verdient – und auch ihre Verachtung.

Schließlich sagte er: »Ich habe Gräfin Maria Petroff einen Brief geschrieben.«

Bei diesem Namen runzelte Anna nachdenklich die Stirn. »Warum kommt mir dieser Name so bekannt vor?«

»Weil ich so oft über Simeon Petroff rede.«

»Ah, dein guter Freund, der gestorben ist – wann war das, vor dreizehn oder vierzehn Jahren?«

»Vierzehn.«

Als er nicht weitersprach, runzelte sie wieder die Stirn, dieses Mal aus Verärgerung. Sie würde ihm wohl alles Stück für Stück aus der Nase ziehen müssen.

»Maria ist dann also Simeons Frau, oder besser, seine Witwe. Was hat sie mit der Verlobung von Alex zu tun? Und wann hast du sie arrangiert?«

»Letzte Woche.«

Sie hatte gehofft, daß er sich, um ihre wachsende Verärgerung zu mildern, etwas gesprächiger zeigen würde. »Aber letzte Woche warst du doch hier«, sagte sie. »Und wir hatten keinen Besucher ...«

»Die Verlobung besteht zwischen Alexandra und Simeons Sohn. Ich habe Maria daran erinnert und angedeutet, daß es jetzt wohl an der Zeit sei, ihren Sohn herzuschicken, damit er seine Braut abholt – aber nicht mit diesen Worten. Ich habe es sehr diplomatisch ausgedrückt, aber das Wesentliche habe ich doch geschrieben.«

Anna konnte es nicht glauben, wollte es nicht glauben, da sie niemals zuvor von dieser Verlobung gehört hatte. »Warum hast du diese Verlobung denn nie erwähnt? Sie muß doch schon sehr lange bestehen und vor Simeons Tod beschlossen worden sein. Und warum haben wir dann Alex die ganzen Jahre über passende junge Männer vorgeführt – in der Hoffnung, daß einer davon sie interessieren könnte –, wenn sie schon gebunden ist, an diesen ... er müßte Kardinier sein, nicht wahr?«

Auch jetzt wieder beantwortete er nur ihre letzte Frage. »Ja.«

Sie lächelte ihn an. »Warum ziehst du dann so ein langes Gesicht, mein Schatz? Diese Verbindung muß doch eine große Freude für dich sein.« Sie hielt inne und dachte nach. »Sag nur nicht, daß du diese Verlobung bis letzte Woche vergessen hattest?«

»Nein, sie war nicht vergessen.« Konstantin drehte sich um, leerte sein Glas in einem Zug und goß sich noch einen Wodka ein, bevor er hinzufügte: »Sie war noch nicht einmal beschlossen.«

Anna rang nach Atem. »Was sagst du da?«

Er wich ihrem Blick aus und trank noch einen Schluck, bevor er sagte: »Der Brief an die Gräfin bestand größtenteils aus Lügen, es waren nur ein paar kleine Wahrheiten dabei. Als Alexandra geboren wurde, haben Simeon und ich wirklich über eine Verlobung unserer Kinder gesprochen. Wenigstens das ist wahr. Wir haben lange darüber gesprochen. Wir dachten beide, daß es eine großartige Idee sei. Aber wir haben die Verlobung nie offiziell beschlossen. Schließlich hatten wir noch jahrelang Zeit dazu. Alexandra war noch nicht einmal ein Jahr alt, Simeons Junge erst sechs. So – jetzt weißt du, was ich getan habe.«

Anna stieß einen Seufzer aus. Es war nicht einmal halb so schlimm, wie sie gedacht hatte, und alles würde sich mit einem weiteren Brief in Ordnung bringen lassen, der sofort abgeschickt werden konnte.

Um sich zu vergewissern, daß sie die ganze Angelegenheit auch richtig verstanden hatte, sagte sie: »Du hast die Gräfin an eine Verlobung erinnert, die es nie gegeben hat, und du hast es deshalb getan, weil dein Freund tot ist und sie es nicht bestreiten kann. Hast du deshalb so lange gebraucht, um es mir zu sagen?«

»Ich war betrunken, als ich den Brief schrieb. Es war in der Nacht, in der du im Dorf geblieben bist, um bei einer Geburt zu helfen. Als mir die Idee kam, schien es für Alexandra die beste Lösung zu sein. Ich habe nämlich nicht den geringsten Zweifel daran, daß unsere Kinder vor sieben Jahren geheiratet hätten, wenn Simeon damals noch gelebt hätte.«

»Das mag vielleicht sein, aber es ist nicht geschehen, und allein dadurch, daß du dir wünschst, es wäre alles so geschehen, wird es jetzt auch nicht Wirklichkeit werden. Du mußt sofort an Gräfin Petroff schreiben und ihr die Wahrheit sagen, bevor sie ihren Sohn hierher schickt.«

»Nein.«

»Nein?«

»Es ist immer noch die beste Lösung.«

Anna sah ihn mit zusammengekniffenen Augen an. »Also *deshalb* plagt dich dein Gewissen so fürchterlich? Du hast überhaupt nicht vor, wieder in Ordnung zu bringen, was du getan hast?«

»Dieses Kreuz werde ich wohl tragen müssen«, sagte Konstantin mit der seiner Familie eigenen Starrköpfigkeit. »Denk doch mal nach, Anna. Was ist denn, wenn die beiden ganz wunderbar zusammenpassen? Was ist denn, wenn diese kleine Lüge ...«

»*Klein*?« unterbrach sie ihn.

»Dann eben harmlos«, beharrte er und fuhr fort: »Was ist denn, wenn diese harmlose Lüge zwei Menschen zusammenbringt, die sich sonst niemals getroffen hätten, und sie so voneinander angetan sind, daß sie sich ineinander verlieben?«

Sie schüttelte den Kopf. »Du träumst doch nur. Oder ist das nur Wunschdenken, um dein Gewissen zu beruhigen?«

»Es ist doch nicht unmöglich ...«

»Mit *unserer* Alex?«

Ihr skeptischer Ton verärgerte ihn. Schließlich wußte er ja wohl besser als jeder andere um die Fehler seiner Tochter.

Er ignorierte diese Fehler und hob den einzigen Umstand hervor, der für Alexandra sprach. »Sie ist sehr schön.«

»Das kann niemand bestreiten, mein Schatz, aber hat ihr das viele Verehrer eingebracht? Du weißt so gut wie ich, daß sie Männer eher beleidigt als verzaubert, und kein Mann ist versessen darauf, einer Frau den Hof zu machen, die ihn ständig in Verlegenheit bringt. Es ist ein Wunder, daß sich dieser Engländer in St. Petersburg so lange um sie bemüht hat und ihr nach all diesen Jahren immer noch schreibt. Wo Engländer doch so großen Wert auf gutes Benehmen legen.«

Er wollte nicht an den Ausländer erinnert werden, der das Herz seiner Tochter geraubt hatte, ohne ernstere Absichten zu hegen. Wenn der Mann immer noch in Rußland wäre, hätte er – Konstantin – ihn wahrscheinlich schon längst erschossen. Aber dieser Lump stand nicht mehr zur Debatte, den Heiligen sei gedankt dafür.

»Simeon war wie ich ein toleranter Mann. Er bewunderte Offenheit, verspottete Heuchelei und war ganz gewiß kein Snob. Es ist durchaus nicht unrealistisch zu glauben, daß sein Sohn diese Eigenschaften geerbt hat.«

»Hast du mir nicht auch irgendwann einmal erzählt, daß dein Freund ein Schürzenjäger war?«

Daran *mußte* Anna sich natürlich erinnern. »Simeon hat seine Frau eben nicht geliebt«, erklärte er. »Ihre Ehe ist arrangiert worden.«

Anna warf ihm einen scharfen Blick zu. »Und genau

das willst du seinem ahnungslosen Sohn aufdrängen – eine arrangierte Ehe. Du glaubst doch wohl nicht, daß der Sohn ein treuerer Ehemann sein wird als sein Vater oder daß Alex nicht auf völliger Treue bestehen wird? Du weißt, wie besitzergreifend sie mit allem ist, was ihr gehört.«

Konstantin wurde knallrot. »Verdammt, Anna, das ist doch überhaupt nicht das gleiche! Ich erwarte, oder hoffe zumindest, daß die Kinder sich ineinander verlieben. Wenn Simeon seine Frau nur ein bißchen geliebt hätte, wäre er ihr treu gewesen. Und das erwarte ich auch von seinem Sohn.«

»Aber das ist doch gerade das Problem. *Wenn.* Du setzt alle deine Hoffnungen auf dieses ›wenn‹, dabei kennst du den jungen Mann doch überhaupt nicht. Und was das angeht, er ist ja gar nicht so jung, wenn er etwa sechs Jahre älter als Alex ist. Er müßte jetzt einunddreißig sein. Mit ziemlicher Sicherheit ist er bereits verheiratet.«

»Das ist er nicht.«

»Woher weißt du das?«

»Bohdan kam durch Kardinien, nachdem er dem österreichischen Grafen das bestellte Fohlen geliefert hatte. Bohdan wußte, daß ich auf Neuigkeiten von den Petroffs erpicht bin.«

Sie gab ihm mit einem Achselzucken recht. »Er ist also nicht verheiratet, aber du kannst nicht leugnen, daß er alt genug ist, um zu wissen, was er will, und seine eigenen Entscheidungen zu treffen. Was bringt dich zu der Annahme, daß er eine Verlobung mit einer ihm unbekannten Frau anerkennt, nur weil sie vielleicht von seinem Vater arrangiert wurde? Er ist kein Kind mehr, das tut, was sein Vater ihm befiehlt, selbst wenn sein Vater noch am Leben wäre. Und noch etwas: Werden sich die Petroffs nicht darüber wundern, daß sie nach Simeons Tod kein Exemplar dieses Vertrages bei seinen Papieren gefunden haben?«

»Vielleicht, aber ich habe ein Exemplar, das ich dem jungen Grafen zeigen werde, wenn er hier eintrifft. Er wird doch die Unterschrift seines Vaters nicht anzweifeln.«

»Du hast seine Unterschrift gefälscht?«

»Das war nicht schwierig, ich mußte nur ein bißchen üben. Was den Grafen und Alex betrifft, die die Verlobung akzeptieren müssen ...« Konstantin brach ab, dann fügte er mit beinahe trostloser Stimme hinzu: »Letzten Endes wird es eine Frage der Ehre sein. Selbst wenn ich mein Exemplar des Vertrages nicht mehr finden könnte, wären die beiden doch daran gebunden.«

»Und wenn dein Kardinier keine Ehre hat?«

»Er ist Simeons Sohn«, sagte Konstantin, als ob das genügte, um seine Zuversicht zu erklären.

Anna seufzte. Es war offensichtlich, daß sie auch mit weiteren Worten nichts ausrichten konnte. Diese elende Starrköpfigkeit der Rubliows. Sie war bei allen Rubliows zu finden, aber bei keinem so stark ausgeprägt wie beim Vater – und der jüngsten Tochter. Einmal angefacht, kam nichts dagegen an.

Obwohl Konstantin sein schlechtes Gewissen plagte, würde er sich mit aller Macht an dem Motiv für seine Tat festklammern. Er wollte, daß seine Tochter glücklich war.

Anna konnte ihm nicht verdenken, daß er für seine Tochter das wollte, was alle Eltern für ihre Kinder wollten, aber Glück war für jeden etwas anderes. Nach den acht Jahren ihres Zusammenlebens und nachdem sie mehrere Dutzend Heiratsanträge von ihm abgelehnt hatte, sollte er inzwischen doch erkannt haben, daß die Ehe nicht das erklärte Ziel einer jeden Frau war.

Sie legte sanft ihre Hand auf seinen Arm, entschlossen, ihm wenigstens das deutlich zu machen. »Vielleicht ist dir noch nicht aufgefallen, daß Alex alles andere als unglücklich ist. Sie genießt die Freiheiten, die du ihr gestattest. Es macht ihr so viel Freude, mit den Pferden zu arbeiten. Ein Ehemann würde ihr das niemals erlauben. Sie hat Freunde hier. Und sie betet dich an – wenn ihr beiden nicht gerade streitet. Ehrlich gesagt, ich glaube, sie genießt eure Streitereien sogar. Hast du denn noch nie daran gedacht, daß Alex vielleicht nicht für die Ehe geschaffen ist? Die Ehe würde sie ganz sicher einengen, vielleicht sogar ersticken – wenn sie nicht einen Mann trifft, der sich genausowenig um Konventionen schert wie sie, was geradezu eine Seltenheit ist.«

»Oder einen, der sie so liebt, daß er ihr gewisse Freiheiten läßt«, unterbrach er sie, »aber auch in der Lage ist, ihr solche zu verweigern, bei denen sie sich ihren hübschen Hals brechen könnte.«

Er hatte das mit so offensichtlicher Verzweiflung gesagt, daß Anna beinahe lachen mußte. »Ist das etwa einer deiner Gründe? Glaubst du wirklich, ein Ehemann würde es fertigbringen, ihren Leichtsinn zu zügeln, nachdem du das nicht geschafft hast?«

Er warf ihr einen finsteren Blick zu. »Vielleicht nicht, aber eine Schwangerschaft wird das ganz sicher fertigbringen.«

Dagegen konnte sie nichts einwenden. Ein Baby würde Alexandras Leben sicher verändern. Zumindest würde es sie davon abhalten, so schnell auf ihren Pferden zu reiten. Und außerdem konnte sie gut mit Kindern umgehen. Obwohl sie nie davon gesprochen hatte, wollte sie wahrscheinlich doch eigene Kinder haben. Und sie hatte diesen Engländer heiraten wollen, ja, hatte es sich sogar glühend gewünscht, also war sie auch nicht gegen die Ehe.

Anna seufzte. Wenn sie sich nicht in acht nahm, würde sie Konstantin zu dem beglückwünschen, was er getan hatte.

»Wir sind vom Thema abgekommen«, sagte sie. »Du zwingst Alex und Simeons Sohn damit eine Heirat auf, mit der keiner von beiden gerechnet hat. Es ist sehr wahrscheinlich, daß sich beide weigern werden, aber ich bin mir absolut sicher, daß Alex dies tun wird. Und was passiert, wenn sie sich nicht leiden können? Wenn sie beide gegen diese Heirat sind, lernen sie sich nicht gerade unter den besten Bedingungen kennen. Alex wird diesen Mann am Ende vielleicht hassen, und das Resultat ist dann sicher nicht das glückliche Leben, das du dir für sie wünschst.«

»Reine Vermutungen, Anna.«

»Aber sehr viel wahrscheinlicher als die, von denen du ausgehst.«

»Wir werden wissen, wer recht hat, wenn sich die beiden kennenlernen.«

»Und wenn ich recht habe?«

»Wenn sie überhaupt nicht zusammenpassen, werde ich die Verlobung natürlich auflösen und den Grafen für seine Mühe hierherzukommen entschädigen.«

»Nun, ich freue mich, daß du dich in dieser Sache nicht bis zum bitteren Ende wie ein Dickkopf verhalten willst.«

Er zuckte angesichts ihrer sarkastischen Bemerkung zusammen und konterte mit den Worten: »Weißt du, ich fühle mich jetzt sogar viel besser, nachdem du Einwände vorgebracht hast, an die ich nicht gedacht hatte, und ich diese aus dem Weg räumen konnte.«

Sie wollte gerade eine ebenso beißende Bemerkung machen, als die Vordertür mit einem Knall zuschlug und einen Moment später Alexandra in der Tür erschien. Sie hatte sie noch nicht bemerkt, da sie gerade dabei war, sich mit ihrer staubigen Pelzkappe den Staub aus den Ärmeln zu schlagen. Hinter ihr sank der Staub langsam zu Boden, wo er dann von ihrem Borzoi, der mit dem Schwanz wedelte, wieder aufgewirbelt wurde. Eine Strähne ihres aschblonden Haares war ihrer Frisur entglitten und fiel über ihre Schulter bis hinab zu ihrer Taille.

Mit ihrer weiten Hose, die in kniehohen Stiefeln steckte, der leuchtendroten Schärpe um ihre schmale Taille, dem nicht mehr ganz weißen Hemd mit der zarten blauen Stickerei und ihrem knielangen Rock mit den weiten Schößen sah sie aus wie ein Kosake – ein *männlicher* Kosake. Sie war immer so gekleidet, wenn sie reiten ging und mit den Pferden arbeitete. Ihr ungepflegtes und verdrecktes Aussehen war nichts Neues für ihre Familie.

»Viel, *viel* besser«, flüsterte Konstantin leise, so daß nur Anna es hören konnte, eine Wiederholung der Worte, die er nur Augenblicke zuvor gesagt hatte. »Und man kann von Glück sagen, daß ein Mann seiner frisch angetrauten Frau schon früh in der Ehe Recht und Ordnung vor Augen halten und dafür sorgen wird, daß sie sich auch entsprechend benimmt.«

Annas Nasenflügel zitterten, als sie die Zähne zusammenbiß. Aber Alexandras Anwesenheit hinderte sie an einer treffenden Antwort auf seine Worte. So griff sie statt dessen nach Konstantins zweitem Glas Wodka, das immer noch genügend Flüssigkeit für ihre Zwecke enthielt, und kippte es ihm, ohne zu zögern, über den Kopf.

Da sie nur Annas Reaktion und das Protestgeschrei ihres Vaters mitbekommen hatte, lachte Alexandra vor Vergnügen. »Anna? Du hast doch nicht etwa die Beherrschung verloren? Na ja, ich habe dir schließlich gesagt, daß ich einen schlechten Einfluß auf dich ausübe!«

»Ja, Liebes, das hast du gesagt – und du weißt ja, wo du Eimer und Wischlappen findest, nicht wahr?«

Alexandra betrachtete die Staubspur hinter sich, die sich bis zum Eingang zog, und grinste immer noch, als sie fragte: »Bevor Bojik und ich baden – oder danach?«

Da Anna sich gut vorstellen konnte, welches Fiasko der russische Wolfshund im Badehaus hinterlassen würde, sagte sie: »Ich glaube, das ist egal.«

Alexandra schenkte ihr ein Lächeln, mit dem sie ausgewachsene Männer hätte umwerfen können, wenn sie es darauf angelegt hätte, und marschierte in Richtung Küche. Bojik folgte ihr wie immer auf den Fersen. Es war nicht notwendig gewesen, Eimer und Wischlappen zu erwähnen. Das Mädchen räumte immer hinter sich auf – und hinter ihrem zu groß geratenen Schoßtier. Sie hatten ein Dutzend Dienstboten im Haus, aber Alexandra brauchte sie überhaupt nicht.

»Anna?«

Seine Stimme klang erstaunlich sanft, obwohl er zweifellos grollte. Als ob sie den wütenden Mann, der hinter ihr stand und nach Wodka stank, vergessen könnte! Bei dem Gedanken an das, was sie getan hatte, krümmte sie sich innerlich zusammen. Noch nie hatte sie sich zu derart vulgärem Benehmen hinreißen lassen. Es lag ihr einfach nicht.

»Soll ich dir noch ein Glas einschenken?« fragte sie, ohne sich umzublicken.

Sie hörte ein verächtliches Schnauben. »Werde ich dazu kommen, es zu trinken?«

Nachdem sie einen Augenblick nachgedacht hatte, sagte Anna: »Wahrscheinlich nicht«, und verließ ebenfalls das Zimmer.

2

Stefan Barony, regierender König von Kardinien, mußte lachen. Er hatte genau das gefunden, was er im Zigeunerlager zu finden erwartet hatte: seinen Cousin, der mit einer hübschen jungen Frau unter einem Baum lag. Genaugenommen waren es drei Frauen, die sich an ihn schmiegten. Das hatte er zwar nicht erwartet, aber es überraschte ihn auch nicht sonderlich. Wassili hatte links und rechts eine Frau im Arm, während eine dritte Frau hinter ihm saß und ihre üppigen Brüste als Ruhekissen für seinen Kopf darbot.

Die Ausgelassenheit im Lager war nachts am stärksten. Nackte Kinder rangen zu Füßen ihrer tanzenden Mütter miteinander, an den Lagerfeuern wurden Lieder gesungen oder Geschichten erzählt, in den Kesseln dampften gestohlene Hühner und Kaninchen. Die Sippe, die hier ihr Lager aufgeschlagen hatte, beschäftigte sich vornehmlich mit Pferdehandel. Andere Gruppen wiederum verdienten sich ihr Brot mit Flick- und Schmiedearbeiten, während wieder andere mit karpatischen Bärenführern, Schlangenbeschwörern, Musikern und Tänzerinnen für Belustigung sorgten.

Viele der Sippen, die durch Kardinien zogen, waren jedoch Viehzüchter, die mit ihren großen Herden aus Wasserbüffeln oder anderem Vieh unterwegs waren. Aber alle Sippen boten ihre Frauen gegen Geld an und hatten alte Weiber dabei, die mit ihren Kräutern Kranke heilen konnten, die von den Doktoren aus der Stadt schon aufgegeben worden waren. Und natürlich waren bei allen Sippen Wahrsager und Talismanverkäufer zu finden.

»Habe ich dir nicht gesagt, daß wir ihn hier finden würden?« sagte Lazar, der rechts neben Stefan im Sattel seines Pferdes saß. »Er sucht immer noch die Wildheit.«

Links von Stefan gab Serge erst einmal ein verächtliches Schnauben von sich, bevor er seine Meinung äußerte. »Er sucht nach Frauen – nach vielen Frauen. In dieser Beziehung haben ihn die Zigeuner noch nie enttäuscht.«

Stefan konnte seine Worte nicht widerlegen, da er selbst viel Zeit in den Zigeunerlagern verbracht hatte. Zumindest damals, als er lediglich Kronprinz von Kardinien gewesen war und noch nicht der mit unzähligen Pflichten überbürdete König des Landes. Es schickte sich einfach nicht für einen König, sich mit Zigeunermädchen zu amüsieren und im Schein des Lagerfeuers zu tanzen. Er wollte es auch gar nicht mehr. Heute amüsierte er sich nur noch mit seiner Königin. Aber der Anblick des Lagers brachte Erinnerungen aus früheren Zeiten zurück.

»Ich nehme an, ihr beide wollt hierbleiben und Wassili Gesellschaft leisten«, sagte Stefan amüsiert zu seinen Freunden. Denn trotz ihrer abfälligen Bemerkungen hatten auch sie gleichermaßen angenehme Erinnerungen an Zigeunerlager.

»Soll das heißen, daß wir ihn nicht in die Stadt zurückschleifen?« fragte Lazar.

»Meine Tante hat mich lediglich darum gebeten, Wassili zu suchen. Sie hat nichts davon gesagt, daß wir ihn sofort zu ihr bringen sollen. Solange er irgendwann im Laufe des Abends bei ihr erscheint, wird ihr das schon recht sein.«

Serge grinste jetzt. »Es ist gut, daß der alte Max darauf besteht, daß nicht nur wir drei dich beschützen, sonst müßten wir jetzt *dich* in die Stadt zurückbegleiten.«

Der alte Max war Maximilian Daneff, Premierminister von Kardinien und für Stefan wie ein zweiter Vater. Max nahm seine Pflichten sehr ernst und bestand darauf, daß Stefan von mehreren Soldaten begleitet wurde, wann immer er den Palast verließ.

Die Soldaten warteten jetzt am Rande des Zigeunerlagers, um keine Unruhe zu verursachen. Aber Stefans Erscheinen sorgte trotzdem für Aufregung, denn die Zigeuner erkannten ihn. Obwohl er noch nicht König gewesen war, als die Sippe das letzte Mal durch sein Land gezogen war, hatten sich die Mitglieder der Sippe doch unmittelbar nach ihrer Ankunft über Veränderungen in der Regierung erkundigt und in Erfahrung gebracht, ob sie weiterhin willkommen waren. Solches Wissen war für die Zigeuner überaus wichtig.

Der *Bulubascha* war gerufen worden und wartete jetzt voller Argwohn zusammen mit einigen älteren Männern vor seinem Zelt. Aber Stefan wollte sich durch die Ehrerbietungen und das zeitraubende Begrüßungsritual, das mehrere Stunden dauern konnte, nicht aufhalten lassen. Nicht, nachdem seine Tania, die jetzt im Palast auf seine Rückkehr wartete, ihm das verlockende Versprechen gegeben hatte, daß sie heute abend *vielleicht* für ihn tanzen würde.

Er wandte sich Serge zu und sagte: »Sag ihrem Führer, daß es sich hier nicht um einen offiziellen Besuch handelt, sondern nur um eine Familienangelegenheit.« Und mit einem höflichen Kopfnicken in Richtung des *Bulubascha,* das diesen beruhigen sollte, ritt er auf seinen Cousin zu.

Daraufhin schien eine Woge der Erleichterung durch das Lager zu gehen. Überall wurde jetzt wieder gesungen und getanzt. Sofort drängten sich mehr als ein Dutzend Frauen, junge und alte, um Stefan. Sie würden notfalls bis in den Tod um die Gelegenheit kämpfen, ihm zu Diensten zu sein, da er bekannt war für seine Großzügigkeit, die so außergewöhnlich war, daß selbst eine zehnköpfige Familie, die in den Genuß dieser Großzügigkeit kam, ein ganzes Jahr lang nicht zu arbeiten oder zu stehlen brauchte.

Stefan nahm nur am Rande wahr, daß Lazar ihn vor ihren Nachstellungen bewahrte, indem er eine Handvoll Goldmünzen unter die Frauen warf und sie fortwinkte. Er wurde vielmehr vom Anblick Wassilis gefesselt, der sich redlich bemühte, seine Gefälligkeiten gerecht unter den drei Frauen aufzuteilen. Stefan war nahe daran, laut herauszulachen, da es Wassili – soweit er es beurteilen konnte – tatsächlich zu gelingen schien. Er küßte zuerst eines der begierigen Mädchen, dann das nächste, während seine Hände über alle drei wanderten. Die Frauen wetteiferten jedoch nicht miteinander, so wie dies zu erwarten wäre. Wahrscheinlich hatte Wassili ihnen bereits versichert, daß er sich in dieser Nacht um jede einzelne von ihnen kümmern würde, wenn nicht sogar um alle drei gleichzeitig, wie es momentan den Anschein hatte.

Wahrscheinlich hatte jede der Frauen irgendwo im Lager einen Ehemann, aber Wassili lief keine Gefahr, ein Messer in den Rücken zu bekommen, bevor er das Lager verlassen konnte. Ihren Körper für Geld an Männer zu verkaufen, war für die Frauen eine rein geschäftliche Angelegenheit und wurde von allen akzeptiert – solange die Männer keine Zigeuner waren. Aber wenn eine dieser Frauen einem Zigeuner einen lockenden Blick zuwarf, würde sie sehr wahrscheinlich von ihrem Ehemann getötet werden. Zigeuner lebten und starben nach ihren eigenen Regeln, über deren Einhaltung der *Bulubascha* der Sippe wachte.

Wassili war so vertieft in sein Liebeswerben, daß er die plötzliche Stille im Lager und das anschließende Wiederaufleben des Lärms überhaupt nicht bemerkt hatte. Auch die herannahenden Pferde seiner Freunde hörte er nicht, so daß Stefan und Lazar nur wenige Schritte entfernt von ihm stehenbleiben und den Anblick genießen konnten. Stefan war immer noch völlig fasziniert, da er niemals zuvor die betörende Wirkung hatte beobachten können, die sein Cousin auf Frauen ausübte – zumindest nicht so ausführlich. Er war immer selbst mit einem Mädchen beschäftigt gewesen, wenn er sich zusammen mit seinen drei engsten Freunden amüsiert hatte.

Aber Wassili war schon so weit in seinen Bemühungen fortgeschritten – er und die Mädchen waren bereits teilweise entkleidet –, daß er wahrscheinlich vergessen hatte, daß er Dinge dieser Art in der Regel in etwas privaterer Atmosphäre verfolgte. Oder vielleicht hatte er einen Punkt erreicht, an dem es ihm einfach egal war.

Nur eine der Frauen hatte bemerkt, daß sie Zuschauer hatten. Es schien ihr jedoch nichts auszumachen, denn sie war viel zu beschäftigt damit, Wassilis starke Brust zu liebkosen, die eine andere der Frauen gerade entblößt hatte. Daran war natürlich Wassilis Wirkung auf Frauen schuld. Er ließ sie Moral, Sittsamkeit und alle sonstigen Fesseln ihres Lebens vergessen. Wo immer er hinging, was immer er auch tat – die Frauen rissen sich darum, ihn kennenzulernen. Und wenn sie ihn kennengelernt hatten, rissen sie sich darum, in sein Bett zu gelangen. Andere Männer mußten lange und harte Verführungsarbeit leisten, Wassili dagegen brauchte nur ins Zimmer zu kommen und mit dem kleinen Finger zu winken. Eigentlich brauchte er nicht einmal das – es genügte, wenn er anwesend war, schon schmachteten ihn alle Frauen an.

Seine Schönheit war immer das Lockmittel gewesen. Wassilis Freunde profitierten von seiner Wirkung auf Frauen, weshalb sie ihm sein Glück oder sein außergewöhnlich gutes Aussehen nicht einmal neideten. Und obwohl es momentan anders aussah, widmete Wassili sein Leben nicht ausschließlich der Befriedigung seiner sexuellen Wünsche, zumindest nicht den größten Teil davon.

Er war – wie alle vier Freunde – ein Meister sämtlicher Waffengattungen und erfüllte seit Stefans Krönung eine Vielzahl von offiziellen Pflichten. Vor allem seine Pflichten als Mitglied der königlichen Leibwache, als Stefans persönlicher Leibwächter, nahm er überaus ernst. Wassili wäre heute abend nicht hier, wenn er gewußt hätte, daß Stefan den Palast verlassen würde. Daß Stefan nicht hier wäre, wenn Wassili nicht hier wäre, war rein hypothetisch. Wassili vergewisserte sich immer, daß er nicht gebraucht wurde, bevor er seine eigenen Interessen verfolgte.

Momentan widmete er sich drei jungen Frauen, deren unterschiedliche Bedürfnisse er gerade zu befriedigen suchte. Um des lieben Friedens willen – Lazar würde nicht widerstehen können, Wassili mit seinem plötzlichen Mangel an Sittsamkeit aufzuziehen, was in eine

Schlägerei ausarten würde, bevor die beiden darüber lachen konnten – räusperte sich Stefan.

Wassili reagierte nicht. Er räusperte sich ein zweites Mal. Wassili reagierte immer noch nicht.

Daher bemerkte Lazar mit recht lauter Stimme: »Die Zigeuner hätten ein Vermögen machen können, wenn sie daran gedacht hätten, Eintrittskarten zu verkaufen.«

Serge, der inzwischen ebenfalls herbeigeritten war, bemerkte: »Es sieht nicht so aus, als ob Wassili etwas dagegen hätte. Das hier wird garantiert ein größerer Erfolg als das neue Stück, das letzte Woche im *Grand* Premiere hatte.«

Wassili hatte sich herumgerollt und starrte zu ihnen empor. Sein lautes Stöhnen wurde nicht von Verlegenheit verursacht, sondern von seinem Unmut über die Störung. »Wie zum Teufel habt ihr mich gefunden?«

»Du hast Fatima gesagt, wohin du gehst«, erklärte Stefan, dann sagte er mit einem Blick auf die Frauen, die keinen Versuch unternahmen, ihre unterschiedlichen Stadien der Nacktheit zu bedecken, und sich immer noch an Wassili schmiegten: »Hat sie eigentlich nichts dagegen?«

»Ich bin genausowenig Fatimas Eigentum wie sie das meine. Ich habe ihr die Freiheit geschenkt. Was kann ich noch tun?«

»Du kannst einen Ehemann für sie suchen.«

»Jedesmal, wenn ich ihr das vorschlage, fängt sie an zu weinen.«

Wassili sagte das so angewidert, daß die drei Männer lachen mußten. Sie hatten kein Mitgefühl mit ihm. Die Konkubine war ein Geschenk des türkischen Großwesirs an Wassili gewesen. Sie war ein hübsches, aufreizendes Mädchen, das einen Mann in jeder Beziehung zufriedenstellen konnte. Wassili hätte ihr die Freiheit schenken können, aber sie bezweifelten, daß er das Angebot, einen Ehemann für sie zu suchen, sehr oft wiederholte.

Wassili machte das Gelächter seiner Freunde nichts aus, aber in seiner momentanen körperlichen Verfassung, die angesichts der Tatsache, daß sich gerade mehr als ein Paar nackte Brüste an ihn preßten, nicht zu ignorieren war, störte ihn ihr plötzliches Erscheinen doch sehr. »Stefan, was machst du eigentlich hier, und warum hat mir niemand gesagt, daß du heute abend den Palast verlassen wirst?«

Stefan grinste ihn an. »Wenn du irgendwann in den letzten drei Tagen den Boten deiner Mutter empfangen hättest, anstatt zu sagen, du wärst nicht da, obwohl du es doch warst, hätte sie es nicht für notwendig befunden, zu mir zu kommen und zu fragen, wohin ich dich denn geschickt hätte. Wie schaffst du es eigentlich, ihr im Palast aus dem Weg zu gehen?«

Wassili fuhr nervös mit einer Hand durch seine goldene Mähne. »Das war gar nicht so leicht. Ich nehme an, du hast ihr gesagt, daß du mich irgendwo hingeschickt hast.«

»Nein, ich habe nur gesagt, daß ich dich suchen und sofort zu ihr schicken würde. Wieso gehst du ihr eigentlich aus dem Weg, mein lieber Cousin?«

»Weil jede dieser ›offiziellen‹ Vorladungen – so eine war es nämlich auch dieses Mal – für mich mit der Garantie verbunden ist, mir etwas anhören zu müssen, das mir nicht gefällt. Entweder liegt sie mir damit in den Ohren, daß ich heiraten soll – das letzte Mal war das vor drei Monaten, es dürfte also wieder Zeit dafür sein –, oder sie fängt an, über meine letzte Affäre zu lamentieren.«

»Welche Affäre?« fragte Stefan neugierig.

»Die, von der sie gerade erfahren hat.«

Da Wassili zur Zeit nicht eine, sondern drei Geliebte in der Stadt hatte – Fatima nicht mitgerechnet, die in seinem Haus lebte, und auch nicht all die anderen Frauen, die sich ihm ständig an den Hals warfen –, war es ohnehin verwunderlich, daß er sich mit den Zigeunerinnen vergnügte. Wie alle Männer oder doch zumindest diejenigen, die nicht verliebt waren, so wie Stefan zum Beispiel, schätzte Wassili die Abwechslung, aber er hatte schon mehr Abwechslung, als einem Mann lieb sein konnte.

»Könntest du mich nicht doch irgendwohin schikken?« schlug Wassili plötzlich vor.

Stefan lachte. »Nachdem ich mich von Tante Maria zu dem Versprechen habe hinreißen lassen, dich notfalls persönlich bei ihr abzuliefern? Dieses Mal wird dir nichts anderes übrigbleiben, als dir die Standpauke anzuhören, mein Freund. Wenn du mich das nächste Mal vorher warnst, werde ich dich für ein paar Monate nach Österreich oder Frankreich schicken, obwohl ich mir nicht sicher bin, was für einen Nutzen das haben soll, da sie nach deiner Rückkehr ja immer noch hier sein wird. Hast du eigentlich schon einmal daran gedacht zu tun, was sie sagt?«

»Du meinst heiraten?« Wassili schnaubte empört. »Das ist doch lächerlich. Eine Frau allein genügt mir nicht.«

»Wer sagt denn, daß du dich mit einer Frau begnügen mußt?«

Wassili warf Stefan einen mißmutigen Blick zu. »Wahrscheinlich würde mir das deine Königin sagen. Falls du es noch nicht bemerkt hast: Sie hat etwas altmodische Vorstellungen, was Treue anbelangt. Du lieber Himmel, wenn ich heiraten würde, käme Tania vielleicht auf den Gedanken, einen königlichen Befehl zu erlassen und mein Bett für alle Frauen außer meiner Gräfin zur Sperrzone zu erklären.«

Serge und Lazar lachten schon, bevor er seinen Satz beendet hatte. Stefan fand es nicht so lustig und fragte seinen Cousin: »Hat Tania etwas zu dir gesagt?«

»Nur, daß ich die Suche nach der richtigen Frau mit dem gleichen Eifer betreiben sollte wie die Jagd nach den falschen Frauen. Sie hat sich aus irgendeinem Grund in den Kopf gesetzt, daß ich nicht glücklich bin. Könnt ihr euch das vorstellen? Dabei könnte ich doch gar nicht glücklicher sein.«

»Sie ist verliebt«, sagte Lazar. »Verliebte Frauen wollen, daß alle anderen auch verliebt sind.«

»Entweder das, oder meine Mutter hat sich bei ihr über mich beklagt, so wie bei jedem, der ihr zuhört«, sagte Wassili. »Es ist schon eine Strafe, das einzige Kind zu sein und eine Mutter zu haben, die den Fortbestand der Linie in Gefahr sieht.«

»Versuch es mal mit einem König als Vater, der sich die gleichen Sorgen macht«, bemerkte Stefan trocken.

Sie alle lachten, aber als Stefan letztes Jahr nach Amerika geschickt worden war, um die Prinzessin zu holen, die er heiraten sollte, war keinem von ihnen zum Lachen zumute gewesen. Er war furchtbar wütend gewesen und hatte sich vor der Heirat gefürchtet. Aber zum Glück hatte er sich auf der Stelle in Ihre königliche Hoheit verliebt. Ein noch glücklicherer Umstand war der, daß auch sie sich schließlich in ihn verliebt hatte.

»Ich weiß, was wir tun«, sagte Wassili plötzlich. »Warum befiehlst du meiner Mutter nicht, wieder zu heiraten, Stefan? Dann denkt sie vielleicht endlich mal an etwas anderes als an Enkelkinder.«

Stefan schüttelte den Kopf, obwohl er grinsen mußte. »Ich habe meine Tante viel zu gern, um ihr etwas zu befehlen, das sie nicht tun will. Das weißt du ganz genau. Sag mal, wieso bist du eigentlich allein hier? Normalerweise schleppst du doch Lazar und Serge für diese Art von Unterhaltung mit.«

Endlich lächelte Wassili. »Eigentlich hatte ich diese Art von Unterhaltung überhaupt nicht geplant. Ich bin hergekommen, weil ich ein neues Pferd kaufen wollte. Dinicu hatte mir seinen Jungen geschickt, um mir zu sagen, daß er einen prächtigen Hengst zu verkaufen hat.«

Lazar hob interessiert den Kopf, denn wie Wassili hegte auch er eine große Leidenschaft für gute Pferde. »Hast du ihn gekauft?«

»So prächtig war er nun auch wieder nicht.«

»Aha.« Lazar nickte. »Du entschädigst dich jetzt also für den Weg, den du umsonst gemacht hast?«

»Genau. Du bist natürlich herzlich eingeladen, dich mir anzuschließen, und du auch, Serge – aber du nicht, Stefan.«

»Als ob ich eine solche Einladung annehmen würde.« Stefan grinste.

»Ich werde doch kein Risiko eingehen«, versicherte ihm Wassili. »Jetzt, da sie geruht, mir zu vergeben, werde ich es mir doch nicht wieder mit ihr verderben.«

Stefan zog eine Augenbraue hoch und neckte ihn: »Bist du dir da sicher? Sie nennt dich nämlich immer noch einen Pfau.«

»Ja«, erwiderte Wassili ziemlich selbstgefällig. »Aber sie sagt es jetzt sehr freundlich, und außerdem läßt sie das ›dämlich‹ weg, das sie früher immer hinzugefügt hat.«

Stefan mußte schmunzeln. Seine Frau nahm kein Blatt vor den Mund. Selbst die Tatsache, daß sie Königin von Kardinien war und fast ständig im Mittelpunkt der Öffentlichkeit stand, hatte ihre scharfe Zunge nicht zügeln können. Aber der Hof gewöhnte sich allmählich an ihre amerikanisierte Art und ihre völlig undiplomatische Ausdrucksweise.

Bei dem Gedanken an seine Frau fiel ihm wieder ein, daß sie auf ihn wartete – und was sie ihm *anscheinend* versprochen hatte. »Wir vergessen deine Mutter.«

»Genau das habe ich ja versucht«, murrte Wassili. Er schlang die Arme um die zwei Zigeunermädchen, die ihm am nächsten waren, und fügte hinzu: »Hab doch ein Herz, Cousin. Sag ihr, daß du mich nicht finden konntest.«

»Das werde ich nicht tun, aber ich gebe dir zwei Stunden, um dich in deinem Elternhaus einzufinden. Lazar und Serge werden dafür sorgen, daß du nicht eine Minute zu spät kommst. In der Zwischenzeit – viel Spaß, meine Freunde.«

Lazar und Serge stiegen bereits voller Erwartung von ihren Pferden ab. Aber als Stefan sie verließ, um allein aus dem Lager zu reiten, sprang Wassili auf und rief ihm nach, daß er warten solle. Als er sein Hemd unter einer wohlgeformten Hüfte hervorzerrte, fingen die Frauen an zu protestieren, und auch Lazar, dem klar wurde, daß Wassili wie immer die Pflicht vor das Vergnügen stellte, beklagte sich.

»Das ist doch lächerlich, Wassili. Da draußen warten zwanzig Männer auf ihn.«

»Das reicht aber nicht«, sagte Wassili nur, als er seinen Rock fand und ihn sich über die Schultern warf.

Serge verdrehte die Augen. Es würde nichts nützen, ihm zu sagen, daß Stefan beleidigt sein würde, wenn Wassili ihm anscheinend nicht zutraute, auf der kurzen Strecke zurück in den Palast auf sich selbst aufzupassen. Stefan würde wirklich beleidigt sein, aber er würde sich auch darüber amüsieren, daß Wassili so gefällige Mädchen einfach verließ, obwohl er gar nicht mußte.

Serge seufzte und wollte wieder aufsteigen, aber Wassili hielt ihn zurück. »Er braucht nur einen von uns. Bleibt hier und amüsiert euch. Die Damen sind bereits in der richtigen Stimmung.«

»Ja, dafür hast du ja gesorgt.«

»Dann bedankt euch gefälligst. Bei dem Gedanken an die Verabredung mit meiner Mutter und ihre Standpauke ist mir die Lust sowieso vergangen. Wenn ihr darauf besteht, mich zu begleiten, werde ich darauf bestehen, daß ihr euch das mit mir zusammen anhört.«

»Wenn das so ist, sehen wir dich morgen.«

3

Wassilis Mutter zeigte nicht den erwarteten Gesichtsausdruck, als sie etwas später an diesem Abend zu ihm in ihren Salon trat. Zumindest war es nicht jene Miene, mit der sie ihre Standpauken zu halten pflegte. Eigentlich sah sie so zufrieden und glücklich aus, daß er sich fragte, ob er sich in dem Grund für ihre Vorladung nicht geirrt hatte.

Aus Erfahrung wußte er, daß sie ihn selbst aufgesucht hätte, wenn es sich um gute Nachrichten gehandelt hätte. Dann wäre es ihm nicht einmal im Traum eingefallen, sie – wie ihren Boten – an seiner Tür abzuweisen. Schließlich liebte er sie und bemühte sich, ihre Wünsche zu erfüllen, wann immer es ihm möglich war.

Nur für ihre Standpauken, bei denen sie Einwände von ihm erwartete, wollte sie ihn auf ihrem eigenen Territorium haben: in dem Haus, in dem er aufgewachsen war. Es war egal, daß er schon vor ungefähr zwölf Jahren von seiner Familie weggezogen war – zuerst in den Palast, um schneller für Stefans plötzliche Ausflüge zur Hand zu sein, dann, nachdem er von seiner großen Europareise zurückgekommen war, in sein eigenes Stadthaus. Seine Mutter war immer noch der Meinung, daß dieses Haus und insbesondere ihr eigener Salon ihre Autorität stärkten. Das Komische daran war, daß es stimmte.

Der Abend war noch nicht weit fortgeschritten, so daß er die Gräfin antraf, bevor sie ausging, um wie üblich an einer Gesellschaft teilzunehmen. Genau damit hatte er gerechnet. Er wollte es hinter sich bringen und dann den Rest des Abends seinen Vergnügungen nachgehen. Er hoffte, daß es sich um eine wichtige Gesellschaft handelte, zu der sie nicht zu spät kommen wollte. Das würde ihn vor einem langen Gespräch bewahren. Ihre Kleidung gab ihm keinen Anhaltspunkt, und auch nicht die Menge des Schmucks, den sie trug, denn sie begab sich nie zu einem gesellschaftlichen Ereignis, ohne auf das Prächtigste herausgeputzt zu sein.

Maria Petroff war eine gutaussehende Frau in schon etwas fortgeschrittenem Alter. Sie sah jetzt vielleicht sogar noch besser aus als in ihrer Jugend, denn noch nie hatte jemand sie für eine ausgesprochene Schönheit gehalten. Ihr energisches Kinn und die starke Nase, die nicht gerade sehr feminin wirkte, verliehen ihr viel Ähnlichkeit mit ihrem Bruder Sandor, dem verstorbenen König, und sie war immer eine recht stattliche und untersetzte Erscheinung gewesen, was man jetzt gnädigerweise als matronenhaft bezeichnen konnte.

Es war ihr immer ein Rätsel geblieben, wie sie einen Sohn wie Wassili hatte gebären können, aber sie war ungeheuer stolz darauf. Das Aussehen hatte er natürlich von seinem Vater. Von ihr hatte er nur die Augen der Baronys – Augen, die so hellbraun waren, daß starke Gefühlswallungen sie in Gold verwandelten.

Bei Kardiniens jungem König Stefan mit seinem rabenschwarzen Haar und dem dunklen Teint sprachen die Menschen von Teufelsaugen. Aber bei Wassili mit seinem goldenen Haar und der hellen Gesichtsfarbe waren sie einfach nur schön und eine Vervollkommnung der feinen Knochenstruktur, die ihm sein gutes Aussehen verlieh.

Wassilis Mutter begrüßte ihn mit den Worten: »Du siehst geradezu erbärmlich aus.«

Da er sich nicht die Mühe gemacht hatte, nach Hause zu gehen und sich umzuziehen, waren Hemd und Rock natürlich völlig verknittert. Sein Haar sah genauso fürchterlich aus, nachdem an diesem Abend so viele Hände seine Weichheit geprüft hatten, aber das verlieh Wassili nur ein verwegenes Aussehen, das die Frauen unglaublich sinnlich fanden.

Doch die Bemerkung seiner Mutter machte ihn sofort

nervös, denn sie hatte dabei gelächelt. Irgend etwas stimmte hier nicht.

In seinen Augen funkelte Mißtrauen, als er fragte: »Wieso siehst du so selbstgefällig aus, Mutter?«

Sie lachte. »Was für ein fürchterliches Wort. Du weißt, daß ich das selbstverständlich nie sein würde.« Mit einem Lächeln fügte sie hinzu: »Warum schenkst du uns nicht etwas zum Trinken ein?«

Auch er lächelte und beschloß, ihr Spiel eine Weile mitzumachen. »Eine ausgezeichnete Idee«, sagte er. Aber als er zu der Anrichte ging, auf der sich die zahlreichen Spirituosen für Gäste befanden, murmelte er vor sich hin: »Offensichtlich werde ich das brauchen.«

»Schenk mir etwas von diesem exzellenten russischen Wodka ein, den ich nur für dich kaufe«, sagte sie, als er gerade begann, genau diesen Wodka für sich selbst einzuschenken.

Angesichts dieser Bitte hielt er inne und runzelte die Stirn. »Du magst doch keinen Wodka«, erinnerte er sie.

»Stimmt«, erwiderte sie mit einem Achselzucken. »Aber heute abend scheint er … angebracht zu sein.«

Sie lächelte wieder. Er brachte ihr ein kleines Glas des starken Wodkas, ging dann aber zurück, um sich die Flasche zu holen, und setzte sich damit auf den Stuhl gegenüber dem Sofa, auf dem seine Mutter Platz genommen hatte. Er mußte sein Glas zweimal leeren, bevor er sich stark genug fühlte und sagen konnte: »In Ordnung, Mutter, raus damit. Worüber freust du dich so fürchterlich?«

»Du wirst uns noch in dieser Woche verlassen, um nach Rußland zu reisen.«

»Und *das* findest du gut?«

Sie nickte. Inzwischen strahlte sie eindeutig vor Begeisterung. »Natürlich, du wirst dort nämlich deine Braut abholen.«

Wassili schwieg einen Moment. Auch danach konnte

er auf die alarmierenden Worte seiner Mutter lediglich erwidern: »Ich bin nicht Stefan, Mutter. Er mußte gehen und seine Braut abholen. Ich habe Gott sei Dank keine Braut.«

»Jetzt hast du eine.«

Er sprang auf und stellte sich vor sie hin, die männliche Verärgerung in Person. Er konnte sich nicht daran erinnern, jemals so wütend auf seine Mutter gewesen zu sein. Es war einfach undenkbar, daß sie sich in sein Leben einmischte. Sie wußte das und hatte es auch immer respektiert. Sie konnte ihm ihre Standpauken und Moralpredigten halten, sie durfte sich Sorgen um ihn machen, aber das hier? Was zum Teufel hatte sie sich nur dabei gedacht?

»Was immer du auch getan hast, Mutter, mach es wieder rückgängig. Wenn du dich dabei in Verlegenheit bringst, bist du selbst schuld daran. Ich möchte kein Wort mehr davon hören.«

Es war unglaublich: Sie lächelte immer noch und sagte ihm auch gleich, warum. »Dir wird wohl nichts anderes übrigbleiben, als noch etwas mehr davon zu hören, mein Lieber …«

»Mutter …« versuchte er sie zu unterbrechen.

»… denn da ich nichts getan habe, kann ich auch nichts rückgängig machen.«

»Das ist doch lächerlich. Natürlich hast du …«

»Nein, *ich* nicht. Die Tatsache, daß in Rußland deine Braut auf dich wartet, ist ganz allein das Werk deines Vaters.«

Als sie ihm dieses Stück des Puzzles geliefert hatte, begann Wassili, sich zu entspannen. Es sah seiner Mutter gar nicht ähnlich, ihm einen Streich zu spielen, aber er nahm an, daß es für alles ein erstes Mal gab.

»Und wie soll er diese Heirat arrangiert haben? Aus dem Grab heraus?«

Sie holte tief Luft. »Das war unangebracht, Wassili.«

»Genau wie dein kleiner Scherz«, gab er zurück.

»Ein Scherz? Du beleidigst mich, wenn du denkst, daß ich über so etwas scherzen würde.«

»Aber es ist jetzt vierzehn Jahre her ...«

»Ich weiß genau, wie lange dein Vater schon tot ist.« Ihr Ton war schneidend, sie war immer noch äußerst verärgert über ihn. »Aber laut dem Brief, den ich erhalten habe, wurde deine Verlobung vor fünfzehn Jahren geschlossen. Das müßte dann zu der Zeit gewesen sein, als dein Vater das letzte Mal in Rußland war.«

»Du erwartest von mir zu glauben, daß er so etwas getan hat, ohne dir davon zu erzählen – oder mir?«

»Ich weiß nicht, warum er es nie erwähnt hat, aber auf alle Fälle hat er diese Verlobung arrangiert. Er hat wahrscheinlich gedacht, daß noch genügend Zeit sei, um uns davon in Kenntnis zu setzen. Schließlich warst du damals noch sehr jung ...«

»Ich war sechzehn, wohl kaum noch in den Windeln«, sagte er wütend.

Sie fuhr fort, als ob er sie nicht unterbrochen hätte: »Aber im Jahr darauf starb er.«

Wassilis Augen sprühten inzwischen Funken. Das klang alles viel zu ernst, als daß er nur wütend darüber sein konnte. »Es ist eine Lüge«, sagte er mit Nachdruck. »Ich kann mir keinen Grund vorstellen, weshalb er das getan haben soll.«

Sie lächelte wieder. Das flößte ihm die Ahnung ein, daß ihre Antwort ihm nicht gefallen würde. »Es gibt einen. Deine Verlobte ist die Tochter eines sehr guten Freundes deines Vaters, Baron Rubliow. Du weißt doch noch, wie oft Simeon von dem Baron gesprochen und wie sehr er ihn geschätzt hat. Dein Vater ist jedes Jahr für mehrere Monate nach Rußland gereist, um ihn zu besuchen.«

Wassili konnte sich in der Tat daran erinnern. Er erinnerte sich voller Groll an die Zeit, die sein Vater fern von seinem Zuhause verbracht hatte. Als er und seine Freunde auf ihrer großen Reise waren, die sie auch nach Rußland und an den Hof des Zaren geführt hatte, hatte er aus erster Hand erfahren, was sein Vater so anziehend an Rußland gefunden hatte. Die Frauen dort – zumindest die von Adel – waren unglaublich freizügig. Sie warteten nicht einmal bis zu ihrer Heirat, bevor sie sich einen Liebhaber nahmen. Jungfräulichkeit war dort offensichtlich kein so kostbares Gut wie in der restlichen Welt.

»Ich jedenfalls kann mir gut vorstellen, daß dein Vater diesen Verlobungsvertrag unterzeichnet hat«, sprach die Gräfin weiter. »Schließlich gab es hier in Kardinien niemanden, den er auch nur halb so gern hatte wie Konstantin Rubliow. Er hätte sich sehr gefreut, wenn seine Familie sich mit den Rubliows verbunden hätte.«

Bei dem Wort ›Verlobung‹ begann Wassili rot zu sehen und geriet in Panik. »Aber warum wartet Rubliow fünfzehn Jahre, um uns das zu sagen?«

Maria zuckte mit den Schultern. »Seinem Brief nach zu urteilen, würde ich sagen, daß er nicht der Meinung war, uns etwas mitzuteilen, das wir nicht bereits wüßten.«

»Aber warum wartet er dann fünfzehn Jahre, oder … wie alt ist das Mädchen? Vielleicht mußte er erst einmal abwarten, bis sie erwachsen ist?«

»Er hat nicht geschrieben, wie alt sie ist, aber es klingt nicht so, als ob sie sehr jung sei, denn er erwähnt, daß sie es mit dem Heiraten nicht eilig gehabt und er uns aus diesem Grund nicht schon vorher wegen der Verlobung geschrieben hat. Er schreibt auch, daß er darauf gewartet hat, daß du schreibst, aber da du das nicht getan hast …«

»Zeig mir diesen verdammten Brief.«

Sie mußte nicht erst das Zimmer verlassen, um den Brief zu holen. Offensichtlich hatte sie eine solche Bitte erwartet, denn sie zog den Brief aus einer Tasche ihres

Kleides. Wassili öffnete ihn und begann, die verschnörkelten Schriftzeichen in französischer Sprache zu lesen. Er hatte gehofft, daß er in russisch verfaßt worden war. Seine Mutter hätte einen russischen Brief falsch verstehen können, da sie zwar beide fließend Russisch sprachen, aber keiner von ihnen diese Sprache sehr gut lesen oder schreiben konnte. Aber jeder am kardinischen Hof konnte Französisch lesen und schreiben, und der Brief konnte nicht falsch ausgelegt werden. Trotz der diplomatischen Wendungen wurde er darin aufgefordert, einen Verlobungsvertrag zu erfüllen, in dem stand, daß er eine gewisse Alexandra Rubliow heiraten mußte.

Wassili zerknüllte den Brief in seiner Faust und schleuderte ihn durch das Zimmer. Der Brief prallte gegen eine Vase mit Blumen und rutschte über den Boden. Wassili spürte das dringende Verlangen, ihn mit seinem Absatz auf dem Teppich zu zermalmen. Statt dessen ging er zu der Wodkaflasche, die er neben seinem Stuhl abgestellt hatte, und setzte sie an die Lippen. Dabei kümmerte er sich nicht um seine Mutter, die das als den Gipfel ungehobelten Benehmens ansehen würde. Ihr mißbilligendes Kopfschütteln zeigte ihm, daß er recht hatte, aber das hielt ihn nicht davon ab, die Flasche zur Hälfte zu leeren, bevor er sich ihr mit einer übertriebenen Verbeugung zuwandte.

Er verbarg, daß er innerlich kochte, und sagte beiläufig: »Beantworte diesen Brief, Mutter. Du kannst ihm ja schreiben, daß ich bereits geheiratet habe. Oder schreib ihm, ich bin gestorben. Es ist mir egal, was du ihm schreibst, solange du ihm zu verstehen gibst, daß ich seine Tochter nicht heiraten kann.«

Ihr Rücken straffte sich. Sie widersprach ihm. »Aber sicher kannst du das.«

»Aber ich werde es nicht tun.«

Bevor er die Flasche wieder an die Lippen setzen konnte, sagte sie: »Doch, das wirst du.«

»Nein!«

Zur Überraschung beider hatte er geschrien. Er schrie seine Mutter nie an, egal, wie verärgert er war, zumindest hatte er es niemals zuvor getan. Aber jetzt war er voller Zorn. Er spürte eine Wut, die sein Innerstes aufwühlte und von dem Gefühl herrührte, daß hinter ihm eine Falltür zugeschlagen war.

Mit leiser Stimme, aber dennoch bestimmt, fügte er hinzu: »Wenn ich bereit zum Heiraten bin, werde ich es tun, aber es wird meine Entscheidung und meine Wahl sein.«

Und mit diesen Worten wollte er die ganze Angelegenheit beenden. Er nahm die Wodkaflasche und wollte das Zimmer verlassen. Doch er war noch nicht sehr weit gekommen, als ihn die Worte seiner Mutter wie Pfeile einholten und durchbohrten.

»Du elender Halunke, selbst du wirst den Namen deines Vaters nicht entehren.«

4

Tania hob ihren Schleier ein wenig, nur so weit, daß ihre Zunge die Brustwarze ihres Mannes liebkosen konnte, die sie gerade entblößt hatte. Er stöhnte und griff nach ihr, aber sie sprach eine Warnung aus, und seine Hände kehrten an ihren Platz auf der Rückenlehne der Chaiselongue zurück, auf der er lag.

Stefan trieb es fast in den Wahnsinn, daß er seine Frau nicht berühren konnte, besonders, da sie mit gespreizten Beinen auf seinen Lenden hockte, ihrerseits aber nicht derartig eingeschränkt war. Doch sie hatten eine Vereinbarung getroffen. Sie würde für ihn tanzen, wenn er schwor, daß er sich dieses Mal beherrschen würde. Er hatte es geschworen, und sie hatte bereits für ihn getanzt, aber jetzt fiel es ihm ungeheuerlich schwer, sein

Wort zu halten. Seine süße kleine Hexe hatte zudem beschlossen, ihn noch ein bißchen zu necken, solange sie die Gelegenheit dazu hatte.

In der Nacht, in der sie sich zum ersten Mal gesehen hatten, in einer Kneipe in Mississippi, hatte sie den aufreizenden Haremtanz – oder zumindest ihre Version davon – für eine Handvoll lüsterner Matrosen getanzt. Weder Stefan noch Tania hatten damals gewußt, daß sie die vermißte Prinzessin war, die er finden und nach Hause bringen sollte, die Braut, mit der er vom Tag ihrer Geburt an verlobt gewesen war.

Tania hatte nur einmal zuvor auf seine Bitte hin für ihn getanzt, nicht lange nach ihrer Hochzeit. Ihr aufreizendes, aber dennoch nicht sehr offenherziges Tanzkostüm war in Amerika zurückgeblieben, daher hatte sie eines ihrer seidenen Negligés dafür angezogen. Stefans Reaktion war völlig unerwartet gewesen – sein Verlangen hatte ihn dermaßen überwältigt, daß ihr Liebesakt zwar unglaublich befriedigend gewesen war, aber mit blauen Flecken geendet hatte.

Doch Tania hatte sich damals nicht beklagt. Hinterher hatte sie gelacht, erfreut, daß sie ihn so wild machen konnte. Seine Geliebten hatten sich immer beklagt, wenn er auch nur den kleinsten blauen Fleck verursachte, aber Tanias Leidenschaft war der seinen immer ebenbürtig. Und allein die Tatsache, daß sie sich ein neues Kostüm für ihren Tanz hatte machen lassen, das bei einem so leidenschaftlichen Mann wie Stefan unkontrollierte Reaktionen verursachen konnte, bewies, daß sie es genoß, ihn zu provozieren.

Das Versprechen, das sie von ihm gefordert hatte, hatte jedoch nichts mit ihren eigenen Präferenzen, sondern vielmehr mit ihrem Zustand zu tun, der erst vor kurzem bestätigt worden war. Zur Freude des gesamten Königreichs erwartete seine Königin bereits den königlichen Erben und befolgte aufs genaueste die Anweisungen der

Hofärzte. Für Stefan bedeutete das, daß er nicht mehr die Kontrolle über sich verlieren durfte, sondern Versprechen abgeben mußte, die er kaum einhalten konnte.

»Du weißt, daß ich dir das hier heimzahlen werde.« Er versuchte, es beiläufig zu sagen, obwohl er innerlich kochte.

Tania hob den Kopf. Durch den dünnen Schleier, der fast die gleiche Farbe wie ihre blaßgrünen Augen hatte, sah er, daß sie lächelte. »Wie?«

»Ich kenne einen Händler, der dünne Seidenstricke verkauft«, sagte er.

»Du würdest mich festbinden und mir das hier antun?« Ihre Stimme signalisierte ein unmißverständliches Interesse, das sie nicht gehabt hätte, wenn sie ihm nicht völlig vertrauen würde.

»Ich werde darüber nachdenken«, erwiderte er und stöhnte.

Sie schenkte ihm ein schelmisches Lächeln. »Wenn du zu einem Entschluß gekommen bist, sag es mir bitte.«

Ihr Kopf senkte sich wieder, und sie fuhr mit ihrer Zunge an seiner Brust hinunter bis zu seinem Nabel. Er hielt den Atem an. Seine Hüften hoben sich unwillkürlich, so daß sie beinahe den Halt verlor.

»Tania … ich halte das … nicht mehr aus«, stieß er hervor.

Sie hatte sofort Mitleid mit ihm. »Das brauchst du auch nicht«, sagte sie.

Sie setzte sich auf, um die beiden Schleier abzunehmen, die die untere Hälfte ihres Gesichts und ihr langes schwarzes Haar verhüllt hatten. Das Oberteil ihres zweiteiligen Kostüms war durchsichtig und verbarg ihre Reize nur unvollkommen. Er wollte es ihr vom Leib reißen. Er wollte sie küssen. Aber das Versprechen, das er gegeben hatte, hinderte ihn an beidem. Er war ihr völlig ausgeliefert. Glücklicherweise beunruhigte ihn das nicht im geringsten.

Mit einem Lächeln, das ihm baldige Ekstase verhieß, griff Tania nach der Kordel seiner Hose. Aber ihre Finger hielten inne, als sie vor der Tür einen heftigen Tumult hörte, zuerst laute Stimmen, dann das Geräusch eines Handgemenges, schließlich einen dumpfen Aufschlag.

»Was zum ...« rief Stefan aus, aber seine unausgesprochene Frage wurde sogleich beantwortet, da sich die Tür öffnete und sein Cousin ins Zimmer stürzte.

Tania stieß einen erstickten Schrei aus und rollte sich von Stefan und der Chaiselongue herunter auf den Boden. Dort kauerte sie sich hin und griff nach ihrem Morgenmantel am Ende der Chaiselongue, den sie dort vor ihrem Tanz ausgezogen hatte. Sie streifte ihn über und starrte über Stefans Bauch hinweg auf den Eindringling.

Wassili hatte sie nicht gesehen, denn er wußte noch nicht, wo im Zimmer sich die beiden befanden. Das königliche Schlafzimmer war so groß, daß er immer noch umherging und in keine bestimmte Richtung sagte: »Stefan, es tut mir leid, daß ich dich zu dieser Stunde störe, aber ich habe ein Problem, das mich so wütend macht, daß ich wahrscheinlich jemanden umbringe, wenn ich keine Lösung dafür finde.«

»Du hast doch hoffentlich nicht mit meiner Wache angefangen?«

Wassili drehte sich um, als er diese trockene Bemerkung hörte. »Was? Nein, natürlich nicht. Ich habe ihn nur zusammengeschlagen. Dieser Schwachkopf wollte mich nicht hereinlassen.«

»Vielleicht, weil ich befohlen hatte, mich nicht zu stören – und das aus gutem Grund.«

Tania nahm wieder auf der Chaiselongue neben Stefan Platz, als dieser sich aufsetzte. Er legte sofort den Arm um sie und zog sie an sich. Die Tatsache, daß beide nur halb bekleidet waren, machte deutlich, um was für einen ›Grund‹ es sich handelte.

Wassili schien das jedoch kaum zu bemerken. Er sagte

lediglich: »Es tut mir leid, Stefan, aber das konnte einfach nicht warten. Es ist schlimmer als ein Alptraum. Es ist so verrückt, du wirst es nicht glauben. Ich selbst kann es immer noch nicht fassen.«

»Glaubst du, er ist betrunken?« flüsterte Tania Stefan ins Ohr.

»Pscht«, sagte er zu ihr und fügte, zu Wassili gewandt, hinzu: »Ich nehme an, du bist bei deiner Mutter gewesen?«

»O ja, aber hätte ich nur die geringste Ahnung gehabt, was sie mir sagen würde – und das auch noch mit Wonne –, wäre ich jetzt schon unterwegs zur Grenze. Ich wäre verschwunden – für immer. Hat sie dir davon erzählt? Stefan, wenn du es gewußt und mich nicht gewarnt hast ...«

»Das solltest du eigentlich besser wissen.«

Das stimmte, und so sagte Wassili zum dritten Mal: »Es tut mir leid. Ich bin völlig durcheinander, und genau das wird auch mein Leben sein, wenn nicht etwas passiert, wodurch diese dumme Sache wieder rückgängig gemacht wird.«

»Es wäre nett, wenn du mir erzählen würdest, worüber wir eigentlich sprechen.«

Wassili sah einen Moment lang sehr verwirrt aus. »Wieso, habe ich das denn nicht gesagt?« Er sprach weiter, bevor Stefan antworten konnte. »Ich habe gerade erfahren, daß mein Vater vor fünfzehn Jahren einen *Verlobungs*vertrag unterzeichnet hat, in dem mein Name steht. Einen Verlobungsvertrag! Meine Mutter hat es nicht einmal gewußt. Nur das Mädchen und ihr Vater wußten all die Jahre davon, und erst jetzt, wo sie anscheinend alt genug zum Heiraten ist, fällt es ihnen ein, uns einen Brief zu schreiben und mit der ganzen Sache herauszurücken.«

»Wer ist sie?«

»Ist das alles, was du zu sagen hast?« Wassili brüllte

beinahe vor Aufregung. »Wen zum Teufel interessiert es denn, wer sie ist, wenn ich sie überhaupt nicht heiraten will!«

»Du wußtest, daß du irgendwann einmal heiraten würdest«, sagte Stefan mit Recht.

»Aber frühestens in zehn Jahren. Aber darum geht es nicht. Ich habe plötzlich eine Verlobte, die ich noch nie im Leben gesehen habe, und erzähl mir bloß nicht, daß du in der gleichen entsetzlichen Situation gewesen bist. Schließlich bist du mit der Gewißheit aufgewachsen, bereits verlobt zu sein, während ich immer gedacht habe, daß diese Entscheidung mir überlassen bleibt.«

»Angesichts der Tatsache, daß sich meine Verlobung zu etwas ganz Großartigem entwickelt hat, kannst du nicht erwarten, daß ich sehr viel Mitgefühl mit dir aufbringe, Cousin.«

»Und ob ich das kann«, rief Wassili. »Erinnere dich gefälligst daran, wie du dich gefühlt hast, *bevor* du deine entzückende Frau getroffen hast.«

Mit einer innigen Umarmung für die besagte Frau, die ihr versichern sollte, daß das alles der Vergangenheit angehörte, sagte Stefan: »Ich verstehe, was du meinst.«

»Und Thronerben haben kaum eine Wahl, wenn es darum geht, wen sie heiraten«, sprach Wassili erregt weiter, »aber ich bin nur der Cousin eines Königs. Niemand außer mir hat das geringste Interesse daran, wen ich heirate, und ich weiß ganz genau, daß ich mir nie im Leben eine Russin ausgesucht hätte.«

»Sie ist Russin?« fragte Stefan überrascht.

»Eine russische Baronesse, und du weißt doch, wie verdammt freizügig diese Frauen sind. Sie hat wahrscheinlich schon jede Menge Liebhaber gehabt, und es würde mich nicht überraschen, wenn der Grund für diese plötzliche Eile darin liegt, daß sie schwanger ist.«

»Dann kannst du nur hoffen, daß deine Vermutung stimmt. Warte mit der Heirat, bis du sie hierhergebracht hast«, schlug Stefan vor. »Bis dahin wirst du wissen, ob sie schwanger ist. Und dann hast du einen legitimen Grund, die Verlobung aufzulösen.«

Wassilis Erleichterung hielt jedoch nicht lange an, so daß sein Lächeln nicht recht gelingen wollte. »Ich kann mich nicht auf so etwas verlassen. Wenn es nicht stimmt, sitze ich in der Falle. Es wäre am besten, ich würde überhaupt nicht nach Rußland gehen, deswegen bin ich auch hier. Du bist doch auch einmal in einer solchen Situation gewesen, Stefan. Was wolltest du denn damals tun, um aus deiner Verlobung herauszukommen?«

»Du erwartest doch wohl nicht, daß ich diese Frage jetzt beantworte?«

Wassili sah zum ersten Mal Tania an. »Würdest du bitte …?«

»Ganz sicher nicht.«

Er warf ihr einen mißmutigen Blick zu, den sie ignorierte. Sie fragte sich, was er wohl tun würde, wenn sie jetzt anfinge zu lachen. Genau danach war ihr jetzt nämlich zumute – sie konnte überhaupt kein Mitgefühl für sein Problem aufbringen. Aber Stefan würde es nicht gerne sehen, wenn sie sich auf Kosten seines Cousins amüsierte. Daher hörte sie ihnen nur ruhig zu, als sie einige Möglichkeiten besprachen, die dann aber beide nicht als echte Alternativen ansahen. Und sie bemerkte, wie Wassili immer mehr die Fassung verlor.

Tania war der Meinung, daß ihr Ehemann außergewöhnlich gut aussah – aber nicht so gut wie Wassili. Kein Mann sah so unwiderstehlich gut aus wie Wassili. Aber noch nie hatte sie ihn in solch einem desolaten Zustand gesehen, noch nie so wütend. Und noch nie zuvor hatte sie gesehen, daß seine Augen so hell leuchteten wie die von Stefan. Er schritt durch das Zimmer – ›schleichen‹ war wohl der treffendere Ausdruck, um zu beschreiben, wie er sich bewegte – wie ein lohfarbener Löwe, den man eingefangen hatte, golden und zornig.

Es war ein faszinierender Anblick, hinter seiner maskulinen Anmut plötzlich diese impulsive, fast animalische Seite seines ansonsten stoischen Wesens zu entdecken. Von den vier Männern, die zusammen aufgewachsen und enge Freunde waren, war Wassili derjenige, der mit Worten angriff, die immer ihr Ziel fanden, und nicht mit roher Gewalt. Aber offensichtlich war er genauso zu Gewalttätigkeiten fähig wie die drei anderen.

Tania war damals gesagt worden, daß er derjenige sei, den sie heiraten sollte, da Stefan sie ohne großes Aufheben nach Kardinien hatte schaffen wollen. Er hatte gedacht, daß sie – wie alle Frauen – ihm Wassili vorziehen würde. Aber Wassili hatte sie von Anfang an beleidigt, da er sie für eine Hure gehalten hatte. Deshalb und wegen seiner abgrundtiefen Verachtung hatte sie ihn gehaßt. Außerdem hatte sie sich gleich am ersten Abend, als sie sich kennengelernt hatten, zu Stefan hingezogen gefühlt – trotz seiner Narben und seiner ›Teufelsaugen‹ –, und nicht zu dem viel zu gut aussehenden goldenen Adonis.

»Was wirst du jetzt tun?« fragte Stefan schließlich seinen Cousin.

»Ich weiß es nicht.«

»Doch, du weißt es«, sagte Stefan mit leiser Stimme.

»Ja, ich weiß es.« Wassili seufzte. »Aber es wird keine Hochzeit geben, nicht, wenn ich es verhindern kann. Einer von beiden, entweder der Vater oder das Mädchen, wird diese lächerliche Sache absagen – und wenn ich ihnen zeigen muß, wie ich wirklich bin.«

»Wie du wirklich bist?« fragte Tania ungläubig. »Du meinst, wie du sein *kannst*, wenn jemand dich nicht mögen soll.«

Da sie aus Erfahrung gesprochen hatte, mußte er sich geschlagen geben. »Ganz wie Sie meinen, Eure Majestät.«

Dieses Mal warf Tania ihm einen mißmutigen Blick zu. Stefan mußte ein Schmunzeln unterdrücken und sagte: »Geh nach Hause, Wassili. Morgen früh wird alles halb so wild aussehen. Selbst wenn du das Mädchen heiratest, mußt du ja noch lange nicht …«

»Aber natürlich muß er«, unterbrach ihn Tania entrüstet.

»Ich habe dir ja gesagt, daß sie mir eheliche Treue befehlen wird«, rief Wassili entsetzt und stürmte aus dem Zimmer.

Kaum hatte sich die Tür geschlossen, sagte Tania: »Oh, das gefällt mir. Dem Pfau werden endlich die Federn gerupft.«

»Ich dachte, du hättest Wassili verziehen, wie er sich dir gegenüber auf der Reise nach Kardinien verhalten hat.«

»Das habe ich auch«, versicherte sie ihrem Mann. »Ich weiß ja, daß er das nur getan hat, damit ich mich nicht in ihn verliebe. Aber anstatt sich fast während der gesamten Reise wie ein kompletter Schwachkopf zu benehmen, hätte er sich gleich denken können, daß das nicht passieren würde. Außerdem ist er immer noch ein Pfau, und ich kann dir gar nicht sagen, wie sehr ich darauf gewartet habe, daß ihm eine Frau einen Dämpfer versetzt, obwohl es noch schöner gewesen wäre, wenn ihn diese Frau auch interessiert hätte. Wassili hat das Problem, daß bei ihm keine Frau nein sagt. Sie warten nicht erst, bis sie ihn kennenlernen, nein, sie fallen sofort auf sein Gesicht herein. Du weißt ja, wohin das geführt hat. Kein Wunder, daß er so unsäglich arrogant ist. Es vergeht kein Tag, ohne daß eine Frau versucht, ihn zu verführen.«

Stefan lachte, als er ihren angewiderten Blick sah. »Tania, du wärst überrascht zu erfahren, wie sehr Wassili dieser Umstand stört.«

Sie schnaubte empört. »Oh, natürlich stört ihn das, ungefähr so sehr, wie es mich stört, schwanger zu sein.«

Da sie sich unsäglich über ihre Schwangerschaft freute und das auch jeder wußte, hatte sie ihm gerade widersprochen. »Aber es stimmt«, beharrte er. Seine goldbraunen Augen sprühten vor Lachen. »Schließlich hat er auch nur zwei Hände.«

Jetzt konnte sie ihren Sarkasmus nicht mehr unterdrücken. »Das ist es also. Er wird wütend, weil er nicht alle Frauen schafft, die sich ihm an den Hals werfen. Ich kann dir gar nicht sagen, wie leid er mir tut. Ich bin wahrscheinlich die einzige Frau, die ihn wirklich aus tiefstem Herzen verabscheut hat, aber das zählt nicht, da er es in meinem Fall ja so wollte. Aber ich glaube wirklich, es würde ihm guttun, einmal eine Frau zu treffen, die ihn einfach ignoriert. Leider wird das wahrscheinlich nie passieren.«

»Und du sagst, du hast ihm verziehen?«

Sie seufzte. »Es tut mir leid, Stefan. Ich habe wahrscheinlich immer noch Schwierigkeiten, zwischen dem Wassili, den ich damals kennengelernt habe, und dem Wassili, den ich heute kenne, zu unterscheiden. Ich weiß, daß er fast immer sehr charmant ist. Ich weiß, daß er manchmal furchtbar nett sein kann. Und ich weiß natürlich, wie überaus treu ergeben er dir ist – und dafür liebe ich ihn. Aber seine Arroganz und Herablassung, diese Verachtung anderen gegenüber – das kommt nicht von ungefähr. Das gehört zu seinem Charakter – allerdings, wie ich zugeben muß, nicht in dem Ausmaß, wie ich zuerst gedacht hatte.«

»Die Arroganz lasse ich gelten, aber das ist auch alles«, erwiderte er.

Sie wollte ihm widersprechen, aber sein Gesichtsausdruck hielt sie davon ab. Wassili war schließlich nicht nur sein einziger Cousin, sondern stand ihm so nahe wie ein Bruder.

»Also gut«, lenkte sie ein. »Aber er täuscht sich, wenn er glaubt, daß er dieses russische Mädchen dazu bringen kann, die Verlobung aufzulösen, und das weißt du auch. Sie wird sich auf der Stelle in ihn verlieben, und egal, wie garstig er zu sein versucht – es wird am Ende nichts ausmachen. Er wird ihr das Herz brechen, aber sie wird ihn immer noch haben wollen.« Und dann seufzte Tania. »Das arme Mädchen tut mir furchtbar leid.«

5

Zwei Monate später wußte das arme Mädchen, das Tania so leid tat, immer noch nicht, daß es verlobt war – und ebensowenig, daß die Ankunft ihres Verlobten unmittelbar bevorstand.

Anna war bei Konstantin, als Bohdan die Nachricht überbrachte, daß der Kardinier in ein paar Stunden bei ihnen sein würde. Der Baron hatte einige Männer entlang der Straßen postiert, die zu seinem Besitz führten, da er nicht überrascht werden wollte. Trotz Annas Bitten – die ihn inständig anflehte, Alexandra alles zu erzählen – wartete er bis zur letzten Minute, um seine Tochter von ihrer bevorstehenden Hochzeit in Kenntnis zu setzen.

»Er hat sich wahrlich Zeit gelassen«, meinte Konstantin sagen zu müssen. »Der Brief der Herzogin, in dem sie mir sein Kommen mitgeteilt hat, ist schon vor über einem Monat bei uns eingetroffen. Er hätte gleich danach ankommen müssen.«

»Und was hat das zu bedeuten?« fragte Anna. Sie erhielt jedoch nur einen finsteren Blick als Antwort. »Genau. Es bedeutet, daß er nicht heiraten will.«

Konstantin war nervös, äußerst nervös. Nicht nur deshalb, weil Graf Petroff bald eintreffen würde, sondern auch, weil er Alexandra noch sagen mußte, daß sie einen Verlobten hatte.

Anna erriet, was er dachte. »Wann willst du es ihr eigentlich sagen – *nachdem* er angekommen ist?«

»Glaubst du, es würde etwas nützen, wenn wir ihr den Grafen vorstellen, ohne daß sie weiß, wer er ist?«

»Bist du verrückt geworden? Dann wird er ihr von der Verlobung erzählen, woraufhin sie ihm ins Gesicht lachen wird – ein geradezu wundervoller Beginn ihrer Beziehung.«

Seine Miene wurde immer finsterer. Seit er Anna von seinem Entschluß erzählt hatte, hatte sie ihm keine Ruhe gelassen. Doch je mehr sie auf seinem schlechten Gewissen herumgeritten war, desto starrköpfiger war er geworden.

Als er jetzt immer noch keine Anstalten machte, Alexandra herbeizurufen und ihr die Neuigkeit mitzuteilen, stieß Anna einen Seufzer der Verzweiflung aus. »Gib ihr wenigstens noch etwas Zeit zum Umziehen, oder soll er sie etwa in ihrer Reithose kennenlernen?«

Sie hatte recht, das durfte nicht passieren. Er hatte überhaupt nicht daran gedacht. Alexandra würde mindestens eine Stunde brauchen, um den Gestank des Pferdestalls abzuwaschen und sich hübsch zu machen. Außerdem wußte er nicht, wie lange ihr Streit davor dauern würde. Die Möglichkeit, daß es keinen Streit geben würde, hatte er erst gar nicht in Erwägung gezogen. Dazu kannte er seine Tochter zu gut.

Konstantin verließ sofort das Eßzimmer, wo er und Anna ein spätes Frühstück zu sich genommen hatten. Er schickte einen Diener zu den Stallungen, dann ging er in sein Arbeitszimmer und wartete.

Anna steckte den Kopf zur Tür herein. Trotz der Meinungsverschiedenheiten, die sie zu diesem Thema gehabt hatten, schenkte sie ihm jetzt ein aufmunterndes Lächeln und sagte: »Viel Glück, mein Schatz.«

Etwas von der Anspannung fiel von ihm ab. Eigentlich hatte er ja sehr viel Glück gehabt. Er hatte drei gesunde Kinder, eine ganze Horde von Enkelkindern – und Anna.

»Wenn wir dieses Haus vielleicht bald schon ganz für uns haben«, sagte er, »wirst du mich dann heiraten?«

Ihr Lächeln wurde breiter. »Nein.«

Er schmunzelte, als sie in einen anderen Teil des Hauses ging. Irgendwann einmal würde sie ihn überraschen und ihm die Antwort geben, die er erwartete. In der Zwischenzeit war es sicher kein großes Unglück, nur Geliebter und nicht Ehemann zu sein.

Einige Minuten darauf marschierte Alexandra forsch wie immer in sein Arbeitszimmer. »Es wird doch nicht lange dauern, oder? Ich muß Prinz Mischa noch bewegen.« Sie sprach von einem ihrer Hengste, einem ihrer ›Babys‹, wie sie alle Nachkommen aus ihrem eigenen Pferdebestand nannte.

»Es wäre vielleicht besser, wenn das heute einer der Razins übernimmt.«

Sie zog eine Augenbraue hoch. »Wird es so lange dauern?«

»Schon möglich.«

Sie nahm ihre Mütze ab, stopfte sie in eine Tasche ihres Rocks und ließ sich mit einem Seufzer in den Stuhl vor seinem Schreibtisch fallen. »Also los, was habe ich jetzt wieder angestellt?«

»Du könntest mir vielleicht zeigen, daß du sehr wohl wie eine Dame sitzen kannst und nicht wie ein …«

»Ist es so schlimm, daß du erst einen Riesenanlauf nehmen mußt?«

Angesichts ihrer gespielten Überraschung runzelte er die Stirn. Wann immer Alexandra lieber etwas anderes tun wollte, zeigte sie einem sehr deutlich, daß ihre Zeit verschwendet wurde. Er beschloß, ihrem Beispiel zu folgen und gleich zum Kern der Sache zu kommen.

»Du hast überhaupt nichts angestellt, Alexandra, aber du wirst heiraten, wahrscheinlich schon in den nächsten

Tagen. Dein Verlobter wird in etwa zwei Stunden hier eintreffen, und ich würde es begrüßen, wenn du dich umziehen ...«

»Du kannst aufhören, Papa. Was immer du diesem Mann dafür versprochen hast, daß er mich heiratet – gib es ihm und schick ihn dahin zurück, wo er hergekommen ist. Ich habe meinen Entschluß seit unserer letzten Unterhaltung über dieses Thema nicht geändert.«

Sie war nicht laut geworden und sah nicht im geringsten verärgert aus. Natürlich hatte sie noch nicht die volle Bedeutung seiner Worte erfaßt.

Er log seine Tochter gewöhnlich nicht an. Er konnte sich nicht einmal erinnern, wann er dies das letzte Mal getan hatte. Es trieb ihm die Farbe in die Wangen, als er es jetzt tat. Zum Glück hielt sie es für die Folge von einem seiner Wutanfälle.

»Das hier hat nichts mit unserer letzten Unterhaltung über das Thema Ehe zu tun«, sagte er zu ihr. »Es geht um einen Verlobungsvertrag, den Simeon Petroff und ich vor fünfzehn Jahren unterzeichnet haben, vor seinem Tod. Der Vertrag ist bindend, Alexandra. Er sieht vor, daß du Simeons Sohn heiratest, Graf Wassili Petroff.«

Sie sprang auf und stützte sich auf seinen Schreibtisch. Auch sie war jetzt ganz rot im Gesicht, aber bei ihr war es eindeutig Zornesröte. »Sag mir, daß du lügst!« Als er langsam den Kopf schüttelte, stieß sie einen Wutschrei aus. »Du lügst, ich weiß, daß du lügst! Du kannst mir doch nicht erzählen, daß ich schon mein halbes Leben lang einen Verlobten habe und du es bis jetzt nie für nötig gehalten hast, mir etwas von ihm zu sagen. Das ist gegen jede Vernunft! Du hättest mich an diesen Mann erinnert, als ich dir erzählt habe, daß ich auf Christophers Heiratsantrag warten werde. Du hättest mich nicht *sieben* Jahre warten lassen, wenn ich bereits mit einem anderen verlobt gewesen wäre! Und warum hast du mir dann all diese anderen Männer vorgeführt und gehofft, daß mich einer davon interessieren würde?«

»Wenn du dich für einen Moment beruhigst, werde ich es dir erklären.«

Sie setzte sich nicht, sie beruhigte sich nicht, aber sie sagte nichts weiter, was gar nicht so leicht war, da sie am liebsten nur noch geschrien hätte. Konstantin war sich dessen bewußt, aber er hatte viel Zeit gehabt, um eine glaubwürdige Erklärung für sein ›Schweigen‹ während all dieser Jahre zu erfinden.

»Ich kann nicht bestreiten, daß ich dich mit Simeons Sohn verheiraten wollte. Du weißt, er war mein bester Freund. Und du warst damals noch so jung, so ... fügsam. Ich konnte ja nicht wissen, daß du so eigensinnig werden würdest, so anmaßend, streitlustig, starrköpfig ...«

»Ich verstehe, was du meinst, Papa«, knurrte sie.

Er sprach weiter. »Nach deiner ersten Saison wurde mir klar, daß du dich gegen einen Ehemann, den jemand für dich ausgesucht hatte, sträuben würdest. Und so habe ich eher an dein Glück als an meine Ehre gedacht und beschlossen, dir Zeit zu geben, selbst einen Ehemann zu wählen – und gehofft, daß Graf Petroff so unehrenhaft sein würde, eine andere Frau zu heiraten und damit die Verlobung zu brechen.«

»Und was wäre passiert, wenn *ich* einen anderen Mann geheiratet hätte?«

Auf diese Frage war er vorbereitet. »Du mußt wissen, daß mir der junge Wassili nie geschrieben hat. Daher habe ich mich gefragt, ob Simeon seine Familie vor seinem Tod noch informieren konnte. Es wäre möglich, daß er ihnen nichts von der Verlobung gesagt hat, und darauf habe ich damals vertraut, besonders, als du so großes Interesse an diesem Engländer gezeigt hast.«

»Du hast darauf vertraut? O nein, du hast Christopher verabscheut!«

»Aber wenn er dich glücklich gemacht hätte …«

»Das tut jetzt nichts zur Sache«, unterbrach sie ihn ungeduldig. »Wenn die Familie deines Freundes nie davon gewußt hat …«

»Das habe ich nicht gesagt«, unterbrach er sie. »Ich habe nur gesagt, es wäre möglich, daß sie nichts davon wußten. Aber wenn du den Heiratsantrag eines anderen Mannes angenommen hättest, hätte ich natürlich an Wassili Petroff schreiben und ihn davon in Kenntnis setzen müssen. Und ich war bereit, ihn *anzuflehen,* dich von deiner Verpflichtung zu entbinden.«

Als Konstantin diese Unterhaltung in Gedanken geübt hatte, hatte er das Wort ›anflehen‹ brillant gefunden. Damit konnte er ihr zeigen, daß er in dieser Angelegenheit völlig auf ihrer Seite gewesen war, bevor sie so unvernünftig geworden war und alle Heiratsanträge abgelehnt hatte. Aber ihr Gesichtsausdruck sagte ihm jetzt, daß es ihr völlig egal war.

»Wann hat er dir geschrieben?« wollte sie wissen.

Diese Frage hatte er die ganze Zeit mit Schrecken erwartet. Er hatte gehofft, sie würde sie nicht stellen. Jetzt würde ihr ganzer Zorn auf ihn niedergehen, denn er konnte sie nicht anlügen, da sie die Wahrheit wahrscheinlich von Graf Petroff erfahren würde. »Er hat mir nicht geschrieben.«

»Du hast *ihm* geschrieben?!«

»Du hast mir ja keine Wahl gelassen«, sagte er zu seiner Verteidigung. »Du bist fünfundzwanzig Jahre alt und hast immer noch keinen Mann. Wenn du dich nur ein bißchen bemüht hättest, diesen Umstand zu ändern …«

»Ich *brauche* keinen Mann!«

»Jede Frau braucht einen Mann!«

»Wer sagt das?«

»Gott in Seiner Weisheit …«

»Du meinst wohl Konstantin Rubliow in der seinen!«

Sie stritten sich jetzt über Dinge, über die sie schon oft gestritten hatten. Er fand sich auf vertrauterem Boden wieder. »Du brauchst einen Mann, um Kinder zu bekommen.«

»Ich will keine Kinder!«

Die Lüge war so offensichtlich, daß er ihr das sagen mußte, aber seine Stimme wurde so leise, daß er beinahe flüsterte. »Alex, du weißt, daß das nicht wahr ist.«

Alexandra war kurz davor, vor Zorn in Tränen auszubrechen – zumindest sagte sie sich, daß es ihre Wut war, die ihre Gefühle so durcheinanderbrachte, und *nicht* die Tatsache, daß sie keine Kinder und das heiratsfähige Alter schon so weit überschritten hatte, daß es beinahe lächerlich war. In solchen Situationen haßte sie den Mann beinahe, auf den sie warten wollte. Obwohl ihr Christopher immer noch regelmäßig schrieb, seit er Rußland vor drei Jahren verlassen hatte, enthielt keiner seiner Briefe den Heiratsantrag, den sie so sehnsüchtig erwartete.

Sie war schon fast im Begriff, Christopher endgültig aufzugeben; allerdings hatte sie ihrem Vater noch nichts von ihrem Entschluß gesagt. Das hätte sie offenbar tun sollen. Was ihr Vater jedoch getan hatte, ließ sie ihre Entscheidung ändern. Selbst wenn sie nicht in einen anderen Mann verliebt gewesen wäre, würde sie keinen völlig Fremden als Ehemann akzeptieren. Verlobungen gehörten der Vergangenheit an. Daß ihr Vater eine Verlobung für sie arrangiert hatte, war nicht nur unerträglich, sondern geradezu abscheulich.

Sie versuchte, ihre Stimme zu mäßigen, was ihr jedoch nicht vollkommen gelang. »Wenn dieser Mann hier eintrifft, kannst du ja tun, was du dir vorgenommen hattest: Flehe ihn an und werde ihn wieder los. Du kannst ihm Sultan für die Mühe seines Kommens geben.«

Sie hatte es fertiggebracht, ihn zu schockieren. »Du würdest ihm deinen besten Zuchthengst geben?«

»Begreifst du jetzt endlich, daß ich keinen Fremden

heiraten will?« entgegnete sie, obwohl ihr die Worte beinahe im Hals steckenblieben. Sie hatte Sultan aufgezogen und hing sehr an ihm.

»Wenn du ihn kennengelernt hast, wird er kein Fremder mehr sein. Alexandra, Simeons Sohn ist der Cousin von König Stefan von Kardinien. Ist dir eigentlich klar, was für eine gute Partie er ist?«

»Sollte das etwa wichtig für mich sein?«

Er stand auf und warf ihr einen ärgerlichen Blick zu. »Ja, und es ist ganz sicher wichtig für mich. Außerdem ignorierst du absichtlich die Tatsache, daß eine Verlobung genauso bindend ist wie eine Heirat. Diese Verlobung wurde in gutem Glauben und mit den besten Absichten geschlossen. Simeon und ich haben unser Wort gegeben. Nach all diesen Jahren ist Wassili Petroff immer noch unverheiratet. *Du* bist auch immer noch unverheiratet. Wir können die Hochzeit nicht guten Gewissens noch länger hinauszögern.«

»Du könntest ihn wenigstens bitten, diesen verdammten Vertrag zu zerreißen!« rief sie.

»Du könntest diesem Mann wenigstens eine Chance geben. Er kommt hierher, um dich zu heiraten und das Wort seines Vaters einzuhalten. Und das solltest du auch tun!«

»Ehre«, stieß sie hervor. »Du würdest es als Ehrensache ansehen?«

Konstantin zögerte. Er hatte gewußt, daß sie wütend sein würde, aber jetzt sah sie aus, als ob sie gleich anfangen würde zu weinen. Er konnte es nicht ertragen, sie weinen zu sehen. Daran war nur dieser verdammte Engländer schuld, dachte er voller Zorn. Sie hoffte immer noch, daß er sie heiraten würde. Was für eine törichte Treue. Aber als Vater hatte er die Pflicht, seine Tochter vor ihrer eigenen Torheit zu bewahren. Er würde die Verlobung jedoch auflösen – selbst wenn er dazu die Wahrheit sagen müßte –, wenn keine Aussicht darauf bestand, daß Petroff sie glücklich machen würde. Aber er würde sie nicht auflösen, bevor er sich Klarheit über diesen Umstand verschafft hatte.

»Es ist bereits eine Ehrensache. Ich habe mein Wort gegeben, als ich den Verlobungsvertrag unterzeichnet habe.«

Ihre Hände ballten sich zu Fäusten, die auf seinen Schreibtisch niedersausten, bevor sie ihm den Rücken zudrehte. Dann trat sie gegen den Stuhl, in dem sie gerade noch gesessen hatte, und brachte ihn zum Umkippen.

»Es besteht keine Veranlassung dazu, mein Arbeitszimmer zu ruinieren«, sagte ihr Vater steif.

»Du ruinierst mein Leben«, erwiderte sie verzweifelt.

»Was für ein Leben? Dir sind nur deine Pferde wichtig. Du verbringst praktisch deine gesamte Zeit im Stall. Manchmal frage ich mich wirklich, ob du nicht vergißt, daß du eine Frau bist.«

Bei dieser Bemerkung traten die Tränen, die sie bis dahin zurückgehalten hatte, in ihre Augen. Aber ihr Vater würde sie nicht sehen. Er hatte sie hintergangen. Es spielte keine Rolle, daß er es schon vor fünfzehn Jahren getan hatte – *mit den besten Absichten.* Gerade das, was er jetzt anprangerte – ihr sogenannter Mangel an Weiblichkeit –, trug ihm den Sieg ein. Wie vielen Frauen war Ehre schon wichtig? *Ihr* war sie wichtig, und ihr Vater wußte, daß es so war.

»Also schön, ich werde mich nicht weigern, diesen Kardinier zu heiraten.« Sie war schon fast aus der Tür, als sie nur für sich hinzufügte: *Aber ich verspreche dir, daß er sich weigern wird, mich zu heiraten.*

»Wirst du dich jetzt ein wenig zurechtmachen? Zieh dich wenigstens um.«

»O nein. Wenn er mich heiraten will, soll er mich auch so sehen, wie ich bin, und nicht so, wie ich nur selten aussehe.«

Mit rotem Gesicht schrie Konstantin ihr nach, sie solle

zurückkommen, aber sie ging hinaus und knallte die Haustür hinter sich zu. Er ließ sich in seinen Stuhl fallen und fragte sich, ob er wohl gewonnen hatte. Er machte sich Sorgen, weil ihr Streit so kurz gewesen war. Man konnte Alexandra nicht trauen, wenn sie zu leicht nachgab.

6

Alexandra ließ das Dorf und die Stadt hinter sich und ritt über die Felder bis hin zu den Weiden, wo sie Prinz Mischa schließlich die Zügel freigab. Wie immer war einer der Razins hinter ihr, aber sie hatte nicht darauf geachtet, welcher der Brüder ihr gefolgt war. Auch jetzt blickte sie nicht zurück.

Es war wahrscheinlich Konrad, mit seinen dreißig Jahren der älteste und verantwortungsbewußteste der drei Brüder. Timofee und Stenka, die Zwillinge, schimpften nur mit ihr, wenn sie allein wegging, ohne ihnen etwas zu sagen, aber Konrad würde ihr die Hölle heiß machen und dafür sorgen, daß sie es auch spürte.

Sie war mit den Razin-Brüdern aufgewachsen und hatte genausoviel Zeit bei ihnen wie in ihrem eigenen Zuhause verbracht. Sie waren für sie wie die Brüder, die sie nie gehabt hatte, sie waren ihre Freunde, und manchmal waren sie ganz einfach lästig. Ihre einzige Schwester Nina, die eigentlich ihre Zofe war, war ihre beste Freundin. Sie war ein Jahr jünger als Alexandra, aber selbst sie hatte bereits geheiratet. Ihr Mann war jedoch vor zwei Jahren gestorben.

Ehe.

Der kalte Herbstwind hatte ihre Tränen getrocknet, die sie so selten vergoß. Sie wollte jetzt nicht mehr weinen, sondern nur noch davonreiten und nie mehr nach

Hause zurückkehren. Natürlich würde Konrad das nicht zulassen. Auch wenn er herausfand, was ihr Vater getan hatte, würde er nicht dulden, daß sie wie ein Feigling davonrannte. Er würde wütend sein, so wütend, wie sie selbst es gewesen war, aber Kosaken rannten vor einer Schlacht nicht davon – er würde diese Verlobung für eine Schlacht halten. Sie auch, sobald sie aufgehört hatte, sich so verletzt und betrogen zu fühlen.

Ehe.

Warum nur hatte sie auf ihrem ersten Ball in St. Petersburg die Aufmerksamkeit von Christopher Leighton erregt? Warum nur hatte er ihr so heftig den Hof gemacht und beteuert, daß er sie liebe? Er war Assistent des englischen Botschafters, so welterfahren, so gebildet, so gutaussehend. Er hatte ihr vollkommen den Kopf verdreht.

Sie liebte ihn – sie *mußte* ihn lieben, da sie sieben Jahre auf ihn gewartet hatte. Selbst sie wußte, daß das eine geradezu lächerlich lange Zeit war, um einem Mann treu zu bleiben, der ihr nicht einmal einen Heiratsantrag gemacht hatte und dessen Bild immer mehr in ihrer Erinnerung verblaßte, da es schon so lange her war, seit sie ihn das letzte Mal gesehen hatte. Aber seine Briefe waren immer voller Leidenschaft und tiefer Gefühle für sie, auch der letzte, den sie erst vor kurzem erhalten hatte.

Er schrieb immer von seiner Liebe und davon, wie sehr er sie vermisse. Seit seiner Rückkehr nach England hatte er ihr immer wieder versichert, er versuche, wieder einen diplomatischen Posten in Rußland zu erhalten, damit er ihr nahe sein könne. Aber in all seinen Briefen hatte er kein einziges Mal von Heirat gesprochen. Und trotz ihrer Direktheit hatte sie es nicht über sich gebracht, die wenigen Worte zu schreiben, die eine Antwort von ihm erzwungen und so ihre Hoffnung erfüllt oder zunichte gemacht hätten. Sie brachte es einfach nicht über sich, ihn frei heraus zu fragen, ob er sie heiraten wollte.

Sie hätte es tun sollen, erkannte sie jetzt. Sie hätte ihm nach England folgen sollen, damals, als sie es so geplant hatte, anstatt sich dem Verbot ihres Vaters zu beugen. Wenn sie Christopher doch nur noch ein einziges Mal sehen könnte ...

Alexandra faßte einen Entschluß. Sie würde nach England gehen, sobald sie den Kardinier losgeworden und diese Ehrensache bereinigt war. Schließlich konnte sie über eine beträchtliche Summe Geldes verfügen, die aus dem Verkauf ihrer Pferde stammte. Sie mußte nur noch einen Weg finden, wie sie das Land verlassen konnte, ohne daß ihr Vater sie daran hinderte. Es gab so viele Wege, auf denen man nach England gelangte, daher würde es verdammt schwierig für ihn werden, sie zu finden.

Die Anspannung in ihr löste sich ein wenig, und sie zügelte ihr Pferd, damit Konrad sie einholen konnte. Aber es war Stenka Razin, der herankam und ihr wegen des scharfen Ritts, zu dem er gezwungen worden war, einen finsteren Blick zuwarf.

»Du hast versucht, uns beide umzubringen, stimmt's? Oder sollten nur die Pferde dran glauben?«

»Wenn du es unbedingt wissen willst – ich habe versucht, ein paar Dämonen davonzulaufen«, erwiderte sie.

»Kenne ich sie?«

»Mein Vater ist einer davon.«

»Aha, wieder ein Streit mit deinem Vater«, sagte er und grinste verständnisvoll.

Von den drei Razin-Brüdern war Stenka derjenige, der nie ernst sein konnte. Er liebte das Leben und fand immer etwas Angenehmes darin – und meistens auch etwas zum Lachen. Wenn Alexandra wütend, gekränkt oder einfach nur schlechter Laune war, schaffte er es immer, sie zum Lachen zu bringen. Sie befürchtete, daß er es dieses Mal nicht schaffen würde.

Sein Bruder Timofee war fast genauso sorglos wie er.

Die Zwillinge waren sich nicht nur äußerlich so ähnlich, daß es geradezu unheimlich war. Sie waren siebenundzwanzig Jahre alt, hatten das schwarze Haar und die blauen Augen, die bei ihnen in der Familie lagen, und wollten beide immer genau dieselben Dinge, einschließlich Frauen, weshalb sie ständig miteinander konkurrierten – und kämpften. Es brauchte nicht viel, um die beiden zu reizen, und es war nichts Ungewöhnliches, wenn einer der Brüder mit einem blauen Auge oder einer gespaltenen Lippe von einer ihrer Raufereien auftauchte.

»Ich weiß nicht, warum du dich wegen eines Streits mit deinem Vater so aufregst. Du gewinnst ja doch immer«, sagte Stenka zu ihr.

»Ich habe nicht gewonnen«, murmelte sie.

»Was, du hast *nicht* gewonnen?«

Sein übertrieben ungläubiges Staunen löste nicht das Lächeln bei ihr aus, das er erwartet hatte. »Ich habe nicht gewonnen!«

»Es muß wohl für alles ein erstes Mal geben.« Er seufzte. »Wieso hast du nicht gewonnen?«

»Er hat mich mit einem Kardinier verlobt.«

Dieses Mal war sein ungläubiger Blick nicht gespielt. »Das würde er dir nicht antun.«

»Das hat er aber. Vor fünfzehn Jahren.«

»Ah, da warst du noch ein Baby«, sagte er, als ob das Erklärung genug sei.

»Ein zehn Jahre altes Baby?«

Er machte eine abwehrende Handbewegung. »Was wirst du jetzt tun?«

»Ehrlichkeit wird wohl die beste Strategie sein«, sagte sie nüchtern. »Ich werde diesem kardinischen Grafen einfach sagen, daß ich ihn nicht heiraten will.«

Stenka warf ihr einen prüfenden Blick zu, der von ihrem Kopf mit der Pelzmütze bis hin zu ihren gestiefelten Beinen glitt und dazwischen – so meinte er – jede Menge Vorzüge streifte. »Er könnte auch ungemein reizlos sein und nach einem Blick auf dich denken, er sei gestorben und direkt in den Himmel aufgestiegen. Dann wird dir deine Ehrlichkeit auch nicht viel helfen.«

Alexandra stöhnte, als sie an diese Möglichkeit dachte. »Du bist nicht sehr hilfreich, Stenka.«

»Sollte ich das sein?«

»Es wäre angebracht.«

»Also, dann«, sagte er fröhlich, »Timofee und ich könnten ihm auflauern und ihn dann verprügeln und davonjagen.«

»Du hast dabei nur übersehen, daß er wahrscheinlich genau in diesem Moment eintrifft«, erwiderte sie. Damit er ihre Antwort auf seinen Vorschlag nicht für eine Erlaubnis hielt, fügte sie noch hinzu: »Und außerdem werden wir den Cousin eines Königs nicht zusammenschlagen – höchstens, wenn es unbedingt sein muß.«

Er gab einen leisen Pfiff von sich. »Den Cousin eines *Königs?* Aber warum heiratest du ihn denn nicht?«

Ihre mitternachtsblauen Augen wurden beinahe schwarz, wenn sie wütend war. Und das war sie jetzt. »Weil ich zufällig in Christopher verliebt bin.«

»*Der Kerl wieder!*« sagte Stenka mit solchem Hohn in der Stimme, daß sie zusammenzuckte. Sie wußten alle von ihrem Engländer, und alle hatten sich für sie gefreut – bis die Jahre vorbeigegangen und immer noch kein Ring für ihren Finger eingetroffen war. »Dieser Nichtsnutz!«

»Ich will es nicht hören.«

»Bist du sicher?«

»Ja.«

»Aber es würde mir so guttun, wenn ich es loswerden könnte.«

Seine Miene war so überaus ernst, daß sie ein Schmunzeln nicht unterdrücken konnte. Er grinste, da er endlich sein Ziel erreicht hatte.

»Also los, gehen wir und sehen uns deinen Verlobten

an«, schlug er vor. »Man weiß ja nie, vielleicht magst du ihn sogar.« Als sie nur empört schnaubte, fügte er hinzu: »Das ist gar nicht so unmöglich.«

»Aber es würde nichts ändern.«

Er mußte nicht fragen, warum, und genau darum ging es, dachte Stenka empört. Alex war viel zu treu und loyal, selbst dann noch, wenn ihre Loyalität dem Falschen galt. Und ihr Vater hatte die richtige Idee gehabt. Stenkas eigener Vater, Ermak, hatte es den Baron mehr als einmal sagen hören, und jeder der Razins pflichtete ihm bei: Irgend jemand hätte diesen Engländer schon vor langer Zeit erschießen sollen.

7

Alexandra hatte sich bei ihrem Ritt zurück zum Haus Zeit gelassen, so daß die ›weniger als zwei Stunden‹, die ihr Vater für die Ankunft ihres Verlobten kalkuliert hatte, schon längst verstrichen waren, als sie und Stenka sich dem Haus näherten. Graf Wassili Petroff war wahrscheinlich schon im Haus, entweder in seinem Zimmer oder im Gespräch mit ihrem Vater. In beiden Fällen würde sie ihm wahrscheinlich nicht über den Weg laufen, wenn sie – wie sie geplant hatte – das Haus durch den Hintereingang betrat. Sie hatte beschlossen, ihn erst einmal von ihrem Vater in Augenschein nehmen zu lassen und dann dessen *ehrliche* Meinung zu verlangen, bevor sie dem Mann gegenübertrat.

Das war ihr Plan gewesen, und er war gut, das hatte sie zumindest gedacht – es bestand immerhin die Möglichkeit, daß ihr Vater den Mann unausstehlich fand und ihn gleich wieder wegschickte, so daß sie sich gar nicht mit ihm abgeben mußte. Aber sie hatte nicht damit gerechnet, daß es ihr Verlobter mit seiner Ankunft vielleicht gar nicht so eilig hatte. Das wurde deutlich, als sie die acht Männer sah, die gerade vor dem Haus abstiegen.

Für Alex war es jedoch kein Drama, wenn sie einen einmal gefaßten Plan wieder aufgeben mußte. Schließlich hatten plötzliche Konfrontationen ihre Vorteile, und man konnte eine Menge lernen, wenn man jemanden überraschte. Vielleicht war es sogar besser, wenn zuerst sie ihm gegenübertrat – bevor ihr Vater ihn vor einigen ihrer ›unmöglichen‹ Angewohnheiten, wie er sie nannte, warnen konnte. Sehen hieß glauben, und sie hatte noch nie besonders gut in ihrer Arbeitskleidung ausgesehen. Schließlich mußte sie im Stall niemanden beeindrucken.

Sie hatte jedoch nicht erwartet, daß der Kardinier mit so großem Gefolge reisen würde. Es waren insgesamt acht Männer, aber ein Dutzend Pferde. Auf den reiterlosen Pferden türmten sich die Gepäckstücke. Offensichtlich reiste ihr Verlobter nicht mit leichtem Gepäck, woraus sie sofort schloß, daß er wahrscheinlich einer dieser verweichlichten Aristokraten war, die es sich nicht vorstellen konnten, im Freien zu übernachten, und immer Diener bei der Hand haben mußten, um die einfachsten Dinge zu erledigen.

Alexandra hatte noch nie in ihrem Leben jemanden gebeten, etwas für sie zu tun, wenn sie selbst es tun konnte oder wollte. Sie zog es sowieso vor, alles selbst zu machen. Nina sollte sich ruhig darum kümmern, daß ihre Kleidung immer ordentlich und sauber war, aber das war so ziemlich das einzige, was Alexandra ihre Freundin erledigen ließ.

Alexandra und Stenka ritten heran, ohne von den Besuchern bemerkt zu werden. Die Kardinier waren so unklug gewesen, mit den Pferden nicht gleich zu den Stallungen zu reiten. Aus dem Haus waren zwei Diener gekommen, die sich um die Tiere kümmern wollten, aber sie hatten nicht sehr viel Glück damit. Einige der Pferde waren Vollblüter, allerdings nicht so edel wie die Pferde, die die Rubliows züchteten, und auch nicht so gut zugeritten. Sie verursachten recht viel Unruhe unter den friedlicheren Tieren.

Eines der Tiere war ein Hengst, bei dessen Anblick Prinz Mischa schnaubte und den Kopf zurückwarf. Aber ein leises Wort von Alexandra beruhigte ihn, so daß sie absteigen und ihn sich selbst überlassen konnte. Sie war sicher, daß er sie nicht mit männlichem Imponiergehabe in Verlegenheit bringen würde. Ihr Blick ruhte schon auf dem Mann, der ihr Verlobter sein mußte – seine prächtige Kleidung verriet es ihr. Sie hatte nicht erwartet, daß er so gut aussehen würde. Dunkelbraunes Haar, babyblaue Augen und Grübchen in den Wangen, die sich beim Lachen noch vertiefen würden. Es überraschte sie auch, daß der Ausdruck seines Gesichtes so offen war und ihn leicht zugänglich für andere erscheinen ließ – ja, sogar sympathisch.

Er war bis jetzt der einzige aus der Gruppe, der ihre Ankunft bemerkt und sich ihnen zugewandt hatte. Aber seine Augen beachteten Alexandra überhaupt nicht. Er sah nur Prinz Mischa.

Es war eine Reaktion, die für Alexandra nicht ungewöhnlich war, die sie sogar erwartete und mit ungeheurem Stolz erfüllte. Schließlich waren ihre beiden Hengste, Prinz Mischa und sein Vater Sultan, weiße Vollblüter mit tiefblauen Augen und prächtigen langen Mähnen und Schwänzen. Durch ihr dichtes, seidiges Fell schimmerten keine der sonst üblichen Stellen mit rosa Haut.

Die Nachkommen der beiden Pferde waren sehr gefragt, und Alexandra konnte geradezu lächerlich hohe Preise für sie verlangen, aber sie verkaufte ihre ›Babys‹ nur an absolute Pferdekenner. Wenn die zukünftigen Besitzer nicht bereit waren, sie auf die gleiche Weise zu verwöhnen, wie sie es tat, bekamen sie die Pferde eben nicht.

Ihr Verlobter war anscheinend ein Pferdekenner. Er war förmlich hingerissen von ihrem Pferd. Das amüsierte – und erleichterte sie. Obwohl dieses Opfer sie umbringen würde, konnte sie ihn vielleicht loswerden, wenn sie ihm Prinz Mischa gab. Natürlich würde sie ihm zuerst eine der Stuten oder einen Wallach anbieten. Ihr gesamter Zuchtbestand und alle Nachkommen daraus waren erstklassige Tiere. Aber dem Blick dieses Mannes nach zu urteilen, hatte er sich bereits in Prinz Mischa verliebt.

Alexandra stieg aus dem Sattel. Nur um sicher zu sein, daß es wirklich ihr Verlobter war, fragte sie so laut, daß alle es hören konnten: »Wer von euch ist Wassili Petroff?«

Wassili, der sich gerade den großen Landsitz angesehen hatte, drehte sich um und starrte die Person an, die soeben gesprochen hatte – ein Mädchen? Er war sich nicht ganz sicher, bis sein Blick auf ein Paar außerordentlich gut geformte Brüste fiel, die fast den alten, wollenen Rock sprengten, den sie trug. Es war eine Schande, daß die Reithose so weit war, aber die engen Stiefel ließen gut geformte Waden erkennen.

Er fand sie anziehend, da gab es gar keinen Zweifel. Brüste wie diese hatten es ihm schon immer angetan. Aber sie hatte noch mehr zu bieten. Ein außerordentlich hübsches Gesicht, makellose Haut, die noch von der Sommersonne gebräunt war und ihre bäuerliche Herkunft verriet – keine Dame würde sich so sehr der Sonne aussetzen –, hohe Wangenknochen, die momentan vom Wind gerötet waren, und eine schmale, gerade Nase, die schon fast vornehm, ja geradezu aristokratisch wirkte.

Sie hatte volle, herausfordernde Lippen, die fast so verführerisch wie ihre Brüste waren. Ihr schmales Kinn hatte sie trotzig emporgereckt – das war zwar beunruhigend, konnte aber vernachlässigt werden. Ihr Haar wurde von der Pelzmütze, die ihren Kopf bedeckte, verborgen, aber was er davon sehen konnte, war fast noch heller als ihre gebräunte Haut. Die schön geschwungenen Augenbrauen waren jedoch dunkler, von einem hellen Braun, und die langen, dichten Wimpern, die ihre mandelförmigen Augen umgaben, sogar noch dunkler, was eine ungemein interessante und sehr exotische Kombination ergab.

Vielleicht würde sein kurzer Aufenthalt hier doch nicht ganz so unangenehm werden, dachte Wassili und grinste breit, während er sagte: »Das bin ich, mein Täubchen. Und wer bist du?«

Alexandras Augen glitten von dem dunkelhaarigen Mann, der ihr bei ihrer Frage kaum einen Blick geschenkt hatte, zu dem, der gerade gesprochen hatte. Sie hatte sich *doch* geirrt ...

In ihrem Kopf war plötzlich kein einziger Gedanke mehr. Ihre Augen weiteten sich. Ihr Mund stand offen. Sie vergaß zu atmen. Und ihr Magen hing ihr plötzlich in den Kniekehlen.

Die Zeit verging, ohne daß sie es bemerkte, bis sie schließlich tief Luft holte, um nicht blau anzulaufen. Statt dessen wurde sie knallrot. Ihre Wangen glühten. Sein Grinsen wurde noch breiter, als er ihre Reaktion bemerkte. War es der Schock? Hatte sie deshalb gerade einen Narren aus sich gemacht? Es schien geradeso weiterzugehen, denn sie konnte ihre Zunge immer noch nicht finden. Es mußte der Schock sein. Schließlich hatte sie nie jemand davor gewarnt, daß Männer so gut aussehen konnten.

Er schien von Kopf bis Fuß aus Gold zu bestehen. Haar aus geschmolzenem Gold, das sich weich über seinen Schläfen und Ohren lockte, lohfarben-goldene Haut, honiggoldene Augen. Er war wunderschön – aber es war eine maskuline Schönheit. Sein Gesicht war makellos:

schmale Wangen, eine gerade, kräftige Nase, kräftig gezeichnete Augenbrauen, ein starkes Kinn und vollendet geformte Lippen, die fast schon zu sinnlich waren. Das alles zusammen hatte eine geradezu magische Wirkung auf sie.

Irgendwie gelang es Alexandra, ihre Betäubung zu überwinden. Er war Wassili Petroff? *Ihn* sollte sie heiraten? Du lieber Himmel, das war wohl ein Witz. Einen Mann heiraten, der schöner als sie war? Niemals.

Jetzt, da ihr Gehirn wieder arbeitete, erinnerte sie sich auch wieder an ihren Plan. Sie marschierte zu ihm hinüber. Dabei stellte sie fest, daß er groß war, über einsachtzig. Und sein knielanger, pelzbesetzter Mantel, der mit einem Gürtel um seine schlanke Taille geschlossen war, bedeckte einen gestählten Körper, den sie ein wenig beunruhigend fand. Ihr Vater war größer und viel stämmiger, aber die geschmeidige Stärke des Mannes vor ihr schüchterte sie mehr ein.

Aber Alexandra zeigte es niemals, wenn sie Angst hatte, und eigentlich hatte sie ja gar keine Angst vor dem Mann. Er war schließlich nicht ihr Ehemann, sondern nur ihr Verlobter – und bald würde er nicht einmal das mehr sein.

»Es tut mir leid, daß ich mich gerade wie eine Schwachsinnige benommen habe, Graf Petroff«, sagte sie in nüchternem Tonfall zu ihm, »aber ich war ein wenig … überrascht. Es kommt schließlich nicht jeden Tag vor, daß ich einen Mann sehe, der hübscher ist als ich.«

Sie hörte leises Lachen von den Männern, die hinter ihm standen, und dem blauäugigen Mann, den sie zuerst für ihren Verlobten gehalten hatte. Sie war sehr enttäuscht, daß er nicht Graf Petroff war, denn mit ihm wäre sie leichter fertig geworden. Sie warf ihm einen kurzen, sehnsüchtigen Blick zu, den er wohl mißverstanden haben mußte – er sah sie inzwischen lange genug an, um es zu bemerken –, denn sein gutmütiger Gesichtsausdruck war plötzlich verschwunden.

Sie wandte ihre Aufmerksamkeit wieder dem goldenen Adonis zu und bemerkte, daß sich seine Gesichtsfarbe verändert hatte. Es war erstaunlich, daß sie bei Männern immer die gleiche Reaktion hervorrief, sobald sie den Mund aufmachte – zumindest bei den Männern, die sie nicht kannten. Sie hatte ihn mit ihrer Offenheit nicht schockieren wollen, aber seltsamerweise freute sie sich ungeheuer darüber, daß es ihr gelungen war. Und da er jetzt nicht mehr grinste, fühlte sie sich weitaus sicherer.

Beim Gedanken an seine Frage wollte sie schon ihren Namen nennen, aber ihr fiel auch wieder ein, wie er sie genannt hatte. ›Täubchen?‹ Ohne zu wissen, wer sie war? Sie hätte beinahe gelacht, als ihr klar wurde, daß der Mann mit ihr geflirtet hatte, oder besser: mit einer unbekannten Frau, und zwar direkt vor der Haustür seiner Verlobten. Und *das* sagte ihr mehr über seinen Charakter als jede Unterhaltung mit ihm.

Sie lachte nicht, aber sie konnte nicht verhindern, daß sich ihre Mundwinkel etwas nach oben verzogen. Sie hatte Glück gehabt. Alexandra konnte es kaum erwarten, ihrem Vater von diesem Ausbund an Ehre und Tugend zu erzählen, den er ihr aufzwingen wollte.

Sie überlegte, ob sie nicht eine Weile auf sein Spiel eingehen sollte, nur um zu sehen, wie weit er gehen würde, und ihm dann erst zu sagen, wer sie war. Es war in der Tat sehr verlockend, obwohl sie nicht einmal wußte, wie man mit einem Mann flirtete. Aber sie würde nicht auf eine List zurückgreifen, wenn sie mit Ehrlichkeit genauso weit kam.

Sie grinste jedoch immer noch ein bißchen, als sie sagte: »Ich habe mich noch nicht vorgestellt, Graf. Ich bin Alex Rubliow.«

»Alex – wie in ›Alexandra‹?«

»Genau.«

In diesem Moment änderte sich sein ganzes Verhalten. Seine honiggoldenen Augen musterten sie wieder von Kopf bis Fuß, aber dieses Mal war in seinem Blick tiefe Verachtung zu lesen, gemischt mit einer kräftigen Dosis Abscheu. Alexandra jubelte fast vor Freude.

Sie schenkte ihm ein strahlendes Lächeln, das ihm – ohne daß sie es bemerkte – den Atem verschlug. »Es ist wohl ziemlich offensichtlich, daß keiner von uns beiden den Erwartungen des anderen entspricht. Aber keine Angst – ich will Euch nämlich gar nicht heiraten.«

Da sie Wassili gewissermaßen die Worte aus dem Mund genommen hatte, war er sprachlos. »Ihr wollt nicht?«

»Nicht einmal ein bißchen«, versicherte sie ihm. »Aber es tut mir leid, daß Ihr soviel Zeit damit vergeudet habt, hierherzukommen. Ihr müßt darauf bestehen, daß mein Vater Euch dafür entschädigt, wenn Ihr die Verlobung auflöst. Und falls ich Euch vor Eurer Abreise nicht mehr sehe, nun, es war … interessant, Eure Bekanntschaft zu machen.«

Mit diesen Worten drehte sie sich um und stieg so schnell auf, daß sie fast in den Sattel des weißen Hengstes zu springen schien. Pferd und Reiterin verschwanden hinter einer Ecke des Hauses, ein Kosake folgte ihnen.

Es geschah nicht oft, daß Wassili Petroff sprachlos war. Und noch seltener, daß eine Frau ihm die Fassung raubte. Die hier blickte nicht einmal zurück. Sie hatte ihre kleine Rede vorgetragen, und dann hatte sie ihn offenbar aus ihren Gedanken gestrichen. Noch nie zuvor hatte sich eine Frau ihm gegenüber so verhalten.

Lazar stellte sich neben Wassili und blickte ebenfalls dorthin, wo Alexandra Rubliow verschwunden war. Ohne ihn anzusehen, sagte Wassili: »Wenn du lachst, wirst du meine Faust zu spüren bekommen.«

Lazar lachte zwar nicht, aber sein Grinsen war nicht

zu übersehen. »Glaubst du, das würde mich davon abhalten?«

Die beiden Freunde waren bekannt dafür, daß sie ohne großen Grund aneinandergerieten. Stefan hatte Lazar gebeten, Wassili zu begleiten, um ihn aus Schwierigkeiten herauszuhalten. Aber er hatte sie scherzend ermahnt, sich nicht gegenseitig umzubringen, bevor sie nach Kardinien zurückkehren konnten. Die sechs Wachen, die auf Stefans Befehl die beiden Freunde begleiteten, hatten die Aufgabe, eben dafür zu sorgen. Außerdem sollten sie ihnen auf den Bergpässen, die von Banditen nur so wimmelten, den Rücken freihalten.

»Du hättest Schwierigkeiten weiter zu lachen«, versprach Wassili.

»Stimmt ... aber worüber beklagst du dich eigentlich? Du solltest dich freuen. Jetzt brauchst du ihr nicht mehr zu zeigen, was für ein ekliger Kerl du sein kannst. Sie hat dir genau das gesagt, was du hören wolltest, du mußtest nicht einmal nachhelfen.«

»Genau das, was ich hören wollte?« wiederholte Wassili verärgert. »Du hast wohl nicht richtig zugehört, Lazar. Diese kleine Bäuerin will mich nicht heiraten, aber sie erwartet, daß *ich* die Verlobung auflöse. So gerne ich das auch tun würde, du weißt, daß ich es nicht kann.«

»Ja, aber du bist doch jetzt dank ihrer unerwarteten Enthüllung deinem Ziel sehr viel näher gekommen. Du hast schon die halbe Schlacht gewonnen, ohne auch nur einen Schuß abzufeuern. Es kann doch nicht so schwer sein, sie dazu zu bewegen, die Verlobung aufzulösen, wenn du ihr erklärst, daß du es nicht tun kannst. Sie ist auf deiner Seite, mein Freund. Sie will dich nicht.«

Nachdem er das gesagt hatte, konnte Lazar sich nicht mehr beherrschen: Er fing an zu lachen. Es war wirklich unglaublich komisch. Und Wassilis finsterer Blick war noch viel komischer. Wer hätte gedacht, daß die einzige Frau, die wirklich die Möglichkeit hatte, Wassili zu heiraten – oder es zumindest annahm –, ihn nicht wollte, während Hunderte anderer Frauen sich gegenseitig umgebracht hätten, um an ihrer Stelle zu sein?

»Übrigens«, fügte Lazar hinzu, nur um es Wassili unter die Nase zu reiben, »ich glaube nicht, daß du sie auch nur im geringsten mit deiner großartigen Zurschaustellung von Verachtung beeindrucken konntest. Ich kann es ihr nicht verübeln, schließlich habe ich den Blick gesehen, den du ihr zugeworfen hast, bevor du wußtest, wer sie ist.« Er brach ab, weil er von einem Lachanfall geschüttelt wurde. »Ich kann es nicht erwarten, Stefan und Serge alles zu erzählen. Sie werden mir kein Wort glauben!«

8

»Setzt Euch, Wassili – Ihr gestattet doch, daß ich Euch so nenne?«

Konstantin wartete seine Antwort nicht ab, sondern setzte sich hinter seinen Schreibtisch. Sein Arbeitszimmer sah so aus, wie man es bei einem Mann in seinen Jahren erwarten konnte, einfach und schlicht. Es erinnerte Wassili an das Arbeitszimmer seines Vaters, bevor Maria nach seinem Tod ein Nähzimmer daraus gemacht hatte.

»Obwohl wir uns nie kennengelernt haben, kommt es mir so vor, als ob ich Euch schon Euer ganzes Leben lang kennen würde«, sagte Konstantin zu ihm. »Euer Vater hat nur von Euch geredet. Er war so stolz auf Euch. Am liebsten hätte er Euch überall herumgezeigt und auf seine Reisen und Jagdausflüge mitgenommen, aber er war der Meinung, Euer Unterricht sei wichtiger, besonders, da Ihr die gleichen Lehrer wie der Kronprinz hattet. Auch darauf war er ungeheuer stolz, da er selbst nie solche Möglichkeiten hatte. Er hatte ja keinerlei Verbindung zur Königsfamilie, bevor er Eure Mutter heiratete. Aber ich weiß, daß er Euch nach Eurem achtzehnten Geburtstag mit nach Rußland nehmen wollte. Ich kann mich noch erinnern, wie er ...«

Konstantin schwelgte über eine Stunde lang in seinen Erinnerungen. Abgesehen von einigen Bemerkungen, die er gelegentlich einstreute, brauchte Wassili nur zuzuhören. Und das tat er auch mit lebhaftem Interesse, da er Dinge über seinen Vater erfuhr, die völlig neu für ihn waren. Lange bevor der Baron aufhörte zu sprechen, begann Wassilis Groll, den er sein ganzes Leben lang gegenüber seinem Vater empfunden hatte, zu schwinden, und als Konstantin mit den Worten schloß: »Ich vermisse ihn immer noch«, war nichts mehr davon übrig.

Wassili war den Tränen nah. Das letzte Mal hatte er als kleiner Junge geweint, und jetzt erstickte er fast. Er vermißte seinen Vater auch – erst in diesem Augenblick wurde ihm klar, wie sehr. Als sein Vater starb, war die anfängliche Trauer über seinen frühen Tod einem immensen Bedauern gewichen, insbesondere darüber, daß er nie die Gelegenheit gehabt hatte, mit Simeon Freundschaft zu schließen, so wie Stefan als Erwachsener zum Freund seines eigenen Vaters, Sandor, geworden war.

Wassili hatte nicht erwartet, daß sein Gespräch mit dem Baron so verlaufen würde. Es verlief nichts so, wie er es erwartet hatte, insbesondere nicht die erste Begegnung mit seiner Verlobten.

Ihre Bemerkung, daß *sie* nicht das war, was er erwartet hatte, war eine Untertreibung *par excellence.* Er hatte eine verwöhnte, leichtfertige Aristokratin erwartet, die sich mühelos einschüchtern ließ. Aber er konnte sich beileibe nicht vorstellen, jenes dreiste Frauenzimmer einzuschüchtern, das er gerade getroffen hatte. Sie sagte ihre Meinung unter geradezu schamloser Mißachtung aller

Konventionen. Sie kleidete sich bäuerlich, wie ein *männlicher* Bauer noch dazu. Und sie ritt ihr Pferd wie ein Mann, als ob sie im Sattel geboren worden wäre. Es schien nichts zu geben, wovor sie Angst hatte. Und warum zum Teufel wollte sie ihn nicht heiraten?

Wassili war nicht sicher, was er davon halten sollte, aber er war nicht so erleichtert, wie Lazar annahm. Er war zurückgewiesen worden. *Zurückgewiesen.* Es war das erste Mal, daß ihm so etwas passierte – nein, eigentlich das zweite Mal.

Tania hatte ihn genauso unverblümt zurückgewiesen, als man ihr erzählt hatte, er sei der König, den sie heiraten müsse. »Nicht um alles Gold dieser Welt werde ich euren König heiraten«, hatte sie damals gesagt. Natürlich hatte sie nicht geglaubt, daß sie die Prinzessin Tatiana Janacek war oder daß sie bereits bei ihrer Geburt mit dem jetzigen König von Kardinien verlobt worden war. Selbst wenn sie es geglaubt hätte, hätte das keinen Unterschied gemacht, denn sie hatte Wassili zu jener Zeit verachtet, so wie er sie verachtet hatte.

Aber selbst damals hatte er nicht dieses Gefühl der Zurückweisung verspürt. Und auch nicht dieses unbestimmte Gefühl, das ihn jetzt so ärgerte. Seine Unfähigkeit, diesem Gefühl einen Namen zu geben, trug noch mehr zu seiner Verärgerung bei. Er ließ sich seine Gefühle vor dem Baron jedoch nicht anmerken.

Eigentlich hatte er vorgehabt, sich in Gegenwart von Konstantin Rubliow so zu verhalten, daß dieser ihn für einen völlig inakzeptablen Schwiegersohn halten würde. Aufgrund seiner bisherigen Erfahrungen mit Frauen hatte er angenommen, seine Verlobte werde ganz versessen darauf sein, ihn zu heiraten, weshalb es beiden Rubliows äußerst schwerfallen werde, die Heirat abzusagen. Deshalb hatte er vorgehabt, ihren Vater zu brüskieren. Aber nachdem er den Baron mit soviel Wertschätzung und echter Zuneigung von seinem Vater hatte sprechen hören, wußte er, daß er das nicht tun konnte, zumindest nicht so offensichtlich wie geplant.

Er hatte bereits gelogen, als er seine verspätete Ankunft mit einem Kranken in seinem Gefolge erklärt hatte. In Wahrheit hatte er bewußt Zeit geschunden und war in jeder Stadt mehrere Tage, ja einmal sogar eine ganze Woche lang geblieben – wegen einer hübschen Rothaarigen –, anstatt sich nur über Nacht dort aufzuhalten. Durch diese Verzögerung wollte er die Zeitspanne bis zum bevorstehenden Winter verkürzen, dessen Kälte eine Reise beschwerlich machen würde. Wenn er Alexandra Rubliow aus irgendeinem Grund mit nach Kardinien nehmen mußte, wollte er sie mit dem mißlichen Wetter abschrecken. Er würde ihr natürlich viele Gründe liefern, damit sie diese lächerliche Verlobung auflöste, aber es war ihm auch alles andere höchst willkommen, was ihm hierbei helfen konnte, einschließlich des Wetters.

Doch den Rest seines Planes – zumindest den, der den Baron betraf – konnte er jetzt nicht mehr durchführen. Er würde dem Namen seines Vaters keine Schande bereiten, indem er sich in Gegenwart dieses Mannes wie ein völlig mißratener Sohn verhielt.

Andererseits mußte er jedoch nicht vollkommen sein. Vielleicht konnte er die Hoffnungen des Barons ja in anderer Hinsicht zunichte machen, wenn er etwa bestimmte Eigenschaften oder Ansichten vermissen ließ, die dieser vorzufinden gehofft hatte. Er mußte nur noch herausfinden, welche das sein konnten.

»Ihre Tochter, mein Herr?«

»Ja, ich habe vom Salon aus gesehen, wie Ihr sie getroffen habt.«

Konstantin hatte beinahe gejubelt, als er die Reaktion Alexandras auf den jungen Grafen miterlebt hatte. Jetzt mußte er sich bemühen, seine Erleichterung zu verbergen. Irgendwie gelang ihm das auch.

»Ich bedaure, daß Ihr sie in diesem Aufzug gesehen habt«, fuhr er fort. »Aber sie arbeitet fast den ganzen Tag mit den Pferden, deshalb trägt sie auch diese Kleidung, und nicht …«

»Sie *arbeitet* mit Pferden?« Wassilis Überraschung war echt. Er hatte keine Zeit, um zu überlegen, ob er es eher gutheißen oder seine Mißbilligung zum Ausdruck bringen sollte. Sein Ton sagte jedoch alles und drängte Konstantin in die Defensive.

»Wir züchten hier ja schließlich Pferde«, erklärte er. »Und Alexandra war die einzige meiner drei Töchter, die sich für die Pferde interessierte. Ich hätte sie wahrscheinlich nicht ermutigen sollen, aber nachdem ich es einmal getan hatte, gab es kein Zurück mehr.«

Wassili war erleichtert, als er sah, daß er – zumindest für seine Zwecke – den richtigen Ton getroffen hatte. Der Vater erlaubte dem Mädchen offensichtlich eine so ungewöhnliche Beschäftigung, und er – Wassili – machte sicher nichts falsch, wenn er seine Mißbilligung äußerte. Die entschuldigende Bemerkung des Barons verriet ihm, daß der ältere Mann diese Haltung wahrscheinlich von ihm erwartet hatte.

Und damit auch gar kein Zweifel darüber bestand, daß er schockiert war – wenn auch nur recht wenig –, sagte Wassili, »Ihr *erlaubt* ihr eine solche Beschäftigung?«

Als ob ich sie davon abhalten könnte, dachte Konstantin, gab aber keine Antwort. Es war ihm lieber, wenn Wassili nicht herausfand, wie eigensinnig und starrköpfig seine Verlobte sein konnte, zumindest nicht vor der Hochzeit.

»Ich dachte, daß es nichts schaden würde. Außerdem kann sie sehr gut mit den Tieren umgehen«, erwiderte er. »Sie verarztet sie, reitet sie zu, züchtet sie …«

»Wie bitte?«

Konstantins Wangen röteten sich, und wieder geriet er in die Defensive. »Alexandra ist kein verwöhntes, unwissendes Mädchen aus der Stadt, das sich nie die Hände schmutzig macht. Sie ist hier auf dem Land groß geworden ...«

Konstantin brach ab, denn Wassilis Gesichtsausdruck sprach Bände. Er hätte genausogut laut und deutlich sagen können: *Das erklärt alles.*

Der Seufzer des Barons war genauso vielsagend – der Kommentar eines Vaters, der mit seiner Weisheit am Ende war. »Ich muß gestehen, daß die Unternehmungen meiner Tochter in eine andere Richtung gelenkt werden müssen. Und wie bei jeder jungen Braut dürften der Ehemann und Kinder das schon bewerkstelligen.«

Wassili stöhnte innerlich und fragte sich, ob er nicht genauso reagierte, wie der Baron das erhofft hatte. Er sagte vorsichtig: »Bedenkt, daß ich in der Hauptstadt wohne, in der Nähe des Palastes. Man wird von ihr erwarten, daß sie am Hofleben teilnimmt. Ihr Leben wird sich daher völlig anders gestalten als bisher.«

»Die Abwechslung wird ihr guttun. Ihre täglichen Ausritte wird sie jedoch auf keinen Fall aufgeben.«

Da ihn das nicht sonderlich berührte, sagte Wassili lediglich: »Die meisten adligen Damen reiten zum Vergnügen.«

»Wie steht es mit Pferderennen?«

»Das ist ja absurd. Keine Dame nimmt an Pferderennen teil ... sie etwa?«

»Gelegentlich.«

»Das wird ein Ende haben«, sagte Wassili steif.

»Ausgezeichnet.«

Wassili sackte ein wenig in seinem Stuhl zusammen. Er wollte doch erreichen, daß sich der Baron über ihn ärgerte. Keineswegs wollte er als ideale Lösung für die Probleme erscheinen, die der gute Mann mit seiner ungewöhnlichen Tochter hatte.

Wassili versuchte eine verzweifelte Kehrtwendung und sagte: »Ich besitze natürlich mehrere Landsitze, die nicht sehr weit von der Hauptstadt entfernt liegen. Man könnte ihr gestatten, ihrem ... Hobby dort nachzugehen.«

Konstantin lächelte. »Alexandra wird sich freuen, das zu hören.«

Wassili biß die Zähne zusammen und gab auf. Seine letzte Hoffnung war jetzt, daß der Baron in bezug auf die Verlobung gelogen hatte. Die Hoffnung war zwar nicht allzu groß, aber Wassili griff nach jedem Strohhalm.

»Mein Herr, ich würde gern den Verlobungsvertrag sehen. Offensichtlich ist das Exemplar meines Vaters verlegt worden oder verlorengegangen, wir haben es nämlich nie gefunden.«

»Gewiß.«

Wassili errötete leicht, als er sah, daß der Vertrag bereits die ganze Zeit auf dem Schreibtisch gelegen hatte. Konstantin, der mit diesem Anliegen offensichtlich gerechnet hatte, reichte ihm das Schriftstück. Wassili brauchte nicht lange, um das kurze Dokument zu überfliegen und die Unterschrift seines Vater darauf zu finden. Damit waren alle seine Hoffnungen dahin.

»Darf ich fragen, warum Ihr so lange mit Eurem Brief an uns gewartet habt?« fragte Wassili, als er den Vertrag zurückgab. »Eure Tochter ist schon weit über das Alter hinaus, in dem die meisten Mädchen heiraten.«

»Das war reiner Egoismus meinerseits. Ich wollte sie möglichst lange bei mir behalten«, sagte Konstantin. »Ihr Leben hier hat ihr gefallen.«

»Das bezweifle ich nicht. Seid Ihr Euch darüber im klaren, daß sie mich nicht heiraten will?«

»Das hat sie Euch *gesagt?*«

»In der Tat.«

Konstantin suchte verzweifelt nach einer Antwort. Dann winkte er abwehrend mit der Hand. »Nervosität, und der Gedanke an die kommenden Veränderungen. Das ist ganz normal für eine Braut – und einen Bräutigam.«

»In der Regel werden Ressentiments dieser Art nicht laut geäußert«, erwiderte Wassili beinahe schroff.

Konstantin schmunzelte. »Ah, Ihr habt bereits die offene Art meiner Tochter kennengelernt. Ich gebe zu, es ist manchmal etwas beunruhigend, aber zuweilen auch ganz erfrischend. Alexandra wird niemals Eure Zeit verschwenden, ehe sie auf den Punkt kommt, dessen könnt Ihr sicher sein. Aber Ihr braucht Euch ihre Worte nicht so zu Herzen nehmen. Es ist nicht so, daß sie Euch nicht heiraten will – sie will überhaupt niemanden heiraten. Aber sie *wird* Euch heiraten. Darauf hat sie mir ihr Wort gegeben.«

Das war *nicht* das, was Wassili zu hören gehofft hatte. »Bei allem Respekt, seid Ihr sicher, daß Ihr Eure Tochter zwingen wollt, einen Mann zu heiraten, den sie nicht haben will?«

»Aber wer sagt denn, daß sie Euch nicht haben will?« Konstantins Lächeln war so vielsagend, daß Wassili beinahe errötete. »Ich habe gesehen, was vorhin passiert ist, als sie Euch das erste Mal sah. Ich versichere Euch: Kein Mann hat es jemals fertiggebracht, sie sprachlos zu machen.« *Nicht einmal dieser verdammte Engländer.*

Jetzt stieg Wassili doch die Farbe in die Wangen, was er sich nicht erklären konnte, da er schließlich daran gewöhnt war, daß Frauen in seiner Gegenwart sprachlos waren. »Sie sagte, ich hätte sie überrascht.«

»Das habt Ihr zweifellos.«

»Auch ich war überrascht.«

»Zweifellos. Meine jüngste Tochter ist sehr ungewöhnlich«, sagte Konstantin mit einer gehörigen Portion väterlichen Stolzes. »Ich habe keinen Zweifel, daß ein Mann Eures Alters und mit Eurer Erfahrung mühelos ihre Zuneigung gewinnen und ihre Ängste zerstreuen kann.«

Genau das hatte Wassili nicht vor. Sein Gespräch mit dem Baron brachte ihn nicht weiter. Der Mann hatte ihn rückhaltlos akzeptiert und würde ihn auch künftig mit jeder erdenklichen Entschuldigung in Schutz nehmen. Wassili wußte jetzt, daß er seine Bemühungen auf Alexandra konzentrieren mußte. Er durfte keine Zeit verlieren.

Dem Baron versicherte er: »Ich werde alles nur Erdenkliche für Eure Tochter tun.« Genaugenommen war das keine Lüge, sondern nur eine Behauptung, die verschieden interpretiert werden konnte. Er stand auf, um ihr Gespräch zu beenden. »Ich fürchte, wir müssen wegen meiner verspäteten Ankunft sehr bald wieder abreisen. Am besten wäre morgen, bevor die Reise wegen des Wetters zu gefährlich wird.«

Nun war es ihm gelungen, den Baron zu überraschen.

»Aber die Vorbereitungen für die Hochzeit sind doch noch gar nicht abgeschlossen.«

Wassili bemühte sich um einen reumütigen Blick. »Es tut mir leid, aber habe ich denn nicht erwähnt, daß mein Cousin auf einer Heirat in Kardinien besteht? Die Hochzeit soll im Palast stattfinden. Die Königin hat diesen Vorschlag gemacht, und Stefan erfüllt alle ihre Wünsche.«

Darauf konnte Konstantin nichts erwidern. Er stellte sich mit Schrecken vor, welche Auswirkungen diese unerwartete Entwicklung der Dinge haben würde. »Aber ich habe überhaupt keine Vorkehrungen für eine Reise zu dieser Jahreszeit getroffen.«

»Ihr könnt ja bis zum nächsten Frühling warten und sie dann nach Kardinien bringen«, gab Wassili prompt zur Antwort.

Sein Vorschlag kam etwas zu prompt, wie Konstantin bemerkte. Deshalb sagte er auch: »Nein, es ist nicht notwendig, daß ich bei ihrer Hochzeit dabei bin. Die Verlobung ist ja fast so gut wie eine Heirat. Ich werde warten und zu Besuch kommen, wenn sie ihr erstes Kind hat.«

Du liebe Güte, der Baron sah ihn schon als verheirateten Mann und Vater, dachte Wassili voller Entsetzen. »Aber sie wird doch sicher sehr enttäuscht darüber sein?«

So wütend, wie sie auf Konstantin war? Er konnte ein verächtliches Schnauben kaum unterdrücken. »Überhaupt nicht. Im Gegenteil, sie wird froh sein, wenn sie endlich nicht mehr meiner väterlichen Gewalt untersteht.«

Statt dessen wird sie der meinen unterstehen, wurde Wassili plötzlich klar. Der Gedanke faszinierte ihn – bis ihm die Konsequenzen bewußt wurden. Dann würde es ihm nicht mehr möglich sein, das Mädchen zu verführen, es war ihm sogar absolut verboten. Aber es würde leichter sein, sie zu einem Bruch der Verlobung zu bewegen, wenn ihr Vater nicht dabei war und sah, was für ein Scheusal zu spielen er beabsichtigte. Es sei denn, er würde es bis morgen schaffen, sie zur Aufgabe zu bewegen.

9

Konstantin setzte sich wieder hinter seinen Schreibtisch und wartete. Er war sich sicher, daß Alexandra hereinkommen würde, sobald sie bemerkt hatte, daß Wassili gegangen war. Tatsächlich waren kaum zwei Minuten verstrichen, da stand sie schon im Zimmer. Sie mußte sich vor der Tür versteckt und gewartet haben, bis der Graf das Arbeitszimmer wieder verlassen hatte. Alexandra würde versuchen, Wassili aus dem Weg zu gehen. Konstantin würde dieses Glück jedoch nicht haben.

Sie trug immer noch ihre Arbeitskleidung und sah überhaupt nicht wie eine Dame aus. Nachdem Wassili ihm erzählt hatte, was Alexandra zu ihm gesagt hatte, befürchtete Konstantin, daß sie sich absichtlich nicht umgezogen hatte. Das war ihre Art des Protests, und

Konstantin wußte aus Erfahrung, daß sie dabei recht starrsinnig sein konnte. Er wünschte fast, er könnte sie auf der Reise begleiten, nur um dabei zu sein, wenn ihre Ecken und Kanten von einem Mann geglättet wurden, der – allem Anschein nach – ein Experte im Umgang mit Frauen war.

Er kam zu dem Schluß, daß die plötzliche Wendung der Dinge vielleicht doch ihr Gutes hatte. Wenn alles wie geplant verlaufen wäre, hätten die beiden innerhalb einer Woche geheiratet, was ihnen nicht sehr viel Zeit gelassen hätte, um sich kennenzulernen. Aber wenn sie vor der Heirat nach Kardinien reisten, was unter Umständen bis zu einem Monat dauern konnte, würde Wassili die Gelegenheit bekommen, um Alexandra zu werben und ihre Zuneigung zu gewinnen, bevor sie den Bund der Ehe schlossen.

Da er seine Tochter kannte, hatte Konstantin nicht das Gefühl, daß sie diese Möglichkeit sehr schätzen würde – jedenfalls jetzt noch nicht. Wie erwartet, kam sie ohne Umschweife auf den Grund ihres Besuchs zu sprechen.

»Wann reist er ab?« fragte sie.

»Ihr beide werdet morgen früh abreisen.«

»Wir beide? Dann hat er also nicht aufgegeben?«

»Warum dachtest du, er würde aufgeben? Wegen dem, was du zu ihm gesagt hast? Du enttäuschst mich, Alexandra. Ich dachte, Ehre bedeutet dir mehr als …«

»Genug!« rief sie. »Ich habe nur versucht, dieser Farce ein Ende zu machen, indem ich ihm die Wahrheit sagte. Aber wenn er eine Frau will, die nichts mit ihm zu tun haben will … Ich hätte wissen müssen, daß es keinen Unterschied macht.«

Als sie daraufhin nichts mehr sagte, fragte er zögernd: »Aber du wirst ihn heiraten?«

»Ich werde diese Verlobung nicht brechen«, erwiderte sie mit der ganzen Bitterkeit, die sie empfand.

»Aber du denkst, daß er es tun wird?«

»Sobald er mich kennengelernt hat …«

»Verdammt noch mal, Alex, ich weiß, daß du dich zu diesem Mann hingezogen fühlst. Ich habe es selbst gesehen.«

Sie zuckte mit den Schultern, was besagen sollte, daß ihr das völlig egal war. Aber ihr Ton war heftig. »Ich kann nicht bestreiten, daß er sehr gut aussieht. So gut, daß er aller Wahrscheinlichkeit nach eitel wie ein Pfau ist – und darüber hinaus noch ein Lüstling.«

»Gibt es einen Grund für diese Vermutung?« fragte er mit ernstem Gesicht.

»Nur den, daß er mit mir geflirtet hat, *bevor* er wußte, daß ich seine Verlobte bin.«

»Und du hast soviel Erfahrung mit Männern, daß du den Unterschied zwischen Flirten und Freundlichsein kennst?«

Alexandra schnaubte empört. »Wenn jemand nur freundlich ist, verwendet er nicht solche Kosenamen wie ›Täubchen‹.«

Statt in väterlichen Zorn auszubrechen, wie sie angenommen hatte, lächelte er. »Es freut mich, daß er dich anziehend fand, selbst in den Kleidern, die du gerade trägst. Und da wir ja schon festgestellt haben, daß auch du dich von ihm angezogen fühlst …«

»Das haben wir nicht festgestellt«, fiel sie ihm wütend ins Wort.

»… könntest du zumindest versuchen, ihn zu mögen.«

Sie ließ ihn einen langen, spannungsgeladenen Moment warten, bevor sie sagte: »Also gut, ich werde es versuchen.«

Konstantin war überrascht. »Du wirst es versuchen?«

Es war so offensichtlich gelogen, daß sie diese Worte nicht wiederholen konnte. Statt dessen fragte sie: »Was sagtest du vorhin über unsere morgige Abreise?«

»Eine solche Entwicklung hatte ich nicht erwartet. Ich

dachte, du würdest in ein paar Tagen hier heiraten. Aber anscheinend wird es eine große Hochzeit im königlichen Palast von Kardinien werden – auf Befehl des Königs.«

»Kann man da nicht von Glück sagen, daß ich so schnell packen kann?«

Sie sagte das so trocken, daß deutlich wurde, was sie von der ganzen Sache hielt – zumindest ihrem Vater. Schließlich wußte jeder, daß Frauen Tage, ja sogar Wochen brauchten, um sich auf eine Reise vorzubereiten. Und obwohl Alexandra in der Regel mit leichtem Gepäck reiste, begann selbst sie normalerweise einige Tage vor dem angesetzten Reisetermin mit dem Packen.

»Du siehst das falsch, Alex. Er versucht nicht, dir Ungelegenheiten zu bereiten. Es liegt an der Jahreszeit. Da er so spät hier eingetroffen ist, müßt ihr unbedingt jetzt sofort abreisen, um die schweren Schneestürme in den Bergen zu vermeiden.«

Sie hob den Kopf und sah ihn an. »Ich mag Schnee. Willst du damit etwa sagen, er mag ihn nicht?«

Sie grinste zu diesen Worten. Konstantin stöhnte laut auf. »Du hast doch nicht etwa vor, eure Reise mit Absicht zu verzögern?«

»Und damit die Hochzeit zu verschieben?« Ihr Grinsen wurde noch breiter. »Was glaubst du denn? Außerdem ist es doch nur fair, wenn er herausfindet, wie das Leben mit mir sein wird.«

»Alexandra, ich bestehe darauf, daß du dich benimmst, wenn …«

»Papa, du hast bereits das einzige Versprechen bekommen, daß ich dir geben werde. Sei froh, daß du wenigstens das bekommen hast.«

Er regte sich so auf, daß er einen roten Kopf bekam. »Du hast gesagt, du würdest versuchen, ihn zu mögen.«

»Oh, das werde ich auch, und ich werde *sehr viel* Zeit dazu haben, bevor wir heiraten. Aber nicht heute abend, du mußt unseren Gast also selbst unterhalten. Ich habe ja schließlich *so viel* zu packen. Ich werde sicher einen Karren für alle meine Koffer brauchen.«

»Du wirst mit leichtem Gepäck reisen, so wie immer. Ich werde nicht zulassen, daß dich in den Bergen ein Schneesturm erwischt, nur weil du so starrköpfig bist. Ich werde dir deine Sachen nachschicken, sobald ...«

»Sagen wir: zwei Karren«, stieß sie hervor, als sie zur Tür ging.

»Alex!«

Sie ließ die Tür leise hinter sich ins Schloß gleiten. Viel lieber hätte sie sie mit einem lauten Knall zugeschmettert, mit Gegenständen um sich geworfen, geschrien, aber es hatte keinen Sinn, da sie die Schlacht schon verloren hatte, zumindest die mit ihrem Vater. Sie war immer noch tief verletzt, kam sich betrogen vor und fragte sich, ob sie ihm das jemals vergeben würde. Als sie heute morgen aufgewacht war, hatte alles wie immer ausgesehen. Jetzt war ihre Welt aus den Fugen geraten, und es würde nicht leicht sein, sie wieder in Ordnung zu bringen.

Aber sie würde es schaffen. Es war ein Schock für sie gewesen, als sie gehört hatte, daß die Hochzeit immer noch stattfinden sollte, wo sie doch geglaubt hatte, alles nach ihren Vorstellungen geregelt zu haben. Aber was den Kardinier betraf, so gab sie sich noch nicht geschlagen. Sie konnte sich immer noch nicht beruhigen, und der Zorn in ihr galt inzwischen nicht mehr nur ihrem Vater. Dieser Lackaffe mit seinem hübschen Gesicht brachte sie zur Raserei. Wie konnte er es wagen, sie immer noch zu wollen, nach allem, was sie zu ihm gesagt hatte? Und wie konnte er es wagen, seine Ankunft derart zu verschleppen, daß sie jetzt überstürzt abreisen mußte?

Ihre Hände waren zu Fäusten geballt, als sie die Treppe hinaufging, und sie waren immer noch geballt, als sie an die Tür des Gästezimmers hämmerte, in dem der Graf untergebracht sein mußte. Geistesabwesend nahm sie wahr, daß sich drei der Mägde am Ende des Korridors herumdrückten, aber sie schenkte ihnen keine Beachtung. Sie ahnte ja nicht, daß Frauen von ihrem Verlobten angezogen wurden wie Motten vom Licht. Da sie selbst ihm am liebsten aus dem Weg gehen würde, war es nicht verwunderlich, daß ihr die Verbindung nicht auffiel.

Sie hatte sich jedoch das richtige Zimmer ausgesucht. Plötzlich stand Wassili Petroff vor ihr: halb entkleidet, ohne Rock und Stiefel. Das offene weiße Hemd hing ihm aus der Hose heraus und gab den Blick auf Brust und Bauch frei. Ihre Augen weiteten sich und blieben an seiner Brust hängen, die nur von wenigen, sehr hellen Haaren bedeckt war, so daß diese kaum zu sehen waren. Er war wirklich von Kopf bis Fuß golden wie ein Löwe. Und wie ein Löwe war auch er ein Raubtier und sehr, sehr gefährlich. Das wurde ihr instinktiv klar.

»Oh, genau die Person, die ich sehen wollte.«

Seine Stimme klang herablassend und verächtlich. Es war leicht zu erraten, warum. Sie trug immer noch ihre Arbeitskleidung, Rock und Mütze hatte sie abgelegt. Sie hatte sich nicht einmal die Mühe gemacht, ihr Haar zu richten, nachdem sie von ihrem Ausritt zurückgekehrt war. Die ordentliche Frisur, mit der sie diesen Tag begonnen hatte, sah jetzt recht zerzaust aus. Über die Schultern fielen ihr einige widerspenstige, seidenweiche Strähnen, die unter der Mütze versteckt gewesen waren. Die Menschen um sie herum waren es gewöhnt, sie so zu sehen, denn sie kümmerte sich herzlich wenig um ihr Aussehen. Gästen war dieser Anblick allerdings weniger vertraut.

Als sie den Kopf hob und ihm ins Gesicht sah, bemerkte sie verwirrt, daß er lächelte. Und was für ein Lächeln. In ihrem Bauch schienen Schmetterlinge zu flattern. Es war ein so merkwürdiges Gefühl, daß sie am liebsten gekichert hätte. Alexandra war entsetzt. Sie kicherte *nie*. Sie war auch nie um Worte verlegen, aber zum zweiten Mal an diesem Tag wußte sie nicht, was sie sagen sollte.

Sie hatte fast vergessen, wie unglaublich gut er aussah. Er war so schön, daß sie Schwierigkeiten hatte, ihn anzusehen, ohne daß ihr verwirrende Gedanken durch den Kopf schwirrten. Du lieber Himmel, würde sie sich jedesmal, wenn sie diesen Mann sah, geistig zusammennehmen müssen?

Als er sie mit einem Ruck ins Zimmer zog und die Tür hinter ihnen schloß, kam sie schnell wieder zur Besinnung. Jetzt ließ *sie* ihn ihre Verachtung spüren. Sie sah ihn an und sagte: »Wollt Ihr mich hier etwa verführen?«

Er musterte sie von Kopf bis Fuß. Dennoch brachte es sie aus der Fassung, daß er ihre Frage einfach ignorierte und mit unverhohlener Überraschung sagte: »Großer Gott, Ihr seht aus, als würdet Ihr gerade aus dem Bett kommen.«

Nach seiner Herablassung nun auch noch diese Worte zu hören, war mehr, als sie sich gefallen lassen konnte. Ihr ganzer Zorn auf ihn war plötzlich wieder da. »Ich werde von Glück reden können, wenn ich mein Bett heute nacht überhaupt sehe. Dank Eurer Rücksichtslosigkeit werde ich die ganze Nacht packen müssen.«

Er hörte auf, sie anzusehen, als ob er sie am liebsten im Bett sehen würde – vorzugsweise in seinem –, und sagte mit einem gleichgültigen Schulterzucken: »Um Eure Frage zu beantworten: Ich will Euch sagen, daß ich auf Eurer Seite bin. Ich will auch nicht heiraten. Sagt Eurem Vater einfach, daß Ihr mich nicht haben wollt, dann kann ich morgen früh ohne Euch abreisen und Ihr könnt heute nacht ruhig schlafen und braucht nicht zu packen.«

»Ihr erwartet, daß *ich* diese Verlobung breche?«

»Aber gewiß doch«, sagte er herablassend. »Frauen sind doch für ihre Launenhaftigkeit bekannt.«

»Das müßte ich schließlich wissen. Aber in diesem Fall geht es um Ehre und um einen Schwur, und das bedeutet mir zufällig etwas, obwohl es mir lieber wäre, wenn es nicht so wäre. Also müßt Ihr derjenige sein, der einer Laune nachgibt und diese Verlobung bricht. Ich würde es begrüßen, wenn Ihr Euch dazu entschließen könntet, bevor ich meine Zeit mit einer Reise nach Kardinien verschwende.«

»Das ist unmöglich«, rief er aufgebracht aus. »Sagt Eurem Vater einfach, daß Ihr mich nicht haben wollt. Das kann doch wohl nicht so schwierig für Euch sein?«

»Dummkopf, das habe ich ihm schon gesagt. Es hat nichts genützt. Aber ich habe ihm mein Wort gegeben, daß ich Euch heiraten werde – es sei denn, Ihr macht dieser Verlobung ein Ende.« Sie seufzte. Es würde nichts ändern, wenn sie ihn anschrie. Sie zwang sich, leiser zu sprechen. »Solange wir ehrlich zueinander sind, Graf Petroff, und uns darüber einig sind, daß keiner den anderen heiraten will – warum gebraucht Ihr nicht die naheliegendste Entschuldigung und sagt meinem Vater einfach, daß ich als Frau für Euch nicht geeignet bin?«

»Eine ausgezeichnete Idee. Das wäre jedoch eine Lüge. Als Baronesse seid Ihr leider sehr gut geeignet. Die Tatsache, daß ich Euch nicht heiraten will oder daß ich eigentlich überhaupt nicht heiraten will, ist kein ausreichender Grund, um mich dem Wunsch meines Vaters zu widersetzen. Das sagt zumindest meine Mutter.«

Sie schaute ihn voller Entrüstung an. »Ihr laßt Euer Leben von Eurer Mutter diktieren?«

Es war ihr gelungen, ihn aus der Fassung zu bringen. Er bekam einen roten Kopf und zischte: »Ihr laßt Euren Vater das Eure diktieren!«

»Mein Vater ist eine der beiden Vertragsparteien, die diese lächerliche Verlobung arrangiert haben. Ich könnte ihm nie wieder unter die Augen treten, wenn ich sein Wort brechen würde. Aber Euer Vater ist bereits tot.«

»Ein Grund mehr, warum ich nicht aus dieser verdammten Falle herauskomme. Mit meinem Vater kann man nicht mehr über diese Angelegenheit sprechen, mit dem Euren jedoch sehr wohl. Jetzt ändert endlich Eure Meinung. Oder muß ich Euch sagen, was Euch erwartet, wenn wir verheiratet sind? Ich verspreche Euch, daß Ihr nie etwas anderes sein werdet als ein Klotz an meinem Bein, den ich geflissentlich ignorieren werde. Um meiner Mutter willen werde ich einen Sohn von Euch bekommen, und dann steht es Euch frei, Euren eigenen Vergnügungen nachzugehen, so wie ich den meinen nachgehen werde. Mein Leben wird sich keinen Deut ändern, Eures aber ganz gewiß. Wie findet Ihr das?«

Alexandra mußte sich zusammenreißen, um ein Lächeln zustande zu bringen. »Gewiß, solange Ihr nichts gegen peinliche Szenen in der Öffentlichkeit habt.«

»Wie bitte?«

»Ich warne Euch. Wenn Ihr mich zwingt, Euch zu heiraten, werdet Ihr mir gehören. Und ich teile nicht, was mir gehört. Und ich verspreche Euch, daß Ihr nicht in der Lage sein werdet, mich zu ignorieren.« Und dann schleuderte sie ihm seine eigenen Worte entgegen: »Wie findet Ihr das?«

Er ging einen Schritt auf sie zu, um sie einzuschüchtern, aber sie wich keinen Fingerbreit zurück. »Ich mag keine Drohungen.«

»Wer droht denn hier? Ihr habt mir erzählt, wie es sein wird, und ich habe Euch erzählt, wie ich reagieren werde. Ich würde heute nacht noch einmal darüber nachdenken, Petroff. Es wird wahrscheinlich Eure letzte friedliche Nacht sein.«

10

Alexandra gelang es, die Tür von Wassilis Zimmer leise zu schließen, so leise wie zuvor die Tür zum Arbeitszimmer ihres Vaters, aber die Tür zu ihrem Zimmer, das am Ende des Korridors lag, flog mit einem lauten Knall zu. Sie war so wütend, daß sie am liebsten geschrien hätte. Wie konnte es dieser Mann wagen, ihr mit einer Ehe ohne Liebe zu drohen, mit Geliebten – sie hatte sehr gut verstanden, was er mit *Vergnügungen* meinte – und mit Babys? Babys! Er brachte sie in Versuchung und wußte es nicht einmal, dieser Schuft, dieser gemeine Hund. Mußte er ausgerechnet das erwähnen, was sie *wirklich* wollte? Aber nicht von ihm. Von jedem – nur nicht von ihm.

In ihrem Zimmer wurde sie schon erwartet. Ihr lautes Eintreten erschreckte sowohl Nina, die am Bett über einen Koffer gebeugt stand, als auch Bojik, der ein kurzes Knurren von sich gab, bevor er erkannte, wer gekommen war, und Alexandra mit einer ruppigen Entschuldigung ansprang.

Sie hatte ihn am Nachmittag wie gewohnt in ihrem Zimmer eingesperrt, da sie Gäste im Hause hatten und er mit Menschen, die er nicht kannte, nicht gut auskam. Das hätte sie nicht tun sollen.

Sie hätte ihn frei herumlaufen lassen sollen, damit er Gelegenheit hatte, das zu tun, was er mit arglosen Fremden am liebsten tat. Wenn diesem Lackaffen ein Stück aus seinem Hinterteil gefehlt hätte, wäre das Gespräch, das sie gerade hinter sich hatte, mehr nach ihren Vorstellungen verlaufen.

Dieser Gedanke beruhigte sie etwas. Sie hatte nicht gewußt, daß sie rachsüchtig sein konnte, zumindest in ihren Gedanken. Wie schade, daß sie ein Tier niemals als Waffe gegen einen anderen Menschen einsetzen würde – es sei denn, zu ihrer Verteidigung –, denn es war ein sehr befriedigender Gedanke, sich einen vor Schmerz laut schreienden Kardinier vorzustellen.

Nachdem sie dem großen Wolfshund versichert hatte, daß sie über seine anfängliche Begrüßung nicht erzürnt war, blickte sie zu Nina, der Reisetasche und den vielen Kleidungsstücken hinüber, die auf dem Bett verstreut lagen. »Du weißt es also schon?«

»Jeder weiß es«, sagte Nina sachlich. »Wir wissen aber nicht, was du tun wirst. Daher habe ich angefangen zu packen, falls du dich dazu entschließen solltest, diesen Mann zu heiraten. Ich kann das alles hier aber auch ganz schnell wieder wegräumen.«

Nina gab durch nichts zu verstehen, welche Antwort sie gerne hören wollte, obwohl sie ihre eigene Meinung dazu besaß und bereits entschieden hatte, welche Antwort Alexandra geben sollte. Treu, wie sie war, würde sie alles respektieren, wozu Alexandra sich entschloß, obwohl es wahrscheinlich einige Diskussionen geben würde, falls Nina dachte, daß Alexandra die falsche Entscheidung getroffen hatte. Alexandra liebte sie dafür.

Gesellschaftlich waren sie einander nicht ebenbürtig, und im Aussehen unterschieden sie sich völlig voneinander. Ninas schwarze Haare ringelten sich in unzähligen Locken. Sie hatte riesige hellblaue Augen, die ihr das Aussehen einer Eule verliehen, was zuweilen recht beunruhigend sein konnte, wenn sie ernster Stimmung war. Ansonsten war sie ein süßes kleines Pummelchen mit Grübchen in den Wangen und einem recht derben Humor. Sie und Alexandra waren die besten Freundinnen.

Alexandra setzte sich auf den Bettrand und ließ ihre Finger über ein malvenfarbenes Ballkleid gleiten. Sie hatte dieses Kleid nur ein einziges Mal getragen. In jener Nacht hatte sie ihren ersten Kuß bekommen, von Christopher, und dieser Kuß war so schön gewesen, wie sie es sich immer erträumt hatte.

Sie hielt den Rock des alten Kleides hoch und fragte Nina: »Warum hast du das denn eingepackt?«

»Du brauchst ein Kleid, das du bei deiner Hochzeit tragen kannst«, sagte das Mädchen pragmatisch.

Alexandra betete, daß es nicht so weit kommen würde. Falls doch, würde sie darauf bestehen, daß ein prachtvolles Hochzeitskleid für sie angefertigt wurde, damit sie mehr Zeit gewann. Vielleicht etwas in Schwarz.

»Bring die Reisetasche wieder weg«, sagte sie entschlossen. »Ich will Reisekoffer, jede Menge davon. Laß alle vom Dachboden herunterbringen, und dann leihst oder stiehlst du alle, die in der Stadt zu finden sind. Ich brauche so viele Koffer, daß ich damit mindestens zwei Karren vollkriege.«

Nina konnte sich nicht länger beherrschen. Ihr Grinsen sagte alles. »Du wirst also wirklich den Cousin eines Königs heiraten?«

Alexandra ignorierte die Tatsache, daß ihre Freundin sich darüber freute. »Nein. Ich habe mein Wort gegeben, daß ich es tun werde, aber das heißt nicht, daß die Hochzeit auch stattfinden wird – nicht, wenn ich es verhindern kann. Mein Verlobter ist der Meinung, daß er diese Verlobung nicht brechen kann – ich weiß, daß ich es auch nicht tun kann –, und es bringt mich auch nicht weiter, wenn ich mit ihm darüber streite. Also werde ich ihm einfach demonstrieren, was für eine fürchterliche Ehefrau ich ihm sein werde.«

»Aber du würdest eine ausgezeichnete Ehefrau für ihn abgeben«, widersprach ihr die treue Nina.

»Nicht für ihn. Aber selbst wenn es so wäre, wird er es nie erfahren, und er wird erst recht keinen Schimmer davon haben, wenn ich mit ihm fertig bin.«

Nina setzte sich neben sie und fragte zögernd: »Warum heiratest du ihn nicht einfach?«

»Damit würde ich Christopher betrügen.«

»Christopher geschieht es ganz recht, wenn er betrogen wird«, murmelte Nina.

Alexandra seufzte. Sie würde nicht schon wieder mit ihrer Freundin über die große Liebe ihres Lebens streiten. Keiner der Razins sagte mehr etwas Gutes über Christopher – Nina schon gar nicht –, und sie war es leid, ihn zu verteidigen, da sie nichts vorweisen konnte, um ihre Treue zu rechtfertigen.

»Selbst wenn ich nicht in einen anderen verliebt wäre, würde ich diesen arroganten Kardinier nicht heiraten. Und bevor du jetzt ernsthaft darüber zu streiten beginnst, solltest du wissen, daß er mich auch nicht heiraten will.«

Nina konnte es nicht glauben. Sie war völlig entrüstet. »Das hat er gesagt?«

»Ja. Aber er hat immer noch vor, sich selbst *und* mich zu opfern, obwohl sein Vater gar nicht mehr am Leben ist und gar nicht entehrt werden kann, wenn er diese Verlobung bricht. Willst du hören, was er für die Zeit nach unserer Hochzeit geplant hat? Er will ein Kind von mir, und dann hat er vor, mich zu ignorieren. Er hat mir ins Gesicht gesagt, daß er mehrere Geliebte hat und diese auch behalten wird. Er wird natürlich großzügig sein und mir auch einige Liebhaber gestatten.«

»*Das* hat er gesagt?«

»Genau das.«

Nina wurde wütend. »Du wirst diesen Mann nicht heiraten. Das werde ich nicht zulassen. Und dein Papa auch nicht, wenn du ihm das erzählst.«

Alexandra schnaubte nur verächtlich. »Das glaubst *du.* Ich habe ihm erzählt, daß dieser Kerl mit mir geflirtet hat, bevor er wußte, wer ich bin, und er war *erfreut.* Dieser Petroff entpuppt sich als wahrer Lüstling, und mein Vater sagt dazu lediglich, daß er sich zu mir *hingezogen* fühlt. Papa wird es nicht glauben. Er weiß, daß ich diese Heirat nicht will. Er wird denken, daß ich es erfunden habe, und es wird ihm wahrscheinlich zu peinlich sein,

Petroff danach zu fragen. Selbst wenn Papa es erwähnen sollte, wette ich jede Summe darauf, daß sich dieser arrogante Schnösel wie ein Feigling verhalten und alles ableugnen wird. Schließlich haben sich die beiden ja heute lange miteinander unterhalten und scheinen sich sehr gut zu verstehen. Da dieser Kerl seine wahren Gefühle nicht preisgegeben hat, als er Gelegenheit dazu hatte, wird er es jetzt auch nicht tun. Nur *ich* hatte die Ehre, informiert zu werden.«

Nina starrte einen Moment auf den Boden, bevor sie erwiderte: »Das klingt, als ob das eine … aristokratische Heirat wäre.«

Alexandra ließ sich lachend auf das Bett zurückfallen. Nina sah sie strafend an.

»Das ist nicht komisch«, sagte das jüngere Mädchen.

»Ich weiß.« Aber Alexandra grinste immer noch. »Ich war doch nicht blind auf all diesen Bällen und Festen, die ich besucht habe, besonders in St. Petersburg. Mehr als die Hälfte aller verheirateten Männer und Frauen, die ich dort kennengelernt habe, hatten eine Affäre. Und stell dir vor, die Frauen reden auch noch darüber. Sie klatschen über jemand anderen oder prahlen mit ihren eigenen Eroberungen. Ich könnte mir vorstellen, daß das, worüber der Kardinier gesprochen hat, in seinen Kreisen üblich ist. Wahrscheinlich dachte er, ich wüßte das nicht. Er hat nämlich versucht, mich so zu schockieren, daß ich die Verlobung auflöse, indem er mir diese Art von Ehe androhte.«

»Aber du willst eine solche Ehe doch gar nicht. Du bist viel zu besitzergreifend, um so etwas zu tolerieren.«

»Das bin ich nicht.«

»Ich kenne dich doch, Alex. Du würdest einem Mann, der dir nicht treu ist, die Peitsche geben.«

»Das würde ich nicht tun«, widersprach Alexandra energisch.

Ihr fiel ein, daß sie zu Wassili etwas ganz anderes gesagt hatte. Aber das war nur wegen des Effekts gewesen. Sie hatte es gewiß nicht so gemeint.

Sicherheitshalber fügte sie noch hinzu: »Es ist mir völlig egal, mit wem dieser Mann schläft, vor oder nach der … ach, es wird sowieso keine Hochzeit geben. Ich sagte dir doch schon, daß ich ihn nicht heiraten will.«

»›Nicht, wenn ich es verhindern kann‹, waren deine Worte. Wie willst du das fertigbringen?«

Alexandra legte einen Arm über ihre Augen und seufzte. »Ich weiß es nicht. Ich habe mir nur überlegt, daß ich diese Reise in die Länge ziehen könnte, wenn ich möglichst viel Gepäck mitnehme.«

»Das wird ihn vielleicht ärgern, aber ganz gewiß nicht dazu bringen, daß er die Hochzeit absagt«, sagte Nina.

»Ich weiß. Hilf mir nachdenken. Was könnte einen Mann dazu bewegen, eine Hochzeit abzusagen, mit der er sich schon einverstanden erklärt hat?«

»Abneigung«, schlug Nina vor.

»Schande«, fügte Alexandra hinzu.

»Abscheu …«

»Warte, das könnte vielleicht klappen«, sagte Alex aufgeregt und setzte sich auf.

»Gut, Abneigung könntest du nämlich in ihm nicht hervorrufen, selbst wenn du dich noch so sehr bemühst. Aber ich verstehe nicht, wie du ihn dazu bringen willst, daß er dich verabscheut.«

»Dazu habe ich ihn schon gebracht.« Alexandra grinste. »Hochnäsig, wie er ist, hat er an meiner Kleidung Anstoß genommen. Er fand mich abscheulich, das konnte ich an seinem Gesichtsausdruck sehen. Und du kannst sicher sein, daß ihm meine Direktheit auch nicht gefallen hat. Nina, das ist die Lösung.«

»Was für eine Lösung? Du bist immer noch mit ihm verlobt, es hat also nicht funktioniert.«

»Noch nicht, aber schließlich hat er bis jetzt nur mich getroffen. Mein *neues* Ich kennt er noch nicht.«

»Aha, ein bißchen Theater spielen.« Nina nickte. »Das hast du doch vor, stimmt's?«

»Nein, *sehr viel* Theater spielen«, sagte Alexandra, die langsam Gefallen an ihrer Idee fand. »Er hält mich ja schon für ein Bauerntrampel, aber ich werde das schlimmste Bauerntrampel sein, dem er jemals begegnet ist. Ich werde gewöhnlich, vulgär und ungehobelt sein. Ich werde ihn blamieren. Schon der Gedanke daran, mich seiner Familie und seinen Freunden vorzustellen, wird ihn in Angst und Schrecken versetzen. Und er wird sehr schnell zu dem Schluß kommen, daß selbst sein Vater diese Verlobung aufgelöst hätte, wenn er sehen könnte, was aus mir geworden ist.«

»Das hört sich gut an.« Nina grinste.

»Dann kommst du also mit?«

»Dachtest du etwa, du könntest mich hierlassen?«

Alexandra lachte und umarmte ihre Freundin.

»Wahrscheinlich hat er schon nach einer Woche die Nase voll und schickt mich zurück, wir werden also nicht lange weg sein. Aber ich werde trotzdem alles mitschleppen, was ich besitze.«

»Glaubst du immer noch, daß du die Verzögerung durch die Karren brauchst?«

»Ich hoffe, daß er spätestens nach einer Woche zur Besinnung kommen wird, aber ich werde nichts dem Zufall überlassen. Wenn ich mehr Zeit brauche, um ihn davon zu überzeugen, daß er mit dieser Heirat einen Riesenfehler macht, dann werde ich diese Zeit auch haben. Aber mach dir keine Gedanken wegen der Packerei. Stopf die Sachen einfach in die Koffer, sobald sie da sind. Sowie die Verlobung beendet ist, werde ich ihm eine Rechnung für alle ruinierten Kleider schicken, da ich schließlich keine Zeit hatte, um richtig zu packen.«

»Damit streust du Salz in eine offene Wunde«, prophezeite Nina.

»Darauf kannst du wetten.«

Nina verließ das Zimmer, um die Reisekoffer zusammenzusuchen, aber Alexandra waren nur ein paar Momente vergönnt, in denen sie ungestört über ihren Entschluß nachdenken konnte. Anna kam herein, und Alexandra kam sich wieder verletzt und betrogen vor, obwohl sie diese Gefühle doch ignorieren wollte.

»Dein Vater hat mir gesagt, daß du nicht zum Essen kommen wirst«, sagte Anna.

»Ich habe genug mit Packen zu tun.«

Anna konnte die Bitterkeit in ihrer Stimme nicht überhören. »Es tut mir so leid, Alex. Ich weiß, daß du momentan noch gegen diese Heirat bist, aber du mußt zugeben, daß dein Vater einen ausgesprochen gutaussehenden Mann für dich ausgesucht hat.«

Einen ausgesprochen gutaussehenden, *niederträchtigen* Mann, über den sie jetzt nicht sprechen würde. »Du hast von der Verlobung *gewußt*?« fragte Alexandra statt dessen, als ob dies angesichts von Annas Verbindung zum Baron nicht selbstverständlich gewesen wäre.

Anna zuckte zusammen. »Ja, und dein Vater hat alle meine Einwände angehört, die ich dazu vorgebracht habe. Es waren eine ganze Menge. Aber er wollte einfach nicht auf mich hören.«

»Du hättest mich warnen können, Anna.«

»Liebes, ich bin deine Freundin, aber du weißt, daß meine Loyalität deinem Vater gehört.«

Alexandra wußte es. Sie hatte nie etwas gegen Annas Beziehung zu ihrem Vater gehabt. Sie hoffte sogar, daß Anna eines Tages nachgeben und ihn heiraten würde. Alexandra wußte, daß dies auch der Wunsch ihres Vaters war. Und sie hätte wissen müssen, daß Anna niemals etwas derart Archaisches wie eine arrangierte Verlobung gutheißen und immer auf ihrer Seite stehen würde.

»Ich glaube, dein Vater hatte Angst, daß du weglaufen würdest, wenn du es vorher gewußt hättest«, fuhr Anna fort.

Wenn Alexandra es gewußt hätte und nicht weggelaufen wäre, würde sie jetzt wünschen, sie hätte es getan, anstatt zu wünschen, sie hätte diese Wahl gehabt. Aber sie hatte sich wieder beruhigt und lächelte Anna sogar an. Anna war bestimmt nicht schuld daran, daß alles so gekommen war.

»Mach dir keine Sorgen. Ich weiß, was ich tun muß«, sagte Alexandra wahrheitsgemäß, da sie damit nicht die Heirat meinte. »Kümmere dich bitte um Papa.«

»Das werde ich tun. Und das weißt du auch.«

»Du könntest ihn auch schon ein wenig auf meine Rückkehr vorbereiten.«

Anna war zunächst bestürzt über diese Bemerkung, aber dann mußte sie lachen. »Warum habe ich das Gefühl, daß du damit nicht deinen Besuch meinst?«

Alexandra spürte plötzlich wieder die ganze Bitterkeit, die sie empfand, und mit wehem Herzen schwor sie: »Wenn sich herausstellen sollte, daß ich nur zu Besuch kommen werde, verzeihe ich Papa nie.«

»O Alex.« Anna seufzte. »Er will doch nur dein Bestes.«

»Dann ist es doch um so schlimmer, daß wir uns nicht darüber einig werden konnten, was mein Bestes ist.«

Anna schüttelte traurig den Kopf. »Wie wäre es, wenn du zum Abendessen ...«

»Ich werde nicht kommen.«

Aber Alexandra kam doch. Besser gesagt, sie entschloß sich zu einem kurzen Auftritt, als ihr einfiel, daß etwas schlechtes Benehmen und ein oder zwei Geschmacklosigkeiten in Gegenwart des Kardiniers und ihres Vaters Wassili vielleicht dazu veranlassen würden, sich gegen die Heirat zur Wehr zu setzen. Sie würde natürlich nichts gar zu Haarsträubendes tun, nichts, was sie nicht schon vorher einmal getan hatte, damit ihr Vater nicht sagen konnte, ein solches Benehmen von ihr sei völlig ungewöhnlich, obwohl es das natürlich war. Und es würde ihrem Vater Gelegenheit geben zu sehen, wie sehr Wassili sie verabscheute und daß ihre Anziehungskraft, die Konstantin bei ihrer ersten Begegnung mit Wassili zu erkennen geglaubt hatte, gegen einen solchen Abscheu und solche Verachtung gewiß nicht ankommen würde.

Der Zeitpunkt ihres Auftritts hätte nicht besser gewählt sein können. Bei dem üppigen Abendessen, das Konstantin angeordnet hatte, um den Kardinier zu beeindrucken, war gerade der Hauptgang serviert worden. Anna hatte ihr bestes Kleid angezogen, und auch Konstantin sah sehr vornehm aus in seiner prächtigen Kleidung. Und Graf Petroff erst! Sie durfte ihn nicht mehr ansehen. Ein kurzer Blick auf seinen herrlichen Körper, auf sein schönes Gesicht, und sie vergaß beinahe, weshalb sie hier war.

Er war natürlich auf das äußerste herausgeputzt. Von diesem arroganten Lackaffen hatte sie auch gar nichts anderes erwartet. Sein Freund mit den freundlichen blauen Augen ebenfalls. Er war zufällig der erste, der sie in der Tür stehen sah. Er wirkte nicht sehr schockiert, sondern nur überrascht, daß sie sich zum Essen nicht umgezogen hatte und immer noch ihre Arbeitskleidung trug. Ihr Haar war sogar noch unordentlicher als vorhin, da sie mit voller Absicht noch einige Strähnen daraus gelöst hatte. Aber sie war nicht hier, um sich an den Tisch zu setzen.

»Achtet gar nicht auf mich. Ich hole mir nur schnell einen kleinen Happen, da ich ja heute abend keine Zeit zum Essen habe.«

Sie hoffte, daß sich zumindest *einer* der Anwesenden über ihre Bemerkung entrüstete, blickte sich aber nicht um, um es herauszufinden. Alexandra schlenderte zum Tisch und schnappte sich ein bereits gebuttertes Stück Brot vom Teller des blauäugigen Kardiniers. Die Tatsache, daß sie ihm nicht einmal vorgestellt worden war, machte alles noch viel schlimmer, aber sie hielt ihn für den einzigen, der kein Wort über ihr Benehmen sagen würde.

Sie sah ihn an und stellte fest, daß er jetzt eher schokkiert als überrascht war. Nach einem kleinen Lächeln als Dank für das Essen blickte sie zu den Anwesenden hinüber. Anna hatte eine Hand auf ihren Mund gepreßt. Sie konnte ja schließlich nicht einfach loslachen und versuchte jetzt sicher, ihr Gelächter zu unterdrücken. Konstantins Gesicht war gerötet – ganz gewiß nicht nur aus Verlegenheit. Alexandra und ihr Vater wären wahrscheinlich in einen höllischen Streit über ihre ungezogenen Manieren geraten – wenn sie hier gewesen wäre. Aber sie würde nicht mehr hier sein, um mit ihm streiten zu können ...

»Alexandra ...« stieß Konstantin mit erstickter Stimme hervor.

Sie warf ihm einen unschuldigen, fragenden Blick zu, der ihn ahnen ließ, daß sie auf einen Wutausbruch von ihm wartete und bereit war, ihm die Stirn zu bieten. Als ihm dies klar wurde, schluckte er seinen Zorn hinunter und hoffte, daß sie ihn nicht noch mehr in Verlegenheit bringen würde.

Das hätte sie jedoch getan, wenn ihr schöner Plan nicht plötzlich nach hinten losgegangen wäre. Graf Petroff hatte die einmalige Gelegenheit, die sie ihm bot, nicht ergriffen, sondern war vom Tisch aufgestanden und stand nun hinter ihr.

»Ich freue mich, daß Ihr uns doch noch Gesellschaft leistet, Baronesse, auch wenn wir nur kurz das Vergnügen haben. Ich habe dadurch Gelegenheit, ein Versäumnis zu korrigieren. Würdet Ihr mir bitte Eure Hand reichen?«

Sie drehte sich mißtrauisch zu ihm um. Ihm ihre Hand reichen? Wenn er vorhatte, ihr für diesen kleinen Diebstahl auf die Hand zu klopfen wie einem unartigen

Kind, würde sie ihm das doppelt und dreifach zurückzahlen. Aber als sie ihm zögernd ihre freie Hand entgegenstreckte, ignorierte er diese und griff nach der Hand, in der sie das gebutterte Brot hielt. Mit zwei spitzen Fingern und undurchdringlichem Gesichtsausdruck, hinter dem er sicher seinen Abscheu verbarg, nahm er ihr das Brot aus der Hand und legte es beiseite. Dann, bevor sie ihre Hand zurückziehen konnte, streifte er ihr einen Ring über den Finger.

Er war etwas zu eng und wäre wahrscheinlich gar nicht über ihren Finger gegangen, wenn nicht alle ihre Finger völlig mit Butter beschmiert gewesen wären. Sie starrte einen Moment lang auf den Ring und war ganz verwirrt darüber, daß sie ihn so wunderschön fand. Es war ein riesiger Diamant, umgeben von einer Reihe funkelnder Saphire, Smaragde und Rubine.

»Da ich jetzt meine Pflicht erfüllt habe, könnt Ihr wieder gehen und Euch dem Packen widmen«, sagte Wassili. »Ich gebe zu, daß es eine Zumutung ist, für die ich Euch um Entschuldigung bitte, aber wir müssen morgen früh unbedingt abreisen. Ich hoffe jedoch, Ihr werdet heute nacht zumindest *ein wenig* Schlaf abbekommen. Ihr solltet Euch also beeilen.«

Seine Entschuldigung klang – zumindest in ihren Ohren – so falsch wie sein Wunsch, sie möge ein wenig Schlaf erhaschen. Für die anderen hörte es sich wahrscheinlich aufrichtig an. Sie war jetzt noch viel wütender auf diesen Mann – wegen seiner Falschheit und seiner Schauspielerei in Gegenwart ihres Vaters, wo sie doch seine wahren Gefühle kannte. Daß sie selbst hierhergekommen war, um den Anwesenden etwas vorzuspielen, war egal. Sie hatte offensichtlich ihre Zeit verschwendet.

Da sie hungrig war, griff sie wieder nach dem Stück Brot. Dann ging sie zur Tür.

11

Wassili war schon bei Anbruch der Dämmerung wach. Der Grund lag nicht darin, daß er vorhatte, zu einer derart unwirtlichen Stunde abzureisen. Er hatte vielmehr eine rastlose Nacht mit wenig Schlaf hinter sich, aus dem er häufig hochgeschreckt war. Als die Sonne am Horizont aufging, war er hellwach. Er konnte sich nicht erinnern, jemals eine derart höllische Nacht erlebt zu haben.

Zum Teil war Alexandras Bemerkung schuld, er solle über das nachdenken, was sie ihm gesagt hatte, und ihre Worte *Es wird wahrscheinlich Eure letzte friedliche Nacht sein*. Was zum Teufel hatte sie damit nur gemeint? Ihre Worte hatten ihn um den Schlaf bringen sollen, aber sie hatte ihm noch weitaus schlimmere Nächte versprochen.

Der andere Grund für seine Schlaflosigkeit war merkwürdigerweise Alexandra selbst. Wassili hatte selten eine Frau getroffen, die mit derart zerzausten Haaren herumlief, es sei denn, sie kam gerade aus seinem Bett. Dazu diese verdammte rote Schärpe, die sich so eng um ihre Taille wand und enthüllte, was für eine wohlproportionierte Figur sie hatte. Und erst dieses weiße Leinen, das sich über ihre großen, schweren Brüste spannte.

Ihr Anblick hatte ihn erregt. Und trotz der hitzigen Worte, die sie in seinem Zimmer gewechselt hatten, und des unangenehmen Themas war er immer noch erregt gewesen, als sie wieder gegangen war. Und dann wieder, als sie kurz beim Essen erschienen war und genauso zerzaust ausgesehen hatte.

Er hätte etwas dagegen unternehmen, sich vielleicht eine der kichernden Mägde holen sollen, die ihn gestern umschwirrt und ständig gefragt hatten, ob er einen Wunsch habe. Die Mädchen hätten ihm jede gewünschte Gefälligkeit erwiesen, das hatten sie ihm deutlich zu verstehen gegeben. Aber um Konstantin Rubliows willen wollte er sich von seiner besten Seite zeigen, und deshalb verbot es sich von selbst, daß er mit einer der Dienerinnen ins Bett ging, während seine Verlobte ein paar Türen weiter schlief.

Zum Glück würde sie der Baron auf der Rückreise nicht begleiten. Er – Wassili – konnte also sein korrektes Benehmen abstreifen, sobald er und seine Männer sich von Rubliow verabschiedet hatten. Er mußte an das Mädchen denken – ihren Namen hatte er schon vergessen –, das neulich nachts in der Poststation sein Bett geteilt hatte. Sie würden in der kommenden Nacht wieder dort Station machen, und ganz gewiß würde ihn die Kleine wieder mit ihren Reizen beglücken. Und dieses Mal würde er dafür sorgen, daß Alexandra es mitbekam. Je eher sie Anstoß an seinem Benehmen nahm und verlangte, er solle sie zu ihrem Vater zurückbringen, desto eher konnte er sich von dem Gefühl befreien, in der Falle zu sitzen.

Da Wassili sowieso nicht mehr schlafen konnte und hellwach war, beschloß er, daß sie genausogut zu dieser frühen Stunde aufbrechen konnten, und verließ sein Zimmer, um die Männer, die ihn begleiteten, zu wecken. Er hoffte, daß Alexandra die ganze Nacht mit Packen verbracht hatte, so wie sie es vorhergesagt hatte. Wenn man eine Dame dazu zwang, früher als geplant aufzustehen, hatte dies in der Regel zur Folge, daß die Dame schlechte Laune bekam. Er war selbst so schlecht gelaunt, daß er der Meinung war, ihr sollte es nicht anders gehen.

Die Hoffnung, seiner Verlobten weitere Unannehmlichkeiten bereiten zu können, erwies sich jedoch als trügerisch. Als er feststellte, daß zu dieser frühen Stunde schon alle auf den Beinen waren, schickte er eine der Mägde los, um Alexandra zu wecken. Daraufhin sagte man ihm, daß ›Alex‹ schon draußen sei, wahrscheinlich in ihrem Stall. Er war so überrascht, daß eine Dienerin die Dame des Hauses bei ihrem Vornamen nannte, daß er kaum mitbekam, als die Magd auch noch ›in ihrem Stall‹ sagte.

Seine Laune verschlechterte sich weiter, weil Alexandra bereits einen Vorsprung vor ihm hatte, und er schleppte den heftig protestierenden Lazar nach unten, um mit dem Baron zu frühstücken. Dort mußte er feststellen, daß seine Verlobte auch dieses Mal nicht mit ihnen essen würde. Wassili ließ sich daraufhin merkwürdigerweise sehr viel Zeit. Er trödelte eine Stunde lang vor sich hin, bis Lazar sich wiederholt räusperte und die Augen in Richtung der Tür verdrehte, was Wassili geflissentlich ignorierte.

Als er schließlich doch das Eßzimmer verließ, wurde er sofort von den Mägden umringt, die ihm schon gestern so lästig gewesen waren. Eine trug seinen Hut, die zweite seinen Rock und die dritte seine Handschuhe. Sein Diener Boris, den Wassili für sich und Lazar mitgenommen hatte, stand hinter den Frauen und zuckte nur mit den Schultern, als ob er sagen wollte, daß er ihren vereinten Bemühungen nichts hatte entgegensetzen können.

Glücklicherweise war dies für Wassili eine so alltägliche Situation, daß es ihn nicht weiter störte. Er nahm seine Sachen aus den Händen der Mägde entgegen und ließ sich beim Anziehen helfen, wobei er die Hände ignorierte, die über seinen Körper glitten. Aber genau in diesem Moment kam Alexandra durch die Vordertür herein, da sie herausfinden wollte, wodurch die Kardinier aufgehalten wurden. Die drei Frauen, die Wassili umringten, berührten ihn in einer Weise, als ob frühere Vertraulichkeiten ihnen dieses Recht verliehen.

Zu genau diesem Schluß kam auch Alexandra. Dies war auch der Grund, weshalb sie mit unverhohlenem Sarkasmus sagte: »Ich hätte schwören können, daß mir jemand gesagt hat, Ihr hättet es sehr eilig, nach Kardinien zurückzukehren, Petroff. Natürlich hätte ich wissen müssen, daß ein Mann mit Euren Neigungen seinen Hintern erst gegen Mittag aus dem Bett hieven würde.«

Bevor er etwas entgegnen konnte, war sie schon wieder zur Tür hinaus. Die drei Mägde waren beim ersten Ton ihrer Stimme auseinandergelaufen. Lazar hatte eine Hand auf seinen Mund gepreßt und gab undefinierbare Geräusche von sich. Der Baron jedoch stand verlegen in der Tür zum Eßzimmer und hatte den gleichen peinlich berührten Ausdruck im Gesicht wie gestern abend, als er sich für das Benehmen seiner Tochter entschuldigt hatte.

»Sie ... äh ... sie ...«

Wassili hatte Mitleid mit dem Mann. Mit einer solchen Tochter hatte er das einfach verdient. »Mein Herr, Ihr braucht mir nichts zu erklären. Wie Ihr schon sagtet, sie benötigt ... besondere Behandlung.«

Jetzt freute er sich sogar darauf. Sie wollte ihn wohl lächerlich machen? Das kleine Biest würde sich in Tränen auflösen, bevor der Tag zu Ende war. Verachtung war schließlich eine Kunst und konnte in den richtigen Händen zu einer Waffe werden. Er hatte diese Kunst bis zur Vollendung perfektioniert und konnte sie beliebig für seine Zwecke einsetzen.

Alexandra stieg in den Sattel ihres weißen Hengstes, als Wassili und seine Männer den Stallhof oder, besser gesagt, einen der Stallhöfe erreichten. Wassili hatte den gestern vorgeschlagenen Rundgang über das Gut abgelehnt und daher nicht gewußt, daß die Rubliows nicht nur einen, sondern fünf große Ställe unterhielten, die sich vom Haus bis zu dem nahegelegenen Dorf erstreckten.

Er war immer noch nicht am Gut der Rubliows interessiert. Momentan interessierte ihn nur die Ursache seiner schlechten Laune. Sie trug wieder ein Hemd und eine ihrer unkonventionellen Reithosen – diesmal jedoch eine saubere –, heute mit einer blauen Schärpe und einem feineren Rock, der mit schwarzem Pelz besetzt war und zu der Pelzmütze paßte, unter der sie ihr Haar verborgen hatte.

Innerlich kochte er immer noch wegen ihres jüngsten Affronts, und zugleich ärgerte er sich noch aus einem anderen, unerklärlichen Grund schon wieder über sie. War es ihre Kleidung? Er hatte sich tatsächlich darauf gefreut, sie in einem Kleid zu sehen. Selbst wenn sie Reitkleidung getragen hätte, wäre es doch ein Reitkostüm für Frauen gewesen. Er hatte erwartet, daß sie wie eine Frau gekleidet sein würde, da man ihm gesagt hatte, die Reithosen seien ihre Arbeitskleidung. Und da sie auf der Reise nicht arbeiten würde, hätte sie die Reithose auch nicht tragen sollen. Und doch saß sie in Männerkleidung auf ihrem Pferd. Sie sah ungeduldig aus – und wunderschön im Licht des frühen Morgens.

Er sah auf ihre linke Hand und bemerkte, daß sie den Ring nicht trug. Warum überraschte ihn das nicht? Sie wartete zweifellos auf den richtigen Moment, um ihm den Ring ins Gesicht zu werfen.

Die Karren fielen ihm erst nach einer Weile auf, aber sofort wurde er mißtrauisch. Unter dem Segeltuch der Abdeckung türmten sich Gegenstände. Sie sahen extrem schwerfällig aus und waren ganz gewiß zu schwer für die vier Pferde, die vor jeden Karren gespannt waren.

Er sagte kein Wort zu seiner Verlobten, die ihn stumm beobachtete. Er lenkte sein Pferd zu den Karren hinüber und besah sich deren Ladung. Einer der Karren war mit mindestens einem Dutzend Reisekoffern vollgestopft. Der andere enthielt noch ein paar weitere Koffer, außerdem Saumzeug, Sättel und *jede Menge* Säcke mit Getreide. Glaubte sie etwa, er würde ihr nichts zu essen geben?

Alexandra lenkte ihr Pferd zu ihm hinüber und blieb hinter ihm stehen. Sie sagte immer noch nichts, sondern beobachtete ihn nur und wartete auf den Moment, in dem er begreifen würde, was sie vorhatte. Er brauchte gar nicht so lange.

Er drehte sich um, sah sie an und sagte nur ein Wort: »Nein.«

Sie versuchte nicht einmal, über sein Nein zu diskutieren, sondern zog nur die Augenbrauen hoch und sagte zu ihm: »Wir sind noch nicht verheiratet, Petroff. Ihr glaubt doch wohl nicht, daß Ihr mir Vorschriften machen könnt, *oder etwa doch?*«

Er verlor weder die Beherrschung, noch ließ er durch seinen Gesichtsausdruck erkennen, wie wütend ihn ihre Worte machten. Statt dessen zog er ebenfalls die Augenbrauen hoch – das konnte er viel besser als sie – und entgegnete ihr: »Ihr glaubt doch wohl nicht, daß ich das nicht kann, *oder etwa doch?*«

Sie sah ihn mit einem kleinen Lächeln auf den Lippen an. »Ihr versucht es zumindest. Aber in diesem Fall verschwendet Ihr nur Eure Zeit. Es handelt sich hier nicht um einen kurzen Besuch, zu dem Ihr mich mitschleift, sondern um ein neues Leben. Ich werde doch meinen Besitz nicht einfach zurücklassen. Wenn Ihr das gedacht habt, dann habt Ihr Euch getäuscht.«

»Das verlangt doch auch niemand von Euch«, erwiderte er.

»Dann gibt es nichts mehr zu sagen.«

»Ganz im Gegenteil. Ich gebe Euch fünfzehn Minuten, um das Notwendigste, das Ihr für die Reise benötigt, zusammenzupacken – dazu gehören übrigens keine Säcke mit Getreide. Und dann …«

Sie unterbrach ihn mit einer Erklärung. »Das Getreide ist von bester Qualität und für meine Babys bestimmt. Ich traue dem Futter nicht, das von den Poststationen angeboten wird.«

Da ihre Worte überhaupt keinen Sinn für ihn ergaben und ihn auf das Äußerste verwirrten, konnte er gerade noch herausbringen: »Babys?«

Sie brauchte ihm nicht zu antworten, denn in diesem Moment führte ein Stallknecht drei weiße Vollblüter aus dem Stall. Hinter ihm kam noch ein Stallknecht mit drei weiteren Pferden, dann noch einmal drei, dann ... Als Wassili aufhörte zu zählen, standen sechzehn der herrlichen Tiere auf dem Hof.

»Eure?« fragte er nur.

»Jedes einzelne davon«, erwiderte sie mit unverkennbarem Stolz in der Stimme.

Er konnte nicht widerstehen zu sagen: »Euer Vater ist wirklich außergewöhnlich großzügig.«

»Mein Vater hat mir Sultan zu meinem sechzehnten Geburtstag geschenkt.« Sie klopfte dem Tier, auf dem sie saß, liebevoll auf die Flanke, damit er wußte, wer Sultan war. »Alle meine anderen Babys habe ich selbst gekauft, eingetauscht oder gezüchtet.«

Was für eine Leistung, hätte er am liebsten gesagt. Aber er tat es nicht. Momentan sah er nur, daß sie die Pferde über die Berge bringen wollte, trotz des nahenden Winters und trotz der vielen Räuber, die hinter jeder Ecke lauerten und ihre eigenen Mütter für eines dieser Tiere verkaufen würden.

»Das ist doch lächerlich«, sagte er. »Wenn Ihr darauf besteht, können Eure ›Babys‹ und Eure restlichen Sachen nachkommen, aber wir werden uns nicht durch sie aufhalten lassen.«

Sie lächelte, was ihm sagte, daß sie so etwas Ähnliches erwartet hatte. »Ihr könnt gerne ohne mich reisen. Ich brauche Eure Begleitung ganz gewiß nicht. Allerdings, wenn ich mich unterwegs verlaufe und dann in einem ganz anderen Land statt in Kardinien lande, wird mir das sicher nichts ausmachen.«

Wassili mochte sich nicht eingestehen, daß sie an einem toten Punkt angelangt waren. Sosehr er sich auch wünschte, ohne sie zu reisen, konnte er sie doch nicht überzeugen, die Verlobung aufzulösen, wenn sie nicht zusammen reisten. Sie mußten also zusammen reisen. Aber ihre Weigerung, ihm zu gehorchen, konnte er nicht akzeptieren. Aufgrund der Verlobung hatte er bestimmte Rechte, was ihr offensichtlich noch nicht bewußt war. Bevor sie jedoch nicht aus der Gewalt ihres Vaters entlassen war, die vorrangig vor der seinen war, konnte er seinen Willen nicht beliebig durchsetzen – noch nicht. Ihr Vater …

Plötzlich lächelte er. »Euer Vater wird diesen Vorschlag nicht sehr gut finden, und das wißt Ihr auch. Daher ist es wohl am besten, wenn er Euch erklärt, welche Vorzüge es für Euch hat, meinem Vorschlag zu folgen.«

»Typisch«, sagte sie spöttisch. »Der kleine Junge bekommt nicht, was er haben will, und schon rennt er zu Papa, in diesem Fall zu meinem. Aber bitte schön, verschwendet noch ein wenig mehr von der Zeit, die Ihr angeblich nicht habt, und sichert Euch seine Hilfe – oder versucht es zumindest. Ihr werdet jedoch eines feststellen müssen: Er ist sich völlig darüber im klaren, daß ich ihm nur so weit entgegengekommen bin, wie ich dazu bereit bin. Oder hattet Ihr vielleicht fälschlicherweise den Eindruck, daß ich eine gehorsame Tochter sei?«

Er wurde so wütend, daß er sie vom Pferd zog und kräftig schüttelte. Sie schien nicht im mindesten beunruhigt zu sein. Vielleicht lag es an dem großen Wolfshund, der plötzlich zwischen ihnen stand. Der Hengst, auf dem sie gesessen hatte, bewegte sich nicht vom Fleck. Er kannte das Biest anscheinend. Sie kannte es offensichtlich noch besser, denn als sie »Sitz, Bojik« befahl, gehorchte der Hund sofort.

»Noch etwas, das Ihr mitnehmen möchtet?« stieß Wassili hervor.

»Aber gewiß. Mein Hund ist immer bei mir.«

»Noch etwas, wovon ich wissen sollte?«

Er hatte es sarkastisch gemeint, aber sie antwortete ihm: »Nur meine Magd und meine Männer.«

»Eure Männer?«

Sie nickte und deutete zum Stall hin. Er sah hinüber

und erblickte drei Kosaken zu Pferd. Große, starke Kerle mit kantigen Gesichtern, die schwer bewaffnet waren und zu ihm herüberblickten mit … er war sich nicht ganz sicher. Die Männer waren so häßlich, daß es schwierig war, ihren Gesichtsausdruck richtig zu deuten und Feindseligkeit von Heiterkeit oder Heiterkeit von bloßer Neugier zu unterscheiden.

»Sie werden auf dieser Reise für meine Sicherheit sorgen«, informierte ihn Alexandra.

Er sah sie an und sagte steif: »Ich meine doch, daß das meine Aufgabe ist.«

Sie fing tatsächlich an zu lachen. »Macht Euch nicht lächerlich. Ihr reist mit Euren eigenen Wachen, weil Ihr offensichtlich nicht selbst für Eure Sicherheit sorgen könnt, geschweige denn für die Sicherheit eines anderen.« Und dann fügte sie mit der Verachtung hinzu, die *er* doch hatte zeigen wollen: »Aber das ist nur zu verständlich, Petroff. Meiner Erfahrung nach seid ihr Hofdandys zu nichts zu gebrauchen, außer für Klatsch und Hurerei.«

Als sie fertig war, war er rot angelaufen und so außer sich, daß er die Worte »Stammt diese Erfahrung aus *erster Hand?*« kaum herausbrachte.

Jetzt war sie es, die errötete. Kochend vor Wut trabte sie davon. Neben ihr ritten die drei Kosaken, der riesige russische Wolfshund rannte ihnen voraus, die Karren folgten ihnen, und die fünf Stallkerle führten die rassigen Pferde am Zügel hinterher.

Wassili stand da und starrte ihnen nach. Er überlegte ernsthaft, ob er nicht doch lieber die entgegengesetzte Richtung nehmen sollte.

12

Der erste Tag der Reise war endlos lang. Wassilis Hengst war derart nervös, daß er sich weigerte, das gemächliche Tempo der Karren einzuhalten, zumindest am Morgen. Wassili war gezwungen, der Gruppe voraus- und dann wieder zurückzureiten, obwohl Alexandra sich sicher war, daß einige dieser Ritte nur demonstrieren sollten, wie sehr er sich über ihr langsames Vorankommen ärgerte.

Ihre beiden Hengste benahmen sich weitaus besser. Auch sie sehnten sich nach einer schnelleren Gangart, aber als ihnen diese verweigert wurde, fügten sie sich widerspruchslos. Selbst als Wassili am frühen Nachmittag zu Alexandra geritten kam und ihr mitteilte, daß sie weder zum Essen noch für eine Rast anhalten würden, ignorierte Sultan den großen Rotschimmel, während Wassili seine ganze Kraft aufwenden mußte, um sein Pferd davon abzuhalten, nach ihrem Pferd zu schnappen.

Wassili hatte die Nachricht, daß sie keine Pause machen würden, recht süffisant übermittelt, und Alexandra hatte sie mit einiger Belustigung aufgenommen, die sie jedoch für sich behielt. Er hatte ihr gesagt, daß sie die Zeit brauchten, um die Poststation zu erreichen. Sie hätten sie am frühen Abend erreichen sollen. So wie es jetzt aussah, würden sie erst spät in der Nacht ankommen, auch wenn sie auf die Pause zum Essen verzichteten.

Alexandra kam schnell zu dem Schluß, daß sich Wassili damit für die Verzögerung, die durch die Karren verursacht wurde, rächen wollte, aber sie hatte mit so etwas gerechnet. Alle ihre Leute hatten etwas zum Essen eingepackt, das nicht zubereitet werden mußte. Wassilis Gefolge hatte jedoch nicht auf diese Weise vorgesorgt. Sie vertraute darauf, daß sein knurrender Magen ihn davon abhalten würde, diese Masche mehr als einen oder zwei Tage lang durchzuziehen.

Alexandra hatte die erste Runde haushoch gewonnen und freute sich darüber, was auch notwendig war, da sie etwas brauchte, um sich von dem Kummer abzulenken, den sie seit dem Abschied von ihrem Zuhause empfand. Die letzten Momente mit ihrem Vater waren viel zu kurz gewesen, aber die Erinnerung daran würde ihr für immer im Gedächtnis bleiben.

Ihr Vater hatte vor dem Haus auf der Treppe gestanden, als sie für einen Moment ihr Pferd angehalten hatte, aber nur, um ihm eine letzte Gelegenheit zu geben, sie am Weggehen zu hindern. Sie war nicht einmal zu ihm geritten, sondern auf der Straße geblieben, und als ihr klar wurde, daß er die ersehnten Worte nicht aussprechen würde, hatte sie »Auf Wiedersehen, Papa« gesagt. So leise, daß er es wahrscheinlich überhaupt nicht gehört hatte. Und das war alles gewesen – keine Umarmung, kein Kuß, keine Bitten, doch seinen Entschluß zu ändern.

Ihren Vater hatte sie mit ihrer unversöhnlichen Haltung sehr verletzt. Das hatte sie an seinem Gesicht gesehen, bevor sie weitergeritten war. Danach hatte sich etwas so Schweres auf ihre Brust gelegt, daß sie geglaubt hatte, ersticken zu müssen. Aber ihr gekränkter Stolz hatte ihr verboten, nachzugeben und sich richtig von ihm zu verabschieden.

Und ihr gekränkter Stolz brachte sie auch zu dem Entschluß, daß sie ihn nach dem heutigen Tag nie mehr wiedersehen wollte. Sie würde den Grafen dazu bewegen, diese verdammte Verlobung aufzulösen und damit der Ehre zu genügen, aber sie würde nicht wieder nach Hause zurückkehren. Sie würde nach England gehen. Das hätte sie schon vor drei Jahren tun sollen.

Alexandra war völlig erschöpft, als sie endlich die Poststation erreichten. Es war schon sehr spät, so wie Wassili dies prophezeit hatte, und obwohl sie mit dem

Tagesverlauf zufrieden war, würde sie diese Plackerei morgen nicht wiederholen.

Die Karren sollten die Reise verzögern und nicht dafür sorgen, daß sie alle länger im Sattel bleiben mußten, um die verlorene Zeit wieder aufzuholen. Außerdem wollte sie nicht, daß ihre Tiere bei Dunkelheit unterwegs waren, da Schlaglöcher in der Straße leicht zu Verletzungen führen konnten. Wenn sie morgen nicht vor Einbruch der Dunkelheit die nächste Poststation oder ein Dorf erreichen konnten, würden sie neben der Straße ein Lager aufschlagen, ob ihrem Verlobten das nun gefiel oder nicht.

Sie wartete nicht auf Wassili, sondern betrat die Poststation ohne ihn. Sie war schon einmal hier gewesen, als sie eine Reise nach Westen unternommen hatte, um eine ihrer Stuten zu kaufen, daher kannte sie den Besitzer und übernahm es selbst, die Zimmer für die Nacht zu besorgen. Sie würde ihres mit Nina teilen. Die Männer sollten die restlichen vier Zimmer nach Belieben unter sich aufteilen.

Da Wassili die Rechnung bezahlen würde, hätte sie gerne noch einige Zimmer mehr gehabt, was aber nicht möglich war. Aber mit den zwölf Personen in ihrer Begleitung hatte er einige Münder mehr zu füttern als erwartet. Alexandra bestellte für jeden etwas zu essen, wobei sie es hier jedoch nicht übertrieb, da sie es nicht gern sah, wenn Nahrungsmittel verschwendet wurden. Sie fand die Vorstellung allerdings ganz amüsant, daß Wassili das Geld ausginge, bevor sie sein Heimatland erreichten.

Sie wartete in der Wirtsstube auf die anderen. Nina gesellte sich als erste zu ihr. Ihre Zofe hatte auf einem der Karren gesessen, da sie – im Gegensatz zu Alexandra – nicht gerne mehrere Stunden lang im Sattel saß. Die beiden hatten daher während des Tages keine Gelegenheit gehabt, miteinander zu sprechen, aber Alexandra war nicht sonderlich überrascht, als sie erfuhr, wo Nina mit ihren Gedanken war.

»Du hast mir nicht gesagt, daß er der bestaussehende Mann ist, den du je gesehen hast«, sagte Nina anklagend, als sie sich zu Alexandra an den Tisch setzte.

Alexandra runzelte die Stirn. »Woher willst du denn wissen, daß ich noch keinen Mann gesehen habe, der besser aussah als er?«

»Weil es keinen Mann gibt, der besser aussieht als er«, sagte Nina im Brustton der Überzeugung.

Alexandra hatte bereits die gleiche Schlußfolgerung gezogen, daher fing sie gar nicht erst an, mit Nina darüber zu diskutieren. »Macht das einen Unterschied?«

»Für mich ja.«

Alexandra seufzte. »Nina, dieser Mann sieht *zu* gut aus. Wenn dir noch nicht klar ist, was für Konsequenzen das hat, werde ich dich gerne aufklären. Es hat bereits dazu geführt, daß du ihn in einem positiven Licht siehst. Bei unserer letzten Unterhaltung warst du noch auf meiner Seite. Und es hat dazu geführt, daß eine, zwei oder gar alle drei Mägde letzte Nacht mit ihm geschlafen haben, obwohl sie wußten, daß er mein Verlobter ist.«

Nina stockte der Atem. »Woher weißt du das?«

»Weil ich heute morgen gesehen habe, wie sie ihm alle drei praktisch um den Hals hingen.«

»Was nicht heißen muß, daß sie mit ihm geschlafen haben«, sagte Nina daraufhin.

»Nein, aber es beweist, daß die Frauen ihn unwiderstehlich finden – zumindest die meisten Frauen. Es beweist auch, daß die Frauen selbst dann noch hinter ihm her sein werden, wenn ich mit ihm verheiratet bin. Soll ich etwa damit *leben?* Ganz sicher nicht.«

Nina war immer noch nicht überzeugt. »Wenn die Frauen ihn jagen, bedeutet das noch lange nicht, daß sie ihn auch erlegen.«

»Aber es bedeutet, daß er ständiger Versuchung ausgesetzt ist«, erwiderte Alexandra. »Und ich habe nicht vor, wegen einem Mann zu einer eifersüchtigen Xanthippe zu werden.«

Nina grinste. »Willst du damit etwa sagen, daß du ihn vielleicht lieben *könntest,* wenn du es versuchen würdest?«

»Das will ich damit ganz und gar nicht sagen. Sei jetzt still, deine Brüder kommen.«

Stenka setzte sich auf den Stuhl neben Alexandra und kam wie seine Schwester sofort zur Sache. »Alex, es wäre viel einfacher und nicht so anstrengend gewesen, wenn wir ihn verprügelt und tüchtig eingeschüchtert hätten.«

Timofee, der sich gerade zu ihnen gesellte, hatte nur das Ende von Stenkas Kommentar mitbekommen. Als er sich setzte, fragte er: »Sollen wir den Kardinier verprügeln? Das hätten wir schon heute morgen machen sollen, bevor ich mich wundgeritten hatte.«

Konrad, der als letzter hereinkam, hatte nur die letzten Worte seines Bruders gehört und fragte deshalb: »Wundgeritten, Alex? Du? Dein Hintern müßte eigentlich so zäh sein wie ...«

»Das reicht«, unterbrach ihn Alexandra und sah sie der Reihe nach an, während sie ihre Fragen mit »Nein, nein und nein« beantwortete. »Ich habe euch meinen Plan doch schon erklärt, und ihr habt gesagt, daß er gut ist. Wir werden es damit versuchen, bevor ich mir etwas anderes überlege. Aber eine Tracht Prügel für ihn ist bestimmt keine Alternative.«

»Schade«, sagte Stenka mit einem Seufzer.

Sie sah ihn scharf an, bevor sie weitersprach. »Ich versichere euch, daß wir nicht noch einmal einen solchen Tag wie heute erleben werden. Er versucht, uns *seinen* Zeitplan aufzuzwingen. Selbst wenn wir das viel leichter schaffen als er, werde ich nicht darauf warten, daß er aufgibt. Ich muß schließlich an meine Babys denken. Wo wir gerade von ihnen sprechen: Sind sie schon für die Nacht versorgt?

»Sie bauen gerade eine eigene Koppel für die Stuten auf, da sie hier auf so viele Pferde nicht eingerichtet sind«, sagte Timofee zu ihr. »Für eine Nacht wird das schon gehen.«

Sie unterhielten sich über einige andere Dinge, die mit der Reise zusammenhingen, wurden dann aber unterbrochen, als Wassili mit seinem Freund Lazar Dimitrieff hereinkam. Lazar hatte Alexandra am Morgen angesprochen und sich vorgestellt. Sie war nicht im geringsten überrascht gewesen, daß er ihrem Vater einen Schimmel abgekauft hatte, den er jetzt ritt. Es war ein Wallach, der, wie sie wußte, ziemlich launisch war.

Normalerweise hätte sie sich mit ihm lange und ausgiebig über die Vorzüge des Tieres unterhalten, aber sie hatte nun einmal beschlossen, zu *keinem* in Wassilis Gefolge freundlich zu sein. Das schloß Graf Dimitrieff ein, was eigentlich schade war, denn er schien sehr nett zu sein und teilte obendrein ihre Liebe zu Pferden. Da sie ihn ignorierte, gab er es nach einer Weile auf, sich um eine Unterhaltung mit ihr zu bemühen.

Sie hatte nur einige Worte mit ihm gewechselt, weil er nach Nina gefragt hatte. »Wer ist denn dieses entzückende Mädchen?« hatte er gefragt.

»Meine Zofe, Nina Razin.«

»Ist sie mit diesen Kosaken verwandt?«

»Sie ist ihre einzige Schwester«, hatte sie zu ihm gesagt.

Bei ihrer Antwort stieß er einen Seufzer der Enttäuschung aus. »Und ich dachte schon, die Reise nach Hause würde etwas vergnüglicher werden.«

Als sie seinen unglücklichen Gesichtsausdruck sah, hätte sie am liebsten gelacht, so lustig fand sie es. Statt dessen warnte sie ihn: »Laßt die Finger von Nina, es sei denn, sie *möchte* belästigt werden.« Das war alles.

Sie fragte sich, ob er Wassili von ihrem unhöflichen Benehmen erzählt hatte. Sie hoffte es. Er sollte wissen, daß ihre Verachtung nicht nur ihm galt und daß sie auch seine Freunde und seine Familie nicht verschonen würde.

Als Wassili hereinkam, warf er ihr nur einen flüchtigen Blick zu. An ihrem Tisch war nur noch ein Stuhl frei, aber sie war sich sicher, daß er sich nicht zu ihr setzen würde. Doch solange er ihre Tischmanieren gut beobachten konnte, die um seinetwillen grauenhaft sein würden, machte es nichts aus, wo er saß.

Er sprach kurz mit dem Besitzer, wobei er wahrscheinlich feststellte, daß sie sich bereits um alles gekümmert hatte. Sie hoffte, daß ihn das ärgerte, denn genau deshalb hatte sie es getan. Männer mochten es, wenn sie den Eindruck hatten, alles unter Kontrolle zu haben.

Sie beobachtete ihn, konnte aber kein Anzeichen dafür entdecken, daß er etwas erfuhr, das ihn verärgerte. Plötzlich stieß eine der beiden Mägde, die sich im Raum aufhielten, einen spitzen Schrei aus. Sie hatte Wassili erst jetzt gesehen, und offensichtlich kannte sie ihn, denn sie eilte sofort auf ihn zu.

Alexandra zog die Augenbrauen hoch, als sie das Lächeln sah, mit dem Wassili das Mädchen begrüßte. Sein Lächeln war so umwerfend, daß Alexandra den Atem anhielt, obwohl es gar nicht ihr galt. Das Mädchen war nicht außergewöhnlich hübsch, aber so, wie Wassili sie ansah, hatte es den Anschein, als ob er sie für das herrlichste Geschöpf auf Erden hielt.

Jetzt beugte er sich zu ihr und flüsterte ihr etwas ins Ohr. Sie lachte und legte ihre Hand auf seine Brust, bevor sie ihm antwortete. Er gab ihr noch einen Klaps auf den Po, dann kehrte sie zu ihrer Arbeit zurück, während der sie ihm ständig sehnsüchtige Blicke über die Schulter zuwarf. Jeder Schwachkopf hätte sich ausrechnen können, daß die beiden soeben eine Verabredung für später getroffen hatten.

Alexandra stand auf und holte das Mädchen ein, als dieses gerade in die Küche gehen wollte. Ohne Vorwarnung – Alexandra hatte nicht gewußt, was sie tun würde, als sie auf das Mädchen zuging – griff sie in die Haare der Magd und riß ihren Kopf herum. Das Tablett in ihren Händen fiel krachend zu Boden. Falls es immer noch Leute gab, die nicht zu ihnen herübersahen, so flogen ihre Köpfe spätestens jetzt herum.

»Du hast gerade vor, mit meinem Verlobten ins Bett zu gehen«, sagte Alexandra. Ihre Stimme war erstaunlich ruhig für ein derart brisantes Thema. »Wenn du ihm auch nur einen Schritt zu nahe kommst, werde ich dir deine Ohren abschneiden und dich zwingen, sie zu essen. Ist er dir das wert?«

»Nein, Baronesse«, stieß das Mädchen mit weit aufgerissenen Augen hervor. Sie war vor Schreck ganz bleich geworden.

Alexandra stutzte. »Du kennst mich?«

»Ja, Baronesse.«

»Dann weißt du auch, daß es mir ernst damit ist?«

»Ja!«

»Gut. Ich hoffe, ich muß nicht noch einmal mit dir sprechen.«

Alexandra ging zu ihrem Tisch zurück. Sie blickte Wassili nicht an, als sie an ihm vorbeiging. Sie war sehr erstaunt über sich, nicht wegen dem, was sie gesagt hatte, sondern weil sie fähig gewesen war, in aller Öffentlichkeit eine solche Szene zu machen, ohne daß es ihr auch nur im geringsten peinlich war. Ihrem Verlobten zu beweisen, daß sie gesellschaftlich nicht akzeptabel für ihn war, würde einfacher sein, als sie es sich vorgestellt hatte.

»War er schockiert?« flüsterte sie Stenka zu, als sie sich wieder hinsetzte.

»Das kann ich nicht sagen«, erwiderte er augenzwinkernd. »Ich konnte meine Augen nicht von dir und diesem grandiosen Anfall von Eifersucht abwenden.«

»Sei nicht albern«, gab sie irritiert zurück. »Ich habe das doch nur seinetwegen getan.«

Stenka schnaubte bloß verächtlich und erwiderte mit spöttischem Unterton: »Alex, ich kenne dich doch. Ich weiß, wie besitzergreifend du sein kannst. Ich habe gesehen, wie du mit der Pferdepeitsche auf diesen Armeeleutnant losgegangen bist, als er das Pferd mißhandelte, das du ihm geliehen hattest. Du bist immer ohne zu zögern über Konrad hergefallen, wenn er Nina mit seinen Hänseleien zum Weinen brachte. Als mein Vater mich verprügelt hat, hast du ihn fürchterlich dafür gescholten … reicht das?«

Jetzt sah *sie* ihn böse an. »Du und deine Familie, das ist etwas ganz anderes. Und meine Tiere auch.«

»Wir gehören dir, und was dir gehört, das behandelst du auch so. Jeder, der dich kennt, weiß das, Alex. Und bis einer von euch beiden diese Verlobung bricht, gehört der Kardinier auch dir. Wo liegt der Unterschied?«

»Der Unterschied liegt darin, daß ich diesen Mann nicht haben will.« Nachdem sie das gesagt hatte, sah sie ihre Freunde an. »Hat denn keiner von euch seine Reaktion gesehen?«

»Doch, ich«, gab Konrad zu, der ein leichtes Grinsen nicht unterdrücken konnte. »Er sah nicht sehr geschockt aus. Er war wohl eher verärgert.«

Alexandra versuchte immer noch nicht, sich selbst von seiner Reaktion zu überzeugen, sondern lehnte sich zufrieden zurück. »Das genügt auch. Ich habe ihn gewarnt und ihm genau gesagt, was er zu erwarten hat. Jetzt weiß er, daß es keine leeren Drohungen sind.«

»Ich glaube, das hat er gemerkt«, sagte Timofee mit einem Schmunzeln. »Ich bin gespannt, was er jetzt tun wird.«

»Was kann er denn schon tun?« entgegnete sie sorglos. »Wir sind noch nicht verheiratet.«

Die drei Männer starrten sie an, während Nina im Gegenteil in eine andere Richtung sah. Alexandra wurde es langsam unbehaglich.

»Was ist los?« fragte sie.

»Eine arrangierte Verlobung ist keine gewöhnliche Verlobung, Alex«, sagte Konrad zu ihr. »Es ist ungefähr so, als ob du bereits mit ihm verheiratet wärst. Eure Väter haben einen Eid geleistet. Sogar du hast dein Wort gegeben, daß du ihn heiraten würdest, und dein Vater hat ihm das wahrscheinlich auch gesagt. Dadurch hat dieser Mann bestimmte Rechte. Hast du das denn nicht gewußt?«

»Was für Rechte?«

Konrad sagte es ganz direkt. »Die gleichen Rechte, die auch ein Ehemann haben würde.«

»Unsinn. Ich habe ihm bereits gesagt, daß ich mir von ihm keine Vorschriften machen lasse, und er hat nicht versucht, mir das Gegenteil zu beweisen.« Sie erwähnte erst gar nicht, daß er *gesagt* hatte, er könne genau das tun.

»Du warst immer noch zu Hause, als du das gesagt hast, und damit unter der Gewalt deines Vaters. Jetzt bist du das nicht mehr.«

Das gefiel ihr überhaupt nicht. »Es ist egal, wo ich war«, sagte sie. »Er kann soviel schimpfen, wie er will. Ich habe inzwischen recht viel Übung darin, zornige Männer zu ignorieren.«

»Das mag ja für einen zornigen Vater gelten, aber bei einem zornigen Verlobten geht das nicht«, betonte Konrad. »Ich sage es ja nicht gerne, Alex, aber das ist etwas ganz anderes.«

»Also gut«, stieß sie hervor. »Worauf willst du hinaus?«

»Was passiert, wenn er dich etwas nachdrücklicher auffordert zu tun, was er will?«

Alexandras Augen verengten sich, aber sie sprach ganz ruhig weiter. »Du willst damit doch nicht etwa sagen, daß dieser Mann versuchen könnte, mich zu schlagen?«

»Eigentlich ... doch.«

»Und du würdest einfach daneben stehen und zusehen? Bojik würde ihm an den Hals gehen, wenn er das versuchen würde.«

»Bojik wird nicht ständig an deiner Seite sein«, sagte Konrad zu ihr. »In der Nacht wird er fast immer im Stall eingesperrt sein, wo er jetzt auch gerade ist, da er in die meisten Gasthäuser nicht hinein darf. Und wir werden auch nicht dauernd bei dir sein. Wir können vielleicht dafür sorgen, daß der Kardinier bereut, was immer er dir antut, aber das wäre dann, nachdem er es getan hat. Und der Cousin eines Königs steht trotz des wenig beeindruckenden Titels, den er trägt, höher als jeder unserer Prinzen, und du weißt, wie viele Rechte diese haben. Es wäre gar nicht schwierig für ihn, uns alle ins Gefängnis zu werfen. Er könnte uns erschießen lassen, und niemand würde ihn dafür zur Verantwortung ziehen. *Das* ist die Art von Macht, die er ausüben kann.«

Alexandra kochte inzwischen vor Wut. »Was willst du mir damit sagen?«

Jetzt, da er ihr die Laune verdorben hatte, grinste Konrad sie an. »Reiz ihn nicht zu sehr, Alex. Finde deine Grenzen heraus und respektiere sie, selbst wenn du ab und zu einmal tun mußt, was er sagt. Und hoffe, daß *ihm* noch nicht klar ist, wieviel Gewalt er jetzt über dich hat.«

Sie war fast sicher, daß es zu spät war, um darauf zu hoffen. Sie war so naiv gewesen, darauf zu vertrauen, daß ihre Freunde sie in jeder Lage schützen konnten. Aber ihre Freunde vergaßen, daß sie sich auch ganz gut selbst schützen konnte. Sie würde sich von ihm nichts vorschreiben lassen. Von nun an würde sie ständig eine Reitpeitsche bei sich tragen.

13

Das Essen war serviert worden, aber Wassili hatte nichts davon angerührt. Lazar dagegen, der bei ihm am Tisch saß, verzehrte voll Behagen das einfache, aber sättigende Mahl. Wassili hielt sich statt dessen an eine Flasche Wodka.

Er war schon den ganzen Tag verärgert gewesen, nachdem er es nicht geschafft hatte, Alexandra diese verdammten Karren auszureden. Aber jetzt stand er kurz vor der Explosion. Sein Zorn war eskaliert, als das Essen serviert worden war und das Mädchen, das die Speisen gebracht hatte, ihn kaum angesehen hatte und sofort wieder davongeeilt war, um nur ja nicht seine Aufmerksamkeit zu erregen. Die andere Magd – ihm war immer noch nicht eingefallen, wie sie hieß – war verschwunden, und er erwartete auch gar nicht, sie noch einmal zu sehen. Er hatte die nackte Angst im Gesicht des Mädchens gesehen, und in diesem Augenblick hätte er dieselbe Angst am liebsten im Gesicht seiner Verlobten gesehen.

Es war unglaublich, was er mitangesehen hatte – was alle Anwesenden mitangesehen hatten. Dieses barbarische Benehmen, diese Brutalität. Wieso hatte sie sich nicht direkt bei ihm beklagt? Wieso hatte sie ihre Drohungen nicht unter vier Augen vorgebracht, wie dies jede zivilisierte Person tun würde? Sie hatte wohl ein für allemal demonstrieren müssen, was für eine kleine Wilde sie war. Und diese Frau hatte sein Vater ihm als Ehefrau ausgesucht.

Wassili und Lazar waren so gute Freunde, daß Lazar auch ohne zu fragen wußte, was Wassili gerade beschäftigte. Aber er hatte kein Mitleid mit ihm. Insgeheim fand er es sogar sehr lustig. Wassili hatte wegen seines unglaublich guten Aussehens *nie* Probleme mit Frauen. Es würde ihm ganz guttun, wenn er herausfand, was andere Männer von seiten des schönen Geschlechts alles ertragen mußten.

»Vergiß es doch einfach«, sagte Lazar, wobei er versuchte, möglichst unbeteiligt zu klingen.

Wassilis goldfarbene Augen, die gerade Funken sprühten, trafen auf die blauen Augen von Lazar. »Vergessen, daß mein Bett heute nacht wieder leer sein wird, wo ich mich darauf gefreut habe, es mit diesem mehr als willigen Mädchen zu teilen? Oder vergessen, daß meine Verlobte ein wandelnder, atmender Skandal ist?«

Lazar erstickte fast, als er versuchte, das Gelächter zu unterdrücken, das Wassilis letzte Worte in ihm ausgelöst hatten. »Vergiß beides«, stieß er schließlich hervor. »Dein Bett war bis jetzt fast während der gesamten Reise bis zu der üblichen Kapazität gefüllt. Ein wenig Abstinenz auf der Rückreise wird dich sicher nicht umbringen.«

Angesichts des Gemütszustandes, in dem er sich seit gestern abend befand, war sich Wassili da nicht so sicher, aber er erwiderte: »Umbringen wird es mich ganz bestimmt nicht, aber du übersiehst die Tatsache, daß meine kleine Tändelei mehr um Alexandras willen als meinetwegen stattgefunden hat. Sie sollte so wütend werden, daß sie einen Rückzieher macht. Ich hatte nicht die Absicht, ihr eine Gelegenheit zu verschaffen, bei der sie ihre Neigung zur Gewalt demonstrieren kann.«

»Oder ihre Neigung zum Bluff.«

»Ich wünschte, es wäre so, Lazar. Das habe ich zuerst auch gedacht, als sie mir androhte zu tun, was sie heute abend getan hat. Aber sie hat genau das getan, was sie mir für den Fall angedroht hat, daß ich mich mit einer anderen Frau zu amüsieren versuche. Sie hat in aller Öffentlichkeit eine Szene gemacht. Kannst du dir vorstellen, was passiert, wenn sie so etwas auch an Stefans Hof fertigbringt?«

Lazar grinste. »Stefan findet es vielleicht ganz amüsant. Tania wird es gefallen.«

»Und meine Mutter würde vor Schreck in Ohnmacht fallen. Ich muß diese kleine Wilde unbedingt loswerden, bevor wir Kardinien erreichen. Aber wie soll ich das nur fertigbringen, wenn sie einen meiner wirkungsvollsten Pläne praktisch unbrauchbar gemacht hat?«

»Aber du hast doch andere Möglichkeiten«, erinnerte ihn Lazar. »Die übrigens nicht wirken, wenn du mehrere Meter von ihr entfernt sitzt.«

»Wenn ich neben ihr sitzen würde, hätte ich sie inzwischen erwürgt«, erwiderte Wassili. »Vielleicht werde ich das ja auch noch tun.«

Er übertrieb keineswegs. Er verspürte immer noch das dringende Bedürfnis, ihr den hübschen Hals umzudrehen, und hatte es den ganzen Abend vermieden, in ihre Richtung zu sehen. Als er jetzt daran dachte, wanderten seine Augen jedoch unwillkürlich zu ihrem Tisch hinüber. Er rechnete allerdings nicht mit weiteren Überraschungen oder mit einer Gelegenheit, seinen Ärger für eine Weile zu vergessen.

Alexandra hielt in der einen Hand ein Hühnerbein, mit dem sie wild in der Luft herumfuchtelte, während sie sich mit ihren Freunden unterhielt. In der anderen Hand hielt sie ein Blatt gekochten Kohl – ein ziemlich großes Blatt –, das sie mit Hilfe ihrer Finger in den Mund stopfte. Den Wein trank sie direkt aus der Flasche. Das Brot tunkte sie in die Butter, anstatt diese mit dem Messer darauf zu verteilen. In den fünf Minuten, in denen er sie anstarrte, griff sie kein einziges Mal nach dem Besteck, das unbenutzt neben ihrem Teller lag.

In diesem Augenblick wurde ihm zu seiner Erleichterung klar, daß die Antwort auf all seine Probleme Alexandra selbst war. Es wäre ihm nicht eingefallen, wenn er nicht gerade seine Mutter erwähnt und sich den Schock vorgestellt hätte, den sie erleiden würde, wenn sie eine

Szene wie die von heute abend miterleben mußte. Aber Alexandras Tischmanieren und noch einige andere Kleinigkeiten – und der Himmel wußte, was noch alles –, würden seine Mutter dermaßen entsetzen, daß eine Heirat gar nicht mehr zur Debatte stehen würde. Sie würde ihm diese Hochzeit sogar strikt verbieten.

»Lazar, ich muß vielleicht gar nichts anderes tun, als sie mit nach Hause zu nehmen und mit meiner Mutter essen zu lassen. Schau sie dir an. Sie ißt wie ein Schwein.«

»Das habe ich auch schon bemerkt, ich wollte es nur nicht sagen«, erwiderte Lazar amüsiert. »Du scheinst nicht sonderlich entsetzt zu sein.«

»Machst du Witze? Mir könnte nichts Besseres passieren. Ich werde diese Verlobung nicht brechen, und sie wird es auch nicht tun. Wenn meine Mutter auch nur einen Tag mit ihr verbringt – und dafür werde ich sorgen –, wird *sie* ihre Zustimmung zu dieser Heirat verweigern. Und damit wäre die Sache erledigt.«

»Du wirst dich doch nicht etwa darauf verlassen? Es ist Marias sehnlichster Wunsch, dich verheiratet zu sehen.«

Angesichts dieses deprimierenden Winks runzelte Wassili die Stirn. »Ein guter Einwand. Ich werde wie geplant weitermachen, obwohl jetzt glücklicherweise keine Eile mehr besteht. Ich habe jetzt keinen Zweifel mehr, daß diese Angelegenheit von selbst wieder in Ordnung kommen wird.«

»Hattest du denn Zweifel?«

»Ich war zu Tode erschrocken, wenn du es genau wissen willst«, sagte Wassili und übertrieb ein wenig.

Lazar schnaubte verächtlich. »Ich kann mir nicht vorstellen, warum. Wenn du dir schon eine Frau nehmen mußt, warum nicht diese? Sie sieht gut aus, steckt voller Überraschungen – was nichts Schlechtes sein muß –, und du könntest ihr ja immer noch richtiges Benehmen beibringen. Außerdem strotzt sie geradezu vor Gesundheit, was bedeutet, daß sie absolut keine Schwierigkeiten haben wird, dir viele kleine Erben zu schenken.«

»*Wenn* ich nach einer Ehefrau suchen würde, wäre das wahrscheinlich alles richtig. Aber du hast einige wichtige Tatsachen ausgelassen. Alexandras Benehmen verärgert mich ungemein, ich kann sie nicht leiden, und ich kann dir ein Dutzend Frauen nennen, die mir besser gefallen *und* mir nicht ins Gesicht sagen würden, daß sie mich nicht heiraten wollen.«

Lazar konnte ein Schmunzeln nicht unterdrücken. »Das nagt also immer noch an dir.«

»Mach dich nicht lächerlich«, erwiderte Wassili. Dann sprach er weiter: »Ihre zögerliche Haltung war eine Überraschung für mich, die jedoch sehr gut in meine Pläne paßt. Ich hatte nämlich befürchtet, mich mit ihren verletzten Gefühlen herumschlagen zu müssen, bevor sie wütend genug sein würde, um diese ganze Sache abzublasen.«

Lazar nickte, als ob er ihm glaubte. »Aber jetzt wirst du dir ihre ewige Dankbarkeit verdienen, indem du so scheußlich zu ihr bist, daß sie endlich einen Grund hat, die Verlobung zu lösen. Ich wäre gar nicht überrascht, wenn sie sich auf dem Rückweg nach Hause vor Lachen ausschütten würde.«

Diese Bemerkung brachte ihm einen finsteren Blick von Wassili ein, obwohl dieser es nicht einmal bemerkte. »Ich bin derjenige, der bis ans Ende seiner Tage dankbar sein wird, daß sie so ein fürchterliches Bauerntrampel ist. Ihr Vater sagte zu mir, sie sei ›ungewöhnlich‹, er hat nur nicht gesagt, wie er das meint. Glaubst du, die drei Kosaken sind ihre Liebhaber?«

Die Frage kam so unerwartet, daß Lazar sich an seinem Essen verschluckte. Er brauchte eine volle Minute, um zu husten und sich zu räuspern, bevor er Wassili anstarren und sagen konnte: »Daß du nichts dabei findest, dich gleichzeitig mit drei Frauen zu vergnügen, bedeutet noch lange nicht, daß deine Verlobte dasselbe tut.«

Wassilis Gedanken waren jedoch nicht in diese Richtung gegangen, und er amüsierte sich darüber, daß Lazar dies annahm. »Oh, ich weiß nicht. Gräfin Eva hat einmal vier geschafft – das erzählt man sich jedenfalls.«

Lazar blinzelte. »Vier? Wie denn?«

»Da kann ich nur Vermutungen anstellen. Aber das habe ich nicht gemeint, als ich von Alexandra gesprochen habe. Man braucht ein gewisses Maß an Kultiviertheit, um sich Amüsements dieser Art auch nur vorzustellen, und ich glaube, du stimmst mir zu, wenn ich sage, daß es ihr daran fehlt. Ich meinte, einzeln … wie soll ich sagen … einer nach dem anderen.«

Lazar warf ihm einen finsteren Blick zu. »Tu mir den Gefallen und spar dir deinen Sarkasmus für die Kleine auf. Bei mir könntest du dir dafür eine blutige Nase holen.«

Wassili machte seinen Freunden gegenüber immer provozierende Bemerkungen und dachte dabei nie an die Konsequenzen, daher ignorierte er Lazars Drohung. Ihr Gesprächsthema interessierte ihn jedoch so sehr, daß er Lazar entgegen seiner Gewohnheit nicht mit weiteren Bemerkungen ärgerte.

»Zurück zu meiner Frage«, sagte er. »Diese drei Kosaken sind zwar häßlich wie die Nacht, aber man weiß, wie belanglos das Aussehen ist, wenn sozusagen ein Bedürfnis vorhanden ist. Wenn sie ihre eigenen Hengste hat, wäre das noch ein Grund mehr, warum sie nicht heiraten will.«

»Darf ich darauf hinweisen, daß ›wenn‹ wohl eine Vermutung ist?«

»Du darfst, obwohl ich es dir nicht abnehme – und du dir selbst auch nicht.«

Lazar zuckte mit den Schultern und war geneigt, ihm zuzustimmen, als er an ihre Reise nach St. Petersburg dachte. Er war nicht der Meinung, daß die drei kräftigen Männer so überaus häßlich waren, aber das war jetzt nicht wichtig. »Was würde es ausmachen, wenn sie mit einem von ihnen oder mit allen drei geschlafen hat?«

»Nichts, aber wenn sie mir meine kleinen Tändeleien weiterhin verbieten will – und ich habe keinen Zweifel, daß sie genau das vorhat –, werde ich ihr doch nicht erlauben, die ihren während dieser Reise fortzusetzen.«

»Das scheint nur gerecht zu sein.« Lazars gute Laune war zurückgekehrt. Er grinste. »Hast du etwa vor, ihnen auf die gleiche Weise zu drohen wie Alexandra dem Dienstmädchen?«

»Wenn es sein muß«, stieß Wassili hervor.

Und da Lazar ihn nur geneckt hatte, schnaubte er verächtlich und sagte kein Wort mehr.

14

Es war gar nicht so einfach, eine fünfundzwanzigjährige gute Erziehung zu vergessen. Es gab ja durchaus Gelegenheiten, wo ein wenig Schmutz ganz in Ordnung war, etwa, wenn man eine schmutzige Arbeit zu erledigen hatte. Dann wiederum gab es Gelegenheiten, bei denen man makellos sauber zu sein hatte. Alexandra konnte sehr wohl zwischen diesen beiden Gelegenheiten unterscheiden, aber jetzt, da sie dieses Wissen einfach vergessen sollte, mußte sie sich voll und ganz konzentrieren. Ihre Freunde waren dabei nicht sehr hilfreich.

Timofee sah aus, als ob er jeden Moment in lautes Gelächter ausbrechen würde. Stenka neckte Alexandra, indem er ihr alles nachmachte. Konrads Gesichtsausdruck verriet deutlich, wie sehr ihm Alexandras Benehmen mißfiel, aber glücklicherweise saß er so, daß Wassili ihn nicht sehen konnte.

Irgendwie brachte sie es fertig, die fürchterlichsten Tischmanieren an den Tag zu legen, und nur einmal unterlief ihr beinahe ein Fehler, als sie am Ende ihres chaotischen Mahls nach der Serviette greifen wollte. Aber sie fing sich gerade noch rechtzeitig und leckte ihre Finger statt dessen ab, dann wischte sie sich ihre klebrigen Hände an ihrer Kleidung ab, wobei sie innerlich das Gesicht verzog. Aber es setzte dem Ganzen sozusagen die Krone auf. Sie konnte ihre Sachen ja auch morgen wieder tragen – oder vielleicht noch etwas länger.

Das war eigentlich gar keine so schlechte Idee. Am Ende der Woche würde man sie meilenweit riechen können. Der herausgeputzte Graf aus Kardinien würde sich gegen den Wind stellen müssen, wenn er ein paar Worte mit ihr wechseln wollte. Sie konnte ihm sagen, daß sie Baden ungesund fand und nie öfter als einmal im Monat badete.

Ihr Auftritt beim Essen hatte jedenfalls die gewünschte Wirkung gehabt. Sie hatte auf die Sekunde genau gewußt, ohne sich durch einen Blick zu ihm hinüber vergewissern zu müssen, wann Wassili begonnen hatte, sie anzustarren. Es war ein beunruhigendes Gefühl gewesen, diese goldfarbenen Augen auf sich zu *spüren*. Aber er mußte Abscheu oder vielleicht sogar Ekel empfinden. Das hätte jedenfalls sie empfunden, wenn sie sich hätte zusehen können.

Vielleicht ging sie ein wenig zu weit, als sie mit ihren Freunden den Raum verließ und dabei immer noch nicht zu ihm hinüberblickte und ihn beim Vorbeigehen an seinem Tisch einfach ignorierte. Aus Höflichkeit hätte sie zumindest seine Anwesenheit zur Kenntnis nehmen müssen, was sie den ganzen Abend über versäumt hatte. Er war schließlich ihr Verlobter. Aber Höflichkeit stand momentan auf der Liste der verbotenen Dinge, und sie mußte sich streng an diese Liste halten, wenn ihr Plan funktionieren sollte.

Als er wenig später in ihr Zimmer kam, fragte sie sich jedoch, ob ihre zuletzt gezeigte Unhöflichkeit nicht die Ursache seines Besuches war.

Sie hatte ganz gewiß nicht damit gerechnet, daß er so plötzlich bei ihr auftauchte. Sie hatte sich bereits für die Nacht umgezogen und trug eines ihrer einfachen weißen Nachthemden aus Baumwolle. Nina hatte ihr schon das Haar ausgebürstet und schimpfte immer noch vor sich hin, da Alexandra das bereitgestellte Bad partout nicht benutzen wollte. Nina war gerade dabei, den Staub aus ihrer Kleidung zu bürsten, wobei sie sich über die Essensflecken aufregte, die sie auf Alexandras Anweisung hin nicht entfernen durfte. Das Klopfen an der Tür entging ihr vollkommen, aber Alexandra erwartete sowieso nicht von ihr, daß sie zur Tür ging.

Sie ging selbst hin, wobei sie aus reiner Gewohnheit den dunkelblauen Morgenmantel überzog, den Nina für sie herausgelegt hatte. Von Natur aus schamhaft, war sie dankbar für den Morgenmantel, als sie sah, wer auf der Schwelle stand. Sie zog das Kleidungsstück sogar noch enger um ihre Kehle und hielt es dort mit beiden Händen fest, als ob sie sich damit gegen die ungeheure Männlichkeit schützen könnte, die ihr Verlobter ausstrahlte.

Er sagte zunächst kein Wort, seine Augen glitten langsam über sie hinweg – sie schienen heller zu sein, als sie gedacht hatte – und blieben schließlich an ihrem Haar hängen, das in schimmernden Wellen über ihre Schultern floß. Diese wenigen Momente des Schweigens brachten sie aus der Ruhe, und es verwirrte sie noch mehr, als er seine Augen förmlich von ihr wegzureißen schien, um in das Zimmer zu blicken.

Als er Nina bemerkte, sagte er zu ihr: »Deine Herrin und ich möchten etwas unter vier Augen besprechen.«

Angesichts seines befehlenden Tons nickte Nina und ging sofort auf die Tür zu. In Alexandra stieg der Zorn hoch, als sie seine Dreistigkeit und Ninas schnelles

Nachgeben miterlebte. Sie wollte auf keinen Fall mit ihm allein gelassen werden, und schon gar nicht nach all den finsteren Andeutungen der Razin-Brüder.

Ihre Stimme klang daher etwas scharf, als sie sagte: »Du brauchst nicht zu gehen, Nina.«

Keiner von beiden beachtete sie. Wassili trat ein, hielt für Nina die Tür auf, damit sie hinausgehen konnte, und schloß die Tür hinter ihr. Alexandra überlegte sich, ob sie Nina vielleicht nachrufen sollte, sie solle in Hörweite bleiben, aber das würde zu sehr nach Feigheit aussehen.

Außerdem waren inzwischen alle ihre Befürchtungen purem Zorn gewichen, der unschwer in ihrer Stimme zu erkennen war. »Konnte das denn nicht bis morgen warten, Graf Petroff?«

Er sah sie wieder an. Waren seine Augen noch heller geworden? Unmöglich.

»Nein, es kann nicht warten. Ich will nämlich heute nacht ruhig schlafen können«, erwiderte er, als er mit einem Schritt den Abstand zwischen ihnen verringerte und sie dazu zwang, den Kopf in den Nacken zu legen, um seine Augen nicht aus dem Blick zu verlieren. »Es ist doch sicher Euer Wunsch, daß ich ruhig schlafe, nicht wahr, Alexandra?«

Sein Ton ließ nichts Gutes ahnen. »Ihr nehmt doch wohl nicht an, daß das für mich von Belang ist?«

»Das sollte es aber sein.« Er sprach noch leiser. »Ich habe nämlich gerade festgestellt, daß ich in dieser Beziehung sehr egoistisch bin. Wenn meine Bedürfnisse nicht erfüllt werden, warum, so frage ich mich, sollen dann die Euren erfüllt werden?«

Alexandra wollte es nicht sagen, aber es blieb ihr gar nichts anderes übrig. »Reden wir hier über Schlaf?«

»Tun wir das?« Während er das sagte, griff er nach einer Haarlocke auf ihrer Schulter und nahm sie zwischen seine Finger. »So sieht es also aus«, sagte er mehr zu sich selbst. Er mußte an gesponnenes Mondlicht denken.

Wassili war sich nicht ganz sicher, was er vorhatte. Seine Wut hatte ihn hierhergetrieben – diese Wut empfand er immer noch, aber sie war jetzt mehr gegen ihn selbst gerichtet und nicht mehr das einzige Gefühl, mit dem er zu kämpfen hatte. Dieses verdammte Abendessen. Er würde es nie vergessen, und auch nicht, wie aus seiner Wut erst Zufriedenheit und dann wieder Wut geworden war und wie er am Ende auf sich selbst und nicht auf *sie* wütend gewesen war.

Er hätte Alexandra und ihren fürchterlichen Tischmanieren nicht weiter zusehen sollen. Er hätte seine Zufriedenheit und seine Erleichterung mit ins Bett nehmen sollen – und die Dienstmagd auch, trotz der Tatsache, daß er sie nicht mehr attraktiv fand. Aber er war nicht schnell genug gegangen. Und so hatte er mitangesehen, wie sich Alexandra auf ungeheuer sinnliche Weise die Finger abgeleckt hatte, was sofort alle seine Sinne zum Leben erweckt hatte.

Er hatte laut stöhnen müssen. Jetzt stöhnte er wieder – allerdings innerlich –, denn er hatte sein Verlangen immer noch nicht unter Kontrolle. Es war ihm unerträglich, daß er sie wieder begehrte, obwohl er zugleich alles an ihr verabscheute: ihre Manieren, ihre Moralvorstellungen, ihre offensichtlich bösartigen Neigungen.

Er mußte wieder an diese bösartigen Neigungen denken und an die peinliche Szene, die er miterlebt hatte, und sagte nicht sehr freundlich: »Ihr seid ein ganz schönes Biest.«

Alexandra hätte erfreut sein sollen, ja, sie hätte sogar über seinen Spott lachen sollen. Statt dessen errötete sie. Und es wurde sogar noch schlimmer, als er sie betont verächtlich fragte: »Sagt mir, seid Ihr im Bett auch so leidenschaftlich?«

Steif erwiderte sie: »Ihr erwartet doch wohl nicht, daß ich diese Frage beantworte?«

»Vielleicht habe ich vor, das selbst herauszufinden.«

War sie eben noch errötet? Sie hätte schwören können, daß sie jetzt vor Zorn kochte.

»Ich hätte nicht gedacht, daß Ihr es so eilig habt, unser Schicksal zu besiegeln.«

Er runzelte arrogant die Stirn und setzte einen Gesichtsausdruck auf, der sie provozieren sollte. »Sollte diese Bemerkung etwa einen tieferen Sinn haben?«

»Ihr würdet damit unsere Heirat erzwingen. Dann hat keiner von uns beiden mehr die Gelegenheit, seine Meinung zu ändern.«

Er fing tatsächlich an zu lachen, bevor er zu ihr sagte: »Macht Euch nicht lächerlich, Alex. Was bedeutet denn schon ein Liebhaber mehr, wenn Ihr schon so viele habt?«

An seinem Gesichtsausdruck konnte sie erkennen, daß er sie dieses Mal nicht nur beleidigen wollte. Er glaubte wirklich, was er gerade gesagt hatte – was sie in einen Zwiespalt der Gefühle stürzte. Sie war wirklich froh, daß er so etwas von ihr denken konnte, weil es ihrem Plan zugute kommen würde. Aber warum kam sie sich dann so gedemütigt vor?

Sie versuchte verzweifelt, das Thema zu wechseln. »Nur meine Freunde nennen mich so«, sagte sie zu ihm und meinte damit die Anrede ›Alex‹, die er gebraucht hatte.

Sein Lächeln war herablassend, als ob er einer Schwachsinnigen etwas erklären würde. »Aber ich bin mehr als ein Freund. Ich werde bald Euer Ehemann sein – mit allen Rechten, die das einschließt. Wollen wir nicht eine kleine Demonstration dieser Rechte veranstalten?«

»Die einzige Demonstration, die Ihr hier veranstalten werdet, ist diejenige, wie man ein Zimmer auf die schnellstmögliche Art und Weise verläßt. Ihr könnt sofort damit anfangen.«

Er gab ihr keine Antwort, sondern griff nach ihren Schultern und zog sie an sich. Alexandra nahm ihre

Hände vom Hals und stemmte sie gegen seine Brust, um ihn wegzustoßen. Es war zwecklos. Er wich nicht von der Stelle.

Nur er hatte bemerkt, daß sich ihr Morgenmantel geöffnet hatte. Angesichts ihres überaus schamhaften Nachthemdes hätte das überhaupt nichts ausgemacht, wenn sie nicht so große Brüste gehabt hätte, die jetzt nicht mehr hinter ihren Armen verborgen waren. Seine Augen blieben sofort an ihnen hängen.

Er zog sie näher zu sich. Ihre ausgestreckten Arme gaben langsam nach …

»Was zum Teufel habt Ihr eigentlich vor, Petroff?« fragte sie ihn. Alex war froh, daß sie die Panik, die von ihr Besitz ergriffen hatte, nicht in ihrer Stimme hören konnte.

Wassili hörte sie jedoch – und ignorierte sie. »Ich habe vor herauszufinden, wie Ihr schmeckt.«

»Nein!«

Ihr Protest kam nicht zu spät, wurde aber ignoriert. Seine starken Arme zogen sie jetzt so nah an seinen Körper, daß sie mehr davon spürte, als sie sich je erträumt hatte. Seine warmen Lippen sorgten dafür, daß sie keine weiteren Einwände vorbringen konnte. Der Schock besorgte den Rest.

Sie hatte überhaupt nicht damit gerechnet, daß eine Situation wie diese auf ihrer Reise eintreten könnte. Wie hätte sie auch, nachdem sie genau wußte, was Wassili über die Heirat mit ihr dachte, und da er wußte, daß sie genau das gleiche darüber dachte? Und doch lag sie jetzt in seinen Armen und wurde von ihm geküßt. Der Schock rührte daher, daß sie feststellen mußte, daß Christopher ihr nicht alles über das Küssen beigebracht hatte. Sie war so naiv gewesen und hatte das einfach angenommen.

Christophers Küsse waren wunderbar gewesen, weil sie ihn liebte, aber verglichen mit diesem Mann wußte er eigentlich fast nichts vom Küssen. Dieser Mann entflammte ihre Sinne und kontrollierte jeden einzelnen davon, und nicht nur mit seinem Mund, nein, auch mit seinem Körper. Die Hand, die er auf ihren Rücken gelegt hatte, hinderte sie daran, dem Druck seiner Brust auszuweichen, die ihre Brüste abwechselnd liebkoste und massierte und ganz sonderbare Gefühle in ihr auslöste. Seine andere Hand, die auf der weichen Kurve ihres Pos lag, verursachte noch viel Schlimmeres, da er sie damit hochhob, bis sich sein Geschlecht direkt zwischen ihre Beine preßte. Sie wurde mit allen erdenklichen Waffen angegriffen, vollkommen neue Empfindungen brachen über sie herein, und die ganze Zeit über ging seine Zunge in ihrem Mund auf eine erotische Entdeckungsreise, um ihren Willen vollständig zu zerstören.

Auch Wassili war in dem Sturm gefangen, den er selbst ausgelöst hatte. Er hatte sie damit eigentlich zwingen wollen, ihre Drohung zurückzunehmen, in aller Öffentlichkeit peinliche Szenen zu veranstalten, aber plötzlich war etwas ganz anderes daraus geworden. In dem Moment, da er das Gewicht ihrer üppigen Brüste gespürt hatte, wurde aus ihr einfach eine sehr begehrenswerte Frau. Und Wassili war einer begehrenswerten Frau nie abgeneigt, besonders dann, wenn ein Bett in der Nähe und die Tür fest verschlossen war …

Die Tür öffnete sich abrupt, oder besser, sie wurde mit viel Getöse aufgestemmt. Wassili und Alexandra fuhren ebenso abrupt auseinander. Sie war völlig benommen, während er den Eindringling böse anstarrte.

»Entschuldigung«, sagte Nina, aber der Grund für den Krach wurde ihnen klar, als sie bemerkten, daß das Mädchen mit aller Kraft den großen Wolfshund zurückzuhalten versuchte, der auf Alexandra losstürmen und sie begrüßen wollte. »Er hat die ganze Zeit gebellt und die Pferde verrückt gemacht«, sagte sie, um Bojiks Anwesenheit zu erklären.

Es war eine glatte Lüge, und Alexandra wußte das auch, daher verzieh sie Nina ihr schnelles Nachgeben von vorhin – bis das Mädchen, wenngleich völlig unbeabsichtigt, hinzufügte: »Er wird erst wieder ruhig sein, wenn er bei dir schlafen kann, Alex.«

Nach diesen Worten erröteten alle drei, da jeder an einen anderen ›er‹ als Bojik dachte. Die Tatsache, daß sie alle das gleiche dachten und das auch wußten, machte alles noch viel schlimmer.

Alexandra kniete nieder, um ihren Hund zu sich zu rufen. Er riß sich sofort von Nina los, wodurch deutlich wurde, daß sie ihn tatsächlich kaum unter Kontrolle halten konnte. Alexandra verbarg ihr erhitztes Gesicht in Bojiks Fell, als sie mit eisiger Stimme sagte: »Gute Nacht, Petroff. Und wenn Ihr mich in Zukunft sprechen wollt, so werdet Ihr das in aller Öffentlichkeit und zu einer schicklichen Stunde tun.«

»Darauf würde ich mich nicht verlassen – Alex.«

Als er die Tür mit einem lauten Knall hinter sich geschlossen hatte, sagte Nina mit gedämpfter Stimme: »Sei froh, daß du sein Gesicht nicht gesehen hast, als er das gesagt hat.«

Alexandra hob den Kopf und blickte sich schnell im Zimmer um, wie um sich zu vergewissern, daß er wirklich weg war, bevor sie fragte: »Warum?«

»Wie es so schön heißt: Es ist ihm ernst damit.«

15

Wassili hatte mit seinem Besuch in Alexandras Zimmer zumindest dafür gesorgt, daß Alexandra in dieser Nacht genausowenig schlafen würde wie er. Sie mußte ständig an seinen Kuß und die unerwarteten Gefühle denken, die dieser in ihr hervorgerufen hatte. Sie hatte nicht gewußt, daß sie überhaupt *fähig* war, so zu empfinden. Außerdem warf sie sich vor, daß sie wie eine Schwachsinnige dagestanden und es zugelassen hatte; dabei wußte sie genau, daß sie zu sehr außer Fassung gewesen war, um sich zu wehren. Sie schwor sich, daß ihr so etwas nie wieder passieren würde. Und sie würde ihn nie wieder küssen.

Sie verbrachte jedoch fast die ganze Nacht mit dem Versuch herauszufinden, warum Wassili sie überhaupt geküßt hatte. Das hatte ganz gewiß nichts mit seiner Bemerkung zu tun, daß er sie um den Schlaf bringen wollte, obwohl er genau das geschafft hatte. Und was, um Himmels willen, wäre passiert, wenn Nina nicht zurückgekommen wäre?

Alexandra hätte gerne gedacht, daß sie irgendwann wieder zur Besinnung gekommen wäre und die Razin-Brüder gerufen hätte, die im Zimmer neben dem ihren schliefen. Aber merkwürdigerweise war sie sich da nicht so sicher.

Am Morgen, als sie sich durch den Mangel an Schlaf leicht reizbar fühlte, war sie sich jedoch sicher, was sie getan hätte. Sie hätte nicht um Hilfe gerufen, sondern diesem elenden Windhund ein paar kräftige Ohrfeigen versetzt und ihm dann klargemacht, daß ihm genau das passieren würde, wenn er es jemals wieder versuchen sollte. Sie mußte schließlich einer bestimmten Vorstellung entsprechen, und die neue, ungehobelte, ordinäre, unkultivierte Alexandra würde es bestimmt nicht widerspruchslos hinnehmen, wenn dieser Casanova mit ihr seine Scherze trieb, selbst wenn er dachte, er hätte in dieser Beziehung gewisse Rechte.

Hatte sie nicht genau das gestern abend in der Wirtsstube bewiesen? Sie hatte ihre kleine Szene recht überzeugend gespielt, und doch wünschte sie, sie wäre dabei etwas weniger wütend gewesen. Wenn er in ihrer Gegenwart anderen Frauen Avancen machte, hätte ihr das nichts ausmachen dürfen. Man hatte sie davor gewarnt, daß so etwas passieren würde, und es bewies schließlich nur, daß er tatsächlich der widerwärtige Kerl war, für den sie ihn gehalten hatte. Aber auch diese Feststellung hatte sie in der letzten Nacht um einige Stunden ihres Schlafes gebracht.

Alexandra kam als letzte bei den Ställen an, um sich für ihren Aufbruch fertig zu machen. Ihre Laune wurde dadurch nicht gerade verbessert. Sollte sich herausstellen, daß dieser Lackaffe eine friedliche Nacht verbracht hatte, nachdem er ihr sämtlichen Schlaf geraubt hatte, so hatte sie eine Rechnung mit ihm zu begleichen – und zwar unabhängig von ihrem Plan, ihren Verlobten wieder loszuwerden.

Die Karren waren bereits vorausgeschickt worden und hatten schon ein gutes Stück Weg zurückgelegt, so wie die meisten ihrer Pferde. Stenka hielt Prinz Mischa am Zügel fest, damit sie aufsteigen konnte. Wassili, der auf seinem Rotschimmel saß, hielt sich neben ihrem Pferd auf und wartete offensichtlich auf sie. Wollte er sich ein wenig unterhalten? Das konnte er haben.

Der Blick, mit dem er sie ansah, hätte pure Neugier ausdrücken können, aber sie sah mehr als das darin: reine Selbstgefälligkeit, um genau zu sein. Daher drehte sie sich in dem Moment, als sie in den Sattel stieg, zu ihm um und fragte ihn: »Warum habt Ihr mich gestern abend geküßt?«

Wassili sagte erst einmal nichts. Er schwieg jedoch nicht etwa, weil er wartete, bis Stenka außer Hörweite war – vielmehr mußte er sich erst von seiner Überraschung erholen. Er würde sich schon noch an ihre Direktheit gewöhnen. Es war unerträglich, daß sie ihn so überrumpeln konnte.

Mit zusammengekniffenen Lippen gab er ihr schließlich eine Antwort. »Die Kleine, die ich gestern abend küssen wollte, bekam Angst und lief weg.«

Als er daraufhin nichts mehr sagte, mußte sie ihre eigenen Schlußfolgerungen ziehen. »Ich verstehe. Wenn Eure erste Wahl ausfällt, nehmt Ihr eben mit der zweiten vorlieb. Aber ich schlage Euch noch eine dritte Möglichkeit vor, die Ihr lieber befolgen solltet. Laßt Eure Hosen an, Petroff, zumindest, bis Ihr diese Verlobung aufgelöst habt.«

Sie lächelte, als sie den letzten Satz sagte. Daraufhin lächelte er zurück und beugte sich vor, um nach ihrem Hals zu greifen. Sie wußte genau, was er vorhatte: Er wollte sie an sich ziehen und sie wieder küssen, um zu beweisen, daß man ihm keine Vorschriften machen konnte. Ein kräftiger Ruck an den Zügeln, und Prinz Mischa stieg auf den Hinterbeinen hoch. Wassili mußte seinen Rotschimmel bändigen, der zurückscheute. Alexandra ritt davon, bevor ihm das gelungen war.

Diese Runde hatte sie gewonnen – für genau fünf Minuten. So lange brauchte Wassili, um sie einzuholen, von ihrem Pferd herunter- und auf das seine hinüberzuheben. Das Ganze kam völlig unerwartet und war nicht gerade sehr angenehm. Als er sie auf seinem Pferd zurechtgerückt hatte, saß sie fest eingeklemmt zwischen seinen Oberschenkeln, mit seinen Armen links und rechts von ihr. Die körperliche Nähe rief zu viele der Empfindungen aus der vorangegangenen Nacht zurück.

Sie drängte diese Empfindungen beiseite und warf ihm einen finsteren Blick zu. »Und was gedenkt Ihr jetzt zu tun, Graf Petroff – außer Euch zum Narren zu machen?«

»Wenn Ihr mich noch ein bißchen mehr reizt, meine Liebe, reite ich mit Euch zu einem lauschigen Plätzchen, um es herauszufinden.«

Das war das letzte, was sie wollte, aber sie sagte es nicht. Neben dem Rotschimmel lief Bojik, der den Hengst mit seinem Gebell nervös machte. Hinter ihnen ritten alle drei Razin-Brüder heran, um sich bemerkbar zu machen. Stenka führte Prinz Mischa am Zügel mit.

Sie würden keinen Ton sagen, zumindest jetzt noch nicht. Sie wollte sowieso nicht, daß sie eingriffen und es sich mit ihm verdarben. Das hier war schließlich keine gefährliche Situation für sie – nur für ihre Gefühle.

»Ich hatte Euch etwas gefragt«, sagte sie zu ihm.

Seine Antwort war knapp: »Ruft den Hund zurück.«

Hätte sie nicht auf seinem Pferd gesessen, so hätte sie gelacht. Statt dessen log sie: »Bojik hört nicht auf mich, solange er glaubt, daß ich in Gefahr bin.«

»Ihr habt die am besten ausgebildeten Pferde, die ich je gesehen habe. Ihr erwartet doch wohl nicht von mir, daß ich glaube, Euer Hund würde weniger Disziplin zeigen?«

Jetzt war er ihr gegenüber unfair, da er ein Kompliment machte, das sie als Kompliment akzeptieren mußte. Ihre Pferde waren ihr ein und alles. Gegen ihren Willen war sie erfreut, daß er bemerkt hatte, wie meisterhaft sie zugeritten waren. Außerdem würde sie nie riskieren, daß sich ein Pferd verletzte – selbst, wenn es seines war –, nur weil sie sofort von seinem Schoß herunterwollte. Also rief sie Bojik bei seinem Namen, und das Tier gehorchte sofort.

Das Gebell verstummte. Gleich darauf beruhigte sich auch der große Hengst. Wassili sagte: »Jetzt könnt Ihr das gleiche mit Euren Kosaken machen.«

Ein Zugeständnis ihrerseits reichte jedoch ihrer Meinung nach. »Wenn sie anfangen zu bellen, werde ich sie zurückrufen«, stieß sie zwischen den Zähnen hervor.

»Ich werde so tun, als ob ich das nicht gehört hätte.«

»Und ich werde so tun, als ob Ihr nicht Euren Verstand verloren hättet«, gab sie zurück.

Plötzlich spürte sie, wie seine Brust vor Lachen bebte. Es war zwar nicht ihre Absicht gewesen, ihn zu amüsieren, aber was sie da gerade hörte, war das erste Anzeichen echten Humors. Und es veranlaßte ihn, sein Pferd anzuhalten.

»Das wird auch langsam Zeit«, sagte sie. Aber offensichtlich hatte sie das zu früh gesagt.

Er ließ sie nicht herunter, sondern drehte sich um und sprach die Razins an. »Meine Verlobte und ich werden uns ein wenig unterhalten, damit wir uns besser kennenlernen. Reitet voraus. Wir brauchen eure Begleitung nicht.«

Sie ritten natürlich nicht voraus. Statt dessen starrten sie Wassili einen Moment lang an, dann starrten sie Alexandra an, die kurz davor war, vor Wut loszuschreien. Wassili würde sie dazu zwingen, auch hier nachzugeben, andernfalls würde er sich gegen ihre Männer stellen – und das würde Konsequenzen haben, die sie sich lieber nicht vorstellen wollte. *Wußte* er, daß sie nachgeben würde, oder würde er klein beigeben, wenn sie es nicht tat? Sie wollte ihn lieber nicht auf die Probe stellen.

Daher nickte sie mit dem Kopf, woraufhin ihre Freunde ohne Befürchtungen davonreiten konnten, aber sie tat es so, daß ihr Nicken kaum wahrnehmbar war. Sie hoffte, daß Wassili es nicht gesehen hatte. Sie war sich fast sicher, daß er es nicht bemerkt hatte, als er sein Pferd wendete, um den Razins und dem Rest der Reisegesellschaft zu folgen. Dabei schlug er jedoch eine langsamere Gangart an.

Aber sobald sie außer Rufweite waren, sagte er: »Eine kluge Wahl.«

Da sie keine Lust hatte herauszufinden, was er damit meinte, ignorierte sie seine Worte und sagte statt dessen: »Ihr wollt mich doch gar nicht *besser* kennenlernen, Petroff, genausowenig wie ich Euch besser kennenlernen möchte. Was sollte das Ganze dann?«

»Ich wollte beweisen, daß Ihr Euch meinen Wünschen zu unterwerfen habt, ob Euch das nun gefällt oder nicht.«

»Nun, Ihr habt Euch sicher bemüht«, erwiderte sie mürrisch. »Aber beweisen konntet Ihr es nicht, da Eure Autorität meine Kooperation erfordert, und meine Kooperation ist keinesfalls garantiert.«

Seine Arme schlossen sich noch etwas enger um sie. Dann beugte er seinen Kopf nach vorn, bis seine Lippen fast ihr Ohr erreicht hatten. »Dann sollte ich Euch vielleicht ein paar Versprechen entlocken«, sagte er mit einer Stimme, die wohl verführerisch sein mußte, da sie einige sonderbare Empfindungen in ihr auslöste.

Sie stieß ihm ihren Ellbogen in den Magen, um sich etwas mehr Platz zu verschaffen. Das gelang ihr allerdings nur, weil er mit diesem Hieb nicht gerechnet hatte. »Keine Versprechen, Petroff. Kein einziges. Und wir haben uns jetzt genug unterhalten, also laßt mich runter.«

»Wenn Ihr ›bitte‹ sagt, und zwar ganz, ganz lieb«, fauchte er ihr ins Ohr.

Sie hatte es geschafft, ihn wütend zu machen, wahrscheinlich durch den Stoß mit dem Ellbogen. Aber sie war genauso wütend, weil er sie so in Panik versetzt hatte, daß sie ihn geschlagen hatte. »Geht zur Hölle«, gab sie ihm zur Antwort, aber das half ihr auch nicht dabei, von seinem Pferd herunterzukommen.

Er ritt im Schritt weiter und hielt immer noch einen großen Abstand zum Rest ihrer Gruppe ein. Ihr Schweigen machte deutlich, daß er das geforderte ›bitte‹ nicht bekommen würde, daher fragte sie sich, wie lange er ihnen diesen unbequemen Ritt noch zumuten wollte, bevor er sich wieder den anderen anschloß. War er etwa so starrköpfig wie sie?

»Ich hörte, daß Ihr noch Schwestern habt«, sagte er plötzlich und bewies damit, daß er zumindest ein gewisses Interesse an ihr hatte. »Sind sie … Euch ähnlich?«

Reine Neugier? Oder wollte er nur den Weg für weitere Beleidigungen ebnen?

»Sie sind mir überhaupt nicht ähnlich«, antwortete sie zögernd. »Ich habe mich nie sehr gut mit ihnen verstanden. Sie hatten andere Interessen als ich.«

»Und Ihr habt Euch für die Pferdezucht interessiert.«

Sie entdeckte den leisen Tadel und erwiderte leicht gereizt: »Daß ich eine Frau bin, bedeutet noch lange nicht, daß …«

»Ich habe Euch nicht kritisiert«, unterbrach er sie.

»Nein? Das bezweifle ich. Aber es ist mir sowieso egal, was Ihr denkt.«

»Das habe ich schon bemerkt«, entgegnete er trocken.

Als er danach nichts mehr sagte, beschloß sie, daß sie genausogut ein wenig von dem versäumten Schlaf nachholen konnte. Ihr Rücken lehnte an seinem Arm. Sie brauchte nur ihren Kopf an seine Brust zu legen …

»Im allgemeinen sehe ich mich dazu gezwungen, eine Frau zu berühren, wenn sie mir so nah ist wie Ihr gerade«, bemerkte Wassili leichthin. »Da Ihr aber in diesem lächerlichen Aufzug die meiste Zeit über gar nicht wie eine Frau ausseht – mit Ausnahme Eurer hinreißenden Brüste –, werde ich mich wahrscheinlich noch etwas zurückhalten können. Allerdings nicht mehr lange …«

Alexandras Augen weiteten sich ungläubig. Alle Gedanken an Schlaf waren vergessen, jetzt dachte sie nur noch an Flucht. Aber sie war noch nicht bereit dazu, ›bitte‹ zu sagen.

»Das ist nicht lustig, Petroff.«

»Eigentlich ist es ein Teil von einem Witz, den ich auch nicht sehr amüsant finde, da er von mir handelt.«

Sie fragte nicht nach einer Erklärung, da sie sicher war, daß sie ihr nicht gefallen würde. »Laßt mich runter.«

»Sagt bitte.«

»Verdammt noch mal, laßt mich gefälligst runter!«

Es sah so aus, als ob er das auch tun würde, denn er legte beide Zügel in die Hand des Arms, mit dem er sie stützte. Dadurch hatte er jetzt seine andere Hand frei, aber anstatt sie auf die Erde herabzulassen, hob er ihr

Kinn hoch, so daß sie zu ihm aufblickte. Dann näherte er sich ihren Lippen.

»Ich habe es versucht«, flüsterte er mit heiserer Stimme.

Sie starrte ihn gebannt an, aber nur zwei atemlose Sekunden lang. Dann überkam sie die Angst, daß sie sich in den gleichen sonderbaren Empfindungen verlieren würde, die sie gestern abend gespürt hatte. »Bitte, bitte, bitte«, brach es aus ihr heraus.

Einen kurzen Augenblick lang sah er enttäuscht aus, weil sie nachgegeben hatte. Aber dann war er befriedigt über seinen Sieg. Er ließ sie vom Pferd gleiten und lächelte ihr von oben herab süffisant zu.

»Jeder muß einmal seine Lektion lernen, meine Liebe«, sagte er mit einer kräftigen Dosis Arroganz. »Es ist besser, wenn man eher nachgibt, da Verzögerungen nichts als Scherereien verursachen.«

Lektion oder Warnung? Aber es war ihr egal, ob er inzwischen das Thema gewechselt hatte und jetzt über die Verlobung sprach oder das ›bitte‹ meinte, das er gerade bekommen hatte.

»Dann solltet Ihr diese Lektion am besten selbst beachten, Petroff«, erwiderte sie. Dann rief sie mit durchdringender Stimme: »Bojik!«

Unmittelbar darauf war der Wolfshund an ihrer Seite und bellte so laut und bösartig, daß Wassilis Hengst dieses Mal durchging und mit halsbrecherischer Geschwindigkeit davonjagte, und zwar nicht die Straße hinunter, sondern über ein nahegelegenes Feld. Alexandra grinste, als sie sah, wie Wassili das Tier zu bändigen versuchte. Er hatte nicht sehr viel Erfolg dabei. Sie würde eine Weile laufen müssen, bis einer der Razins bemerkte, daß sie zu Fuß ging, und sie holen kam, aber das machte ihr nicht das geringste aus.

Sie lachte sogar, als sie ihrem Hund das Fell zerzauste und zu laufen begann. »Er will uns etwas beweisen, Bojik, aber ich glaube nicht, daß es ihm gefallen wird, wenn wir auch damit anfangen. Was meinst du dazu?«

16

Eine ganze Woche war vergangen, ohne daß sich weitere Zwischenfälle ereignet hätten, was wahrscheinlich auf die Tatsache zurückzuführen war, daß Wassili und Alexandra sich große Mühe gaben, nicht miteinander zu reden. Beide hätten es vorgezogen, einander auch nicht zu sehen, aber das war unmöglich zu bewerkstelligen, obwohl Wassili jede erdenkliche Anstrengung unternahm, indem er der Reisegesellschaft jeden Tag so weit wie möglich vorausritt.

Zweimal hatten sie im Freien ihr Lager aufgeschlagen, und obwohl Alexandra damit gerechnet hatte, daß sich der verweichlichte Lackaffe heftig dagegen sträuben würde, hatte es beide Male überhaupt keinen Streit gegeben. Hätte sie Wassili besser gekannt, so hätte sie gewußt, wie nahe daran sie gewesen war, einen Streit zu entfachen. Aber Wassili war in der kurzen Zeit, in der er sie kannte, klargeworden, daß ihr das Wohl ihrer Pferde wichtiger als alles andere war und sie keinen Fingerbreit nachgab, wenn es um deren Sicherheit ging. Ehrlich gesagt widerstrebte es ihm genauso wie ihr, in der Dunkelheit zu reisen. Wenn er protestiert hätte, wäre das aus reinem Widerspruchsgeist geschehen, was jedoch nicht heißen sollte, daß er in seinem gegenwärtigen Gemütszustand nicht sehr zum Widerspruch neigte.

Er war überhaupt nicht zufrieden damit, wie sich die Dinge entwickelten. Lazar hatte recht: Er konnte sein Schicksal nicht völlig seiner Mutter überlassen. Er *glaubte* zwar, daß sie ihm diese Heirat verbieten würde, sobald sie mit eigenen Augen sah, daß Alexandra – Baronesse hin, Baronesse her – meilenweit davon entfernt war, eine Dame zu sein. Aber es war immerhin möglich, daß sie annehmen würde, sie könne Alexandras Mängel korrigieren. Und Wassili hielt ein solches Unterfangen zwar für aussichtslos, wußte aber zugleich, daß seine Meinung nicht zählen würde, wenn seine Mutter einmal den Entschluß gefaßt hatte, es zu versuchen.

Dann war ihm die Idee gekommen, daß er sich womöglich aus seinem Dilemma befreien konnte, indem er Alexandra einfach ignorierte. Jede andere Frau hätte einen solchen Mangel an Aufmerksamkeit seinerseits nicht hingenommen, sondern sich mit den heftigsten Gefühlsausbrüchen revanchiert. Aber Alexandra war nicht wie andere Frauen. Und es verärgerte *ihn* aufs äußerste, daß sie es sogar zu begrüßen schien, wenn er ihr aus dem Weg ging. Vielleicht hätte er sie zuerst verführen und *dann* ignorieren sollen? Dieses verdammte Frauenzimmer, konnte sie denn nicht einmal richtig reagieren? Mußte sie denn *in jeder Beziehung* anders sein?

Selbst bei den wenigen Malen, als sie zufällig einige Worte miteinander gewechselt hatten und er seine Verachtung überdeutlich gezeigt hatte, schien das einfach an ihr abzuprallen. Wassili vermutete inzwischen sogar, daß sie seine zur Schau gestellte Herablassung irgendwie amüsant fand. Natürlich gab es nichts, worauf er den Finger hätte legen können. Sie verzog ihre Lippen kein bißchen, und in ihren hübschen blauen Augen regte sich nichts. Dieser ganz und gar nichtssagende Blick, mit dem sie ihn ansah, war so völlig ohne Ausdruck, daß er einfach verdächtig sein *mußte.*

Tatsache war, daß er bei seiner Verlobten nicht wußte, was er tun sollte. Er war einfach zu sehr daran gewöhnt, mit Frauen nur auf eine mögliche Art und Weise umzugehen – mit gezielt eingesetztem Charme und seinen Verführungskünsten. Keines von beiden würde funktionieren, wenn er erreichen wollte, daß Alexandra ihn verabscheute.

Es war ein Fehler gewesen, sie zu küssen und sie beinahe noch einmal zu küssen, auch wenn er damit nur hatte erreichen wollen, daß sie von ihrer Drohung abließ, in aller Öffentlichkeit peinliche Szenen zu machen. Dieser Fehler hatte schwerwiegende Folgen für ihn selbst, da er lieber nicht herausgefunden hätte, wie perfekt ihr Körper zu dem seinen paßte. Und er hätte voll und ganz auf das Wissen verzichten können, daß sie nach Ambrosia schmeckte, Haar wie gesponnene Seide besaß und ihre Haut sich wie warme Seide anfühlte. Und dieses Gefühl, wenn sich ihre wundervollen Brüste an ihn drückten …

Es war ein noch größerer Fehler gewesen, diese Brüste nicht gründlich zu erforschen, als er die Chance dazu hatte, denn jetzt träumte er davon, wie er sie liebkoste, daran sog und in sie biß. Er träumte davon, wie sie unter ihm lag und vor Lust stöhnte. Wie kam er eigentlich dazu, überhaupt von ihr zu träumen?

»Ich kann dir nicht sagen, ob sie nun versuchen, dir weitere Szenen von Alexandra in der Öffentlichkeit zu ersparen«, bemerkte Lazar leichthin, »oder ob sie ihr helfen, sämtliche Frauenzimmer von dir fernzuhalten.«

Auf Wassilis Anordnung hin saßen sie heute abend in einem eigenen Eßzimmer, bei dem es sich allerdings nur um einen kleinen Alkoven handelte, der sich auf einer Seite zur Wirtsstube hin öffnete, in dem der Rest ihrer Reisegesellschaft saß. Wassili blickte hinüber, um zu sehen, was Lazar meinte, und bemerkte, daß die Zwillinge Stenka und Timofee um die Aufmerksamkeit der Küchenhilfe konkurrierten. Und auf der anderen Seite des Raumes tuschelte Konrad, ihr älterer Bruder, mit der Köchin.

Sie waren in einer kleinen Poststation, wo es keine Serviermädchen gab. Und doch waren die einzigen beiden Frauen, die hier arbeiteten, bereits in ein Gespräch verwickelt. So war es schon die ganze Woche gewesen. Sämtliche anwesenden Frauen wurden sofort von den Kosaken in Beschlag genommen. Wassili war viel zu sehr in Grübeleien versunken, um es zu bemerken oder sich groß darum zu kümmern.

»Was immer sie auch tun, du kannst sicher sein, daß es nicht zu meinem Vorteil ist«, murmelte Wassili.

»Warum reitest du morgen nicht zur nächsten Stadt voraus und amüsierst dich dort ein bißchen?« schlug Lazar vor. »Vielleicht komme ich ja auch mit.«

»Eine ausgezeichnete Idee, aber ich traue Alexandra nicht. Sie bringt es fertig und taucht in der nächsten Stadt auf, wenn ich so etwas vorhabe.«

Und außerdem würde er sie nicht im Freien übernachten lassen, wenn er nicht da war, um sie zu beschützen. Er war schließlich dazu verpflichtet, ob ihm das nun paßte oder nicht.

Voller Empörung fügte Wassili hinzu: »Entweder das – oder sie kommt in die Stadt und nimmt sie auseinander, bis sie das Frauenzimmer gefunden hat, mit dem ich geschlafen habe. Und dann wird sie ihr die Ohren abschneiden.«

Lazar brach in lautes Gelächter aus. Wassili warf ihm einen finsteren Blick zu, da er das überhaupt nicht lustig fand.

»Also«, sagte Lazar, »ich habe gehört, daß sie mit der Reitpeitsche viel besser umgehen kann als mit dem Messer.«

»Wer hat dir das erzählt?«

»Einer von den Stallburschen. Ein junger Leutnant hatte eines ihrer Pferde mißhandelt.«

Wassili stöhnte. »Sie ist also wirklich gewalttätig.«

»Nur wenn sie verteidigt, was ihr gehört.« Lazar fing wieder an zu lachen, bevor er mühsam herausbrachte: »Und du, mein Freund, gehörst ihr auch.«

Wassili begegnete diesen Worten mit dem Schweigen, das sie verdient hatten, aber etwas später fragte er seinen Freund: »Hast du eigentlich Glück gehabt, Lazar?«

Wie gewöhnlich konnte Lazar problemlos Wassilis Gedankengängen folgen, selbst wenn diese nicht so deutlich ausgedrückt wurden. »Man hat mir zweimal einen Korb gegeben, weil ich zu deinem Gefolge gehöre«, gab Lazar zu, da sie immer noch beim Thema Frauen waren. »Ich beklage mich aber nicht. Es macht viel mehr Spaß, dir beim Grübeln zuzusehen.«

»Glaub nur nicht, ich hätte das nicht schon bemerkt«, entgegnete Wassili trocken. »Du bist ein wahrer Freund für mich. Deine gute Laune ist geradezu unerträglich.«

Lazar grinste. »Wenigstens hat jetzt einer von uns beiden Spaß auf dieser Reise.«

Wassili wartete eine Weile, bevor er fragte: »Und wie geht es meiner Nemesis heute abend?«

»Warum siehst du denn nicht selbst nach?«

»Weil es mir den Magen umdreht, wenn ich ihr beim Essen zusehe«, log Wassili.

Die Wahrheit war, daß er die Art und Weise, wie Alexandra mit den Fingern aß und sie danach ableckte, viel zu erotisch fand und ihr dabei nicht ohne Erregung zusehen konnte. Deshalb hatte er aufgehört, ihr dabei zuzusehen.

»Also, eigentlich schenkt sie jetzt diesen Musikern, die vor ein paar Minuten hereingekommen sind, ihre volle Aufmerksamkeit.«

Wassilis Augen suchten sofort die Musiker, die sich in einer Ecke des Raumes niedergelassen hatten. Er entspannte sich erst wieder, als er festgestellt hatte, daß alle drei schon in einem fortgeschritteneren Alter waren und außer der Unterhaltung, die sie zu bieten versprachen, nichts an ihnen eine junge Frau interessieren konnte …

Wassili sackte in seinem Stuhl zusammen. Er konnte nicht fassen, was er gerade getan hatte. Warum zum

Teufel kümmerte er sich darum, zu wem sich Alexandra eventuell hingezogen fühlte? Es war ihm doch völlig egal.

Um das zu beweisen, drehte er sich zu Lazar um und sagte: »Warum verführst *du* sie nicht?«

»Warum tue ich *was* nicht?«

»Nicht so laut, verdammt noch mal«, beschwerte sich Wassili. »Das ist kein Witz.«

»Doch, das ist ein Witz«, erwiderte Lazar mit Nachdruck.

»Du weißt, daß ich keine Witze mache, wenn es darum geht, mir einen rechtmäßigen Grund zu verschaffen, um sie zu ihrem Vater zurückzubringen. Ich frage mich, warum mir das nicht schon früher eingefallen ist.«

»Wassili, das hier ist nicht eine der kleinen Affären, die du gerne mit deinen Freunden teilst. Wir reden hier über deine Verlobte, die von deinem Vater ausgewählt und von deiner Mutter gutgeheißen wurde – zumindest, bis sie die Baronesse kennenlernt –, also über deine zukünftige Frau.«

»Eine Tatsache, die ich mit der Hilfe eines Freundes zu ändern versuche.«

»Das ist nicht fair. Als nächstes wirst du mir erzählen, daß du das gleiche für mich tun würdest.«

»Du weißt, daß ich das tun würde.«

Lazar wußte es. Er wußte auch, daß Wassili überhaupt keine Eifersucht kannte – zumindest, wenn es um Frauen ging. Das also machte ihm keine Sorgen. Ihn beunruhigte vielmehr, daß Alexandra so gar nicht wie andere Frauen war, selbst wenn Wassili wild entschlossen war, dies nicht als etwas Besonderes anzuerkennen.

»Es würde nie funktionieren, da sie weiß, daß sie statt meiner dich haben kann«, sagte Lazar zu ihm. »Sie sieht mich ja nicht einmal an, und wenn sie mich ansieht, blickt sie durch mich hindurch. Noch niemals zuvor hat mich eine Frau so ignoriert.«

»Du könntest es zumindest einmal versuchen.«

Lazar grinste, aber er nickte. »Und wann soll ich dieses Wunder vollbringen? Heute nacht?«

Diese Frage schien Wassili zu erschrecken. Auf jeden Fall runzelte er die Stirn. »Nein, du willst deine Chancen doch nicht ruinieren, indem du überstürzt handelst. Laß dir Zeit und überlege dir erst einmal eine Strategie. Schlaf eine Nacht darüber.«

Da Lazar ganz und gar nicht versessen darauf war, die Ablehnung zu erhalten, die er erwartete, sagte er: »Aber natürlich.«

Inzwischen hatten die Musiker angefangen, ein schnelles Volkslied zu spielen. Drei Männer standen von ihrem Tisch auf und begannen einen der russischen Tänze, die traditionell nur von Männern getanzt wurden.

Die Zwillinge blickten geringschätzig zu den Tänzern hinüber. Alexandra neckte sie anscheinend gerade, denn plötzlich standen sie auf und begannen zu tanzen. Wassili mußte zugeben, daß sie mit erheblich mehr Temperament tanzten und sehr viel geschickter waren.

Er kannte den Tanz, allerdings war es schon Jahre her, seit er dabei zum letzten Mal mitgemacht hatte. Man brauchte kräftige Oberschenkel und ein ausgezeichnetes Gleichgewicht für die Fußtritte und ... Er glaubte es nicht. Alexandra würde es nicht wagen ...

Doch, sie wagte es. Sie tanzte mit den Männern, die offensichtlich nichts dagegen hatten. Noch ein paar ihrer Männer schlossen sich ihnen an. Der Lärm war ohrenbetäubend.

Neben ihm sagte Lazar: »Schau dir das an: Diese Frau steckt voller Überraschungen!«

Wassili hörte ihm gar nicht zu. Er sah zu, wie sich ihre weite Hose mit jeder Hocke und jedem Tritt spannte, wie ihre Brüste sich bewegten, wenn sie einen Sprung machte, wie ihr Gesicht vor Freude glühte. Das mußte er aus der Nähe sehen. Dazu brauchte er ja nicht gleich zu tanzen, aber genau das tat er dann.

Später, als sie zusammen in einem Bett lagen, da nicht genügend Zimmer vorhanden waren – ein Problem, das sie wegen der Größe ihrer Reisegesellschaft des öfteren hatten –, lachte Lazar immer noch wegen Wassilis überraschender Teilnahme an dem Tanz in sich hinein. Er hatte seine Sache gut gemacht, und Alexandra kam nicht umhin, beeindruckt zu sein. Es war wahrscheinlich ihre erste freundliche Begegnung gewesen – ohne daß einer von ihnen ein Wort gesagt hätte. Schade, daß sie beide recht verlegen gewesen waren, als der Tanz vorbei war.

Auch Wassili schlief noch nicht, aber er dachte nicht an den Tanz. Plötzlich räusperte er sich und sagte: »Vergiß es einfach.«

Lazar wußte genau, was sein Freund gemeint hatte: die Verführung seiner Verlobten. »Schon vergessen«, versicherte ihm Lazar, der sehr erleichtert war.

Wassili wollte jedoch noch etwas wissen. »Du hast doch nicht im Ernst daran gedacht, es zu tun, oder?«

»Ich wollte dir nur einen Gefallen tun.«

»Gut.«

Irgendwie gelang es Lazar, seinen Lachanfall zu unterdrücken, aber es war gar nicht so einfach.

17

Am nächsten Morgen schneite es. Die Schneeflocken schmolzen schnell und blieben nicht auf der Erde liegen, aber die Temperatur war gegenüber gestern beträchtlich gefallen. Und sie waren noch gar nicht in der Nähe der Berge, wo es viel, viel kälter sein würde.

Alexandra gefiel dieses Wetter, aber ihr gingen so viele Dinge im Kopf herum, daß sie es nicht genießen konnte. Ihr Plan entwickelte sich nicht so schnell, wie sie das gedacht hatte. Eigentlich funktionierte er überhaupt nicht.

Wassili hatte keine einzige Bemerkung über ihre fürchterlichen Tischmanieren gemacht. Eines Abends waren die Zwillinge aufeinander losgegangen, und anstatt ihren Streit wie sonst, wenn sie mit einer Rauferei begannen, mit einem Wort zu beenden, hatte sie so getan, als ob sie völlig fasziniert davon wäre, und sie noch angefeuert. Aber Wassili hatte nichts zu ihrem blutrünstigen Verhalten gesagt. Er hatte auch noch nicht bemerkt, daß sie allmählich zu stinken anfing, während Nina sich ständig darüber beschwerte. Auch gestern abend war er nicht so richtig schockiert gewesen, als sie bei einem Tanz, den nur Männer tanzen durften, mitgemacht hatte. Sie würde jetzt nicht daran denken, wieviel Spaß es gemacht hatte, selbst als er sich ihnen angeschlossen hatte, *besonders*, nachdem er sich ihnen angeschlossen hatte.

Lediglich zu ihrer einzigartigen Methode, seine Treue ihr gegenüber sicherzustellen, hatte Wassili etwas gesagt. Wenn das allein genügen würde, um ihn zu einem Bruch der Verlobung zu bewegen, hätte sie jetzt aufatmen können, aber er war nicht sonderlich wütend gewesen, als sie ihre kleine Szene das erste Mal aufgeführt hatte. Also war sehr viel mehr notwendig, um ihn so zu empören, daß er die Trennung von ihr fordern würde. Sie würde natürlich auch weiterhin seine kleinen Tändeleien unterbinden – in aller Öffentlichkeit und auch privat. Unter vier Augen war das natürlich nicht so befriedigend oder skandalös wie eine Szene in der Öffentlichkeit, aber er war vorsichtig gewesen und hatte in ihrer Gegenwart keiner Frau mehr Avancen gemacht. Vielleicht, weil die Peinlichkeit schlimmer war als seine sexuelle Frustration?

Wenn das zutraf, war es jetzt vielleicht an der Zeit für

eine weitere ›Szene‹. Vielleicht war dieses Mal eine einfache Demonstration ihres aufbrausenden Temperaments angebracht, etwas, das nichts mit Wassili zu tun hatte und ihm zeigen sollte, daß sie ihn selbst dann in Verlegenheit bringen konnte, wenn er sich ihr gegenüber tadellos verhielt. Die Idee war nicht schlecht, und als sie mit den Razins darüber sprach, meinten diese auch, daß sie es ruhig versuchen sollte.

Timofee bot ihr an, den Anlaß ihres Wutanfalls zu spielen, aber Stenka beanspruchte dieses Privileg ebenfalls, so daß sie ihnen schließlich versicherte, es sei ihr ein Vergnügen, ihrer beider Ohren langzuziehen. Und der Grund? Sie beschloß, daß gar keiner notwendig war. Wenn Wassili danach fragte, würde sie einfach sagen, das gehe ihn nichts an.

Es wäre ihr lieber gewesen, wenn sie die ›Szene‹ in einer Stadt hätte aufführen können, da es auf diese Weise noch mehr Leute mitbekommen hätten. Aber als sie bei Einbruch der Dunkelheit noch keine Stadt erreicht hatten und schließlich ihr Lager für die Nacht aufschlugen, war sie so erpicht auf Wassilis Reaktion, daß sie ihre kleine Demonstration nicht aufschieben wollte. Dennoch mußte sie warten, da er wie immer weit vorausritt und es eine Weile dauern würde, bis er merkte, daß sie nicht nachkamen.

Aber Wassili schloß sich ihnen erst eine Stunde nach Einbruch der Dunkelheit wieder an. Alexandra vermutete schon, daß er irgendwo eine willige Frau gefunden hatte, mit der er sich jetzt vergnügte. Als er dann in ihr Lager ritt und sie sofort anfing, die Zwillinge aus vollem Hals zu beschimpfen, war sie wirklich so wütend, wie sie klang.

Leider war ihr Vorrat an Geschmacklosigkeiten recht beschränkt. Da sie das vorher nicht bedacht hatte, mußte Alexandra jetzt ihren gehässigen Angriff unterbrechen und den Zwillingen zuflüstern: »Ich weiß keine

Schimpfnamen mehr für euch. Schnell, sagt mir ein paar vor.«

Timofee war so sehr damit beschäftigt, sein breites Grinsen hinter seinen Händen zu verstecken, daß er ihr nicht antworten konnte, aber Stenka tat ihr gerne den Gefallen. Daraufhin weiteten sich Alexandras Augen, und ihr schoß das Blut in die Wangen, während sie ihnen die Schimpfwörter entgegenschleuderte. Da sie mit dem Rücken zu Wassili stand, konnte er ihre Reaktion nicht sehen, sondern hörte lediglich ihre unflätigen Ausdrücke, so daß sie nicht befürchten mußte, daß er ihre Verlegenheit bemerkte.

Sie war jedoch so gespannt auf seine Reaktion, daß sie Stenka zuflüsterte: »Ist er schon richtig schockiert?«

»Ich sage es dir ja nicht gerne, aber er lacht.«

Sie war einen Moment lang zu überrascht, um zu antworten, aber dann ließ sie enttäuscht die Schultern hängen und sagte voller Empörung: »Wodurch zum Teufel läßt sich dieser Mann denn eigentlich schockieren?«

Stenka konnte sein Grinsen jetzt nicht länger verbeißen. »Du könntest ja mal versuchen, nackt um das Feuer zu tanzen. Darauf müßte er eigentlich reagieren. Wir anderen würden natürlich wegsehen.«

»Natürlich«, erwiderte sie trocken, bevor sie die Zwillinge mit einigen weiteren Beschimpfungen bedachte. Dieses Mal meinte sie es allerdings ernst.

Danach ging sie weg, verärgert über sie, verärgert über sich selbst, weil sie ihr Ziel wieder nicht erreicht hatte, und fuchsteufelswild auf Wassili, weil er nicht wie erwartet reagiert hatte. *Warum* hatte es ihn amüsiert, diese derben Ausdrücke aus ihrem Mund zu hören? War ihm denn nicht klar, daß sie eine Szene wie diese auch in Gegenwart seines Königs aufführen konnte?

Er fand sie bei den Pferden, zu denen sie gegangen war, weil diese für gewöhnlich einen beruhigenden Einfluß auf sie hatten. Für gewöhnlich. Heute abend funktionierte es nicht. Sie lief weiter zwischen den Pferden hin und her und ignorierte dabei den Mann, dessen Gegenwart sie hinter sich fühlte. Sie wußte instinktiv, wer es war. Und auch deshalb gelang es ihr nicht, sich zu beruhigen. Es gefiel ihr überhaupt nicht, daß sie Wassili spüren konnte, so wie ihre Stuten es spürten, wenn einer der Hengste in ihrer Nähe war.

Er wartete nicht, bis sie sich umdrehte. »Vielleicht sagt Ihr mir jetzt, warum Ihr so wütend auf Eure Kosaken wart.«

»Warum sollte ich?«

»Weil ich Euch frage.«

Sie hatte ihm ja eigentlich sagen wollen, daß ihn das überhaupt nichts angehe, aber die Pferde verhalfen ihr zu einer passenden Lüge. Sie drehte sich zu Wassili um, doch wie so oft verwirrte sie sein Aussehen. Immer, wenn sie in seiner Nähe war, hatte sie Schwierigkeiten, zu atmen und etwas zu sagen.

Aber schließlich stieß sie hervor: »Sie haben heute eine der Stuten von Prinz Mischa decken lassen.«

»Und?«

»Sie wissen genau, daß ich bei jedem Deckakt dabeisein muß«, erklärte sie ihm. Es stimmte sogar.

»Ihr seht dabei zu?«

An seinem Gesichtsausdruck konnte sie feststellen, daß es ihr endlich gelungen war, ihn zu schockieren – und zwar mit etwas, das sie *wirklich* tat, und nicht mit einer Szene, die sie nur um seinetwillen aufführte.

»Natürlich sehe ich dabei zu. Es sind doch meine Babys, und ich habe sie besser unter Kontrolle als jeder andere. Ich muß sichergehen, daß die Stuten nicht verletzt werden, wie das jeder gewissenhafte Züchter tun würde.«

»Aber …«

»Ja?«

Durch ihren Tonfall verbat sie sich jeden Widerspruch, weil sie eine Frau war, besonders, da sie sich so viel Mühe gegeben hatte, so *unweiblich* wie nur möglich für ihn auszusehen und aufzutreten. Als er daran dachte, wechselte er das Thema.

»Wo wart Ihr denn eigentlich?«

Sie lächelte ihn an. »Wußtet Ihr das nicht? Ihr seid nicht der einzige, der alleine wegreitet ...« Sie wollte hinzufügen: »... um sich zu amüsieren«, aber dazu kam sie nicht.

»Ihr habt *was* getan?«

»Wenn ich auf einem Pferd sitze«, fuhr sie fort, »bleibe ich nicht immer auf der Straße, so wie Ihr. Ich schaue mir lieber die Gegend an. Das ist viel ... anregender.«

Dieses Mal war ihr die Anspielung gelungen, aber statt sich darauf zu stürzen, sagte er nur: »Ihr lügt, Alex.«

Sie knirschte mit den Zähnen, bevor sie entgegnete: »Aber natürlich lüge ich. Wie seid Ihr denn dahintergekommen?«

Er warf ihr einen finsteren Blick zu. »Wie meint Ihr das: ›Aber natürlich lüge ich‹? Habt Ihr etwa die Angewohnheit zu lügen?«

»Aber natürlich«, erwiderte sie leichthin. »Dadurch wird das Leben viel interessanter, findet Ihr nicht auch?«

»Nein, das finde ich nicht«, sagte er streng. »Das Leben ist schon interessant genug, auch ohne daß man es komplizierter macht ... Egal. Ihr seid eine erwachsene Frau. Nichts liegt mir ferner, als auch nur eine Eurer ... Gewohnheiten zu ändern.«

Seine Herablassung machte sie wütend. Sie hätte ihren Ärger viel lieber an ihm ausgelassen als vorzugeben, wütend auf ihre Freunde zu sein. Aber das konnte sie jetzt nachholen. Sie lächelte ihn an.

»Wie überaus großmütig von Euch, Petroff. Erwartet aber bitte nicht, daß ich ebenso großzügig bin. Schließlich wissen wir ja, welche Eurer Gewohnheiten ich gerade ändere, nicht wahr?«

Er biß nicht an, aber sein Lächeln war so falsch wie das ihre. »Gewohnheiten, von denen Ihr *annehmt,* daß Ihr sie ändert. Aber was Eure Frage angeht, warum ich gewußt habe, daß Ihr lügt: Einer meiner Männer hätte mich benachrichtigt, wenn Ihr allein weggeritten wäret, und ein zweiter wäre Euch gefolgt.«

»Ihr spioniert mir nach? Nun, dann muß ich Euch ja auch diesen Dienst erweisen, nicht wahr? Ich werde gleich morgen damit anfangen und herausfinden, was Ihr heute gemacht habt.«

Er runzelte die Stirn. »Ihr meint, in dem Bauernhof, den ich gefunden habe …«

»Schürzenjäger …«

»Na, na, was werft Ihr mir denn da vor?« Er lachte beinahe, da es ihn amüsierte, woran sie gerade dachte. »Zufälligerweise war es schon dunkel, als ich den Bauernhof fand, ich hatte also gar keine Zeit für Tändeleien. Aber da wir gerade beim Thema sind, möchte ich Euch gerne daran erinnern, daß Euer Verhalten besser über jeden Zweifel erhaben sein sollte, zumindest, bis Ihr mir einen Erben geboren habt. Danach könnt Ihr machen, was Ihr wollt.«

»Oh, natürlich werde ich machen, was ich will, aber ich werde dafür doch nicht auf Eure Erlaubnis warten. Ihr jedoch werdet keine weiteren billigen Affären mehr haben.«

Er konnte es nicht glauben. »Soll das etwa heißen, Ihr könnt, aber ich nicht?«

»Ihr Männer hattet schon viel zu lange das Monopol auf diesem Gebiet. Ihr hättet wissen müssen, daß eines Tages eine Frau den Spieß umdrehen würde.«

»Aber das werdet ganz sicher nicht Ihr sein, meine Liebe«, sagte er mit scharfer Stimme. »Ihr schneidet gerne Ohren ab? Ich werde sehr viel mehr als das von jedem Mann abschneiden, der Euch anfaßt, zumindest bis …«

»Ja, ja, *das* habt Ihr schon gesagt«, fuhr sie ihn ungeduldig an. »Wieso glaubt Ihr eigentlich, daß ich überhaupt Kinder bekommen kann? Vielleicht habe ich es ja schon versucht und es ging nicht.«

Das schien ihn auf einen Gedanken zu bringen. »Dann sollten wir das lieber vorher herausfinden.«

»Denkt nicht einmal daran, Petroff, oder ich schneide Euch mehr als nur die Ohren ab.«

Sie standen da und starrten einander an. Pattsituationen waren so fürchterlich unbefriedigend, aber sie wußten beide, daß sie an genau diesem Punkt angekommen waren.

Und dann rümpfte Wassili plötzlich die Nase und trat einen Schritt zurück, wobei er sagte: »Verdammt, was ist denn das für ein Gestank? Ich dachte, es wären die Pferde, aber er kommt von Euch.«

Alexandra blinzelte überrascht, hatte sich aber soweit in der Gewalt, daß sie ihren Lachanfall unterdrücken konnte. »Ich?« Sie bemühte sich, entrüstet zu klingen. »Ich rieche auch nicht anders als sonst.«

Jetzt sah er wirklich böse aus. »Ihr habt nicht gestunken, als ich Euch kennengelernt habe.«

Sie zuckte mit den Schultern. »Als ich Euch das erste Mal gesehen habe, hatte ich gerade mein monatliches Bad hinter mir.«

»Monatlich?« stieß er hervor.

Sie riß die Augen auf. »Denkt Ihr, das ist zu häufig? Der Meinung war ich auch immer, aber Papa bestand darauf.«

Angewidert lief Wassili davon.

Alexandra grinste über das ganze Gesicht.

18

Alexandra schämte sich zwei Tage lang. Sie hätte Wassili glauben sollen, aber nein, sie mußte unbedingt zu dem Bauernhaus reiten, von dem er gesprochen hatte, und herausfinden, daß die einzigen Bewohner ein altes Ehepaar und ihre beiden Enkelsöhne waren.

Außer der alten Frau gab es niemanden, dem er Avancen hätte machen können, aber dazu hätte er *wirklich* verzweifelt sein müssen. Anscheinend war er das nicht gewesen, denn er hatte gelacht, als Alexandra herausgekommen und wieder auf ihr Pferd gestiegen war. Diese Runde hatte er gewonnen.

Aber es kam noch schlimmer. Als sie gestern abend in einem Gasthof eingekehrt waren, hatte er einen Bottich voll heißem Wasser zu ihr aufs Zimmer schicken lassen, zusammen mit einer Nachricht, die sie einfach nicht ignorieren konnte. *Badet, oder ich werde Euch dabei helfen.* Als sie anschließend zum Essen nach unten gegangen war, hatte dieser Lackaffe doch tatsächlich an ihr geschnuppert.

Aber als sich schließlich eine Chance ergab, es ihm heimzuzahlen, stürzte sie sich sofort darauf, wobei ihr nicht einmal bewußt war, welchen Erfolg sie damit haben würde.

In der Stadt, die sie gegen Ende der Woche erreichten, gab es ein kleines, aber elegantes Hotel, das Wassili natürlich schon kannte, da er für die Rückreise nach Kardinien dieselbe Route gewählt hatte wie für seine Hinreise. Sie hatte zuerst befürchtet, daß in dem Hotel mehr weibliche Angestellte sein würden, als sie im Auge behalten konnte, daher hatte sie beschlossen, statt dessen eben Wassili im Auge zu behalten.

Aber dann hatte sie herausgefunden, daß er nur eine Nacht in dem Hotel verbracht hatte, als er das letzte Mal hier gewesen war, obwohl der Rest seines Gefolges viel länger geblieben war. In dieser Stadt waren sie länger als eine Woche geblieben, und ganz bestimmt nicht deswegen, weil einer der Mitreisenden krank geworden war. Wassili hatte ihren Vater angelogen. Er hatte ihr nur einen Tag Zeit gelassen, um zu packen und von ihrem Zuhause Abschied zu nehmen. Warum?

Die Dame hieß Claudia Schewzenko, eine junge, verwitwete Gräfin, und Wassili hatte die ganze Woche in ihrem Bett oder nicht weit davon entfernt verbracht. Ihr Haus stand nahe dem Hotel, ein Stück die Straße hinunter, und er hatte sie am Tag seiner Ankunft in der Stadt kennengelernt, als sie gerade mit einigen Freunden im Hotel zu Abend gegessen hatte.

Es war recht einfach gewesen, die ganze Geschichte in Erfahrung zu bringen, denn die beiden hatten einen Riesenskandal verursacht. Die Stadt war schließlich nicht sehr groß und die Witwe recht bekannt – und angeblich sehr keusch. Zumindest war sie das gewesen, bevor sie einen außerordentlich gutaussehenden Kardinier kennengelernt hatte, der einen Engel verführen konnte, wenn er es darauf anlegte. Das sagten die Leute hier zumindest.

Alexandra war daher sehr überrascht, als Wassili am Abend keinen Versuch machte, das Hotel zu verlassen. Er ging zu Bett und blieb dort auch. Das berichtete ihr Timofee am nächsten Morgen, nachdem sie ihr Zimmer verlassen hatte. Was sie nicht überraschte, war die Tatsache, daß Wassili nirgends zu finden war, als sich alle vor dem Hotel versammelten, um aufzubrechen.

Schließlich sagte Lazar, der sich sichtlich unwohl fühlte und wohl als Überbringer der Nachricht auserwählt worden war, zu ihr: »Wassili ist bereits aufgebrochen.«

»Ach, tatsächlich? Und wann?«

»Vor zehn Minuten.«

Sie bezweifelte nicht, daß sich Lazar bereits eine ganze Reihe von Erklärungen überlegt hatte, um diesem ungewöhnlichen Verhalten einen harmlosen Anschein zu verleihen. Aber sie wollte keine davon hören. Sie sah zu Konrad hinüber, der ihr mit einem Kopfnicken bestätigte, daß Wassili wirklich erst vor zehn Minuten aufgebrochen war. Dann lächelte sie und ritt zur Stadt hinaus.

Sie würde Wassili zwanzig Minuten geben und keine Minute länger. Wenn er dann nicht aufgetaucht war, würde sie zurückreiten und ihn holen, denn sie glaubte nicht eine Sekunde lang, daß er auf der Straße war und ihnen wie üblich vorausgeritten war.

Wassili klopfte in diesem Moment gerade an die Tür der Rothaarigen, die ihn das erste Mal, als er durch die Stadt gekommen war, so gut unterhalten hatte. Anscheinend hatte er Glück, denn anstelle eines Dieners öffnete sie selbst die Tür – und knallte sie ihm vor der Nase wieder zu.

»Geh weg!« schrie sie hysterisch durch die schwere und jetzt wieder fest verschlossene Tür.

Einen Moment lang glaubte er, sich verhört zu haben. Aber dann ballten sich seine Finger langsam zu Fäusten, Röte überzog sein Gesicht, und aus seiner Brust kam ein gefährlich leises Brummen.

Er erreichte Alexandra in weniger als den zwanzig Minuten, die sie ihm zugestanden hatte.

Sie hörte, wie er herangaloppiert kam, und riß Sultan herum. Beinahe wären sie zusammengeprallt.

»Da hinüber«, sagte er in unheilverkündendem Ton. »Sofort! Sonst ist hier der Teufel los.«

Er hatte zu einem einsamen Baum gedeutet, der mehrere hundert Meter entfernt war, und ritt nun direkt darauf zu, ohne abzuwarten, ob sie ihm folgte. Angesichts seines Zorns wäre sie lieber geblieben, wo sie gerade war – aber nein, sie hoffte zu sehr, daß sie jetzt endlich am Ziel ihrer Wünsche angelangt war. Ihre Freunde waren nicht so optimistisch. Sie hatte ihnen befohlen, bei den Karren zu bleiben.

Sultan erreichte Wassili im Handumdrehen. Er war bereits abgestiegen und ging unter dem Baum hin und her. Er ließ ihr keine Chance, aus dem Sattel zu steigen, sondern zog sie einfach von ihrem Pferd herunter. Dann ließ er sie sofort wieder los und ging abermals hin und her.

Sie hatte ihn noch nie so gesehen, ja, sie hatte sich nicht einmal vorstellen können, daß ein Lackaffe wie er überhaupt fähig war, so wütend zu werden. Er war eindeutig wütend.

Vorsichtig versuchte sie, sich etwas weiter von ihm zu entfernen, da sie nicht sehr erpicht war zu hören, was er ihr zu sagen hatte. Aber als sie sich in Bewegung setzte, kam er wie der Blitz herangeschossen und stellte sich vor sie hin. Seine Augen schienen Funken zu sprühen.

»Das lasse ich mir nicht länger bieten«, sagte er. Es fehlte nur wenig, und er hätte geschrien. »Ich werde Eure Drohungen nicht mehr dulden, Alexandra. Ich werde mit jeder Frau schlafen, mit der ich schlafen will, und wenn Ihr noch eine einzige dazu bringt, sich in panischer Angst vor mir zu verstecken, werde ich statt dessen mit Euch schlafen.«

Das war zwar nicht gerade das, was sie hören wollte, aber ganz so schlecht war es auch wieder nicht. Sie verschränkte die Arme vor der Brust und erwiderte kühl: »Nein, das werdet Ihr nicht tun. Solange Ihr mir gehört, werdet Ihr mir treu sein. Ich weiß nicht, warum ich das dauernd wiederholen muß. Und mit mir werdet Ihr erst nach der Hochzeit schlafen. Wenn Ihr Eure Frauen zurückhaben wollt, Wassili, dann wißt Ihr ja, was Ihr tun müßt.«

»Ihr glaubt doch wohl nicht, daß ich mich daran halten werde?« Dieses Mal brüllte er, und zwar recht laut.

Sie wußte, daß es ihn beleidigen würde, wenn sie angesichts seines Zorns ruhig und beherrscht weitersprach, aber genau das tat sie. »Niemand verlangt von Euch, daß

Ihr Euch daran haltet, Petroff. Ihr müßt Euch lediglich mit den Konsequenzen abfinden, wenn Ihr Euch nicht daran haltet.«

Daraufhin fing er wieder an, hin und her zu gehen. Es war faszinierend, ihm dabei zuzusehen. Er war so impulsiv, ja, sogar unberechenbar. Eigentlich hätte sie Angst haben müssen, aber merkwürdigerweise empfand sie keine Furcht. Nervosität, ja, aber das war auch alles. Dann fiel ihr ein, daß sie diese Unterhaltung nicht führen würden, wenn er nicht zu dieser Frau gegangen wäre. Er war zu ihr gegangen, um mit ihr zu schlafen, *und* er hätte es auch getan, wenn sie – Alexandra – nicht die ganze Geschichte erfahren und der Gräfin eine kleine Nachricht geschickt hätte. Schon der Vorsatz allein zählte. Was sie empfand, ließ sich nicht beschreiben.

Plötzlich wollte er wissen: »Wie zum Teufel habt Ihr das herausgefunden? Das mit …?«

»… Claudia?« soufflierte sie ihm.

»Ja, Claudia, oder wie immer sie heißen mag.«

Daß er nicht einmal wußte, wie die Frau hieß, hätte Alexandra etwas beschwichtigen sollen, aber es widerte sie nur noch mehr an. Dieser Mann hatte offensichtlich so viele Frauen, daß er den Überblick verloren hatte. Das hatte sie sich zwar schon gedacht, aber sie fand es unerträglich, daß er ihren Verdacht jetzt bestätigte.

Doch er sollte nicht erfahren, wie beunruhigt sie war, daher zuckte sie mit den Schultern, bevor sie antwortete: »Ihr wäret erstaunt, wenn Ihr wüßtet, wie viele Informationen man erhalten kann, wenn man ein paar Münzen in die richtigen Taschen steckt.«

»Und Ihr wart bei ihr? Wann? Ihr habt das Hotel doch gar nicht verlassen.«

Anscheinend hatten auch seine Spione in der letzten Nacht recht wenig geschlafen. »Um so etwas kümmere ich mich doch nicht selbst«, sagte sie, wobei sie sich bemühte, gleichgültig zu klingen. »Ich habe jemanden mit einer Nachricht zu ihr geschickt. Sie muß wohl richtig angekommen sein.«

»Oh, das bezweifle ich nicht«, schnaubte er. »Eure Leute sind gründlich.«

»Das nennt man Loyalität.«

»Wollt Ihr damit etwa sagen, diese Tugend wäre mir fremd?«

Sie lächelte ihn an. »Das habt Ihr gesagt, nicht ich.«

Obwohl er nur ein wenig ungehalten klang, ärgerte er sich in Wahrheit sehr darüber. »Meine Loyalität ist über jeden Verdacht erhaben. Sie gehört jedoch nur einigen wenigen Auserwählten.«

Sie kannte die Antwort schon im voraus, aber trotzdem wollte sie eine Bestätigung. »Und ich gehöre nicht zu diesen Auserwählten?«

»Das habt Ihr gesagt, nicht ich«, schleuderte er ihr mit einem bösen Lächeln entgegen.

Jetzt fing auch sie an zu schreien. »Nicht einmal dann, wenn ich Eure Frau werde?«

»Ich hoffe nur, Ihr gelangt endlich zur Besinnung, bevor es dazu kommt«, brüllte er.

»Das hoffe ich von Euch allerdings auch, Petroff!«

Wieder einmal standen sie sich gegenüber. Sie starrte ihn böse an, er warf ihr finstere Blicke zu. Ihr Busen hob und senkte sich. Er bemerkte es, und dieses Mal schlug ihm kein ungewöhnlicher Geruch entgegen, der ihn ablenken konnte.

Aus ihrer beider Wut wurde unvermittelt Leidenschaft. Plötzlich spürte Wassili, daß er sterben würde, wenn er sie nicht küssen konnte. Plötzlich konnte Alexandra ihren Blick nicht mehr von seinem sinnlichen Mund abwenden.

Und dann, als ob sie es gewollt hätte, spürte sie auf einmal seinen Kuß, glühendheiß und wild. Es war noch besser als in ihrer Erinnerung. Er preßte sie an sich, und auch das war besser als in ihrer Erinnerung.

Ihre Finger krallten sich in seine Arme, gruben sich in seine Muskeln, aber nicht, um ihn wegzustoßen. Seine Hand auf ihrem Po hob sie hoch und preßte sie an seine Mitte, bis sie das Gefühl hatte zu schmelzen und sich nach etwas sehnte, das sie nicht verstand.

Wassili stand über sie gebeugt und schien sie allein durch die Kraft seiner Lippen immer weiter auf die Erde sinken zu lassen. Sein brennendes Verlangen nach ihr ließ ihn alle goldenen Verführungsregeln vergessen, an die er sich in der Vergangenheit immer gehalten hatte.

Das hier war keine Verführung, bei der er jede Bewegung und jede Nuance bis zum gewünschten Ende kontrollierte. Er hatte überhaupt keine Kontrolle mehr, sondern war gefangen von purer Leidenschaft, von ihrem Geruch, der alle seine Sinne erfüllte, von dem Gefühl, daß sie ihn berauschte und über jene Grenze trieb, hinter der es keine Vernunft mehr gab.

Und dann lagen sie beide tatsächlich auf der Erde. Keiner von beiden bemerkte es. Wassili steuerte auf ein einziges Ziel zu, und Alexandra wurde von den Empfindungen verzehrt, die in ihr tobten, von dem puren Genuß, den seine Berührungen auslösten, sein Gewicht auf ihr, seine Hand, die langsam an ihrem Schenkel nach oben glitt, bis …

Ihr Stöhnen wurde von seinem Kuß erstickt, seine Hand zwischen ihren Schenkeln trieb sie bis an den Rand des Abgrunds. Noch nie zuvor hatte er eine solche Befriedigung angesichts der Hingabe einer Frau gespürt.

Er hätte sie auch dort auf der Erde genommen, und sie hätte es zugelassen. Dies wurde ihnen mit erschreckender Deutlichkeit klar, als Sultan sie einige atemlose Momente später mit seiner Nase anstupste und beide sofort aufstanden.

Alexandra wäre am liebsten im Boden versunken, weil Wassili wieder diese sonderbaren Empfindungen in ihr ausgelöst hatte. Sie versetzte ihm eine Ohrfeige. Das hätte sie sich jedoch besser überlegen sollen, da er zurückschlug – nicht sehr hart, aber gerade so fest, daß es sie schockierte.

»Das war wohl nicht angebracht«, bemerkte sie trocken.

Wassili zitterte immer noch, doch er dachte nur daran, sie zurück in seine Arme zu reißen. Wie konnte sie es wagen, einfach nur dazustehen und völlig unbeeindruckt von dem zu sein, was gerade zwischen ihnen vorgefallen war? Was die Ohrfeige anging, nun, sie hätte ihn eben nicht überraschen sollen, wenn er so … außer sich war.

»Ihr könnt mich anschreien, solange Ihr wollt, meine Liebe, aber wenn Ihr das nächste Mal gewalttätig werdet, könnt Ihr sicher sein, daß ich nicht zurückschlage«, versprach er ihr.

»Ihr werdet nicht zurückschlagen?«

Er schüttelte langsam den Kopf. »Nein. Ich werde euch statt dessen hinter die Büsche schleifen und mit Euch schlafen.«

Sie mußte wohl völlig verrückt geworden sein, weil sie nicht einmal versuchte, das Thema zu wechseln. »Warum habt Ihr das denn gerade eben nicht getan?«

»Ich bin der Meinung, daß eine kleine Vorwarnung angebracht ist – bevor einem keine Wahl mehr gelassen wird.«

»Ihr würdet es selbst dann tun, wenn ich mich wehre?«

Mit einem kalten Lächeln sah er sie an. »Genau.«

»Ihr wißt, wie man das nennt, nicht wahr?« sagte sie mit beißender Verachtung.

»Nachdem ich Euch gewarnt habe? Ich würde es eine Einladung nennen.«

Sie war sicher, daß er diese erschreckende Drohung nur aus sexueller Frustration ausgestoßen hatte. Und sie wußte plötzlich nicht mehr, wie sie wieder die Oberhand gewinnen konnte, nachdem die Konsequenzen, die er ihr angedroht hatte, weitaus schlimmer waren als alles, womit sie selbst drohen konnte. Aber sie machte sich keine Sorgen, daß sie ihn wieder ohrfeigen würde. Sie würde sich beherrschen können. Es war das Küssen, zu dem es nie wieder kommen durfte, das Küssen, das durch seine Frustration ausgelöst wurde, das Küssen, dem sie sich so hemmungslos hingegeben hatte.

Sie würde nachgeben müssen. Andernfalls riskierte sie, daß seine Frustration noch größer wurde, riskierte, daß er wieder über seine Rechte nachzudenken begann. Du lieber Himmel, er würde vielleicht sogar versuchen, sie zu verführen. Sie konnte sich noch gut an das Lächeln erinnern, mit dem er die Magd im Gasthof bedacht hatte. Sie wollte nicht herausfinden, ob sie ihm widerstehen konnte, wenn er sie genauso anlächelte.

Aber sie *haßte* es, nachgeben zu müssen. Ungehalten schleuderte sie ihm entgegen: »Dann geht doch! Geht zurück in die Stadt und sucht Euch eine Hure. Verbringt den ganzen Tag mit ihr. Wir werden in der nächsten Stadt auf Euch warten.«

Ob es nun das war, was Wassili hören wollte, oder nicht – er dachte gar nicht daran, mit ihrer *Erlaubnis* zu gehen.

»Nein, das glaube ich nicht«, sagte er nachdenklich, wobei sein Blick an ihren Brüsten hängenblieb. »Ich glaube, ich werde warten, bis Ihr mich wieder ohrfeigt.«

Alexandra spürte, wie ihr das Blut in die Wangen schoß. Genau das wollte sie jetzt tun – ihn wieder ohrfeigen. Sie kannte niemanden, der es mehr verdient hätte als er.

Statt dessen gab sie ihm noch eine Warnung mit auf den Weg und sagte spöttisch: »Eine kluge Entscheidung, Petroff, von der Ihr natürlich nicht sehr viel haben werdet, aber trotzdem sehr klug – weil ich meinen Entschluß wahrscheinlich geändert hätte, sobald Ihr gegangen wäret. Es wäre doch mehr als peinlich gewesen, wenn ich Euch und Eure Hure gestört hätte – hoffentlich im entscheidenden Moment.«

»Hat Euch schon einmal jemand gesagt, was für ein Biest Ihr sein könnt, meine Liebe?« fragte er sie betont freundlich. In seinen Augen sah sie wieder das vertraute Funkeln.

Ihre Stimme klang so freundlich und so falsch wie die seine. »Ich tue mein Bestes.«

Dann drehte sie sich um und ging auf ihr Pferd zu. Wassili versuchte, sie aufzuhalten, was sie jedoch nicht bemerkte. Aber was immer auch als nächstes geschehen wäre, es passierte nicht, da beide abgelenkt wurden.

Alexandra bemerkte als erste, warum Sultan sie angestupst hatte. Er wollte ihre Aufmerksamkeit wecken, weil Wassilis Hengst frech geworden war und nach ihm schnappte. Dann sah sie etwas viel Schlimmeres, das sie eigentlich hätte erwarten sollen.

Die Razin-Brüder waren ihr nachgeritten. Und anscheinend waren den Kosaken Wassilis Wachen hinterhergeritten, um ihr Eingreifen zu verhindern. Jetzt jedenfalls lagen die Männer auf halbem Weg zwischen der Straße und dem Baum auf der Erde und wälzten sich prügelnd im Staub.

Wassili unterdrückte einen Fluch und warf Alexandra einen finsteren Blick zu. »Seht Euch an, was Ihr angerichtet habt«, sagte er anklagend.

»*Ich?* Habt Ihr etwa geglaubt, meine Kosaken würden sich einfach hinstellen und zusehen, wie Ihr mich schlagt?«

»Ich habe Euch nicht geschlagen.«

»Ach, und was war das gerade eben?« fragte sie ihn, als sie auf ihr Pferd stieg.

»Ein Klaps auf die Wange, um Eure Aufmerksamkeit auf mich zu lenken«, sagte er, als er ebenfalls aufstieg. »Wenn ich Euch *geschlagen* hätte, würdet Ihr jetzt flach auf dem Rücken liegen – was eigentlich gar keine so schlechte Idee ist.«

Das war zuviel. »Ihr hattet Glück, daß Bojik mir nicht gefolgt ist, sonst würden Eure Männer den Rest des Morgens damit verbringen, Euch zu begraben, und hätten keine Zeit, sich um ihre blauen Augen zu kümmern. Und Ihr sorgt besser dafür, daß sich Euer Pferd benimmt!« Sie mußte schreien, da sie jetzt beide zurückritten, um die Männer auseinanderzubringen. Sie hatte bereits einen leichten Vorsprung. »Wenn er noch einmal nach meinem Pferd schnappt, lasse ich Sultan auf ihn losgehen – und ich hoffe, daß Ihr dann gerade im Sattel sitzt!«

»Alex?«

»*Was?*«

»Ich werde jede Gewalttätigkeit – von Euch oder auf Euren Befehl hin – als Ohrfeige betrachten.«

Sie sagte kein Wort mehr.

19

»Das Merkwürdige daran ist«, sagte Wassili zu Lazar, als sie den anderen vorausritten, »daß ich überhaupt nicht mit ihr schlafen wollte. Ich wollte nur mir *und* diesem kleinen Biest beweisen, daß ich es könnte.«

Lazar nickte. Er war nicht im geringsten überrascht. Aber schließlich verstand er Wassili besser als die meisten Menschen, da er alle seine Marotten und Eigenheiten kannte, alle seine Schwächen und Stärken.

Wassili hatte Claudia Schewzenko kennengelernt, als sie gerade die Karpaten überquert hatten und er immer noch von Groll erfüllt gewesen war, daß er diese Reise überhaupt machen mußte. Er war nicht deshalb eine Woche bei ihr geblieben, weil er sie so unwiderstehlich fand, sondern um zu beweisen, daß die Verlobung an seinem hemmungslosen Lebensstil rein gar nichts ändern würde.

Wie die meisten Männer bevorzugte Wassili zwei Arten von Frauen: solche, zu denen er sich wirklich hingezogen fühlte, und Frauen, die er nur für sein Bett haben wollte. Von den letztgenannten hatte er aufgrund seines Aussehen immer eine Menge zur Auswahl. Es waren dies meistens Frauen, die sich ihm ohne Aufforderung anboten. Und Wassili ließ kaum eine Gelegenheit aus, da er schließlich an eine gewisse Zügellosigkeit in seinem Leben gewöhnt war.

Die Gräfin Schewzenko war eine dieser Frauen. Sie war zwar hübsch, aber ausgesprochen mager. Wassili hatte es lieber, wenn seine Frauen üppig und etwas runder waren, so wie Alexandra.

Lazar sagte gerade zu ihm: »Etwas Gutes hat diese dumme Geschichte doch gehabt. Du weißt jetzt, daß die Baronesse mit der Reitpeitsche umgehen kann.«

Dafür warf ihm Wassili einen bösen Blick zu. Lazar wäre über jede andere Reaktion enttäuscht gewesen. Seit dem Vorfall, den er so schnell nicht wieder vergessen würde, waren jetzt fünf Tage vergangen, und er hatte das Ganze mindestens einmal am Tag erwähnt, nur um Wassili zu reizen.

Einer von Alexandras Kosaken hatte sich bei *dem Kampf,* wie sie es jetzt alle nannten, einen Finger gebrochen. Es war absolut lächerlich gewesen – nicht der Finger, sondern die Rauferei selbst –, und Lazar hatte sich einfach hingestellt und dem Spektakel zugesehen. Die Sache war erst dann interessanter geworden, als Alexandra festgestellt hatte, daß der Kosake verletzt war.

Sie war mit der Reitpeitsche auf Wassilis Mann losgegangen, und Wassili war als einziger mutig genug – oder genügend verärgert – gewesen, sich in ihre Nähe zu wagen, während sie dieses heimtückische Ding schwang, und es ihr aus den Händen zu reißen. Seitdem warf sie der Wache *und* Wassili mörderische Blicke zu.

Danach war allen klar, daß Alexandra die Razins wie ihre Familie liebte. Sie behandelte sie, als seien sie ihre Brüder, sie verteidigte sie wie Brüder, sie beschimpfte sie wie Brüder. Lazar konnte nicht verstehen, wie Wassili jemals auf den Gedanken kommen konnte, daß sie ihre Liebhaber seien, aber sein Freund benahm sich sowieso etwas merkwürdig, seit er sein ›kleines Biest‹ getroffen hatte.

Lazar fragte sich, ob Wassili wußte, wie besitzergreifend er sich inzwischen anhörte, wenn er von Alexandra sprach. Oder ob ihm bewußt war, wie oft er sich im Laufe des Tages umschaute, nur um einen Blick auf sie zu erhaschen.

Wassili ritt auch nicht mehr so häufig alleine weg wie zuvor, und als sie die Berge erreichten, gab er diese Angewohnheit ganz auf. Aber schließlich war bekannt, daß die Karpaten Reisenden kein sehr freundliches Gesicht zeigten, ganz besonders dann, wenn diese etwas von Wert mitzuführen schienen. Einmal war es ihnen gelungen, die Berge ohne Zwischenfall zu überqueren. Ein zweites Mal würde ihnen das wahrscheinlich nicht glücken, besonders jetzt, da sie zwei vollbepackte Karren und eine Herde wertvoller Vollblutpferde mit sich führten.

Sie verstärkten die Sicherheitsvorkehrungen und stellten nachts zwei zusätzliche Wachen auf. Aber mehr als weitere Männer aus einem der Bergdörfer anzuheuern – was Wassili strikt ablehnte, da die Chancen sehr groß waren, daß sie die Männer anheuerten, die sie später ausrauben würden –, konnten sie nicht tun.

Einiges hatte sich verändert, aber selbst angesichts der Gefahren, die bei der Überquerung der Berge drohten, hatte Wassili seinen persönlichen Feldzug nicht aufgegeben. Er schien seine Bemühungen, Alexandra zu beleidigen und lächerlich zu machen und sie bei jeder sich bietenden Gelegenheit zu reizen, sogar noch zu verstärken. Der Grund hierfür war wahrscheinlich der, daß sie Kardinien – je nach Wetterlage – in ungefähr einer Woche erreichen würden. Aber wer hätte gedacht, daß er es so lange durchhalten würde?

Lazar fand das Ganze eigentlich recht amüsant, allerdings stand er damit wahrscheinlich alleine da. Es war ihm ziemlich langweilig gewesen, als Wassili und Alexandra versucht hatten, sich gegenseitig aus dem Weg zu gehen. Aber jetzt gerieten sie mindestens einmal pro Tag aneinander. Und immer noch sagte keiner von beiden die magischen Worte, die ihre Verlobung beenden würden. Statt dessen bemühten sich beide, dem Wort ›stur‹ eine neue Bedeutung zu geben.

Trotz der Sonne, die in regelmäßigen Abständen hervorbrach, war es eiskalt. Sie hatten jedoch noch keinen Schneesturm erlebt, der – wie Wassili hoffte – Alexandra wieder nach Hause treiben würde. Und dies war ein weiteres Beispiel für Wassilis Verzweiflung. In Kardinien gab es zwar wie in jedem anderen Land auf diesem Breitengrad zuweilen recht strenge Winter, aber Wassili verließ in dieser Jahreszeit nur sehr selten das warme Kaminfeuer. Wenn jemand unter der eisigen Kälte eines Schneesturms leiden würde, so würde das wahrscheinlich nicht Alexandra sein, sondern er.

Natürlich muß man gerechterweise zugeben, daß er und Lazar angenommen hatten, Wassilis Verlobte sei eine *normal* empfindende Dame. Sie konnten ja nicht wissen, daß sie ein Kind der Natur war und sich draußen wohler fühlte als im Haus, und das offensichtlich zu jeder Jahreszeit. Über einen Schneesturm würde sie sich genausowenig beschweren wie über die Tatsache, daß sie seit dreieinhalb Wochen ununterbrochen im Sattel saß.

Es war früher Nachmittag, als sie endlich den Bergpaß

erreichten und mit dem Abstieg begannen. Während ihres Aufstiegs am Morgen hatte fast die ganze Zeit über die Sonne geschienen. Und da jetzt die Gefahr zumindest schon halb überstanden war, atmeten alle ein wenig auf, trotz der bedrohlich aussehenden Wolken, die heranzogen und über der Westseite des Berges hingen.

Aber kaum eine Stunde später fing es an zu schneien. Ihre Glückssträhne war vorbei. Nach dreißig Minuten schneite es so stark, daß sie den Pfad vor sich nicht mehr sehen konnten und ein Lager aufschlagen mußten.

Während die Zelte aufgestellt wurden, arbeitete Alexandra fieberhaft daran, einen Windschutz für die Pferde zu schaffen, die jetzt ihre größte Sorge waren. Dazu verwendete sie die Karren, alle Gepäckstücke daraus und mindestens die Hälfte der zusätzlichen Decken, die sie für einen solchen Notfall mitgenommen hatte. Die ganze Zeit über schimpfte sie auf Wassili und gab ihm und seiner mit der Gräfin Schewzenko verschwendeten Woche die Schuld daran, daß es sie jetzt auf einen Berggipfel verschlagen hatte und sie nirgendwo Schutz suchen konnten.

Alexandra hielt jedoch überrascht inne, als sie sah, wie Wassili ihr half, anstatt sich um sein Zelt und sein Wohlergehen zu kümmern. Sie fuhr fort, auf ihn zu schimpfen, aber es machte nicht mehr soviel Spaß wie sonst. Als sich in ihr so etwas wie Schuldgefühle regten, hörte sie mit der Schimpferei ganz auf.

Er konnte also doch uneigennützig handeln. Das reichte natürlich nicht, um seine vielen schlechten Eigenschaften zu entschuldigen. Aber er half ihr dabei, *ihre* Pferde zu schützen, ihre Babys. Dafür mußte sie ihm zumindest danken, wenn sie Zeit dazu hatte.

Der Sturm tobte den ganzen Nachmittag über mit unverminderter Kraft, und Alexandra machte sich Sorgen um ihre Pferde. Sie waren zwar – genau wie sie selbst – an Kälte gewöhnt, konnten aber normalerweise in einen warmen Stall zurückkehren. Jetzt war das anders. Um die Pferde und auch sich selbst zu beruhigen, verließ sie einmal pro Stunde ihr Zelt, um nach ihnen zu sehen.

Sie war bereits zweimal bei ihnen gewesen. Als sie das dritte Mal zu ihnen ging, war schon jemand dort. Sie hörte, wie er ›O nein‹ sagte, bevor sie erkannte, daß es Wassili war, der, in einen langen Pelzmantel gehüllt, vor ihr stand. Sie dachte, er würde über das Wetter jammern, bis sie ihn erreichte und sah, daß der provisorische Unterstand, den sie errichtet hatte, halb leer war.

»Was habt Ihr getan?« flüsterte sie entsetzt, wobei sie automatisch ihm die Schuld gab.

»Ich wünschte, ich könnte sagen, ich hätte es getan, aber leider ist es nicht so.« Mit derselben Automatik schlug er einen spöttischen Ton an, aber als er ihren Gesichtsausdruck sah, hätte Wassili seine Worte am liebsten wieder zurückgenommen. »Ich wußte, daß so etwas passieren würde. Wenn Ihr so wertvolle Pferde in diese von Räubern bevölkerten Berge bringt, müßt Ihr einfach damit rechnen, ein paar von ihnen zu verlieren.«

»Ein paar? Alle meine Schimmel sind weg!« rief sie, und dann: »O Gott, das ist alles meine Schuld. Ich habe die Wachen hereingerufen. Ich dachte doch nicht, daß mitten in einem Sturm etwas passieren würde.«

»Obwohl dieser Schnee eine perfekte Deckung bietet und die Bewohner dieser Gegend ein solches Wetter gewohnt sind?«

Er hätte genausogut sagen können, daß er noch nie etwas so Dummes gehört hatte. Sie wußte schon, was er meinte. Und sie stimmte ihm sogar zu. Sie hatte nicht einmal an Räuber gedacht, sondern nur an den Sturm und daran, daß sie seine und ihre Männer nicht Wache stehen lassen wollte, zumindest nicht bis zum Abend, wenn vielleicht das Schlimmste vorüber gewesen wäre.

Aber das war keine Entschuldigung, deswegen erklärte sie es ihm erst gar nicht. Sie dachte schon nicht mehr an Wassili, als sie unter dem Seil hindurchkroch, das die Tiere zurückgehalten hatte, und zur Rückseite der provisorischen Koppel ging, wo das Seil durchgeschnitten worden war.

Keines der anderen Pferde war weggelaufen, alle hatten es vorgezogen, nahe bei dem Unterstand zu bleiben. Da alle anderen Pferde und auch Wassilis Rotschimmel noch da waren, sah es so aus, als ob nur ihre wertvollen Schimmel gestohlen worden waren.

Die Spur war zwar breit, aber kaum zu sehen, da sie allmählich von dem fallenden Schnee verwischt wurde. In ein paar Minuten würde man sie nicht mehr erkennen können. Es blieb keine Zeit, ihre oder seine Leute herbeizurufen. Selbst wenn sie schreien würde, man würde sie im Heulen des Windes nicht hören können. Sie mußte der Spur selbst folgen und herausfinden, wohin ihre Pferde gebracht worden waren. Dann würde sie zurückkommen und …

»Wo zum Teufel wollt Ihr eigentlich hin?«

Sie wollte gerade eines der Pferde besteigen – keines der Pferde, die einen Sattel getragen hatten, war abgesattelt worden, damit sie noch etwas zusätzliche Wärme bekamen –, als Wassili sie mit einem Ruck zu Boden zog und eine Antwort auf seine idiotische Frage forderte. »Ich habe jetzt keine Zeit für so etwas, Petroff.«

»Ich werde Eure Pferde zurückholen.«

»Wie?«

»Ich werde sie zurückkaufen. Mein Cousin und ich sind diesen Räubern schon mehrmals begegnet. Sie sind immer bereit, ihre Beute wieder herzugeben, wenn man sie anständig dafür bezahlt.«

»Macht Euch nicht lächerlich«, erwiderte sie. »Dann wäre ich Euch ja verpflichtet! Ich werde sie selbst zurückholen, und mich wird das überhaupt nichts kosten. Die Räuber wird es allerdings ihr Leben kosten.«

»Alex, Ihr redet hier aller Wahrscheinlichkeit nach

von einem ganzen Dorf voller Räuber, nicht nur von ein paar Wegelagerern.«

»Ich rede davon, meine Pferde zurückzubekommen – *meine* Pferde, *meine* Verantwortung. Und während wir hier reden, verschwindet die Spur, die sie zurückgelassen haben. Wenn Ihr mir helfen wollt, holt die anderen und folgt mir, aber ich werde jetzt gehen.«

Sie mußte ihm einen kleinen Stoß versetzen, damit er sie losließ. Ärgerlich dachte sie, daß er sie wahrscheinlich nicht losgelassen hätte, wenn er in dem Schnee nicht das Gleichgewicht verloren hätte. Seine Überheblichkeit war unerträglich. Sie wünschte, sie hätte genug Zeit gehabt, um ihm das zu sagen, aber die hatte sie jetzt nicht.

Wassili stürzte zwar nicht, aber als er sich wieder gefangen hatte, war Alexandra schon am Ende der Koppel und verschwand im wirbelnden Schnee. Er rief nach den anderen, aber nur während der kurzen Zeit, die er brauchte, um seinen Hengst zu besteigen und ihr nachzureiten.

Er bezweifelte, daß jemand ihn gehört hatte, doch das war ihm in diesem Moment eigentlich auch egal. Wenn er diese verrückte Frau erreichte, würde er ihr den Hals umdrehen – und dazu brauchte er keine Hilfe.

20

Wassili schaffte es nicht, Alexandra einzuholen. Anders als sie folgte er nicht der Spur, sondern ließ Alexandra nicht aus den Augen. Aber mehr als einmal wurde das Schneegestöber so dicht, daß er sie nicht mehr sehen konnte, und dann geriet er in Panik und rief nach ihr, obwohl er genau wußte, daß sie ihn nicht hören konnte.

Obwohl die Straße durch die Berge wie alles andere in der Umgebung nicht mehr zu sehen war, war sich Wassili sicher, daß sie auf dieser Straße waren und die Räuber um das Lager herumgegangen waren, um wieder zur Straße zu gelangen. Es war schließlich der sicherste Weg für sie, zumal die Nacht bald hereinbrechen würde und sie wahrscheinlich annahmen, daß ihnen niemand folgen würde.

Als die Dämmerung dann hereinbrach, geriet er wieder in Panik, da er nichts bei sich hatte, womit er eine Fackel hätte anzünden können. Dazu hätte er auch gar keine Zeit gehabt. Er versuchte, seinen Rotschimmel anzutreiben, aber der Abstieg war zu steil und wegen des Schnees auch zu gefährlich. Der Hengst, der bereits einmal gestrauchelt und einige Meter weit gerutscht war, scheute. Es war unmöglich, ihn zu einer schnelleren Gangart zu bewegen.

Als die Dämmerung der Nacht wich, stellte Wassili fest, daß seine Befürchtungen unbegründet gewesen waren. Aufgrund der weißen Schneedecke wurde es nicht völlig dunkel, so daß er immer noch einige Meter weit sehen konnte, wenn ihn die herumwirbelnden Schneeflocken nicht blendeten.

Die Stunden vergingen, er wußte nicht, wie viele es waren. Aber er wußte, daß er sterben würde. Ganz langsam erfror er, seine Hände und Füße waren schon taub. Er hielt sich nur durch reine Willenskraft im Sattel und dachte nur an eines – er würde diese Närrin umbringen … nein, erst würde er mit ihr schlafen, und dann erst würde er sie umbringen.

Plötzlich legte sich der Wind. Unmittelbar darauf hörte es auch auf zu schneien. Vielleicht war es auch nicht mehr so kalt, aber das konnte Wassili jetzt nicht feststellen. Auf jeden Fall aber war der Eichen- und Tannenwald dichter geworden. Er mußte wohl beinahe am Fuß des Berges mit seinen flacheren Hängen angekommen sein. Dort gab es Dörfer, wärmendes Feuer und warme, gemütliche Hütten mit Essen und Trinken. Wenn er sich nur noch eine Weile auf seinem Pferd halten konnte, würde er vielleicht doch nicht sterben müssen.

Bevor er diesen Gedanken zu Ende denken konnte, sah er Alexandra, die plötzlich die Straße verließ und in Richtung Süden ritt. Wassili stöhnte. Beinahe hätte er sie aus den Augen verloren. Er wäre einfach auf der Straße weitergeritten und hätte die Spur übersehen, die von der Straße weg ins Gelände führte.

Da der Wind sich jetzt gelegt hatte, rief er nach ihr, aber er konnte sie nicht mehr sehen. Als er die Stelle erreichte, wo sie die Straße verlassen hatte, sah er sie wieder, aber sie hatte einen großen Vorsprung. Es ging jetzt nicht mehr abwärts. Der kleine Pfad, dem sie gefolgt war, führte wieder den Berg hinauf.

Wieder rief er ihren Namen. Dieses Mal hörte sie ihn. Ihr Kopf fuhr herum. Sie sah ihn an. Aber sie hielt nicht an. Statt dessen trieb sie ihr Pferd an.

Das war zuviel! Er würde sie *auf jeden Fall* umbringen, sobald er sie in die Finger bekam – wenn sie nicht beide vorher erfroren. Zum Glück hatte ihr geliehenes Pferd genausowenig Lust zum Galopp wie sein Hengst, deshalb konnte sie ihm nicht entkommen. Aber ihr Vorsprung war immer noch so groß, daß er sie nicht einholen konnte.

Er fragte sich, ob ein Schuß aus der Pistole, die in seinem Gürtel steckte, sie zum Anhalten bewegen oder nur noch mehr anspornen würde. Wenn er mehr als eine Pistole dabeigehabt hätte, hätte er es vielleicht versucht. Aber vielleicht hatte sie ja auch eine Pistole dabei und feuerte zurück, weil sie dachte, er wollte sie umbringen. Es gab ja auch allen Grund dazu. Außerdem hatte er den Verdacht, daß sie es fertigbringen würde, aus Rache auf ihn zu schießen. Schließlich ging es hier um ihre Pferde, und es gab überhaupt keinen Zweifel daran, daß die

Tiere ihr mehr bedeuteten als er. Diese verdammten Pferde. Er wäre jetzt nicht hier draußen und würde langsam erfrieren, wenn …

Plötzlich sah er Fackeln vor sich. Entweder hatte sie jetzt die Diebe oder ein Dorf gefunden – oder beides. Aber Alexandra ritt nicht langsamer, damit er sie einholen konnte. Sie ritt schnurstracks auf das Licht zu, und einige Zeit später wußte er auch, warum. Ihre Pferde. Sie hatte ihre Pferde gesehen und war wahrscheinlich viel zu wütend, um an die Gefahr zu denken, die vor ihr lag. Ganz sicher war sie zu wütend, um vernünftig zu sein.

Da er sie nicht aufhalten konnte, mußte er zusehen, wie sie mitten in eine Gruppe von sechs Männern hineinritt und anfing, mit der Reitpeitsche um sich zu schlagen, die sie seit *dem Kampf* ständig bei sich trug. Die Männer sprangen auseinander. Pferde bäumten sich auf. Einer der Männer wurde von seinem Pferd abgeworfen und rutschte mehrere Meter den steilen Abhang hinunter. Ein anderer zog eine Pistole, die sie ihm aus der Hand peitschte. Der Rest der Männer stieg jetzt ab. Der Pfad war zu eng für so viele Pferde, und offensichtlich hatten die Männer vor, Alexandra von ihrem Pferd herunterzuzerren, bevor sie noch mehr Schaden anrichten konnte.

Wassili zog seine Pistole und feuerte, aber da er nur einen Schuß hatte, warf er sie gleich darauf weg und zog sein Schwert. Er kam zu spät, um zu verhindern, daß Alexandra von ihrem Pferd gezogen wurde. Da die Fackeln zu Boden gefallen und vom Schnee gelöscht worden waren, konnte er nicht sehen, was dann mit ihr geschah.

Es wurde noch ein Schuß abgefeuert, der dieses Mal jedoch Wassili galt. Aber er war immer noch so taub vor Kälte, daß er es wahrscheinlich überhaupt nicht gemerkt hätte, wenn er getroffen worden wäre. Er vertraute einfach darauf, unverletzt zu sein, und als er schließlich vom Pferd sprang, schwang er sein Schwert, um zu beweisen, daß seine Kampfkraft ungebrochen war.

Die Räuber liefen wieder auseinander, da sie vor seinem Schwert mehr Respekt hatten als vor der Pferdepeitsche, aber sie entfernten sich nicht sehr weit. Dann fuchtelten sie mit einem Sammelsurium von Waffen herum – einem Dolch, zwei Schwertern, einer Keule, aber weitere Pistolen konnte er nicht erkennen. Und jetzt sah er auch Alexandra wieder.

Sie lag auf dem Boden und kämpfte mit einem der Männer, der sie festzuhalten und ein Seil um sie zu schlingen versuchte. Die Tatsache, daß er Alexandra anfaßte, ließ Wassili alle Vorsicht vergessen. Ohne daran zu denken, daß er damit alle Vorteile aufgab, die sich ihm auf dem Rücken seines Pferdes boten, warf er sich auf den Mann und riß ihn zu Boden. Dort wälzte er sich mit ihm im Schnee, bis er ihn schließlich mit dem Knauf seines Schwertes niederschlagen konnte.

Obwohl der Schnee ihn behinderte, kam er sofort wieder auf die Beine und sah sich jetzt drei weiteren Männern gegenüber. Der vierte hatte Alexandra überwältigt, bevor sie eine Chance gehabt hatte, aufzustehen. Er hatte sie mit dem Gesicht nach unten in den Schnee geworfen, ihr ein Knie in den Rücken gestoßen und war jetzt gerade dabei, ihr die Hände zusammenzubinden. In wenigen Augenblicken würde er – Wassili – genauso verpackt werden.

Wassili hatte sich jetzt wieder unter Kontrolle. Er schätzte seine Chancen gegen die Männer als gar nicht so schlecht ein, da sie es selbst zu dritt nicht mit seinem Schwert aufnehmen konnten. Aber der rutschige Schnee unter seinen Füßen würde diesen Vorteil wieder wettmachen. Er mußte daran denken, wie er einmal mit Stefan im Schnee trainiert hatte und sie fast mehr Zeit im Schnee liegend als auf den Füßen verbracht hatten. Mehr als einen Gegner würde er trotz dieser Erfahrung nicht besiegen können.

Wassili machte sich bereit für den ersten Angriff, der nicht lange auf sich warten ließ. Er wich nicht von der Stelle, da er dachte, daß es unter diesen Umständen wohl die beste Verteidigungstaktik war, sich möglichst wenig zu bewegen. Eine Weile schien das auch tatsächlich so zu sein. Er entwaffnete einen Mann, verwundete den zweiten und hatte bei dem dritten gerade eine Chance für einen Angriff entdeckt, als er plötzlich gezwungen wurde, völlig still zu stehen. Die Klinge, die sich in seinen Rücken bohrte – er wußte nicht, ob es ein Schwert oder ein Dolch war –, war durch seinen Mantel, seinen Rock und sein Hemd gedrungen und bewies ihm, daß er doch noch nicht zu taub vor Kälte war, um eine Verletzung zu spüren.

21

»Eine kluge Wahl, Graf Petroff. Und jetzt sagt mir: Ist mein guter Freund Stefan auch hier?«

Wassili kannte die tiefe Stimme. Der Mann wurde Pawel genannt und war alles andere als Stefans Freund. Er war so groß wie Wassili, aber viel muskulöser und hatte ein grobknochiges, finsteres Gesicht. Und außerdem war er immer auf einen Kampf aus. Als Wassili über seine Schulter blickte, sah er, daß Pawel nicht allein war. Hinter ihm standen fast ein Dutzend Männer, einige davon mit Jagdgewehren, die auf Wassili gerichtet waren.

»Es ist mir eine Freude, Euch wiederzusehen, Pawel«, sagte er so trocken, daß ihm nur ein kompletter Idiot geglaubt hätte. »Um Eure Frage zu beantworten – nein, Stefan begleitet mich nicht auf dieser Reise.«

»Das ist aber schade«, erwiderte Pawel, der wirklich

enttäuscht zu sein schien. »Ich hatte mich nämlich schon auf einen Kampf mit ihm gefreut. Aber Ihr werdet Euren Cousin doch sicher vertreten wollen, nicht wahr?«

Seine Worte überraschten Wassili nicht. Pawel hatte sich nicht geändert.

»Vielleicht«, sagte er ausweichend. »Aber zuerst möchte ich Eure berühmte Gastfreundschaft genießen. Euer Dorf ist doch sicher nicht weit von hier?«

»Es liegt sogar ganz in der Nähe, sonst hätten wir nämlich die Schüsse nicht gehört, die uns hergeführt haben.«

Daran war sie schuld. Wenn Alexandra angehalten hätte, hätten sie feststellen können, wohin die Pferde gebracht wurden, woraufhin er das Dorf erkannt und die anderen aus seinem Gefolge zu Hilfe geholt hätte. Dann wäre er jetzt kein Gefangener, sondern hätte die Oberhand.

Zum Glück konnte man mit Latzko, dem Anführer der Räuber, recht einfach verhandeln. Sein Verhalten wurde von der Gier nach Geld bestimmt, und für alles gab es einen Preis.

»Wäre es zuviel verlangt, wenn Ihr das Messer aus meinem Rücken nehmt, Pawel? Ich glaube, Latzko sieht es nicht gerne, wenn man seine Ware beschädigt.«

»Um Latzko braucht Ihr Euch keine Sorgen zu machen. Er ist gerade in Österreich, um an der Hochzeit von diesem Miststück teilzunehmen. Ihr solltet Euch lieber Sorgen um mich machen, Aristo. Solange Latzko weg ist, herrsche ich.«

Das hatte Wassili gerade noch gefehlt. Jetzt mußte er – anstatt mit dem einigermaßen vernünftigen Latzko – mit einem Verrückten verhandeln. Das ›Miststück‹ war wahrscheinlich Arina, Latzkos Tochter. Pawel liebte sie, hatte sie aber vor einigen Jahren an Stefan verloren, was auch der Grund dafür war, daß er Stefan so sehr haßte. Der andere Grund bestand darin, daß Stefan zweimal mit ihm gekämpft und ihn beide Male besiegt hatte. Und deshalb haßte Pawel alle Aristokraten.

»Ich gratuliere zur Beförderung, Pawel, aber mir wäre es lieber, wenn wir unsere Unterhaltung in deinem Dorf fortsetzen könnten, vorzugsweise vor einem warmen Feuer. Mir ist nämlich zufällig kalt.«

Pawel lachte. Mindestens die Hälfte seiner Männer lachte mit. Aber gleich darauf wurde das Messer von Wassilis Rücken entfernt. Pawel gab den Befehl, ihm das Schwert abzunehmen. Dann bemerkte er Alexandra.

»Noch eine Frau?« Pawel ging zu Alexandra hinüber. Er sah sie kurz an, dann blickte er wieder zu Wassili hinüber. Seine Schadenfreude war nicht zu übersehen. »Dieser Tag scheint sich gelohnt zu haben. Ist sie soviel wert wie die andere?«

Er sprach von Tania, die letztes Jahr entführt worden war. Stefan hatte fünfhundert Rubel für ihre Freilassung gezahlt. Wassili würde bereits ein Vermögen bezahlen müssen, um Alexandras Pferde zurückzubekommen. Jeder konnte ihren Wert sehen. Alexandras Wert war nicht so offensichtlich, und er mußte jetzt ein für allemal ihre Wertlosigkeit demonstrieren – nicht nur, um den Preis für sie niedrig zu halten, sondern auch, weil Pawel ein rachsüchtiger Kerl war. Aber er wäre nicht ganz so brutal vorgegangen, wenn sie ihm nicht genau in diesem Moment einen finsteren Blick zugeworfen hätte. Er war schon wütend genug auf sie, aber als sie ihn jetzt ansah, wurde sein Zorn nur noch mehr entfacht.

Erstaunlich überzeugend sagte er: »Behaltet sie. Ihr würdet mir einen Gefallen tun.«

Alexandra war mehrere Meter von ihm entfernt, aber selbst über diese Entfernung hinweg konnte Wassili hören, wie sie entrüstet nach Luft schnappte. Auch Pawel blieb ihre Empörung nicht verborgen. Es war offensichtlich, daß er an ihr eigentlich kein Interesse hatte. In ihrer Kosakenkleidung bot sie keinen sehr verlockenden Anblick. Aber da sie nun einmal seine Aufmerksamkeit erregt hatte, ging er zu ihr hinüber und hob ihr Kinn, um ihr ins Gesicht sehen zu können.

Eigentlich hätte nichts passieren können. Ihre Hände waren auf dem Rücken zusammengebunden. Um sie herum standen die Räuber.

Aber sie trat mit dem Fuß nach ihm – und traf.

Pawel heulte vor Schmerz laut auf. Einige seiner Männer lachten und machten dadurch alles noch schlimmer. Nachdem er eine Weile auf einem Bein im Schnee herumgehopst war und dabei gleichzeitig sein Schienbein massiert hatte – es war völlig unverständlich, wieso er dabei nicht ausrutschte –, stand ihm die Mordlust im Gesicht geschrieben. Alexandra würde seinen ganzen Zorn zu spüren bekommen.

Wassili hatte sich den beiden unauffällig genähert, aber er war immer noch zu weit entfernt, um zu verhindern, daß Pawel seine geballte Faust in Alexandras Gesicht schmetterte. Es gab nur eine Möglichkeit, ihn davon abzuhalten: Er mußte sich auf ihn stürzen.

Als sich beide im Schnee wiederfanden, blickte Pawel ungläubig zu ihm hoch. Wassili blickte ebenso erstaunt zurück. Die Kälte hatte offensichtlich nicht nur seine Hände und Füße, sondern auch seinen Verstand taub gemacht. Es gab keine andere Erklärung für sein idiotisches Verhalten. Pawels Männer hatten ihn nur deshalb noch nicht erschossen, weil sie völlig überrascht waren und einfach nicht begreifen konnten, wie jemand imstande war, etwas so Dummes zu tun.

Dadurch bekam er Zeit, Pawel wieder auf die Füße zu helfen, ihm den Schnee von der Kleidung zu klopfen und zu sagen: »Tut mir leid, aber außer mir darf niemand sie schlagen. Eine kleine Marotte von mir.«

Er hätte es besser in kardinisch sagen sollen, das Pawel ganz gut verstand, denn Alexandra hatte sich genau diesen Moment ausgesucht, um zu beweisen, daß sie ihre Stimme noch nicht ganz verloren hatte. »Das werdet Ihr bereuen, Petroff.«

Er sah nicht in ihre Richtung, als er erwiderte: »Mädchen, du hast bis jetzt geschwiegen. Es wäre besser, du würdest das auch in Zukunft so halten.«

Pawels Blick wanderte von Wassili zu Alexandra und wieder zurück, aber plötzlich schien sich seine Laune abrupt zu verbessern. Er lächelte beinahe, als er zu Wassili sagte: »Das wird Euch ein Vermögen kosten.«

Wassili seufzte. »Das habe ich mir schon gedacht.«

22

Das Essen war gut, aber Wassili war das warme Feuer viel wichtiger. Er war immer noch bis auf die Knochen durchgefroren, trotz des Lehmofens in der Mitte des Raumes, der alle anderen zu wärmen schien. Latzkos Haus bestand aus einem einzigen großen Zimmer, das als eine Art Versammlungsraum für das Dorf und als Schlafstätte für die unverheirateten Männer der Siedlung diente.

Wassilis Hände waren nicht mehr taub, aber der getaute Schnee war in seine Stiefel geflossen und hatte seine Füße, die immer noch eiskalt waren, durchweicht. Ihm würde erst dann wieder richtig warm werden, wenn er seine feuchte Kleidung ausziehen konnte. Alexandra ging es vermutlich ebenso.

Sie sagte jedoch kein Wort und ignorierte geflissentlich alle Anwesenden – ihn selbst eingeschlossen. Oder sollte man sagen, ganz besonders ihn? Sie saß im Schneidersitz auf einer der vielen Pritschen und hatte einen Teller auf dem Schoß, aus dem sie ihr Essen herauspickte – mit den Fingern natürlich. Der Löffel, den man ihr gegeben hatte, lag neben ihrem Knie auf der Decke. Wahrscheinlich wußte sie überhaupt nicht, wozu er gut sein sollte.

Wassili hatte sich inzwischen beinahe an ihre Eßsitten gewöhnt, aber ihre Gastgeber waren überrascht gewesen. Selbst die Räuber hatten bessere Tischmanieren als seine Verlobte. Ausnahmsweise war er froh darüber, denn sie hielten sie für eine Bäuerin und daher für bedeutungslos. Er hätte ihr den Hals umgedreht, wenn sie sich plötzlich anständig benommen hätte.

Sie hatte den dicken, wollenen Rock immer noch bis zum Hals zugeknöpft. Im Schein der Lampen sah er, daß dessen Vorderseite völlig durchnäßt war, was wohl daher rührte, daß man sie mit dem Gesicht nach unten in den Schnee gestoßen hatte. Ihre Brüste mußten eiskalt sein, die Brustwarzen harte kleine Hügel, die nur darauf warteten, von ihm …

Wassili legte eine Hand über seine Augen und stöhnte innerlich. Was zum Teufel tat er da gerade? Ihm gegenüber saß Pawel, links und rechts von ihm je einer seiner Männer. Eine der Frauen aus dem Dorf ging herum, füllte die Krüge mit Bier und gratulierte den Männern zu ihrem Mut und ihrer Gerissenheit. Und was tat er, anstatt jeden Gesprächsfetzen aufzuschnappen, der ihm nützlich sein konnte?

Bis jetzt hatte er lediglich erfahren, daß die Räuber nicht – wie er angenommen hatte – zufällig auf ihn und seine Begleiter gestoßen waren, sondern schon lange vorher über die Reisenden und die Pferde Bescheid gewußt hatten. Anscheinend standen Männer in ihrem Sold, die im Dorf auf der anderen Seite der Berge lebten, wo Wassilis Gruppe in der Nacht zuvor Rast gemacht hatte.

Aufgrund dieser Absprache wußten es die Räuber immer vorher, wenn eine wohlhabende Reisegesellschaft die Berge überquerte. Über Abkürzungen waren die beiden Dörfer innerhalb weniger Stunden erreichbar. Und heute hatte der Sturm außerdem dafür gesorgt, daß sie sich nehmen konnten, was sie haben wollten, ohne eine Auseinandersetzung befürchten zu müssen.

»Wer ist das Mädchen?«

Alexandra sah plötzlich zu Wassili hin, was bewies, daß sie – im Gegensatz zu ihm – die ganze Zeit über zugehört hatte. Aber dieses Mal würde er nicht den Fehler machen, eine verfängliche Antwort in russisch zu geben. Er wußte einfach nicht, wie sie reagieren würde. Er konnte sich nicht darauf verlassen, daß sie ihm dabei helfen würde, aus den Schwierigkeiten, in die sie durch ihre Schuld hineingeraten waren, auch wieder heil herauszukommen. Wenn er sie verärgerte, würde sie ihn genauso angreifen wie die Räuber.

Wassili antwortete ihm daher in kardinisch. »Ihr Vater hat sie mir geschenkt. Ich will mich eine Weile mit ihr amüsieren.«

Der Blick, den Alexandra ihm zuwarf, bevor sie sich wieder ihrem Essen widmete, machte deutlich, daß sie absolut kein Verständnis dafür aufbrachte, von der Antwort ausgeschlossen zu sein. Wassili war erleichtert. Er hatte nicht genau gewußt, ob sie Kardinisch verstand. Die Wahrscheinlichkeit war zwar nicht sehr groß, aber es hätte immerhin sein können.

»Und Ihr amüsiert Euch mit ihr, indem Ihr sie verprügelt?«

Pawel hatte auf russisch weitergesprochen, ohne Zweifel, um Wassili zu ärgern. Alexandra hob den Kopf. Wassili hätte zwar in kardinisch antworten können, aber da Pawel mit seiner Frage sowieso schon einen falschen Eindruck hervorgerufen hatte, würde er es wahrscheinlich wieder tun, also konnte Wassili genausogut Russisch sprechen. Wenn Alexandra so dumm war, sie zu unterbrechen und dadurch Pawels Aufmerksamkeit zu erregen, dann war das ihre eigene Schuld.

Wassilis goldene Augen blickten Pawel an. Er sah

nicht ein einziges Mal zu Alexandra hin. »Ich glaube, meine Worte vorhin lauteten, daß keiner außer mir sie schlagen darf. Und ich amüsiere mich dabei nicht, es ist lediglich eine Notwendigkeit. Schließlich hat sie es fast immer auch verdient.«

»Aber Ihr wollt sie behalten, nicht wahr?«

»Da sie mich noch nicht langweilt, werde ich sie noch eine Weile behalten. Aber so lange gehört sie mir, und zwar ausschließlich mir – oder ich verliere das Interesse an ihr.«

Pawel zuckte mit den Schultern, was besagen sollte, daß er ihn vollkommen verstand. Gebrauchte Waren verloren ihren Wert. Und jetzt konnten sie sich endlich dem Geschäft widmen.

»Fünfzig Rubel und keinen Rubel mehr«, bot Wassili ihm an. Sein Gesichtsausdruck sagte, daß er damit ein sehr großzügiges Angebot gemacht hatte. Dann lehnte er sich zurück und legte einen Arm auf die Lehne seines Stuhls. »War das nicht auch der Preis, den Stefan damals zahlen mußte, um Arina zurückzubekommen?«

Es war ein kalkuliertes Risiko, Arina zu erwähnen. Aber er hatte bereits vermutet, daß die Frau, die sie bediente, Pawels Ehefrau war – wegen der Blicke, die sich die beiden zuwarfen, und der Tatsache, daß die anderen Männer die Finger von ihr ließen. Pawel würde entweder vor Eifersucht explodieren, so wie er das immer tat, wenn von Arina gesprochen wurde, oder er würde das Thema Frauen möglichst schnell beenden, da seine eigene Frau zuhörte.

»Wie könnt Ihr Latzkos Tochter mit diesem Trampel vergleichen?« fragte er und deutete auf Alexandra.

War er etwa entrüstet? Wassili hätte sich keine bessere Reaktion wünschen können. »Ihr habt natürlich recht. Was wäre denn angemessen? Fünfundzwanzig?«

»Fünfundvierzig«, erwiderte Pawel, dem offensichtlich klargeworden war, daß er einen Fehler gemacht hatte.

»Ich nehme an, daß wir mit diesem Preis niemanden beleidigen werden«, bemerkte Wassili trocken. *Alexandra natürlich ausgenommen.* »Einverstanden. Übrigens, wen heiratet Arina denn eigentlich?«

Pawel spuckte auf den Boden, bevor er mit entrüsteter Stimme sagte: »Ihr österreichischer Herzog wurde ihr mit der Zeit zu langweilig, da hat sie sich mit einem Grafen eingelassen. Er ist so verrückt, sie zu heiraten.«

Wassili wußte, daß es ein Fehler war, aber er mußte es Pawel einfach noch ein wenig unter die Nase reiben. »Latzko ist sicher sehr erfreut darüber, einen Grafen in der Familie zu haben.«

»Latzko will nur, daß sie endlich heiratet«, murmelte Pawel vor sich hin. »Es ist ihm egal, wen sie heiratet. Und nun zu Euch, Graf Petroff. Ich bin sicher, daß mein guter Freund Stefan einen anständigen Preis für Euch zahlen wird. Die Pferde werde ich natürlich für mich selbst behalten. Aber Ihr ...«

»Pferde wie diese kann man in den Bergen nicht gebrauchen, und das wißt Ihr auch, Pawel. Ich werde Euch dreihundert für alle Pferde geben.«

Pawel lachte. »Ihr glaubt wohl, ich wüßte nicht, daß so edle Pferde für Euren Cousin bestimmt sind? Wenn er sie haben will, dann muß er den Preis zahlen, den ich verlange, oder ich behalte sie für mich.«

Wassili hatte keine Ahnung, wie Pawel auf diese Idee gekommen war, aber er mußte ihn sofort davon abbringen, andernfalls würde er die Pferde nie zurückbekommen. »Die Pferde sind ein Geschenk meiner Verlobten. Stefan mag Schimmel überhaupt nicht. Er hält sie für blutleere, launische Tiere, die ihr Futter nicht wert sind. Da ich jetzt bereits eine Weile mit ihnen gereist bin, bin ich geneigt, ihm zuzustimmen, obwohl ich sie vielleicht immer noch für eine Zucht verwenden werde, wie ich das ursprünglich geplant hatte. Da sie mich jedoch nichts gekostet haben, ist es mir eigentlich egal, was mit ihnen passiert. Dreihundert Rubel für alle und keinen Rubel mehr.«

»Eintausend Rubel für jedes der Tiere und keinen Rubel weniger«, entgegnete Pawel streitlustig.

Wassili spürte, wie sich Alexandras nachtblaue Augen wie spitze Dolche in ihn bohrten. Er hatte gerade ihre ›Babys‹ beleidigt. Es wunderte ihn, daß sie nicht mit dem Teller nach ihm warf. Er war aber noch nicht fertig.

»Absolut lächerlich«, sagte er verächtlich. »Wenn Ihr nicht ernst sein könnt, brauchen wir gar nicht weiterzureden.«

»Stefan wird meinen Preis bezahlen, Aristo«, erwiderte Pawel zuversichtlich. »Für Euch wird er fünftausend Rubel bezahlen müssen ... nein, doch besser zehntausend.«

»Ihr seid verrückt.«

Pawels Fäuste donnerten auf den Tisch. »Das schuldet er mir! Glaubt mir, wenn er nicht zahlt, bekommt er Euch stückweise zurück.«

Wassili hatte versucht, vernünftig zu sein. Er war müde. Ihm war kalt. Und jetzt war er wütend.

Er beugte sich nach vorn und stützte sich auf den Tisch. Dann sah er Pawel in die Augen und sagte sehr leise: »Pawel, Ihr solltet keine Drohungen aussprechen, die Ihr nicht wahrmachen könnt. So etwas schwächt Eure Stellung.«

»Und warum sollte ich meine Drohungen nicht wahrmachen können?«

»Weil wir beide wissen, daß Stefan mit seinen Soldaten hierherkommen und dieses Dorf ausradieren wird, wenn mir irgend etwas passiert. Ihr könnt wählen: Tod oder Geld. Was hattet Ihr denn im Sinn, als Ihr meine Pferde gestohlen habt?«

Pawel war knallrot im Gesicht geworden, entweder aus Wut oder aus Verlegenheit, denn jetzt mußte er nachgeben. Vielleicht war ihm seine Stellung als Anführer auf Zeit zu Kopf gestiegen, aber Latzko würde zurückkommen, und Latzko würde eine Erklärung verlangen.

Wassili beschloß, es ihm etwas einfacher zu machen. »Vergeßt Stefan, Pawel. Ich werde zahlen, nicht Stefan, und mit mir müßt Ihr verhandeln, nicht mit Stefan. Am besten schlaft ihr erst einmal darüber. Vielleicht können wir unsere Verhandlungen morgen früh fortsetzen. In der Zwischenzeit brauche ich für mich und das Mädchen ein Zimmer, wo wir trocken werden können, und zwar allein.«

Einer der Männer fing an zu lachen. Wassili hatte mit einer solchen Reaktion gerechnet. Pawel war immer noch rot im Gesicht und stimmte erst nach einigen spannungsgeladenen Momenten in das Gelächter ein. Es klang jedoch nicht sehr überzeugend.

»Aber gewiß doch. Wenn Ihr das wollt, dann werdet Ihr *trocken* sein, während wir hier unser Glück begießen.«

23

Wassili und Alexandra wurden zu einer baufälligen Hütte gebracht, die einem von Latzkos Männern gehörte und jetzt leer stand, da der Besitzer Latzko nach Österreich begleitet hatte. Sie enthielt zwar das Notwendigste – einige Stühle und einen Tisch, ein schmales Bett, etwas Geschirr und ein paar Decken –, aber nichts Persönliches, denn der Besitzer vertraute seinen Kameraden offensichtlich nicht genug, um seine Wertsachen zurückzulassen. Im Innern der Hütte, die nur aus einem einzigen Raum bestand, war es beinahe genauso kalt wie draußen, da seit mehreren Wochen nicht mehr geheizt worden war.

Es gab zwar ein Fenster, aber dieses war von außen mit Brettern zugenagelt worden. Die Tür hatte kein Schloß, deshalb nagelte der Mann, der sie hergebracht hatte, ein Brett darüber. Sie würde sich erst morgen früh wieder öffnen, wenn jemand das Brett losriß.

Das Beste an ihrer Unterkunft war, daß sie wirklich miteinander allein waren. Die Kerze, die man ihnen gelassen hatte, verbreitete einen warmen Schein. In einer Ecke lag ein kleiner Stapel Feuerholz, der wahrscheinlich deshalb so klein war, weil auch der Ofen winzig war. Es würde Stunden dauern, bis das Feuer den Raum auch nur ein wenig erwärmt hatte, aber so lange würde er nicht warten, um sich zu trocknen. Doch zuerst mußte er ein Feuer machen.

Sobald er sich vergewissert hatte, daß draußen keine Wache zurückgelassen worden war, ging Wassili auf das Feuerholz zu. Bevor er dort war, streifte eine hölzerne Schüssel seine Schulter.

»Was, zum Teufel ...?«

Er drehte sich um, mußte sich aber sofort ducken, weil ein Teller an seinem Kopf vorbeiflog. Alexandra stand neben einem Schrank an der Wand, der ein ganzes Arsenal an Wurfgeschossen enthielt, und sie sah aus, als ob sie jeden einzelnen Gegenstand für diesen Zweck gebrauchen wollte. Angesichts der geringen Entfernung zwischen ihnen beschloß Wassili, sofort mit Reden anzufangen.

»Was immer ich über Eure Pferde gesagt habe, Alexandra, habe ich nur gesagt, um Pawels Preis zu drücken. Ihr wollt doch Eure Tiere wiederhaben, nicht wahr?«

Ihre Antwort bestand aus einem Glaskrug, der verdammt nah an seiner Wange vorbeisauste. Es ging also nicht um die Pferde?

Er trat langsam auf sie zu, während er es noch einmal versuchte. »Ich mußte auch alle diese Dinge über Euch sagen, und das hatte nichts mit dem Preis zu tun. Wenn Pawel gedacht hätte, Ihr würdet mir etwas bedeuten, hätte er Euch vielleicht verletzt, bevor er Euch an mich verkauft hätte. Der Kerl ist unberechenbar und rachsüchtig. Er denkt, daß alles, was mir schadet, auch Stefan schaden wird. Er würde alles tun, um Stefan zu schaden, er haßt ihn nämlich.«

Wassili mußte sich wieder ducken, aber er spürte, daß er der Sache allmählich näher kam. Doch offensichtlich hatte er den wunden Punkt noch nicht getroffen, während sie inzwischen immer besser traf.

Seine Stimme klang bedrohlich leise. »Spuckt es aus, Alex, bevor ich die Geduld verliere.«

Sie schleuderte ihm noch einen Teller und ein empörtes ›Fünfundzwanzig Rubel?‹ entgegen.

Du lieber Himmel, er hätte wissen müssen, daß sie sich daran am meisten stören würde. Frauen und ihr verdammtes Zartgefühl. Und er hatte gedacht, sie würde sich auch in dieser Beziehung von anderen Frauen unterscheiden. Aber nein, sie war natürlich nur dann normal, wenn er sich genau das Gegenteil wünschte.

»Ihr habt doch gehört, daß Stefan für Arina nur fünfzig Rubel bezahlt hat«, entgegnete er.

»Arina wird offenbar recht oft weitergereicht, das zählt also nicht. Wer war die andere Frau, und wieviel habt Ihr für sie bezahlt?«

Die Frage wurde von einem Hackbrett begleitet, das gegen seine Brust donnerte. Er war so überrascht davon, daß er erst nach einigen Augenblicken bemerkte, daß sich Alexandra inzwischen vom Wandschrank entfernt hatte und jetzt nach schwereren Wurfgeschossen in Form von Feuerholz griff.

Wassili schoß durch das Zimmer, packte sie von hinten und hob sie hoch. Seine Arme hatten ihre Taille umfaßt. Sie kreischte. Er schüttelte sie. Sie trat mit dem Fuß nach hinten und zielte dabei auf seine Knie. Er schüttelte sie wieder. Ihre Mütze rutschte herunter, und plötzlich fiel ihm ihr Haar ins Gesicht. Es war kalt und seidig und roch nach Frühlingsblumen.

Er wollte sie lieber nicht zu lange festhalten. »Über was für eine andere Frau redet Ihr da?«

»Laßt mich runter!«

»Erst wenn Ihr Euch wieder beruhigt habt«, erwiderte er. »Was für eine andere Frau?«

»Die, von der Euer Freund gesprochen hat …«

»Er ist nicht mein Freund.«

»… als er Euch fragte, ob ich soviel wert sei wie die andere!«

Ihre Stimme klang so zornig, daß ihm endlich klar wurde, warum sie ihn draußen im Schnee so finster angeblickt hatte, als Pawel diese Frage gestellt hatte. »Ihr wart doch nicht etwa eifersüchtig, Alex?«

Er glaubte zu spüren, wie sie sich in seinen Armen vor Verlegenheit wand, aber ihre Antwort war ein bockiges »Beantwortet meine Frage, Petroff«.

»Beantwortet zuerst meine Frage, oder ich erinnere mich vielleicht an das Versprechen, das ich Euch gegeben habe. Ihr wißt doch noch … falls Ihr mir gegenüber wieder gewalttätig werdet …«

»Mistkerl!«

Seine Arme verstärkten den Griff um ihre Taille gerade so weit, daß er sie zum Schweigen bringen und seinen Satz beenden konnte: »Ich hatte ja eigentlich vor, mein Versprechen eine Zeitlang zu ignorieren, da wir uns momentan in etwas ungewöhnlichen Umständen befinden, aber …«

»Ich war nicht eifersüchtig«, unterbrach sie ihn. »Nur die Frauen, mit denen Ihr jetzt etwas anfangt, werden die Klinge meines Messers zu spüren bekommen. Ich habe Euch ja gesagt, warum.«

»Ja, ja, weil ich Euch gehöre«, sagte er in einem Ton, der deutlich machte, daß er das schon viel zu oft gehört hatte. »Für mich sieht das aber trotzdem wie Eifersucht aus, Liebling.«

»Egal, was es ist, Ihr habt die schlechteren Karten«, schleuderte sie ihm entgegen. »Wer war die Frau?«

»Königin Tatiana.«

»Wer?«

»Die Frau meines Cousins. Damals war sie jedoch nur eine Prinzessin. Sie ist in Amerika aufgewachsen, nein, eigentlich ist sie dort verlorengegangen, aber das ist eine lange Geschichte, die Ihr sicher nicht hören wollt. Schämt Ihr Euch jetzt wenigstens, weil Ihr mich verdächtigt habt?«

»Euch? Einen Mann ohne jedes Schamgefühl? Ich denke ja gar nicht daran«, entgegnete sie. »Wieviel wurde für sie bezahlt?«

Wassili seufzte. »Fünfhundert Rubel, und bevor Ihr Euch mit einer Prinzessin vergleicht, solltet Ihr wissen, daß dies ein geradezu lächerlich hoher Preis für eine Frau war und Latzko davon ausging, daß er heruntergehandelt würde. Mein Cousin war jedoch viel zu wütend, um zu handeln. Er wollte nur seine Braut zurückhaben. Aber er hat ein schlechtes Beispiel gegeben, indem er den geforderten Preis einfach bezahlt hat. Das ist auch der Grund, weshalb Pawel jetzt so unsinnige Forderungen stellt.«

Ihr Ton wurde ausgesprochen hochnäsig. »Der Preis, den er für meine Pferde fordert, ist ganz und gar nicht lächerlich.«

»Darum geht es nicht, Alex. Wir haben es hier mit einfachen Menschen zu tun, die einfache Bedürfnisse haben. Sie können nur deshalb hier in den Bergen überleben, weil sie nie zuviel nehmen. Die Menschen, die von ihnen ausgeraubt oder entführt werden, ärgern sich lediglich über die Unannehmlichkeiten. Aber wenn sich die Räuber plötzlich zuviel nehmen, wird irgendwann jemand so ärgerlich werden, daß er etwas dagegen unternimmt. Latzko versteht das. Pawel hat leider nicht genug Hirn, um es zu begreifen.«

»Soll das etwa heißen, daß wir gar nicht in Gefahr sind?«

»Wenn Latzko hier wäre, würde das vielleicht stimmen. Da jetzt jedoch Pawel das Sagen hat, bin ich mir da nicht so sicher, insbesondere, wenn es um uns beide geht. Und der Grund dafür ist sein Haß auf Stefan.«

»Ihr könnt mich jetzt wieder loslassen, Petroff.«

Nichts lieber als das. Nachdem er sie so lange festgehalten hatte, kam sein Körper auf Gedanken, die sein Gehirn verzweifelt zu ignorieren versuchte.

»Ihr werdet nichts mehr nach mir werfen?«

»Ich glaube, ich werde mich eine Weile beherrschen können.«

Der Sarkasmus in ihrer Stimme ließ ihre Antwort glaubhafter klingen, als wenn sie es ihm rundheraus versprochen hätte. Ihm war aufgefallen, daß ihre Antworten immer sehr direkt ausfielen, wenn sie wütend war.

Behutsam stellte er sie wieder auf die Erde. Jetzt, da er ihre Wärme nicht mehr spürte, fröstelte es ihn, und er wandte sich sofort wieder dem Feuerholz zu.

Er war sich nicht ganz sicher, wie sie auf seine nächste Bemerkung reagieren würde, aber er mußte es sagen. »Wir müssen aus diesen nassen Sachen herauskommen.«

»Ich weiß«, sagte sie leise hinter ihm.

Sie konnte tatsächlich vernünftig sein? Dem Himmel sei Dank für dieses kleine Geschenk. Und dann wurde ihm plötzlich bewußt, daß Alexandra ihre Sachen ausziehen würde. Sie waren in einem verschlossenen Raum, allein – mit einem Bett. Schon der Gedanke daran war zuviel für ihn. Er stöhnte.

»Stimmt etwas nicht?« fragte sie.

»Nein, nein, alles in Ordnung«, erwiderte er, aber er blieb über das Feuerholz gebeugt stehen und rührte sich nicht.

»Das Feuer, Petroff«, erinnerte sie ihn ungeduldig. »Oder glaubt Ihr, wir würden die Nacht ohne überleben?«

Da er diese Nacht so oder so nicht überleben würde, konnte es ihm eigentlich egal sein. Aber er bekam sich wieder unter Kontrolle und machte sich daran, das Feuer im Ofen zu entfachen.

»Sagt mir, warum Pawel Euren Cousin so sehr haßt«, verlangte sie.

Gut. Jetzt konnte er endlich an etwas anderes denken als an das, was er bald mit ihr machen würde.

»Pawel war in Latzkos Tochter Arina verliebt. Wahrscheinlich ist er das immer noch. Aber sie wollte höher hinaus. Vor ungefähr acht Jahren lernte sie Stefan kennen, der zu dieser Zeit noch Kronprinz war. Sie war dann eine Zeitlang seine Geliebte. Dann haben sie sich gestritten, und sie kam wieder hierher zurück. Stefan folgte ihr, um alles wieder in Ordnung zu bringen. Das Ganze endete damit, daß Stefan an Latzko fünfzig Rubel zahlen mußte, bevor er sie wieder mitnehmen konnte. Pawel bestand außerdem darauf, daß Stefan um Arina kämpfte.«

»Hat er das getan?«

»Ja.«

»Das klingt sehr romantisch.«

Wassili schnaubte empört. »Es war überhaupt nichts romantisch daran. Pawel hat unfair gekämpft, aber trotzdem verloren. Das Problem dabei war, daß er ein schlechter Verlierer ist. Als Tania gefangengenommen wurde …«

»Wer ist *Tania*?«

Er ignorierte die Tatsache, daß ihr Ton wieder schärfer geworden war. »Tania ist Tatiana. Sie möchte so genannt werden. Wie ich Euch bereits sagte, ist sie in Amerika aufgewachsen, und dort hieß sie so. Ihren richtigen Namen hat sie erst erfahren, als wir sie letztes Jahr gefunden haben ... aber ich schweife ab. Wie gesagt, sie wurde gefangengenommen, Stefan mußte wieder hierherkommen, und Pawel hatte endlich die Gelegenheit, sich zu rächen. Er forderte Stefan erneut zum Kampf heraus – dieses Mal mit Messern –, um ihn dabei zu töten.«

»Diesen Kampf hat er wohl auch verloren?«

»Ja, aber Ihr habt gehört, was er gesagt hat. Er ist immer noch nicht zufrieden, obwohl ihm Latzko das letzte Mal angedroht hat, er werde ihn umbringen, wenn er Stefan noch einmal zum Kampf herausfordern sollte.«

»Aber Latzko ist nicht hier, um dafür zu sorgen, daß Pawel sich daran hält, und ... Ihr glaubt, er wird Euch herausfordern, bevor das alles hier vorüber ist, nicht wahr?«

Machte sie sich etwa Sorgen um ihn? Du lieber Himmel, das bildete er sich doch nur ein. Alexandra und sich Sorgen um ihn machen? Da konnte er lange warten.

»Er wäre ein Idiot, wenn er mich herausfordern würde«, sagte Wassili verächtlich.

»Ach, Ihr glaubt also, daß er zumindest ein paar Gehirnzellen besitzt?«

Sie sagte das so trocken, daß er fast gelacht hätte. Und das überraschte ihn. Wann zum Teufel hatte er damit angefangen, ihren Humor witzig zu finden?

Endlich war es ihm gelungen, das Feuer anzuzünden. Es war gar nicht so schwach, wie er befürchtet hatte. Der Lehmofen würde zwar eine Zeitlang brauchen, um den Raum aufzuheizen, aber sicherlich nicht viele Stunden, wie er zuerst gedacht hatte.

Er drehte sich um und wollte Alexandra sagen, daß sie näher an den Ofen herankommen sollte, bevor sie sich auszog. Er war nicht darauf gefaßt gewesen, sie mit einer Decke um die Schultern dastehen zu sehen. Rock, Hose und Hemd hingen über der Rückenlehne des Stuhls, der neben ihr stand. Sogar die Strümpfe hatte sie ausgezogen. Ihm stockte der Atem. Alle seine Gedanken waren wie weggefegt, und dann konnte er sich nur noch auf eines konzentrieren. War sie unter der Decke völlig nackt, oder hatte sie immer noch ihre Unterwäsche an? Trug sie überhaupt Unterwäsche? Beinahe hätte er sich in Verlegenheit gebracht und gefragt, aber er wußte nur zu gut, daß er nicht wagen würde, es herauszufinden.

Er wandte den Blick von ihr ab, fand aber nichts in der Hütte, womit er sich hätte ablenken können, um die Reaktion seines Körpers zu ignorieren. Hatte *er* etwa nach einer Unterkunft gefragt, in der er mit ihr allein sein würde? Er mußte verrückt gewesen sein.

»Ihr könnt das Bett haben«, platzte er heraus. »Ich werde auf dem Boden schlafen.«

»Macht Euch nicht lächerlich. Ich finde diese Situation ganz und gar nicht angenehm ...«

Wassilis Kopf fuhr herum. Er unterbrach sie mit dem energischen Ausruf: »In dieser Beziehung sind wir völlig einer Meinung.«

»... aber wir sind schließlich beide erwachsen. Es gibt hier nur dieses eine Bett, und sobald Ihr Eure Stiefel auszieht, werdet Ihr merken, daß die Kälte durch den Fußboden kommt. Ihr würdet Euch fürchterlich erkälten, wenn Ihr versucht ...«

»Ich habe schon verstanden, Alex«, fuhr er sie an. Seine Stimme war etwas zu laut.

Angesichts seines Tons antwortete sie ihm steif: »Ihr könnt ja versuchen, jemanden zu rufen und nach einer anderen Unterkunft für Euch zu fragen, aber so, wie sich das von hier aus anhört, sind die Räuber schon ausgiebig beim Feiern. Ich glaube nicht, daß Euch jemand hören wird.«

In diesem Punkt mußte er ihr beipflichten, aber es konnte nicht so bleiben, wie es jetzt war. Er wollte sie ... nun, eigentlich nicht er, er ganz gewiß nicht, aber sein Körper, und er war ein Mann, der seinem Körper schon zu oft die Entscheidung überlassen hatte. Aber dieses Mal konnte er das nicht tun. Er wollte sie um keinen Preis wissen lassen, wie sehr sie ihn erregte.

»Ihr habt natürlich recht. Ich hatte nur nicht erwartet, daß Ihr so ... vernünftige Ansichten darüber haben würdet.«

Sie wirkte immer noch ein wenig eingeschnappt. Ihr Kinn reckte sich sogar noch etwas mehr in die Höhe, und ihr Rücken wurde noch steifer.

»Es ist doch nur vernünftig, in einer Nacht wie dieser seine Körperwärme zu teilen«, sagte sie zu ihm. »Kommt also nicht auf falsche Gedanken, Petroff. Mir wäre zwar ein anderer Körper lieber, aber da der Eure nun mal der einzig verfügbare ist ...«

»Legt Euch in dieses verdammte Bett und schlaft endlich«, brummte er. »Wenn es doch schon Morgen wäre!«

24

Wassili spürte ihre Blicke auf sich, als er neben dem Ofen stand und anfing, sich auszuziehen. Er wußte, daß es nicht stimmte und seine Phantasie ihm einen Streich spielte, denn Alexandra hatte überhaupt kein Interesse an seinem Körper. Außerdem schlief sie bestimmt schon. Er hatte lange genug gewartet, um sicher zu sein, daß sie wirklich schlief. Und doch stellte er sich vor, daß sie ihm zusah. Der Gedanke erregte ihn so sehr, daß es fast schmerzte.

Es war die reinste Selbstquälerei, sich neben sie in das Bett zu legen. Sie war fest in ihre Decke gewickelt und hatte alle Decken, die sie finden konnte, auf das Bett gehäuft. Als er sich hinlegte, konnte er die Hitze spüren, die von ihrem Körper ausging.

Er war immer noch völlig durchgefroren, und ihre

Hitze zog ihn an wie kein weiblicher Körper je zuvor. Es war keine sexuelle Anziehungskraft. Zwar spürte er die Erotik, die ihn ebenso stark anzog, aber das hier war ein ganz anderes Bedürfnis: das einfache, elementare Bedürfnis nach Wärme.

Und doch wagte er es nicht, dieses Bedürfnis zu befriedigen. Sie hatte gesagt, daß sie ihre Körperwärme teilen mußten, *sie* hatte das gesagt, nicht er. Aber angesichts seines erregten Zustands würde es ihm wohl nicht gelingen, sich zu beherrschen, wenn er seinem Bedürfnis nach Wärme nachgab. Also lag er da und fing an zu zittern. Er preßte die Lippen aufeinander, um nicht vor Kälte mit den Zähnen zu klappern.

Wassili war klar, daß er sich ebenso aufwärmen würde wie Alexandra. Auch seine Erregung würde wieder abklingen. Und irgendwann würde er vielleicht auch einschlafen. In der Zwischenzeit mußte er die schlimmste Nacht seines Lebens durchstehen. Alles, was er wollte, lag zum Greifen nahe und war doch meilenweit entfernt, da er es sich nicht nehmen konnte.

Aber er konnte wenigstens so nah wie möglich an sie heranrücken, ohne sie zu berühren. Das Bett war recht schmal. Er lag auf der Seite, mit dem Gesicht zu ihr. Er war ihr schon sehr nah. Nur noch ein wenig näher …

Alexandra zuckte zusammen, als er sie zufällig mit einem Fuß berührte, und setzte sich abrupt im Bett auf. »Du lieber Himmel, Eure Füße sind ja *eiskalt!*«

Im nächsten Augenblick griff sie unter die Decken, zog einen seiner Füße auf ihren Schoß und begann, ihn mit ihren warmen Händen zu reiben. Dabei öffnete sich ihre Decke auf der Vorderseite einen Spaltbreit, da sie jetzt nur noch von ihren Schultern gehalten wurde. Aber er lag so, daß er nicht erkennen konnte, was darunter zum Vorschein kam.

»Wieso habt Ihr sie denn nicht am Feuer gewärmt?« sagte Alexandra schroff. »Wißt Ihr denn nicht, daß der

Rest von Euch nie warm werden kann, wenn Eure Füße noch kalt sind?«

Ein ganz bestimmter Teil seines Körpers war jedoch brennend heiß und strafte ihre Bemerkung Lügen. Er sagte es ihr nicht. Er sagte ihr auch nicht, daß er in seinen feuchten Sachen vor dem Feuer gesessen hatte und es ihm nicht gelungen war, sich aufzuwärmen.

Er hatte dabei jedoch nicht daran gedacht, daß ihm kalt war, nein, *sie* war ihm im Kopf herumgegangen. Er hatte sich vorgestellt, wie sie nackt im Bett lag, wie er sich zu ihr legte, genauso nackt, hatte sich ausgemalt, wie sie sich ihm zuwenden würde – und was danach passieren würde. Er hatte sich jedoch nicht vorgestellt, daß sie mit ihm schimpfen und seine Füße mit ihren Händen wärmen würde, als ob das völlig selbstverständlich wäre.

Es war ein kleiner Schock für ihn, wie ein Kind behandelt zu werden. Aber allein die Tatsache, daß sie ihn überhaupt berührte – wenn auch auf völlig unschuldige Weise –, löste Gedanken in ihm aus, die ganz bestimmt nicht sehr kindlich waren. Und es schockierte ihn sogar noch mehr, daß sie ihn überhaupt berührte.

Er konnte sich nicht vorstellen, warum sie es tat. Warum hatte sie eigentlich darauf bestanden, daß sie sich das Bett teilten? Wollte sie etwa die Differenzen zwischen ihnen so lange ignorieren, wie ihre mißliche Lage anhielt, oder …

Der andere Grund dafür, der ihm durch den Kopf schoß, ließ sein Herz schneller schlagen. Konnte es sein, daß Alexandra ihn wollte, aber nach allem, was zwischen ihnen vorgefallen war, zu scheu war, es ihm zu sagen?

Allmählich kehrte wieder ein Gefühl in seinen Fuß zurück. Nach einer Weile sagte sie in ungeduldigem Tonfall: »Gebt mir den anderen.«

Er streckte ihr schnell seinen anderen Fuß hin, und es

dauerte nicht lange, bis sein Körper sich erwärmt hatte, entweder aufgrund ihrer Bemühungen oder wegen der Gedanken, die ihm im Kopf herumgingen.

»Danke«, sagte er, als sie schließlich mit ihrer Massage aufhörte.

Sie nickte ihm nur kurz zu und legte sich dann wieder hin. Wie vorhin drehte sie ihm den Rücken zu.

Wassili schlug alle Vorsicht in den Wind und verlegte sich aufs Lügen. »Mir ist immer noch kalt, Alex. Ihr sagtet doch etwas über das Teilen von Körperwärme ...«

Sie drehte sich auf den Bauch und schlug auf ihr Kissen ein. Dabei stöhnte sie. Paradoxerweise hielt Wassili dies für ein gutes Zeichen.

»Habt Ihr Eure Meinung etwa geändert?« fragte er und bemühte sich dabei, eine Mischung aus Gleichgültigkeit und Enttäuschung anklingen zu lassen, was nicht ganz einfach für ihn war.

Sie seufzte. »Nein. Nur zu!« Und dann fügte sie warnend hinzu: »Aber nur, wenn Ihr Eure Hände bei Euch behaltet.«

Das wiederum hörte sich gar nicht wie eine Ermunterung an. Aber sie drehte sich abermals auf die Seite und rutschte ein wenig zu ihm hin, während er ein wenig in ihre Richtung rutschte. Ihre Körper trafen sich, ihr Rükken lag an seiner Brust. Mehr wollte sie ihm nicht von ihrem Körper zugestehen, aber er wollte ihn ganz. Er rückte noch näher, bis sie von Kopf bis Fuß aneinandergeschmiegt dalagen. Sie protestierte und wollte ihm entkommen. Er folgte ihr, bis sie nicht mehr weiter weg konnte und aufgab. Sie seufzte wieder.

Er selbst mußte Seufzer des Wohlbehagens unterdrücken. Seine Hände hatte er zu Fäusten geballt, damit sie ihm nicht entkamen und über ihren Körper glitten. Wenn er seine Hände nicht benutzen konnte, dann würde er eben seinen Körper einsetzen. Und das tat er dann auch, und zwar sehr subtil.

Es war eine raffinierte Verführung. Eine Liebkosung hier, ein wenig Druck da, ein wenig Bewegung, sein warmer Atem auf ihrem Nacken, nichts war eindeutig, nichts bedrohlich. Und es funktionierte. Er spürte, wie sie sich entspannte, bis sich der Teil von ihm, der ein eigenes Leben führte, an ihr Gesäß preßte.

Ihr Körper versteifte sich. »Mir scheint, Euer Körper hat sich ausreichend erwärmt, Petroff.«

Das war eine Untertreibung, aber er beugte sich vor und flüsterte ihr ins Ohr: »Warum zittere ich dann immer noch?«

»Davon merke ich aber nichts ...«

Er unterbrach sie rasch. »Das könnt Ihr ja gar nicht, Ihr seid ja völlig in diese Decke eingepackt. Ihr braucht doch nur die Decken, die obenauf liegen – und mich.«

»Petroff ...«

Er unterbrach sie wieder. »Wenn Ihr mir nicht glaubt, daß ich zittere, kommt doch näher.«

»Nein, danke, wenn Ihr das sagt, glaube ich es schon.«

»Ja, ja, ich habe Euch auch geglaubt, und doch gebt Ihr mir nicht alle Eure Wärme.« Seine Stimme klang anklagend. »Oder liegt es vielleicht daran, daß Ihr unter dieser Decke nichts anhabt?«

»Ich habe etwas an, aber ...«

»Warum nehmt Ihr die Decke dann nicht weg? Das ist doch kein Teilen von ...«

»*In Ordnung!*«

Unter den Decken, die über ihnen lagen, schob sie die Decke, in die sie eingehüllt war, nach unten, aber nur bis zu ihren Hüften. Dort faltete sie sie mehrmals und stopfte sie um sich herum fest, wie eine Art Schild gegen das, was sie von ihm spürte.

Wassili hätte beinahe aufgelacht. Sie wußte jetzt, daß er sie begehrte, sie mußte es einfach wissen, selbst wenn sie nicht davon sprach. Er kannte dieses Spiel nur zu gut. Anstatt beleidigt oder wütend das Bett zu verlassen, spielte sie mit und tat so, als ob sie protestierte. An ihm war es jetzt, die Initiative zu ergreifen, während sie weiter so tun würde, als wüßte sie nicht, was er da gerade machte. Sie würden dieses Spiel so lange spielen, bis es für beide ein zufriedenstellendes Ende hatte.

Er achtete nicht auf die innere Stimme, die ihm warnend sagte, daß Alexandra viel zu direkt und offen war, um ein solches Spiel mitzumachen.

Statt dessen ging er seine verschiedenen Verführungstaktiken durch – und mußte feststellen, daß keine davon für diese Frau geeignet war. Bei ihr mußte er ganz einfach nur ehrlich sein. Ehrlichkeit würde ihm zum Sieg verhelfen.

Aber noch nicht jetzt, warnte ihn die Stimme. Diese Frau erforderte Geduld, auch wenn ihn das umbringen sollte, was gut möglich war.

Ohne seine Hände einzusetzen, preßte er seinen Körper an sie. Er hatte nicht gesehen, was sie anhatte, aber jetzt spürte er es, eine Art ärmelloses Leibchen aus dickem, rauhem Stoff. Er stellte sich vor, wie sie in Seide und Spitze aussehen würde, und stöhnte beinahe.

Dann preßte er sein Gesicht in ihren Nacken und berührte ihr Haar und ihre Haut. Er spürte, wie ein Schauer sie überlief. Ihre Reaktion ließ ihn jubeln.

»Wenn Euch kalt wird«, sagt er mit heiserer Stimme, »könnten meine Arme vielleicht helfen.«

»Nein! Mir ist nicht kalt!« versicherte sie ihm. »Also, eigentlich ist mir zu wa …«

»Ich kann Euch gar nicht sagen, wie dankbar ich Euch bin, Alex«, erwiderte er.

Sie seufzte wieder, dieses Mal ziemlich genervt. Er wollte, daß sie sich wieder entspannte, aber diesen Gefallen tat sie ihm nicht.

»Mache ich Euch nervös?«

»Natürlich nicht.«

»Gut, denn ich glaube nicht, daß es funktionieren wird, solange Ihr …«

Wassili brach ab und wartete darauf, daß ihre Neugier siegen würde. Eine Taktik wie diese hatte fast immer Erfolg – auch jetzt. Aber er mußte fast zehn Sekunden lang warten, sehr viel länger, als er erwartet hatte.

»*Was?*«

»Solange Ihr Euch nicht auf mich legt.«

Die Spannung zwischen ihnen war fast mit Händen zu greifen – bis sie sich mit einem ›Das reicht!‹ aufsetzte und die Decken zurückschlug, um aus dem Bett zu steigen.

Blitzschnell legte Wassili einen Arm um ihre Taille und zog sie zurück ins Bett. Er legte sich auf sie, um sie am Aufstehen zu hindern. Sein Mund fand den ihren und erstickte ihren Protest. Er wußte, daß er nur wenige Sekunden hatte, um sie für sich zu gewinnen, und er spürte, wie sie sich gegen sein Gewicht sträubte. Wenn er dieses Mal verlor …

Alexandra war verloren. Sie hatte sich gegen das Gefühl in ihr gewehrt, von dem Moment an, als er sein Hemd ausgezogen hatte und seine goldene Haut zum Vorschein gekommen war – und ein Körper, der noch viel männlicher war, als sie es sich vorgestellt hatte. Sie hatte ihre Augen geschlossen, um sich dagegen zu wehren, erschrocken darüber, was der bloße Anblick seiner nackten Brust in ihr auslöste. Und sie hätte beinahe zu ihm gesagt, daß er auf dem Boden schlafen sollte.

Aber sie hatte es nicht getan. Sie hätte es tun sollen. Doch als er seinen Körper an den ihren gepreßt hatte, hatte sie ein ungeheures Verlangen in sich verspürt, das sie zweimal beinahe alles vergessen ließ und das sie jetzt nicht mehr kontrollieren konnte. Und er hatte sie nicht entkommen lassen. Hatte er gewußt, was sie empfand, welche Gefühle er in ihr auslöste?

Er hatte beide Hände um ihr Gesicht gelegt und küßte

sie. Er war sanft. Er war überzeugend. Er war einfach unwiderstehlich. Und er trieb sie zum Wahnsinn mit …

»Dein Körper treibt mich zum Wahnsinn, Liebling. Es tut mir leid, aber ich kann einfach nicht hier neben dir liegen, ohne mit dir zu schlafen.«

Hatte sie das gesagt? Nein, er war es gewesen. Und ›Liebling‹ hatte überhaupt nicht spöttisch geklungen, sondern wie das Kosewort, das es sein sollte. Aber er ließ ihr keine Chance, ihm zu antworten. Er küßte sie wieder, dieses Mal noch leidenschaftlicher, und sie versank in dem Gewirr ihrer Gefühle, in dem Brennen, das sie in sich spürte … in ihm. Sie versank in ihm, mit ihm.

»Ja«, stieß sie hervor, als er endlich ihren Mund freigab.

»Was?«

»Ja, jetzt.«

»O Gott, ich danke dir«, flüsterte er und bedeckte ihr Gesicht mit Küssen.

Sie lächelte, da sie sich beim besten Willen nicht vorstellen konnte, was Gott damit zu tun hatte. Er bemerkte es nicht, da er gerade mit seiner Zunge über ihren Hals und ihre Schultern glitt, wo er eine heiße, feuchte Spur hinterließ, die ihr Schauer über Arme, Rücken und Beine jagte.

Die Decken waren zu Boden geglitten. Er wärmte sie jetzt, sie spürte die Kälte überhaupt nicht mehr. Ihr war so warm, daß sie sich am liebsten im Schnee gewälzt hätte. Noch lieber allerdings war ihr das, was Wassili gerade tat. Er lag zwischen ihren Beinen, da sein Mund dem Ausschnitt ihres Leibchens gefolgt war. Mit den Zähnen zog er an den Bändern, mit denen es zusammengeschnürt war, und öffnete es, Zentimeter um Zentimeter.

Auch ihre Hände waren nicht untätig und erforschten seine feste Haut, die breiten Schultern, den muskulösen Hals, sein widerspenstiges Haar, das sich unter ihren Fingern so unglaublich weich anfühlte.

»O Gott, ich danke dir. Sie sind noch viel schöner, als ich sie mir vorgestellt hatte«, sagte er ergriffen.

Er hatte ihre Brüste enthüllt und starrte sie mit beinahe ehrfürchtiger Scheu an. Sie war verlegen, da sie ihre Brüste immer für das Schlechteste an sich gehalten hatte. Sie waren zu groß, mußten oft eingeschnürt werden, wenn sie mit ihren Pferden arbeitete, und machten gewiß mehr Umstände, als sie wert waren.

Wassili schien jedoch anderer Meinung zu sein. Sie blickte ihn verwundert an, als er sein Gesicht in ihnen vergrub und beide über und über mit Küssen bedeckte. Da wurde ihr die Bedeutung seiner Worte klar. Er fand ihre Brüste nicht ungewöhnlich. Für ihn waren sie schön. Und das bewies er ihr in den nun folgenden Minuten immer wieder aufs neue. Er umfaßte sie mit seinen Händen, liebkoste sie und sog an ihnen, wollte gar nicht mehr von ihnen lassen. Dies – zusammen mit seinem muskulösen Körper, der zwischen ihren Beinen lag – brachte Alexandra so nah an den Abgrund, daß nicht mehr viel fehlte, um sie hinunterzustoßen.

Wassili war sich dessen bewußt. Er kannte den Körper einer Frau so gut wie seinen eigenen, wußte, wo die empfindlichen Stellen waren und wie die Lust der Frau noch gesteigert werden konnte. Er wußte auch, daß Alexandra dies alles schon hinter sich gelassen hatte. Ihre Atmung sagte es ihm, ihre Finger, die sich in sein Haar krallten, die Bewegung ihres Beckens unter ihm, ihre Beine, die sich um seine Mitte preßten. Gerne hätte er ihren Körper noch länger erkundet, aber noch lieber wollte er ihren Höhepunkt spüren. Wenn er jetzt nicht in sie eindrang, würde sie ihn ohne ihn erreichen.

Während er ihr den Rest ihrer Unterwäsche auszog, versuchte er, sie durch kleine Küsse auf den Mund zu bremsen, aber sie ließ sich nicht mehr beruhigen. Alexandra war bei der Liebe so fordernd und leidenschaftlich wie sonst auch und drängte sich an ihn, sobald sie nackt war. Sie grub ihre Hände in sein Gesäß und zog ihn an sich.

Es war reines Glück, daß er sich gerade in der richtigen Stellung befand, denn sie wartete nicht auf ihn, sondern hob ihm sofort ihr Becken entgegen. Er drang in sie ein. Feuchte Hitze umgab ihn, er verspürte eine unglaubliche Enge und ein unerwartetes Hindernis, das er durchstieß, bevor ihm klar wurde, was das bedeutete.

Ihr Körper versteifte sich kaum merklich, sie hielt einen Augenblick lang den Atem an. Er sah sie ungläubig an, aber was immer er auch sagen wollte, war vergessen, als er plötzlich die Lust in ihrem Gesicht sah. Ihr Pulsschlag umgab ihn und zog ihn immer tiefer, und bei dem nächsten Schlag seines Herzens wurde er von einem Orgasmus mitgerissen, der heftiger war als jeder Höhepunkt zuvor.

25

Nachdem sich ihre erhitzten Körper wieder abgekühlt hatten, dauerte es nicht lange, bis sie die Kälte wieder spürten. Wassili holte die Decken zurück, die sie vom Bett gestoßen hatten. Alexandra sagte kein Wort, als er sie zudeckte.

Sie war schockiert über das, was sie getan hatte, und es wurde noch schlimmer, als ihr klar wurde, daß sie in dieser Nacht überhaupt nicht an Christopher gedacht hatte. Kein einziges Mal war ihr der Gedanke gekommen, daß sie ihm untreu war. Sie hatte sich einfach von ihren Gefühlen überrumpeln lassen, die alles andere in ihr ausgelöscht hatten. Nur der Gedanke, sie zu befriedigen, hatte gezählt.

Sie hatte nicht gewußt, daß Leidenschaft so mächtig und beherrschend sein konnte. Sie wünschte, sie hätte es nie herausgefunden. Sie wünschte auch, sie könnte Wassili irgendwie die Schuld daran geben, aber das konnte sie nicht. Er war es schließlich gewohnt, Frauen zu verführen. Soweit sie das hatte feststellen können, war es seine einzige Beschäftigung. Das hatte sie gewußt. Und die Tatsache, daß er einfach unwiderstehlich war, war kein persönliches Verdienst von ihm, sondern eine Gottesgabe.

Sie war schuld daran, nur sie allein. Sie hatte genau gewußt, was er vorhatte, hatte sich so lange wie möglich dagegen gewehrt und dann aufgegeben und es genossen. Und wie sie es genossen hatte! Sie wollte gar nicht darüber nachdenken. Angesichts der Abscheu, die sie gegenüber sich selbst empfand, war jetzt kein Platz für angenehme Gefühle. Aber trotzdem war es schön gewesen, viel zu schön …

Alexandra mußte zugeben, daß ihr erstes Mal einfach wundervoll gewesen war. Es war mehr gewesen, als sie sich je erträumt hatte. Aber sie wünschte, es wäre anders gewesen. Wenigstens würde sie sich jetzt besser fühlen, wenn es nicht so verdammt schön gewesen wäre.

Wassili konnte nicht aufhören, darüber nachzudenken. Das war nicht verwunderlich, da er noch nie zuvor etwas Ähnliches erlebt hatte. Wenn er nicht schon bei seinem ersten Orgasmus sämtliche Geschwindigkeitsrekorde gebrochen hatte, dann mit Sicherheit bei seinem zweiten. Aber das erste Mal, als er bereits nach einem Stoß gekommen war – war ihm das jemals zuvor passiert? Und war sein Höhepunkt je so heftig gewesen?

Er konnte immer noch nicht glauben, daß das noch lange nicht das Ende gewesen war. Als er auf ihr gelegen und versucht hatte, sich zu beruhigen und herauszufinden, was da gerade passiert war, war es wieder geschehen, ohne sein Zutun, ohne Vorwarnung, vielleicht allein deswegen, weil er immer noch in dieser engen, heißen Höhle begraben war. Nein, das allein konnte es nicht gewesen sein. Es mußte ihre Jungfräulichkeit gewesen sein, die er so stimulierend gefunden hatte, das einzige, was er sich bei seinen erotischen Abenteuern bisher immer versagt hatte.

Noch etwas beunruhigte ihn. Wie hatte er es übersehen können? Jungfrauen waren doch so leicht zu erkennen. Sie hatten ganz besondere Eigenschaften, die sonst niemand besaß. Alexandra war zu verwegen, zu direkt, zu leidenschaftlich in ihren Gefühlen, und ihre Küsse waren alles andere als jungfräulich gewesen. Die typischen Anzeichen waren nicht vorhanden gewesen. Er fühlte sich getäuscht und betrogen und kam sich so leichtgläubig wie ein Sechzehnjähriger vor.

Aber da war noch etwas anderes, ein Gefühl, so primitiv, daß er nicht weiter darüber nachdachte, zumal es ganz gewiß keinen Sinn ergab. Als ob es ihm etwas bedeuten würde, daß noch kein Mann sie besessen hatte. Das hatte ihm doch *nie* etwas bedeutet, nur sein Vergnügen war ihm wichtig gewesen.

Angesichts derart aufwühlender Gedanken auf beiden Seiten des Bettes wurde die Spannung zwischen ihnen immer größer. Wassili wollte sich über das Geschenk, das sie ihm gemacht hatte, beschweren. Er hätte es zurückgewiesen, wenn er die Wahl gehabt hätte – zumindest wollte er sich einreden, daß er es dann zurückgewiesen hätte. Und Alexandra wußte, daß sie nicht einschlafen konnte, solange sie ihm nicht gesagt hatte, daß sich zwischen ihnen überhaupt nichts geändert hatte – zumindest wollte sie sich einreden, daß alles wie vorher war.

Für sie war es am leichtesten, es ihm einfach zu sagen. »Vergiß, daß ich dir einmal gesagt habe, es würde dein Schicksal besiegeln.«

Er hob den Kopf. Ihm war anzusehen, daß auch er vorgehabt hatte, eine herausfordernde Bemerkung zu machen. Sie war erleichtert, daß sie ihm zuvorgekommen war. Er war es nicht.

»Soll ich etwa auch vergessen, daß du noch Jungfrau warst?« fragte er.

»Ja.«

Das war völlig unmöglich. »Warum zum Teufel hast du es mir nicht gesagt, Alexandra? Was auch immer du von mir hältst, für gewöhnlich gehe ich nicht mit Jungfrauen ins Bett. Wenn du es genau wissen willst – ich habe es noch nie getan, und es ist mir ausgesprochen unangenehm, daß es mit dir das erste Mal passiert ist.«

Er sagte das so entrüstet, daß sie beinahe gelacht hätte. Es überraschte sie, daß er sich deswegen Gedanken machte, aber sie wünschte, er würde es nicht tun. Warum zum Teufel fragte er sie überhaupt?

»Warum ich es dir nicht gesagt habe? Warum sollte ich?« entgegnete sie. »Wieso bist du vom Gegenteil ausgegangen? Ich war doch noch nie verheiratet.«

»Du bist Russin«, sagte er, ohne zu überlegen. Sofort erkannte er seinen Fehler. Damit lieferte er ihr einen Grund, ihn über den Haufen zu schießen. Schnell fügte er hinzu: »Ich will damit sagen, daß ich am russischen Hof gewesen bin. Ich habe dort mit eigenen Augen gesehen, wie hemmungslos die russischen Damen sind, auch die unverheirateten. Wenn es dort noch irgendwo eine Jungfrau gab, war sie jedenfalls gut getarnt.«

»Oder sie wurde aus naheliegenden Gründen vor dir versteckt«, entgegnete sie trocken.

Alexandra wäre gerne entrüstet gewesen, aber auch sie war bei Hofe gewesen und wußte, wie ausschweifend und lasterhaft einige der Adligen dort waren. So wie er. Er mußte sich dort wie zu Hause gefühlt haben.

»Und da ich dich an diese Damen bei Hofe erinnert habe«, fuhr sie in dem gleichen trockenen Ton fort, »hast du das auch von mir angenommen.«

Selbst in dem dämmrigen Licht konnte sie sehen, wie sich seine Wangen röteten, als er seinen Fehler erkannte. Es war so offensichtlich, daß jeder Dummkopf es erkannt hätte. Sie war zwar eine Baronesse, aber wann hatte sie sich je wie eine Dame benommen oder wie eine ausgesehen?

Er entschuldigte sich jedoch nicht. Sie wäre erstaunt gewesen, wenn er es getan hätte.

»Soweit ich mich erinnern kann«, sagte er, »hattest du Gelegenheit, diesen Eindruck zu korrigieren.«

Sie wußte, was er meinte. Er hatte sie gefragt, was ein Liebhaber mehr ausmachen würde, da sie doch schon so viele gehabt habe. Sie erinnerte sich auch daran, warum sie ihm damals nicht widersprochen hatte. Sie hatte gewollt, daß er einen möglichst schlechten Eindruck von ihr bekam, und dieser Punkt war nur einer von vielen auf ihrer Liste gewesen. Und das wollte er ihr jetzt vorwerfen? Aber sie wollte nicht, daß er annahm, wenn er sich in einem Punkt geirrt hatte, konnte er sich vielleicht auch noch in anderen Punkten geirrt haben.

Also sagte sie mit gleichgültiger Stimme: »Warum hätte ich dich korrigieren sollen? Es ist mir völlig egal, was du von mir denkst.« Um ganz sicherzugehen und ihm die Schuld an der ganzen Sache zu geben, log sie auch noch: »Ich konnte doch nicht wissen, daß du diesen Unsinn über meine angeblichen Liebhaber *wirklich* geglaubt hast.«

Sie hätte auch gleich sagen können, daß niemand so dumm sein könne. Und genauso kam er sich jetzt vor. Er hatte sich eine Meinung über sie gebildet, bevor er sie kennengelernt hatte, und dann vergessen, sie zu ändern, nachdem er Alexandra begegnet war. Jetzt stimmte sein erster Eindruck allerdings wieder. Daran war er schuld. Und das gefiel ihm immer noch nicht.

Aber sie gab ihm keine Gelegenheit, sein Mißfallen zu äußern, sondern griff ihn gleich wieder an. »Was ich dich schon immer fragen wollte, Petroff, was machst du eigentlich noch – außer Frauen verführen?«

Die Tatsache, daß sie eine so geringe Meinung von

ihm hatte, hätte ihn eigentlich freuen sollen. Warum wollte er ihr dann widersprechen und sich verteidigen? Er würde es nicht tun. Er würde sich ihre eigene Logik zunutze machen. Schließlich war es ihm egal, was sie von ihm dachte.

Also entgegnete er, statt ihre Frage zu beantworten: »Sie machen mir das Angebot, ihr Bett mit ihnen zu teilen, ohne daß ich sie darum bitte. Übrigens, warum hast *du* mir eigentlich ein solches Angebot gemacht?«

»Bestimmt nicht aus dem Grund, an den du gerade denkst, du eingebildeter Lackaffe«, entgegnete sie.

Er hielt es für ein gutes Zeichen, daß sie ihn beschimpfte, obwohl ihm ›Lackaffe‹ genausowenig gefiel wie Tanias ›Pfau‹. Aber wenn sie ihm keine Antwort geben wollte, gab es immer noch *seine* Antwort. Er würde nicht zulassen, daß sie ihm auswich.

»Nun?« fragte er sie.

»Du weißt ganz genau, warum. Also hör auf, nach Hintergedanken zu suchen. Es gibt keine.«

»Wirklich nicht?«

Sie warf ihm einen bösen Blick zu, dann zuckte sie mit den Schultern und seufzte. »Ich wollte es dir ja nicht sagen, aber wenn du es unbedingt wissen willst – bitte. Mit dieser Art von Kälte ist nicht zu spaßen. Es sind schon Leute gestorben, die solchen Temperaturen ausgesetzt waren, und du – so leid es mir tut, das zu sagen – bist da keine Ausnahme. Dein Körper scheint zwar recht widerstandsfähig zu sein, aber ihr Hofdandys seid viel zu sehr daran gewöhnt, im Luxus zu leben und von Dienern verwöhnt zu werden. Ich will dich zwar loswerden, aber das heißt noch lange nicht, daß ich deinen Tod will.«

Das hatte er nicht hören wollen. Es ärgerte ihn ungemein, daß sie eine Ausrede vorbrachte, die einfach zu echt klang, um falsch zu sein. Verwöhnter Hofdandy? Das war zuviel.

»Ich hätte dich den Räubern überlassen sollen«, sagte

er, als er aufstand und zum Ofen ging, wo seine Kleider trockneten. »Ich kann mir nicht erklären, warum ich es nicht getan habe.«

Alexandra setzte sich auf und sah ihm zu, wie er seine Hose anzog. Der Anblick seiner langen Beine und seines muskulösen Gesäßes verschlug ihr den Atem. Nach allem, was geschehen war, fand sie diese Reaktion auf ihn mehr als nur ärgerlich.

Der Abscheu in ihrer Stimme war daher echt, als sie sagte: »Mach dir deswegen keine Gedanken, Petroff. Die Tatsache, daß du in eine Bande von Räubern hineingeraten bist und wegen mir gefangengenommen wurdest, macht aus dir noch lange keinen Helden. Ich halte dich immer noch für einen widerwärtigen Lüstling.«

Er drehte sich zu ihr um und machte eine übertriebene Verbeugung. »Ich bedanke mich für dieses Kompliment.«

Alexandra saß auf dem Bett und kochte vor Wut. Leider fiel ihr keine passende Bemerkung ein, die ihn stark genug beleidigt hätte. Aber als er seinen Rock anzog und nach seinen Stiefeln griff, begann sie sich gegen ihren Willen um ihn zu sorgen. Er hatte doch wohl nicht vor, auf dem Boden zu schlafen …

»Was treibst du da eigentlich, Petroff? Deine Sachen sind doch bestimmt noch nicht trocken.«

»Das macht nichts«, entgegnete er und stieg in seine Stiefel, »da ich jetzt gehen werde.«

Alexandra runzelte die Stirn. »Tatsächlich? Ich wußte gar nicht, daß du durch Wände gehen kannst.«

»Genau das werde ich jetzt tun.«

Er ging mit großen Schritten auf die Tür zu und warf sich mit der Schulter dagegen. Es geschah natürlich überhaupt nichts. Es mußte sehr deprimierend für ihn sein. Alexandra grinste in sich hinein.

Sie wollte gerade eine spöttische Bemerkung machen, als er sich erneut gegen die Tür warf. Zu ihrer Überraschung gab das davorgenagelte Brett dieses Mal nach, und die Tür öffnete sich mit einem Ruck. Das Holz war bestimmt schon sehr alt.

»Wieso ist dir das eigentlich nicht schon früher eingefallen?« fragte sie schneidend.

»Tut mir leid, aber da war ich noch nicht wütend genug.«

Er hielt den Atem an, als ihn die kalte Luft von draußen traf, und ging dann hinaus, um sich umzusehen. Latzkos Haus war hell erleuchtet, alle anderen Gebäude waren dunkel. Anscheinend feierte die ganze Räuberbande noch.

Wassili kam zurück und steckte den Kopf zur Tür herein. »Kommst du?«

»Jetzt, wo die Tür kaputt ist, werde ich sicher nicht hierbleiben«, sagte sie. Alexandra wollte gerade die Decke zurückschlagen, als ihr bewußt wurde, daß Wassili ihr zusah. »Würdest du dich bitte umdrehen?«

»Nein, das werde ich nicht tun.« Er verschränkte die Arme, lehnte sich an den Türrahmen und grinste. »Nennen wir es meine Belohnung dafür, daß ich dich hier herausbringe – so ganz und gar nicht *heldenhaft*.«

Ihre Bemerkung hatte ihn also getroffen. Was machte es schon, wenn er ihr zusah? Er hatte ja schon etwas viel Schlimmeres getan.

»Wie du willst«, sagte sie betont gleichgültig und stieg aus dem Bett. Sie machte nicht einmal den Versuch, sich eine der Decken vor ihren nackten Körper zu halten.

Bevor sie nach ihrer Unterwäsche greifen konnte, hatte Wassili sich umgedreht. Er würde der Liste mit ihren schlechten Eigenschaften ›überhaupt kein Schamgefühl‹ hinzufügen. Sie dagegen war gezwungen, noch etwas Gutes an ihm anzuerkennen, hoffte aber, es würde das letzte Mal sein.

Wenig später kämpften sie sich wieder durch den Schnee voran. Der Stall war leicht zu finden, aber er war alt, mit wackligen Wänden, die die beißende Kälte nicht abhalten konnten. Wassilis Brauner war dort. Auch das Pferd, das Alexandra sich ausgeliehen hatte, und fast alle Ponys, die den Dorfbewohnern gehörten. Aber weit und breit keine Spur von den Schimmeln.

»Wo haben sie meine Pferde nur hingebracht?« fragte sie.

Wassili brütete immer noch über der Frage, warum ihn der Anblick ihres nackten Körpers vorhin so sehr erregt hatte. Deshalb entgegnete er nur kurz: »Das ist mir völlig egal.«

»Petroff, ohne meine Pferde gehe ich hier nicht weg«, warnte sie ihn.

»Mach, was du willst.«

»Genau das werde ich auch tun«, schleuderte sie ihm entgegen. Dann führte sie ihr Pferd aus dem Stall.

Wassili unterdrückte einen Fluch und folgte ihr. »Verdammt, Alexandra, sie können jeden Moment mit Feiern aufhören. Wir haben keine Zeit, nach den Pferden zu suchen.«

»Ich habe dich nicht um deine Hilfe gebeten.«

Er wollte sie an den Schultern packen und schütteln, aber er wußte, daß es nichts nützen würde. Außerdem würde die Suche nach den Pferden weniger Zeit in Anspruch nehmen als eine Diskussion mit ihr. Warum zum Teufel war sie nur so verdammt stur?

»Also gut«, lenkte er ein. »Sie müssen hier irgendwo einen neuen Stall haben. Vermutlich benutzen sie den alten Stall nur noch für Notfälle wie diesen. Such am Rand des Dorfes danach …«

Sie hatte ihn schon gefunden. »Da drüben, am weitesten von der Stelle entfernt, an der wir das Dorf betreten haben.«

»Das habe ich mir fast gedacht«, murmelte er und blickte in dieselbe Richtung. »Wir sollten uns aber beeilen.«

Das hätte er ihr nicht zu sagen brauchen. Sie hatte sich schon auf den Weg gemacht, und ihm blieb nichts anderes übrig, als ihr zu folgen.

Der neue Stall war fest verschlossen, und ein Riegel an den Türen machte deutlich, daß diese von innen verbarrikadiert waren. Also wurden die Tiere von jemandem bewacht, was es ihnen unmöglich machte, schnell zu verschwinden. Aber dieses Mal machte sich Wassili nicht die Mühe, die störrische Frau an seiner Seite darauf hinzuweisen, daß er womöglich handgreiflich werden mußte, um ihre Pferde zurückzubekommen. Er wußte inzwischen, daß sie ihm entgegnen würde, er solle genau das tun.

Also hämmerte er mit den Fäusten an die Tür und sagte gerade so laut, daß es nicht allzu weit zu hören war: »Aufmachen.«

Es dauerte einen Moment, bis von der anderen Seite des Tores eine Stimme zu hören war. »Wer ist da?«

Wassili sagte irgendeinen Namen, von dem er annahm, daß er in dieser Gegend recht häufig vorkam. Es schien zwar zu funktionieren, hatte aber dennoch nicht die gewünschte Wirkung.

»Hast du es etwa nicht gehört?« rief der Wächter im Innern des Stalls. »Pawel hat gesagt, daß ich nur ihm den Stall aufmachen darf, und du bist nicht Pawel. Du mußt schon bis morgen früh warten, wenn du dir diese Schönheiten hier ansehen willst, so wie alle anderen auch.«

»Er hält dich für einen der Dorfbewohner«, flüsterte Alexandra. »Das mußt du ausnutzen.«

Wassili hielt es zwar für Zeitverschwendung, unternahm aber dennoch einen weiteren Versuch. »Du verpaßt die Feier«, rief er. »Ich soll dich ablösen.«

Der Wächter lachte. »Netter Versuch, aber ich habe hier mein eigenes Bier und meine Befehle.«

Seine letzten Worte waren kaum noch zu verstehen, da er sich von dem Tor entfernt hatte und wieder tiefer in den Stall hineinging. »Tu doch etwas«, befahl Alexandra.

»Was soll ich denn deiner Meinung nach tun?«

»Die Tür vorhin hast du doch auch aufgebrochen.«

Wassili schnaubte verächtlich. »Vergiß es. Das hier ist solides, neues Holz, kein altes, und wegen deiner verdammten Pferde werde ich mir auf gar keinen Fall die Schulter brechen. Wir haben es versucht, und jetzt gehen wir. Ich werde dich notfalls an den Haaren hier herausschleifen, wenn du es darauf anlegst.«

»Aber …«

»Deine Pferde werden heute nacht bestimmt nicht von hier weggebracht, außerdem haben sie es viel wärmer als wir. Alex, sie werden morgen früh auch noch hier sein. Wir können jetzt zu der Hütte zurückgehen, in der sie uns eingesperrt hatten, und einfach abwarten, was passiert, oder morgen mit einer bewaffneten Eskorte hier auftauchen, um deine Pferde zurückzubekommen – so oder so. Die Entscheidung liegt bei dir.«

Sie überlegte eine Weile und sagte dann schließlich: »Ich lasse meine Babys ungern bei Fremden, selbst wenn es nur für eine Nacht ist, aber wahrscheinlich ist es besser, wenn wir bei den Preisverhandlungen morgen etwas Druck ausüben können. Machen wir uns also auf die Suche nach unseren Leuten.«

Wassili seufzte. Da ihm die Kälte langsam wieder in die Glieder kroch, wäre es ihm fast lieber gewesen, wenn sie es vorgezogen hätte, zur Hütte zurückzukehren.

26

Wie sich später herausstellte, wären sie wahrscheinlich gerettet worden, wenn sie noch ein wenig länger im Dorf geblieben wären. Zumindest wollte sich Alexandra das einreden, denn sie haßte es, in Wassilis Schuld zu sein, weil er sie wieder herausgebracht hatte. Auf dem engen Bergpfad, nicht weit vom Dorf entfernt, trafen sie auf Lazar und drei von Wassilis Wachen.

»Ihr habt ganz schön lange gebraucht«, begrüßte Wassili sie mißmutig.

Sein Freund runzelte die Stirn. »Glaubst du etwa, ich kann einer Spur folgen, die unter mehreren Zentimetern Schnee begraben ist? Selbst der russische Wolfshund von Alexandra konnte ihre Spur nicht finden. Warum sollte ich es dann können?«

»Was hat dich dann hierhergeführt?«

»Ich wußte noch, wo Latzkos Dorf ist. Ich wollte ihn um Hilfe bitten oder sie kaufen, was wohl wahrscheinlicher gewesen wäre. Ich hatte nicht erwartet, euch hier zu finden.«

»Und warum nicht?« entgegnete Wassili. »Er hält diese Berge ja schließlich für sein Territorium.«

»Ich konnte mir nicht vorstellen, daß er verrückt genug ist, das Königshaus von Kardinien erneut zu provozieren.«

Wassili mußte ihm zustimmen. »Er wahrscheinlich nicht, aber Pawel ganz sicher. Unglücklicherweise ist Pawel vorübergehend der Anführer des Haufens.«

»Nun, das erklärt alles«, sagte Lazar. »Wahrscheinlich hat er gedacht, Stefan würde mit uns reisen.«

»Eigentlich hatte er es nur auf die Pferde abgesehen. Er hatte keine Ahnung, zu welcher Reisegesellschaft sie gehörten.«

Lazar runzelte die Stirn. »Und wieso hat er dann dich und Alexandra auch noch erwischt?«

Wassili sah kurz zu Alexandra hinüber, bevor er mit sarkastischem Unterton antwortete: »Weil meiner süßen kleinen Verlobten hier nichts anderes eingefallen ist, als ganz allein sechs Räuber anzugreifen, und zwar genau vor deren Haustür.«

»Ich konnte doch nicht wissen, daß wir ihr Dorf schon erreicht hatten«, murmelte Alexandra zu ihrer Verteidigung.

Daraufhin erwiderte Wassili nichts, was eine ganze Menge sagte, da er sie immer noch ansah. Lazar versuchte, ein Grinsen zu unterdrücken, aber er gab auf, als er sah, daß die Wachen ebenfalls lächelten. Alexandra bemerkte es, und ihr Gesicht, das sowieso schon glühte, wurde dunkelrot.

Lazar räusperte sich, um Wassilis Aufmerksamkeit auf sich zu lenken. »Wo sind die Pferde denn überhaupt?«

»Sie haben sie die Nacht über eingesperrt.«

»Aber nicht mehr lange«, fügte Alexandra hinzu. »Ihr seid doch jetzt zu fünft …«

»Alex, hör auf«, unterbrach sie Wassili, der mit seiner Geduld am Ende war. »Dich hat es ja vielleicht nicht ermüdet, gegen diesen Sturm von heute anzukämpfen – mich schon. Ich bin müde.«

»Das hätte ich mir denken können«, sagte sie verächtlich.

Der böse Blick, den er ihr daraufhin zuwarf, hätte sie vom Pferd schleudern sollen. Sie jedoch reckte nur ihr Kinn ein bißchen mehr in die Höhe und blickte ihn genauso böse an. Wassili fror viel zu sehr, um sich auf eine Diskussion mit ihr einzulassen, die er wahrscheinlich sowieso verlieren würde.

Er seufzte. »Es mag ja sein, daß Pawel inzwischen so betrunken ist, daß er uns für mehr hält, als wir sind, aber dann ist er auch zu betrunken, um mit dem Preis herunterzugehen. Du glaubst doch wohl nicht im Ernst, daß ich ihm die Summe zahle, die er für die Tiere verlangt.«

Am liebsten wäre es ihr gewesen, wenn er überhaupt nichts für ihre Pferde bezahlen müßte, damit sie nicht noch tiefer in seine Schuld geriet. »Und was ist aus deinem ›Wir bekommen sie zurück, so oder so‹ geworden?«

»Du lieber Himmel, jetzt hör endlich auf. Kardinien ist zufällig eines der reichsten Länder Europas. Wir versuchen es immer zuerst mit Geld. Waffen werden nur eingesetzt, wenn nichts anderes mehr geht. Und wir haben noch gar nicht alles versucht. Ich halte es immer noch für das beste, morgen früh wiederzukommen, wenn alle ihren Rausch ausschlafen.«

»Und was ist, wenn ich damit nicht einverstanden bin?« fragte sie störrisch.

»Ist es dir lieber, wenn wir deine *Babys* wieder hinaus in die Kälte treiben, anstatt sie die Nacht über in diesem warmen Stall zu lassen?« Es war gemein von ihm, daß er ihre Liebe zu den Tieren ausnutzte, aber er war noch nicht fertig. »Wir können bis morgen abend eine von Stefans Jagdhütten erreichen, dann haben wir eine ordentliche Unterkunft. Das ist zwar die letzte Nacht, die wir unter freiem Himmel verbringen müssen, aber es ist auch ganz zufällig die kälteste Nacht, die wir bis jetzt erlebt haben. Das hast du mir selbst gesagt. Außerdem könnte der Sturm wieder aufleben, bevor es hell wird.«

Sie hatte von seinen Worten nur soviel mitbekommen, daß sein Cousin hier in der Nähe eine Jagdhütte besaß. Wie vorhin, als in der Dunkelheit niemand ihre verlegene Miene gesehen hatte, bemerkte auch jetzt niemand, daß alle Farbe aus ihrem Gesicht gewichen war.

»Wir sind schon so nah bei Kardinien?« flüsterte sie.

Ihm fiel nicht auf, daß sie ganz leise sprach. »In ein paar Tagen sind wir dort, es sei denn, wir bekommen es noch einmal mit einem Sturm oder mit Räubern zu tun. Wir werden jetzt zu unseren Zelten zurückgehen und versuchen, noch etwas zu schlafen. Und ich möchte keine Widerrede hören.« Er wandte sich Lazar zu. »Ihr habt das Lager doch hoffentlich nicht da gelassen, wo es war.«

Lazar war so vertieft in die Unterhaltung der beiden gewesen, daß er erschrocken zusammenfuhr, als Wassili jetzt so plötzlich das Wort an ihn richtete. »Wir sind etwa dreißig Minuten von hier entfernt, an der Stelle, wo der kleine Pfad von der Straße abgeht.« Er konnte es sich nicht verkneifen hinzuzufügen: »Willst du wirklich dahin?«

Alexandra hob sofort den Kopf, als sie das hörte. Daraufhin zischte Wassili: »Er hat nur Spaß gemacht!« und warf Lazar einen Blick zu, der ahnen ließ, daß er ihm das heimzahlen würde. Dann brachen sie zum Lager auf.

27

Am nächsten Morgen ließen sie einen der Männer zurück, der bei Nina und den Karren blieb. Der Rest, alle bis an die Zähne bewaffnet, ritt in Latzkos Dorf. Alexandra mußte zugeben, daß sie einen sehr eindrucksvollen Anblick boten. Sie mußte außerdem zugeben – wenn auch widerwillig und nur sich selbst gegenüber –, daß Wassili die richtige Idee gehabt hatte. Die Männer strahlten sozusagen Zuversicht aus. Sie *würde* ihre Pferde zurückbekommen, ›so oder so‹.

Nach dem langen nächtlichen Gelage waren nur wenige der Dorfbewohner schon auf, aber das änderte sich rasch, als sich Wassilis Männer dem Hauptgebäude näherten. Jemand mußte Pawel von ihrer Ankunft unterrichtet haben, denn er kam genau in dem Moment zur Tür herausgestolpert, als sie vor der Hütte haltmachten. Keiner der Männer stieg ab. Die Gewehre hatten sie im Anschlag.

Pawel kämpfte noch mit seinem Rock, den er überzustreifen versuchte. Die Tatsache, daß er kein Hemd und keine Schuhe trug, ließ erkennen, daß sie ihn geradewegs aus dem Bett geholt hatten. Er schien nicht sehr erfreut zu sein, Wassili zu sehen, zu Pferd und umringt von seinen Leuten, anstatt in dem hilflosen Zustand, in dem er ihn letzte Nacht verlassen hatte.

»Wer hat Euch herausgelassen?« wollte er wissen.

»Ich habe mich selbst herausgelassen, und jetzt will ich die Pferde zurückhaben.«

Dies erinnerte Pawel daran, daß noch nicht alles verloren war. Sein Verhalten änderte sich schlagartig. »Ich verstehe.« Er grinste breit. »König Stefans so überaus wertvolle Pferde. Die Tiere haben sich nicht selbst herausgelassen, oder etwa doch?«

Wassili wartete, während der Räuber und seine Kohorten über diesen kleinen Witz lachten. Er fand es überhaupt nicht komisch. Er wollte das alles hier hinter sich bringen. Je schneller sie aus diesen Bergen wieder herauskamen, desto eher würden sie wieder Temperaturen erreichen, die er zumindest tolerieren konnte. Nie mehr würde er die Karpaten zu dieser Jahreszeit überqueren.

»Wie ich Euch bereits gesagt habe, sind die Pferde nicht für Stefan bestimmt«, sagte Wassili zu dem Räuber. »Ich habe gestern allerdings nicht ganz die Wahrheit gesagt, da sie mir auch nicht gehören, zumindest jetzt noch nicht. Sie gehören dem Mädchen hier, und sie kann den Preis, den ihr verlangt, nicht bezahlen. Aber ich habe versprochen, sie ihr zurückzuholen. Einhundert Rubel für jedes Tier – und niemand muß sterben. Denkt darüber nach, bevor Ihr antwortet.«

Pawel befolgte seinen Rat nicht, sondern sagte sofort: »Ich verlange das Doppelte, und außerdem müßt Ihr mit mir kämpfen.«

»Das ist doch reine Zeitverschwendung«, erwiderte Wassili gelangweilt.

»Ihr kämpft mit mir, Aristo, oder ich behalte eines der Pferde für mich.«

Wassili unterdrückte einen Fluch. Warum hatte er das kommen sehen? Vielleicht, weil Pawel manchmal so verdammt berechenbar war. Er sah Alexandra an, aber ihr störrischer Gesichtsausdruck sagte ihm, daß sie nicht ein einziges ihrer Babys zurücklassen würde. Auch das überraschte ihn nicht.

Aber es überraschte ihn dann doch, daß sie sich in ihr Gespräch einmischte und zu Pawel sagte: »Die Pferde gehören mir. Also kann ich mir auch aussuchen, wer mit Euch kämpft.«

Pawel warf einen Blick auf die drei Kosaken, die hinter ihr standen, und lachte. »Pawel ist doch nicht dumm.«

Darüber konnte man sicherlich streiten, und das hatte sie wohl auch vor. Wassili, der das vorausgesehen hatte, sagte schnell: »In Ordnung, Pawel, aber drinnen, falls Ihr nichts dagegen habt. Ich habe die Wahl der Waffen, also sollte jemand das Schwert holen, das man mir gestern abend abgenommen hat.« Als Pawel ihn daraufhin wortlos anstarrte und etwas blaß um die Nase wurde, bemerkte er: »Ihr könnt nicht mit einem Schwert umgehen? Nun, man soll nicht sagen können, ich hätte das ausgenutzt. Ihr wählt die Waffen, aber vielleicht sollte ich Euch warnen: Stefan und ich hatten dieselben Lehrer. Übrigens, wie geht es eigentlich Eurer Schulter?«

Pawel war bei diesen Worten dunkelrot im Gesicht geworden. Wassili nahm an, daß er wohl etwas zu weit gegangen war, indem er Pawel an die Stichwunde erinnert hatte, die ihm von Stefan beigebracht worden war. Aber da man ihn so leicht reizen konnte, hatte Wassili nicht widerstehen können. Das sollte er jedoch sofort bereuen.

»Peitschen«, sagte Pawel.

Die Menge um sie herum hielt den Atem an, als sie die unerwartete Wahl des Räubers vernahm. Wassili konnte seine Überraschung nur mit Mühe verbergen. »Das soll eine Waffe sein?«

»Meine Peitsche wird Euch in Stücke reißen. Überzeugt Euch das vielleicht davon, daß sie eine Waffe ist?« entgegnete Pawel mit einem breiten Grinsen.

»Die Wahl der Waffen lag bei dir, Petroff«, warf Alexandra ein. »Bestehe darauf.«

Wassili wußte, warum sie das sagte. Sie glaubte nicht, daß er mit einer Peitsche gewinnen konnte. Das war ganz offensichtlich. Aber sie hatte von Anfang an nicht geglaubt, daß er gegen den muskulösen Räuber gewinnen würde – egal, mit welcher Waffe –, was wohl der Grund dafür war, daß sie sich überhaupt eingemischt hatte. So wie er sie für leichtlebig gehalten hatte, hielt sie ihn jetzt für einen verweichlichten, hilflosen Hofdandy und weigerte sich, diese Meinung zu revidieren. Und dank seiner Großzügigkeit gegenüber Pawel – er hätte auf den Schwertern bestehen sollen – konnte er ihr jetzt nicht das Gegenteil beweisen, da auch er es für zweifelhaft hielt, daß er mit einer Waffe gewinnen konnte, die er noch nie im Leben in der Hand gehalten hatte.

Aber er konnte auch ihren Vorschlag nicht annehmen, so gern er ihn akzeptiert hätte. Das wäre nicht ehrenhaft gewesen. Die Tatsache, daß sie annahm, er würde ihrem Vorschlag zustimmen, zeigte ihm, wie wenig sie von ihm hielt. Nicht, daß es ihm etwas ausmachte, genau das hatte er ja erreichen wollen. Aber den *Hofdandy* nahm er ihr übel.

Dieser verdammte Pawel mit seinen unseligen Ambitionen! Du lieber Himmel – Peitschen! Wie kämpfte man damit überhaupt? Versetzte man dem anderen so lange Peitschenhiebe, bis einer von beiden aufgab, weil er den Schmerz nicht mehr aushalten konnte?

Pawel hatte schon jemanden losgeschickt, der die Peitschen holen sollte, und stand nun abwartend in der Halle von Latzkos Haus. Lazar griff nach Wassilis Arm, als dieser vom Pferd steigen wollte.

»Das ist doch lächerlich. Er kämpft nur deshalb mit dir, weil er nicht mit Stefan kämpfen kann.«

»Glaubst du, das weiß ich nicht schon längst?« erwiderte Wassili verächtlich.

»Wie wäre es denn mit ›Du brauchst das doch gar nicht zu tun‹?«

Wassili war sich dessen bewußt. Er wollte ja das Lösegeld für die Pferde zahlen, obwohl ihm das eigentlich nichts bringen würde, wenn die Verlobung beendet war und Alexandra zusammen mit ihren Pferden wieder nach Rußland zurückkehrte. Auf ihre Dankbarkeit hatte er es ganz sicher nicht abgesehen, das konnte sogar alle seine Pläne durchkreuzen. Und wenn er sagen würde, er wolle verhindern, daß Pawel einen der Vollblüter bekam, so wäre das nur eine lahme Entschuldigung. Warum kämpfte er dann mit ihm? Wollte er für das Geschenk bezahlen, das sie ihm letzte Nacht gemacht hatte?

Wassili stieg vom Pferd, unzufrieden mit sich und der ganzen Situation. Aber er drehte sich zu Lazar um und sagte: »Keine Sorge, alter Freund. Wenn es zu schmerzhaft wird, gebe ich nach und bezahle den doppelten Preis.«

»Gut. Wenigstens bist du nicht *völlig* verrückt geworden.«

Auch darüber konnte man sicherlich streiten. Wassili sagte jedoch nichts dazu, sondern ging auf das Haus zu. Auch Alexandra war vom Pferd gestiegen und versperrte ihm praktisch den Weg ins Haus. Seine Unterhaltung mit Lazar hatte sie nicht mitbekommen, was ein Glück war, da er keine Lust hatte, schon wieder mit ihr zu streiten. Sie würde ohne Zweifel darauf bestehen, daß er bis zum bitteren Ende ausharrte.

»Petroff ...«

»Machst du dir Sorgen um mich, Liebling?« unterbrach er sie, und der Sarkasmus in seiner Stimme machte deutlich, daß er ihr nicht glauben würde, auch wenn sie es beteuern mochte.

Dieser Sarkasmus brachte sie dazu, ihm ein ›Ganz bestimmt nicht‹ entgegenzuschleudern, ungeachtet ihrer wahren Empfindungen.

»Dann bleib draußen. Du wirst deine Pferde zurückbekommen, egal, ob ich gewinne oder verliere.«

Ohne ein weiteres Wort ging er an ihr vorbei ins Haus. Dann knallte er ihr die Tür vor der Nase zu. Aber wenn er geglaubt hatte, das werde sie davon abhalten, ihm zu folgen, so hatte er sich geirrt. Sie wollte ihn verlieren sehen, um sich dann an seinem Unglück zu weiden. Wären ihr nicht Lazar und ein gutes Dutzend anderer Männer gefolgt, so hätte er darauf bestanden, daß sie wieder ging. Doch inzwischen war es ihm eigentlich egal. Vielleicht hatte sie es sich ja auch verdient – wegen der letzten Nacht.

Pawel hatte seinen Rock ausgezogen und schob einige der Feldbetten zusammen, um Platz für den Kampf zu schaffen. Anscheinend hatte er vor, ohne Hemd zu kämpfen. War das notwendig? Obwohl er sich nicht sicher war, hielt Wassili es für besser, ebenfalls das Hemd auszuziehen. Er wollte schließlich fair sein.

Er hatte Pawel zweimal mit Stefan kämpfen sehen, und jedesmal war der Räuber unfair geworden. Unter anderen Umständen wäre er – Wassili – Pawel gegenüber im Vorteil gewesen, da dieser ihn noch nie hatte kämpfen sehen. Mit der Peitsche hatte er diesen Vorteil jedoch nicht, hierin war er Pawel unterlegen. Warum zum Teufel hatte er sich überhaupt mit dieser Art von Waffe einverstanden erklärt?

Das beste wäre es, Pawel zu töten, da er – im Gegensatz zu Latzko – überhaupt kein Ehrgefühl besaß. Er würde wahrscheinlich sein Wort brechen, wenn er verlor. Aber Wassili wollte ihn nicht töten, nicht einmal dann, wenn sie mit *normalen* Waffen gekämpft hätten. Pawel war ein verbitterter Mann, und schuld daran war eine Frau. Wassili konnte ihm das sehr gut nachfühlen.

Vielleicht konnte er ihn bewußtlos schlagen, denn wenn Pawel verlor – das wäre dann die dritte Niederlage gegen einen Adligen – und am Ende immer noch bei Bewußtsein war, war es gut möglich, daß er in Zorn geriet und sie alle erschießen ließ. Einige der Räuber würden seinem Befehl nicht folgen, aber es würden sich sicher welche finden, die ihn ausführten. Dieses Risiko wollte er nicht eingehen.

Da sein Geschick mit der Peitsche nicht ausreichte, um eine dieser Möglichkeiten zu garantieren, blieb ihm eigentlich nur noch übrig zu verlieren – absichtlich oder nicht –, Pawel triumphieren zu lassen und dann von hier zu verschwinden. Außerdem hatte er Lazar ja bereits versichert, daß er aufgeben würde, wenn er die Niederlage kommen sah. Aber alles in ihm sträubte sich dagegen …

»Na endlich«, sagte Pawel.

Wassili drehte sich um und sah, wie ein Mann zur Tür hereinkam. In jeder Hand hielt er eine zusammengerollte Peitsche. Die beiden Peitschen schienen völlig identisch zu sein. Dem war jedoch nicht so. Er konnte sich nicht erklären warum, aber er wußte sofort, welche Peitsche Alexandra gehörte, obwohl er sie immer nur flüchtig angesehen hatte, wenn Alexandra sie trug. Ein Blick zu ihr bewies ihm, daß auch sie sofort ihre Peitsche erkannt hatte.

Ohne lange zu überlegen, warum er ihre Peitsche haben wollte, trat Wassili vor und sagte: »Jetzt bin ich wohl wieder an der Reihe, meine Waffe auszuwählen. Ich nehme die Peitsche, die dem Mädchen gehört.«

»Welchem Mädchen?« wollte Pawel wissen, aber während dieser Worte huschte sein Blick zu Alexandra hinüber.

»Man hat dir also nicht gesagt, daß die Peitsche ihr gehört? Deine Leute haben sie ihr letzte Nacht weggenommen«, entgegnete Wassili.

Mißtrauisch blickte Pawel ihn an. »Habt Ihr dem Mädchen etwa beigebracht, wie man sie benutzt, Aristo?«

Nun konnte er lügen, um sich damit einen kleinen Vorteil für den Kampf zu verschaffen oder um seine eigenen Pläne ein Stück voranzubringen. Wassili fiel die Wahl nicht schwer.

»Ihr habt Glück«, sagte er zu dem Räuber, »ich kenne das Mädchen erst seit kurzem und hatte noch keine Zeit, ihr etwas *Wichtiges* beizubringen.«

Dieser Seitenhieb war nur für Alexandra bestimmt. Wassili konnte von Glück sagen, daß er sie dabei nicht ansah, um die Wirkung seiner Worte zu überprüfen, denn sonst hätte er sich vielleicht lächerlich gemacht und sich entschuldigt.

Daß er das, was zwischen ihnen vorgefallen war, in den Schmutz zog, hätte ihr eigentlich nichts ausmachen dürfen, denn Alexandra hatte es selbst ja auch getan. Und doch trafen sie seine Worte so sehr, daß in ihrem Gesicht einen Augenblick lang die Gefühle zu lesen waren, die sie zuvor unter einer Maske der Gleichgültigkeit verborgen hatte.

Zum Glück verstand keiner der anderen Wassilis Bemerkung, und als er hinzufügte: »Wollen wir es jetzt endlich hinter uns bringen?«, stimmte ihm Pawel sofort zu.

Mit der Peitsche in der Hand umkreisten sie einander lauernd. Wassili wartete auf den ersten Angriff, um seinem Gegenüber wenigstens ein paar der Grundlagen abschauen zu können, und Pawel wartete auf eine günstige Gelegenheit, um gleich mit dem ersten Hieb den Kampf entscheidend zu beeinflussen.

Keiner bekam, was er wollte.

Als Pawel schließlich das erste Mal zuschlug, war Wassili so sehr damit beschäftigt, dem Hieb auszuweichen, daß er nicht sehen konnte, was genau sein Kontrahent gemacht hatte. Der laute Peitschenknall klang jedoch nicht sehr ermutigend, obwohl Pawel sein Ziel nicht getroffen hatte. Wassilis erster Hieb war geradezu lächerlich. Das Ende seiner Peitsche fiel zu Boden, bevor er damit überhaupt in Pawels Nähe gekommen war.

Wassili war sich dessen nicht bewußt, aber er hielt seine Peitsche wie ein Schwert. Er holte auch genauso aus wie mit einem Schwert. Das hätte vielleicht funktioniert, wenn sein Ziel stehengeblieben wäre, doch Pawel befand sich ständig in Bewegung. Offensichtlich bestand die beste Taktik darin, den Gegner zu treffen, es aber andererseits zu vermeiden, selbst getroffen zu werden. Bis jetzt war es ihm nur gelungen, Pawels Hieben auszuweichen.

Alexandra war entsetzt, als sie sah, wie die beiden miteinander kämpften. Pawel hatte nicht sehr viel Erfahrung mit der Peitsche, aber er konnte auf jeden Fall besser damit umgehen als Wassili. Nur durch reines Glück und dank seinem guten Reaktionsvermögen war Wassili bis jetzt noch nicht getroffen worden.

Und dann wurde er doch getroffen. Es war kein sehr heftiger Schlag, aber Pawels Peitsche glitt über Wassilis Rücken, an der Seite entlang bis zu seiner Brust, wo es am meisten weh tat. Auf seiner goldenen Haut erschien ein schmaler roter Streifen. Wassili zuckte nicht einmal zusammen, aber Alexandra war nicht darauf gefaßt gewesen, was der Anblick seiner Wunde in ihr auslösen würde.

Sie spürte den heftigen Impuls, Wassili ihre Peitsche aus der Hand zu reißen und Hackfleisch aus dem Räuber zu machen. Dazu würde sie nur eine oder zwei Minuten brauchen. Sie kannte die Stellen des Körpers, an denen es am meisten weh tat, und sie verfehlte nie ihr Ziel. Innerhalb von Sekunden würde sich Pawel vor Schmerzen am Boden winden …

Alexandra vergrub die Hände in den Taschen und zwang sich, sie dort zu behalten. Es kostete sie ungeheure Anstrengung zu bleiben, wo sie war. Aber sie war viel zu wütend, um ruhig zu bleiben.

»Du mußt die Peitsche aus dem Handgelenk heraus schwingen!« rief sie Wassili zu. »Sie muß knallen!«

Wassili hörte sie. Sie war nicht zu überhören. Verärgert wurde er sich bewußt, daß der Kampf wahrscheinlich schon längst vorbei wäre, wenn sie an seiner Stelle kämpfen würde. Warum hatte Pawel ausgerechnet die Waffe auswählen müssen, mit der sie am besten umgehen konnte?

Wassili hatte keine Ahnung, wovon sie sprach.

Der zweite Treffer verletzte ihn am Bauch. Er fühlte sich, als hätte ihm jemand den Bauch aufgeschlitzt, aber als er an sich heruntersah, konnte er kaum mehr als einen roten Striemen auf seiner Haut erkennen. Es war an der Zeit, dem hier ein Ende zu machen.

Er wollte es Pawel gerade sagen, als ihm Alexandra wieder etwas zurief. »Verdammt noch mal, eine Peitsche ist doch kein Schwert. Du mußt anders damit umgehen!«

Wassili unterdrückte einen Fluch und versuchte es noch einmal. Aber sein Schlag schien Pawel nur zu streicheln, eher wie eine harmlose Mücke als wie eine angriffslustige Biene. Pawel hatte natürlich nicht mit diesen Problemen zu kämpfen und konnte zwei weitere Treffer landen, von denen einer eine blutige Spur auf Wassilis Schulter hinterließ.

Daraufhin schrie Alexandra: »Gib auf, Petroff, du kannst nicht gewinnen!« Wassili entschloß sich, ihr das Gegenteil zu beweisen.

Aber nicht mit der Peitsche. Man konnte schließlich nicht von ihm erwarten, daß er mit diesem verdammten Ding umgehen konnte, ohne zuvor damit geübt zu haben, aber mitten in einem Kampf hatte er keine Zeit dazu. Also ließ er die Peitsche an seiner Seite sinken, und als Pawels Peitschenhieb kam, versuchte Wassili nicht einmal, ihm auszuweichen. Statt dessen packte er die

Peitsche, zog kräftig daran, ließ seine Peitsche fallen und schmetterte Pawel die Faust ins Gesicht.

Pawel ging sofort zu Boden. Seine Nase war bestimmt gebrochen, aber davon spürte er momentan noch nichts. Er war bewußtlos, und Wassili fühlte sich, da er den Mann mit einem einzigen Schlag niedergestreckt hatte, vollständig rehabilitiert – zumindest für einen Moment, bis ihm seine eigenen, schmerzhaften Verletzungen wieder bewußt wurden.

»Petroff, wenn du das sowieso vorhattest, warum zum Teufel hast du so lange damit gewartet?«

Alexandra war zu ihm hingelaufen. Ihr Ton war schneidend. Er drehte sich nicht zu ihr um, wollte sie vollkommen ignorieren, aber als sie an seine linke Seite trat, sagte er doch etwas zu ihr. »Sei still, Alex.«

Lazar kam an seine andere Seite. »Die Schulter blutet zwar nicht sehr stark, aber wir sollten die Wunde trotzdem säubern und verbinden, bevor wir von hier verschwinden.«

Alexandra hatte ihre Peitsche dort aufgehoben, wo Wassili sie fallen gelassen hatte. Er hätte wissen müssen, daß sie nicht auf ihn hören würde.

»Das meinte ich mit ›knallen‹«, sagte sie und zeigte es ihm.

Die Peitsche schoß durch den Raum und wickelte sich um das Bein eines Stuhls. Er rutschte über den Boden zu ihnen hin und stieß gegen Wassilis Knie. Sein zorniger Blick wollte sie in Stücke reißen, aber sie schien es nicht zu bemerken.

»Setz dich endlich hin, damit dein Freund dich verbinden kann«, sagte sie zu ihm, nein, sie *befahl* es ihm. Ihr Ton war immer noch schneidend.

»Sei still, Alex!«

Sie behandelte ihn wieder wie ein Kind, dieses Mal in Gegenwart von Lazar und vor allen anderen. Vielleicht hatte sie ihm während des Kampfes nur deshalb so wütend Ratschläge erteilt, weil sie sich um ihn gesorgt hatte, und nicht, weil sie ihn für unfähig hielt, wie er vorhin angenommen hatte. Allein der Gedanke daran versetzte ihn in Panik, was ihm allerdings auch nicht half, mit seiner jetzigen Situation fertig zu werden. Wenn sie jetzt auch noch Dankbarkeit ihm gegenüber zeigte, würde er sie wahrscheinlich umbringen.

Alexandra hatte ebenfalls mit einem Aufruhr von Gefühlen zu kämpfen, die zu zwei Dritteln aus Panik bestanden, aber das schon seit der letzten Nacht, als sie erfahren hatte, daß sie bereits so nah bei Kardinien waren. Die Tatsache, daß sie während des Kampfes Angst um Wassili gehabt hatte, ließ sie jetzt unvernünftig und bissig werden. Das brachte sie zur Raserei. Es half auch nicht, daß sie nun eindeutig in seiner Schuld war. Es wollte ihr einfach nicht gelingen, diesem Mann dankbar zu sein. Und daß sie es sich auch noch eingestehen mußte, ärgerte sie maßlos.

Aber am schlimmsten war es für sie zu wissen, daß er Schmerzen litt. Sie hatte den geradezu lächerlichen Drang, etwas gegen seine Schmerzen zu tun, aber sie wußte nicht, was sie unternehmen konnte, und wagte nicht, es zu versuchen. Ihre Gefühle trieben sie zum Wahnsinn, und im Augenblick hatte sie so gut wie keine Kontrolle mehr über sie.

Sonst hätte sie bemerkt, daß auch Wassili nicht so wie sonst war und daß nicht die Schmerzen ihn so unwirsch machten, sondern Alexandra selbst. Sie hätte auf ihn hören und nichts mehr sagen sollen. Dickköpfigkeit hatte zuweilen verheerende Folgen.

»Ich muß dir dafür danken …«

Wassili unterbrach sie, bevor sie weiterreden konnte. Er wußte, wie er verhindern konnte, daß sie ihm ihre Dankbarkeit zeigte. Da er kurz davorstand, sie umzubringen, zögerte er nicht lange.

»Bevor du etwas sagst, was du hinterher bereust,

Alex, solltest du wissen, daß ich die Pferde nicht für dich zurückgewonnen habe. Ich wollte mir nur das Geld nicht entgehen lassen, das ihr Verkauf mir einbringen wird, für den Fall, daß es wirklich zum Schlimmsten kommt und ich dich heiraten muß.«

Sie reagierte genauso, wie er es erwartet hatte. Einen Augenblick lang hatte es den Anschein, als würde sie mit der Peitsche auf ihn losgehen. Er konnte es sehen. Lazar konnte es sehen. Wassili hatte sie noch nie so wütend erlebt.

Aber erstaunlicherweise antwortete sie ihm ganz ruhig, wobei sie jedes einzelne Wort betonte: »*Du wirst meine Pferde nicht verkaufen.*«

»Ich glaube nicht, daß du dabei auch nur ein einziges Wort mitzureden hast«, entgegnete er.

Jetzt verlor sie die Beherrschung. Sie schrie ihn an: »Nur über meine Leiche!«

»Dazu wird es vielleicht noch kommen, wenn du diese verdammte Verlobung nicht endlich beendest!«

»Ich habe dir doch schon gesagt, daß ich das nicht kann. Ich habe mein Wort gegeben!«

»Du lieber Himmel, Frauen brechen ihre Versprechen doch jeden Tag. Wieso kannst du das nicht?«

»Hier geht es um Ehre«, sagte sie mit schneidender Stimme. »Und es wundert mich überhaupt nicht, daß du nicht weißt, was das ist.«

Nach diesen beleidigenden Worten ging Alexandra hinaus. Lazar mußte Wassili zurückhalten, der so wütend war, daß er hinter ihr herstürzen wollte.

»Wassili, laß es sein, sonst richtet sie dich noch viel schlimmer zu als Pawel.«

Wassili drehte sich zu ihm und fragte ihn: »Hast du gehört, was sie gesagt hat?«

»Ja, und meiner Meinung nach bist du selbst daran schuld«, sagte Lazar frei heraus. »Was hat dich denn geritten, als du sagtest, du würdest ihre Pferde verkaufen?«

»Das war auch notwendig, oder hast du ihr etwa nicht zugehört? Sie wollte mich mit Dankbarkeit überhäufen.«

»Ich würde sagen, es gibt Schlimmeres.«

»Dankbarkeit und Haß vertragen sich nicht«, sagte Wassili und versuchte, seine Reaktion zu erklären, aber dann seufzte er. Er setzte sich sogar auf den Stuhl, den Alexandra für ihn herangeholt hatte. Plötzlich war er völlig erschöpft. »Lazar, ich habe immer noch dieses verdammte Gefühl, in einer Falle zu sitzen.«

Lazar war überrascht, daß Wassili sich so plötzlich beruhigt hatte und von etwas gänzlich anderem sprach. Aber dennoch erwiderte er: »Das kommt vielleicht daher, daß es jetzt von deiner Mutter abhängt, wie die ganze Sache ausgehen wird, und du nicht genau weißt, ob sie auch so auf Alexandra reagieren wird, wie du es dir erhoffst.«

»O nein, sie wird über Alex völlig entsetzt sein, darüber habe ich keinen Zweifel. Das meine ich aber nicht.

Ich habe eher den Eindruck, als ob mir irgend etwas zu sagen versucht, daß ich diese Frau nie wieder loswerde.«

28

Die königliche Stadt von Kardinien glitzerte wie ein Edelstein in den Nebelschleiern, die das Tal durchzogen und einen düsteren Hintergrund bildeten. So kam es jedenfalls Alexandra vor, die die Stadt in der Ferne liegen sah. Das Wetter am Tag ihrer Ankunft war so schlecht wie ihre Stimmung. Selbst als sich der Nebel lichtete, lange bevor sie die ersten mit Kopfstein gepflasterten Straßen erreichten, wurde ihre Stimmung nicht besser.

Die Stadt war groß und hatte sich über die eigentliche Stadtmauer hinaus ausgebreitet, die so alt war, daß sie an einigen Stellen bereits zerfallen war. Etliche Steine waren herausgebrochen und nicht mehr ersetzt worden. Raus mit dem Alten, hinein mit dem Neuem. Schade, daß Verlobungen nicht auch in diese Kategorie fielen, dachte Alexandra grüblerisch.

Der Nebel war am Morgen aufgekommen, nachdem sie die Ausläufer der karpatischen Berge verlassen hatten, wo sie die Nacht in König Stefans privater Jagdhütte verbracht hatten. ›Privat‹ war die richtige Bezeichnung für die Hütte, da der König sich anscheinend dorthin zurückzog, wenn er allein sein wollte. Das einzige Schlafzimmer zeigte deutlich, daß er dorthin weder seine Familie noch Freunde mitnahm. Zu seinem Besitz gehörten natürlich noch andere Hütten, die sehr viel größer waren, aber diese hier war den Bergen am nächsten.

Der Stall war zu klein gewesen, um alle Pferde darin unterzubringen, aber am Fuße der Berge, wo die Hütte an einer geschützten Stelle lag, war kein Schnee gefallen, und die Temperatur war auch nicht viel schlimmer als in den Ebenen Rußlands. Zum Glück war der Wohnraum der Hütte groß genug, so daß alle einen Schlafplatz für die Nacht gefunden hatten.

Alexandra, die wegen Wassilis Bemerkung, daß er ihre Pferde verkaufen wolle, immer noch vor Wut kochte, hatte nicht einmal gefragt, ob sie das einzige Schlafzimmer für die Nacht haben konnte – sie hatte ihm einfach gesagt, daß sie darin schlafen würde.

Aber auch er war nicht gerade in der besten Stimmung gewesen und hatte wohl darüber streiten wollen. »Wie kommst du darauf?«

»Du kannst dich ja schon mal auf Unannehmlichkeiten einstellen«, hatte sie zu ihm gesagt. »Schließlich wirst du bald eine Frau haben.«

»Mit der ich dann ein Schlafzimmer teilen werde …«

»Da wäre ich nicht so sicher!« Daraufhin hatte sie ihm die Tür vor der Nase zugeknallt.

Danach hatten sie nicht mehr miteinander gesprochen. Aber ihre Wut war recht bald in Trübsinn umgeschlagen. Auch das Wetter war in den letzten Tagen trübe gewesen. Der Nebel schien sie zu verfolgen, und ihre Stimmung war während der ganzen Reise nach Kardinien noch nie so schlecht gewesen.

Selbst Nina und ihre Brüder hatten sie nicht aufmuntern können, obwohl Konrad der Meinung gewesen war, daß Wassili seine Bemerkung, er wolle ihre Pferde verkaufen, nicht so gemeint habe.

»Er ist viel zu reich und braucht das Geld doch gar nicht, das ihm der Verkauf der Schimmel einbringen würde. Warum also sollte er sie verkaufen?«

»Um mir heimzuzahlen, daß ich ihn nicht vor einem Schicksal gerettet habe, das schlimmer als der Tod ist«, hatte sie ihm geantwortet.

Daraufhin hatte Konrad lediglich gesagt: »Wenn er gerettet werden will, kann er das doch selbst tun.«

»Denkst du etwa, ich hätte ihm das noch nicht gesagt?«

Auch Nina war keine große Hilfe gewesen. Gestern hatte sie zu Alexandra gesagt: »Lazar hat mich gefragt, warum du Wassili nicht heiraten willst.«

»Du hast ihm doch wohl hoffentlich nichts gesagt?«

Unschuldig wie ein Lamm hatte Nina geantwortet: »Wieso? War es denn ein Geheimnis?«

»Es geht sie überhaupt nichts an.«

Daraufhin hatte Nina verächtlich geschnaubt. »Wassili geht es ganz sicher etwas an. Du hättest es ihm sagen sollen.«

»Er hat mich nie gefragt. Hast du nun Lazar alles erzählt oder nicht?«

»Du meinst, ob ich ihm von all diesen vergeudeten Jahren erzählt habe …?« Als Alexandra daraufhin rot geworden war, hatte Nina gelogen: »Natürlich nicht. Ich habe ihm gesagt, er soll dich fragen.«

Und da Lazar sie nicht gefragt hatte, war Alexandra davon ausgegangen, daß er das Interesse an dem Thema verloren hatte. Sie konnte nur hoffen, daß er es Wassili gegenüber nicht erwähnen würde. Aber sie wußte nicht genau, weshalb sie nicht wollte, daß er es erfuhr.

Auch wenn Wassili von Christopher erfuhr, würde das ganz bestimmt nichts an ihrer Situation ändern. Er würde sich bestimmt nicht wie ein Edelmann verhalten und die Verlobung wegen eines anderen Mannes auflösen, denn sonst hätte er das um seinetwillen schon längst getan. Sie machte sich auch keine Gedanken darüber, ob es ihm etwas ausmachte oder nicht. Es würde ihm völlig egal sein.

Wahrscheinlich lag es daran, daß es ihr peinlich war. Sie wollte ihn einfach nicht wissen lassen, daß sie sieben Jahre auf einen Mann gewartet hatte – und immer noch auf ihn wartete.

Als sie jetzt durch die Stadt ritten, von der Alexandra so sicher gewesen war, daß sie sie nie erreichen würde, war sie so mutlos wie noch nie. Sie hatte alles nur Erdenkliche getan, um Wassili zur Auflösung der Verlobung zu bewegen, aber sie war immer noch mit ihm verlobt. Und die Zeit lief ihr davon.

Er brachte sie zum Haus seiner Familie. Jemand hatte es ihr gesagt, sie konnte sich nicht mehr erinnern, wer. Aber sie wußte, daß sie dort Wassilis Mutter begegnen würde. Sie hatte Angst vor dieser Begegnung, durch die die Verlobung so endgültig werden würde.

Sie hatte noch nicht entschieden, ob sie in Gegenwart der Gräfin weiterhin das Bauerntrampel spielen wollte oder nicht. Wassili machte es offensichtlich nichts aus, wenn sie sich wie eine ungehobelte Provinzgans verhielt. Würde es seiner Mutter etwas ausmachen? Wenn ja, hatte sie genügend Einfluß auf ihren Sohn, um ihn umzustimmen? Wahrscheinlich nicht, aber Alexandra wollte jede noch so kleine Chance nutzen. Und doch würde es ihr in Gegenwart einer anderen Adligen viel schwerer fallen, so unerhört schlechte Manieren an den Tag zu legen. Bei Wassili und seinen Männern war das anders gewesen. Dazu kam noch, daß diese Frau mit dem besten Freund ihres Vaters verheiratet gewesen war.

Außerdem hörte sie ständig diese innere Stimme, die seit der Nacht im Dorf der Räuber nicht mehr verstummt war. Diese Stimme flüsterte ihr zu, daß sie aufhören möge, dagegen anzukämpfen, und diesen Mann heiraten solle. Das kam natürlich überhaupt nicht in Frage. Es gab hundert Gründe, warum sie ihn nicht heiraten konnte oder wollte, und nur einen Grund, der für diese Heirat sprach. Aber *dieser* Grund hätte eigentlich gar nicht existieren dürfen, zumindest nicht vor der Hochzeit.

Irgendwie schaffte sie es, nicht darüber nachzudenken, ja, diese Erinnerung sogar zu ignorieren – zumindest die meiste Zeit –, wenn Wassili nicht in ihrer Nähe war. Aber wenn er in ihrer Nähe war oder wenn sie sich dabei ertappte, wie sie ihn anstarrte, mußte sie an die Nacht denken, die sie mit ihm verbracht hatte. Die Erinnerung daran war so deutlich, daß es ihr beinahe den Atem nahm. Und nachts, wenn alles ruhig war, konnte sie an nichts anderes denken. Noch viel trübsinniger machte sie die Angst, daß sie – wenn das Schlimmste passieren sollte und sie ihn doch heiraten mußte – vielleicht all ihre Gründe, warum er ein fürchterlicher Ehemann sein würde, vergessen könnte und nur um der Lust willen, die sie mit ihm empfunden hatte, einen Kompromiß schließen würde.

Sie konnte sich zwar vormachen, daß es nicht passieren würde, aber sie wäre nicht die erste gewesen, die den Versuchungen des Fleisches erlag. Es war durchaus möglich, und die Tatsache, daß sie sich mit aller Kraft dagegen wehrte, war kein großer Trost für sie.

Sie hatte ja auch nie nach Kardinien gehen wollen,

und doch war sie jetzt hier, und der Tag ihrer Hochzeit rückte immer näher. Wann würde das sein? Nicht einmal das wußte sie. In wenigen Tagen, in einer Woche? Egal, wann – es würde zu früh für sie sein. Und selbst wenn sie die Hochzeit noch hinauszögern konnte, verhindern konnte sie diese Eheschließung nicht.

Eine dieser Verzögerungen würde sehr wahrscheinlich echt sein, denn sie fühlte sich schon ganz krank vor lauter Sorge. Oder war sie nervös, weil sie bald Wassilis Mutter kennenlernen würde? Wenn seine Mutter sie mit offenen Armen willkommen hieß, würde sie sich wahrscheinlich übergeben müssen.

Alexandra schauderte, als sie sich diese Szene vorstellte, und beschloß, daß sie zumindest den Besuch bei seiner Mutter durch einen kleinen Umweg hinauszögern konnte. Mit diesem Gedanken lenkte sie Sultan neben Wassilis Pferd.

»Wohnst du eigentlich bei deiner Mutter, Petroff?«

Er sah sie überrascht an. Sie war sicher, daß seine Verblüffung nur gespielt war. »Du redest wieder mit mir?«

Das Spiel beherrschte sie auch. »Sag bloß nicht, daß es dir aufgefallen ist.«

Er gab viel zu schnell auf und seufzte. »Ich wünschte, mir wäre nicht aufgefallen, daß du wieder mit mir sprichst.«

»Meine Frage?«

»Nein, ich wohne nicht bei ihr.«

»Dann zeig mir, wo du wohnst.«

Dieses Mal war seine Überraschung echt. »Jetzt?«

»Aber natürlich.«

Er dachte an Fatima und daran, wie sie ihn zu begrüßen pflegte, selbst wenn er nur von einer kurzen Reise zurückkehrte, und schüttelte den Kopf. »Es ist das Haus eines Junggesellen. Es schickt sich nicht, daß ich dich dahin mitnehme, bevor wir verheiratet sind.«

Seine Weigerung bestärkte Alexandra nur noch in

ihrem Entschluß. »Wenn es dir etwas ausmachen würde, ob sich etwas ›schickt‹ oder nicht, würdest du mich nicht heiraten. Zeig mir dein Haus, oder ich werde hier auf der Straße mein Lager aufschlagen.«

»Dann wirst du festgenommen.«

»Wirklich?« fragte sie ihn interessiert. »Ich würde lieber in einer Zelle übernachten als …«

Er wurde langsam ärgerlich. »Wie wäre es mit einer Kerkerzelle? Das ließe sich einrichten.«

In Kardinien gab es überhaupt keinen Kerker, aber Wassili dachte gerade daran, speziell für sie einen bauen zu lassen. Außerdem wurde sie langsam mißtrauisch, weil er angesichts ihres keineswegs außergewöhnlichen Anliegens nach Ausflüchten suchte.

»Gibt es denn etwas in Zusammenhang mit deinem Haus, das ich nicht erfahren soll?«

»Natürlich nicht, ich habe nur jetzt, da ich wieder hier bin, so fürchterlich viele Dinge zu erledigen, und dazu gehört ganz sicher nicht, daß ich dich durch mein Haus führe …«

»Gut!« unterbrach sie ihn. »Dann werde ich es mir zu einem anderen Zeitpunkt ansehen, wenn du nicht da bist und daher nicht gestört werden kannst. Ich bin sicher, daß mir jemand im Haus deiner Mutter den Weg weisen wird.«

Natürlich wußten alle Bediensteten seiner Mutter, wo sich sein Haus befand, und wahrscheinlich würde überhaupt nichts passieren, wenn Alexandra vor seiner Haustür erscheinen und er nicht dasein sollte. Aber andererseits hatte sie mehr als einmal gedroht, ein paar Ohren abzuschneiden. Dieses Risiko wollte er nicht eingehen.

»Bist du immer so schwierig?« fragte er sie. Er versuchte erst gar nicht, seinen Ärger zu verbergen.

Sie lächelte ihn an. »Für dich, Petroff, gebe ich mein Bestes.«

»Wenn das so ist: Willkommen in meinem bescheidenen Heim«, sagte er trocken und deutete auf das Haus, an dem sie gerade vorbeigekommen waren.

Sie sah ihn verärgert an. »Ach, und das hätte *so* viel von deiner Zeit in Anspruch genommen?« sagte sie mit schneidendem Sarkasmus, wendete ihr Pferd und ritt auf Wassilis Haus zu, das alles andere als bescheiden aussah.

Wassili gab ihr keine Antwort. Er rief Lazar, der vorausgeritten war, zu, daß er mit den Karren und den Pferden weiterreiten solle. Als Alexandra klar wurde, daß sie ab jetzt mit Wassili allein sein würde, hätte sie ihren Entschluß beinahe geändert. Aber in dem großen, dreistöckigen Gebäude waren sicher Bedienstete. Niemand, der so reich war wie Wassili, entließ seine Diener, nur weil er für ein oder zwei Monate auf Reisen ging.

Ihre Vermutung bestätigte sich, als er mit ihr zur Haustür ging und anklopfte. Während sie warteten, spürte sie, daß ihr Wunsch ihn mehr als nur verärgert hatte. Er war doch nicht etwa … nervös? War es für ihn tatsächlich von Bedeutung, was sie von seinem Haus denken würde?

Wahrscheinlich nicht. Das bildete sie sich nur ein. Es war ihr ja sowieso egal. Sie war enttäuscht, daß sein Haus so nah war und ihr Besuch nicht so viel Zeit in Anspruch nehmen würde, wie sie gehofft hatte. Ihre Niedergeschlagenheit kehrte zurück, und mit ihr eine Art Teilnahmslosigkeit. Was ging es sie an, wenn seine Mutter sie nicht mochte? Was kümmerte es sie, wenn sie ihren Vater durch ihr Benehmen demütigte? Was machte es schon, daß sie Christopher verlieren würde, wenn die Hochzeit doch noch stattfand?

Die Tür öffnete sich. Wassili wurde von einem Diener begrüßt, der Alexandra allein schon durch seine Größe überraschte. Er war der größte und dickste Mann, den sie je gesehen hatte, geradezu ein Riese, uralt, mit weißem Haar und runzligem Gesicht. So wie er aussah, hatte er sich bestimmt schon vor zwanzig oder dreißig Jahren zur Ruhe gesetzt. Er war sicher zu alt, um der Butler zu sein, aber dieser Eindruck war wohl falsch, denn er begann, den wartenden Lakaien Anweisungen zu geben, und schickte einen Mann nach draußen, der sich um die Pferde kümmern sollte. Doch sie mußte zugeben, daß er in seiner Jugend wohl mühelos unliebsame Besucher vom Haus ferngehalten hatte. Und mehr noch – er würde es immer noch schaffen.

Wassili sagte zu dem Alten – den er Maurus nannte –, daß er jetzt nicht bleiben, aber spät am Abend zurückkehren werde. Er stellte Alexandra nicht vor, also ignorierte sie die beiden und sah sich in der Eingangshalle um, die alles übertraf, was sie je zuvor gesehen hatte.

In dem weißen Marmorboden spiegelten sich die lebhaften Farben des riesigen Buntglasfensters über der Tür, das einen Regenbogen von Farben zauberte und sogar die drei großen Kronleuchter, die von der Decke des zweiten Stockes herabhingen, in glitzernde Edelsteine verwandelte. Die Halle war lang und ziemlich breit, mit einer großen Treppe am Ende und Korridoren auf jeder Seite, die weiter ins Haus hinein führten.

An der linken Seite der Halle konnte sie viele geschlossene Türen erkennen, auf der rechten Seite befanden sich jedoch nur zwei Doppeltüren, von denen die erste offenstand und den Blick auf einen weißen Teppich freigab. Sie konnte auch einige Möbelstücke aus Rosenholz sehen und den blaugelben Bezug auf dem Sofa und einigen Stühlen. Es war also ein Salon.

An den hohen Wänden hingen viele Bilder in allen nur erdenklichen Größen, außerdem einige Spiegel mit dickem Rahmen, vor denen auf Sockeln oder langen Anrichten Blumen standen. Mitten im Winter waren diese Blumen ein willkommener Anblick. Über einen Strauß gelber Rosen hinweg konnte Alexandra in einem der

Spiegel einen Blick auf sich erhaschen. Sie zuckte zusammen.

Sie war nicht so schmutzig wie sonst – die Straßen, über die sie seit gestern geritten waren, wurden gut instand gehalten –, aber wie immer hingen einige Strähnen ihres feinen Haars unter der Pelzmütze hervor. Sie erkannte auch einen schwarzen Schmutzstreifen auf ihrem Kinn, von dem sie sich nicht vorstellen konnte, wo er herkam. Ihre Kleidung war natürlich völlig zerknittert, und sie sah müde aus – erschöpft, um genau zu sein –, aber das war ebenfalls keine Überraschung für sie. Wegen der Karren hatten sie für eine Reise, die man in drei Wochen schaffen konnte, fünf Wochen gebraucht, aber Wassili hatte es dennoch fertiggebracht, sie fast den ganzen Tag über auf den Beinen zu halten. Die Ringe unter ihren Augen waren jedoch eine Folge ihres Schlafmangels – die leise Stimme, die sie die letzten Tage über so gemartert hatte, begann mit ihren Vorhaltungen vorzugsweise spät nachts.

Sie fragte sich, ob sie sich freuen sollte, daß sie so kurz vor der ersten Begegnung mit Wassilis Mutter so grauenhaft aussah, oder ob sie sich in den wenigen Minuten, die sie hier verbringen würde, nicht besser um ihr Äußeres kümmern sollte. Gegen die Ringe unter ihren Augen konnte sie nichts tun, aber Wassili hatte bestimmt jemanden in seinen Diensten, der ihre Kleidung bügeln konnte. Das Haar war einfach zu …

»Meister!«

Alexandra fuhr herum. Sie sah, wie Wassili die Augen verdrehte, dann hörte sie das Geräusch von eiligen Füßen auf der Treppe. Eine kleine, schwarzhaarige Frau in einem fließenden, geblümten Kaftan aus Seide – so dünn, daß er wohl eher für das Schlafzimmer gedacht war – eilte ihnen entgegen. Sie schien Anfang Zwanzig zu sein, mit einem hübschen Gesicht und langem, schwarzen Haar, das ihr fast bis zu den Knien hing. Große braune Augen und ein zarter Körper mit anmutigen Bewegungen. Sie wirkte exotisch und sinnlich.

Alexandra hob eine Augenbraue. Die Frau war noch nicht in ihrer Nähe, als sie zu Wassili sagte: »Meister?«

»Fatima war Sklavin, als sie mir geschenkt wurde«, sagte er aufgebracht. »Ich habe sie freigelassen, aber sie wurde in einem Harem geboren und besteht darauf, mich …«

An diesem Punkt mußte Alexandra ihn unterbrechen, denn Fatima hatte sie erreicht und wollte sich Wassili gerade an den Hals werfen. »Moment mal«, sagte sie. Ihre Stimme klang so gebieterisch, daß sie damit ein ganzes Bataillon gestoppt hätte. Die Ex-Sklavin gehorchte sofort.

Seltsamerweise war Alexandra nicht wütend, obwohl die Stellung der Frau in diesem Haus ganz eindeutig war. Eigentlich hätte sie wütend sein müssen. Wahrscheinlich wäre sie das vor ein paar Tagen auch noch gewesen. Aber heute war sie vor lauter Hoffnungslosigkeit so niedergeschlagen, daß es kaum noch Platz für andere Gefühle gab.

Hätte sie nicht um Wassilis willen konsequent bleiben müssen, so hätte sie das Mädchen vielleicht nicht aufgehalten, wäre vielleicht sogar leise gegangen, damit sich die beiden Liebenden begrüßen konnten. Wenigstens verstand sie jetzt, warum er sie nicht hatte hierherbringen wollen. Und sie sah genau, daß er auf ihren Angriff vorbereitet war und das Schlimmste erwartete.

Daher überraschte es ihn, als sie zu Fatima lediglich sagte: »Du wirst dir einen anderen Arbeitsplatz suchen.«

»Aber ich lebe hier, Madame.«

»Jetzt nicht mehr. Dein *Meister* wird bald heiraten.«

Fatima wandte sich Wassili zu. Offensichtlich glaubte sie, daß er als Mann das letzte Wort zu diesem Thema haben würde. Und damit seine Entscheidung auch sicher zu ihren Gunsten ausfallen würde, erschienen in ihren hübschen Augen große, dicke Tränen.

Das war es, was Alexandra schließlich doch wütend machte. Von allen Waffen, die den Frauen zur Verfügung standen, mußte sie natürlich Tränen einsetzen, um an seinen Beschützerinstinkt zu appellieren. Als ob er überhaupt einen solchen Instinkt hätte! Es war wohl eher ein anderer Instinkt, an den sie appellierte, aber das würde Alexandra nicht mitansehen.

Wassili sah, wie sie die Peitsche von ihrem Gürtel losmachte, aber sie hatte bereits einmal damit geknallt, bevor er sie erreichte. Als er die Peitsche knallen hörte, mußte er wieder an die schmerzhaften Striemen auf seinem Körper denken, aber das hätte ihn nicht abgehalten, wenn sie damit auf Fatima losgegangen wäre. Doch da Alexandra lediglich mit der Peitsche geknallt hatte, um Fatimas Aufmerksamkeit zu erwecken, und jetzt sogar dabei war, die Peitsche wieder aufzurollen, entschloß er sich, sie nicht weiter in Versuchung zu führen ... nicht, wenn er es vermeiden konnte.

Er riß ihr die Peitsche aus der Hand, aber sie warf ihm nur einen verächtlichen Blick zu und sagte mit schneidender Stimme: »Hast du etwa vergessen, daß ich meine Opfer immer vorwarne, Petroff? Ich habe noch andere Peitschen.« Dann sah sie mit ihren dunkelblauen Augen Fatima an. Ihr Gesichtsausdruck verhieß nichts Gutes. »Wenn du sein Bett auch in Zukunft teilen willst, wirst du einen Preis dafür zahlen müssen. Ist es dir das wert?«

Fatima brachte vor Angst kein Wort heraus. Sie stieß einen spitzen Schrei aus und rannte davon. Wassili fragte sich, was er zuerst tun sollte: zu Fatima eilen und ihr versichern, daß niemand ihr ein Haar krümmen werde, zumindest jetzt noch nicht, oder Alexandra den Hals umdrehen. Er ging einen Schritt auf Alexandra zu.

Sie wich zurück, aber ihr Gesichtsausdruck veränderte sich nicht. Im Gegenteil, sie sah aus, als wolle sie ihm jetzt, da sie allein waren, die Augen auskratzen. Aber zuerst griff sie ihn mit Worten an.

»Du bist der falscheste, liederlichste, widerwärtigste Mann, der je erschaffen wurde! Du ziehst los und holst deine Braut ab, aber deine Geliebte läßt du weiterhin in deinem eigenen Haus wohnen. Hättest du sie nicht wenigstens in ein anderes Haus bringen können?«

Sie schrie ihn an. Während er sie zwang, noch einen Schritt zurückzuweichen, antwortete er fast zu ruhig: »Ich bin nach Rußland gegangen, um meine Braut loszuwerden, und nicht, um sie zu holen. Ich ging davon aus, daß du genug Verstand hast, um zu sehen, daß wir beide nicht zusammenpassen. Aber ich versichere dir, daß meine anderen Geliebten bereits in anderen Häusern sind, und Fatima wird bis heute abend umgezogen sein.«

»Aber du wirst dich nicht von ihnen trennen?«

»Ich habe dir bereits gesagt, daß ich das nicht tun werde, Liebling. Warum freust du dich denn nicht einfach und siehst endlich ein, daß dir das einen Grund liefert, um diese unselige Sache zu beenden?«

»Ich bin nicht nur durch diesen Verlobungsvertrag gebunden, du Idiot, ich habe mein Wort gegeben, dich zu heiraten. Wann siehst *du* endlich ein, daß das bedeutet, ich werde dich heiraten, egal, was du tust? Es gibt nur einen Ausweg: Weigere dich, mich zu heiraten. Nur so kannst du diese Verlobung beenden.«

Er zwang sie, noch einen Schritt zurückweichen, bis sie schließlich die Wand in ihrem Rücken spürte. Wassili stützte seine Arme rechts und links von ihr an der Wand ab. »Langsam fange ich an, mich auf diese Heirat zu freuen. Dann kann ich dir für den Rest meiner Tage das Leben so elend wie möglich machen.«

Alexandra war zu wütend, um sich einschüchtern zu lassen. »Elend hat gerne Gesellschaft, *Liebling*«, schleuderte sie ihm entgegen. »Glaub bloß nicht, daß ich meines allein ertragen werde.« Sie schlüpfte unter seinen Armen hindurch und stürmte zur Tür hinaus.

29

Bojik hatte vor Wassilis Haustür auf Alexandra gewartet. Sie machte sich Vorwürfe, weil sie ihn völlig vergessen hatte. Seit dem Schneesturm, als er sie nicht hatte finden können, hatte er sie nicht mehr aus den Augen gelassen … warum hatte sie eigentlich schon wieder die Beherrschung verloren? Es kümmerte sie doch überhaupt nicht, wie viele Frauen Wassili besaß. Andere? Er hatte *andere* gesagt, der Hundesohn, nein, verdammt, es war ihr egal. Es war klar, daß sie etwas tun mußte, um weiterhin konsequent zu erscheinen, aber sie brauchte es ja nicht *ernst* zu meinen.

Glücklicherweise hatte er sich nicht mehr an die Konsequenz erinnert, die er ihr angedroht hatte, falls sie noch einmal eine seiner Frauen bedrohen würde. Sie war außerdem heilfroh, daß sie gerade noch rechtzeitig aus seinem Haus entwischt war, denn er war ihr viel zu nah gewesen. Sie hatte schon wieder diese merkwürdigen Gefühle gespürt, die sie jedesmal überfielen, wenn er in ihre Nähe kam. Und sie wußte, was passieren würde, wenn sie ihren Gefühlen noch einmal nachgab.

Wassili hatte seine Augen fest geschlossen, konnte aber immer noch ihren Geruch riechen, den Zorn in ihren mitternachtsblauen Augen sehen. Diese Leidenschaft …

Er stöhnte und schlug abermals seinen Kopf an die Wand. Seit sie gegangen war, hatte er sich nicht von der Stelle gerührt. Er konnte diese Situation unter Kontrolle halten, ganz sicher konnte er das. Er durfte nur nicht in ihre Nähe kommen. Bis heute hatte er es auch geschafft. Warum hatte er ihrer Forderung eigentlich nachgegeben? Er hätte sie auf der Straße übernachten lassen sollen. Wenn man sie verhaftete, würde er kein Wort zu ihrer Verteidigung sagen. Aber vor Gericht würde er dafür sorgen, daß sie in seinen Gewahrsam gegeben wurde – die Wachträume, die von diesen Gedanken ausgelöst wurden, brachten ihn erneut zum Stöhnen.

Seine Mutter war jetzt seine einzige Hoffnung. Die Hölle, in der er gefangen war, konnte am Ende dieses Tages schon Vergangenheit sein. Marias erste Begegnung mit Alexandra reichte vielleicht aus, um … Du lieber Himmel, sie war hinausgestürmt und sicher viel zu wütend gewesen, um draußen auf ihn zu warten. Er stellte sich vor, wie sie durch die Stadt irrte. In ihrem Aufzug und ohne Begleitung würde es nicht lange dauern, bis sie von Männern belästigt wurde. Und er hatte ihre Peitsche. Sie war hilflos.

Er hatte solche Angst um sie, daß ihm der Schweiß ausbrach. Als er draußen war, stellte er fest, daß der Lakai nur sein Pferd am Zügel hielt. Alexandras Pferd war nicht mehr da. »Hat die Dame wenigstens gefragt, wie sie zum Haus meiner Mutter kommt?« fragte er den Mann, als er aufstieg. Der Lakai sah ihn verwirrt an.

»Die Dame?«

»Das Mädchen, das mit mir gekommen ist!« bellte Wassili.

»Nein, Sir, aber ich habe gehört, wie sie zu ihrem Hund sagte, er solle Nina suchen, wer immer das auch sein mag.«

Wassili war nicht gerade erleichtert, als er das hörte. Er ritt los und hoffte, daß er Alexandra einholen konnte, bevor sie in Schwierigkeiten geriet. Er erreichte sein Elternhaus, ohne sie gesehen zu haben, und als er endlich seine Mutter gefunden hatte, die sich im Wintergarten aufhielt, war er völlig außer Atem.

Er schrie, ohne daß es ihm bewußt war. »Wo ist sie?«

Maria sah ihn erstaunt an und sagte pikiert: »Drei Monate auf Reisen, und das ist jetzt die Begrüßung für …«

»Mutter, ist Alexandra hier?«

»Nein, sie ist nicht hier«, gab sie ihm beleidigt zur Antwort. »Warum ist sie denn eigentlich nicht bei dir?

Bis jetzt sind nur ihre Bediensteten hier, der letzte kam erst vor ein paar Minuten.«

Das brachte ihn auf die Frage: »Kam zuletzt eine Frau?«

Maria runzelte die Stirn. »Schon möglich. Jetzt, wo du es sagst … ja, es war eine Frau.«

Seine Angst war plötzlich weg. Er fühlte sich so schwach, daß er sich auf eine Bank setzen mußte, die in seiner Nähe stand. Maria, die ihn scharf beobachtete, sagte argwöhnisch: »Du willst mir doch nicht erzählen, daß diese Frau Baronesse Rubliow war.«

Er hätte wütend werden sollen wegen dem, was er gerade durchgemacht hatte, aber zu seiner Überraschung grinste Wassili. »Ich fürchte doch.«

Maria war schockiert. »Ich habe sie zu den anderen Dienstboten geschickt!«

Wassili fing an zu lachen.

»Ich war noch nie im Leben so in Verlegenheit«, sagte Maria später zu Wassili. »Warum hat sie denn nichts gesagt?«

Sie saßen im Salon und warteten darauf, daß Alexandra sich zu ihnen gesellte. Wassili war vorher noch zum Palast gegangen, um seinen Cousin von seiner Rückkehr zu unterrichten, aber Stefan befand sich in einer Konferenz mit seinen Ministern. Er hatte ihm eine Nachricht hinterlassen, daß er am nächsten Tag noch einmal kommen würde. Danach hatte er gerade noch Zeit gehabt, um bei seinem Haus vorbeizureiten und sich für das Abendessen mit seiner Mutter umzuziehen, das er um nichts in der Welt versäumen wollte. Außerdem hatte er versucht, Fatima zu beruhigen.

Es war ein mühevolles Unterfangen gewesen. Sie hatte gar nicht mehr aufgehört zu weinen. Obwohl er ihren Tränen bis jetzt immer nachgegeben hatte, konnte er das dieses Mal nicht tun. Er wußte, daß Alexandra Mittel und Wege zur Verfügung standen, um es herauszufinden. Ihre Leute waren einfach zu schlau. Außerdem war es einfacher für ihn, Fatima erst einmal wegzuschicken, als sich noch einmal einem von Alexandras Wutanfällen zu stellen. Selbst als er Fatima gesagt hatte, daß ihr Auszug nur von vorübergehender Dauer sein würde – so hoffte er zumindest –, hatte sie nicht sehr glücklich ausgesehen.

Wahrscheinlich hätte er sie am einfachsten davon überzeugen können, daß alles in bester Ordnung war, wenn er mit ihr geschlafen hätte. Seltsamerweise verspürte er nicht das geringste Verlangen nach ihr. Fatimas kleiner, zarter Körper reizte ihn einfach nicht mehr so wie früher. Seine Gedanken waren beherrscht von üppigen Formen, er dachte an Brüste, die so groß waren, daß sie nicht in seine Hände paßten ... Du lieber Himmel, nicht schon wieder!

Er zwang sich, die Frage seiner Mutter zu beantworten. »Alexandra hat nichts dazu gesagt, weil ihr solche Dinge nicht wichtig sind. Du hättest sie genausogut in den Stall schicken können, dort hätte es ihr auch gefallen.«

»Das ist doch geradezu lächerlich«, belehrte ihn Maria. »Warum ist sie denn eigentlich so merkwürdig gekleidet? Hat sie ihre Kleider verloren?«

Er zuckte mit den Schultern. »Sie hat eine Unmenge von Reisekoffern mitgeschleppt, aber auch wenn sich ein Kleid darin befinden sollte, würde ich es nicht wissen. Ich habe sie bis jetzt nur in dem Aufzug, in dem du sie gesehen hast, zu Gesicht bekommen.«

Maria runzelte die Stirn, um ihm deutlich zu zeigen, wie verärgert sie über ihn war. »Du scheinst entschlossen zu sein, mich auch weiterhin zu foppen. Also wirklich, Wassili, ich finde das nicht im geringsten amüsant.«

»Ich kann dir gar nicht sagen, wie glücklich ich darüber bin, Mutter. Ich kann dir sogar garantieren, daß du heute abend rein gar nichts amüsant finden wirst.«

»Was soll das denn nun schon wieder heißen?«

»Damit meint er wahrscheinlich mich, Madame«, sagte Alexandra, die in der Tür stand. »Da er es mit mir nicht aushalten kann, geht er davon aus, daß Ihr das auch nicht könnt.«

»Mein liebes Kind, wie kommt Ihr denn auf solche … Gedanken?«

Wassili konnte sich das Lachen kaum verkneifen. Seine Mutter hatte deshalb gezögert, weil ihr erst nach einigen Augenblicken aufgefallen war, daß Alexandra immer noch die Kleider trug, in denen sie angekommen war. Ihren Rock und die Mütze hatte sie abgelegt. Wenn er den scharfen Blick richtig interpretierte, den ihm seine Mutter zuwarf, mußte Maria wohl gerade daran denken, daß er ihr erzählt hatte, er habe sie noch nie in einem Kleid gesehen.

Alexandra ignorierte den Blickwechsel zwischen Mutter und Sohn und beantwortete Marias Frage. »Wenn Ihr mir nicht glaubt, Madame, braucht Ihr ihn nur zu fragen. Er verachtet mich.«

Wassili hätte wissen müssen, daß dieser Abend *genau so* verlaufen würde, wie er sich das erhofft hatte. Alexandras Direktheit würde seine Mutter schockieren, aber dafür würde er seinen Teil abbekommen.

Maria war wieder pikiert. »Wassili, sag ihr, daß das nicht wahr ist.«

Er tat ihr den Gefallen. Er lächelte sogar dabei. »Natürlich ist es nicht wahr. Was immer ich auch für dich empfinde, Alex, ich könnte dich niemals verabscheuen. Das ist ein recht kaltes Gefühl, und meine Gefühle für dich sind sehr viel … wärmer.«

Sie ignorierte seine Anspielung auf Leidenschaft vollkommen und provozierte ihn mit den Worten: »Wir werden also deiner Mutter zuliebe ein bißchen lügen?«

»Ich verachte dich nicht, verdammt noch mal!«

»Wassili!« ermahnte ihn Maria.

Er seufzte. Wenn er so schnell die Beherrschung verlor, würde er den Abend nie überstehen. Alexandra wollte mit ihrem süffisanten Grinsen nur erreichen, daß er erneut wütend wurde. Diese kleine Hexe. Sie brachte ihn mit voller Absicht in Verlegenheit.

»Verzeih mir, Mutter. Warum sehen wir dieses Thema nicht einfach als beendet an und begeben uns zu Tisch?«

Hastig pflichtete ihm Maria bei. »Ein ausgezeichneter Vorschlag, allerdings … Alexandra, wollt Ihr Euch denn nicht vorher umziehen?«

Wassili hatte noch nie jemanden mit einer solchen Unschuldsmiene gesehen wie Alexandra, die mit großen Augen erwiderte: »Was umziehen?«

Seine Mutter ging auf ihre Frage ein. »Eure Kleider, meine Liebe. Wir ziehen uns zum Essen immer an.«

Alexandra blickte an sich herunter. »Aber ich bin doch angezogen.«

»Nein, ich meine …«

»Gib es auf, Mutter«, unterbrach Wassili sie. »Ich glaube nicht, daß sie überhaupt ein Kleid besitzt.«

»Aber natürlich habe ich ein Kleid«, sagte Alexandra. »Was glaubst du wohl, was in all den Reisekoffern war, die wir hierhergeschleppt haben?«

»Peitschen und Dolche«, sagte er mit unbewegtem Gesicht.

Sie lachte. Ihr Lachen war echt, und das überraschte Wassili. Es wärmte ihn und zauberte ein Lächeln auf seine Lippen. Maria fand es ganz und gar nicht amüsant.

Mit strenger Miene sagte sie: »Wir werden morgen über das Thema Kleidung weiterreden, Alexandra. Wassili, würdest du uns bitte ins Eßzimmer führen?«

Das tat er dann auch, aber er fragte sich, ob er seine Mutter nicht vielleicht vor Alexandras Tischmanieren hätte warnen müssen. Wenn Maria so schockiert war, daß sie die Beherrschung verlor und Alexandra irgendwie beleidigte, war nicht vorauszusehen, wie sie reagieren würde.

Wie sich herausstellte, hätte er sich deswegen keine Gedanken machen müssen. Er hätte sich daran erinnern müssen, daß Menschen in Alexandras Umgebung selten Anstoß an ihren merkwürdigen Gewohnheiten nahmen. Es verging einige Zeit, bis Maria bemerkte, daß Alexandra mit den Fingern aß. Sie war nicht schockiert, sondern eher peinlich berührt, obwohl sie nicht um den heißen Brei herumschlich, als sie das Thema ansprach. Auch Maria konnte zuweilen sehr direkt sein.

»Hat Ihnen denn niemand korrekte Tischmanieren beigebracht, meine Liebe?«

Alexandra zuckte mit den Schultern. »Ich glaube, ja, aber das ist schon so lange her, daß ich alles wieder vergessen habe.«

»Warum wurde der Unterricht denn nicht fortgesetzt?«

»Das meint Ihr doch nicht im Ernst.« Alexandra lachte. »Es ist die reinste Zeitverschwendung, sich mit diesem ganzen Zeug abzumühen, wenn ich statt dessen die Zeit mit meinen Babys verbringen kann.«

Jetzt war Maria schockiert. Ihre honiggoldenen Augen suchten Wassilis Blick. »Ihre *Babys?*«

»Pferde, Mutter.«

Völliges Entsetzen. »Du nennst ihre *Babys* ›Pferde‹?«

»Nein, Mutter«, erwiderte er geduldig. »Sie nennt ihre *Pferde* ›Babys‹. Sie züchtet sie.«

»Wassili, das ist nicht witzig.«

»Es sollte auch gar nicht witzig sein.«

Alexandra spürte wieder Marias ungläubigen Blick auf sich, aber das war ihr egal. Ihr bisheriges Benehmen auch in Marias Gegenwart an den Tag zu legen, war viel leichter, als sie gedacht hatte, wenn Wassili anwesend war. Er würde natürlich nicht immer hier sein. Nach dem Essen würde er in sein eigenes Haus zurückkehren und …

»Petroff, wie viele *andere* hast du denn eigentlich noch, außer der Konkubine in deinem Haus?«

Maria rang um Atem. Wassili verschluckte sich beinahe. Er konnte nicht glauben, daß Alexandra, so direkt sie auch war, dieses Thema in Gegenwart seiner Mutter anschneiden würde. Wie war sie überhaupt auf diesen Gedanken gekommen? Wenigstens ging sie auf ihn los und nicht auf seine Mutter. Selbst er hätte es nicht besser arrangieren können. *Das* würde der krönende Abschluß sein und den Ausschlag geben.

»Nur noch drei andere«, antwortete er. Ihm war bewußt, daß der Blick seiner Mutter jetzt wieder auf ihm ruhte, aber er wandte seine Augen nicht von Alexandra ab. Sie schäumte vor Wut. Das konnte nur noch besser werden. Seine Hoffnungen wurden erfüllt.

»Nur drei andere? Und du willst alle behalten, für alle bezahlen, mit allen herumhuren?«

Er verschluckte sich beinahe noch einmal. Seine Mutter hörte sich an, als ob sie sich ebenfalls verschluckt hätte. Wassili wagte es nicht, sie anzusehen. Er hatte zwar etwas in der Richtung erwartet, aber trotzdem stieg ihm die Hitze ins Gesicht. Und er hatte gedacht, es gäbe nichts mehr, womit Alexandra ihn noch schockieren könnte.

Irgendwie brachte er es fertig, ihr mit ruhiger Stimme zu antworten: »So ähnlich, ja.«

»Ich werde sie finden, Petroff, jede einzelne von ihnen, darauf kannst du dich verlassen. Du wirst dich nicht mehr sehr lange mit ihnen vergnügen.«

»Dann darf ich wohl davon ausgehen, daß ich sehr oft dein Gast sein werde.«

»Im Haus deiner Mutter?« schleuderte sie ihm triumphierend entgegen. »Das glaube ich nicht.«

»Alex, du denkst doch nicht, daß mich das davon abhält, mein Versprechen zu halten?« sagte er leise. Sein Ton war drohend.

»Einen Lüstling wie dich wahrscheinlich nicht. Aber

Bojik wird dich davon abhalten, und von jetzt an schläft er bei mir.«

Maria, die endlich ihre Stimme wiedergefunden hatte, fragte etwas zu laut: »Wer … ist … Bojik?«

Wieder stieg Wassili die Hitze ins Gesicht. Alexandra hatte ihn dermaßen gereizt, daß er tatsächlich für kurze Zeit seine Mutter vergessen hatte, die immer noch anwesend war. Als er sie schließlich ansah, befürchtete er, daß er es Alexandra gleichgetan und sie ebenfalls schockiert hatte.

»Bojik ist ihr Hund, Mutter.«

»Ich dulde keine Hunde in meinem … also, wenn ich darüber nachdenke … o du meine Güte.« Maria begann, sich mit ihrem Fächer Luft zuzuwedeln. »Wassili, du wirst dich *nicht* in ihr Zimmer schleichen, erst nach der … o du meine Güte. Das kann doch nicht … sie ist … o du meine Güte.«

»Ich weiß, Mutter«, pflichtete ihr Wassili bei.

»*Hast* du es gewußt?« fragte sie mit anklagender Stimme.

»Nicht alles. Unsere Reise war recht aufschlußreich.«

»Und warum hast du sie dann nicht zurückgebracht?«

»Du hast mir doch gesagt, daß das nicht in Frage kommt«, erinnerte er sie.

»Nein, natürlich nicht, aber … o du meine Güte, das kommt alles so unerwartet. Eine Dame, die der Meinung ist, ihre Pferde seien wichtiger als …«

Wassili wünschte, seine Mutter hätte ihre Tiraden nicht ausgerechnet mit diesem Thema begonnen, denn jetzt mußte er sie unterbrechen, bevor sie zu weit vorpreschte. Aber er wußte, daß Alexandra keine rüden Bemerkungen tolerieren würde, die sich auf ihre Pferde bezogen.

»Sie hat nun mal ihren eigenen Kopf, Mutter.« Er grinste Alexandra an. »Das stimmt doch, nicht wahr, Liebling?«

»Ich muß ihn gerade verlegt haben, weil ich hier sitzen bleibe und zuhöre, wie ich seziert werde«, erwiderte Alexandra und stand auf. Sie klang aber gar nicht wütend und leckte sich geräuschvoll die Finger ab, bevor sie hinzufügte: »Wenn du mir noch etwas zu sagen hast, Petroff … ich bin im Stall. Du brauchst aber nur zu kommen, wenn du sagst, was ich hören will.«

Alexandra ging hinaus. Als Wassili ihr nachblickte, wurde ihm klar, daß sie von ihm erwartete, heute abend die Verlobung aufzulösen. Alles, was sie heute abend gesagt und getan hatte, war mit voller Absicht geschehen. Du lieber Himmel, hatte sie etwa das gleiche gedacht wie er: daß seine Mutter die ganze Sache für sie beide beenden konnte? Nein, sie vermutete es wahrscheinlich nur. Als ihm einige der Schimpfworte einfielen, die sie während der Reise gebraucht hatte, wußte er, daß sie sehr viel unflätiger hätte sein können. Vielleicht hatte sie nur versucht, sich Maria von ihrer schlechtesten Seite zu zeigen, damit diese von ihrem ›normalen‹ Benehmen nicht so überrascht war wie anfangs er.

»Mein Gott, Wassili, dieses Mädchen ist grauenhaft«, sagte Maria, sobald sie allein waren.

»Ja, das finde ich auch.«

»Du kannst sie nicht heiraten, nicht in diesem Zustand.«

»Nein?«

»Natürlich nicht. Sie würde uns beide blamieren. Man muß ihr zuerst korrektes Benehmen beibringen.«

Das hatte er nicht erwartet. Aber seine Überraschung verwandelte sich schnell in Belustigung. Alexandra beibringen, eine Dame zu sein? Niemals.

»Du weißt nicht, auf was du dich da einläßt, Mutter. Wäre es nicht am besten, wenn wir sie wieder nach Hause schicken?«

Er mußte zugeben, daß sie einen Augenblick lang darüber nachdachte. Aber er wußte, welche Richtung ihre

Gedanken nahmen. Das hier war vielleicht ihre letzte Chance, ihn zu einer Heirat zu zwingen. Nein, sie würde noch nicht aufgeben.

»Nein, das Mädchen braucht nur ein wenig Hilfe. Sie hat zweifellos bereits einmal Unterricht bekommen, sie ist schließlich eine Baronesse. Sie hat es nur vergessen. Das hat sie uns ja auch gesagt. Ihr Vater hat sie nach dem Tod seiner Frau wohl ein wenig verwildern lassen.«

Die Geliebte ihres Vaters wohnte bei ihnen im Haus. Warum hatte *sie* denn nichts wegen Alexandras Manieren unternommen?

»Sie flucht wie ein betrunkener Matrose, sie schlägt mit einer Peitsche um sich, sie droht, jeder Frau, die in meine Nähe kommt, die Ohren abzuschneiden. Und du willst aus ihr eine Dame machen?«

Der Gesichtsausdruck seiner Mutter sagte ihm, daß sie ihm kein Wort glaubte. Sie ging auch überhaupt nicht darauf ein, sondern fragte statt dessen: »Warum ist denn Alexandra um diese Zeit in den Stall gegangen?«

Er seufzte. »Weil sie jeden freien Moment bei ihren Pferden verbringt. Ich habe keinen Witz gemacht, als ich sagte, sie züchtet sie. Sie arbeitet mit ihnen, sie sorgt für sie, und sie hat ihre ganze Herde mitgebracht.«

»Nun, das wird aufhören. Es schickt sich nicht für eine Dame.«

»Diese Pferde sind ihr ein und alles, Mutter. Sie wird gewalttätig, wenn es um die Tiere geht. Du kannst versuchen, aus ihr eine Dame zu machen, aber ich rate dir, nicht einmal anzudeuten, daß du sie von ihren Babys fernhalten willst.«

»Wir werden sehen«, gab Maria zurück, allerdings nur, um ihren Standpunkt deutlich zu machen. Sie würde sich seine Warnung zu Herzen nehmen und die Pferde vorläufig nicht erwähnen. Aber das galt nicht für ihn, deshalb fügte sie mit strenger Miene hinzu: »Und du, mein Sohn, wirst dich von ihrem Schlafzimmer fernhalten. Glaub nur nicht, ich hätte diese kleine Plänkelei zwischen euch beiden nicht verstanden.«

Ihm fiel ihr ›Wenn ich darüber nachdenke‹ wieder ein. Er mußte lächeln. »Mutter, du hast wohl ihren Hund noch nicht gesehen. Glaub mir, ich werde mich nicht mit ihm anlegen.«

»Das hoffe ich allerdings auch.« Sie stieß einen tiefen Seufzer aus. »Hunde in meinem Haus. Was tue ich nicht alles, damit …«

Sie beendete ihren Satz nicht. Er wußte auch so, was sie meinte.

30

Wassili hatte eigentlich nicht vorgehabt, in den Stall zu gehen. Alexandra hatte gesagt, er solle nur kommen, wenn er ihr sagen werde, was sie hören wolle. Das würde er selbstverständlich nicht tun. Aber anstatt wie sonst immer einen Diener zu schicken, der sein Pferd für ihn aus dem Stall holte, ging er diesmal selbst.

Der Stall war sehr groß, und doch hätten nicht alle Schimmel Alexandras und die Pferde ihrer Diener hineingepaßt, wenn seine Mutter nicht so wenige Tiere für sich selbst gehalten hätte. Sie besaß lediglich ihre Kutschpferde und einige andere Pferde, die für Botengänge gebraucht wurden. Der Stall war so groß, daß Wassili, der beim Eingang stand, nicht bis zum Ende des schwach beleuchteten Mittelgangs sehen konnte. Tief im Innern vernahm er einige Stimmen, die nur undeutlich an sein Ohr drangen. Dann hörte er Gelächter.

Als er in Richtung der Stimmen ging, wurde ihm bald klar, daß dort Alexandra lachte. Ihm wurde ganz warm ums Herz, so wie vorhin beim Abendessen. Er hatte sie so selten lachen gehört, und wenn, dann nur spöttisch.

Aber das hier war ein süßes Lachen, das echten Humor verriet. Er wünschte …

Wassili drehte sich abrupt um, als er die Richtung seiner Gedanken erkannte. Er mußte verrückt geworden sein, weil er hierherkam, um sie zu sehen, wo es doch überhaupt keinen Anlaß dafür gab. Und sie amüsierte sich gerade so gut. Er würde nur alles ruinieren und … mit wem zum Teufel amüsierte sie sich da eigentlich?

Wütend drehte er sich wieder um und ging mit langen, schnellen Schritten auf die hell erleuchtete Box zu. Der Anblick, der sich ihm bot, ließ seinen Zorn sofort verrauchen.

In der Box standen vier von Alexandras Stuten. Sie war gerade dabei, das Vorderbein einer Stute mit einem Breiumschlag zu umhüllen. Der Anlaß war ein winziger Kratzer, der viel zu klein aussah, als daß man sich deswegen Sorgen machen müßte. Aber das hier war eines ihrer Babys, und sie behandelte sie alle dementsprechend. Der Kosake Stenka half ihr dabei. Wie immer hatte er jedoch nur Unsinn im Kopf, dies war auch der Grund, weshalb Alexandra so lachte. Er hatte das Bein der Stute hochgehoben und bewegte es hin und her, so daß es sich jedesmal, wenn sie den Breiumschlag anlegen wollte, von ihr wegbewegte.

»Das reicht, Stenka«, sagte Alexandra, die immer noch schmunzelte. »Wenn du jetzt nicht sofort gehst, binde ich dir das hier um, dann wirst du so fürchterlich stinken, daß keine der Mägde …«

Sie sprach nicht weiter. Eine der Stuten hatte Wassili mit einem Kopfnicken begrüßt, woraufhin sie sich umdrehte und ihn am Eingang der Box stehen sah. Wie er erwartet hatte, änderte sich schlagartig ihr ganzes Verhalten. Ihr Humor war verschwunden, ihr Gesichtsausdruck völlig ausdruckslos.

»Dann ist es also vorbei?« fragte sie.

Er hatte nicht daran gedacht, daß sie allein aufgrund

seiner Anwesenheit annehmen würde, daß dem so war. »Tut mir leid, Liebling, aber wir sind immer noch miteinander verlobt.«

Jetzt erst konnte Alexandra wieder atmen. Als sie ihn erblickt hatte, war es ihr vorgekommen, als ob ihr der Magen plötzlich in den Kniekehlen hinge. Und jetzt war ihr ein bißchen übel, als ob sie gerade Angst gehabt hätte. Aber das ergab überhaupt keinen Sinn.

Sie wandte sich wieder der Stute zu. Sie würde ihn ignorieren. Er war vermutlich nur gekommen, um sich über ihr Benehmen bei Tisch zu beschweren. Das hatte ihr gerade noch gefehlt.

»Laß uns allein.«

Ihr Kopf fuhr herum. Wassili starrte Stenka an. Stenka wich keinen Schritt zurück. Ihr Freund war verärgert – zu Recht. Er hatte gerade den größten Teil der vergangenen Stunde damit verbracht, sie mit den lächerlichsten Späßen wieder aufzumuntern, was ihm schließlich auch gelungen war, und jetzt kam Wassili und verdarb alles. Sie hatte es fünf Wochen lang geschafft, Wassili und ihre Freunde voneinander fernzuhalten und einen Kampf zwischen ihnen zu verhindern. Sie würde es nicht zulassen, daß sie jetzt aufeinander losgingen.

»Es ist schon in Ordnung, Stenka«, sagte sie mit fester Stimme. »Ich sehe dich morgen früh.«

Stenka nickte ihr kurz zu, woraufhin Alexandra der Stute den Breiumschlag um das Bein wickelte. Deshalb sah sie die Blicke nicht, die sich die beiden Männer zuwarfen. Stenkas Blick sagte ganz eindeutig: Wenn du ihr weh tust, werde ich dich töten. Wassilis Blick sagte ebenso deutlich: Sie gehört jetzt mir, also misch dich nicht ein.

Eigentlich war es ja nicht so. Es war ganz und gar nicht so. Aber er war gezwungen, vor dem Kosaken diesen Eindruck zu erwecken.

Kaum war der Kosake gegangen, suchte Wassilis

Blick wieder Alexandra. Wassili fragte sich, warum sie den Mann hatte gehen lassen. Er wußte ja, daß sie nicht mit ihm allein sein wollte. Aber jetzt waren sie es doch. Kaum schoß ihm dieser Gedanke durch den Kopf, da spürte er auch schon, wie erregt er war. Seltsamerweise machte es ihn dieses Mal nicht wütend. Wahrscheinlich gewöhnte er sich daran. Es war so einfach, sie zu begehren, und es geschah so verdammt oft.

Alexandra wusch ihre Hände in einem Eimer mit Wasser. Als sie Wassili endlich wieder ansah, seufzte sie. »Also los, bringen wir es hinter uns.«

Dachte sie etwa das gleiche wie er? »Was?«

»Die Standpauke«, sagte sie. »Deswegen bist du doch hier, nicht wahr?«

»Eigentlich nicht«, erwiderte er. »Alles in allem ist das Abendessen doch ganz gut verlaufen.«

»Deine Mutter ist nicht wütend?«

»›Entschlossen‹ dürfte ihre augenblickliche Gemütslage wohl eher beschreiben.«

Er ging nicht weiter darauf ein, aber er lächelte, was Alexandra dazu brachte, auf der Hut zu sein. »Warum bist du dann gekommen?«

»Ich wollte mein Pferd holen.«

»Du bist *selbst* gekommen, um dein Pferd zu holen, anstatt jemanden zu schicken?« sagte sie. Ihr Ton schwankte zwischen Skepsis und Ungläubigkeit.

»Alex, sag das doch nicht so, als ob ich nie etwas selbst tun würde.«

»Es stimmt aber.«

Er seufzte. »Können wir uns denn nicht wenigstens ein einziges Mal unterhalten, ohne gleich zu streiten?«

»Ich glaube nicht.«

»Können wir es nicht wenigstens *versuchen?*«

Sie sah ihn argwöhnisch an, aber dann zuckte sie mit den Schultern und fragte: »Möchtest du über etwas Bestimmtes mit mir reden?«

Das wollte er nicht. Er wollte nur noch nicht gehen – aber er wußte auch, warum, oder zumindest nahm er an, daß er es wußte. Sein Körper hoffte, daß er wegen seines augenblicklichen Zustandes etwas unternehmen würde. Das würde er jedoch nicht tun. Es war keine gute Idee, wieder mit ihr zu schlafen, das führte nur zu Komplikationen – und zu Abhängigkeit.

Da ihm nichts anderes einfiel, sagte er: »Mir ist aufgefallen, daß die Karren draußen immer noch beladen sind. Willst du nicht auspacken?«

»Ich habe einige der Reisekoffer ins Haus schaffen lassen. Es gibt keinen Grund, auch noch den Rest auszupacken.«

Sie tat alles, um von einem Moment auf den anderen verschwinden zu können. Der Gedanke gefiel ihm überhaupt nicht. Seinem Körper gefiel er noch viel weniger. Er fing an zu rebellieren, als er daran dachte, daß er nie wieder mit ihr …

»Ich sollte besser gehen«, sagte er abrupt.

»Wegen heute«, sagte sie im selben Moment, aber sie hatte gehört, was er gesagt hatte. »Ach, es ist nichts.«

Er hatte es versucht, er hatte es wirklich versucht. Aber wenn *sie* ihn auf sein Versprechen ansprach, mit ihr zu schlafen, sowie sie wieder gewalttätig wurde, konnte er ihre Drohungen dann einfach durchgehen lassen?

»Komm mit mir, Alex, jetzt.«

Ihre Augen blitzten auf, nicht wegen seiner unerwarteten Bitte, sondern weil er langsam auf sie zuging. Sie wich zurück.

»Warum?«

»Weil ich nicht in einem Stall mit dir schlafen will.«

»Das reicht, Petroff! Ich wollte mich entschuldigen. Ich hätte heute nachmittag bestimmt nicht die Beherrschung verloren, wenn diese Frau nicht versucht hätte, dich durch Tränen umzustimmen.«

»Eine häufig verwendete List – obwohl ich annehme, daß sie nicht zu denen gehört, die du bevorzugst.«

»Ganz gewiß nicht. Ich wollte sie wirklich nicht bedrohen. Ich wollte ihr nur sagen, daß sie gehen muß, das habe ich auch versucht …«

»Und dann hast du sie doch bedroht.«

»Aber es war doch gar nicht meine Absicht! Dein lächerliches Versprechen gilt hier nicht!«

»Wie kommt es dann, daß ich genau das gehört habe, was du mir schon mehrere Male gesagt hast? Du willst mich nicht, aber keine andere kann mich haben. Das war es doch, nicht wahr?«

Wenn sie nicht in Panik geraten wäre – sie war mit dem Rücken an der Wand angelangt, und er war fast bei ihr –, wäre sie niemals so wütend geworden, daß sie ihn angeschrien hätte. »Genau! Ich will dich nicht, aber vorläufig gehörst du mir!«

So langsam bekam er Spaß daran. »Das kann für beide Seiten gelten.«

»Das tut es aber nicht.«

»Wer sagt das?«

Er beugte sich zu ihr vor und drückte sie mit seinem Körper an die Wand. Sein Mund suchte den ihren. Sie konnte ihm nicht entkommen. Während sie ihm auszuweichen versuchte, nahm er sich, was er bekommen konnte. Beinahe hätte sie die Kontrolle über sich verloren.

Einen atemlosen Moment lang spürte sie seine festen Muskeln, sein zügelloses Verlangen, seine Lippen auf ihrer Wange und ihre hemmungslose Reaktion darauf. Einen atemlosen Moment lang genoß sie seine Nähe und die überwältigenden Empfindungen, die nur er in ihr hervorrufen konnte. Sie wollte nachgeben, sie wollte so tun, als ob …

Aber dieses Mal verlor sie nicht die Kontrolle über sich. Sie mußte an die schmerzliche Erfahrung denken, daß es sie nicht weiterbrachte, daß es keinen Sinn hatte, daß es ihr nur eine kurze – wenn auch wundervolle – Befriedigung verschaffen würde. Und daran wollte sie sich nicht gewöhnen, nicht, wenn er nicht vorhatte, dies auch in Zukunft zu tun.

Also sagte sie das einzige, was ihn aufhalten konnte, solange sie es noch sagen konnte.

»Bojik!«

Der Hund fing sofort an zu knurren. Wassili hatte den Wolfshund gar nicht bemerkt, da er zusammengerollt hinter den Pferden gelegen hatte. Aber jetzt wußte er, warum Alexandra nicht beunruhigt gewesen war, als sie mit ihm allein gelassen wurde.

Er wich zurück und sagte: »Das ist nicht fair, Liebling.«

»Für dich gilt das gleiche, Petroff.«

Als er das hörte, mußte er grinsen. Also war es ihr nicht leichtgefallen, ihm zu widerstehen. Sie hatte Schwierigkeiten, diese Worte herauszubringen. Er würde es nicht zulassen, daß sie beide litten, wenn ein wenig Charme und Verführungskunst genügten, um ihre Abwehr zu überwinden. Das dachte er zumindest.

Er bekam nicht die Chance, es herauszufinden. Am Eingang des Stalls rief jemand seinen Namen. Es war sein Freund Serge Lehar, den er zu jeder anderen Zeit mit Freuden begrüßt hätte, nur nicht ausgerechnet jetzt.

Er unterdrückte einen Fluch und rief: »Ich komme gleich zu dir, Serge.«

Daraufhin antwortete Serge: »Lazar hatte recht. Sie sind prachtvoll.«

»Ein Freund von mir«, sagte Wassili mit gedämpfter Stimme zu Alexandra. »Offensichtlich ist er gekommen, um deine Pferde zu bewundern.«

»Falls er fragen sollte: Ich verkaufe ihm kein Pferd.«

Ihre Worte überraschten Wassili weniger als die Entschlossenheit, die er in ihrer Stimme hörte. »Warum nicht?«

»Weil ich nie ein Pferd vergesse, das ich verkauft habe. Ich denke oft an die Tiere und an ihre Besitzer, die für sie sorgen. Ich will nicht an ein Pferd denken, das einem Freund von dir gehört, weil mich nichts an dich erinnern soll, wenn ich einmal von hier weg bin.«

Nach dem, was gerade zwischen ihnen geschehen war, fand er ihre Argumentation recht amüsant. »Du glaubst also nicht, daß wir heiraten werden, nicht wahr? Du hast nie daran geglaubt.«

Vor ein paar Wochen hätte dies vielleicht noch gestimmt, aber die Hoffnungslosigkeit, die Alexandra nicht mehr verlassen hatte, seit sie in die Stadt gekommen war, hatte ihr die Zuversicht geraubt. Das würde sie ihm gegenüber jedoch nicht zugeben.

»Ich weiß, was für ein Mann du bist, Petroff«, sagte sie ihm ganz offen. »Ein Lüstling wie du und heiraten? Du wirst in der letzten Minute in Panik geraten und genau das tun, was du schon vor unserer Abreise hättest tun sollen.«

»Wie interessant, daß du so denkst«, erwiderte er und strich ihr sanft über die Wange, bevor er noch einen Schritt zurücktrat. »Ich glaube eher, daß wir doch heiraten – oder vielleicht auch nicht. Aber diese Entscheidung wird nicht vor dem Altar getroffen werden, das verspreche ich dir.«

Mit diesen rätselhaften Worten verließ er sie. Er hätte ihr sagen können, was seine Mutter vorhatte. Er hätte ihr sagen können, daß ihr Wunsch sich erfüllen und diese Heirat nicht stattfinden werde, wenn sie sich weigerte, korrektes Benehmen zu lernen. Aber er sagte es ihr nicht. Er überließ es dem Schicksal – und nur der Himmel wußte, warum.

31

Am nächsten Morgen war Wassili schon wieder im Stall seiner Mutter, dieses Mal aber mit Stefan. »Du hattest recht«, sagte Stefan, als sie zur nächsten Box gingen. »Ich habe noch nie so prächtige Schimmel gesehen. Bist du sicher, daß sie mir keines der Tiere für Tania verkaufen würde?«

»Ich kenne meine Alex«, erwiderte Wassili. »Sie ist so stur wie ein Esel. Ich hätte gerne eines für mich gehabt, aber ich habe erst gar nicht gefragt. Sie weiß nicht einmal, wie sehr ich ihre Babys bewundere, und ich werde ihr ganz bestimmt nicht sagen, wie gerne ich Prinz Mischa hätte.«

»Aber du, mein lieber Cousin, bist nur ein Graf, ich dagegen bin zufällig der König. Wenn ich schon so viele Unannehmlichkeiten durch diesen Titel habe, kann er mir doch auch einmal einen Vorteil verschaffen.«

Stefan scherzte, aber Wassili nahm das Thema ernst. »Darauf würde ich mich nicht verlassen. Sie ließ sich nicht im geringsten davon beeindrucken, daß ich mit dem Königshaus verwandt bin. Warum sollte sie dann also von deinem Titel beeindruckt sein? Stefan, frag sie lieber nicht, es würde mir leid tun, wenn du ein Nein zur Antwort bekommst.«

Stefan schmunzelte. »Denk bloß nicht, daß mir das nie passiert. Im Vertrauen, Tania hat überhaupt keine Skrupel, recht häufig nein zu sagen.«

»Das ist etwas anderes. Tania hat schließlich besondere Vorrechte. Ich habe noch nie gehört, daß der Rest von uns es gewagt hat, Euch zu beleidigen, Majestät.«

Als Antwort erhielt Wassili einen Boxschlag, der nicht gerade sanft ausfiel. »Wen soll das denn nun wieder beeindrucken? Soll ich dir Namen und Zeiten nennen, wo *du* dich geweigert hast, mir zu gehorchen?«

»Das war alles in deinem Interesse.«

Stefan schnaubte verächtlich. Wassili grinste und rieb sich die Schulter. Sie hatten den Morgen zusammen verbracht, und Wassili hatte ihm alles erzählt. Aber am Abend zuvor war Lazar bei Stefan gewesen und hatte ihm eine Reihe von Dingen erzählt, an die Wassili lieber nicht erinnert werden wollte. Als Folge davon mußte er am nächsten Morgen einigen Spott ertragen. Stefan war der Meinung, daß er diese ›kleine Barbarin‹, die eine seiner besten Leibwachen für einen Hofdandy hielt, unbedingt kennenlernen mußte.

Als er das Haus seiner Mutter erreicht hatte, mußte Wassili jedoch feststellen, daß Alexandra an diesem Morgen zwar brav mehrere Stunden Unterricht bei seiner Mutter abgesessen hatte, dann aber in den Stall geflüchtet war. Im Stall hatte man ihm gesagt, daß sie und die Brüder Razin einige der Pferde im nahegelegenen Park bewegten.

»Ich kann auch warten, bis du mit ihr verheiratet bist«, sagte Stefan jetzt, »dann werde ich eine der Stuten von dir kaufen.«

»Auf gar keinen Fall. *Wenn* ich sie wirklich heiraten muß, bleiben die Pferde ihr Eigentum.«

»Lazar hat mir aber etwas ganz anderes erzählt.«

»Lazar weiß ganz genau, daß ich es nicht ernst meinte, als ich zu ihr sagte, ich würde sie verkaufen. *Du* solltest mich eigentlich besser kennen, Stefan. Außerdem wäre mein Leben in Gefahr, wenn ich irgendwelche Ansprüche auf sie erheben würde. Und glaub bloß nicht, ich mache Witze. Es ist mein voller Ernst.«

»Sie kann doch nicht so … ach, vergiß es einfach.« Stefan zuckte mit den Schultern. »Wenn ich eines dieser Pferde haben will, kann ich ja immer noch ein Tier von ihrem Vater kaufen, so wie Lazar.«

»Ihre sind besser«, sagte Wassili mit unverhohlenem Stolz.

»Fang jetzt bloß nicht damit an, nachdem du mir versichert hast, daß ich keines ihrer Tiere bekommen kann. Wenn ich die Dame kennenlernen soll, könnten wir doch jetzt durch den Park zurückreiten … du lieber Himmel, ist sie das?«

Wassili fuhr herum. Er fragte sich, wie lange Alexandra schon hinter ihnen stand. Als ihm einiges von dem, was er zu Stefan gesagt hatte, einfiel, stieg ihm die Hitze ins Gesicht. Aber ihr Gesichtsausdruck verriet ihm nichts. Sie hatte bestimmt nichts gehört, sonst wäre sie jetzt ganz sicher wütend gewesen.

Stefans Überraschung war berechtigt. Man hatte ihm zwar gesagt, daß sie ständig Reithosen trug, aber bei dem Anblick ihrer üppigen Formen, die in dieser Kleidung deutlich zu erkennen waren, hätte jeder Mann innegehalten. Sie hatte ihren Rock ausgezogen und über die Schulter geworfen, wo sie ihn mit einer Hand festhielt. Die andere Hand steckte in einer Hosentasche. Ihre Wangen hatten einen rosigen Schimmer von der Kälte draußen. Und wie üblich hingen einige lange Strähnen ihres aschblonden Haars unter ihrer Mütze hervor. Für eine Baronesse sah sie hinreißend verrucht aus.

»Alex, komm her, ich möchte dir meinen erlauchten Cousin vorstellen«, sagte Wassili.

Sie kam näher, aber nur zögernd. »Soll ich Euch Majestät nennen oder – da wir ja offensichtlich bald miteinander verwandt sein werden – nur Stefan?«

»Stefan ist mir lieber.«

»Und wie sieht es mit einem Hofknicks aus?«

Wassili antwortete auf ihre Frage. »Ohne Kleid? Eine Verbeugung paßt vielleicht besser.«

Sie ließ sich nicht ködern. Stefan beeilte sich zu sagen: »Keines von beiden ist erforderlich. Ich freue mich, Euch kennenzulernen, Alexandra. Meine Frau ist allerdings noch viel gespannter auf Euch, sie hat Euch für heute nachmittag in den Palast eingeladen.«

»Ich habe zu tu …«

»Sie wird dasein«, unterbrach Wassili sie. Sein Blick sagte ihr, daß sie ihm jetzt besser nicht widersprach.

Sie ging darauf ein, obwohl sie nicht die Absicht hatte, sich ihm zu fügen. Es war ihr viel zu peinlich, ihre rustikalen Manieren auch am kardinischen Hof vorzuführen. Sie hatte sich während der ganzen Reise seinem Freund gegenüber sehr zurückhaltend verhalten und hatte vor, diese Distanz auch seinen königlichen Verwandten gegenüber zu wahren. Aber sie war nicht verrückt. Sie hatte Respekt vor einem König, wie jeder andere auch. Und König Stefan von Kardinien mit seinem Gesicht voller Narben und mit goldenen Augen, die noch auffälliger als die von Wassili waren, hätte ihr auch dann Respekt eingeflößt, wenn er nicht der König gewesen wäre. Je weniger sie mit ihm und seiner Frau zu tun hatte, desto besser.

Er mußte ihr Mißtrauen gespürt haben, aber vielleicht war er auch so an diese Reaktion gewöhnt, daß er Vorstellungen immer kurzhielt. Jedenfalls nahm er ihre Hand – dazu mußte er sie erst aus der Hosentasche holen – und küßte ihren Handrücken. Dann sagte er: »Ich hoffe, daß ich Euch bald in meiner Familie willkommen heißen kann, Alexandra. Doch jetzt muß ich in den Palast zurück. Ich würde mir aber gerne noch Eure Hengste anschauen. Sie sind doch mit Euch zurückgekommen, nicht wahr?«

Sie nickte nur kurz. Stefan lächelte sie zum Abschied an und ging nach draußen, wo die Hengste nach dem scharfen Ritt noch ein wenig bewegt wurden. Sie sah ihm nach und hatte das unbehagliche Gefühl, daß sie ihn gern haben könnte, wenn sie wollte. Erst jetzt wurde ihr bewußt, daß Wassili immer noch neben ihr stand.

Sie wünschte, er wäre hinausgegangen. Alexandra fühlte sich in seiner Gegenwart nicht wohl, aber das war ja nie anders gewesen. Jetzt jedoch war sie ganz verwirrt von dem, was sie mitangehört hatte. Er hatte gelogen, als er behauptet hatte, er würde ihre Pferde verkaufen. Er hatte seine Bewunderung für ihre Tiere vor ihr verborgen, und auch die Tatsache, daß er ein ebenso großer Pferdekenner wie Lazar war. Er hatte wohl gedacht, daß er – wenn sie es gewußt hätte – in ihrer Achtung steigen würde und daß sie niemanden hassen könnte, der Pferde so liebte wie sie.

Sie würde ihm nicht sagen, daß sie seine Worte gehört hatte. Sie brauchte Zeit, um herauszufinden, warum er sie angelogen hatte. Und sie fragte sich, was er noch vor ihr verbergen mochte. Selbst daß er sie ›meine Alex‹ genannt hatte – auf diese Worte hin war sie wie versteinert stehengeblieben –, ergab keinen Sinn für sie. Sie war beunruhigt über das kribbelnde Gefühl, daß sie dabei gespürt hatte.

Doch sie weigerte sich, an die Gefühle zu denken, die sie für ihn hegte, und kam zu dem Schluß, daß es sehr viel einfacher gewesen war, als sie ihn noch mit völliger Verachtung hatte behandeln können.

»Für heute nachmittag wirst du wohl eines dieser Kleider ausgraben müssen, die du angeblich besitzt«, sagte er zu ihr.

»Das werde ich nicht tun. Entschuldige mich bei ...«

»Du wirst hingehen, Alex. Du kannst die Einladung einer Königin genausowenig ablehnen wie die eines Königs. Selbst du solltest das wissen.«

Auch jetzt wieder ließ sie sich nicht ködern, obwohl sein herablassender Ton es ihr sehr schwermachte. »Deine Mutter ist fest entschlossen, meine Vormittage mit komplettem Unsinn zu füllen, Petroff. Das läßt mir überhaupt keine Zeit für Besuche. Sag das deiner Königin.«

»Das werde ich ganz bestimmt nicht tun. Hast du bei meiner Mutter etwa die Geduld verloren?«

»Nein, ich habe mich ihren Wünschen gefügt, allerdings weiß ich nicht, wie lange ich das noch mitmachen werde. Sie ist jedenfalls der Meinung, wir hätten Fortschritte gemacht.«

»Ach ja?«

Alexandra schnaubte verächtlich. »Was glaubst du denn?«

Er grinste sie an. »Ich glaube, daß du machst, was du willst, trotz aller wohlmeinenden Ratschläge – mit Ausnahme von heute. Alex, du wirst um zwei Uhr entsprechend gekleidet auf mich warten. Ich werde dich in meiner Kutsche abholen ...«

»Nein ...«

»Du kannst dich auch von Stefans Soldaten hinbringen lassen.«

32

Alexandra hatte einen Kompromiß geschlossen. Sie war zwar zu der angegebenen Stunde fertig, hatte aber die Kleidung nicht gewechselt. Für Wassili hatte sie eine Ausrede parat, die zwar nicht unbedingt der Wahrheit entsprach, die sie ihm aber ohne Schwierigkeiten glaubhaft machen konnte.

Kaum war er angekommen, fing sie auch schon zu reden an, bevor seine Miene gar zu finster werden konnte. »Es ist alles deine Schuld, Petroff.« Ihr Ton war bewußt anklagend. »Du hattest mir ja keine Zeit gelassen, richtig zu packen. Kein Wunder, daß alle meine Kleider ruiniert sind. Selbst deine Mutter war völlig entsetzt, als ich ihr erzählt habe, wie du mich innerhalb eines einzigen Tages zur Abreise gedrängt hast. Du schuldest mir eine neue Garderobe.«

Die Anspielung darauf, daß sie es seiner Mutter erzählt hatte, war ein hinterhältiger Trick. Es ließ ihm tatsächlich das Blut in die Wangen steigen. Warum hatte er nie daran gedacht, daß sich Alexandras direkte Art auch auf sein haarsträubendes Verhalten während der Reise beziehen könnte? Wenn ihr das bewußt wurde, konnte sie Maria für sich gewinnen, und dann würde diese ganze Sache nie enden. Aber das wollte Alexandra ja nicht. Daran würde sie denken.

Daher antwortete er jetzt nur auf ihren Wunsch nach einer neuen Garderobe. »Falls du gehofft hast, daß ich mich weigern werde, dir neue Kleider zu kaufen, muß ich dich leider enttäuschen. Es wird mir ein Vergnügen sein. Aber für heute ... hätte meine Mutter dir nicht etwas leihen können ...?« Als er ihre hochgezogenen Augenbrauen sah, mußte Wassili sich korrigieren. »Nein, wahrscheinlich würde es nicht passen.« Aber dann fuhr er sie an: »Alex, verdammt noch mal, hör endlich auf, so zufrieden auszusehen! Deinen Besuch im Palast werde ich deswegen nicht absagen. Die Königin wartet schon.«

»Ich habe nicht erwartet, daß du diesen Besuch absagen würdest.«

»Dann denkst du wahrscheinlich, du könntest mich durch deinen Aufzug in Verlegenheit bringen, aber da hast du dich geirrt«, sagte er, als er sie zur Tür hinausdrängte. »So wie du angezogen bist, wirst du es sein, die auffällt. Mir gefällst du, egal, was du anhast.«

Das hatte Wassili eigentlich nicht sagen wollen, er wußte auch gar nicht, warum er es gesagt hatte. Aber bevor er sich weiter lächerlich machen konnte, hielt er lieber den Mund. Und weil seine Bemerkung auch Alexandra beunruhigt hatte, sprach während der Fahrt zum Palast, der glücklicherweise nicht weit entfernt lag, keiner von beiden auch nur ein einziges Wort.

Alexandra war auf einem Empfang im Palast des Zaren in St. Petersburg gewesen, aber die Pracht des kardinischen Palastes traf sie dennoch völlig unvorbereitet. Er erstreckte sich über ein ganzes Stadtviertel und war drei

Stockwerke hoch. Allein die Hallen und Säle enthielten mehr reines Gold in Rahmen und Statuen, als sie sich je hatte vorstellen können. Die Fußböden bestanden aus poliertem Marmor, an den Fenstern hingen Vorhänge aus dickem Samt oder aus Seide, und die Wandlampen funkelten nur so vor Kristall. Es herrschte eine ruhige Eleganz und nicht die von den Russen bevorzugte schwülstige Opulenz.

Es wäre nicht ganz so schlimm gewesen, wenn die langen Flure, die sie durchqueren mußten, leer gewesen wären. Aber dem war nicht so. Außer den Dienern in Livree, die vor den hohen Türen Wache standen, gab es noch eine Unmenge von Höflingen, die kamen und gingen, in kleinen Grüppchen zusammenstanden oder sich unterhielten. Alle waren aufs prächtigste herausgeputzt. Jeder einzelne von ihnen schien Alexandra anzustarren, entweder aus reiner Neugier oder voller Verachtung.

Aber selbst das wäre nicht so schlimm gewesen, wenn nicht die Damen gewesen wären, die Wassili mit unverhohlener Freude begrüßten oder ihm zuwinkten. Viel zu viele taten dies mit einer Vertrautheit, die auf eine frühere Beziehung schließen ließ. Alexandra konnte sich die ersten beiden Male, die Wassili von einer Dame aufgehalten wurde, noch beherrschen, da er mit der Entschuldigung, daß die Königin auf sie warte, rasch weiterging.

Aber als sie das dritte Mal sah, wie eine Frau nach seiner Hand griff, um ihn aufzuhalten, fuhr Alexandra dazwischen und sagte zu ihr: »Er wird bald verheiratet sein, Madame. Sie können immer noch mit ihm reden, aber von jetzt an werden Sie es unterlassen, ihn anzufassen – egal, wie unschuldig das auch gedacht sein mag.«

Kaum hatte sie das letzte Wort gesagt, zerrte Wassili sie von der Frau weg, die mit offenem Mund dastand. »Und ich dachte, du würdest dich wenigstens hier benehmen«, zischte er ihr zu.

»Es wird noch viel schlimmer, wenn sie nicht die Finger von dir lassen.«

»Wahrscheinlich wirst du mir jetzt gleich sagen, daß nur du das Recht hast, mich zu berühren.«

»Ich sehe, daß wir uns verstehen.«

Wann zum Teufel fängst du dann damit an? fragte er sich, aber ihr gegenüber spielte er weiter den Entrüsteten. »Treib es nicht zu weit, Alex.«

»Ich habe dich gewarnt, Petroff.«

»Ich dich auch«, erinnerte er sie. Es gefiel ihm, daß sie sich daraufhin eines Besseren besann und ihm keine Antwort gab. »Außerdem«, fügte er hinzu, »wirst *du* das hier meiner Mutter erklären, wenn sie es erfährt, und ich garantiere dir, daß sie es erfahren wird. Ich glaube nicht, daß sie Eifersucht als Entschuldigung für einen Skandal gelten läßt.«

»Du weißt ganz genau, daß das überhaupt nichts mit Eifersucht zu tun hat«, sagte Alexandra verärgert.

»Sicher, Liebling, aber niemand sonst wird dir das glauben, und schon gar nicht meine Mutter. Ihre Ansichten sind etwas altmodisch: Sie ist der Meinung, daß eine Frau die kleinen Eskapaden ihres Mannes diskret übersehen sollte. Eifersucht ist für sie der Gipfel der Dummheit.«

»Ich bin nicht eifersüchtig!«

»Ich glaube, das haben jetzt genug Leute gehört. Aber sie werden dir immer noch nicht glauben.«

»Wer treibt es jetzt zu weit?« stieß sie hinter zusammengepreßten Zähnen hervor.

Er schmunzelte, erstaunt darüber, daß er diese Schlacht der Worte tatsächlich genoß, wahrscheinlich weil er zur Abwechslung einmal gewann. »Du solltest dich jetzt besser zusammennehmen, Alex. Schließlich wirst du gleich die Königin kennenlernen.«

»Dank dir werde ich sie jetzt wahrscheinlich beleidigen«, entgegnete sie.

»Ich sage es ja nicht gerne, aber dein *Aufzug* wird sie beleidigen.«

»Scher dich zum Teufel, Petroff!«

»Pscht! Wir sind da.«

Er brauchte sich anscheinend nicht anzumelden, denn er öffnete die Tür zu den Empfangsräumen der Königin und ging einfach hinein. Die Wachen an der Tür nickten ihm nur kurz zu. Und da er Alexandra immer noch an dem Arm festhielt, an dem er sie vorhin von der Frau weggezerrt hatte, hatte sie keine Möglichkeit zurückzubleiben, um sich ein wenig zu fassen.

Der Raum war nicht so groß, wie sie erwartet hatte. Es waren drei Frauen anwesend, die schlichte Tageskleider von offensichtlich bester Qualität trugen. Wie Alexandra später erfahren sollte, waren zwei der Frauen Tanias Lieblingshofdamen, beide verheiratet und sehr verliebt in ihre Ehemänner – so wie die Königin in ihren Mann. Wahrscheinlich deshalb spürte Alexandra sofort, daß sie hier nicht kämpfen mußte. Langsam entspannte sie sich.

Die zwei Damen nickten Wassili und Alexandra lediglich kurz zu, als sie den Raum verließen, aber Tania hatte Wassili seit seiner Rückkehr noch nicht gesehen. Sie begrüßte ihn auf englisch und ging mit offenen Armen auf ihn zu. Er wollte sie ganz automatisch umarmen, als ihm einfiel, wer bei ihm war. Alarmiert wich er zurück.

Alexandra bemerkte es. Der Königin wegen sagte sie auf englisch: »Sie darf.«

Er brauchte sie nicht zu fragen, von was sie gerade sprach, aber er war wütend, weil er so reagiert hatte. Deswegen fragte er sie: »Warum darf sie?«

»Weil sie glücklich verheiratet ist und es nicht auf dich abgesehen hat.«

Tania hob fragend die Augenbrauen. Wassili sagte: »Frag lieber nicht, Tania, bitte.«

Das brachte ihm einen bösen Blick von Alexandra ein.

Tania lachte und sagte: »Ich werde nicht fragen. Stell uns doch einfach vor.« Er folgte ihrer Aufforderung. Nachdem sie Alexandra eine Weile gemustert hatte, fügte sie hinzu: »Du hast viel mehr Glück, als du verdienst, Wassili. Sie ist sehr hübsch.«

Ihre Feststellung machte sowohl Alexandra als auch Wassili verlegen. Er wußte, daß Alexandra schön war, aber das würde er in ihrer Gegenwart nie zugeben. Und Alexandra waren Bemerkungen über ihre Schönheit immer peinlich gewesen.

Tania hatte ihre Verlegenheit nicht bemerkt und sprach weiter: »Ich habe einige Erfrischungen bestellt und …«

»Wir haben beide schon gegessen«, sagte Wassili so schnell, daß Tania schon wieder die Augenbrauen hochzog.

Alexandra mußte ein Lachen unterdrücken, weil er bei dem Gedanken, sie in Gegenwart der Königin essen zu sehen, in Panik geriet. Sie beschloß, ihn noch ein wenig zu necken.

»Also, ich …«

»Du bist *nicht* hungrig, Alex, ganz bestimmt nicht«, sagte er mit Nachdruck zu ihr.

Tania stemmte ihre Hände in die Hüften und fragte energisch: »Was geht hier vor?«

»Nichts, rein gar nichts, nur ein kleiner Scherz zwischen uns beiden«, versicherte er ihr. Um das Thema zu wechseln, fügte er hinzu: »Also, ich muß schon sagen, du siehst ganz schön rundlich aus, ganz anders, als ich dich das letzte Mal gesehen habe.«

Er konnte sicher sein, daß diese Frage sie garantiert ablenken würde. Sie strahlte ihn an. »Nicht wahr? Ach, dabei fällt mir ein – bevor ich noch rundlicher werde, möchte ich einen Ball veranstalten, um Alexandra dem Hof vorzustellen …«

»Nein!«

Er hatte tatsächlich geschrien. Tania sagte mit gespielter Verzweiflung: »Aber warum denn nicht?«

Dieses Mal flüchtete sich Wassili nicht in Ausreden. »Weil Alex bestimmt einen Grund finden würde, so zu kommen, wie sie jetzt angezogen ist.«

»Ach, Wassili«, sagte Tania tadelnd. Dann sah sie Alexandra an, von der sie Widerspruch erwartete, aber deren Gesichtsausdruck war unergründlich. Sie überlegte einen Moment lang und sagte dann zu Wassili: »Warum redest du nicht ein bißchen mit Stefan? Ich glaube, er ist auf dem Übungsplatz, und so wie er sich ausgedrückt hat, könntest auch du ein wenig Übung gebrauchen.«

»Lazar und sein großes Mundwerk«, brummte Wassili. »Du sagst das so, als ob *ich* Peitschen als Waffe gewählt hätte. Außerdem will ich dich nicht allein lassen mit …«

»Geh, Petroff«, schnitt Alexandra ihm das Wort ab. »Ich werde deine Königin schon nicht umbringen, aber *du* wirst nicht soviel Glück haben, wenn du noch ein einziges Wort sagst.«

Er zuckte zusammen. Sie hatte recht. Er wollte verhindern, daß sie sich blamierte, und brachte sie dadurch in Verlegenheit. Das hatte er nicht gewollt.

Er wollte es wiedergutmachen. »Tania, es tut mir leid, wenn du einen falschen Eindruck bekommen hast. Sie ist wirklich sehr …« Er brach ab, weil ihm nichts anderes einfiel als »… nett zu Tieren«.

»Raus!«

Tania war jetzt wirklich wütend. Er seufzte und ging hinaus. Die beiden Frauen fühlten sich einen Moment lang auch ohne Worte miteinander verbunden, denn sie hatten etwas gemeinsam: Manchmal ärgerten sie sich beide über Wassili. Und doch waren sie einander fremd. Tania hoffte, daß sich das ändern würde. Alexandra war zu mißtrauisch, um es zu versuchen.

Daher begann sie auch mit einem harmlosen Thema, als Tania sie zu einer Gruppe bequemer Stühle führte. »Ihr sprecht sehr gut Englisch.«

»Ich bin in Amerika aufgewachsen. Es wird dort sehr häufig gesprochen. Und Ihr?«

»Mein Lehrer hat darauf bestanden, daß ich Französisch und Englisch lerne, aber mein Englisch war nicht so gut ... erst später.«

Tania bemerkte ihr Zögern nicht und sagte: »Ich kann nur ein wenig Französisch, das ich von den Gästen gelernt habe, als ich noch gearbeitet habe. Es reicht allerdings nicht für eine richtige Unterhaltung. Ich freue mich, daß wir keinen Dolmetscher brauchen. Ich brauche so oft einen, obwohl ich gerade Kardinisch lerne. Man hat mir gesagt, es sei dem Russischen sehr ähnlich, daher könnt Ihr es bestimmt sehr viel leichter lernen als ich.«

Alexandra hatte überhaupt nicht die Absicht, es zu lernen. Das sagte sie Tania jedoch nicht. Trotz ihres Entschlusses, distanziert zu bleiben, war jetzt jedoch ihre Neugierde geweckt worden. »Ihr habt gearbeitet?«

»Hat Euch Wassili das nicht erzählt? Ich wuchs in einer Taverne auf, ohne zu wissen, wer ich bin. Als Stefan und seine Freunde mich fanden und versuchten, mich davon zu überzeugen, daß ich eine Prinzessin aus Kardinien bin, von Geburt an mit dem Kronprinzen verlobt, glaubte ich ihnen kein Wort. Ich dachte, sie hätten sich diese Geschichte ausgedacht und würden sich einen Scherz mit mir machen. Als ich dann schließlich mit ihnen ging, dachte ich doch tatsächlich, sie würden mich an ein Bordell verkaufen. So etwas kann am Mississippi schon einmal passieren.«

Alexandra hatte Tanias Geschichte ungläubig zugehört, aber jetzt brach sie in Lachen aus. »Ein Bordell?«

Tania grinste. »Ich weiß, wie weit hergeholt das klingt, aber für mich war das glaubhafter als die Geschichte, daß ich den König eines Landes heiraten sollte, von dem ich noch nicht einmal gehört hatte.«

»Ich verstehe. Was hat Euch denn schließlich davon überzeugt, daß sie die Wahrheit sagten?«

»Als sie mich endlich auf dem Schiff nach Europa hatten, gaben sie zu, daß Stefan der König ist, nicht Wassili!«

»Wassili?«

Tania schnaubte verächtlich bei dieser Erinnerung. »Das war Stefans Idee. Ich machte ihnen von Anfang an Schwierigkeiten, und er dachte, ich würde fügsam sein, wenn sie mir sagten, Wassili sei der König, den ich heiraten sollte.«

»Ich kann mir nicht vorstellen, warum.«

»Das konnte ich auch nicht. Ich habe diesen Mann damals regelrecht gehaßt, er war so herablassend und absolut unausstehlich. Aber ich muß zugeben, daß ich ihn heute sehr gern habe.«

»Ihr meint, man kann sich an seine Arroganz gewöhnen?« fragte Alexandra zweifelnd.

Tania wollte diese Frage lieber nicht beantworten, zumindest jetzt noch nicht. Erst mußte sie herausfinden, was hier los war. Sie hatte auch schon einen Verdacht. »Darf ich Euch fragen, warum er nicht will, daß Ihr etwas eßt?«

»Wird er erfahren, was ich Euch antworte?«

»Wenn Ihr es nicht wollt: nein.«

»Also gut. Er will nicht, daß *Ihr* mich etwas essen seht. Er denkt, ich esse wie ein Schwein.«

Sie sagte das so amüsiert, daß Tania fragte: »Und? Stimmt das?«

»Nur, wenn er in der Nähe ist.«

»Langsam verstehe ich. Lazar hat uns von der Reise erzählt, er hat aber fast nur von Wassili gesprochen. Ihr wollt ihn nicht heiraten, stimmt's?«

»Würdet *Ihr* einen Lüstling wie ihn heiraten wollen?« entgegnete Alexandra.

Tania lachte. »Ich gebe zu, daß er zuweilen über die Stränge schlägt, aber das liegt daran, das er viel zu gut aussieht. Frauen neigen dazu, sich wegen ihm zum Narren zu machen. Ich hatte eigentlich vor, meine Damen zu warnen, daß er nicht länger verfügbar ist.«

»Nun, das erspart mir die Mühe, noch ein paar Ohren abzuschneiden«, schnaubte Alexandra verächtlich.

Tania war erstaunt. Das hatte Lazar nicht erwähnt, er hatte nur von Drohungen gesprochen.

»Würdet Ihr das wirklich tun?«

»Nein, aber die Frauen wollen mich lieber nicht auf die Probe stellen.«

Tania lachte wieder. »Das glaube ich auch. Wißt Ihr, für Wassili gab es nie einen Grund, seinen ausschweifenden Lebenswandel zu ändern. Und so wie ich das jetzt verstanden habe, habt Ihr ihm gleich am Anfang gesagt, daß Ihr ihn nicht heiraten wollt. Das hat ihn sicher nicht dazu ermuntert, ausgerechnet diesen Charakterzug zu ändern.«

»Man hat mir von dieser verdammten Verlobung erst ein paar Stunden vor meiner ersten Begegnung mit ihm erzählt.«

»Das kann doch nicht wahr sein!«

»Ist es aber«, sagte Alexandra verächtlich. »Mein Vater machte daraus ein sorgfältig gehütetes Geheimnis. Er hatte Angst, daß ich bei Wassilis Eintreffen nicht dasein würde, wenn ich es vorher gewußt hätte. So wütend wie ich war, wäre das durchaus wahrscheinlich gewesen.«

»War das der einzige Grund, warum Ihr ihn nicht heiraten wolltet – weil Ihr wütend wart?« fragte Tania leise.

»Nein … aber über den anderen Grund möchte ich lieber nicht sprechen.« Alexandra errötete bei dem Gedanken daran, wie die Königin reagieren würde, wenn sie erfuhr, daß jemand sieben Jahre lang auf den Heiratsantrag eines Mannes wartete. »Es ist ... also, es ist mir peinlich.«

»Dann braucht Ihr nicht darüber zu reden. Aber da ich Wassili so gern habe, muß ich Euch fragen, ob Ihr immer noch nichts für ihn empfindet.«

Alexandra war sich nicht sicher, wie sie antworten sollte. Schließlich hatte die Königin ihn gern. »In letzter Zeit ist mir aufgefallen, daß er vielleicht doch ein paar gute Eigenschaften hat, obwohl er diese recht selten zeigt. Aber ... was immer ich auch für ihn empfinde, es spielt keine Rolle. Ihr habt selbst gesagt, wie herablassend und unerträglich er sein kann, und das ist bis jetzt so ziemlich alles, was ich von ihm kenne. Ich könnte mich nie mit einem solchen Mann verstehen.«

»Und wie versteht er sich denn mit Euch ... so, wie Ihr jetzt seid?«

Alexandra errötete. »Vielleicht habe ich vorgegeben, jemand zu sein, der ich nicht bin, aber das habe ich nur getan, um es ihm leichter zu machen, die Verlobung zu lösen. Ich selbst kann es nämlich nicht tun.«

Und das brachte Tania in eine Zwangslage. Sie fragte sich, ob sie Alexandra die Wahrheit über Wassili erzählen sollte oder ob sich an der Situation nichts ändern würde, selbst wenn sie Bescheid wüßte. Lazar hatte ihnen einige erstaunliche Dinge berichtet – daß Wassili sie ›seine Alex‹ nannte, ohne daß es ihm bewußt war, und Lazar gebeten hatte, sie zu verführen, dann seinen Entschluß geändert und deutliche Anzeichen von Eifersucht gezeigt hatte. Für Tania sah das ganz so aus, als ob ihm diese Frau keineswegs gleichgültig war.

»Würde es Euch überraschen, wenn Ihr wüßtet, daß Wassili genau das gleiche getan hat wie Ihr?«

»Wie meint Ihr das?«

»Er hat Euch nicht sein wahres Ich gezeigt. Ich sagte Euch, daß ich ihn damals gehaßt habe – und das habe ich wirklich –, aber nur deshalb, weil er alles Erdenkliche unternommen hat, *damit* ich ihn hasse, und zwar mit voller Absicht.«

»Aber warum denn?«

»Weil Frauen sich in ihn verlieben, bevor sie ihn überhaupt kennen – das liegt an seinem hübschen Gesicht –, und er Angst hatte, daß ich das auch tun würde, obwohl ich doch Stefans Frau werden sollte und nicht die seine. Er liebt Stefan. Sie sind eher wie Brüder als wie Cousins. Und er würde alles tun, um Stefans Glück zu sichern. Auch wenn das bedeutet, den widerlichsten und arrogantesten Dummkopf zu spielen, den man sich nur vorstellen kann, obwohl er gar nicht so ist.«

Alexandra saß regungslos da. »Er ist nicht so?«

»Aber nein. Zugegeben, er ist vielleicht ein bißchen arrogant ... nein, er ist ein bißchen sehr arrogant. Das liegt, glaube ich, in der Familie. Und manchmal äußert er sich auch recht bissig und herablassend über einige Dinge, die er für unter seiner Würde hält. Aber das wird durch seine Loyalität und sein Pflichtbewußtsein mehr als wettgemacht.«

»Was für ein Pflichtbewußtsein? Er ist doch nur ...«

»... Mitglied der Elitetruppe des Königs, eine seiner persönlichen Leibwachen und ein Meister verschiedenster Waffen. Davon könnt Ihr Euch übrigens selbst überzeugen, wenn Ihr kurz zum Übungsplatz hinübergeht. Wißt Ihr ...« – Tania überlegte kurz –, »... als wir uns damals kennengelernt haben, mochte Wassili mich auch nicht. Er dachte, ich wäre nicht gut genug für Stefan. Aber als er dann die Möglichkeit hatte, mich entfliehen zu lassen – ich habe es mehr als einmal versucht –, hat er das nicht getan. ›Die Pflicht steht über meinen persönlichen Interessen‹, hat er damals zu mir gesagt. Es gibt noch etwas, das Ihr wahrscheinlich nicht wißt. Wenn er nicht gerade versucht, ein Ekel zu sein, kann er unglaublich charmant sein.«

»Stimmt, das habe ich nicht gewußt«, sagte Alexandra mit leerer Stimme.

»Ich wollte Euch mit meinen Worten nicht verletzen.«

»Aber das habt Ihr doch nicht«, entgegnete Alexandra ein wenig steif.

»Wenn sich Wassili Euch gegenüber von seiner schlechtesten Seite gezeigt hat, dann doch nur, weil er nicht heiraten wollte. Er hat sich fürchterlich aufgeregt, als er von der Verlobung erfuhr. Er ging nach Rußland, um …«

»… mich loszuwerden.«

Tania zuckte zusammen. »Er hat es Euch gesagt?«

»Ja, wenigstens in diesem Punkt ist er immer ehrlich gewesen.«

»Was ich Euch zu sagen versuche … Ich bin mir nicht sicher, ob er immer noch so empfindet. Aber jetzt hat er diese Rolle schon viel zu lange gespielt und kann ihr nicht entkommen, so wie Ihr.«

Alexandra war sich nicht ganz sicher, ob Wassili ihr tatsächlich etwas vorspielte, aber wenn sie es glaubte, machte das die ganze Sache nur noch schlimmer. Er war so sehr gegen die Ehe, daß er ihr etwas vorspielen mußte – so wie sie. Und was würde geschehen, wenn er ihr sein wahres Ich zeigte? Würde das etwas ändern? Nein, er war gegen die Ehe gewesen, bevor er sie kennengelernt hatte, und danach auch. Tania war sich da vielleicht nicht so sicher, aber sie, Alexandra, wußte es ganz genau: Er war immer noch dagegen. Und er *war* ein Lüstling. Das hatte die Königin nicht bestritten. Und *sie* mußte verrückt sein, wenn sie auch nur darüber nachdachte.

»Wassili mag vielleicht einige Tugenden haben, die ich bei ihm nicht erwartet hätte«, sagte Alexandra. »Aber er ist und bleibt ein Lüstling.«

»Ja, und wahrscheinlich wird er das auch noch eine Weile bleiben … bis er sich verliebt.«

33

Alexandra beschloß, nicht zu warten, bis Wassili sie in den Empfangsräumen der Königin abholen würde. Statt dessen würde sie seine Kutsche nehmen und diese dann für ihn wieder zurückschicken. Hoffentlich bekam sie ihn jetzt erst einmal eine Weile nicht zu Gesicht. Sie brauchte Zeit, um all das zu verarbeiten, was sie heute gehört hatte, bevor sie wieder mit ihm sprach – *wenn* sie je wieder mit ihm sprach. Sie wußte nicht, wie sie reagieren würde, wenn er wieder eine seiner spöttischen Bemerkungen machte und sie genau wußte, daß er das mit Absicht tat, weil er *wollte,* daß sie ihn haßte.

Aber es war nicht alles Lüge. Was er über ihre zukünftige Ehe gesagt hatte, war zweifellos die Wahrheit gewesen. Wie Nina gesagt hatte, waren fast alle Ehen unter Adligen so, obwohl die Bedingungen in der Regel nicht so deutlich festgelegt waren, sondern eher stillschweigend befolgt wurden. Und jedesmal, wenn er sie bedrängt hatte, ihre Verlobung zu lösen, hatte er seine wahren Gefühle gezeigt. Und seine ausschweifenden Neigungen hatten sich ebenfalls als wahr erwiesen.

Als sie den Palast verließ, machte sie jedoch kurz halt beim Übungsplatz. Sie hatte nicht widerstehen können und sah jetzt, wie Wassili innerhalb von wenigen Minuten einen Gegner nach dem anderen mit seinem Schwert besiegte. Und sie hatte ihn für einen Hofdandy gehalten. Sie hätte es doch sehen, sie hätte die Zeichen erkennen müssen, die ihr sagten, daß er nicht war, wofür sie ihn hielt: seine militärische Haltung, die Art, wie er ein Pferd ritt, seine schnellen Reflexe, die Leichtigkeit, mit der er den Kampf mit Pawel beendet hatte, als er dessen überdrüssig war, selbst die Tatsache, daß er auf Schwerter als Waffen verzichtet hatte, wohl wissend, daß Pawel andernfalls keine Chance gegen ihn gehabt hätte. Sie hatte nur gesehen, was sie hatte sehen wollen, weil sie nicht von ihm beeindruckt werden *wollte*.

Sie wünschte, die Königin hätte ihr nicht die Wahrheit über Wassili gesagt. Auf dem Weg zum Haus der Petroffs mußte sie daran denken, was sie beim Abschied von der Königin gesagt hatte.

»Ich würde mich freuen, wenn Ihr eine meiner Hofdamen werdet«, hatte die Königin zu ihr gesagt.

»Ich danke Euch für das Angebot, aber ich kann es nicht annehmen. Schließlich muß ich bei Wassili ja einen bestimmten Eindruck erwecken, und der ist nicht gerade damenhaft.«

Tania hatte die Stirn gerunzelt. »Dann werdet Ihr ihm also nicht die Wahrheit sagen?«

»Ich sehe keinen Anlaß dazu. Es würde nur zu einem Riesenstreit führen. Er wäre wütend auf mich, und dann würde ich ihm an den Kopf werfen, daß auch er nicht ehrlich zu mir war. Und wir wären immer noch genau da, wo wir jetzt sind: Keiner von uns beiden will den anderen heiraten.«

Die Königin war nicht sehr glücklich über ihren Entschluß gewesen, aber Alexandra würde sich nicht davon abbringen lassen. Und genausowenig würde sie jetzt anfangen, sich eingehender mit ihren Gefühlen zu befassen. Was sie für Wassili empfand, spielte keine Rolle, da er sie ja immer noch nicht heiraten wollte. Ihr fiel ein, daß es noch etwas gab, womit sie ihm und sich helfen konnte, die herannahende Hochzeit zu verhindern. Sie konnte den Unterricht seiner Mutter boykottieren.

Maria war ihretwegen bereits ungehalten. ›Entsetzt‹ war wohl eher das richtige Wort. Niemand anderes als seine Mutter hatte Wassili gesagt, daß er sich den Wünschen seines Vaters nicht widersetzen könne. Das hatte er auch als Grund angeführt, weshalb er die Verlobung nicht auflösen konnte. Aber wenn Maria ihre Meinung änderte …

Wassili hatte schon wieder eine Nachricht von seiner Mutter erhalten. Er ignorierte sie anderthalb Tage lang, aber immer wieder kamen Marias Boten in sein Haus. Schließlich wurde einer in den Palast geschickt, der ihn in Stefans Gegenwart antraf. Stefan sagte: »Ich hoffe, sie bittet mich nicht wieder um meine Mithilfe«, und riet ihm, sich darum zu kümmern, bevor sie sich tatsächlich wieder an ihn wenden würde.

Aber dieses Mal wußte er, was die Gräfin von ihm wollte. Nachdem ihn vor zwei Wochen die ersten Briefe seiner Mutter erreicht hatten, in denen sie sich beklagte – »Das Mädchen ist unmöglich« und »Du mußt mit ihr reden« –, hatte er sich erst gar nicht die Mühe gemacht, die anderen Botschaften zu lesen, die sie ihm fast täglich geschickt hatte. Er hatte lediglich ein paar aufmunternde Zeilen auf das Papier geworfen (»Du schaffst das schon, Mutter ... Ich zähle auf Dich, Mutter«). Einmal – immer noch, ohne die Nachricht gelesen zu haben, einfach deshalb, weil er Alexandra *kannte* und ihn das Ganze allmählich amüsierte – hatte er ihr geraten: »Ignoriere ihre Wutanfälle, es ist fast immer heiße Luft«.

Es überraschte ihn jedoch, daß er keinerlei Klagen von Alexandra hörte. Unter anderem, weil er damit gerechnet hatte, hatte er beschlossen, erst dann wieder in ihre Nähe zu kommen, wenn die Verwandlung abgeschlossen war – oder gescheitert. Wenn er wieder einen ihrer Wutanfälle miterlebte, würde er nur selbst auch wieder zornig werden. Und dann würde ihn wieder das Verlangen nach ihr überfallen. Er hatte schon genug Schwierigkeiten, mit seinem Begehren fertig zu werden, auch wenn er sie nicht zu Gesicht bekam. Das Schicksal sollte darüber entscheiden, egal wie.

Seine Mutter war jedoch fest entschlossen, den Plan zu durchkreuzen, den er für den besten hielt. Aber vielleicht war es möglich, seine Mutter zu besuchen, sich ihre Tiraden anzuhören, sie zu überzeugen, daß sie innerhalb von zwei Wochen keine Wunder erwarten konnte, und dann wieder zu gehen, ohne Alexandra zu begegnen. Wenn er doch nur nicht den unwiderstehlichen Drang verspüren würde, sie zu sehen …

Wenigstens war seine Mutter allein, als sie zu ihm in den Salon kam. Er hatte eigentlich damit gerechnet, daß sie Alexandra im Schlepptau haben würde, in einem ihrer neuen Kleider, die sie bestimmt haßte. Aber es sah eher so aus wie an dem Abend, als sie ihm von der Verlobung erzählt hatte – jetzt jedoch war es Nachmittag, und Maria trug keine Abendkleidung. Dieses Mal lächelte sie auch nicht.

Er beeilte sich, den Vorhaltungen seiner Mutter zuvorzukommen, und fragte: »Macht Alexandras neue Garderobe gute Fortschritte?«

Unglücklicherweise stand dieses Thema auch auf Marias Liste. »Das Mädchen weigert sich, ›noch mehr Zeit mit Anproben zu verschwenden‹, wie sie es nennt. Außerdem trägt sie die Kleider, die schon fertig sind, überhaupt nicht.«

»Warum nicht?«

»Sie haben entweder die falsche Farbe oder sind zu eng oder zu weit. Sie hat immer eine Ausrede parat.«

Wassili unterdrückte ein Grinsen. »Ich glaube, sie hat zu lange Reithosen und Hemden getragen. Wahrscheinlich fühlt sie sich jetzt von Kleidern eingeengt.«

»Eine Dame kann *auf keinen Fall* so herumlaufen wie sie!«

»Ich weiß, Mutter.«

»Sie kann nicht einmal eine Gabel oder ein Messer richtig halten. Wenn sie auch nur ein bißchen verärgert ist, kommen die widerwärtigsten Worte aus ihrem Mund. Außerdem hat sie gedroht, meinen Koch zu braten!«

Das interessierte ihn. »Sie war wütend auf Monsieur Garrard? Warum?«

»Weil ich dachte, sie könnte von einem siebengängigen Menü etwas lernen«, erwiderte Maria steif.

»Aber das dauert doch Stunden«, entgegnete er.

»Genau. Noch bevor der sechste Gang auf dem Tisch stand, marschierte sie in die Küche und sagte zu Monsieur Garrard, wenn er noch einen einzigen Gang serviere, werde sie dafür sorgen, daß er die Fleischbeilage sei. Er hat gekündigt.«

»Sein Soufflé hat mir sowieso nie geschmeckt«, sagte Wassili mit unbewegtem Gesicht, bevor er in lautes Gelächter ausbrach.

Maria starrte ihn entgeistert an, aber das hielt ihn auch nicht zurück. Er wünschte, er hätte Alexandra in der Küche gesehen. Sie mußte großartig gewesen sein, wie sie kochend vor Wut und mit blitzenden Augen …

»Wie kannst du darüber lachen?« wollte Maria wissen. »Sie versucht ja nicht einmal mehr, ihr Benehmen zu ändern. Sie sagt, wir hätten kein Recht, sie zu ändern.«

Das brachte ihn zur Besinnung. Leise sagte er: »Sie hat recht. Wir haben nicht das Recht, sie zu ändern.«

Das war offensichtlich nicht das, was seine Mutter hören wollte, denn sie sagte in beleidigtem Ton: »Du willst also unbedingt, daß ich es zugebe, nicht wahr?«

»Was?«

»Daß ich einen Fehler gemacht habe, daß ich nicht das Recht hatte, darauf zu bestehen, daß du eine Braut zu dir holst, die du nie vorher gesehen hast.«

»Gibst du es etwa zu?«

»Ich will dir damit nur sagen, daß du dieses Mädchen nicht heiraten kannst. Sie will gar nicht lernen, sich wie eine Dame zu benehmen. Sie fühlt sich nur in einem Stall wohl. Stefan wird mir zustimmen. Jemand wie sie paßt nicht zu unserer Familie.«

»Stefan ist es egal, aber wie steht es mit der Ehre meines Vaters?«

»Wassili, ich kann dir versichern, selbst dein Vater

würde diese Verlobung auflösen, wenn er es noch könnte. Er hat diesen Vertrag in gutem Glauben geschlossen, aber Baron Rubliow hat dieses Vertrauen gebrochen, weil er seine Tochter nicht besser erzogen hat. Du brauchst deine Erleichterung gar nicht vor mir zu verstecken. Ich *weiß,* daß du das von mir hören wolltest.«

Das stimmte, aber jetzt, da sie die Worte ausgesprochen hatte, reagierte er anders, als er es sich vorgestellt hatte. Er fühlte sich, als hätte ihn jemand zusammengeschlagen.

»Wo ist sie?«

»Sie hat sich in ihrem Zimmer eingeschlossen«, erwiderte Maria. »Seit gestern morgen ist sie dort drin, deshalb habe ich dich auch rufen lassen. Sie will die Tür nicht aufmachen. Sie antwortet nicht einmal. Ich habe noch nie jemanden gesehen, der so starrköpfig ist.«

Er auch nicht. »Ich kümmere mich darum«, sagte er und verließ das Zimmer.

»Gut«, rief sie ihm nach. »Du kannst auch gleich die Vorkehrungen für ihre Heimreise treffen. Ich habe ihr schon gesagt ...«

Den Rest hörte er nicht mehr, da er bereits rannte. Selbst als Kind war er noch nie so schnell in den oberen Stockwerken gewesen. Die Tatsache, daß er nicht wußte, welches der vielen Zimmer Alexandras war, bremste ihn nicht, aber zum Glück wies ihm eine Magd den Weg, denn sonst hätte er jede einzelne Tür im Haus eingetreten, egal, ob sie versperrt war oder nicht.

Die Tür zu ihrem Zimmer war immer noch verschlossen. Sie antwortete nicht auf seine Aufforderung, ihn hereinzulassen. Er brauchte nicht lange, um die Tür einzutreten, denn sein Zorn wurde immer größer, da er jetzt ahnte, was er vorfinden würde. Seine Alex war viel zu mutig, um sich hinter verschlossenen Türen zu verstecken. Er hatte recht. Sie war nicht da. Ihre Sachen waren weg. Dann sah er den Brief, der auf dem Kopfkissen des Bettes lag. Daneben lag der Ring, den er ihr an den Finger gesteckt hatte.

Deine Mutter hat mir gesagt, daß Du mich nicht heiraten kannst, Petroff, ich bin also von meinem Versprechen entbunden. Das wird Dich sicher freuen, und daher möchte ich Dich um etwas bitten. Es ist noch zu früh für die Pferde, um sich schon wieder auf einen so langen Weg zu machen. Würdest Du sie bitte in Deinem Stall lassen, bis ich jemanden schicke, der sie abholt? Ich habe die Stallburschen hiergelassen, sie werden sich um sie kümmern. Wenn Du mir diese Bitte nicht erfüllen möchtest, sag es dem Oberstallburschen Bulavin. Er wird dann andere Vorkehrungen treffen.

Ich kann Dir gar nicht sagen, wie leid es mir tut, daß ich Dir solchen Ärger bereitet habe. Bitte glaub mir, daß ich keinen Groll gegen Dich hege. Ich wünsche Dir alles Gute, Petroff.

Wassili las den Brief ein zweites Mal, dann ein drittes Mal, aber es klang immer noch nicht wie Alexandra. Sie war ihm nicht böse, es tat ihr leid, ja, sie wünschte ihm sogar alles Gute? Nicht seine Alex. Wie konnte sie es überhaupt wagen, ihn zu verlassen? Wie konnte sie es wagen, das Wort seiner Mutter einfach als das letzte Wort anzusehen? Er hatte sie nicht von ihrem Versprechen entbunden!

Zum Teufel mit dem Schicksal. Nie wieder würde er etwas nur dem Schicksal überlassen.

34

»Sie hat ihre Pferde hiergelassen, sogar die beiden Hengste«, sagte Wassili. Er konnte es immer noch nicht fassen. »Sie sind ihr ein und alles. Wie konnte sie sie einfach hierlassen?«

Stefan führte Wassili zu einem Stuhl in dem Empfangsraum, wo sich seine engsten Freunde versammelt hatten. Er drückte ihn praktisch in den Stuhl hinein, aber das war bereits das zweite Mal, und er bezweifelte, daß sein Cousin dieses Mal etwas länger sitzen bleiben würde. Wassili war wütend, aber auch verwirrt, und diese Kombination ließ nichts Gutes erahnen.

»Versuch doch einmal, logisch darüber nachzudenken«, schlug Stefan vor. »Sie hat sie hiergelassen, gerade *weil* sie ihr so viel bedeuten. Es ist momentan tiefster Winter.«

Stefan hatte den Brief lesen dürfen, den Alexandra hinterlassen hatte, ja, er war förmlich dazu gezwungen worden. Sie alle hatten ihn gelesen, obwohl Wassili, ruhelos auf und ab gehend, überhaupt nicht bemerkt hatte, daß Stefan ihn an Serge und Lazar weitergereicht hatte.

»Abgesehen vom Wetter«, fügte Lazar hinzu, »ist der Grund, den sie dafür angibt, mehr als glaubhaft. Die Tiere können nicht schon wieder auf eine so lange, anstrengende Reise gehen.«

Wassili schoß aus dem Sessel hoch und ging abermals mit großen Schritten im Zimmer umher. »Dann wäre sie doch bei ihnen geblieben, bis sie sie wieder hätte mitnehmen können.«

»Nachdem ihr deine Mutter gesagt hat, daß es keine Hochzeit geben wird?« erinnerte ihn Serge. »Das Mädchen hat wahrscheinlich gedacht, sie wäre hier nicht länger willkommen.«

»Dann ist sie vielleicht nicht weit weg gegangen«, sagte Stefan. »Sie könnte immer noch in der Stadt sein.«

Wassili schüttelte den Kopf. »Nein, ihr Stallbursche Bulavin hat gesagt, daß sie Kardinien verlassen hat und nicht zurückkommen würde, nicht einmal, um die Pferde zu holen. Sie wird sie abholen lassen.«

Tania hatte den Brief jetzt auch gelesen und hob den Kopf. »Alexandra vertraut offenbar darauf, daß du gut für ihre Tiere sorgen wirst, Wassili.«

Er schnaubte verächtlich. »Darauf vertraut sie sicherlich nicht.«

»Ich glaube, doch«, sagte Tania.

Wassili blieb stehen. Er sah sie eindringlich an. »Und warum glaubst du das?«

»Es ist nur so ein … Gefühl, das ich nach meinem Gespräch mit ihr bekommen habe«, antwortete sie ihm ausweichend.

»Du meinst, sie hat meinen Namen nicht in den Schmutz gezogen?« fragte er sarkastisch.

Sie lächelte bei seinen Worten. »Da muß ich dich leider enttäuschen. Dein Name hat doch ein paar Schmutzspritzer abbekommen. Schließlich bleibt ihr ja gar nichts anderes übrig, als dich für einen Lüstling zu halten, wo dies doch allgemein bekannt ist.«

Ungehalten antwortete er: »Ich habe keine andere Frau mehr berührt, seit ich Alexandra getroffen habe.«

Serge wurde als erstem klar, was Wassili damit sagen wollte. »Keine *andere* Frau?«

»O Wassili.« Tania stieß einen Seufzer der Enttäuschung aus. »Sag bloß nicht, du hast dieses unschuldige Mädchen verführt, obwohl du überhaupt nicht die Absicht hattest, sie zu heiraten.«

Lazar hatte ganz andere Gedanken. »Du lieber Himmel, Wassili, wann hast du das denn fertiggebracht, wo wir doch während der ganzen Reise so gedrängt übernachtet haben?«

Wassili kochte inzwischen vor Wut. »Man kann es wohl kaum eine Verführung nennen, wenn … egal. Es spielt sowieso keine Rolle. Ich *werde* sie nämlich heiraten.«

»Wie bitte?« fragten seine Freunde ungläubig.

Stefan stellte nüchtern fest: »Das heißt wohl, daß du uns gleich wieder verläßt.«

Wassili nickte. »Noch in dieser Stunde. Ich bin nur hergekommen, um es euch zu sagen.«

»Es ist später Nachmittag«, sagte Lazar. »Sollten wir nicht bis morgen früh warten?«

»Sie ist schon gestern morgen abgereist. Außerdem habe ich dich nicht gebeten, mich zu begleiten«, entgegnete Wassili.

»Er wird dich aber begleiten«, sagte Stefan in einem Ton, der keinen Widerspruch duldete, »und zusätzlich wirst du noch einige meiner Männer mitnehmen. Es hat schließlich keinen Zweck, sich noch mehr Ärger mit unseren Freunden in den Bergen aufzuhalsen.«

»*Falls* sie wirklich zu ihrem Vater zurück ist«, sagte Wassili.

»Warum denkst du, daß sie nicht dorthin gereist ist?« fragte Serge.

»Weil mir der Stallbursche keine direkte Antwort geben wollte, selbst nachdem ich ihm eine kleine Gesichtsmassage angedroht habe. Außerdem hat sie ihre Reisekoffer hiergelassen, und zwar ausnahmslos. Diesmal reist sie mit leichtem Gepäck, sie hat nur die Kosaken und ihre Zofe mitgenommen.«

»Was bedeuten kann, daß sie es eilig hat, wieder nach Hause zu kommen«, sagte Serge.

»Warum hat sie dann keine Anweisungen hinterlassen, ihr die Karren hinterherzuschicken?«

»Aber das ist doch keine zwingende Schlußfolgerung«, betonte Stefan.

»Ich weiß«, stimmte ihm Wassili zu. »Und deshalb werde ich auch nach ihrer Spur suchen. Ich wünschte, sie hätte die Hengste mitgenommen. Sie sind so auffällig, daß sich die meisten Leute an sie erinnern würden.«

»Willst du damit etwa sagen, sie wußte, daß du ihr folgen würdest?« fragte Lazar überrascht. »Hat sie deshalb etwa keinerlei Anhaltspunkte hinterlassen?«

»Sie weiß, daß wir noch nicht miteinander fertig sind. Sie gibt es vielleicht nicht zu, aber tief in ihrem Innern ...«

»Wassili, sie *will* dich nicht heiraten«, unterbrach ihn Lazar. »Und sie hat angenommen, daß du genauso empfindest, da du dich ihr gegenüber so und nicht anders verhalten hast. Sie denkt wohl eher, daß deine Mutter euch beiden einen Gefallen getan hat. Damit hattest du doch schließlich gerechnet.«

Das brachte ihm einen bösen Blick von Wassili ein.

Schließlich fragte Tania: »Wassili, weißt du überhaupt, *warum* sie dich nicht heiraten wollte, und zwar schon bevor sie dich überhaupt kennengelernt hatte? Ich habe sie gefragt, aber sie sagte, es sei ihr peinlich, mir den Grund dafür zu sagen.«

Wassili schüttelte verneinend den Kopf, aber Lazar kannte den Grund. »Sie ist in einen Engländer verliebt, den sie bei ihrem ersten Ball in St. Petersburg kennengelernt hat. Zumindest sagt sie, daß sie in ihn verliebt sei.«

Wassili reagierte auf diese Worte mit einer Mischung aus Unglauben und rasender Eifersucht. Er schrie: »Woher zum Teufel weißt du das?«

»Im Gegensatz zu dir wollte ich wissen, warum sie dir nicht – wie alle anderen Frauen auch – ohnmächtig zu Füßen sinkt. Also habe ich gefragt.«

»*Sie* hat dir das gesagt?«

»Natürlich nicht«, entgegnete Lazar. »Du weißt doch, daß sie kaum mit mir gesprochen hat. Nein, ich habe Nina gefragt, ihre Zofe. Sie hat mir dann von dieser wohl etwas widersprüchlichen Geschichte erzählt.«

»Was heißt das denn nun schon wieder?«

»Ihre Empörung war recht offensichtlich. Nina glaubt, daß das, was Alexandra für diesen Christopher Leighton empfindet, wohl kaum wahre Liebe ist. Sie ist außerdem der Meinung, nur Alexandras Starrköpfigkeit sei dafür verantwortlich, daß sie diesem Kerl nach so vielen Jahren immer noch treu ist.«

»Hat dir ihre Zofe gesagt, warum sie das denkt?« wurde er von Stefan gefragt.

»Weil Alexandra einfach ihr Leben weitergelebt hat, ohne vor Gram zu vergehen.«

»Über wie viele Jahre reden wir hier eigentlich?« wollte Serge wissen.

»Sieben.«

»Du lieber Himmel«, stöhnte Wassili.

»Nun, das erklärt, warum es ihr peinlich ist«, sagte Tania. »Vermutlich hat die Zofe recht.«

Wassili sah sie an. »Warum?«

»Oh, das ist nur so ein Gefühl«, sagte Tania und wich ihm wieder aus.

»Wirf meiner Frau bloß keine bösen Blicke zu«, sagte Stefan, der sich bemühte, angesichts des jämmerlichen Zustandes von Wassili nicht in lautes Gelächter auszubrechen, obwohl das Ganze geradezu zum Schreien komisch war. Der Mann, der beinahe jede Frau hätte haben können, verlor ausgerechnet die Frau, die er heiraten wollte, und bekam keine andere Erklärung von ihr als die Worte, daß sie ihn *nicht* haben wollte. »Wenn Tania etwas im Vertrauen gesagt wurde, dann kannst du doch nicht von ihr erwarten, daß sie es dir weitererzählt.«

Und ob er das erwarten konnte! Wassili wollte wissen: »Auf welcher Seite steht sie denn eigentlich?«

»Auf deiner Seite«, versicherte ihm Tania lächelnd. »Deshalb freut es mich ja auch so, daß du dich endlich entschlossen hast, sie zu heiraten. Ich glaube, sie wird eine wunderbare Frau für dich sein, Wassili.«

Er sah sie vorwurfsvoll an. »Aber du wirst mir nicht sagen, warum du das denkst?«

»Nein. Aber ich bin sicher, daß Alexandra dir den Grund dafür sagen wird – wenn du sie finden kannst.«

35

Alexandra behagte es überhaupt nicht, daß sie schon wieder einen Monat unterwegs sein würde. So lange würde sie ungefähr brauchen, um nach England zu kommen. Genausowenig gefiel es ihr, daß sie dieses Mal auf fremden Pferden reiten mußte. Sie vermißte ihre Pferde schon, bevor sie die Grenze Kardiniens überquert hatten. Daher war sie erleichtert, als Nina in Warschau Lady Beatrice Haversham kennenlernte und diese sie einlud, die Reise zusammen mit ihr in ihrer Kutsche fortzusetzen.

Lady Beatrice war Mitte Vierzig, etwas füllig um die Hüften und trug ihr blondes Haar immer noch so, wie es in ihrer Jugend modern gewesen war. Dank ihrer lachenden grauen Augen sah dies jedoch nicht ganz so lächerlich aus, wie es hätte sein können. Erstaunlicherweise erinnerte sie sich an Alexandra, die sie in deren einziger Saison in St. Petersburg kennengelernt hatte. Die englische Lady und ihr Mann, der inzwischen gestorben war, hatten damals die Stadt zusammen mit Freunden besucht, wo sie Alexandra bei mehreren gesellschaftlichen Anlässen getroffen hatte. Sie war auch bei jenem denkwürdigen Diner von Olga Romanowsky anwesend gewesen, das zu Alexandras inoffiziellem Hinauswurf aus St. Petersburg geführt hatte.

Aber gerade wegen dieses Diners hatte sich Lady Beatrice noch an Alexandra erinnert. Sie sagte zu Alexandra: »Ich habe noch nie im Leben so sehr gelacht, meine Liebe, und ich hoffe, es macht Euch nichts aus, aber alle meine Freunde zu Hause haben sich ganz köstlich über diese Geschichte amüsiert. Es war so ungeheuer einfallsreich von Euch, ein ganz ernstes Gesicht zu machen, als Ihr Prinzessin Olga sagtet, wie sie etwas abnehmen könne. Alle meine Freunde fanden es überaus komisch, und ich bringe meine Freunde doch so gern zum Lachen.«

Alexandra machte sich nicht die Mühe zu erwähnen, daß sie ihren Vorschlag *ernst* gemeint hatte. Sie erzählte Lady Beatrice auch nichts von den Folgen, die diese Worte für sie gehabt hatten. Und obwohl sie sich ihrerseits nicht mehr an die Engländerin erinnern konnte, gewann sie sie auf ihrer gemeinsamen Reise nach England lieb. Beatrice lachte wirklich von Herzen gern, und sie fand in allem und jedem etwas zum Lachen. Sie hielt sogar Alexandras Direktheit für einen etwas merkwürdigen Humor und versicherte ihr, daß die Engländer ihr zu Füßen liegen würden. Die Anwesenheit von Lady Beatrice bewirkte auch, daß Alexandra sich keine Vorwürfe von Nina und deren Brüdern mehr anhören mußte, die ihr wegen ihrer Entscheidung, Christopher zu suchen, heftig zugesetzt hatten. Alexandra hatte die Einwände ihrer Freunde einfach ignoriert.

Beatrice konnte sich nicht daran erinnern, Christopher in Rußland begegnet zu sein, und sie kannte ihn auch nicht persönlich. Aber sie versicherte Alexandra, daß Freunde von ihr ihn bestimmt kannten. Und tatsächlich: Als sie schließlich in London eingetroffen waren, brauchte sie nur zwei Tage, um seine Adresse herauszufinden. Sie brachte sie Alexandra in ihr Hotel.

Alexandra hatte sich direkt an die Botschaft gewandt, da dies die einzige Adresse war, die Christopher auf seinen Briefen aus England als Absender angegeben hatte. Dort jedoch hatte sie nichts erfahren. Er sei gerade mit einer anderen Aufgabe betraut, war alles, was sie aus dem hochnäsigen Beamten herausbekommen konnte, mit dem sie gesprochen hatte, und nein, die Botschaft gebe keine privaten Informationen über ihre Diplomaten heraus. Sie solle es woanders versuchen.

Dank Lady Beatrice mußte sie sich nun nicht mit weiteren unhöflichen Beamten herumschlagen. Früher als erwartet war sie jetzt unterwegs zum Haus von Christophers Tante, wo er wohnte. Es war glücklicherweise direkt in London.

Nina hatte ihr geraten, mit ihrem Besuch bis zum nächsten Morgen zu warten, da es bereits dämmerte, als sie fertig zum Gehen war, aber Alexandra konnte es sich nicht leisten zu warten. Bevor sie den Kontinent verlassen und das Schiff nach England genommen hatten – die Überfahrt war ein einziger Alptraum für sie geworden, da ihr andauernd schlecht gewesen war –, hatte sie bereits gewußt, daß sie ein Baby von Wassili erwartete. Und dieses Baby brauchte einen Vater. Sie würde es Christopher natürlich sagen. Und obwohl dies die Dinge etwas komplizieren konnte, bedauerte sie ihren Zustand nicht einen einzigen Moment lang. Sie war sogar völlig begeistert davon.

Das Stadthaus seiner Tante war strahlend hell erleuchtet, und die zahlreichen Kutschen, die ihre festlich gekleideten Insassen vor dem Eingang absetzten, deuteten darauf hin, daß wohl gerade eine Gesellschaft stattfand. Alexandra hatte einige Tage Zeit zum Einkaufen gehabt, während sie auf ihr Schiff gewartet hatten, drei bereits halb fertige Kleider gefunden und den wenigen Kleidern in ihrer Reisetasche hinzugefügt. Nina hatte sie dann später fertiggenäht, denn Alexandras Nähkünste waren fürchterlich. Eines davon war ein hübsches Abendkleid aus Seide in Rosa und Dunkelblau. Sie hatte jedoch nicht damit gerechnet, daß sie es heute abend brauchen würde. In ihrem grünen Wollkleid wollte man sie zuerst auch gar nicht hineinlassen, trotz des Zobelbesatzes an ihrem Mantel.

Ihr Kleid war für einen Besuch geeignet, aber nicht für den Ball, den die Leightons gerade gaben. Daher ließ man sie nicht zu den anderen Gästen, sondern führte sie in ein leeres Zimmer – anscheinend eine Bibliothek –, wo sie warten sollte.

Sie wartete. Nach einer Stunde wartete sie immer noch. Aber es machte ihr nichts aus. Jetzt, da sie nach so vielen Jahren Christopher endlich wiedersehen würde, war sie nicht ungeduldig. Eigentlich fühlte sie gar nichts, keine Nervosität, nichts. Sie war nicht einmal aufgeregt.

Sie fand das ziemlich merkwürdig, schrieb es aber den starken Depressionen zu, an denen sie seit ihrer Abreise aus Kardinien litt, und diese wiederum schrieb sie der Tatsache zu, daß sie ihre Pferde zurückgelassen hatte. Wassili hatte rein gar nichts damit zu tun, denn ihn vermißte sie überhaupt nicht. Sie dachte inzwischen nur noch ein Dutzendmal pro Tag an ihn. Aber angesichts der Hoffnungslosigkeit, von der sie in Kardinien überfallen worden war, und der Melancholie, die sie jetzt empfand, war es wohl kein Wunder, daß sie keine Gefühlsregung mehr spürte.

Lady Beatrice hatte Alexandra mit ihrer unerschütterlich guten Laune etwas aufgemuntert, und der Gedanke an ihr Baby half ihr auch. Aber sonst gab es nichts, worüber sie sich freuen konnte. Die Tatsache, daß sie in wenigen Augenblicken Christopher wiedersehen würde, hätte sie doch froh stimmen müssen. Warum war sie es dann nicht?

»Alexandra, bist du das wirklich?«

Sie hatte nicht gehört, daß die Tür hinter ihr geöffnet und wieder geschlossen wurde, aber als sie sich umdrehte, sah sie Christopher, der mit offenen Armen auf sie zuging. Sein Gesichtsausdruck ließ erkennen, wie sehr er sich freute. Er hatte sich in all den Jahren kaum verändert, obwohl er jetzt fünfunddreißig Jahre alt sein mußte. Er sah vielleicht sogar noch etwas besser als in ihrer Erinnerung aus, war etwas fülliger im Gesicht und am Körper, was ihm gut stand. Damals war er viel zu schlank gewesen. Mit seinem braunen Haar, den dunklen Augen und seinem schwarzen Abendanzug sah er so vornehm aus, wie sie ihn in Erinnerung hatte. Aber seine Einsachtzig kamen ihr jetzt gar nicht mehr so groß vor, und …

Er umarmte sie, viel zu fest. Und bevor sie wieder Luft holen konnte, küßte er sie. Plötzlich wollte sie nur noch weg von ihm. Was stimmte nicht mit ihr? Dieser Mann war Christopher, der Mann, den sie liebte. Er war offensichtlich ganz überwältigt von ihrem plötzlichen Erscheinen, also lief doch alles bestens. Warum freute sie sich dann nicht darüber? Früher hatten seine Küsse sie immer elektrisiert, aber jetzt regte sich nichts in ihr, nicht einmal ein Bruchteil des Verlangens, das Wassili in ihr ausgelöst hatte. Aber sie würde nicht an ihn denken, nicht jetzt.

Sie konnte sich gerade lange genug von seinen Lippen freimachen, um zu fragen: »Du liebst mich also immer noch?«

»Aber natürlich liebe ich dich immer noch, Darling. Wie konntest du jemals daran zweifeln?«

Sie hätte ihm mehrere Gründe dafür nennen können, beschloß aber, daß Sarkasmus jetzt fehl am Platze wäre. Dagegen war Direktheit nun wohl angebracht, daher stellte sie ihm die Frage, die sie ihm schon vor vielen Jahren hätte stellen sollen. »Dann willst du mich also heiraten?«

Überrascht ließ er sie los, aber dann lachte er. »Du hast dich überhaupt nicht verändert. Du sagst immer noch genau das, was du denkst, ungeachtet der Konsequenzen.«

Sie hätte ihm sagen können, daß das nicht mehr so ganz stimmte. Bei einigen Dingen war es ihr gelungen, sie ganz für sich zu behalten. Die Razins wußten noch immer nichts von dem Baby. Und Wassili hatte nie erfahren, was sie wirklich für ihn empfand – o nein, sie würde nicht schon wieder an ihn denken, nicht ausgerechnet jetzt.

»Du hast meine Frage nicht beantwortet, Christopher.«

»Aber das meinst du doch nicht ernst«, sagte er mit leicht spöttischer Stimme. »Ich hatte gehofft, du würdest mir sagen, daß du verheiratet *bist*, damit wir endlich zusammensein könnten.«

Da dies überhaupt keinen Sinn für sie ergab, mußte sie ihn fragen: »Wie meinst du das?«

»Aber Alexandra, du weißt doch, daß Liebe und Ehe kaum vereinbar sind. Und ich habe damals aus erster Hand erfahren, wie zügellos und unmoralisch ihr russischen Damen seid. Ich hatte gehofft, du würdest heiraten, damit wir eine Affäre miteinander haben könnten. Ich dachte, du hättest verstanden, daß es nur darum ging.«

Er brauchte ihr nichts weiter zu erklären, da alles vollkommen klar war, aber weil seine Worte sie doch etwas schockiert hatten, entschlüpfte ihr die Bemerkung: »Eigentlich dachte ich, daß wir heiraten würden.«

»Gütiger Himmel, du kannst doch nicht so dumm sein.«

Sie zuckte zusammen. »Oh, aber das … war ich offensichtlich.«

»Aber, aber, meine Liebe, du mußt doch wissen, daß du viel zu unkonventionell bist. Deine Angewohnheit, immer genau das zu sagen, was du denkst, würde meine Karriere ruinieren.«

»Ich muß wohl immer noch ziemlich dumm sein, denn ich verstehe nicht, warum du mir dann immer noch geschrieben, warum du mir Gedichte und Liebeserklärungen geschickt hast.«

Er war so anständig zu erröten. »Ich bin der Meinung,

daß es ein Fehler ist, alle Brücken hinter sich abzubrechen, Darling. Ich habe immer noch gehofft, daß wir eines Tages miteinander schlafen würden.«

Warum war sie nicht wütend, warum ohrfeigte sie ihn nicht, warum weinte sie nicht? »Das hättest du mir sagen sollen«, entgegnete sie mit ausdrucksloser Stimme. »Ich wäre damals wahrscheinlich sogar bereit dazu gewesen.«

»Aber du warst doch noch Jungfrau, und ich wollte nicht …« Er brach ab. Er sah sie mit einer Mischung aus Neugierde und neu erwachter Hoffnung an. »Bist du es immer noch?«

Alexandra beschloß, daß eine kleine Lüge jetzt angebracht war. »Ja.«

»Wie schade.« Er seufzte. »Aber sag mir, was machst du denn überhaupt in London? Ich hoffe, du hast diese weite Reise nicht nur wegen mir gemacht.«

Noch eine Lüge, ihres Stolzes wegen. »O nein, das habe ich nicht. Ich habe gerade meine Verlobung mit einem kardinischen Grafen aufgelöst und mich dazu entschlossen, noch eine Weile zu reisen, bevor ich nach Hause zurückkehre.«

»Ein Kardinier?« Plötzlich war er ganz aufgeregt. »Kannst du das denn nicht wieder rückgängig machen?«

»Warum?«

»Weil das die ideale Lösung für uns beide wäre, Darling. Ich habe gerade erfahren, daß ich in ein paar Monaten an die Botschaft in Kardinien versetzt werde. Und wenn du dort leben würdest, verheiratet …«

»Das ist eine ganz ausgezeichnete Idee, Christopher, aber … selbst wenn ich diesen Kardinier heiraten und dann das Bedürfnis nach einem Liebhaber verspüren sollte, was sehr wahrscheinlich der Fall sein dürfte …« – sie tätschelte ihm leicht die Wange, bevor sie weitersprach –, »… bin ich absolut sicher, daß du dieser Liebhaber nicht sein wirst.«

Dann ging sie aus dem Zimmer. Ihr Stolz war zwar leicht angeschlagen, aber sie hatte ihn gerettet.

36

Nina wartete auf sie, als sie in ihr Hotelzimmer zurückkehrte. Ein Blick in Alexandras Gesicht, und Nina sagte: »Er war nicht da, stimmt's?«

Alexandra zog ihren Mantel aus und setzte sich auf das Bett. »O doch, er war da«, erwiderte sie trocken. »Wir hatten eine sehr interessante Unterhaltung. Offensichtlich gibt es nicht nur in Kardinien Lüstlinge.«

»Oh, das wußte ich schon vorher.« Dann wurde Nina klar, was Alexandra meinte. »Willst du damit sagen, daß der ehrenwerte Christopher Leighton nicht ganz so ehrenwert ist?«

Alexandra nickte und erzählte so kurz wie möglich, was passiert war. Als sie fertig war, schäumte Nina vor Wut.

»Dieser verfluchte Bastard! Dieser widerliche Betrüger, was denkt er sich dabei, dir überhaupt nichts von seinen wahren Absichten zu erzählen, dich mit voller Absicht in dem Glauben zu lassen, daß ...«

»Er dachte, ich hätte verstanden, was er wollte.«

»Das ist eine Lüge, und das weißt du auch, Alex, und versuch bloß nicht, ihn zu verteidigen.«

»Das hatte ich nicht vor.«

»Gut, weil ...« Nina brach ab, als ihr bewußt wurde, daß sie die einzige war, die herumschrie. »Warum bist du denn gar nicht wütend?«

»Vermutlich bin ich es.«

Angesichts ihrer leidenschaftslosen Antwort rollte Nina mit den Augen.

»Du hörst dich aber nicht so an. Du scheinst dich

nicht einmal darüber aufzuregen. Du klingst noch genauso wie vorhin, als du gegangen bist.«

»Ich versuche immer noch, mich an die Tatsache zu gewöhnen, daß Christopher nicht der Mann ist, für den ich ihn gehalten habe.« Dann runzelte sie nachdenklich die Stirn. »Aber du hast recht, wahrscheinlich sollte ich mich mehr darüber aufregen, nicht wahr? Schließlich habe ich ihn so lange geliebt …«

Ninas verächtliches Schnauben machte deutlich, was sie darüber dachte, aber dennoch antwortete sie Alexandra: »Du sagst das doch nur aus reiner Gewohnheit.«

»Nina …« begann Alexandra zögernd, aber auch das nur aus Gewohnheit. Dieses Mal würde sich ihre Freundin nicht wieder dieselben lahmen Entschuldigungen anhören.

»Ich sage dir, du hast ihn überhaupt nicht geliebt!« unterbrach Nina sie hitzig. »Damals nicht und heute auch nicht. Ich habe es dir immer wieder gesagt, aber jetzt wirst du es mir auch glauben.« Weniger streng sagte sie dann: »Du wolltest ihn, als du ihn kennengelernt hast, aber damals warst du so jung und furchtbar romantisch, und du brauchtest einen Namen für das, was du empfunden hast, also hast du es Liebe genannt.«

»Und all diese Jahre …«

»All diese Jahre hat er dir nichts bedeutet, Alex, sonst hättest du schon längst etwas unternommen. Denk darüber nach. Wenn du ihn wirklich geliebt hättest, wärst du nicht einfach zu Hause herumgesessen und hättest gewartet.«

Die Antwort auf Ninas Frage war offensichtlich. Alexandra wäre nicht so geduldig gewesen, nicht, wenn sie etwas für ihn empfunden hätte. Warum hatte sie sich selbst so belogen? Aus Gewohnheit, wie Nina gesagt hatte? Oder weil sie Schwärmerei für Liebe gehalten hatte und dann zu dickköpfig gewesen war, um zuzugeben, daß sie einen Fehler gemacht hatte?

Aber Nina war noch nicht fertig. »Selbst wenn du ihn nicht geliebt hast, solltest du immer noch wütend darüber sein, was er dir angetan hat. Wenn es ihn nicht gegeben hätte, wärst du Graf Petroff gegenüber etwas freundlicher gewesen und jetzt mit ihm verheiratet.«

Wäre sie das? Nein, sie wäre nur noch wütender auf Wassili gewesen, weil er ihnen keine Chance gegeben hätte, denn *seine* Gefühle ihr gegenüber hätten sich nicht geändert. Er hätte sie genauso verächtlich behandelt, egal, was sie für ihn empfunden hätte.

»Wenn ich netter zu ihm gewesen wäre, Nina, hätte das nur dazu geführt, daß er mich verletzt.« Aber sie war doch verletzt gewesen. Sie war doch ganz krank gewesen vor lauter Reue. Verärgert sagte sie zu Nina: »Ich gehe jetzt zu Bett. Vielleicht bin ich morgen wütend. Jetzt bin ich nur müde.«

Aber der nächste Tag brachte nichts Neues. Nur ihre traurige Stimmung kehrte zurück, noch verstärkt durch das Wissen, daß sie eine schwierige Entscheidung zu treffen hatte. Sie war immer noch schwanger, und sie brauchte immer noch einen Ehemann, und zwar schnell. Und da Christopher jetzt nicht mehr als Kandidat für diese Position in Frage kam, würde sie sich mit einem Fremden begnügen müssen.

Das war für sie jedoch gar nicht so erschreckend, wie es sich anhörte. Alexandra war in den letzten paar Jahren sehr glücklich gewesen. Einzig die Erfüllung ihres Kinderwunsches hatte zur Vollkommenheit ihres Glückes noch gefehlt. Aber jetzt hatte sie ihr Baby, und ihre Pferde waren ihr auch geblieben, und das würde ihr genügen. Und es bestand sogar die Möglichkeit, daß sie ihren zukünftigen Mann – wer immer das auch sein würde – gern hatte. Vielleicht würde sie ihn ja eines Tages sogar lieben. *So* unwahrscheinlich war das gar nicht. Aber im Grunde genommen war es ihr egal, ob Liebe mit im Spiel sein würde oder nicht.

Sie wünschte, sie würde keinen Ehemann *brauchen*, nur weil sie schwanger war. Alles wäre viel leichter, wenn sie sich irgendwo niederlassen und ihr Kind allein großziehen könnte. Ihre Pferde würden ihren Unterhalt sichern, ja, sie konnten sie sogar reich machen, wenn sie sie auf Rennen schickte. Aber ihr Kind würde darunter leiden müssen, würde als unehelich gebrandmarkt werden, und das war *keine* Alternative, die sie in Erwägung ziehen würde.

Sie zog überhaupt nicht in Erwägung, nach Hause zurückzukehren, da sie ihrem Vater immer noch nicht vergeben hatte und wahrscheinlich auch nie verzeihen würde. Es tat immer noch weh, wenn sie an ihn dachte und an das, was er ihr angetan hatte – was sie deswegen jetzt durchmachen mußte.

Ihre einzige Alternative war Wassili. Wenn es nicht so weit weg gewesen wäre, wäre sie nach Kardinien zurückgekehrt und hätte darauf bestanden, daß Wassili sie heiratete. Aber sie war jetzt bereits in der siebten Woche ihrer Schwangerschaft. Sie würde einen ganzen Monat brauchen, um nach Kardinien zurückzukehren. Dann würde ein weiterer Monat vergehen, bis sie Wassili davon überzeugt hätte, sie zu heiraten, was jetzt, nachdem der ›bittere Kelch der Ehe‹ noch einmal an ihm vorbeigegangen war, gar nicht so einfach sein würde. Und dann konnte man ihr wahrscheinlich ihren Zustand schon ansehen. Aber natürlich würde es niemanden überraschen, daß bereits vor der Hochzeit ein Baby unterwegs war.

Sie wurde wütend, als sie merkte, daß sie bei dem Gedanken an diese Lösung ganz aufgeregt geworden war. Sie war immer noch nicht mit der Art von Ehe einverstanden, die er plante. Wenn sie nicht herausgefunden hätte, wie wundervoll die ehelichen Pflichten mit ihm sein konnten – die er ihr verweigern wollte –, wäre ihre Entscheidung vielleicht anders ausgefallen. Aber jetzt wußte sie es, und nach einer Weile würde sie ihn dafür hassen, würde vielleicht sogar ihren Stolz vergessen und ... o nein!

Ein Fremder war viel besser. Keine Gefühle, dafür etwas, das sie miteinander gemein hatten, denn der Mann mußte natürlich ein Pferdenarr sein. Aus den Unterhaltungen, denen sie gelauscht hatte, wußte sie, daß sich viele Engländer für Pferde begeisterten.

Er würde natürlich auch eine Vorliebe für Pferdewetten haben müssen, denn das war wahrscheinlich das einzige, womit sie sich so schnell einen Ehemann sichern konnte. Obwohl sie genug Geld hatte, um sich einige Zeit angemessen versorgen zu können – selbst wenn sie keines ihrer Pferde verkaufte –, konnte sie nicht als gute Partie bezeichnet werden. Sie rechnete auch nicht damit, daß ihr unbedeutender Adelstitel ihr helfen würde.

Ihre Vollblüter waren das Lockmittel, auf das sie ihre Hoffnungen setzte. Ihr zukünftiger Ehemann würde nicht nur eine fertige Familie bekommen, sondern aller Wahrscheinlichkeit nach auch noch ein paar Gewinne beim Pferderennen einstreichen können. Er würde diese Gewinne schon sehr dringend brauchen müssen, um ihre Schwangerschaft und ihre Bedingungen zu akzeptieren.

Einen Entschluß zu fassen war eine Sache, aber ihn in die Tat umzusetzen eine andere. Dabei war ihr Lady Beatrice eine unschätzbare Hilfe, die Einladungen für Alexandra annahm und überall von ihren Pferden und ihrem Wunsch nach einem Ehemann erzählte. Nach einigen Tagen sprach ganz London von der russischen Baronesse, die in die Stadt gekommen war, um einen Ehemann zu finden.

Wie sich herausstellte, war ihr Titel doch ein größerer Trumpf, als sie angenommen hatte, besonders, da sie außerdem ein gesichertes Einkommen aus einer Herde Zuchtpferde vorweisen konnte. Ihr Aussehen hatte eine ebenso verlockende Wirkung. Sie zog viele Männer an, die sich nichts aus Pferden machten, und obwohl sie diese ungeeigneten Kandidaten am liebsten gleich wieder mit ihrer direkten Art losgeworden wäre, riet ihr Lady Beatrice davon ab.

»Klatsch, meine Liebe«, erklärte Beatrice. »Momentan ist er Euch noch wohlgesonnen, aber das kann sich sehr schnell ändern, wenn abgelehnte Verehrer es darauf anlegen.«

»Aber wirken zu viele Verehrer denn nicht abschreckend auf die, an denen *ich* interessiert bin?«

Beatrice lachte. »Überhaupt nicht. Die Männer, die Ihr haben wollt, werden durch Eure Beliebtheit nur neugierig gemacht. Wenn um ein Mädchen drei Männer herumschwirren, werden daraus bald zehn werden. Es liegt in der menschlichen Natur, wissen zu wollen, um was es bei dem ganzen Wirbel eigentlich geht, und Männer wollen *immer* genau das haben, was andere Männer auch wollen.«

Diese Unterhaltung fand – so unglaublich es auch war – an Alexandras erstem Abend in der Londoner Gesellschaft statt, von der sie sofort akzeptiert worden war. Am zweiten Abend hatte sie mindestens drei Herren kennengelernt, die bestens für ihre Zwecke geeignet waren, und da sie keine Zeit damit verschwenden konnte, um den heißen Brei herumzureden, hatte sie jedem von den dreien ihre Bedingungen genannt.

Der erste, den sie beiseite nahm, um unter vier Augen mit ihm zu sprechen, war anscheinend so schockiert von der Tatsache, daß sie ihm die Ehe antrug, daß er ihre weiteren Eröffnungen überhaupt nicht mehr hören wollte, was ihr aber gerade recht war. Wenn er schon bei so etwas Einfachem wie ihrem Heiratsantrag die Flucht ergriffen hatte, wäre er wahrscheinlich in Ohnmacht gefallen, wenn sie ihm von dem Baby erzählt hätte.

Nach diesem Vorfall ging sie mit dem zweiten Mann

etwas vorsichtiger um, tastete sich etwas langsamer an das Thema heran und vergewisserte sich zuerst, ob ihrem Gegenüber die Tatsache bewußt war, daß sie einen Ehemann suchte, bevor sie ihn fragte, ob er interessiert sei. Er wollte ihr jedoch nicht sofort eine Antwort geben, brauchte Zeit, um über ihren Antrag nachzudenken, und eigentlich hatte er nicht damit gerechnet, schon so früh Kinder zu bekommen. Er war erst sechsundzwanzig.

Der dritte Mann, ein Vicomte, stand gesellschaftlich am höchsten, war jedoch von den dreien der unattraktivste, da er ein wenig zur Korpulenz neigte. Er fing jedoch fast zu sabbern an, als sie erwähnte, wie viele Pferde sie besaß, und zuckte nicht einmal mit der Wimper, als er von ihrer Schwangerschaft erfuhr. Auf ihren Antrag antwortete er mit einem schallenden Ja und sagte, es sei ihm ein Vergnügen, sie zu heiraten.

Jetzt war Alexandra diejenige, die schockiert war. Sie hatte wirklich nicht gedacht, daß es so einfach gehen würde, und so schnell noch dazu. Sie hielt ihn hin und schlug vor, zuerst ein paar Tage miteinander zu verbringen, damit man sich besser kennenlernen konnte, bevor sie ernst machen und ein Datum für die Hochzeit festsetzen würden. Aber wenigstens war jetzt der Druck von ihr genommen. Sie hatte ihr Problem gelöst. Erst jetzt, als sie sich wegen eines Vaters für ihr Kind keine Sorgen mehr machen mußte, kehrte ihre traurige Stimmung zurück.

Sie verbrachte fast den ganzen nächsten Tag mit ihrem Vicomte, Gordon Whately, wozu auch ein gemeinsamer Ausritt in einem der vielen Londoner Parks gehörte. Er hatte eines seiner eigenen Vollblutpferde für sie mitgebracht. Sie hatte den Eindruck, daß es wohl ein Test sein sollte, denn die Stute war sehr temperamentvoll, wenn auch kein Problem für sie. Schließlich redeten sie nur noch über Pferde. Zumindest würde ihnen als Ehepaar nie der Gesprächsstoff ausgehen.

Er hatte es sich inzwischen nicht anders überlegt – was immerhin möglich gewesen wäre – und glaubte ihr alles, was sie ihm von ihren Pferden erzählte. Sie konnte es sich nicht leisten, einen Rückzieher zu machen.

Da es so aussah, als würde sie jetzt in England bleiben, mußte sie wohl bald einen Schneider aufsuchen, da sie außer den Kleidern, die sie nur deshalb fertig hatte kaufen können, weil niemand sie abgeholt hatte, nichts Passendes mehr besaß. Bis jetzt hatte sie an den Abendgesellschaften teilnehmen können, aber bald würde es keine Schneider mehr geben, die ihr so schnell ein Kleid liefern konnten. Angesichts der vielen Einladungen, die Beatrice für sie ergattert hatte – und die Alexandra auf Drängen der älteren Frau alle wahrnehmen sollte, um den Kreis ihrer Bekanntschaften zu erweitern, obwohl sie ihr Ziel doch schon erreicht hatte –, würde sie eine weitaus umfangreichere Garderobe benötigen.

An diesem Abend wollte Beatrice sie zu einem Ball abholen. Gordon würde nicht mitkommen, da er bereits eine Verabredung hatte, die er nicht absagen konnte. Alexandra war gar nicht böse darüber. Wenn sie zu lange in seiner Nähe war, bekam sie Kopfschmerzen.

Sie hatte ein Kleid gefunden, das für einen Ball am späten Nachmittag ganz passend war, eine recht gewagte Kreation aus tiefroter Seide und schwarzer Spitze, die zwar mehr von ihrem Busen zeigte, als sie gewohnt war, doch Alexandra wußte, daß ein tiefes Dekolleté gerade *en vogue* war. Aber trotzdem wäre sie lieber nicht hingegangen, da sie sich auch jetzt nicht stärker nach dem gesellschaftlichen Leben und seinen Vergnügungen sehnte als in den letzten sieben Jahren.

Aber sie ging trotzdem hin, und sie versuchte sogar, sich zu amüsieren. Das gelang ihr allerdings nicht sehr gut, da ihr immer wieder düstere Bilder ihrer Zukunft durch den Kopf schossen und ihr die Stimmung verdarben. Sie hatte fast den ganzen Tag mit Gordon verbracht und konnte sich wirklich nicht vorstellen, den Rest ihres Lebens mit ihm zusammenzusein. Und sie konnte sich erst recht nicht vorstellen, mit ihm ins Bett zu gehen. Aber hatte sie denn eine andere Wahl?

Sie tanzte gerade, als auf einmal das Stimmengewirr um sie herum anschwoll. Die verschiedenen Grüppchen unterhielten sich sehr viel lauter miteinander, als ob plötzlich alle auf einmal redeten. Ihr Partner versuchte, über ihre Schulter hinweg zu erspähen, was los war, aber er war nicht größer als sie und konnte daher recht wenig erkennen. Alexandra kümmerte sich nicht darum, obwohl sie nicht vermeiden konnte, einige Wortfetzen aufzuschnappen, als sie sich mit den anderen Paaren auf der Tanzfläche drehten.

»Ist es die Königin?«

»... noch nie jemanden gesehen, der so ...«

»Du lieber Himmel, wer ist ...«

»... so gutaussehend ...«

»... so gutaussehend ...«

»... *so gutaussehend* ...«

Ihr Partner hatte inzwischen aufgehört zu tanzen, obwohl die Musik weiterspielte. Er entschuldigte sich nicht einmal, so neugierig war er. Aber um sie herum hatten alle zu tanzen aufgehört, und das Stimmengewirr wurde jetzt sogar noch lauter.

Alexandra seufzte, entschuldigte sich und wollte die Tanzfläche verlassen. Wer auch immer diese Leute so fürchterlich beeindruckt hatte: er interessierte sie nicht. So gutaussehend? Sie mußten schon nach Rußland gehen – nach Kardinien, um genau zu sein –, um jemanden zu sehen, der *wirklich* gutaussehend war.

Und dann teilte sich plötzlich die Menge vor ihr und bildete eine Gasse für den Mann, der langsam durch den Saal ging. Und jetzt sah sie ihn, sie konnte ihn nicht übersehen, aber sie konnte ihren Augen auch nicht trauen. Völlig regungslos stand sie da.

Wassili in London? Das war vollkommen unmöglich. Und doch war er jetzt hier und kam direkt auf sie zu. Seine honiggoldenen Augen waren fest auf sie gerichtet. Für alle anderen war sein Gesichtsausdruck unergründlich, aber sie wußte, was sich hinter seinen blitzenden Augen verbarg. Er war so wütend, daß er sie erwürgen würde. Sie wußte nicht, was sie tun sollte, weglaufen, in Ohnmacht fallen, weinen – oder lachen, weil sie plötzlich so glücklich war, ihn zu sehen.

37

»Entweder unterhalten wir uns hier darüber, wo jeder es hören kann, oder du kommst mit mir«, sagte Wassili mit erzwungener Gleichgültigkeit. »Meine Kutsche wartet draußen.«

Das war nun ganz und gar nicht das, was Alexandra erwartet hatte. Wenn sie so wütend gewesen wäre wie Wassili – sie nahm an, daß er vor Wut kochte –, hätte sie eine Unterhaltung ›darüber‹, was immer das auch sein mochte, nicht gescheut, nur um eine peinliche Szene zu vermeiden. Schließlich war sie es gewohnt, ihm in aller Öffentlichkeit Szenen zu machen und … und sie würde ihm jetzt besser ganz schnell antworten, bevor er das für sie tat.

»Ich wollte sowieso gerade gehen«, sagte sie. Auch ihre Stimme klang betont gleichgültig.

Das stimmte überhaupt nicht, obwohl es genau das war, was sie schon den ganzen Abend über hatte tun wollen. Aber sie dachte sich, daß er nur noch mehr in Zorn geraten würde, wenn sie nicht mit ihm ging, denn dann würde er ihr die Szene machen, von der sie wußte, daß er sie nicht machen wollte.

Beinahe hätte sie jedoch ihren Entschluß, mit ihm zu gehen, wieder geändert. Obwohl sie zugestimmt hatte, kam es ihr vor, als würde er sie hier herausschleppen. Aber bevor sie noch darüber nachdenken konnte, ob es nicht doch besser für sie wäre, dort zu bleiben, wo Menschen waren, waren sie schon draußen, wo er sie in seine wartende Kutsche stieß.

»Hast du etwa vor, mich erfrieren zu lassen?« fragte sie ihn sarkastisch.

Er hatte sich nicht die Zeit genommen, ihren Abendmantel zu holen, und die Luft in dieser Winternacht war klamm und eisig kalt. In der großen, gut ausgestatteten Kutsche war es nicht viel wärmer. Er ging jedoch nicht zurück, um ihren Umhang zu holen, sondern warf ihr eine Decke zu, bevor er sich setzte.

Kaum war die Tür ins Schloß gefallen, fuhr der Kutscher auch schon los. Alexandra wurde fast auf den Boden geschleudert. Es fehlte nicht mehr viel, und sie würde einen Wutanfall bekommen.

»Sag, was du von mir willst, Petroff. Wenn ich gewußt hätte, daß du nach England kommst, wäre ich woanders hingegangen.«

»Das bezweifle ich.«

Er saß ihr gegenüber und hatte die Arme vor der Brust verschränkt. Seine Augen glühten immer noch, als er sie anstarrte. Wenn sie bei seinem ersten Anblick noch so etwas wie Freude verspürte hatte, war diese inzwischen einem Gefühl der Irritation gewichen. Und daß er nach dieser boshaften Bemerkung gar nichts mehr sagte, irritierte sie noch viel mehr.

Sie fragte: »Also? Ich nehme an, du hattest einen Grund, um nach mir zu suchen. Oder sind wir beide einfach nur rein zufällig in derselben Stadt und auch noch auf derselben Gesellschaft aufgetaucht?«

»Davon reden wir gleich, Alex. Momentan kann ich mich noch nicht recht daran gewöhnen, dich wie eine Dame gekleidet zu sehen. Oder hast du etwa deine Reithose unter dem Kleid an?«

Sie wußte nicht, warum, aber seine Frage ließ sie erröten. »Falls du es noch nicht bemerkt haben solltest, du hast mich gerade von einem Ball weggeschleift. Und ich weiß zufällig, was man zu einer solchen Gelegenheit trägt.«

»Also keine Reithosen?«

Sie starrte ihn nur wütend an. Wassili fand es nicht komisch. Er konnte es immer noch nicht fassen, jetzt noch viel weniger als vorhin, als er sie auf der Tanzfläche erblickt hatte. Seide und Spitze. Er hatte sich vorgestellt, wie sie in so etwas aussehen würde, aber ihr Anblick hatte ihn trotzdem völlig unvorbereitet getroffen. Die raffinierte Frisur, die langen Abendhandschuhe, das tiefe Dekolleté – du liebe Güte, ihre Brüste, ihre wundervollen Brüste, und jeder Mann konnte sie anschauen.

Obwohl es ihn zur Weißglut trieb, mußte Wassili zugeben, daß er Alexandra noch nie so schön gesehen hatte. Und er nahm es ihr übel, daß sie ihm diese weiche, feminine Seite vorenthalten, daß er nicht einmal gewußt hatte, daß sie so sein konnte – außer im Bett.

Sie konnte tanzen. Sie konnte sich offensichtlich sogar für eine Weile mit ihr ebenbürtigen Personen unterhalten, ohne zu fluchen oder sie zu schockieren. Und offenbar hütete sie sich, Gesellschaften zu besuchen, bei denen ein Dinner serviert wurde, denn sonst würde man sie wohl sehr schnell von der Gästeliste streichen. Es war ihr offensichtlich gelungen, diesen Engländern weiszumachen, daß sie eine Dame war, oder in Erfahrung zu bringen, wie sich eine Dame benahm.

Er war auch deswegen wütend, weil es ihm nicht gelungen war, sie einzuholen, bevor sie das Schiff nach England erreicht hatte, und daß er länger als einen Monat gebraucht hatte, um sie zu finden. Zweimal hatten sie ihre Spur verloren, das erste Mal, als sie zuerst auf die Berge zugeritten war, als ob sie nach Hause zurückkehren würde, und ihre Route dann plötzlich in Richtung Norden geändert hatte. Er hatte dann die meisten seiner Männer nach Hause geschickt, weil er dachte, er würde sie nicht brauchen.

Sie hatten Alexandra wieder verloren, als sie die Reise in einer Kutsche fortgesetzt hatte. Aber da er noch acht Männer in seinem Gefolge hatte, war es ein Leichtes für ihn gewesen, nach ihrer Ankunft in London innerhalb von wenigen Stunden herauszufinden, in welchem Hotel sie wohnte. Ihre Zofe, Nina, hatte ihm sofort gesagt, wo er Alexandra an diesem Abend finden würde.

Und jetzt wußte er nicht genau, wie er sich ihr gegenüber verhalten sollte. Wie immer war sein erster Impuls der, mit ihr schlafen zu wollen. Allein ihre Nähe hatte ausgereicht, um sein Blut zum Kochen zu bringen. Sein zweiter Impuls trieb ihn dazu, sie auf der Stelle zu erwürgen, wegen all des Ärgers, den er ihretwegen gehabt hatte. Und dann war da noch etwas. Er wollte sie einfach in seine Arme nehmen und ihr sagen, daß ... was? Daß er ganz krank vor Sorge gewesen war, sie könne Leighton heiraten, bevor er sie fand? Daß er sich in der bedauernswerten Position befand, zum ersten Mal in seinem Leben verliebt zu sein? Sie würde ihm nicht glauben, nicht, nachdem er sie gerade so behandelt hatte.

Und was war mit diesem Engländer? Wenn Leighton bei ihr gewesen wäre, hätte er ihn wahrscheinlich auf der Stelle zum Duell gefordert. Wenn sie den Mann liebte, wenn sie ihn *wirklich* liebte, wäre er dann so anständig gewesen, einen Rückzieher zu machen und Alexandra ihm zu überlassen? Seine Eifersucht sagte nein, er und der Engländer konnten nicht auf demselben Planeten leben. Aber da er sie liebte, wollte er, daß sie glücklich war.

Er konnte diese beiden Gefühle nicht miteinander vereinbaren. Zuerst mußte er wohl herausfinden, ob er zu spät gekommen war.

»Findet die Hochzeit statt, Alex?«

Überrascht hielt Alexandra den Atem an. Wie hatte er nur von ihrem stämmigen Vicomte erfahren? Das war völlig unmöglich.

»Was für eine Hochzeit?« fragte sie vorsichtig.

»Zwischen dir und Leighton.«

Das war ja noch schlimmer. »Wer hat dir von Christopher erzählt?«

»Lazar. *Du* hättest es mir sagen sollen.«

»Es ging dich überhaupt nichts an …«

»Wir werden schließlich heiraten!« unterbrach er sie wütend. »Es geht mich verdammt noch mal doch etwas an, ob du in einen anderen Mann verliebt bist oder nicht!«

»Wir werden *was?*«

»Ah, die Dame wird nun doch wankelmütig«, höhnte er. »Oder hast du etwa vergessen, daß du mir hoch und heilig versichert hast, du würdest dein Wort nicht brechen? Du sagtest etwas von Ehre.«

Als sie das hörte, sträubte sich alles in ihr. »Hast du denn meinen Brief nicht bekommen? Deine Mutter sagte, du könntest mich nicht heiraten, ich sei eine Schande für die Familie, völlig hoffnungslos …«

»Meine Mutter hat unsere Ehe nicht arrangiert. Sie hat dabei überhaupt nichts mitzureden.«

»Diesen Eindruck hatte ich aber ganz und gar nicht, als wir uns zum ersten Mal über die Auflösung unserer Verlobung unterhalten haben«, sagte sie steif. »Als mir deine Mutter sagte, es sei alles vorbei, habe ich angenommen, daß …«

»Da hast du dich leider geirrt, Alex. Du bist gegangen, ohne überhaupt meine Meinung dazu zu hören. Ich sage dir noch einmal, daß meine Mutter nicht das Recht hatte, diese Entscheidung zu treffen. Ob wir heiraten oder nicht, hängt ganz allein von uns beiden ab und davon, ob wir die Vereinbarung unserer Väter einhalten werden oder nicht.«

»Soll das etwa heißen, daß wir immer noch verlobt sind?«

»Da hast du verdammt recht.« Und bevor sie wußte, was er vorhatte, hatte er schon ihre Hand in der seinen und streifte ihr das warme Metall ihres Verlobungsringes über den Finger. »Leg ihn nicht wieder ab, Alex. Du gehörst mir. Ich will, daß du das Zeichen dafür immer trägst.«

Seine letzten Worte klangen wie eine Drohung, und in seiner Stimme lag etwas Besitzergreifendes, das sie verwirrte und zugleich faszinierte. Sie lehnte sich zurück, überwältigt von Erleichterung und Angst, die auf sie einstürmten, und versuchte ruhig zu bleiben. Sie würde diese Unterhaltung niemals überstehen, wenn sie ihre Gefühle mit hineinzog. Aber wie wundervoll war es doch, wieder den Ring zu tragen! Sie hatte geweint, als sie ihn vom Finger gezogen hatte. Und als sie ihn zusammen mit dem Brief zurückgelassen hatte, war es ihr vorgekommen, als ob sie mit ihm auch ihr Herz zurücklassen würde. Sie würde ihn nie wieder ablegen ... aber nicht, weil er es von ihr verlangt hatte.

»Erklärst du mir bitte, warum?« sagte sie und meinte damit seine Feststellung, daß die Verlobung immer noch gültig war. »Ich habe dir einen Ausweg aus der ganzen Sache verschafft. Und wenn ich mich recht erinnere, wolltest du mich nicht heiraten. Warum also hast du diesen Ausweg nicht genutzt?«

Weil ich dich liebe!

Jetzt war der richtige Zeitpunkt gekommen, um es ihr zu sagen. Aber sie würde nur lachen und ihn verspotten und wahrscheinlich etwas Sarkastisches sagen wie ›Aber natürlich liebst du mich, Petroff. Du beweist es mir jedesmal, wenn du den Mund aufmachst.‹ Und da er selbst es immer noch nicht recht glauben konnte, wie sollte er dann erst sie überzeugen?

»Du hast mir keinen Ausweg verschafft, Alex. Du

bist von einer falschen Voraussetzung ausgegangen und deswegen weggerannt. Das hat mich nicht von dieser Verlobung entbunden, sondern mir lediglich die Pflicht auferlegt, dich wieder zurückzubringen. Wenn es jedoch deine *Absicht* war, dein Wort zu brechen, mußt du mir das jetzt sagen. Dann ist die ganze Sache beendet.«

»Ich hatte niemals die Absicht, mein Wort zu brechen, und das weißt du auch«, fauchte sie ihn an.

»Das habe ich auch nicht angenommen. Damit ist deine Frage wohl beantwortet. Wir sind immer noch an diesen Vertrag gebunden, immer noch miteinander verlobt und werden immer noch heiraten. Oder bist du da anderer Meinung?«

»Nein«, sagte sie leise.

»Dann hat sich durch deine Reise nach England dein Ehrbegriff nicht geändert?«

»Nein«, sagte sie schon etwas lauter und warf ihm einen bösen Blick zu.

»Das freut mich.«

Sie schnaubte verächtlich. »Vorsicht, Petroff, oder ich fange langsam an zu glauben, daß du jetzt heiraten *willst*.«

»Vielleicht will ich das«, sagte er leise.

»Wer's glaubt, wird selig«, entgegnete sie.

Er grinste. Er hatte *gewußt*, daß seine Alex etwas in dieser Art sagen würde.

»Wenn ich es mir recht überlege ...« Er brach ab, damit sie denken sollte, er wäre erst jetzt zu dieser Schlußfolgerung gekommen. »Da ich irgendwann einmal sowieso heiraten muß – wegen eines Erben, du verstehst –, kann ich genausogut dich heiraten. Schließlich habe ich dir schon mehr Aufmerksamkeit gewidmet als jeder anderen Frau, und ich finde deine Brüste einfach hinreißend, Alex.«

Er hatte eine bissige Bemerkung erwartet, hatte damit

gerechnet, daß sie erröten würde, alles, nur nicht diesen bedrückten Gesichtsausdruck. Er hätte sich ohrfeigen können, weil er gedacht hatte, daß seine Worte für sie akzeptabler sein würden als die Wahrheit.

»Alex …«

»Du brauchst mir nichts zu erklären«, unterbrach sie ihn. »Ich habe immer gewußt, wie deine Meinung zu diesem Thema aussieht. Und du hast meine Meinung dazu auch immer gekannt.«

Als sie ihn jetzt daran erinnerte, daß sie ihn nicht hatte heiraten wollen, weil sie in einen anderen Mann verliebt war, entfachte das von neuem seinen Zorn. Das war gut so, denn es verhinderte, daß er ihr noch mehr darüber erzählte, wie *wundervoll* ihr Leben an seiner Seite aussehen würde. Wenn sie ihm jetzt von dem Baby erzählte, würde er wahrscheinlich auf der Stelle damit anfangen, sie zu ignorieren – bevor sie überhaupt verheiratet waren. Aber da er sich wahrscheinlich darüber freuen würde, beschloß sie, es ihm heimzuzahlen und die Neuigkeit für sich zu behalten.

Er war ihr zwar nachgereist, aber sonst war offenbar alles beim alten geblieben. Warum brachte sie dann sein ›wegen eines Erben, du verstehst?‹ fast zum Weinen?

»Hast du Leighton gesehen?« fragte er sie knapp.

»Ja.«

»Ich bringe ihn um, wenn er dich angefaßt hat, Alex«, knurrte er.

Was war *das* denn? Spielte er ihr etwa Eifersucht vor? »Keine Sorge, Petroff. Er wollte mich überhaupt nicht heiraten. Er hat darauf gewartet, daß ich jemand anderen heirate, damit er dann mein Liebhaber werden konnte. Er dachte das gleiche wie du – allerdings wußte er, daß ich noch Jungfrau bin – und erwartete von mir, daß ich diesen Umstand ändere.«

»Er ist so gut wie tot«, sagte Wassili.

Alexandra seufzte. »Petroff, er hat nicht dich beleidigt,

sondern mich. Du hältst mich jetzt für deine Frau, aber das heißt noch lange nicht, daß ich mir nicht mehr selbst helfen kann.«

»Er hat dir weh getan ...«

»Nein, das hat er nicht, weshalb mir auch klargeworden ist, daß ich wohl nur lauwarme Gefühle für ihn gehegt habe.«

Wassilis süffisantes Grinsen verwirrte sie, daher wechselte sie wieder das Thema. »Wo bringst du mich überhaupt hin?«

»Auf mein Schiff. Mir hat diese verstopfte, übervölkerte Stadt schon nicht gefallen, als ich das erste Mal hier war. Ich mag sie immer noch nicht. Wir werden sofort abreisen.«

»Nein, das werden wir nicht tun. Meine Freunde ...«

»... dürften inzwischen nach etwas gutem Zureden schon an Bord sein.«

»Du treibst es zu weit, Petroff.«

»Liebling, nach all diesen Schwierigkeiten, die ich wegen dir hatte, darf ich das wohl.«

38

Die Rückreise nach Kardinien schien im Flug zu vergehen, denn Alexandra war so in ihrem Unwohlsein versunken, daß sie kaum bemerkte, wie die Zeit verging. Auf dem Schiff hielt sie sich die ganze Woche über in der Nähe eines Eimers auf und fühlte sich halbtot. Aber angesichts der Erzählungen anderer schwangerer Frauen konnte sie wahrscheinlich von Glück reden, daß ihr lediglich auf dem Schiff schlecht war.

Sobald sie wieder festen Boden unter den Füßen hatte, ging es ihr glänzend. Alexandra hatte sich noch nie so gut gefühlt – körperlich. Im Gegensatz zu ihren Reisegefährten bekam sie nicht einmal eine Erkältung, als sie sich durch tiefen Schnee und eiskalte Winde kämpften.

Ihre Stimmung besserte sich erst, als sie Kardinien fast erreicht hatten und sie wußte, daß sie jetzt bald ihre Pferde wiedersehen würde. Plötzlich fielen ihr die merkwürdigen Blicke auf, die Wassili ihr zuwarf, als ob er etwas bedauern würde. Wahrscheinlich bildete sie sich das nur ein.

Er hatte ihr jedoch zu Beginn ihrer Reise gesagt, daß er ihr Zeit lassen werde, sich an den Gedanken zu gewöhnen, nun *doch* zu heiraten. Er schien das absolut ernst zu meinen. Und anscheinend war er der Meinung, daß er ihr dabei helfen würde, wenn er ihre Unterhaltungen auf ein Minimum reduzierte. Schließlich kam es recht selten vor, daß sie sich unterhielten, ohne gleich in einen heftigen Streit miteinander zu geraten.

Insbesondere ein Ereignis hätte unter ›normalen‹ Umständen wahrscheinlich zum Streit des Jahrhunderts geführt. Sie hatten zum ersten Mal einen richtigen Gasthof erreicht und fanden sich plötzlich zusammen an einem Tisch wieder. Das Abendessen wurde serviert. Alexandra hatte bereits entschieden, daß es keinen Grund gab, ihre grauenhaften Eßgewohnheiten noch weiter zu pflegen. Wassili hatte sowieso nie darauf reagiert. Und da sie nun schon zugestimmt hatte, ihn zu heiraten – nur wegen des Babys natürlich –, brauchte sie jetzt kein Theater mehr zu spielen.

Wassili hatte ihr des öfteren zweifelnde Blicke zugeworfen, als sie auch nach ihrer Abreise von England weiterhin ihre Kleider trug. Er hatte jedoch nie wieder gefragt, ob sie darunter ihre Reithose anhatte. Aber als sie an jenem Abend am selben Tisch saßen und er zum ersten Mal ihre ›normalen‹ Tischmanieren sah, dachte sie, er würde vom Stuhl fallen.

Doch schon nach kurzer Zeit sah er sie mißtrauisch

an. »Du hast mir diese schrecklichen Tischmanieren also nur vorgespielt?« fragte er sie.

Sie gebrauchte erst gar keine Ausflüchte, sondern antwortete ihm einfach: »Aber natürlich.«

»Und deine Flucherei?«

»Ich hatte Hilfe und habe viel improvisiert.«

»Aber dein Geschick mit der Peitsche war nicht gespielt.«

»Konrad hat es mir als Kind beigebracht.«

»Und die Drohungen, die du gegen meine Frauen ausgestoßen hast?«

Sie zuckte mit den Schultern. »Tut mir leid, aber die waren echt. Was mir gehört, wollte ich noch nie teilen.«

Er lächelte sie an, bevor er zu ihr sagte: »Ich habe festgestellt, daß auch ich nicht teilen werde, zumindest, wenn es um dich geht.«

Sie hatte seine Worte nicht ernst genommen. Wahrscheinlich hatte er eingesehen, daß er sich nicht über ihre Schwindeleien aufregen konnte, da er genau das gleiche getan hatte.

Tania Barony hatte ihr schon davon erzählt, und auf der Rückreise von England lernte auch sie endlich doch noch Wassilis wahres Ich kennen. Keine spöttischen Kommentare mehr, keine abfälligen Bemerkungen. Keine geringschätzigen Blicke. Dafür aber für ihren Geschmack viel zu oft sein sinnliches Lächeln, das sie schon bald nicht mehr gleichgültig ließ.

Er wickelte sie mit seinem Charme ein, ohne sich auch nur anzustrengen, und das machte ihr angst. Sie konnte sich sehr gut vorstellen, wie es sein würde, wenn er sie nach einiger Zeit ignorierte. Und zwar, sobald er herausfand, daß sie seinen ersehnten Erben bereits unter dem Herzen trug. Sehr viel länger würde sie es ihm nicht mehr verheimlichen können. Es schmerzte sie um so mehr, als sie entdeckte, daß er wirklich sympathisch war, wenn er sie nicht gerade vom Gegenteil zu überzeugen versuchte. Tania hatte recht gehabt.

Wenn sie ihn hassen könnte, wäre eine Ehe mit ihm viel leichter. Aber sie haßte ihn nicht, war so weit entfernt davon, ihn zu hassen, daß es fast schon lächerlich war. Und viel zu oft war sie nahe daran, ihren Stolz zu vergessen und ihn um seine Zuneigung zu bitten – oder wenigstens um seinen Körper.

Es war geradezu jämmerlich, wie oft sie auf ihrer Reise von solch fleischlichen Gelüsten überfallen wurde. Sie hoffte, daß sie verheiratet sein würden, bevor er ihre Schwangerschaft entdeckte, denn sie war fest entschlossen, auf ihrer Hochzeitsnacht zu bestehen. Wahrscheinlich würde das die einzige Nacht mit ihm sein. Falls notwendig, würde sie diese Nacht von ihm fordern, denn Wassili war es ihr einfach schuldig. Schließlich hatte er ihr gezeigt, was Lust war, und sie dann nach mehr schmachtend zurückgelassen.

Als sie in Kardinien ankamen, regnete es. Wassili und Lazar waren zu ihr in die Kutsche gestiegen, als der Regen eingesetzt hatte. Wassili hatte die Kutsche vor drei Wochen besorgt, als er gesehen hatte, wie sie das Schiff in einem Kleid verließ. Sie war damals so sehr in ihrer Grübelei versunken gewesen, daß ihr das gar nicht aufgefallen war.

Aber sie hatte keine Einwände gegen die Kutsche erhoben und auch nicht protestiert, weil man ihr deswegen kein Pferd zum Reiten besorgt hatte. Sie war nicht ganz sicher, ob sie noch reiten *konnte,* da sie jetzt bereits in der zehnten Woche ihrer Schwangerschaft war. Bis sie mit einem Arzt darüber gesprochen hatte, wollte sie lieber kein Risiko eingehen, egal, wie sehr sie ihre täglichen Ausritte vermißte.

Wassili hatte bis zur letzten Minute gewartet und Alexandra erst gesagt, daß sie wieder bei seiner Mutter wohnen würde, als sie schon in der Stadt waren. Die Art, in der er das sagte, ließ sie vermuten, daß er einen Streit erwartete. Aber sie erwiderte kein Wort, obwohl sie sich davor fürchtete, die Gräfin wiederzusehen.

Sie würde sich wohl bei ihr entschuldigen müssen, und zwar gleich nach ihrer Ankunft. Kaum waren sie angekommen, eilte Maria auch schon auf sie zu, aber Wassili sagte einige Worte zu seiner Mutter, die für Alexandra ziemlich überraschend waren.

»Du hast sie also gefunden«, sagte sie.

»Ich habe dir doch gesagt, daß ich sie finden würde, Mutter. Und da wir morgen heiraten, wird Alexandra nur für heute nacht hierbleiben. Tu mir aber bitte den Gefallen und erwähne ihr gegenüber nicht ihr früheres Benehmen. Es war sowieso alles nur Theater, du kannst also aufhören, dir Sorgen zu machen …«

»Ja, ja, das weiß ich doch schon längst«, unterbrach ihn Maria und überraschte damit sowohl Wassili als auch Alexandra.

»Aber woher denn?« fragte Wassili.

»Kurz nach deiner Abreise traf ihr Vater hier ein. Er sagte mir, daß sie zwar manchmal etwas unkonventionell ist – zum Beispiel, wenn es um ihre Pferde geht –, aber ansonsten so damenhaft, wie wir das von ihr erwartet haben. Ich war natürlich entsetzt. Der Baron übrigens auch, als ich ihm erzählte …«

»Mutter, bitte – ich möchte *nicht* darüber reden. Ist er nach Rußland zurückgegangen?«

»Während seine Tochter spurlos verschwunden ist?« entgegnete sie in einem Ton, der andeutete, daß Eltern nicht so leichtfertig waren. »Er wollte ihr schon selbst nachreisen, bis ich ihm versicherte, daß du sie auf jeden Fall zurückbringen würdest. Ich habe ihm natürlich meine Gastfreundschaft angeboten.«

»Er ist *hier?*«

»Ja, er ist oben. Wassili, du solltest noch etwas wissen. Er hat mir gestanden, daß es nie eine …«

Alexandra hörte sie nicht mehr. Sie hatte sofort kehrtgemacht, als Wassilis Mutter ihren Vater erwähnt hatte, und sich auf den Weg in den Stall gemacht. Wie konnte ihr Vater hier auftauchen, nach allem, was er ihr angetan hatte? Wie konnte er vorgeben, daß es ihm etwas ausmachte, wenn sie …

»Alex, wo willst du hin?«

Wassili hatte sanft den Arm um sie gelegt und sie aufgehalten, aber sie hielt ihr Gesicht abgewandt, bis sie die Tränen weggewischt hatte. Sie wollte nicht, daß er die Tränen sah, die sie nicht hatte unterdrücken können.

»Ich weiß es nicht«, gab sie zu. »Ich weiß nur, daß ich meinen Vater nicht sehen will – nie wieder.«

War er etwa erleichtert? »Das brauchst du auch nicht. Ich werde dich zur Königin bringen. Bei ihr wirst du bis zu unserer Hochzeit völlig ungestört sein, und dann werden wir auf einen meiner Landsitze ziehen. Aber … darf ich dich fragen, warum du ihn nicht sehen willst?«

Sie war viel zu aufgewühlt, um anzuerkennen, daß er sich wirklich liebevoll um sie bemühte, oder daran zu denken, wie er ihre Antwort aufnehmen könnte. »Er hätte diese Verlobung schon vor unserer ersten Begegnung beenden können, aber er hat es nicht getan. Er ist schuld daran, daß wir uns gegenseitig das Leben zur Hölle gemacht haben, und das kann ich ihm nicht vergeben.«

Erst nach einer Weile fragte er sie: »Alex, wenn er die Verlobung jetzt auflösen würde, würde dein Wort dann immer noch gelten?«

»Da ich versprochen habe, dich zu heiraten, es sei denn, *du* löst die Verlobung auf – ich denke, ja.«

»Und wenn es keine Verlobung gäbe?«

Sie sah ihn an. »Wieso stellst du mir diese Frage?«

»Es ist wahrscheinlich eine dumme Frage, aber sie hängt mit etwas zusammen, das ich schon längst hätte tun sollen. Ich möchte dich ganz offiziell fragen, ob du meine Frau werden willst.«

Die Freude, die sie bei seiner Frage empfand, nahm sich neben ihrem Schmerz seltsam aus. »Du weißt, daß das gar nicht notwendig ist.«

»Alex, bitte. Willst du mich heiraten?«

»Ja.«

»Gibst du mir dein Wort darauf?«

»Treib es nicht zu weit, Petroff …«

»Bitte.«

»Also gut, ich gebe dir mein Wort, obwohl es das letzte Mal ist, daß ich jemandem verspreche …«

Er küßte sie, bevor sie ihren Satz beenden konnte. Alexandra vergaß, worüber sie sich aufregen wollte. Als er sie wieder freigab, rang sie nach Atem.

»Wofür war das denn?«

Er lächelte sie an. »Ich wollte mich bei dir bedanken, Alexandra, weil ich es *wirklich* zu weit getrieben habe.«

Sie sah ihn mißtrauisch an. »Petroff, beim nächsten Mal reicht es, wenn du es nur sagst.«

39

Wassili wartete im Vorraum zur Kapelle des Palastes auf seine Braut. Seine Freunde leisteten ihm Gesellschaft und neckten ihn, weil er viel zu früh da war. Er sagte es zwar nicht, aber wenn es nach ihm gegangen wäre, hätte die Hochzeit schon früher stattgefunden. Aber wahrscheinlich wäre Alexandra angesichts solcher Eile mißtrauisch geworden. Er konnte es kaum erwarten und würde erst aufhören, sich Sorgen zu machen, wenn alles vorbei war.

Bis jetzt war es ihm gelungen, Alexandras Vater aus dem Weg zu gehen. Mit etwas Glück …

Anstelle von Tania erschien plötzlich Konstantin Rubliow in der Tür und fragte mit donnernder Stimme: »Wo habt Ihr meine Tochter versteckt?«

Wassili seufzte. Er hatte einfach kein Glück mehr, seit er die Tochter dieses Mannes kennengelernt hatte. Aber das würde sich jetzt ändern.

Er sah Stefan an. »Würdest du uns bitte allein lassen?«

Stefan blickte zuerst den wütenden Mann an, den er sofort als Vater der Braut erkannte, und dann wieder Wassili. Er hob eine Augenbraue und fragte: »Muß ich?«

»Verdammt noch mal, Stefan ...«

Sein Cousin schmunzelte, dann legte er einen Arm um einen neugierigen Lazar und den anderen um einen verwirrten Serge und schob beide zur Tür hinaus.

Als er mit Konstantin allein war – der einen roten Kopf bekommen hatte vor lauter Verlegenheit, da er in Gegenwart des Königs von Kardinien laut geworden war, ohne sich dafür zu entschuldigen –, sagte Wassili: »Alex hat die Nacht bei den Hofdamen der Königin verbracht. Wir werden gleich heiraten.«

»Hat man ihr denn nicht gesagt, daß ich hier bin?«

»Doch, das hat man«, sagte Wassili. Dann fügte er zögernd hinzu: »Aber ich fürchte, sie will Euch nicht sehen.«

Konstantins Verlegenheit war wie weggewischt. »Unsinn. Meine Tochter und ich stehen uns sehr nahe. Sie ...«

Wassili unterbrach ihn. »Vielleicht hat es sie deshalb so verletzt, was Ihr getan habt.«

Konstantins wütender Gesichtsausdruck verschwand ganz plötzlich. »Dann weiß sie also, daß es nie eine Verlobung gegeben hat?«

»Nein, das weiß sie nicht. Sie war schon weg, als mir meine Mutter von Eurem Eingeständnis erzählt hat. Und ich habe beschlossen, ihr nichts davon zu sagen. Außerdem ist die Verlobung nicht mehr von Bedeutung. Ich habe sie gefragt, ob sie meine Frau werden will, und sie hat meinen Antrag angenommen.«

»Dann ist sie also jetzt glücklich mit Euch?«

»Sie wird es sein.«

Wassili sagte das mit soviel Überzeugung, daß Konstantin ihm einfach glauben mußte. Aber er hatte die Bedeutung von Wassilis Worten nicht erkannt.

»Gott sei Dank«, sagte er. »Nachdem ich gehört hatte, was Eure Mutter über ihr Benehmen zu sagen hatte, dachte ich schon, Alex würde Euch nie akzeptieren. Ich nahm an, daß sie aus diesem Grund einfach weggegangen ist. Aber wenn Sie Euch jetzt heiraten will ...«

»Ich sagte, sie *wird* glücklich sein, Baron. Momentan ist sie noch sehr unglücklich, weil sie herausgefunden hat, daß Leighton ein nichtsnutziger Bastard ist, der nie vorhatte, sie zu heiraten. Ich habe ihr Zeit gelassen, darüber hinwegzukommen, aber sobald wir verheiratet sind, wird sie ihn vergessen, das verspreche ich Euch.«

Konstantin blickte ihn zweifelnd an. »Wollt Ihr damit etwa sagen, daß sie sich lediglich damit abgefunden hat, Euch zu heiraten? Nach all der Zeit, die Ihr mit ihr verbracht habt?«

»Ich fürchte, unsere Beziehung hatte keinen guten Start«, gab Wassili zu. »Sie wollte mich nicht heiraten, ich wollte sie nicht heiraten. Aber nachdem ich meine Meinung geändert hatte ... Ich habe mein ganzes Leben lang Frauen verführt, Baron, aber ich habe es nicht fertiggebracht, die Frau zu verführen, die ich heiraten werde. Nach unserer Heirat werde ich jedoch nicht mehr so zurückhaltend sein.«

»Wenn sie überhaupt nicht weiß, daß es nie eine Verlobung gegeben hat, warum will sie mich dann nicht sehen?«

»Offenbar hat sie Euch nicht vergeben, daß Ihr uns – mit etwas Druck – zusammengebracht habt. Ich, andererseits, könnte Euch gar nicht dankbarer sein, zumindest jetzt. Ihr habt sehr viel auf Euch genommen, Baron. Wenn meine Gefühle für Alexandra anders wären, würde ich allerdings …«

Wassili kam nicht dazu, seinen Satz zu beenden. Tania war eingetreten und sagte: »Sie kommt … oh, Verzeihung.«

»Schon in Ordnung, Tania. Darf ich dir Alexandras Vater vorstellen?«

Die Königin nickte ihm zu, fragte dann aber: »Und wo ist Stefan?«

»In der Kapelle«, sagte Wassili.

»Solltest du da nicht eigentlich auch sein?«

»Ich komme sofort.«

Tania ging durch die Tür zur Kapelle hinaus. Wassili stand jetzt vor der unangenehmen Aufgabe, seinen zukünftigen Schwiegervater zum Gehen aufzufordern. Er wollte nicht, daß sich Alexandra aufregte, wenn sie ihren Vater sah. Aber wieder einmal hatte er kein Glück.

Plötzlich war sie da. Sie sah so wunderschön in ihrem Brautkleid aus elfenbeinfarbener Seide aus, das mit belgischer Spitze und winzigen Perlen besetzt war, daß es ihm den Atem verschlug. Diese Schwierigkeiten hatte sie nicht. Als sie ihren Vater bemerkte, drehte sie sich um und lief weg, bevor er sie gesehen hatte.

»Alex!« rief Wassili aus und lief hinterher. Aber Konstantin war ihm ein Stück voraus. Und da es nun schon passiert war, blieb er stehen, um dem Baron Gelegenheit zu geben, sich mit seiner Tochter auszusprechen. Er wünschte ihm viel Glück dabei.

Alexandra blieb nicht stehen. Schon wieder standen ihr Tränen in den Augen, aber dieses Mal würde sie nicht weinen. Dieses Mal nicht. Und sie würde nicht mit ihrem Vater reden, auf keinen Fall …

Nach wenigen Metern hatte Konstantin sie eingeholt. Er versuchte, sie in die Arme zu nehmen, aber sie schlug um sich, als ob sie sagen wollte ›Rühr mich nicht an‹.

Und dann fuhr sie ihn wütend an: »Ich kann mir nicht vorstellen, warum du hergekommen bist. Es ist dir doch ganz egal …«

»Mein Gott, Alex, du weißt, daß das nicht wahr ist.«

Sein betroffener Gesichtsausdruck schnürte ihr die Kehle zusammen, aber sie würde nicht nachgeben. »Daß ich jetzt hier bin, zeigt, wie egal es dir war. Ich glaube nicht, daß ich je zuvor so unglücklich gewesen bin, und dir habe ich das zu verdanken.«

»Das verstehe ich nicht. Es schien doch zwischen dir und Wassili alles klar zu sein. Du fühltest dich doch zu ihm hingezogen. Warum hast du ihm keine Chance gegeben?«

»Weil ich in einen anderen Mann verliebt war … oder dachte, ich wäre es. Du wirst natürlich sehr erfreut sein, wenn ich dir jetzt sage, daß ich einen Fehler gemacht habe. Du hast es ja schon immer gesagt«, sagte sie verbittert. »Aber selbst wenn es nicht so gewesen wäre, hätte das für mich und Wassili keinen Unterschied gemacht, da er von Anfang an gegen unsere Heirat war. Es gibt lediglich einen einzigen Grund dafür, warum er seine Meinung geändert hat: Er denkt, daß er irgendwann einmal sowieso heiraten muß, und will sich nicht die Mühe machen, noch einer Frau den Hof zu machen. Dabei hat er mir ja gar nicht den Hof gemacht.«

»Das ist ganz und gar nicht der Eindruck, den ich … Ich glaube nicht, daß er dich deshalb heiratet, Alex. Aber was jetzt sehr viel wichtiger ist: Was empfindest du inzwischen für ihn?«

»Was spielt es für eine Rolle, was ich für ihn empfinde, wenn er mich nicht liebt?«

»Dann brauchst du ihn auch nicht zu heiraten«, sagte Konstantin. »Ich werde mit ihm reden …«

»Mach dir keine Mühe. Seine eigene Mutter hat ihm gesagt, daß er mich nicht heiraten kann, aber er wollte nicht auf sie hören. Er ist jetzt völlig anderer Meinung.

Und außerdem ist es jetzt zu spät für dich, die Verlobung aufzulösen. Ich habe ihm mein Wort darauf gegeben, daß ich ihn heirate, die Verlobung hat also gar nichts mehr damit zu tun. Und ich werde ihn auch heiraten … sobald du gegangen bist.«

»Alex!«

»Es tut mir leid, aber ich kann dir nicht vergeben, was du mir angetan hast. Und … und ich habe dir nichts mehr zu sagen.«

Sie drehte ihm den Rücken zu und schloß die Augen, um mit dem Schmerz fertig zu werden, der in ihr aufwallte. Für einige Zeit herrschte Stille, dann hörte sie, wie sich seine Schritte von ihr entfernten. Und in diesem Augenblick strömten ihr die Tränen über das Gesicht. Der große Kloß in ihrer Kehle schien sie ersticken zu wollen. O Gott, er würde sie umbringen!

Plötzlich war Wassili da und nahm sie in seine Arme. Sie hörte seine Stimme, die zu ihr sagte: »Alex, ich verspreche dir, ich *schwöre* dir, daß du mit mir glücklich sein wirst. Und du wirst deinem Vater eines Tages dankbar dafür sein, daß er uns zusammengebracht hat. Vergib ihm. Sag ihm, daß du ihm vergibst. Du wirst es nicht bereuen.«

Sie weinte, und als sie den Kopf hob, um Wassili anzusehen, konnte sie ihn durch die Tränen hindurch kaum erkennen, aber sie sah Teilnahme und Fürsorge und Aufrichtigkeit und … o Gott, was hatte sie getan?

Alexandra riß sich von ihm los und rannte den Korridor hinunter. Sie rief ihrem Vater nach, daß er auf sie warten solle. Er hatte schon fast das Ende des Korridors erreicht. Als er sie schließlich hörte und sich umdrehte, sah sie, daß auch er geweint hatte. Mit einem Aufschrei der Verzweiflung warf sie sich in seine Arme.

»Papa, es tut mir leid, ich habe es nicht so gemeint … ich habe es wirklich nicht so gemeint!« wimmerte sie.

»Ich weiß, ich weiß. Alex, es ist schon in Ordnung …«

»Nein, das ist es nicht. Ich wollte dich verletzen, weil ich so verletzt war, aber es ist nicht deine Schuld, daß er mich nicht liebt.«

»Alex, aber er liebt dich doch«, murmelte Konstantin, als er sich die Tränen aus dem Gesicht wischte.

»Nein, er liebt mich nicht, aber er wird mich lieben«, sagte sie entschlossen. »Ich habe mich selbst bemitleidet, dabei hätte ich um das kämpfen müssen, was ich wollte.«

Konstantin konnte nicht anders, er mußte einfach lachen. »Das ist mein Mädchen.« Als Alexandra das hörte, war plötzlich ihr ganzer Kummer verschwunden.

Sie drehte sich um und sah zu Wassili, der immer noch dort stand, wo sie ihn verlassen hatte. Ihr goldener Adonis, so gutaussehend, daß es keine Worte dafür gab, und er hatte gerade versprochen, sie glücklich zu machen.

Mit einem strahlenden Lächeln sah sie wieder ihren Vater an und fragte ihn: »Wirst du mich zum Altar führen, Papa?«

»Dann liebst du ihn also?«

»O ja – mehr, als ich sagen kann.« Und mit einem kleinen Lächeln fügte sie hinzu: »Auf jeden Fall mehr, als er verdient.«

»Dann wollen wir die Hochzeitsgäste nicht länger warten lassen.«

40

Weiches Kerzenlicht, seidene Laken, ein dicker Teppich vor dem Kaminfeuer. Je länger die verführerische Atmosphäre seines Schlafzimmers auf Alexandra wirkte, desto ärgerlicher wurde sie, während sie auf ihn wartete. Wahrscheinlich war ihre Nervosität daran schuld.

Sie hatte ihrem Vater heute gesagt, daß Wassili sie irgendwann auch lieben werde, aber sie erwartete keine Wunder über Nacht. Wenigstens fühlte sie sich jetzt nicht mehr so ganz ohne Hoffnung. Die Unterhaltung mit ihrem Vater hatte das Selbstvertrauen wiederhergestellt, das ihr so lange gefehlt hatte. Sie fragte sich, ob ihre Schwangerschaft nicht vielleicht auch zu ihrer trübsinnigen Stimmung beigetragen hatte.

Sie wandte den Blick vom Kaminfeuer ab und bemerkte, daß Wassili leise ins Zimmer gekommen war. Er lehnte an einem Bettpfosten, hatte die Arme vor seinem braunen Morgenmantel verschränkt und sah sie an. Wie immer stockte ihr angesichts seiner Schönheit der Atem – beim Anblick seines perfekten Profils, des goldenen Haars, das jetzt ganz verwirrt war, der festen Konturen seines Körpers. Sie seufzte. Wie konnte sie diesen schönen Mann nur dazu bringen, sie zu lieben?

»Was hast du mit deinen Mätressen gemacht, die du so zahlreich in dieser Stadt verteilt hast?«

Neugierig hob er eine Augenbraue. »Wollen wir uns etwa streiten, Liebling?«

»Schon möglich.«

»Kannst du denn nicht an etwas … Interessanteres denken? Das hier ist zufällig unsere Hochzeitsnacht.«

»Petroff, wenn du damit Liebe meinst … glaub mir, dazu kommen wir schon noch.«

Er brach in lautes Gelächter aus. »In diesem Fall kann ich dir ja erzählen, daß ich jede einzelne von ihnen besucht habe, während du dich unter der Anleitung meiner Mutter bemüht hast, *keine* Dame zu werden. Und stell dir mein Erstaunen vor, als nicht eine von ihnen fähig war, mich in ihr Bett zu locken. Mir blieb nichts anderes übrig, als mich für immer von ihnen zu verabschieden.«

»Und das soll ich dir glauben?«

Sein Gesichtsausdruck wurde ernst, als er zu ihr sagte:

»Ich würde es dir raten, Liebling, denn die letzte Frau, mit der ich geschlafen habe, warst du. Da das schon eine ganze Weile her ist, bin ich jetzt ziemlich ausgehungert.«

Sie errötete, was unter ihrem weißen Negligé besonders deutlich sichtbar war. Und ihr fiel wieder ein, daß sie beabsichtigt hatte, heute nacht auf ihren Rechten zu bestehen. Sie wollte jetzt diese Forderung nicht stellen, aber das kribbelnde Gefühl, das sein Eingeständnis in ihr ausgelöst hatte, bestand einfach darauf.

»Willst du … glaubst du, wir könnten …?«

»Gott, ja«, sagte er heiser, als er auf sie zuging und sie in seine Arme nahm. Aber im Gegensatz zu sonst küßte er sie nicht sofort. Seine Augen leuchteten warm und golden, als er ihren Blick suchte. »Alex, da ist etwas, das ich dir wahrscheinlich hätte sagen sollen …«

»Jetzt nicht, Petroff«, erwiderte sie, als sie ihre Arme um seinen Nacken schlang und seinen Mund suchte.

Sein Stöhnen erregte sie. Seine Arme zermalmten sie fast. Und sein Mund, sein sinnlicher Mund, verschlang den ihren. Als er ihren Nacken küßte und sich mit seinem Mund langsam einen Weg zu ihren Brüsten bahnte, brodelte ihr Verlangen so stark, daß sie ihn am liebsten sofort ins Bett gezerrt hätte.

Trotz seines ausgehungerten Zustands zeigte er eine bemerkenswerte Selbstbeherrschung. Alexandra wußte nicht, welch ungeheure Anstrengung ihn dies kostete. Aber er war fest entschlossen, ihr eine Nacht zu schenken, die sie nie mehr vergessen würde. Und sie war fest entschlossen, ihn in sich zu spüren, bevor sie explodierte.

Sie schlossen einen Kompromiß, denn ihre Worte »Liebe mich, jetzt«, richteten alle seine Vorsätze zugrunde.

Ihr Negligé fiel zu Boden, bevor er sie zum Bett trug. Sie spürte seine Hände auf ihrem Körper, und als sie ihnen den Weg wies, hatte sie innerhalb von wenigen

Sekunden ihren ersten Höhepunkt. Wassili folgte ihr so schnell, daß sie beide nach Atem rangen und sich aneinanderklammerten.

Und dann machte er, was *er* wollte, und sie fand heraus, was für ein Gefühl es war, auf jedem Zentimeter ihres Körpers seine Küsse zu spüren. Seine Hände waren so sanft, beinahe liebevoll in ihren Zärtlichkeiten. Er war ganz verrückt nach ihren Brüsten, die wegen ihrer Schwangerschaft noch viel empfindsamer waren, und liebkoste sie mit seinen Händen und seinem Mund, bis sie glaubte, sie müsse schreien vor Lust.

Sie kam erneut, als sie seine Finger in sich spürte. Er konnte sie so leicht erregen, und sie reagierte auf jede seiner Berührungen. Und als er dieses Mal in sie eindrang, war es ganz anders als vorhin, so zärtlich und langsam, und noch viel schöner, als sie ihren Höhepunkt gemeinsam erreichten.

Er war unglaublich, und sie bedauerte all die Frauen, die jetzt ohne ihn auskommen mußten. Diesen Mann würde sie mit keiner Frau teilen, nicht einmal ein bißchen. Aneinandergeschmiegt lagen sie da, ihr Kopf an seiner Schulter, seine Hand liebkoste immer noch sanft ihren Arm, der über seiner Brust zur Ruhe gekommen war. Alexandra wollte ihm für diese Nacht danken. Für sie bedeutete das, ihm zu schenken, was ihn am meisten erfreuen würde und woran ihr Herz am meisten hing.

Leise sagte sie: »Ich schenke dir Prinz Mischa zu unserer Hochzeit.« Und dann, als sie spürte, wie ihr die Tränen in die Augen stiegen, fügte sie hinzu: »Aber wenn du ihm jemals weh tust, wirst du meine Peitsche zu spüren bekommen.«

Er sah ihre Tränen, bevor sie ihr Gesicht an seine Schulter legte. »Alex, du brauchst das nicht zu tun.«

»Ich will aber.«

Er nahm sie in seine Arme. »Danke«, sagte er einfach.

»Ich werde für ihn sorgen, als ob er mein eigenes Baby wäre.«

Ihm wurde klar, daß sie sein Gespräch mit Stefan damals im Stall mitangehört haben mußte. Aber ihm wurde noch etwas klar, das ihn vor Freude jubeln ließ. Es konnte nur einen einzigen Grund dafür geben, daß sie ihm eines ihrer geliebten Pferde überließ.

»Warum hast du es mir nicht gesagt, Alex?« fragte er leise.

»Was?«

»Daß du mich liebst.«

Ihr Kopf schoß hoch, und sie warf ihm einen finsteren Blick zu. »Was auch immer dir diesen Eindruck ...«

»Gib es zu: Du liebst mich.«

»Ich wäre ein Narr, wenn ich ...«

»Du liebst mich! Sag es!«

»Warum? Damit du triumphieren kannst? Damit du ...«

»Damit ich sagen kann: Ich liebe dich auch. Ich habe dich schon geliebt, bevor du mir dein wahres Gesicht gezeigt hast, Liebling. Warum sonst wäre ich dir nachgereist?«

»Ich habe da etwas ganz anderes in Erinnerung, und es hatte bestimmt nichts mit Liebe zu tun.«

»Hättest du mir damals geglaubt? Ich denke nicht. Aber jetzt mußt du mir glauben, Alex.«

Plötzlich strahlte sie ihn an. »Ich glaube dir«, sagte sie und beugte sich zu ihm hinüber, um ihm einen Ich-liebe-dich-Kuß zu geben, dann ruinierte sie alles, indem sie sagte: »Du hast Glück, daß ich meinem Vater gesagt habe, ich würde dich dazu bringen, mich zu lieben.«

»Warum?«

»Weil mir schnelle Erfolge lieber sind, sonst hätte es dich die ganze Nacht gekostet, mich zu überzeugen.«

Er war sich nicht ganz sicher, ob sie das ernst meinte oder nicht, also sagte er: »Da wir nun schon beim Beichten sind – wann wolltest du mir eigentlich von dem Baby erzählen?«

Sie schnappte nach Luft. »Wassili, verdammt, wie hast du das nur erraten?«

Er lachte. »Ich hätte wissen müssen, daß du meinen Vornamen zum ersten Mal verwenden würdest, wenn du dich über etwas beschwerst.«

Sie ignorierte seine Bemerkung und wollte wissen: »Wann hast du es erraten?«

»Heute abend.« Er lächelte, als er ihr zufriedenes Gesicht sah. »Alex, ich finde deine Brüste geradezu anbetungswürdig. Hast du wirklich geglaubt, ich würde es nicht bemerken, wenn sie sich auch nur ein bißchen verändern?«

Sie errötete wieder. »Glaub bloß nicht, daß du mich jetzt ignorieren kannst, nur weil dein Erbe schon unterwegs ist.«

Er zuckte zusammen. »Du mußt dich natürlich ausgerechnet an diese Worte von mir erinnern.«

»Ich erinnere mich an alles, was du jemals …«

»Du kannst mich nicht für das verantwortlich machen, was ich damals gesagt habe, weil ich in einem Zustand der Panik war. Ich war wirklich der Meinung, daß eine Ehe nichts für mich sei.«

»Und jetzt?«

»Und jetzt bin ich der Meinung, daß ich gar nicht mehr ohne leben kann … oder ohne dich. Dich ignorieren, Liebling? Es wäre wahrscheinlich einfacher, mit dem Atmen aufzuhören.«

Sie lächelte und umarmte ihn. Und dann wollte sie plötzlich wissen, wie es war, wenn sie ihn neckte. »Weißt du eigentlich, daß ich in England einen Verlobten zurückgelassen habe?«

»Du hast *was?*«

»Einen ziemlich rundlichen Vicomte, der mich heiraten wollte – trotz des Babys –, nur um meine Pferde zu bekommen. Bist du auch ganz sicher, daß du mich nicht deshalb geheiratet hast?«

»Aus welchem Grund denn sonst?« entgegnete er. »Und wie kommst du überhaupt auf den Gedanken, meinen Sohn einem anderen Mann zu überlassen?«

»Deine *Tochter* brauchte einen Vater.«

»Mein *Sohn* hatte aber schon einen.«

»Du hast aber ganz schön lange gebraucht, um mich zu finden.«

»Und du hast in den abgelegensten Gasthäusern übernachtet, damit ich dich ja nicht finde.«

Sie versteckte wieder ihr Gesicht an seiner Schulter, bevor sie sagte: »Habe ich das getan?«

Mißtrauisch sah er auf sie hinunter. »Alexandra, lachst du etwa?«

Sie konnte es nicht länger verbergen. »Es tut so gut, wieder mit dir zu streiten.«

»Du kleine Hexe.« Er grinste. »Erinnere mich daran, damit ich in Zukunft nicht zu brav bin.«

»O nein, ich liebe es, wenn du brav bist. Und ich mag diese leichten Anflüge von Eifersucht. Und ich liebe es, wenn du flach auf deinem Rücken liegst, nackt, damit ich dich ...«

»Alex, wenn du nicht aufpaßt, liegst *du* wieder flach auf dem Rücken.«

»Worauf wartest du dann noch?«

»Wie wäre es mit einem kleinen ›Bitte‹?«

»Treib es bloß nicht zu weit, Petroff.«

»Nein, das tue ich nicht«, sagte er, als er sich auf sie legte und in sie eindrang. Dann lächelte er sie an. »Aber jetzt.«

Ihr Lachen klang in seinen Ohren, bis sich ihre Körper wieder fanden. Schuld daran war eine Verlobung, die es nie gegeben hatte.